古代名诗·名词·名句

〔图文版〕

诗仙李白　诗圣杜甫

〔精编〕

〔上〕

孔庆东 ◎ 主编

吉林出版集团股份有限公司

序

古人说:"刚日读经,柔日读史。"本来说的是什么时间读什么书,从侧面看来,我们的前辈多么勤奋,每日读书,并不留空闲。

在一个号召"全民阅读"的时代,如何阅读,阅读什么,成为新常态下的新课题。数千年来的文化传统和我们的祖先的经验告诉我们,那就是阅读经典图书。这套《品读经典》丛书,其旨趣、其志向,大概就是"打通"这样一个目标。

我也经常说,只有阅读经典著作,建立了平衡的知识结构,才能做到"风吹不昏,沙打不迷"。

一日不读书,心源如废井。

在我看来,读书应该是日常生活的组成部分,就像呼吸空气那样。

我在北大附属实验学校的一次报告会上曾经谈过,要读书,读好书,也只有那些有独创思想的著作才能称为"书",才可能成为经典。

经典书,也就是我们常说的"真正的书",它应具有独特性、原创性、思想性。独特性就是与众不同,是自己独立思考的东西;原创性就是"我手写我心";思想性就是必须加入自己个体的思考。

另外,经典书均为文史哲范围,因为这些书属于上层书,其思想辐射至其他专业。今天我们有几百个专业,它们并不是在一个平面上展开的。

我们要每天读点儿书，滋润自己的心灵。读书不是立竿见影之事，不能立马改变生活，它是个慢功夫。几天不读好像没什么，其实你已经落后了，而当你水平提高了又不容易下去。

对于个人来讲，我们把学到的知识用到实践当中，用到一点就足够我们享用一辈子了。表里不一对于国家来说是毁国家前途，对于个人来说是毁自己前途。很多人总是发明新道理，但是我觉得旧道理够用。

知道了之后再实践了，这才是真正的读书人。

古人言："读万卷书，行万里路。"

"读万卷书"是前提，"行万里路"是实践，把知识实际地运用。孔子讲的"忠、恕、仁"这几个概念，你能把它实践好就很不错了，懂了这些道理你读书就很快乐。有了这种精神状态之后，你就会持一个乐观的心态。读书最后还是为了自己，使自己成为一个乐观快活的人，让自己活在这个世界上特别有劲。

我们既要"行万里路"，也要"读万卷书"，更要读好书，读经典书。

著名学者汤一介先生说，一本好的经典，"可以启迪人们的思考，同时也告诉我们应该重视经典"，面对先贤的智慧，面对我们两千余年来的诸子百家、孔孟老庄，"我们必须谦虚，向经典学习"，也许这就是"品读经典"丛书出版的意义。

前 言

中国是诗的国度,唐代则是中国古典诗歌发展的鼎盛时期。唐代诗作不胜枚举,其中最具代表性、最脍炙人口的则是李白、杜甫两位大诗人的作品。

李白(701—762),字太白,号青莲居士,唐代最伟大的浪漫主义诗人,有"诗仙"之称。李白的诗歌豪放飘逸,想象丰富,语言清新自然,音律和谐多变,充满瑰丽绚烂的色彩,是继屈原之后浪漫主义诗歌发展的新高峰。李白一生游历大江南北,因而其诗作多姿多彩,诗歌内容包括赞美祖国大好河山、隐喻政治生活、歌颂真挚友情、反映民生疾苦等诸多方面。李白的传世诗篇有九百多首,表现了他蔑视权贵、反抗传统束缚、追求自由和理想的积极精神,也是盛唐社会精神风貌的写照。

杜甫(712—770),字子美,生于河南巩县。因其曾居长安城南少陵,故自称少陵野老,世称杜少陵。他曾在剑南节度使严武的幕中任检校工部员外郎,所以又有杜工部之称。杜甫是中国文学史上伟大的现实主义诗人,他的诗深刻反映了唐朝由盛而衰时期的社会面貌，激荡着忧国忧民的炽热情怀和自我牺牲的崇高精神，因此被后人称为"诗史"，杜甫也被后世尊称为"诗圣"。杜诗现存一千四百余首，其风格多样，以沉郁为主；语言凝练，富有表现力。杜诗继承和发展了《诗经》的现实主义传统，成为我国古代现实主义诗歌发展的最高峰。

　　李白、杜甫都是中国历史上伟大的诗人，他们的诗作各具特色，其中许多流传至今。编者特将二人的诗歌辑录成集，希望读者能从两种风格迥异的诗歌作品中得到美的享受。

——《品读经典》编委会

目 录

李白名诗名句
韵里江山

早发白帝城 / 四
望天门山 / 五
望庐山瀑布 / 六
夜宿山寺 / 六
望庐山五老峰 / 七
秋下荆门 / 八
登金陵凤凰台 / 九
与夏十二登岳阳楼 / 九
登太白峰 / 一〇
访戴天山道士不遇 / 一一
登锦城散花楼 / 一二
夜下征虏亭 / 一三
东鲁门泛舟 / 一四
下终南山过斛斯山人宿置酒 / 一五
秋登宣城谢朓北楼 / 一六
陪侍郎叔游洞庭醉后三首（其三）/ 一七
陪族叔刑部侍郎晔及中书舍人至游洞庭（其二）/ 一七
庐山谣寄卢侍御虚舟 / 一八
别匡山 / 二〇

题宛溪馆 / 二一
登瓦官阁 / 二二
游泰山六首（其三）/ 二四
入清溪行山中 / 二五
登高丘而望远海 / 二六

行路维艰

蜀道难 / 二八
将进酒 / 三一
梦游天姥吟留别 / 三二
宣州谢朓楼饯别校书叔云 / 三四
夜泊牛渚怀古 / 三六
登高望四海（古风其三十九）/ 三七
行路难（其一）/ 三八
行路难（其三）/ 三九
上三峡 / 四一
忆东山二首（其一）/ 四三
古朗月行 / 四三
奔亡道中五首（其三）/ 四五
临路歌 / 四五
燕昭延郭隗（古风其十五）/ 四六
西上莲花山（古风其十九）/ 四八
赠从弟冽 / 四九
桃花开东园（古风其四十七）/ 五二
玉壶吟 / 五三

友情深挚

送孟浩然之广陵 / 五五

赠汪伦 / 五六

送友人 / 五六

金陵酒肆留别 / 五七

送杨山人归嵩山 / 五八

白云歌送刘十六归山 / 五九

送友人入蜀 / 五九

赠孟浩然 / 六〇

鲁郡东石门送杜二甫 / 六一

沙丘城下寄杜甫 / 六二

闻王昌龄左迁龙标遥有此寄 / 六二

山中与幽人对酌 / 六三

送裴十八图南归嵩山二首（其一）/ 六四

送裴十八图南归嵩山二首（其二）/ 六五

戏赠杜甫 / 六六

听蜀僧濬弹琴 / 六七

游敬亭寄崔侍御 / 六八

赠钱征君少阳 / 七〇

金乡送韦八之西京 / 七一

秋日鲁郡尧祠亭上宴别杜补阙范侍御 / 七二

灞陵行送别 / 七三

劳劳亭 / 七五

对酒忆贺监二首（其一）/ 七五

哭晁卿衡 / 七六

哭宣城善酿纪叟 / 七七

感慨兴怀

月下独酌 / 七八

上李邕 / 七九

南陵别儿童入京 / 八一
把酒问月 / 八二
清平调（其一）/ 八三
清平调（其二）/ 八四
清平调（其三）/ 八五
独坐敬亭山 / 八六
金陵城西楼月下吟 / 八七
关山月 / 八七
乌栖曲 / 八九
苏台览古 / 九○
谢公亭 / 九一
秋浦歌（其十四）/ 九二
秋浦歌（其十五）/ 九二
丁都护歌 / 九三
塞下曲六首（其一）/ 九四
秦王扫六合（古风其三）/ 九五
丑女来效颦（古风其三十五）/ 九八
远别离 / 九九
王昭君 / 一○一
山中问答 / 一○二
与史郎中钦听黄鹤楼上吹笛 / 一○三
宿五松山下荀媪家 / 一○四
从军行 / 一○五
战城南 / 一○五
永王东巡歌十一首（其二）/ 一○七
永王东巡歌十一首（其十一）/ 一○七
嘲鲁儒 / 一○八
横江词六首（其一）/ 一一○
横江词六首（其五）/ 一一○

越中览古 / 一一一
经下邳圯桥怀张子房 / 一一二
望鹦鹉洲悲祢衡 / 一一三
日出入行 / 一一五
大车扬飞尘（古风其二十四） / 一一六
郑客西入关（古风其三十一） / 一一八
行行且游猎篇 / 一一九
五月东鲁行答汶上翁 / 一二一
江上吟 / 一二三
扶风豪士歌 / 一二四

乡思闺怨

静夜思 / 一二七
渡荆门送别 / 一二八
峨眉山月歌 / 一二八
春夜洛城闻笛 / 一二九
客中作 / 一三〇
清溪行 / 一三一
宣城见杜鹃花 / 一三二
太原早秋 / 一三二
乌夜啼 / 一三三
玉阶怨 / 一三四
春思 / 一三四
怨情 / 一三五
长干行 / 一三六
长门怨（其一） / 一三八
长门怨（其二） / 一三九
长相思（其一） / 一三九

长相思（其二）/ 一四一
子夜吴歌（其三）/ 一四三
子夜吴歌（其四）/ 一四四

杜甫名诗名句

感时伤乱

春望 / 一四八
对雪 / 一四九
野望 / 一五一
丽人行 / 一五二
哀王孙 / 一五三
赠花卿 / 一五五
前出塞九首（其六）/ 一五六
后出塞五首（其二）/ 一五六
赠卫八处士 / 一五八
江南逢李龟年 / 一六〇
闻官军收河南河北 / 一六〇
秋兴八首（其一）/ 一六一
秋兴八首（其四）/ 一六二
秋兴八首（其五）/ 一六三
诸将五首（其二）/ 一六四
秋雨叹三首 / 一六五
喜达行在所三首（其二）/ 一六七
恨别 / 一六八

悲己怀人

旅夜书怀 / 一七〇

贫交行 / 一七一

佳人 / 一七一

孤雁 / 一七三

野老 / 一七四

九日蓝田崔氏庄 / 一七五

送远 / 一七六

阁夜 / 一七七

日暮 / 一七八

江汉 / 一七九

归雁 / 一八〇

新秋 / 一八一

奉济驿重送严公四韵 / 一八一

别房太尉墓 / 一八二

将赴荆南寄别李剑州 / 一八三

寄韩谏议注 / 一八四

九日 / 一八六

发潭州 / 一八七

南征 / 一八七

丹青引赠曹将军霸 / 一八八

醉时歌 / 一九一

投简咸华两县诸子 / 一九三

官定后戏赠 / 一九五

赠李白 / 一九六

月夜 / 一九七

春日忆李白 / 一九八

月夜忆舍弟 / 一九九

天末怀李白 / 二〇〇

梦李白二首 / 二〇〇

不见 / 二〇三

心系苍生

又呈吴郎 / 二〇五
茅屋为秋风所破歌 / 二〇六
悲陈陶 / 二〇八
春宿左省 / 二〇九
兵车行 / 二一〇
新安吏 / 二一二
石壕吏 / 二一四
潼关吏 / 二一六
新婚别 / 二一八
无家别 / 二二〇
垂老别 / 二二二
冬狩行 / 二二四
岁晏行 / 二二七
蚕谷行 / 二二九
朱凤行 / 二二九
负薪行 / 二三一

览古抒怀

蜀相 / 二三三
琴台 / 二三四
禹庙 / 二三五
咏怀古迹（其一） / 二三六
咏怀古迹（其二） / 二三八
咏怀古迹（其三） / 二三九
咏怀古迹（其四） / 二四〇
咏怀古迹（其五） / 二四一

八阵图 / 二四二

题玄武禅师屋壁 / 二四三

玉台观 / 二四四

古柏行 / 二四五

玉华宫 / 二四七

后游 / 二四八

山河杂记

望岳 / 二四九

春夜喜雨 / 二五〇

绝句四首（其三）/ 二五一

绝句二首（其一）/ 二五二

绝句二首（其二）/ 二五三

秦州杂诗（其七）/ 二五三

登岳阳楼 / 二五四

宿江边阁 / 二五六

哀江头 / 二五七

曲江二首（其一）/ 二五九

曲江二首（其二）/ 二五九

白帝 / 二六〇

白帝城最高楼 / 二六一

登高 / 二六二

漫成一首 / 二六三

夔州歌十绝句（其一）/ 二六四

登楼 / 二六四

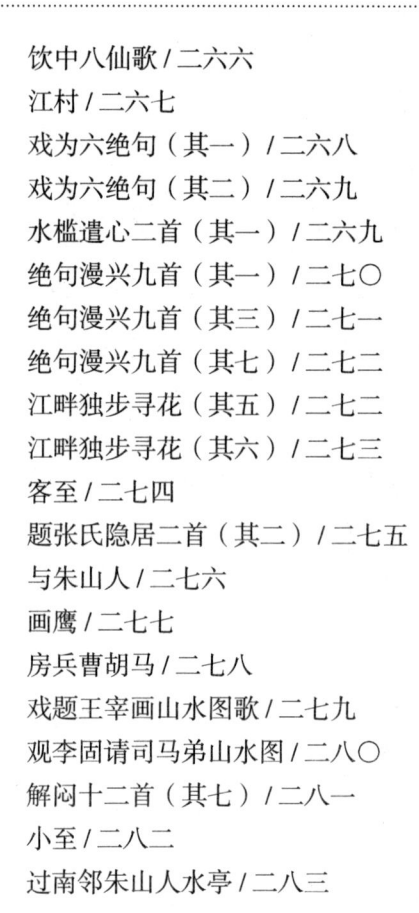

闲情逸致

饮中八仙歌 / 二六六
江村 / 二六七
戏为六绝句（其一）/ 二六八
戏为六绝句（其二）/ 二六九
水槛遣心二首（其一）/ 二六九
绝句漫兴九首（其一）/ 二七〇
绝句漫兴九首（其三）/ 二七一
绝句漫兴九首（其七）/ 二七二
江畔独步寻花（其五）/ 二七二
江畔独步寻花（其六）/ 二七三
客至 / 二七四
题张氏隐居二首（其二）/ 二七五
与朱山人 / 二七六
画鹰 / 二七七
房兵曹胡马 / 二七八
戏题王宰画山水图歌 / 二七九
观李固请司马弟山水图 / 二八〇
解闷十二首（其七）/ 二八一
小至 / 二八二
过南邻朱山人水亭 / 二八三

李白名诗名句

李　白

　　李白的诗歌万古流芳，但他的身世至今还是个未解的谜。一种观点认为李白出生于中亚碎叶城（今吉尔吉斯斯坦境内）一带，五岁时随家人迁到绵州昌隆县（今四川江油）。目前的普遍看法是李白出生在唐长安元年（701），去世于宝应元年（762）。

　　李白的青年时期，恰逢唐王朝的全盛时期，也就是著名的"开元盛世"。当时，李白沿江而下，途经巴渝，出三峡，到了今天湖北、湖南一带的楚国旧地。然后继续向东，到达今天江苏南京、扬州，浙江绍兴等地。他一路游览山川奇景，写下了不少著名诗篇。

　　开元十八年（730），李白第一次到了长安，他终日往返于王公贵族的门庭，渴望被人引荐，结果却不尽如人意。于是，李白不得不败兴而归，顺黄河东下，到洛阳、太原等地去游历。

　　天宝元年（742），唐玄宗召李白进京任翰林供奉。那一年李白四十二岁。可没过多久，他就因得罪权贵而遭排挤，不得不离开长安，重新开始了游历。

　　天宝十四年（755）冬，安史之乱爆发。李白带着宗氏夫人一起向南逃难，沿途写了许多诗篇，既表达了对叛军的痛恨，也表达了对国家和人民的担忧。

宝应元年（762），李白投靠了安徽当涂县令李阳冰。同年冬，李白在贫病交加中离开了人世，终年六十二岁。同年，唐代宗下诏任命李白为左拾遗，可惜此时李白已离开人世。

李白的作品流传至今的有诗九百多首，文六十余篇。他的诗歌充满盛唐的时代气息。他的一生始终都在以率真的心态、如火的激情歌颂着大唐盛世，不管时代怎样改变，他都能够满怀一腔热血去拥抱这个世界，追求理想，享受生命，把握一切美好的事物，既把握现实但又不仅仅停留在现实中，始终意气风发地去实现生命本来的价值。如果说盛唐诗风的主要特征是理想主义色彩浓郁，那么李白就是以更加斑斓的理想之诗走在了时代的最前列。

总体而言，如用李白自己的诗句来总结他的诗歌风格，完全可以说是"清水出芙蓉，天然去雕饰"。他的诗歌总是以浓郁的浪漫气息表现出蓬勃生机，是盛唐之音当之无愧的代表。他不仅完成了自初唐开始的诗风变革，而且和杜甫一起，将中国古典诗歌的创作艺术推向了极致。因而后世的韩愈这样评价道："李杜文章在，光焰万丈长。"

韵里江山

早发白帝城①

朝辞白帝彩云间②,千里江陵③一日还。
两岸猿声啼不住④,轻舟已过万重山⑤。

注释

①白帝城:在今重庆市奉节县城东的瞿塘峡口。

②彩云间:白帝城在白帝山上,地势高耸,因此从山下仰望,便会感觉它仿佛耸入云间。

③江陵:今湖北江陵县。从白帝城到江陵约一千二百里路程,其间包括七百里三峡。

④住:停息。

⑤万重山:层层叠叠的山。

译文

清晨辞别彩云里的白帝城,只需一天时间就将到达千里之外的江陵。在两岸的猿猴不断的啼叫声中,轻快的客船已经飞过了青山万重。

望天门山①

天门中断楚江②开,碧水东流至此回。

两岸青山③相对出,孤帆一片日边来。

注释

①天门山:在今安徽当涂西南长江两岸,东为博望山,西为西梁山。两山夹江而立,形似天门,故而得名。

②楚江:长江流经湖北宜昌至安徽芜湖的一段。因该地区古时属于楚国,所以诗人将其称为楚江。

③两岸青山:指博望山和西梁山。

译文

楚江奔腾,将天门山冲断,使其一分为二,东流的汹涌江水奔腾经过两山之间时,激起回旋。两山隔江兀立,对峙如门,崖峭如削。天水相接处,一片白帆正在慢慢地从远方驶来。

望庐山瀑布

日照香炉①生紫烟②,遥看瀑布挂前川。
飞流直下三千尺,疑是银河落九天③。

注释

①香炉:指庐山的香炉峰。

②紫烟:紫色的雾气。这是因为云雾水汽受到日光照射,呈现出紫色。

③九天:古人认为天有九重,九天是天的最高层,此处指极高的天空。

译文

阳光照射在香炉峰上,使得山峰紫色的雾气缭绕。远远望去,瀑布犹如挂在山川间的一条白练。水流从三千尺的高处飞奔而下,就像是银河从九天落下。

夜宿山寺

危楼①高百尺②,手可摘星辰。
不敢高声语,恐惊天上人。

注释

①危楼:高楼,这里指建在山顶的寺庙。

②百尺:虚指,不是实数,这里用于形容楼很高。

译文

这座楼真高啊,好像有一百尺的高度,站在上面,伸手就可以摘下天上的星星。在这里,我不敢大声说话,害怕惊动了天上的仙人。

望庐山五老峰①

庐山东南五老峰,青天削出金芙蓉②。
九江秀色可揽结③,吾将此地巢云松④。

注释

①五老峰:庐山东南部相连的五座山峰,形如五位老人并肩而立,是庐山胜景之一。李白曾在此地筑舍读书。

②金芙蓉:《李太白诗醇》载:"芙蓉,莲花也。山峰秀丽可以比之。其色黄,故曰金芙蓉也。"

③揽结:采集。

④巢云松:隐居。

译文

庐山东南部有五座相连的山峰,在阳光的映射下,它们恰似怒放的金色芙蓉花。登上庐山远望,九江一带的秀丽景色一览无余,如此佳境,我将要在这里隐居。

秋下荆门

霜落荆门江树空①,布帆无恙挂秋风。
此行不为鲈鱼鲙,自爱名山入剡中②。

注释

①江树空:长在江边的树,叶子经霜落尽。
②剡中:今浙江嵊州,境内多名山佳水。

译文

秋霜落在荆门,江边之树的叶子经霜落尽,秋风也为我送行,我此行旅途平安。这次远离家乡去剡中,不是为了品尝鲈鱼鲙,而是因为我向往名山。

登金陵凤凰台①

凤凰台上凤凰游,凤去台空江自流。
吴宫②花草埋幽径,晋代衣冠成古丘。
三山半落青天外,一水中分白鹭洲。
总为浮云③能蔽日④,长安不见使人愁。

注释

①凤凰台:故址在今南京凤凰山上,南朝宋文帝所建。
②吴宫:指三国时期孙吴政权所建的宫殿。
③浮云:喻权奸。
④日:喻君王。

译文

凤凰台上曾经有过凤凰翱翔,如今却凤去台空,唯有江水独自流淌。昔日吴宫所在地生长着的花草,早已将小路埋没,东晋时的风流人物早已进入坟墓。三山如同矗立天外,浩浩的长江被白鹭洲一分为二,各自分流。总是因为那浮云遮蔽了太阳,不见京都长安而心中忧伤。

与夏十一①登岳阳楼

楼观岳阳尽,川迥洞庭开②。
雁引愁心去,山衔好月来。

云间连下榻，天上接行杯③。

醉后凉风起，吹人舞袖回。

注释

①夏十二：李白的朋友，家中排行十二，名字、生平不详。

②洞庭开：洞庭湖水浩浩荡荡，一望无涯。

③行杯：传杯而饮。

译文

站在岳阳楼上，周围的美景尽收眼底。只见山离得很远，洞庭湖水波浩荡。连大雁与群山也仿佛有了灵性，一个将愁绪引去，一个将好月衔来。岳阳楼高耸入云，我与友人在此饮酒，仿佛在天上云间饮酒作乐。喝得有些醉了，不禁跳起舞来，凉风吹着衣袖，使其来回摆动。

登太白峰①

西上太白峰，夕阳穷登攀。

太白与我语，为我开天关。

愿乘泠风去，直出浮云间。

举手可近月，前行若无山。

一别武功去，何时复见还？

注释

①太白峰：在今陕西武功城南九十公里，秦岭的主峰之一，地处汉江与渭水之间，是关中最高的山峰。峰高气冷，背阴处长年积雪不融，故有"太白积雪六月天"之谚语。

译文

我从西面攀登太白峰，直到太阳落山才登上峰顶。太白星对我说，愿意为我打开通往天宫的门。我愿乘着习习和风，飘然飞升，穿梭在浓密的云层中。抬手便能触碰明月，前面好像再也没有比这更高的山了。这次和武功山分别了，什么时候才可以回来再见它呢？

访戴天山①道士不遇

犬吠水声中，桃花带露浓。
树深时见鹿，溪午不闻钟。
野竹分青霭②，飞泉挂碧峰。
无人知所去，愁倚两三松。

注释

①戴天山：又名大康山、大匡山，在今四川省江油市。本诗是李白隐居在大匡山读书时的作品。

②青霭：青色的云气。

译文

溪水潺潺,犬吠声隐约传来,桃花盛开,花瓣上的露珠在阳光下显得分外明艳。走在林间小路上,经常看到在林间出没的麋鹿,树深路远,终于来到小溪旁,时间已是正午。虽然这时候道院该打钟了,却没听到钟声。只看见高大的野竹间缭绕着青色的云气,湍急的飞瀑挂在碧绿的山峰上。没有人知道他去了哪里,我倚靠在松树旁惆怅无尽。

登锦城①散花楼②

日照锦城头,朝光散花楼。
金窗夹绣户,珠箔③悬银钩。
飞梯④绿云中,极目⑤散我忧。
暮雨向三峡⑥,春江绕双流⑦。
今来一登望,如上九天⑧游。

注释

①锦城:即今四川成都市。据《成都记》记载:成都也叫锦官城,因江山明丽如锦而得名。

②散花楼:在成都摩诃池上,隋末蜀王杨秀所建。唐时,成都在玄宗幸蜀后改称南京,散花楼被辟为行宫。

③珠箔:用珠子缀成的垂帘。

④飞梯:即高梯。

⑤极目:向目所能及的远处眺望。

⑥三峡：即长江三峡——瞿塘峡、巫峡、西陵峡。

⑦双流：县名，在今四川成都平原中部。据《元和郡县志》记载，成都府有双流县，因县在二江（郫江、流江）之间，故名。

⑧九天：指天的极高处。

译文

红日高照锦官城头，朝霞把散花楼染得光彩夺目。楼上的窗棂闪耀着金色光辉，门上的彩绘像锦绣一样美丽。珍珠串成的门帘悬挂在银色的帘钩上，凌云欲飞的楼梯升起在碧绿的树丛中。站在楼头，放眼四望，一切忧愁愤懑的情绪都一扫而空了。昏暗的暮雨潇潇飘向三峡，满江的春水环绕着双流城。今天我来此登楼而望，简直就是在九重天之上游览。

夜下征虏亭

船下广陵①去，月明征虏亭。

山花如绣颊②，江火③似流萤④。

注释

①广陵：地名，在今江苏扬州一带。

②绣颊：涂过丹脂的女子面颊。诗中用以比喻岸边山花的娇美。

③江火:江船上的灯火。

④流萤:飞动的萤火虫。

译文

我乘小舟去扬州,坐在舟中回顾征虏亭。亭子沐浴在皎洁的月光下,轮廓分明。月色下,亭畔山花烂漫,犹如美女绯红的面颊,江中行船的灯火星星点点,游移不定,好像飞舞着的萤火虫。

东鲁门①泛舟

日落沙②明天倒开,波摇石动水萦回。

轻舟泛月③寻溪转,疑是山阴雪后来④。

注释

①东鲁门:据《一统志》记载,东鲁门在兖州(今山东曲阜、兖州一带)城东。

②沙:水中的小片陆地。

③泛月:月下泛舟。

④"疑是"句:此句借用了东晋山阴人王徽之雪夜访戴的典故。山阴:今浙江绍兴县。

译文

太阳落山了,沙洲和天空倒映在水中的影子变得格外明亮;水波荡漾,石头的影子也开始摇晃。月光洒向水面,泛起粼粼的银光;船只似乎是在沿着月光前行,坐在船上,恍惚间以为自己就是当年的王徽之。

下终南山过斛斯山人宿置酒

暮从碧山下,山月随人归。
却顾所来径,苍苍横翠微。
相携及田家,童稚开荆扉。
绿竹入幽径,青萝拂行衣。
欢言得所憩,美酒聊共挥。
长歌吟松风①,曲尽河星稀。
我醉君复乐,陶然共忘机。

注释

①松风:古琴曲,即《风入松》。

译文

傍晚从终南山上走下来,山月好像随着行人而归。回望来时走的山间小路,只见山林莽莽苍苍一片青翠。路遇斛斯山人,随之来到他家,见到客人来,小童急忙出来打开柴门。穿过竹林进入幽静的小路,青萝枝叶拂掠行人的衣襟。欢快说笑间得到休息,畅饮美酒,宾主频频举杯。慷慨高歌《风入松》的曲调,曲罢星辰寥落。我喝醉了,主人非常高兴,我们欢乐得忘了世俗的名利之争。

秋登宣城谢朓北楼

江城如画里,山晚望晴空。
两水夹明镜,双桥①落彩虹。
人烟寒橘柚,秋色老梧桐。
谁念北楼上,临风怀谢公。

注释

①双桥:指横跨溪水的上、下两桥,上桥叫做凤凰桥,下桥叫济川桥。

译文

位于水边的宣城明净秀丽,如在画中。秋天的傍晚,独自登上谢公楼凭高远眺,晴空山色,一览无余。绕城合流的句溪和宛溪泛着波光,宛如明镜。凤凰桥和济川桥在水中的倒影有如彩虹。远处升起一缕缕炊烟,橘树和柚树便掩映在这寒烟里。秋气苦寒,深碧的梧桐染上浓重的秋色。有谁知道,在这深秋的北楼上,有人正临风惆怅,怀念北楼昔日的主人谢朓。

陪侍郎叔①游洞庭醉后三首（其三）

划却②君山好，平铺湘水③流。
巴陵④无限酒，醉杀⑤洞庭秋。

注释

①侍郎叔：即诗人的族叔，刑部侍郎李晔。侍郎，古代官职名。一般认为，其创建于汉代，并沿用至20世纪初。

②划却：铲掉。

③湘水：水名，源于广西壮族自治区兴安县西南阳海山，东北流入湖南境，到零陵与潇水会合。

④巴陵：即巴陵郡，郡治在今湖南省岳阳。

⑤醉杀：醉的程度很深。

译文

把君山铲掉就好了，那样湘水就可以平铺着流入洞庭湖。巴陵郡浩浩荡荡的江水啊，仿佛都变成了美酒，醉杀了整个洞庭地区，你看那满山的红叶，不就是洞庭之秋醉后的容颜吗？

陪族叔刑部侍郎晔及中书舍人至游洞庭（其二）

南湖①秋水夜无烟②，耐可③乘流直上天④？
且就洞庭赊月色，将船买酒白云边⑤。

注释

①南湖：指洞庭湖。因在岳州西南，故称。
②烟：指雾霭。
③耐可：哪可，怎么能够。
④乘流直上天：古代传说，天河与海相通，曾有人乘木筏过天河，见到了牛郎、织女。
⑤白云边：形容洞庭湖水壮阔无边，与天相接。

译文

南湖秋夜，云淡风轻，我们如何才能乘流直上到那天河之中呢？姑且向这洞庭湖借些月色，划着小船去白云边买些酒吧。

庐山谣寄卢侍御虚舟①

我本楚狂人②，凤歌笑孔丘③。手持绿玉杖，朝别黄鹤楼。五岳寻仙不辞远，一生好入名山游。

庐山秀出南斗④旁，屏风九叠⑤云锦张，影落明湖⑥青黛光。金阙⑦前开二峰⑧长，银河倒挂三石梁⑨。香炉瀑布遥相望，回崖沓嶂凌苍苍。翠影红霞映朝日，鸟飞不到吴天⑩长。

登高壮观天地间，大江茫茫去不还。黄云万里动风色，白波九道⑪流雪山。好为庐山谣，兴因庐山发。闲窥石镜⑫清我心，谢公行处苍苔没。

早服还丹无世情，琴心三叠⑬道初成。遥见仙人彩云里，手把芙蓉朝玉京。先期汗漫九垓上，愿接卢敖游太清。

注释

①卢侍御虚舟：卢虚舟，字幼真，范阳（今北京大兴）人，肃宗时担任殿中侍御史，曾经与李白共游庐山。

②楚狂人：指春秋时楚国隐士接舆。

③"凤歌"句：孔子曾前往楚国，游说楚王。楚国隐士接舆经过他车边的时候唱道："凤兮凤兮，何德之衰？往者不可谏，来者犹可追！已而！已而！今之从政者殆而！"（《论语·微子》）以此来嘲笑孔子沉迷于官宦之位。此处李白以楚狂人自比，表示了对仕途的失望，寓意自己也要像楚狂人接舆那样，鄙弃官位，游历名山大川，过与世无争的隐居生活。

④南斗：星宿名，浔阳地处南斗分野，庐山在浔阳西北，故云"南斗旁"。

⑤屏风九叠：喻山峦重重叠叠。

⑥明湖：鄱阳湖。

⑦金阙：金阙岩。

⑧二峰：指香炉峰和双剑峰。

⑨三石梁：庐山有三叠泉，水势三折而下，像是银河倒挂石梁。

⑩吴天：三国时庐山属吴地，故称吴天。

⑪九道：古人认为长江流到浔阳时分为九条支流。

⑫石镜：庐山石镜岭有圆石明如镜，能照人形。

⑬琴心三叠：指修炼的功夫很深，达到心和神悦的境界。

译文

我本是楚狂人，唱着凤歌笑孔丘。手里拿着绿玉杖，清晨就辞别了黄鹤楼。寻访五岳找仙人,不畏路程远,这一生就喜欢踏上名山游。秀美的庐山挺拔在南斗星旁,九叠云屏象锦绣云霞般展开;湖光山影,相互映照烘托得分外明媚绮丽。金阙岩前矗立着两座高峰,三石梁瀑布有如银河倒挂,飞鞋而下,和香炉峰瀑布遥遥相望,曲折回旋的山崖、层层叠起的峰峦直插穹苍。山色苍翠,红霞映朝阳,鸟迹看不见,只有吴天寥廓苍茫茫。登上高山,满怀豪情让目光驰骋在天地间,大江悠悠东去不回还。黄云涌出,万里天色变,九条支流,白波滚滚有如流动的雪山。心情真好啊,写出这首《庐山谣》,面对庐山,更使我诗兴发。悠闲中,我对着石镜洗净尘世心,谢公的行迹早就被苍苔填没。我早就服下仙丹再没有尘世情,三丹和积,可说是学道已初成。远远望见仙人正在彩云里,手捧着莲花去朝拜玉帝。早已约好天神会面在九天之上,希望迎接你一同邀游太清。

别匡山

晓峰如画碧参差,藤影摇风拂槛垂。
野径来多将犬伴,人间归晚带樵随。
看云客倚啼猿树,洗钵僧临失鹤池①。
莫怪无心恋清境,已将书剑许明时。

注释

①失鹤池:匡山大明寺前的水池,因常有鹤集于其中而得名,又名"饲鹤池"。

译文

清晨,我远望匡山,但见青山如画,青翠的颜色深浅不一,树木参差不齐。藤影随风飘动,垂到栏杆上。山间的小路上,行人大都带着一只家犬行走,晚归的农人们都背负着柴薪。猿在树上啼叫,我倚树而立,看见大明寺里的僧人在失鹤池中清洗吃饭的钵盂。不是我不爱这清丽的美景,只因我已决心将我的文才武艺全都投入到政治清明的时代中,以开创一番事业。

题宛溪馆①

吾怜宛溪好,百尺照心明。
何谢②新安水,千寻③见底清。
白沙留月色,绿竹助秋声。
却笑严湍上,于今独擅名。

注释

①宛溪馆:建在宛溪边的楼馆。宛溪,新安江上游的支流之一,流经宣城敬亭山下。

④何谢:何让,何逊。

⑤寻:古代的长度单位,八尺为一寻。

译文

我喜爱美丽的宛溪,深深的溪水澄澈明净。跟新安江相比,它毫不逊色,再深的地方也能清澈见底。迷蒙的月色洒在白沙之上,秋风吹过竹林,发出簌簌的声音。可叹的是,因为严子陵的缘故,人们只知道严陵濑(而不知道这里)。

登瓦官阁①

晨登瓦官阁，极眺②金陵城③。
钟山④对北户⑤，淮水⑥入南荣⑦。
漫漫⑧雨花落⑨，嘈嘈⑩天乐⑪鸣。
两廊振法鼓⑫，四角吟风筝⑬。
杳⑭出霄汉上，仰攀日月行。
山空霸气灭⑮，地古寒阴生。
寥廓云海晚⑯，苍茫宫观⑰平。
门余阊阖⑱字，楼识凤凰⑲名。
雷作百山动，神扶万栱⑳倾。
灵光㉑何足贵？长此镇吴京㉒。

注释

①瓦官阁：又名昇元阁，建于梁朝，高二百四十尺，故址在今江苏南京市西南。

②极眺：极目远望。

③金陵城：今江苏南京市。

④钟山：即紫金山，在今南京市东。

⑤北户：北门。

⑥淮水：指秦淮河。

⑦荣：古时房屋屋檐两头翘起的部分。

⑧漫漫：无边际的样子。

⑨雨花落：指天花纷坠。传说梁武帝时，云光法师在金陵

的聚宝山上讲经，天花纷纷降落。

⑩嘈嘈：形容声音众多。

⑪天乐：天上的仙乐。

⑫法鼓：寺庙所设之鼓。

⑬风筝：也叫铁马，古时悬挂在屋檐下的铁片，风起则相击发声。

⑭杳（yǎo）：旷远。

⑮霸气灭：指六朝灭亡后金陵不复为帝都。霸气：旧指帝王的气象。古代传说金陵有王气，这里的霸气即王气。

⑯云海晚：指傍晚时瓦官阁上空云铺如海。

⑰宫观：古时帝王的离宫别馆。

⑱阊阖（chāng hé）：阊阖门，六朝时宫门名。

⑲凤凰：指凤凰楼，在金陵（今南京）西南的凤凰山上。

⑳栱（gǒng）：斗栱。我国木结构建筑中的一种支承构件，可使屋檐大量外伸。

㉑灵光：即灵光殿。汉景帝的儿子鲁恭王刘余所建，是我国古代有名的建筑物，以历久不废、岿然独存而著称。

㉒吴京：指金陵，因三国时吴国在金陵建都，故称。

译文

清早登上瓦官阁，极目远望金陵城。瓦官阁北望可以看见钟山，南临秦淮河。天花纷纷洒落，仙乐一齐响起。两廊间鼓声阵阵，咚咚震耳；檐角下铁马撞击，铮铮脆鸣。寺阁巍然耸立，直冲霄汉，攀登上去，似乎可以和日月同行。六朝之后金陵不复为帝都，王朝霸气已经消失殆尽，岁月久远，只让人感到凉意阵阵。傍晚时分，瓦官阁上空云铺似海，旧时宫观在迷蒙的夜色中悄无声息。大门上只剩下"阊阖"两字隐约可见，楼前面也只能分辨出"凤凰"的题名。雷声轰鸣，震得群山摇动；万间佛殿，依仗着神佛的护佑才免于倒塌。灵光殿有什么了不起的？瓦官阁将会长久在此镇守着金陵城。

游泰山①六首（其三）

平明登日观②，举手开云关③。

精神四飞扬，如出天地间。

黄河从西来，窈窕④入远山。

凭崖览八极⑤，目尽长空闲。

偶然值⑥青童，绿发⑦双云鬟⑧。

笑我晚学仙，蹉跎凋朱颜⑨。

踌躇⑩忽不见，浩荡⑪难追攀。

注释

①泰山：在今山东泰安市西北，是五岳中的东岳，被誉为五岳之首。

②日观：泰山东南的高峰，因能看到太阳升起而得名。

③云关:指云气拥蔽如门关。

④窈窕:深远曲折的样子。

⑤八极:八方极远之地。

⑥值:遇到。

⑦绿发:漆黑的头发。

⑧云鬟:古代妇女梳的环形发结,这里指仙童的发型。

⑨凋朱颜:这里指容貌衰老。

⑩踌躇:犹豫。

⑪浩荡:广阔,这里指广阔的空间。

译文

天刚亮时登上日观峰,(日观峰很高,)仿佛举起手来就能把云关打开。(登上峰顶)精神振奋,意气飞扬,仿佛刚从天地间出来一样。黄河从西边流过来,曲曲折折流进了远处的群山间。在崖边眺望远方,天地显得格外开阔。偶然遇到一个头发漆黑的仙童,梳着环形发结。他嘲笑我学仙为时已晚,白白虚度了光阴,容颜也已经衰老。正在犹豫时,仙童忽然不见了,消失在广阔的天地间,无处追寻。

入清溪①行山中

轻舟去何疾!已到云林境②。

起坐鱼鸟间,动摇山水影。

岩中响自合,溪里言弥静。

无事令人幽,停桡③向余景④。

注释

①清溪：水名，在今安徽贵池县北。

②云林境：白云悠游、山林苍翠的境地。

③桡（ráo）：桨。

④余景：夕阳的余晖。景，同"影"。

译文

轻快的小船走得多么快呀！转眼间，已到了白云悠游、山林苍翠的境地。坐在鱼儿和鸟中间，欣赏山与水的幻影。岩石应和着水流拍击的声音，在小溪旁讲话也听不到回音。这样的宁静让人觉得幽闲，于是停下手中的桨，静静地欣赏着夕阳的余晖。

登高丘而望远海

登高丘，望远海。

六鳌①骨已霜，三山流安在？

扶桑②半摧折，白日沉光彩。

银台金阙③如梦中，秦皇汉武空相待。

精卫费木石，鼋鼍④无所凭。

君不见骊山茂陵尽灰灭，牧羊之子来攀登。

盗贼劫宝玉，精灵竟何能。

穷兵黩武今如此，鼎湖飞龙⑤安可乘？

注释

①鳌（áo）：传说中海里的大龟或大鳖。

②扶桑：神话中的树木名。传说太阳每天在咸池沐浴后渐渐升起，升高到扶桑树梢的时候，天刚刚微明。

③银台金阙：用黄金白银建成的亭台宫阙，指神仙居住的地方。

④鼋鼍：传说周穆王征越国时，曾在九江架鼋鼍为桥渡江。鼋（yuán），大鳖。鼍（tuó），鼍龙，俗称猪婆龙，鳄鱼的一种。

⑤鼎湖飞龙：据《史记·封禅书》记载，黄帝曾在荆山下铸鼎，铸成后，乘龙上天，成为仙人。其地被称为鼎湖。

译文

登上高高的山丘，远眺浩瀚的大海。六鳌之骨像霜一样白，剩下的三座仙山还在吗？如果扶桑树被摧残折断了，那太阳就要沉入大海，失去光彩了。那些神仙洞府里用黄金、白银建成的亭台楼阁，就像梦境一样不真实，即便是秦始皇、汉武帝，也只能白白等待。精卫填海的神话难以让人信服，鼋鼍为梁也没有凭据。难道你没有看见，骊山茂陵已化为灰烬，放牛娃才去将其攀登。盗贼偷走了里面的宝石、玉器，那些神仙对此却不能为力。帝王生前穷兵黩武，到了如此地步，又怎能乘鼎湖飞龙升天成仙呢？

行路维艰

蜀道难

噫吁嚱①,危乎高哉!蜀道之难难于上青天!蚕丛及鱼凫②,开国何茫然。尔来四万八千岁,不与秦塞通人烟。西当太白③有鸟道,可以横绝峨眉巅。地崩山摧壮士死,然后天梯石栈④相钩连。

上有六龙回日⑤之高标,下有冲波逆折之回川。黄鹤之飞尚不得过,猿猱⑥欲度愁攀援。青泥⑦何盘盘,百步九折萦岩峦。扪参历井⑧仰胁息,以手抚膺坐长叹。问君西游何时还?畏途巉岩不可攀。但见悲鸟号古木,雄飞雌从绕林间。又闻子规⑨啼夜月,愁空山。蜀道之难难于上青天,使人听此凋朱颜!

连峰去天不盈尺,枯松倒挂倚绝壁。飞湍瀑流争喧豗⑩,砯⑪崖转石万壑雷。其险也如此,嗟尔远道之人,胡为乎来哉?剑阁峥嵘而崔嵬,一夫当关,万夫莫开。所守或匪亲,化为狼与豺。朝避猛虎,夕避长蛇,磨牙吮血,杀人如麻。锦城虽云乐，不如早还家。蜀道之难，难于上青天，侧身西望长咨嗟！

注释

①噫吁嚱：惊叹声，蜀郡方言。

②蚕丛、鱼凫：传说中蜀地的两个开国君主。

③太白：山名，又名太乙，在今陕西省眉县东南，是关中一带的最高峰。

④石栈：即栈道，在山腰凿石架木而成的道路。

⑤六龙回日：古代神话中，太阳的赶车夫羲和驾着六条龙拉的车子，每天载着太阳东升西落。他到了这里也要从高峰旁边绕过去。

⑥猱（náo）：蜀地猿类的一种，善攀援。

⑦青泥：山岭名，在今陕西略阳县西北，当时为入蜀要道。

⑧参、井：二星宿名。参宿与蜀地对应，井宿与秦地对应。

⑨子规：即杜鹃鸟，又名杜宇，相传为古代蜀王杜宇（号望帝）的魂魄所化。

⑩喧豗（huī）：喧闹声。

⑪砯（pēng）：水击岩石的声音。

译文

啊，山势多么高多么险！蜀道难走啊，比上青天还难！古代的蜀王蚕丛和鱼凫，开国的年代何其遥远。从那以后历经四万八千年，蜀地一直与秦地隔绝，不通人烟。西面有太白山，飞鸟也只有通过鸟道，才可到达峨眉山巅。可怜地崩山塌，五

位壮士被压死,然后才有天梯石栈互相勾连。

上有太阳的赶车夫都不得不绕行的高峰,下有溅流滔滔的大川。黄鹤尚且不能飞过,猿猱也难以攀缘。青泥山是何等的迂回曲折,百步之内要绕岩峦转九转。屏住呼吸,似可伸手摸到星辰,以手抚摸胸口坐下,长声叹息。请问,你西游何时才能归来?恐怕山高路险不可登攀。只见悲鸟在古树上哀叫,雄飞雌随,在树林间往还。又听到杜鹃鸟在月夜啼鸣,哀切的叫声好似愁绪堆满空山。蜀道难走啊,比上青天还难,叫人听后脸色都变了。

绵延相连的山峰离天不满一尺,枯松倒挂着,倚靠在悬崖绝壁上。急流和瀑布争着奔泻喧响,山谷中发出雷鸣般的响声。蜀道是这样艰险,你这远道之人为何还要上山来?剑阁高大,山势险峻,一个人守关,万人也别想攻进去。守关人如果心术不正,就会变成害人的狼与豺。早晨晚上要躲避猛虎,防备毒蛇,它们磨快牙齿好方便吸血,杀人如麻。锦城虽说是个繁华的地方,还是不如早早回家。蜀道难走啊,比上青天还难!我转身西望,禁不住仰天长叹。

将进酒

君不见黄河之水天上来,奔流到海不复回。君不见高堂明镜悲白发,朝如青丝暮成雪。人生得意须尽欢,莫使金樽空对月。天生我材必有用,千金散尽还复来。烹羊宰牛且为乐,会须一饮三百杯。岑夫子,丹邱生①,将进酒,杯莫停。

与君歌一曲,请君为我倾耳听。钟鼓馔玉不足贵,但愿长醉不复醒。古来圣贤皆寂寞,惟有饮者留其名。陈王昔时宴平乐②,斗酒十千恣欢谑。主人何为言少钱,径须沽取对君酌。五花马③,千金裘,呼儿将出换美酒,与尔同销万古愁。

注释

①岑夫子,丹邱生:即岑勋和元丹邱,二人均为李白的好友。

②宴平乐:陈王曹植《名都篇》有"归来宴平乐,美酒斗十千"句。平乐即"平乐观",汉宫阙名。

③五花马:名马。

译文

看啊!澎湃的黄河水好像是从天上奔流而下,直奔大海,一去不回。看啊!人们在高堂上对镜忧愁,为白发渐多而伤感,感叹日月如梭,早晨还是黑发,晚上便已如雪一样白了。人生在世，得意之时就尽情欢乐，别让金杯空着冷对清辉。上天造就了我们，就一定会让我们有用武之地。即使散尽了千两黄金，还能挣回来。烹羊宰牛，姑且尽情享乐，今日相逢，应该痛饮三百杯。岑夫子，丹邱生，干杯干杯！别停下来。

我为你们高歌一曲，请你们侧耳细听。钟鸣鼎食的生活并不值得骄傲，只希望一饮长醉，不再醒来。自古以来那些圣贤无不感到孤独寂寞，唯有寄情美酒的雅士才能留下美名。陈王曹植曾经在平乐观大摆宴席，只图尽情豪饮、共享欢乐，不在乎花费巨资。主人啊，你为什么说钱已经不多了呢？只管去买酒来让我们一起喝个够吧。名贵的五花马，值钱的千金裘，都让孩子拿去卖了换美酒吧！我跟你们一起痛饮，化解满心的忧愁。

梦游天姥①吟留别

海客谈瀛洲②，烟涛微茫信难求。越人语天姥，云霞明灭或可睹。天姥连天向天横，势拔五岳掩赤城。天台四万八千丈，对此欲倒东南倾。

我欲因之梦吴越，一夜飞度镜湖月。湖月照我影，送我至剡溪。谢公宿处今尚在，渌水荡漾清猿啼。脚著谢公屐，身登青云梯。半壁见海日，空中闻天鸡③。千岩万转路不定，迷花倚石忽已暝。熊咆龙吟殷④岩泉，慄深林兮惊层巅。云青青兮欲雨，水澹澹兮生烟。列缺⑤霹雳，丘峦崩摧。洞天石扉，訇然⑥中开。青冥浩荡不见底，日月照耀金银台。霓为衣兮风为马，云之君兮纷纷而来下。虎鼓瑟兮鸾回车，仙之人兮列如麻。

忽魂悸以魄动，恍惊起而长嗟。惟觉时之枕席，失向来之烟霞。世间行乐亦如此，古来万世东流水。别君去兮何时还，且放白鹿青崖间，须行即骑访名山。安能摧眉折腰事权贵，使我不得开心颜！

注释

①天姥：山名，在今浙江省嵊州境内。

②瀛洲：传说东海中有蓬莱、方丈、瀛洲三座神山。

③闻天鸡：《述异记》载："东南有桃都山，上有大树曰桃都，枝相去三千里，上有天鸡，日初出照此木，天鸡则鸣，天下之鸡皆随之鸣。"

④殷：震动，形容声音宏大。

⑤列缺：闪电。

⑥訇然：巨大的响声。

译文

航海人谈起神仙居住的瀛洲，都认为其在烟波渺茫的海上，实在难以寻求。越人说起天姥山来眉飞色舞，云霞明灭中有时还能将其看清楚。天姥山高耸入云，横卧在天外，山势之雄伟超出五岳，掩盖赤城。天台山虽然高达四万八千丈，却好像在朝拜天姥山一样向着东南倾斜。

我因怀念天姥山而梦游吴越，一夜之间就飞过了镜湖。镜湖的月光映照着我的身影，穿云破雾一直把我送到剡溪。昔日谢灵运住宿的地方至今还在，湖中绿水荡漾，四周传来凄清的猿啼。脚上穿着当年谢公特制的木屐，攀登上高耸入云的层层石梯。在半山腰看见了红日出大海，高空中传来了天鸡的啼声。山峦重叠，道路曲折，路径难辨，迷恋山花怪石，不觉已是黄昏。熊吼龙啸震动着山岩和流泉，使深林战栗，群山惊颤。云层黑沉沉的，眼看就要下大雨，动荡的水面已经升起烟雾。转眼之间电光闪闪，疾雷轰鸣，山峦好像要倾倒、崩塌一样。神仙居住的洞府紧闭的石门，訇然一声从中间裂开。洞府广阔迷茫，看不清洞底，日月照耀着金碧辉煌的楼台。用彩虹做衣裳、用长风做马，在云中飞行的各路神仙，一个个都从天上飘然而下。老虎弹着琴瑟，鸾凤驾着长车，仙人们依次排着队列，密密麻麻。

见此情景，我不禁魂惊魄动，从梦中惊醒，发出长长的叹息。只看见床上的枕和席，梦中的烟霞奇景全都消失了。人世间的欢乐也不过如此，古来万事都像一去不归的东流之水。今日同诸君分别，不知何时才能归来？且把我的白鹿放在青崖间，想要走时便骑上它去游访名山。怎么能够低头弯腰地去侍奉那些权贵，使我不能露出欢颜！

宣州①谢朓楼②饯别校书叔云③

弃我去者昨日之日不可留，
乱我心者今日之日多烦忧。

长风万里送秋雁,对此可以酣高楼。
蓬莱文章建安骨④,中间小谢⑤又清发。
俱怀逸兴壮思飞,欲上青天揽明月。
抽刀断水水更流,举杯销愁愁更愁。
人生在世不称意,明朝散发弄扁舟。

注释

①宣州:今安徽省宣城县。

②谢朓楼:南朝齐诗人谢朓任宣州太守时所建。

③叔云:指李白族叔李云。

④建安骨:即建安风骨,建安(196—220)为汉献帝年号,当时以曹氏父子为核心的邺下文人集团诗风刚健,被称为"建安风骨"。

⑤小谢:指谢朓,和"大谢"谢灵运相对。

译文

昨天的时光离我而去不可留,今天的日子扰乱我心,让我多么烦忧。万里长风送走南飞的秋雁,面对此景,正可以在高楼畅饮。你的文章有建安风骨,令人敬畏;而我则好比谢朓,诗文清新隽秀。我们都怀着豪情壮志,奋

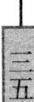

然欲飞，真想飞上青天去揽摘明月。不想抽刀断水，水却流得更急，举杯销愁却是愁上加愁。人生在世如此不如意，不如明朝散发，泛舟去飘游。

夜泊牛渚怀古

牛渚西江①夜，青天无片云。
登舟望秋月，空忆谢将军②。
余亦能高咏，斯人③不可闻。
明朝挂帆④去，枫叶落纷纷。

注释

①西江：古时称从江西至南京的一段长江为西江。
②谢将军：指谢尚，东晋时的镇西将军。
③斯人：亦指谢尚。
④挂帆：扬帆。

译文

西江牛渚山的夜晚使人神往，蔚蓝的天空中没有一片云。登上船仰望天空中明亮的秋月，徒然地怀想起当年的谢尚将军。我也能够像袁宏那样吟哦诗歌，只可惜没有那识贤的将军倾听。明早我挂起船帆离开牛渚时，只怕这里只有满天枫叶纷纷飘落。

登高望四海（古风其三十九）

登高望四海，天地何漫漫①。

霜被群物秋，风飘大荒②寒。

荣华东流水，万事皆波澜。

白日掩徂辉③，浮云无定端。

梧桐巢燕雀，枳棘④栖鸳鸾⑤。

且复归去来，剑歌行路难⑥。

注释

①漫漫：广阔无边。

②大荒：广阔的原野。

③徂（cú）辉：夕阳的余晖。

④枳棘：有刺的灌木。

⑤鸳鸾：鸳与鸾，皆凤属。

⑥行路难：乐府杂曲歌名。

译文

登上高处俯瞰四方，天地是何等的广阔啊！秋霜覆盖，万物凋零；北风飘拂，原野荒寒。荣华富贵就像东流水一样，转瞬即逝；人

间万事如波浪起伏，变化多端。白日掩盖了夕阳的余晖，浮云飘来飘去没有一定的方向。梧桐本是鸳鸾栖息的地方，现在却被燕雀占据为巢。枳棘本是燕雀聚集的地方，现在反而成了鸳鸾的栖身之处。还是回家去吧，仗剑高歌《行路难》。

行路难（其一）

金樽清酒斗十千，玉盘珍羞①直②万钱。
停杯投箸③不能食，拔剑四顾④心茫然。
欲渡黄河冰塞川，将登太行雪满山。
闲来垂钓碧溪上，忽复乘舟梦日边。
行路难！行路难！多歧路，今安在？
乘风破浪会有时，直挂云帆济⑤沧海。

注释

①羞：同"馐"，美味的菜肴。
②直：通"值"，价值。
③箸：筷子。
④顾：望。
⑤济：渡。

译文

金樽里的美酒和装在玉盘里的佳肴，都价值不菲。面对美酒佳肴，我却放下杯子、扔掉筷子，没有心情吃喝，拔剑四顾，却又不禁心中茫然。想渡过黄河，却为坚冰所阻；欲攀登太行山，却遇大雪封山。想起姜太公垂钓于磻溪、伊尹梦中乘船绕过日月之边的故事，（反观自己的遭遇，不禁感慨：）前路难行啊！前路难行！前途艰难曲折，该怎么办呢？我相信，自己总有一天会乘风破浪，扬帆于碧波之上，畅游于大海之中。

行路难（其三）

有耳莫洗颍川水①，有口莫食首阳蕨②。
含光③混世贵无名，何用孤高比云月？
吾观自古贤达人，功成不退皆殒身。
子胥既弃吴江上④，屈原终投湘水滨⑤。
陆机雄才岂自保⑥？李斯⑦税驾⑧苦不早。
华亭鹤唳讵可闻⑨？上蔡苍鹰何足道⑩？
君不见，吴中张翰⑪称达生，秋风忽忆江东行⑫。
且乐生前一杯酒，何须身后千载名。

注释

① "有耳"句：引用尧时高士许由不受尧的官位，不愿听

尧封官的话，而去颍川水边洗耳的故事。颍川水，淮河最大的支流，在安徽、河南两省。

②"有口"句：引用殷末伯夷、叔齐兄弟不食周粟，采薇于首阳山，最终饿死的典故。

③含光：含藏美德。

④"子胥"句：春秋时吴国大臣伍员（字子胥）立有大功，后被吴王赐死，弃其尸于吴江中。

⑤"屈原"句：战国时楚国忠臣屈原，由于受到靳尚等人的谗言陷害，被楚怀王放逐。屈原乃作《离骚》等篇以明志，后投入汨罗江自尽。

⑥"陆机"句：西晋陆机有才能，文章冠世。后为成都王司马颖平原内史。司马颖率军讨长沙王，以陆机为后将军，战败。宦官孟玖乘机进谗言，陆机遂被杀害。

⑦李斯：上蔡（今河南省上蔡西南）人，秦始皇任其为丞相，后被赵高进谗言杀害。

⑧税驾：解下驾车的马匹休息。税，解脱。

⑨"华亭"句：陆机被杀害时，在刑场上叹息说："华亭鹤唳，岂可复闻乎？"华亭，今上海市松江县，陆机、陆云兄弟二人曾游历此地。唳，鸟类高亢的鸣叫。讵，岂。

⑩"上蔡"句：李斯被赵高陷害，全家被斩于咸阳，临刑时，李斯对其子说："吾欲与汝，牵黄犬臂苍鹰出上蔡东门，不可得矣。"

⑪张翰：西晋文学家，字季鹰，吴郡吴（今江苏省吴县）人，性旷达，喜优游，时人称为达生。

⑫"秋风"句：张翰曾在齐王司马冏执政时任大司马东曹掾。忽一日见秋风刮起，顿时思念起故乡吴中的菰菜、莼

羹、鲈鱼脍，慨叹说："人生贵适志，何能羁宦千里以要名爵乎？"遂辞官归隐江东故居。后司马冏败亡，当时人都称赞张翰识时机。有人问他说："卿乃可纵适一时，独不为身名耶？"张翰回答说："使我有身后名，不如即时一杯酒。"

译文

不要做在颍水中洗耳、在首阳山上食蕨这样的事情。含纳隐藏自身的光芒，混迹于俗世之中以求籍籍无名，才是值得肯定的。何必要像云中明月一般孤独高傲，以特立独行为自己招致祸患？我发现，自古以来的贤明、通达之人，成就功勋后不退隐山林者，往往都丢掉了性命。伍子胥死后被弃尸吴地的江流之上，屈原终究还是投湘水而死。陆机虽然才华横溢，但危急之时还是没能自保，李斯也苦于没有早点隐退因而招来杀身之祸。华亭的鹤鸣哪里还能听到？出上蔡打猎又怎么能够再次实现呢？您难道没看到吴中的张翰，那才真是旷达的人，看到秋风乍起，他便忽然想起该回江东了。暂且为生前能饮一杯美酒而高兴吧，何必奢求死后千年还名存世上呢！

上三峡①

巫山②夹青天，巴水流若兹③。
巴水忽④可尽，青天无到时。
三朝上黄牛⑤，三暮行太迟。
三朝又三暮，不觉鬓成丝⑥。

注释

①三峡：即对长江三峡，包括瞿塘峡、巫峡和西陵峡的统称。

②巫山：在今重庆巫山县东，山上有十二峰，重岩叠嶂，隐天蔽日。

③"巴水"句：这句诗是赞叹巴水流势湍急。巴水，指重庆东部流入长江的水。若兹，如此。

④忽：迅速。

⑤黄牛：山名，也称黄牛峡，在今湖北宜昌县西。最高处有石，像人背刀牵牛的形状，故名。此山很高，加上水流曲折，行走几日，仍然可以望到。所以，古代民谣中有"朝发黄牛，暮宿黄牛。三朝三暮，黄牛如故"的说法。

⑥鬓成丝：两鬓变成了白色。

译文

三峡边的巫山高耸入云，把青天夹在中间；巴水奔腾不息，向远方流去。长长的巴水都很快可以走到尽头，可获释却永远没有具体的日子。黄牛山蜿蜒曲折，绵延数里，走了很久也不见尽头。这一路的艰辛与愁苦，使我的头发都变白了。

忆东山二首（其一）

不向东山①久，蔷薇几度花。
白云还自散，明月落谁家。

注释

①东山：在今浙江省上虞市上浦镇，是东晋著名政治家谢安曾经隐居之处。

译文

我已很久未去造访谢安曾经隐居的东山了，山上的蔷薇又开了几遍花呢？那里的白云还在自由自在地来去吗？明月今晚又照到了哪户人家呢？

古朗月行①

小时不识月，呼作白玉盘②。
又疑瑶台镜，飞在青云端。
仙人垂两足，桂树何团团。
白兔捣药成，问言与谁餐？
蟾蜍蚀圆影，大明③夜已残。
羿昔落九乌，天人清且安。
阴精④此沦惑，去去不足观。

忧来其如何，凄怆摧心肝。

注释

①古朗月行：《朗月行》是乐府《杂曲歌辞》里原有的题目，李白在这里借用古题，所以称为"古朗月行"。

②白玉盘：白玉做成的盘子，这里用来比喻月亮又圆又大。

③大明：指月亮。

④阴精：指月亮。

译文

小的时候，以为月亮是白玉做的圆盘。又觉得它像是瑶台的仙镜，飘荡在云霓之间。仙人与桂树，在云中隐隐浮现。玉兔捣好了药，不知道在为谁制作仙丹。蟾蜍把月亮咬得残缺不全，使它黯淡无光。回想当年，英武的后羿射下九个太阳，使天上人间清平安乐。如今谁来拯救月亮，让它恢复光亮。我不忍心再看，又不忍心留下它独自离开。内心担忧，可我又能为它做些什么呢？只能在心中感到痛苦。

奔亡道中五首（其三）

谈笑三军却，交游七贵①疏。
仍留一只箭，未射鲁连书②。

注释

①七贵：指西汉时吕、霍、上官、丁、赵、傅、王七姓，都是外戚。这里用来比喻朝中有权力有地位的人。本诗前两句是说，自己虽然有鲁仲连那样卓越的才能，交游的人中却没有可以倚仗的。

②"仍留"二句：化用鲁仲连典故，燕伐齐时，鲁仲连用剑将自己的信射入燕将城中，使其自杀，助齐收回聊城。此处意在说明自己虽有却敌之策，却未能得到施展。

译文

我虽然有谈笑间就能退敌的本事，却被权贵和皇帝疏远，得不到重用。国事虽然危急，可我的才能却无处发挥。

临路歌①

大鹏飞兮振八裔，中天摧兮力不济。
馀风激兮万世，游扶桑兮挂②石袂。
后人得之传此，仲尼亡兮谁为出涕？

注释

①临路歌:"路"字可能有误。根据全诗内容,联系唐代李华在《故翰林学士李君墓铭序》中所说的"年六十有二不偶,赋临终歌而卒","临路歌"中的"路"字当是因与"终"字形近而致误,"临路歌"应为"临终歌"。

②挂:指腐朽邪恶势力的阻挠。

译文

大鹏展翅高飞,震撼四周;不曾料想,它在半空中翅膀摧折,无力飞翔。虽然自己的追求以失败告终,但是它的遗风必定能在人间世代流传,激励千秋万代的有志之士奋勇向前。可惜的是,孔子早已故去,还有谁能像孔子当年为麒麟的死去那样,为大鹏半空折翼而真正伤心落泪啊?

燕昭延郭隗(古风其十五)

燕昭延郭隗①,遂筑黄金台②。

剧辛③方赵至,邹衍④复齐来。

奈何青云士⑤,弃我如尘埃。

珠玉买歌笑⑥,糟糠养贤才。

方知黄鹄举⑦,千里独徘徊。

注释

①郭隗：战国时燕国贤士，曾谏燕昭王筑"黄金台"延揽人才，使燕国逐渐强大。

②黄金台：故址在今河北易县东南。相传燕昭王筑高台于此，置千金延请天下有才能的人。

③剧辛：战国时燕将，原为赵国人，燕昭王招纳天下贤士时，由赵入燕。

④邹衍：战国时著名的哲学家，齐国人。

⑤青云士：指身居高位的人，即当权者。

⑥买歌笑：指寻欢作乐。

⑦举：高飞。

译文

燕昭王重用郭隗，修筑高台，放置黄金（于台上）。游士剧辛从赵入燕，邹衍从齐入燕。奈何那些身居高位的权贵们，就像丢弃尘埃一样置我于不顾。这些人只知道挥霍珠玉珍宝，寻欢作乐，却不管天下贤才们生活困顿。我想像黄鹄一样高飞，不想却依然独自徘徊，无人赏识，任由前途迷茫。

西上莲花山①（古风其十九）

西上莲花山，迢迢见明星②。

素手③把芙蓉，虚步④蹑太清⑤。

霓裳⑥曳广带，飘拂升天行。

邀我登云台⑦，高揖卫叔卿⑧。

恍恍与之去，驾鸿凌紫冥⑨。

俯视洛阳川⑩，茫茫走⑪胡兵。

流血涂野草，豺狼⑫尽冠缨⑬。

注释

①莲花山：即华山的最高峰莲花峰。华山在今陕西华阴市。《华山记》载："山顶有池，生千叶莲花，服之羽化，因曰华山。"

②明星：传说中的华山仙女。见《太平广记》卷五九《集仙录》："明星玉女者，居华山，服玉浆，白日升天。"

③素手：洁白的手。

④虚步：凌空而行。

⑤太清：天空。为道教用语。

⑥霓裳：衣裙类似云霓。屈原《九歌·东君》有"青云衣兮白霓裳"句。

⑦云台：云台峰，是华山东北部的高峰，四面陡绝，景色秀丽。

⑧卫叔卿：传说中的仙人。

⑨紫冥：高空。

⑩洛阳川：泛指中原一带。
⑪走：奔跑。
⑫豺狼：比喻安史叛军。
⑬冠缨：穿戴上官吏的衣帽。

译文

我往西登上莲花山，远远地看到了仙界的仙子。仙子们手持莲花，凌空而行，在天空漫游。她们穿着虹霓般的衣裳，风吹仙袂，彩带飘飘，在天空中悠然地行走着。众仙邀请我登上云台峰，在那里我向卫叔卿长揖致敬。恍惚间与卫叔卿一同离开云台峰，驾着大鸟在空中遨游。低头向中原地区望去，数不清的叛军在奔跑。被戕害的人民鲜血洒在野草上，那些吃人的豺狼都穿戴着官服官帽。

赠从弟冽①

楚人不识凤，重价求山鸡②。
献主昔云是，今来方觉迷③。
自居漆园④北，久别咸阳西。
风飘落日去，节变⑤流莺啼。
桃李⑥寒未开，幽关岂来蹊？
逢君发花萼⑦，若与青云齐。
及此桑叶绿，春蚕起中闺。
日出布谷鸣，田家拥锄犁。

顾余乏尺土,东作⑧谁相携?
傅说降霖雨⑨,公输⑩造云梯。
羌戎⑪事未息,君子悲涂泥。
报国有长策,成功羞执珪⑫。
无由谒明主,杖策⑬还蓬藜⑭。
他年尔相访,知我在磻溪⑮。

注释

①冽:李冽,李白的堂弟。

②重价求山鸡:相传有一楚人,误将山鸡当凤凰,以重价买了回去,准备献给楚王。不料山鸡死了,但楚王被他的诚意感动,仍重赏了他。

③"献主"二句:这两句是说,自己初进长安供奉翰林时,正像楚人献山鸡一样自信,现在方才觉得以前是迷误了。献主,指献身君主。

④漆园:在今山东菏泽。

⑤节变:季节变换。

⑥桃李:《史记·李将军列传》中有"桃李不言,下自成蹊"之句,意思是桃李不会说话,但它们有花果,故吸引人们去欣赏、攀折,从而踏出一条路来。

⑦萼:花瓣下部的一圈绿色叶状小片。

⑧东作:春耕。

⑨傅说降霖雨:指傅说被殷王看重,像久旱逢甘雨一样。傅说,商王武丁的大臣,原来是打土墙、盖房子的奴隶。

⑩公输：即公输般，春秋时鲁国著名的巧匠。相传他曾为楚国制造攻城用的云梯。

⑪羌戎：古代西北方的部族。

⑫执珪：得到官位。珪，表示爵位的玉器。

⑬杖策：即策杖，拄着拐杖。

⑭蓬藜：野草名，这里指代草野之地。

⑮磻溪：又名璜河，在今陕西宝鸡市南，相传是吕尚钓鱼之处。

译文

楚人不知道凤凰的样子，花高价买到的却是山鸡。以前还很自信地要献出自己的才华，现在才知道自己那时是迷误了。自从像庄子一样居住在漆园，我离开咸阳已经很长时间。微风吹拂着夕阳缓缓落下，季节悄悄变化，流莺的啼声阵阵传来。早春天气，桃树李树花儿还没有开放，但此处幽闭，又怎么会下自成蹊？你一来，桃李就长出了花萼，焕发出勃勃生机。桑叶也越发茂盛，妇人开始在房间里养春蚕。布谷鸟伴着日出发出阵阵欢叫，农人也开始辛勤地耕耘。想到自己一点土地也没有，谁会和我一起春耕呢？如果我像傅说那样得到重用，就能像公输般一样发挥才能。西北一带战乱连年，我为生灵涂炭而感到悲哀。立功报国，我有很好的谋略；功成以后，却无心贪恋官位。可惜没有机会见到皇帝，我只能拄着拐杖退回草野。来年你再看我的时候，我就在姜太公曾经钓鱼的磻溪边上。

桃花开东园（古风其四十七）

桃花开东园，含笑夸白日。
偶蒙春风荣①，生此艳阳质。
岂无佳人色？但恐花不实。
宛转龙火飞，零落早相失。
讵②知南山松，独立自萧瑟。

注释

①荣：指开花。
②讵（jù）：岂。

译文

桃花在东园里开放了，它含着笑容向太阳夸耀自己。只因为偶尔蒙受春风的吹拂，它才生出这样美丽的样子。看起来艳丽多姿，但恐怕它到头来只开花不结果。转眼秋天到来，（那时）它凋零的花瓣很快就会散落。它哪里知道，生长在南山上的青松，（此时）却昂首挺立在萧瑟的秋风之中。

玉壶吟①

烈士②击玉壶,壮心惜暮年③。
三杯拂剑④舞秋月⑤,忽然高咏涕泗涟⑥。
凤凰初下⑦紫泥⑧诏,谒帝称觞⑨登御筵。
揄扬九重⑩万乘主,谑浪⑪赤墀⑫青琐⑬贤⑭。
朝天数换飞龙马⑮,敕⑯赐珊瑚白玉鞭。
世人不识东方朔⑰,大隐金门⑱是谪仙。
西施宜笑复宜颦,丑女效之徒累身。
君王虽爱蛾眉好,无奈宫中妒杀人!

注释

①玉壶吟:《世说新语》载,东晋王敦酒醉后,常一边唱着曹操"烈士暮年,壮心不已"的诗句,一边敲打玉壶。结果敲碎了壶口。这首诗便是以此事命题,约作于天宝三年(744)。李白应诏进京后,遭到朝廷中腐朽权奸的诽谤和攻击,他深为愤懑,写了此诗。玉壶,用玉制成的吐痰的器具。

②烈士:壮烈有志之士。

③暮年:晚年。

④拂剑:擦拭宝剑。

⑤舞秋月:对着秋月起舞。

⑥涕泗涟:鼻涕和眼泪俱下的样子,形容悲愤、郁闷到了极点。

⑦凤凰初下:据《十六国春秋》记载,北朝后赵武帝下诏书时,常让一只木头做成的凤凰衔着诏书飞下,后人便称皇帝

的诏书为凤诏。

⑧紫泥：产于甘肃武都的一种紫色泥，性黏，用于为皇帝封诏书。这句是指唐玄宗下诏书，命李白进京供奉翰林。

⑨称觞（shāng）：举起酒杯。

⑩九重：皇宫的门有多层，这里指皇宫。九，泛指，多的意思。

⑪谑（xuè）浪：开玩笑。

⑫赤墀（chí）：皇宫的红色台阶。

⑬青琐：宫内门窗上涂成青色的花纹。

⑭贤：这里指宫廷中当权的腐朽的官僚贵族，是反语。

⑮飞龙马：宫廷中飞龙厩养的好马。

⑯敕（chì）：帝王的诏书，命令。

⑰东方朔：西汉人，他认为身居朝廷也可以隐居避世。

⑱金门：金马门，汉代的一个宫门，汉武帝时东方朔曾待诏金马门。

译文

有志之士一边喝酒一边敲打着玉壶，越是心怀壮志越是爱惜晚年。酒过三杯，擦拭了宝剑，对着秋月翩翩起舞。忽然大声吟咏，涕泪涟涟。回想皇帝刚下诏书的时候，我进宫拜见圣上，高举着酒杯参加皇宫的宴会，随意地评论九五之尊，肆意地嘲弄达官显贵。多次骑着飞龙马朝见皇上，手里拿着御赐的珊瑚白玉镶嵌的马鞭。凡俗的人们不认识东方朔，我和他一样是贬自天上的仙人，隐居在朝廷里面。西施无论皱眉还是微笑，都一样好看，丑女拙劣地模仿只能让自己更加难堪。尽管帝王喜欢美女，妃嫔的嫉妒却能够置美女于死地。

友情深挚

送孟浩然之广陵

故人①西辞②黄鹤楼③,烟花④三月下扬州。

孤帆远影碧空尽,惟见长江天际流。

注释

①故人:老朋友,这里指孟浩然。

②西辞:因为黄鹤楼在广陵的西面,孟浩然东去,所以说"西辞"。

③黄鹤楼:故址在今湖北武汉市武昌蛇山的黄鹄矶上,传说有道士在此乘黄鹤飞升,故称黄鹤楼。

④烟花:指暮春柳如烟、花似锦的美丽景色。

译文

老朋友在黄鹤楼与我辞别,在这个烟雾迷漫、繁花似锦的三月去往扬州。孤身的船帆渐渐远去,消失在碧空的尽头,只能看见长江浩浩荡荡地向天边流去。

赠汪伦①

李白乘舟将欲行,忽闻岸上踏歌②声。
桃花潭③水深千尺④,不及⑤汪伦送我情。

注释

①汪伦:李白在桃花潭结识的朋友,性格非常豪爽。

②踏歌:一边唱歌,一边用脚踏地打着拍子。唐代民间流行此种唱歌方式。

③桃花潭:在今安徽泾县西南。

④深千尺:有千尺之深。此处为夸张用法,为下文言情做好铺垫。

⑤不及:比不上。

译文

我乘船即将启程,忽然听见岸上有人踏地为拍,高唱离别之歌。桃花潭水纵然有千尺深,也比不上汪伦对我的深情厚谊。

送友人

青山横北郭,白水绕东城。
此地一①为别,孤蓬万里征。
浮云游子意,落日故人情。
挥手自兹去,萧萧班马②鸣。

注释

①一：语气助词。

②班马：离群之马。该句源于《诗经·小雅·车攻》中的"萧萧马鸣"。

译文

巍峨的青山横卧在北城之外,清澈的流水紧紧环绕着东城。今天在此地你与我分别,你从此像孤零零的蓬草一样万里飘零。浮云飘忽不定,如同你的心意;落日迟迟,犹如朋友惜别的深情。挥手告别,你便从此离去,离群之马独自行走也只能萧萧长鸣。

金陵酒肆①留别②

风吹柳花满店香,吴姬压酒③劝客尝。
金陵子弟④来相送,欲行不行各尽觞。
请君试问东流水,别意与之谁短长?

注释

①酒肆:酒店。

②留别:临别留诗给送行者。

③压酒:压酒糟取酒汁,即用新酒待客。古时新酒酿熟,临饮时方压糟取用。

④子弟:指李白的朋友。

译文

春风吹拂柳絮,满店飘香,酒店的侍女斟上美酒请客人品尝。我在金陵的朋友们纷纷来相送,主客畅饮频频举杯,要走的人一时难以上路。请问问这东流的江水,这份离情别意同它相比,谁短谁长?

送杨山人归嵩山

我有万古宅,嵩阳玉女峰①。

长留一片月,挂在东溪松。

尔去掇仙草,菖蒲②花紫茸。

岁晚或相访,青天骑白龙③。

注释

①嵩阳玉女峰:嵩山太室山二十四峰之一,峰北有状如女子之石,故名。玉女,天上的仙女。

②菖蒲:一种仙草,相传其"一寸九节,服之长生"。

③骑白龙:意即飞升成仙。

译文

我有一座宅第,在那高峻的玉女峰上。长留一片月色,悬挂在苍翠的松枝头,与松下清澈的东溪水相映衬。你去后如果想要采摘仙草,我的住宅周围就盛开着紫色的菖蒲花。稍晚一些你也许会在那里见到我,彼时我在天空中骑着白龙。

白云歌送刘十六归山

楚山①秦山②皆白云,白云处处长随君。
长随君,君入楚山里,云亦随君渡湘水。
湘水上,女萝衣,白云堪卧君早归③。

注释

①楚山:这里指今湖南地区,湖南古属楚疆。
②秦山:这里指唐都长安,古属秦地。
③早归:催促人起程。

译文

楚山、秦山是白云环绕之地,无论你去到哪里,都有高洁的白云伴着你,随着你。因为白云时时伴随着你,所以你从秦山入了楚山,秦山的云也会随你渡过长长的湘水。湘水之上,有爱慕品行高洁之人的女神,那里的白云也可供君隐卧,你还是快起程吧。

送友人入蜀

见说①蚕丛路②,崎岖不易行。
山从人面起,云傍马头生。
芳树③笼秦栈④,春流绕蜀城。
升沉应已定,不必问君平⑤。

注释

①见说：唐代俗语，即"听说"。
②蚕丛路：指入蜀的道路。蚕丛，古蜀国的开国君王。
③芳树：开着香花的树木。
④秦栈：由秦（今陕西省）入蜀的栈道。
⑤君平：西汉隐士严遵，字君平。

译文

听说去往蜀国的道路崎岖不平，艰险难行。山崖就突兀在人的脸旁，云气依傍着马头不断涌起。自秦入川的栈道旁树木繁茂，一江春水环绕蜀地各城。你的浮沉命中都已注定，就不用去问询善卜的严君平了。

赠孟浩然

吾爱孟夫子，风流天下闻。
红颜弃轩冕，白首卧松云。
醉月频中圣①，迷花不事君。
高山安可仰，徒此揖清芬。

注释

①中圣：醉酒的隐语。三国时，曹操严禁饮酒，所以当时的人讳说"酒"字，称清酒为圣人，浊酒为贤人，后世遂以"中圣"或"中圣人"代指醉酒。

译文

我喜爱超然物外的孟浩然,他举止风流潇洒天下闻名。年轻时,他就鄙弃功名富贵,老来隐居深山,陪伴着松云。对月畅饮常常至于沉醉,迷恋山花而不愿意侍奉国君。他的思想境界如同巍巍高山,我只有在此作揖,向他表示敬意。

鲁郡①东石门②送杜二甫

醉别复几日③,登临遍池台。
何时石门路,重有金樽开?
秋波落泗水,海色明徂徕。
飞蓬各自远,且尽手中杯!

注释

①鲁郡:即兖州,天宝元年改为鲁郡。
②石门:在今山东曲阜县东北。
③"醉别"句:天宝三年,李白、杜甫在梁宋(今河南开封、商丘一带)会面同游,随即分别;次年春,又在鲁郡相会,同游齐州(今山东济南)后分手;同年秋,二人再次在鲁郡相会,然后杜甫告别李白,西去长安。

译文

很快就要分别了,亭台楼阁似乎都游历过了。不知几时能再在石门相聚,把酒言欢?秋波不停地流转,泻入泗水,在晨光中徂徕山依稀可见。今日一别,我们又要像飞蓬一样各奔远方,让我们痛快地一醉方休吧!

沙丘城下寄杜甫

我来竟何事?高卧沙丘城①。
城边有古树,日夕连秋声。
鲁酒不可醉,齐歌空复情。
思君若汶水②,浩荡寄南征。

注释

①沙丘城:位于山东汶水之畔,是李白在鲁中的寄寓之地。
②汶水:发源于山东莱芜的原山,经泰安、东平、汶上流入济水。

译文

我来此究竟是为了什么事呢?只不过闲居沙丘城罢了。沙丘城边有一棵古树,日日夜夜,树叶在秋风吹动下发出连续不断的声响。鲁地的酒喝不醉,齐地的歌曲听起来也没有意思。我对你的思念,就像汶水一样连绵不绝,伴你南行远去。

闻王昌龄①左迁②龙标遥有此寄

杨花落尽子规啼,闻道龙标过五溪。
我寄愁心与明月,随风直到夜郎③西。

注释

①王昌龄:唐代诗人,天宝年间被贬为龙标县尉。

②左迁：古人尊右卑左，左迁即指贬官。

③夜郎：汉时西南地区的少数民族，曾在今贵州西部、北部和云南东北部及四川南部等地建立过政权。唐代在今贵州桐梓和湖南沅陵等地设过夜郎县。这里指今天位于湖南沅陵的夜郎县（在今新晃侗族自治县境内，与黔阳邻近）。李白当时在东南地区，所以说"随风直到夜郎西"。

译文

杨花落尽，子规不住地哀啼。听说你被贬龙标担任县尉，此去要经辰溪、酉溪、雄溪、樠溪和沅溪。我将对你的牵挂托付给天上的明月，让它伴随你一起到夜郎以西！

山中与幽人①对酌②

两人对酌山花开，一杯一杯复一杯。
我醉欲眠卿且去，明朝有意抱琴③来。

注释

①幽人：指隐居山中的人。
②对酌：相对饮酒。
③琴：乐器。

译文

在烂漫盛开的山花丛中，我们举杯对饮，一杯接一杯地饮酒。我醉意袭来，想要小睡片刻，你先行回家吧，明天抱着琴再来畅饮。

送裴十八图南①归嵩山②二首（其一）

何处可为别？长安青绮门③。

胡姬④招素手，延⑤客醉金樽。

临当上马时，我独与君言。

风吹芳兰⑥折，日没鸟雀喧。

举手指飞鸿⑦，此情难具论⑧。

同归⑨无早晚，颍水⑩有清源。

注释

①裴十八图南：即李白的友人裴图南，因排行第十八，故称裴十八。

②嵩山：五岳之一，在今河南登封县北。

③青绮门：长安城东最南边的一个城门，本名霸城门。因其门青色，故又名青城门，或青绮门。

④胡姬：唐代胡人酒肆中的侍酒女子。

⑤延：招呼，邀请。

⑥芳兰：芳香的兰草，这里暗指品行高洁的人。

⑦举手指飞鸿：据《晋书》记载，晋人郭瑀隐居在山谷中，前凉王张天锡慕其旷世之才，派人去邀请他出

山为官，郭瑀指着飞鸿对使者说："这种鸟，是可以装在笼子里的吗？"诗人借这个典故表达自己要离开长安的决心。

⑧难具论：难以详说。

⑨同归：指一起归隐。

⑩颍水：即颍河，发源于河南登封县嵩山西南，流入淮河。

译文

哪里适合作为告别之地？青绮门肯定是其中的一个。酒肆中的胡女热情地摆手招呼，邀请客人进店喝杯告别酒。就要起身上马了，我上前与你说几句心里话。大风把芬芳的兰草吹断了，鸟雀在日落后喧哗聒噪。举起手指向天边飞翔的鸿雁，这样的心情不是言语所能够形容的。早晚我们都要离开长安，一起隐居在河水清澈的颍水河边。

送裴十八图南归嵩山二首（其二）

君思颍水绿，忽复归嵩岑。
归时莫洗耳①，为我洗其心。
洗心得真情，洗耳徒买名。
谢公②终一起，相与济苍生。

注释

①洗耳：《高士传》载，尧帝要让位给名士许由，许由不受，躲到颍水之滨隐居。后来尧又请他做九州长，许由认为这话弄脏了自己的耳朵，马上就到颍水边洗耳朵。

②谢公：指谢安，东晋政治家，早年隐居会稽（今浙江绍兴）东山，四十岁后才出山，曾任宰相，指挥军队获得了淝水之战的胜利。

译文

你一直向往隐居颍水之滨的生活，转眼间就真的要归隐了。归隐后不要学许由洗耳，而应该洗尽尘心。清心才能够见到真实的自己，洗耳只是在骗取虚名。谢公终究还是选择出山，拯救天下百姓，我们俩应该以他来共勉。

戏赠杜甫①

饭颗山②头逢杜甫，顶戴笠子③日卓午④。
借问别来⑤太瘦生⑥，总为从前作诗苦。

注释

①本诗为李白与杜甫间的游戏诗作。

②饭颗山：山名，具体地址不详。

③笠子：用竹皮或棕皮等编成的笠帽。

④卓午：正午。

⑤别来：分别以来。又作"因何"。

⑥太瘦生：此处"生"被用作语气助词，太瘦生就是太瘦的意思。

译文

我在饭颗山的山头上碰见了杜甫,他戴着斗笠站在正午的阳光之下。我问他:"怎么几天不见,你瘦成这个样子?""只因为前段时间写诗写得太辛苦啊。"他这样答道。

听蜀僧濬①弹琴

蜀僧抱绿绮②,西下峨眉峰。
为我一③挥手④,如听万壑松⑤。
客心洗流水⑥,余响入霜钟⑦。
不觉碧山暮,秋云暗几重。

注释

①蜀僧濬:四川的僧人,名濬。

②绿绮:琴名。语出晋傅玄《琴赋序》:"司马相如有绿绮。"司马相如是蜀人,而弹者又是蜀僧,故诗人以绿绮来指代僧人所弹之琴。

③一:加强语气的助词。

④挥手:指拨动琴弦。

⑤万壑松:以松涛比琴声,古琴曲有《风入松》。

⑥"客心"句:相传春秋时钟子期能听懂俞伯牙所弹琴

声的真正意味,俞伯牙于是将其视为知音。见《列子·汤问篇》。这句是说,客人的情怀听了"高山流水"的曲意,为之一洗。

⑦入霜钟:余音与钟声交织,兼入知音者之耳。霜钟,指钟声,《山海经》曰:丰山"有九钟焉,是知霜鸣"。郭璞注:"霜降则钟鸣,故言知也。"

译文

蜀僧濬怀抱着一张绿绮琴,从西面的峨眉峰上走下山来。他挥手为我弹奏一曲,我好像听到松涛阵阵。我的心灵如被流水洗涤,余音缭绕,和着钟声响彻天外。不知不觉青山已披上暮色,高空中又布满重重秋云。

游敬亭①寄崔侍御②

我家敬亭下,辄继③谢公④作。
相去数百年,风期⑤宛如昨。
登高素秋月,下望青山郭。
俯视鸳鹭群,饮啄自鸣跃⑥。
夫子虽蹭蹬⑦,瑶台⑧雪中鹤。
独立窥浮云⑨,其心在寥廓。
时来一顾我,笑饭葵⑩与藿⑪。
世路如秋风,相逢尽萧索⑫。
腰间玉具剑,意许无遗诺⑬。
壮士不可轻,相期在云阁⑭。

注释

①敬亭：山名，又名昭亭山、查山，在今安徽宣城县北。

②崔侍御：即李白的好友崔成甫，曾任校书郎、摄监察御史，后因事被贬职到湘阴。

③辄继：就。

④谢公：指谢朓。谢朓任宣城太守时，曾在敬亭山上游览赋诗。

⑤风期：风度。

⑥"俯视"二句：这两句是用群鸟的自鸣得意来影射权奸的争名夺利、得意忘形。鸳鹭，即鹭。因与鹭飞行有序，故以喻百官朝见时秩序井然，也指朝官。

⑦蹭蹬：路途艰阻难行的样子，比喻失意、潦倒。

⑧瑶台：传说中仙人居住的地方。

⑨浮云：喻指权贵。

⑩葵：冬葵，我国古代的一种蔬菜。

⑪藿：豆叶。这里指粗糙的食物。

⑫"世路"二句：这两句是作者感叹自己到处遭受冷遇。世路：即世道。萧索：冷落。

⑬"腰间"二句：春秋时吴公子季札出访晋国，途经徐国，徐君想要季札佩戴的宝剑而不敢明言。季札归途再经徐国时，徐君已死。季札解剑送给徐国的嗣君，随从提醒他此剑为吴国之宝，不可轻易送人。李札对他们说："当初徐君想要此剑而未明言，我因使命在身没有奉献，但已心许了。今徐君已死，我如果不献，那就是欺心。"徐国的嗣君也不肯接受，季札就把剑挂在徐君墓地的树上。这两句是作者借季札献剑的典

故表示自己轻财重义、言出必行,以及与崔侍御之间生死不渝的友谊。玉具剑,一种在剑柄顶端装有辘轳形玉饰的剑。

⑭云阁:东汉时陈列功臣画像的云台,这里指朝廷。

译文

我住在敬亭山下,效法谢朓的行为游览作诗。虽然相隔了几百年的时光,但是此地的气质风度与那时并无两样。我登上高处仰望秋月,或者低头观赏青山和城郭。俯视着一群群鸳鹭啄食饮水,聒噪喧嚣着跳来跳去。你虽然暂时失意不得志,却依然如同瑶台中的仙鹤一样卓尔不群地看着流转的浮云,心思远在高空之上。你时常来看望我,我们欢乐地一同吃些粗茶淡饭。世事如同秋风,让我们备受冷遇,心中无比萧索、凄凉。你我的为人是轻财重义,言必信行必果。我们是不可轻视的,终究会一起登上云阁。

赠钱征君少阳

白玉一杯酒,绿杨三月时。
春风余几日,两鬓各成丝。
秉烛唯须饮,投竿也未迟。
如逢渭水猎,犹可帝王师①。

注释

①"如逢"二句:据《史记·齐太公世家》记载,吕望八十岁起在渭水上游的磻溪以直钩垂钓,后来周文王打猎时与

他相遇，便拜他为师，和他同车而归。诗人在这里用吕望比喻八十多岁的钱少阳。

译文

在这绿杨袅袅东风依依的三月天里，让我们在白玉杯里斟满好酒。这美好的春日转眼就会过去，你我都已经两鬓斑白，发如银丝。天黑了，那就点起灯烛继续喝酒，喝到明天，正好去河边钓鱼。如果运气好碰到皇帝出门狩猎，你还可以像吕望一样被请进皇宫成为帝王的老师。

金乡①送韦八②之西京

客自长安来，还归长安去。
狂风吹我心，西挂咸阳③树。
此情不可道④，此别何时遇？
望望不见君，连山起烟雾。

注释

①金乡：今山东金乡县。
②韦八：姓韦，排行第八，名字、生平不详。
③咸阳：指长安，以免与首联中的"长安"同。
④不可道：无法用言语表达。

译文

韦八从长安来，现在又要回长安去了。我这颗惜别的心被狂风吹起一路西行，最后挂在长安的树上。这其中的深情、愁思难以用言语表达。你我这一别，何时才能再见？我站在路边，望着你的背影渐渐消失在远处，周围只剩下连绵群山泛起的烟雾。

秋日鲁郡尧祠①亭上宴别杜补阙②范侍御

我觉秋兴③逸，谁云秋兴悲？
山将落日去，水与晴空宜④。
鲁酒白玉壶，送行驻金羁⑤。
歇鞍憩古木，解带挂横枝⑥。
歌鼓⑦川上亭，曲度⑧神飙吹。
云归碧海⑨夕，雁没⑩青天时。
相失⑪各万里，茫然空尔⑫思。

注释

①尧祠：约在今山东兖州县东北。

②补阙：官名，负责供奉、讽谏。杜补阙、范侍御均为李白的友人。

③秋兴：因秋起兴。

④宜：适合，协调。

⑤金羁：用金镶制的马络头。这里指马。

⑥横枝：横生的树枝。

⑦歌鼓：唱歌打鼓。
⑧曲度：歌曲的节奏。这里指音乐。
⑨碧海：绿色的大海。
⑩没：消逝。
⑪相失：分离。
⑫尔：指杜、范二人。

译文

我认为秋天给人的感觉是美好的，谁说看到树叶飘落就要兴起悲秋之感？太阳在群山间缓缓落下，碧水和晴空相互映照，妙然成趣。白玉壶里已经斟满了鲁地出产的美酒，主宾们停下脚步，让马匹在古树下休息，解下衣带挂在横生的树枝上面。大家在亭子上开怀畅饮，唱歌的唱歌，奏曲的奏曲，欢乐的歌声像疾风一样飘荡在亭子的周围。转眼之间已近黄昏，白云远远地飘向碧海，大雁也消失在遥远的天边。很快我们就要彼此分别相隔万里，我会在分别后想念你们。

灞陵①行送别

送君灞陵亭，灞水②流浩浩。
上有无花之古树，下有伤心之春草。

我向秦人③问路歧,云是王粲④南登之古道⑤。
古道连绵走⑥西京,紫阙⑦落日浮云生。
正当今夕断肠处,骊歌⑧愁绝不忍听。

注释

①灞陵:在今陕西西安市东南有一条灞水,因为汉文帝陵寝在此,故称灞陵。灞陵附近有灞桥,古人常在此送别。

②灞水:渭河的支流,流经长安东南,上有灞桥。

③秦人:指当地人。

④王粲:字仲宣,建安七子之一,曾任曹操的幕僚。

⑤南登之古道:指王粲离长安南奔荆州时所走的道路。初平三年(192),董卓的部将在长安作乱,王粲离开长安前往荆州投靠刘表,路上作《七哀诗》,诗中有"南登灞陵岸,回首望长安"之句。

⑥走:走向,通往。

⑦紫阙:皇帝居住的宫殿。

⑧骊歌:古人送别时所唱的歌。

译文

我在灞陵的亭下为你送别,滚滚灞水浩浩荡荡地流向远方。灞陵周围生长着的古树峥嵘,枯枝横斜,没有一片花叶;驿道边上春草初生,草叶萋萋,越看越叫人心碎。我问当地人这条道路通向哪里,那人回答说这是当年王粲离开长安南下荆州时所走的古道。这条道路蜿蜒东去,离长安越来越远,在路上回望只能看见浮云飘荡落日依依,皇城宫殿无从寻觅。想到这里,只感到伤心欲绝、肝肠寸断,这时候又传来了凄婉至极的骊歌,真是叫人愁苦欲绝,惨不忍听。

劳劳亭[1]

天下伤心处，劳劳送客亭。
春风知别苦，不遣[2]柳条青。

注释

[1]劳劳亭：又名新亭，三国时建，在今南京市，是沿长江顺流而下的必经之地。送别之人常在此驻足，目送行人渐行渐远。后来，劳劳亭便成了离别感伤的代名词。
[2]不遣：不让。

译文

劳劳亭是世上最令人伤心的地方。春风知晓离别的痛苦，故意不吹拂柳条，避免其呈现青色，它是不忍见到人们折柳相送的情景啊！

对酒忆贺监[1]二首（其一）

太子宾客贺公，于长安紫极宫一见余，呼余为谪仙人，因解金龟换酒为乐，殁后对酒，怅然有怀，而作是诗。

四明有狂客[2]，风流贺季真。
长安一相见，呼我谪仙人。
昔好杯中物，今为松下尘。
金龟换酒处，却忆泪沾巾。

注释

①贺监：即贺知章。监，即秘书监，官名。贺知章曾担任这一官职。

②狂客：贺知章号"四明狂客"。

译文

四明狂客贺知章字季真，为人风流倜傥，在长安一见到我，就称我为"谪仙人"。以前他喜欢开怀畅饮，如今却已离我远去。回忆起"金龟换酒"的往事，不禁让人泪流满巾。

哭晁卿衡①

日本晁卿辞帝都②，征帆一片绕蓬壶③。
明月不归沉碧海④，白云愁色满苍梧⑤。

注释

①晁卿衡：即晁衡，日本人，原名阿倍仲麻吕（又作安陪仲麻吕）。

②帝都：指唐朝都城长安。

③蓬壶：传说中的蓬莱、方壶等仙山。

④沉碧海：指溺死海中。

⑤苍梧：本指九嶷山，此指传说中东北海域中的郁洲山。相传郁洲山自苍梧飞来，故亦称苍梧（见《一统志》）。

译文

来自日本的好友晁衡告别了长安,乘船航行在东海之上。谁知他落水遇难,如同明月沉入碧海无法归来,苍梧为他变了颜色,愁云为他覆盖全山。

哭宣城善酿①纪叟②

纪叟黄泉③里,还应酿老春④。
夜台无李白⑤,沽⑥酒与何人?

注释

①善酿:善于酿酒。

②纪叟:姓纪的老头。叟,老头。

③黄泉:指人死后埋葬的地方,因地下有泉,故称黄泉。

④老春:一种好酒名,唐时的名酒多带春字。

⑤"夜台"句:该句原作"夜台无晓日",今根据《题戴老酒店》一诗改。夜台,指墓穴之中。墓中没有光线,如同漆黑长夜。

⑥沽:卖。

译文

纪老头,我的朋友,虽然你已经到了黄泉之下,但还是应该酿造你那芳香醇洌的老春好酒。"夜台这边没有你李白,我酿的好酒又能卖给谁呢?"

感慨兴怀

月下独酌

花间一壶酒,独酌无相亲。
举杯邀明月,对影成三人。
月既不解饮,影徒随我身。
暂伴月将①影,行乐须及春②。
我歌月徘徊,我舞影零乱。
醒时同交欢,醉后各分散。
永结无情③游,相期邈④云汉。

注释

①将:和。
②及春:趁早。
③无情:忘情。
④邈:高远。

译文

花间的石桌上放着一壶美酒,没有亲人在身边,我只好一

个人独酌。端起酒杯邀明月共饮,再拉上自己的影子,凑足三人。可惜啊!月亮不懂得饮酒之乐;影子没有生命,只是跟随在我身后。暂且以明月、影子为伴,及时行乐吧。我唱歌的时候,月亮好像在徘徊倾听。我跳舞的时候,影子也与我一起零乱转动。清醒的时候一起尽情地饮酒寻欢,醉了的时候免不了各自分开。我希望与你们永远做朋友,将来相会于浩瀚的星空。

上李邕①

大鹏②一日同风起,扶摇③直上九万里。
假令风歇时下来,犹能簸却④沧溟水。
时人见我恒殊调⑤,见余大言⑥皆冷笑。
宣父⑦犹能畏后生⑧,丈夫⑨未可轻年少⑩。

注释

①李邕,字泰和,广陵江都(今江苏江都)人。有才华,性倜傥,唐玄宗时曾任北海(今山东益都)太守,书法、文章都很有名,世称李北海。后被李林甫杀害,年七十余。《旧唐书·文苑传》有传。李邕年辈高于李白,故诗题云"上"。

②大鹏：传说中的大鸟。

③扶摇：由下而上的旋风。语出《庄子·逍遥游》："鹏之徙于南溟也，水击三千里，抟扶摇而上者九万里。"

④簸却：击荡。簸，指上下颤动。

⑤恒殊调：经常发表不同于常人的论调。

⑥大言：指豪言壮语。

⑦宣父：指孔子。见《新唐书·礼乐志》："（贞观）十一年，诏尊孔子为宣父。"

⑧畏后生：典出《论语·子罕》："后生可畏，焉知来者不如今也？"

⑨丈夫：对成年男子的尊称，这里指李邕。

⑩年少：李白自称。

译文

大鹏有朝一日乘风而起，便可直上九万里的高空。即使风停了，落下来，也还可以振翅击起沧溟水。时人见我常常发表不同常人的论调，都对我报以冷笑、讥讽。孔子尚且说过：后生可畏，李大人你怎么能看不起我年少的李白呢？

南陵①别儿童入京

白酒新熟山中归,黄鸡啄黍秋正肥。
呼童烹鸡酌白酒,儿女嬉笑牵人衣。
高歌取醉欲自慰,起舞落日争光辉②。
游说万乘③苦不早,著鞭跨马涉远道。
会稽愚妇轻买臣④,余亦辞家西入秦⑤。
仰天大笑出门去,我辈岂是蓬蒿人⑥。

注释

①南陵:一种说法认为是在东鲁,"曲阜县南有陵城村,人称南陵"。另一说法则认为是在今安徽南陵县。

②"起舞"句:指人逢喜事精神焕发,与日光交相辉映。

③万乘:君主。周朝时,天子有地方千里,车万乘。后人遂以万乘代指天子。

④"会稽"句:化用朱买臣故事。买臣,即西汉人朱买臣,为官前曾靠砍柴卖薪为生,妻子嫌他贫贱,于是离他而去。后朱买臣得到汉武帝的赏识,做了会稽太守。此处的会稽愚妇,指的便是朱买臣之妻。

⑤秦:指长安。

⑥蓬蒿人:草野之人。

译文

在山中游玩后归家之时,新酿的白酒已经醇熟了,黄鸡分啄黍粒,正值秋熟季节。我让书童将鸡杀掉下酒,儿女们听说了都拉着我的衣服嬉戏。一边畅饮好酒,一边放声高歌,想表达我的欢乐之情。起身舞剑,剑影闪烁,似欲与夕阳争光辉。只恨没有早些扬鞭策马,远赴长安游说天子,劝说他接纳我的主张。当年会稽的愚妇轻贱丈夫朱买臣,现在我也将辞别家人西入长安。仰天大笑出门去,我岂是那种甘于平凡的草野之人?

把酒问月

青天有月来几时?我今停杯一问之。
人攀明月不可得,月行却与人相随。
皎如飞镜临丹阙①,绿烟②灭尽清辉发。
但见③宵从海上来,宁知④晓向云间没?
白兔捣药⑤秋复春,嫦娥⑥孤栖与谁邻?
今人不见古时月,今月曾经照古人。
古人今人若流水,共看明月皆如此。
唯愿当歌对酒时⑦,月光长照金樽⑧里。

注释

①丹阙:朱红色的宫门。
②绿烟:指遮蔽月光的浓重的云雾。

③但见：只看到。

④宁知：怎知。

⑤白兔捣药：来源于古代的神话传说，西晋傅玄《拟天问》载："月中何有，白兔捣药。"

⑥嫦娥：传说中的神射手后羿的妻子，她偷吃了后羿的仙药，成为仙人奔入月中。见《淮南子·览冥训》。

⑦当歌对酒时：唱歌饮酒的时候。

⑧金樽：精美的酒具。

译文

这亘古未变的月亮，是几时来的？我停止饮酒，不禁发问。人们想要到月亮上去的愿望无法实现，可月亮却陪伴着一代又一代的人们。浓重的云雾逐渐消散，皎洁的月亮如同明镜高悬，散发出清澈的光辉，映照着朱红色的宫门。人们只知道这月亮自海上升起，是否知道它每晚消失在云间呢？白兔在月亮里年复一年地捣药，嫦娥在月宫里孤单无依，有谁能陪伴她呢？现在的人们没有见过古时的月亮，可月亮却曾经照耀过古人！古往今来的人如流水一般逝去，但应该都对空中的这轮永恒的明月有过相似的感慨吧！我只希望在对酒当歌的时候，皎洁的月光能长久地照在杯中，这样我就能尽情地享受人生的美好了。

清平调①（其一）

云想衣裳花想容，春风拂槛②露华浓。
若非群玉山③头见，会向瑶台④月下逢。

注释

①清平调：为乐府调名。这组清平调是李白用七绝格律自创而成的。

②槛：有格子的门窗。

③群玉山：传说中西王母所居之地，此指仙山，又作玉山。

④瑶台：指仙宫，传说中的神仙居住地。

译文

彩云像杨贵妃的衣裳，花儿像她的面容，春风吹拂着带露的牡丹。这样的美景只有在女神王母娘娘住的群玉山才能见到，只有在她的宫殿里，才会遇到像贵妃一样美丽的人。

清平调（其二）①

一枝红艳②露凝香，云雨巫山③枉断肠。
借问汉宫谁得似④，可怜飞燕⑤倚新妆。

注释

①为清平调第二首诗，写杨贵妃受宠。

②一枝红艳：娇艳的牡丹花。此处用以形容杨贵妃的美艳

动人。

③云雨巫山：宋玉《高唐赋》写楚襄王游高唐，梦中与巫山神女欢会。此句说杨贵妃胜过巫山神女。

④谁得似：谁能与之相比。

⑤飞燕：即赵飞燕，汉成帝皇后。

译文

像一枝红牡丹沐浴着雨露，散发着芳香，神女与她相比也黯然失色，只能空自神伤。请问，汉宫佳丽谁能和她媲美？可怜美丽的赵飞燕也要靠精心梳妆，才能勉强与她相比。

清平调（其三）

名花①倾国②两相欢，长得君王带笑看③。
解释春风无限恨，沉香亭④北倚阑干。

注释

①名花：名贵的花，这里指牡丹花。牡丹花因形美色艳、华丽高贵而被誉为名花。

②倾国：容貌绝美的女子，这里指杨贵妃。典出汉朝李延年《佳人歌》："一顾倾人城，再顾倾人国。"

③带笑看：面含笑容。

④沉香亭：亭名，沉香木所筑，位于兴庆宫内龙池东北方。

译文

美艳的牡丹与绝世的佳人相映成趣,使得君王观赏时常带笑意。(因此)心中纵有无尽怨恨,也为这名花美人的绝代风姿所消释,君王和贵妃在沉香亭北双双倚栏观看。

独坐敬亭山①

众鸟高飞尽②,孤云③独去闲④。
相看⑤两不厌⑥,只有敬亭山。

注释

①敬亭山:在今安徽省宣城市北,原名昭亭山,风景幽静秀丽。山上曾有敬亭,为诗人谢朓吟咏处。

②尽:没有。

③孤云:孤单的一片云。陶渊明在《咏贫士》一诗中曾用过此意象:"孤云独无依。"此处含诗人自比之意。

④闲:安闲,悠闲。

⑤相看:指对望。

⑥厌:厌烦。

译文

天空中的鸟儿们都不知去向,只有一片孤云悠闲地漂浮着,最后也不见踪影了。互相注视而不感到厌烦的,只有眼前的敬亭山和独坐山上的我。

金陵城西楼①月下吟

金陵夜寂凉风发,独上高楼望吴越。
白云映水摇空城,白露垂珠滴秋月。
月下沉吟久不归,古来相接眼中稀。
解道②澄江净如练,令人长忆谢玄晖③。

注释

①城西楼:指金陵城西孙楚楼,因西晋诗人孙楚曾来此登高吟咏而得名。

②解道:能够吟咏。

③谢玄晖:指谢朓,字玄晖。

译文

独自登上金陵城西楼,凉风徐徐,远眺吴越。白云和城垣倒映在水中,倒影随波摆动,秋月下的白露轻垂如珠。久立在月下冥想,不愿归去,还有谁能与古人心有灵犀、遥遥相通呢?能吟出"澄江净如练"这样优美诗句的谢朓,是让我永远忆念的。

关山月①

明月出天山②,苍茫云海间。
长风几万里,吹度玉门关③。
汉下白登④道,胡窥⑤青海湾。

由来⑥征战地,不见有人还。
戍客⑦望边色,思归多苦颜。
高楼⑧当此夜,叹息未应闲⑨。

注释

①关山月:乐府《横吹曲》调名。
②天山:甘肃境内的祁连山。
③玉门关:位于今甘肃省敦煌市西,古时是通往西域的重要关塞。
④白登:白登山,在今山西大同东北。匈奴曾将刘邦围困于此。
⑤窥:有所图谋。
⑥由来:自古以来。
⑦戍客:指戍边的兵士。
⑧高楼:指女子所住的闺阁,这里指戍边兵士的妻子。古诗中多以高楼指代闺阁。
⑨闲:停止。

译文

明月在天山上升起,出没于苍茫的云海中间。长风浩浩荡荡掠过几万里,一直吹过了玉门关。汉高祖曾率兵被困在白登山,胡人如今还时刻窥视,企图侵扰青海湾。这里向来就是战略要地,不知有多少将士出征不见返还。战士们望着边关的凄凉景象,大多数人都因思念家乡而愁眉苦脸。遥想今夜,妻子独坐在高楼上,也应该因为思念丈夫而叹息不止吧!

乌栖曲

姑苏台①上乌栖时②,吴王③宫里醉西施④。
吴歌楚舞⑤欢未毕,青山欲衔半边日⑥。
银箭金壶漏水多⑦,起看秋月坠江波。
东方渐高⑧奈乐何!

注释

①姑苏台:吴王夫差耗费人力物力,在姑苏山上筑成横亘五里的姑苏台,上建春宵宫,与宠妃西施在宫中饮酒作乐。姑苏台故址在今江苏省苏州市姑苏山上。

②乌栖时:日暮之时。

③吴王:指夫差,春秋末期吴国国君,吴王阖闾之子。

④西施:吴王夫差灭越,越王勾践想要复仇,便将美女西施献给夫差。夫差十分宠幸西施,最终因为荒淫昏乱而亡国。

⑤吴歌楚舞:泛指东南一带的歌舞。

⑥"青山"句:描绘日落时的景象。

⑦"银箭"句：箭、壶，为古代计时工具，用铜壶装满水，底有漏孔，水不断下漏。壶内装有一枝标有刻度的箭，由水面的变化来确定时间。漏水多，指夜已深。

⑧东方渐高：指太阳慢慢升起。

译文

姑苏台上乌鸦栖息的时候，吴王和西施正在宫中饮酒作乐。吴宫中的歌舞欢会还未停歇，太阳已有一半落下山了。更漏声不断，夜已深了，起来看那秋月，秋月也将要没入波涛之中了。东方虽然渐渐明朗，但吴王仍沉溺于欢乐之中，不能自拔。

苏台①览古

旧苑②荒台杨柳新，菱歌③清唱④不胜春。
只今惟有西江⑤月，曾照吴王宫里人⑥。

注释

①苏台：即姑苏台，见上一首《乌栖曲》中的注释。

②旧苑：指苏台。苑，园林。

③菱歌：采菱时唱的歌曲。

④清唱：形容歌声悠扬婉转、清亮动人。

⑤西江：古时指今南京市至江西省一段的长江。

⑥吴王宫里人：指吴王夫差宫廷里的嫔妃。

译文

昔日的姑苏台是何等富丽堂皇盛极一时,如今却只剩下残垣断壁,一片荒凉,而姑苏台周围的杨柳,仍然一片青绿,生机盎然。远处传来采菱女子的婉转歌声,更为此景添了一分春意。如今,恐怕只有亘古如新的月亮,才见过吴王宫中的繁华以及夫差、西施等人吧。

谢公亭

谢亭①离别处,风景每生愁。
客散青天月,山空碧水流。
池花春映日,窗竹夜鸣秋。
今古一相接,长歌怀旧游。

注释

①谢亭:即谢公亭,在安徽宣城城北,南朝齐代著名诗人谢朓任宣城太守时所建。谢朓曾经在此为朋友范云送行。

译文

依然还能看见当年谢朓和范云的离别之处,每次看到这里的景物都难免生出愁绪。欢聚的场面散去,此处显得格外空旷,空留明月一轮,空山静谧,碧水长流。池花在春日自开自落,窗外的修竹在秋风的吹拂下发出响声。古今相接,遥想谢公,就用一首长歌来感怀一切吧。

秋浦歌①（其十四）

炉火照天地，红星乱紫烟。
赧郎②明月夜，歌曲动寒川③。

注释

①秋浦歌：共十七首，是作者在秋浦创作的描写风物和抒发情怀的一组诗。秋浦，唐代县名，境内有秋浦河，在今安徽贵池县西，是唐代银和铜的产地。
②赧郎：被炉火映红了脸的冶炼工人。赧，脸红。
③川：河流。

译文

冶炼炉的火光照得天空、地面一片通红，炉中飞溅的火星与冲天的紫色烟雾交织在一起。被炉火映红了脸的冶炼工人一面劳动一面唱歌，歌声震荡着寒夜的流水。

秋浦歌（其十五）

白发三千丈，缘①愁似个②长。
不知明镜里，何处得秋霜。

注释

①缘：因为。
②个：这样。

译文

头上的白发长到三千丈!只因心中的愁绪也这样长。镜中的头发白得像秋霜,不知道为何会是这个模样。

丁都护歌①

云阳②上征去,两岸饶商贾。
吴牛③喘月时,拖船一何苦!
水浊不可饮,壶浆半成土。
一唱都护歌,心摧泪如雨。
万人系④磐石,无由达江浒⑤。
君看石芒砀,掩泪悲千古。

注释

①丁都护歌:乐府旧题,属《清商曲辞》。相传宋高祖刘裕的女婿徐之逵为鲁轨所杀,府内直都护丁旰奉旨料理丧事。徐妻每向丁旰问殓送情况,都先哀叹一声"丁都护",甚是凄切。后人以此定名并制曲。

②云阳:即今江苏省丹阳市,秦以后为曲阿,天宝初

改丹阳,属江南道润州,是长江下游商业繁荣区,有运河直达长江。

③吴牛:指江淮地区的水牛。

④系:一作"凿"。

⑤江浒:江边。

译文

自云阳逆水上行,两岸多是经商的店铺。在酷夏的夜晚,水牛见到一轮明月,竟误以为是太阳而吓得直喘气,此刻船夫们还在不分昼夜地干着拖船的重活。水混浊得不能喝,盛在壶中的竟然一半是泥土。一唱起《丁都护》这支歌,众人便挥泪如雨,不堪听闻。虽然已费了成千上万的人力来拖这装满大石的船只,但水浅船重,看来是没有办法到达江边了。你看看这又多又大的石头,采不尽,运不完,给人民带来了无穷的苦难,甚至千百年以后,人们都会为之悲痛不已。

塞下曲①六首(其一)

五月天山雪,无花只有寒。
笛中闻折柳,春色未曾看。
晓战随金鼓,宵眠抱玉鞍。
愿将腰下剑,直为斩楼兰②。

注释

①塞下曲：出于汉乐府《出塞》、《入塞》等曲，为唐代新乐府题，内容多写边塞军旅生活。

②楼兰：汉代西域国名，位于今新疆鄯善县东南。这里指楼兰国王。

译文

五月的天山上还覆盖着白雪，没有百花之芳香，只有那袭人的寒气。笛声吹奏的是《折杨柳》的曲子，杨柳青青的春色却不见踪影。白天在鼓声中行军作战，夜里就抱着马鞍露宿旷野。愿用腰间佩戴的宝剑，斩下楼兰国王的首级。

秦王扫六合①（古风②其三）

秦王扫六合，虎视③何雄哉！

挥剑决浮云④，诸侯尽西来⑤。

明断自天启⑥，大略驾群才。

收兵铸金人，函谷正东开⑦。

铭功⑧会稽岭⑨，骋望⑩琅邪台⑪。

刑徒七十万，起土骊山隈。

尚采不死药，茫然使心哀。

连弩射海鱼，长鲸正崔嵬。

额鼻象五岳，扬波喷云雷。

鬐鬛蔽青天,何由睹蓬莱⑫。
徐市载秦女,楼船几时回?
但见三泉下,金棺葬寒灰⑬。

注释

①扫六合:指统一天下。六合,指天地四方,这里指全国。

②古风:即古诗,有继承《诗经》"国风"传统的意思。李白的《古风》共有五十九首,不是作于一个时期的作品,本篇为第三首。

③虎视:威猛的样子。

④挥剑决浮云:语出《庄子·说剑》,"天子之剑……上决浮云,下绝地纪。此剑一用,匡诸侯,天下服矣"。决,断。

⑤诸侯尽西来:指六国统治者归顺秦。因六国在秦都咸阳之东,所以说西来。

⑥天启:天生,天授。

⑦收兵铸金人,函谷正东开:秦始皇收尽天下兵器,铸成金人;由于天下统一,函谷关也可以向东开放了。

⑧铭功:记功,这里指刻石记功。

⑨会稽岭:在今浙江绍兴。

⑩骋望:纵目远望。

⑪琅邪台:在今山东诸城东南琅邪山。秦始皇统一中国后,曾东登琅邪台,南游会稽山,并在这两处树石立碑歌颂秦王朝的功德。

⑫"鬐鬛"二句:这两句意为,鲸鱼的鬐鬛把青天都遮蔽了,怎么能够看到蓬莱等仙山呢?鬐鬛,鱼脊和鱼颔上的羽状

部分。

⑬"但见"二句：这两句指秦始皇求仙落空，最终铜棺将他的朽骨埋葬在了地下。三泉下，三重泉水下，指很深的地下。

译文

秦王军队扫荡四方席卷天下，统一全国。他虎视群雄，气势咄咄逼人，真是异常威猛！诸侯争霸，群雄并起，秦王利剑一挥，寰宇安定；列位诸侯，纷至沓来，俱服于秦。秦始皇果敢英明，这种特质似上天所赐。他雄才大略，足以收服四方俊才。收齐天下利刃，铸成十二铜人，消除反抗势力；函谷关自此向东打开。东登会稽山，立碑刻文，书写秦之伟业；北临琅邪台，极目远眺，将天地揽入胸怀。征发七十余万劳役，在骊山建墓。派徐福率童子数千入海求仙访药；所作所为令人费解，我也为之感到悲哀。秦始皇驾临大海，数箭连发射杀巨鲸。巨鲸现身，凶狠高大，额鼻像五岳，呼吸时水流喷射，形成水雾，声若雷霆；它的鬐鬣遮天蔽日，始皇还如何能见到海中蓬莱？徐福带去访求不死之药的童男童女，载着他们的船只几时才能归来？但见三重泉水下，铜铸的棺木最终把秦王必将腐朽的尸骨埋葬！

丑女来效颦①（古风其三十五）

丑女来效颦，还家惊四邻。
寿陵②失本步，笑杀邯郸人。
一曲③斐然子，雕虫④丧天真。
棘刺造沐猴⑤，三年费精神。
功成无所用，楚楚且华身。
《大雅》思文王，《颂》⑥声久崩沦。
安得郢⑦中质⑧，一挥成风斤⑨？

注释

①颦：皱眉头。

②寿陵：古时燕国的城邑。

③一曲：指一首诗歌。

④雕虫：比喻小技，这里指雕琢文字。

⑤"棘刺"句：《韩非子》记载，春秋战国时有个卫国人欺骗燕王，说自己能在棘刺的尖端上雕刻沐猴，因而取得了优厚俸禄。沐猴，即猕猴。

⑥《大雅》、《颂》：均为《诗经》的组成部分之一。

⑦郢：古时楚国都城，故址在今湖北江陵县西北。

⑧质：指施展技艺的对象。

⑨一挥成风斤：形容挥斧动作迅捷。斤，斧。

> **译文**
>
> 越国有一个丑女效仿当时的美女西施因心痛而皱眉的样子,结果回家时把邻居们吓坏了。寿陵的一个少年去学邯郸人走路,结果不但没学会,连自己原来走路的姿势也忘记了,遭到了人们的耻笑。写诗作词追求词藻华丽却忽略了实际内容的人,只是追求雕虫小技,却没有抓住真正重要的东西。作诗在形式上雕琢,如同在棘刺上雕刻沐猴一样,费时而不实用,成功了也没有用处,只能满足暂时的虚荣。还是周代《诗经》那种朴质的诗风好,可惜它早已衰亡沦没了。怎样才能找到一个像理解楚国石匠那样理解我的郢人呢?让我改变当今文风,恢复古代的风气吧。

远别离

远别离,古有皇英①之二女,乃在洞庭之南,潇湘②之浦。海水直下万里深,谁人不言此离苦!

日惨惨兮云冥冥,猩猩啼烟兮鬼啸雨。我纵言之将何补?皇穹窃恐不照余之忠诚,雷凭凭兮欲吼怒。

尧舜当之亦禅禹,君失臣兮龙为鱼,权归臣兮鼠变虎。或云尧幽囚,舜野死③。九疑④联绵皆相似,重瞳⑤孤坟竟何是?帝子泣兮绿云⑥间,随风波兮去无还。恸哭兮远望,见苍梧之深山。苍梧山崩湘水绝,竹上之泪乃可灭。

注释

①皇英：指上古尧帝之二女娥皇、女英，皆嫁舜。

②潇湘：湘水在湖面零陵县，西合潇水，称潇湘。《水经注·湘水》云："大舜之陟方也，二妃从征，溺于湘江，神游洞庭之渊，出入潇湘之浦。"浦，水滨。

③野死：《国语·鲁语》载，"舜勤民事而野死"。

④九疑：苍梧山，有九峰。在今湖南宁远县南。

⑤重瞳：《史记·项羽本纪》载，"舜目盖重瞳子"。

⑥绿云：丛竹。舜出巡时死于苍梧，二女恸哭，泪洒竹上，后人遂称之为湘妃竹。

译文

远别离，古代有娥皇、女英这样的女子，她们死在洞庭之南、湘江之滨。大家都知道分离的痛苦，它就像海水那样深不可测！

太阳被乌云掩盖，猩猩在乌云中悲鸣，鬼怪在风雨中咆哮。就算我能够向皇帝进言，又有什么用处呢？他无法明白我的忠诚，反而会像雷公那样朝我怒吼。

尧禅位于舜，舜禅位于禹。皇帝不重用贤臣，就像龙变成了鱼；奸臣当道，就是老鼠变成了老虎。相传尧因德衰被舜囚禁，舜巡游时在苍梧去世，这里层峦叠嶂、九峰相似，究竟哪里是舜的坟墓呢？两妃在翠竹间啼哭，投身湘江，随波逝去。她们曾远望苍梧山，大声哭泣，泪水浸湿翠竹。只有苍梧山崩裂、湘水流尽，才能让翠竹上的泪痕消失。

王昭君

汉家秦地月①,留影照明妃②。
一上玉关③道,天涯去不归。
汉月还从东海出,明妃西嫁无来日④。
燕支⑤长寒雪作花,蛾眉憔悴⑥没胡沙。
生乏黄金枉图画⑦,死留青冢⑧使人嗟⑨。

注释

①"汉家"句:互文之笔,即汉月、秦月。

②明妃:即王昭君(晋人为避司马昭之讳,将昭改为明,后人沿用),是汉元帝时的宫女,容貌秀美,品行正直。

③玉关:原指玉门关,这里是借用。当年昭君出塞并未路经玉门关。

④"汉月"二句:以月亮月月升起和明妃西嫁再也不回乡相比,形成反差。

⑤燕支:燕支山,即焉支山,也称胭脂山。在甘肃省永昌西,山丹县东南。

⑥憔悴:身体瘦弱,没有精神。

⑦枉图画:汉元帝在召幸宫妃之前,都要先看看她们的画像。王昭君因不愿贿

赂画师毛延寿，故而被画得十分丑陋，所以她始终未能得到元帝的接见。后匈奴欲与汉和亲，王昭君便请求前往。临走时，元帝才目睹了王昭君的真容，知道其中缘由后，便把毛延寿杀了。此处的"枉"字，格外凸显了王昭君命运的悲剧性。

⑧青冢：昭君墓地。在今内蒙古呼和浩特市南二十里处。传说塞外草白，而此处独青，故得名。

⑨嗟：叹息。

译文

秦汉时长安上空的月亮照在昭君的身上，留下影子。踏上去玉门关的道路，就将远赴天涯，难以归来。月亮还是在东方升起，可昭君远嫁西去，却没有归期。在终年严寒的燕支山，只能把雪当做花，美丽的昭君在胡地的风沙中逐渐憔悴了。生前因为没有黄金送人，画师将她故意画丑，死后留下青冢，也让人禁不住叹息。

山中问答①

问余②何意③栖④碧山，笑而不答心自闲⑤。
桃花流水窅然⑥去，别有天地非人间。

注释

①山中问答：在山中回答别人的问题。
②余：我。
③何意：为什么。

④栖：居住。

⑤闲：安然，泰然。

⑥窅（yǎo）然：深远的样子。此处是用以形容桃花随着山中溪涧飘然远去的样子，意境极美。

译文

有人问我为什么居住在碧山上，我笑而不答，心中闲适自乐。看着飘落的桃花随着流水而去，觉得这里不像是人间，更像是别有洞天的仙境。

与史郎中①钦听黄鹤楼②上吹笛

一为迁客③去长沙，西望长安不见家④。

黄鹤楼中吹玉笛，江城⑤五月落梅花⑥。

注释

①史郎中：为李白朋友，生平不详。

②黄鹤楼：故址在今湖北武汉市蛇山的黄鹄矶头，现迁至附近的高观山。

③迁客：被贬谪到远地的官员。

④"西望"句：言对长安的留恋以及对国事的关切。

⑤江城：指江夏，治夏口（今湖北武昌）。

⑥落梅花：即笛曲《梅花落》。

译文

汉代的贾谊曾被贬到长沙,如今我也被贬外地。回望长安,看不到家的影子,不知亲人可好。听到黄鹤楼中传出的《梅花落》的哀伤笛声,我悲从中来,仿佛看到了五月的江城梅花漫天飘舞的情景。

宿五松山下荀媪家

我宿五松下,寂寥无所欢。
田家秋作苦,邻女夜舂寒。
跪进①雕胡②饭,月光明素盘。
令人惭漂母,三谢不能餐。

注释

①跪进:古人接待客人时起身奉物,是一种恭敬的表示。

②雕胡:即菰米,菰在不结茭白的情况下长的籽实,可以做饭,味极甘美。

译文

我投宿在五松山下的山村里,寂寞孤单,没有什么可以让我快乐的事情。农家在秋忙时节,因为赋税沉重,所以无法高兴;邻家妇女在夜里舂米,可以想象她们的寒冷。姓荀的老妈妈为我做了雕胡饭,并跪下身子拿给我。在月光的映照下,盘中的菰米粒晶莹剔透。荀媪的情意让我不安,再三道谢后,我仍然难以进食。

从军行

百战沙场碎铁衣,城南已合数重围。
突营射杀呼延将①,独领残兵千骑归。

注释

①呼延将:匈奴贵族,这里指敌军的一员悍将。

译文

久战沙场,连身上的铠甲都已经碎了,城南被敌人设下了重围,全军已陷入绝境。突围的时候(将军)杀死了敌方一员大将,独领残兵千骑而回。

战城南

去年战,桑干源①;今年战,葱河道②。洗兵条支③海上波,放马天山④雪中草。万里长征战,三军尽衰老。

匈奴⑤以杀戮为耕作,古来惟见白骨黄沙田。秦家⑥筑城备胡处,汉家还有烽火燃⑦。烽火燃不息,征战无已时。

野战格斗死,败马号鸣向天悲。乌鸢啄人肠,衔飞上挂枯树枝。士卒涂草莽,将军空尔为。乃知兵者是凶器⑧,圣人不得已而用之。

注释

①桑干源：位于今山西省马邑县北洪涛山的桑干河源头。天宝年间，唐王朝曾在这一带地方发动对契丹的征伐。

②葱河道：即葱岭河，在今新疆西部。天宝年间，唐王朝曾在西域对小勃律、吐蕃和大食等国用兵。

③条支：古有条支国，唐朝时是大食国领土的一部分，在今叙利亚、伊朗等国境内，其南有波斯湾。

④天山：在今新疆境内。

⑤匈奴：古代北方的一个少数民族。

⑥秦家：指秦始皇。

⑦烽火燃：古代有边警时举烽火为号。后用"烽火"指战争。

⑧兵者是凶器：《老子》曰："夫佳兵者不祥之器。"《史记·主父偃传》曰："兵者，凶器也。"

译文

去年在桑干河源用兵，今年在葱岭河上打仗。在条支国的海中清洗兵器，在天山的雪地里放牧战马，多年的征战中，年轻的战士都已渐渐老去。

胡人杀人如麻，不事耕作，自古以来沙场上只见白骨和黄沙。秦始皇为备防胡人修起长城的地方，如今烽火还在燃烧。烽火终年燃烧，边境上的战争没有停息！

战士惨死在战争中，战败的骏马对空悲鸣。乌鸢啄出死人肠子，用嘴衔着，将它挂于枯树枝梢；士兵的鲜血染红野草，将军们，你们又能得到些什么呢？由是知道战争不是什么好事，君主也是不得已而为之！

永王①东巡歌十一首（其二）

三川②北虏③乱如麻，四海南奔似永嘉。
但用东山谢安石④，为君谈笑静胡沙⑤。

注释

①永王：永王李璘，玄宗第十六子。
②三川：郡名，治所在洛阳，战国时秦庄襄王所置。以境内有黄河、洛水、伊水三川而得名。这里借指洛阳一带。
③北虏：指安史叛军。
④谢安石：东晋名士谢安，字安石。
⑤静胡沙：平定叛乱，使国家安定。

译文

叛军四处横行殃及百姓，使三川人民处于水深火热之中。中原一带的百姓像永嘉之乱时一样，大批南下避难。只要起用谢安石那样的人才，在谈笑间就会为君王消灭叛军。

永王东巡歌十一首（其十一）

试借君王玉马鞭①，指挥戎虏坐琼筵②。
南风③一扫胡尘静，西入长安到日边④。

注释

①玉马鞭：这里指军权。
②琼筵：盛大的筵席。
③南风：指驻在南方的永王军队。
④日边：指皇帝的身边。

译文

试借天子的玉马鞭，高高地坐在琼筵上，指挥灭虏军队。大军一扫就可以将胡虏消灭，最后回到长安的皇帝身边。

嘲鲁①儒②

鲁叟③谈五经④，白发死章句⑤。
问以经济策⑥，茫⑦如坠烟雾。
足著远游履⑧，首戴方山巾⑨。
缓步从直道，未行先起尘。
秦家丞相府⑩，不重褒衣人⑪。
君非叔孙通，与我本殊伦⑫。
时事且未达，归耕汶水⑬滨。

注释

①鲁：春秋时国名，在今山东省南部。

②儒：指读书人，儒生。

③叟：年老的男人，这里指老儒生。

④五经：《诗》、《书》、《礼》、《易》、《春秋》五部儒家经典。

⑤章句：对儒家经典分章断句，进行注释。

⑥经济策：济世经邦的策略。

⑦茫：模糊不清，对事理全无所知。

⑧远游履：古代的一种鞋名。

⑨方山巾：古代儒者戴的一种方形软帽，又称方山冠。

⑩秦家丞相：指李斯。秦朝著名的政治家、文学家和书法家，协助秦始皇统一天下，后为秦朝丞相。

⑪不重褒衣人：《史记·秦始皇本纪》中记载，秦始皇三十四年，采纳李斯的建议，焚烧诗书，禁止儒生以古非今。褒，衣襟宽大。褒衣，儒生穿的一种宽大的衣裳。

⑫殊伦：不同类。

⑬汶水：今山东大汶河，此指鲁儒的家乡。

译文

山东一带的老儒生善于谈论儒家的古经，但他们只会死读书，白发之年仍在以研究章句为能。如果向他们问起经世济民的治国之策，他们便像坠于云雾之中，茫然不知所措。他们固执地坚持古代儒生的打扮，脚下经常穿着远游鞋，头上戴着方形的帽子。顺着直道慢腾腾地踱着四方步，还没走起来，便扬起了地上的灰尘。当年秦相李斯的府中，从不重用迂腐的儒生。你既非能知时变的叔孙通，和我也不是同类之人。这么不明时事和世理的人，还是回到家乡种地去吧。

横江词六首（其一）

人道横江①好，侬②道横江恶。

猛风吹倒天门山，白浪高于瓦官阁。

注释

①横江：即横江浦，在今安徽和县东南，是长江下游的一个渡口。

②侬：我，吴地人自称侬。

译文

人们都说横江好，我却说横江险恶。那里狂风咆哮仿佛要刮倒天门山，它掀起的巨浪一浪高过一浪，仿佛要淹没南京城外江边的瓦官阁。

横江词六首（其五）

横江馆①前津吏②迎，向余东指海云生③。

郎今欲渡缘④何事？如此风波不可行！

注释

①馆：驿馆。
②津吏：管理渡口的官员。
③海云生：海上升起了云雾，这是大风雨的预兆。
④缘：因为。

译文

横江浦渡口前驿馆中的官员向我走来，向我指着东边海上升起的云雾说道："年轻人，你为了什么事要急着过江？现在这么大的风浪，千万不要出行！"

越中①览古

越王勾践②破吴归，义士③还家尽锦衣④。
宫女如花满春殿⑤，只今惟有鹧鸪飞。

注释

①越中：指会稽。春秋时为越国的都城，故址在今浙江省绍兴市。
②勾践：春秋末越国国君。姓姒，名勾践。曾败于吴，屈服求和。勾践后来卧薪尝胆，于公元前473年灭吴。
③义士：指跟随勾践灭吴的臣子们。
④锦衣：精美华丽的衣服。旧指显贵者的服装，这里指官服。
⑤春殿：形容越王宫中歌舞升平、满殿春色。

译文

越王勾践终于大破吴国胜利归来。战士们都脱掉铠甲,换上了华丽精美的官服。美丽的官女们站满了宫殿,整个越国一派歌舞升平。可是千年后的今天,却只剩下几只鹧鸪在当年王城宫殿的故址上空飞过。

经下邳①圯桥②怀张子房③

子房未虎啸④,破产⑤不为家。
沧海得壮士,椎秦博浪沙⑥。
报韩⑦虽不成,天地皆振动。
潜匿游下邳,岂曰非智勇?
我来圯桥上,怀古钦英风。
唯见碧流水,曾无黄石公⑧。
叹息此人去,萧条徐泗⑨空。

注释

①下邳(pī):古州名。北周置。治所在下邳(今江苏省睢宁北)。

②圯(yí)桥:《史记·留侯世家》中记载,张良刺秦失败后潜匿于圯桥,得黄石公授予《太公兵法》。后桥毁废,故址在今江苏省邳县南。

③张子房:即张良,字子房。其祖父和父亲曾为韩国宰相。韩国为秦所灭后,张良立志报仇。

④虎啸：指张良跟随汉高祖以后，其叱咤风云的业绩。

⑤破产：指张良散尽家财。

⑥博浪沙：古地名，历史文化名地，张良刺杀秦始皇处。位于河南省原阳县城东郊，现名古博浪沙。

⑦韩：国名，"战国七雄"之一，公元前230年为秦国所灭。

⑧黄石公：本为秦汉时人，后得道成仙，被道教纳入神谱。据传黄石公是秦末汉初的五大隐士之一。《史记·留侯世家》称其避秦世之乱，隐居东海下邳。

⑨徐泗：徐州、泗州。徐州，古称彭城，中国历史文化名城，位于江苏省西北部。泗州，是一个存在于北周到清朝之间的历史地名，辖地大概在今天的泗县。

译文

张良在未成名之前，为报韩国灭亡之仇，散尽了家财。他拜见沧海君，寻得一个大力士，打制大铁锤，在博浪沙中伏击秦始皇。虽然这次行动失败了，未能报国破之仇，但张良的胆识谋略震惊了天下。张良为了避祸，藏匿于下邳。怎么能说他没有智谋缺乏勇气？我来到圯桥上追念往昔，钦佩英雄的风采。圯桥下依然是碧水东流，但竟然不见黄石公这样的人物。只能叹息在黄石公之后，徐州、泗州变得萧条空寂了。

望鹦鹉洲悲祢衡①

魏帝营八极②，蚁观③一祢衡。

黄祖斗筲人④，杀之受恶名。

吴江赋⑤《鹦鹉》,落笔超群英。
锵锵振金玉⑥,句句欲飞鸣。
鸷鹗啄孤凤⑦,千春伤我情。
五岳起方寸,隐然⑧讵⑨可平?
才高竟何施,寡识冒⑩天刑。
至今芳洲上,兰蕙不忍生。

注释

①祢衡:汉末辞赋家。字正平,少有才辩,尚气刚傲。后被黄祖杀害。

②八极:四维(东南、东北、西南、西北)和四方(东、西、南、北)。

③蚁观:轻视、小看。

④斗筲人:气量狭小的人。

⑤赋:写下。

⑥锵锵振金玉:指祢衡写就的文章语言优美,悦耳动听。

⑦鸷鹗啄孤凤:鸷鹗,比喻黄祖;孤凤,比喻祢衡。

⑧隐然:痛苦的样子。

⑨讵:哪里。

⑩冒:遭受。

译文

曹操坐拥天下,却被祢衡视为蚁类。黄祖气量狭小,因杀了祢衡而背负恶名。祢衡曾在长江边写下名作《鹦鹉赋》,落笔不凡,语言优美,句句动听。可恨的是,凶猛的恶鸟啄杀了孤独的凤凰,即使此事已过千年,还是让我伤心不已。如五岳一般沉重的怒气起于心田,哪里能够平息这种痛苦啊?才高之士竟然没有施展之地,而见识的短浅又使他遭受惩罚。即使是在现今,那芳草萋萋的鹦鹉洲上,兰蕙都不忍生长。

日出入行

日出东方隈①,似从地底来。

历天又复入西海,六龙②所舍安在哉?

其始与终古③不息,人非元气,安得与之久徘徊。

草不谢荣④于春风,木不怨落于秋天。

谁挥鞭策驱四运⑤?万物兴歇皆自然。

羲和!羲和!汝奚汨没于荒淫之波⑥?

鲁阳何德,驻景挥戈?逆道违天,矫诬⑦实多。

吾将囊括大块⑧,浩然与溟涬⑨同科。

注释

①隈:山或水弯曲的地方。

②六龙:古代神话传说,太阳神的车夫羲和驾着六条龙拉的车子,载着太阳神在天空运行。

③终古:永世。

④荣:草木茂盛。

⑤四运:指春、夏、秋、冬四时的运行。

⑥荒淫之波:指浩瀚的大海。荒淫,这里是广大无边的意思。

⑦矫诬：捏造、扯谎。
⑧大块：宇宙。
⑨溟涬：即元气。

译文

太阳从东方升起，好似自大地之底而来。在天上游历后又转入海底，为太阳拉车的六条龙在何处休息啊？太阳东升西落，日日不息，人非元气，又怎么能够和太阳一样东升西落？花草不因自己的繁茂而感谢春风的滋润，树木也不会因自己的凋零而埋怨秋天。究竟是谁在驱赶着四季的运转？世间的兴衰啊都因为造物主的神通广大。羲和呀羲和，你为什么会在浩瀚的大海里沉没？鲁阳呀鲁阳，你又有什么本事，竟然能挥戈让时光倒退？这些都违背了造物主的规则，捏造的谎话实在不少啊。我将要以容纳天地的胸襟，融入到宽广无垠的宇宙去。

大车①扬飞尘（古风其二十四）

大车扬飞尘，亭午暗阡陌②。
中贵③多黄金，连云④开甲宅。
路逢斗鸡者⑤，冠盖⑥何辉赫⑦。

鼻息干⑧虹蜺，行人皆怵惕⑨。
世无洗耳翁⑩，谁知尧⑪与跖⑫。

注释

①大车：高官所乘的车，这里指宦官的车子。

②阡陌：田间的小路，南北称阡，东西称陌，这里泛指道路。

③中贵：权势很大的宦官。

④连云：形容房屋的高大众多，如接云霄。

⑤斗鸡者：指由于擅长斗鸡而受到唐玄宗宠幸的人。据陈鸿《东城老父传》记载，玄宗酷爱斗鸡，索取长安城内雄鸡数千只养于鸡坊，并挑选五百名小儿负责管理。其中有个名叫贾昌的人，因善于斗鸡而得到玄宗的宠幸，被封为五百小儿长，号称"鸡神童"。

⑥冠盖：指达官贵人所戴的帽子和所乘的车子。

⑦辉赫：光彩夺目，比喻声势显赫。

⑧干：冲破。

⑨怵（chù）惕：害怕警惕。

⑩洗耳翁：指许由。传说尧要把帝位让给许由，许由不肯接受，躲到颍水边上隐居起来。尧又召他做九州长，他认为这话玷污了自己的耳朵，就到水边用清水洗耳。

⑪尧：传说中古代原始部族联盟的首领，这里喻指"贤明之君"。

⑫跖（zhí）：相传为古时民众起义的领袖，名跖，"盗"是当时统治者对他的贬称。

译文

高大的车子疾驰而过,扬起漫天尘土。即使是正午,道路也被尘土遮蔽得昏暗不明。宦官们有很多的钱财,他们的豪华住宅也和云霄连成一片。路上遇到善于斗鸡的人,他们的衣帽车架非常华丽夺目,甚至连鼻子呼出的气息都能冲破天空中的彩虹,令路人十分畏惧。如今的时代,已经再没有许由这种圣人了,又有谁会分辨好人和坏人呢?

郑客①西入关(古风其三十一)

郑客西入关,行行②未能已,
白马华山君③,相逢平原④里,
璧⑤遗镐池君⑥,明年祖龙⑦死。
秦人相谓曰:吾属⑧可去矣!
一往桃花源⑨,千春隔流水。

注释

①客:诸侯委派出使他国的使臣。

②行行:不断地前行。

③华山君:华山的山神。

④平原:指华阴,位于关中平原东部,秦、晋、豫三省结合地带。

⑤璧:古代一种器物名,一般为玉制,也有用琉璃制的。

⑥镐池君:水神名。秦以五行中的水德为王,故水神相当

于秦朝的护国神。镐池，古池名。在西周镐京，今陕西省西安市西南一带。

⑦祖龙：指秦始皇。祖，初，开始。龙，帝王。

⑧属：侪辈。指同一类人。

⑨桃花源：《桃花源记》中秦人隐居的地方，后用来指避世隐居的地方或指理想的境地。

译文

使臣从东而来西去入关，一直不断前行。在华阴平原，一位骑着白马的华山山神突然出现。山神让使臣把玉璧送到水神镐池君处，并请他告诉水神：秦始皇明年会死。秦人听说了这个消息后，聚在一起说："是我们找个地方隐居起来的时候了！"他们就一起去了桃花源，从此世世代代远离了尘世的纷扰。

行行且游猎篇①

边城儿，生年②不读一字书，但知游猎夸轻趫③。
胡马秋肥宜白草④，骑来蹑影⑤何矜骄。
金鞭拂雪挥鸣鞘⑥，半酣呼鹰⑦出远郊。
弓弯满月不虚发，双鸧迸落连飞髇⑧。

海边观者皆辟易⑨,猛气英风振沙碛。

儒生不及游侠人,白首下帷⑩复何益!

注释

①行行且游猎篇:乐府"征戍"十五曲中描写帝王游猎的曲子,这里借以赞扬边城儿身姿的矫健和气度的不凡。

②生年:平生。

③轻趫(qiáo):形容动作轻便敏捷。

④白草:一种牧草,在成熟的时候呈白色。

⑤蹑影:追逐太阳的影子。此处形容边城健儿的快速。

⑥鞘(shāo):鞭鞘,拴在鞭子头上的细皮条等。

⑦呼鹰:呼唤猎鹰,此处代指打猎。

⑧"双鸧"句:本句形容边城儿箭术的高超,一箭可以射落双鸟。鸧,鸧鸹,即灰鹤。髇(xiāo),古响箭,用骨头制成。

⑨辟易:倒退,多指受惊吓后控制不住而离开原地,这里指观者因为惊奇而不由自主地后退。

⑩下帷:放下帷幕,表示与外界隔绝,比喻专心读书。

译文

边塞的健儿们,平生并不懂得读书写字,只会夸耀骑马射猎时身姿的矫健轻盈。生长在胡地的那些马儿在秋天以白草为食，长得膘壮，边塞的健儿们骑着胡马急速奔驰，身姿多么潇洒。他们穿过雪地时挥动着马鞭，发出阵阵鸣响，喝酒到半醉，兴酣之时奔驰到郊外打猎。他们拉弓如满月而且箭不虚发，一箭射出，常有双鸟连带着飞箭落下。在沙漠里观看的人因为惊奇，都不由自主地纷纷向后退去，健儿们的勇猛气势让大漠都为之震撼。书生根本无法和健儿们相比，他们诵读诗书到白发苍苍，又有什么用处呢！

五月东鲁行答汶上翁①

五月梅始黄，蚕凋②桑柘③空。
鲁人重织作，机杼鸣帘栊。
顾余不及仕，学剑来山东④。
举鞭访前涂，获笑汶上翁。
下愚⑤忽壮士，未足论穷通。
我以一箭书⑥，能取聊城功。
终然不受赏，羞与时人同。
西归去直道⑦，落日昏阴虹⑧。
此去尔勿言，甘心如转蓬。

注释

①汶上翁：汶水之滨的某一迂腐的老翁。汶，大汶河，在山东境内的一条河。

②蚕凋：指蚕事已经结束。

③柘（zhè）：又名黄桑，一种落叶灌木，叶子可以用来养蚕。

④山东：指太行山以东，这里指东鲁。

⑤下愚：古代统治者对百姓的蔑称，这里指代汶上翁。

⑥一箭书：据《史记》记载，战国时燕军占领了聊城，齐国的田单带兵围攻却久攻不下。鲁仲连替田单写了一封信用来动摇燕军军心，他将信缚在箭杆上射进城中，燕将见信后自杀，田单因而很快攻下了聊城。事后，田单推荐鲁仲连做官，鲁仲连却拒绝受赏，逃往海上。

⑦直道：这里表达对信念的坚持。

⑧阴虹：虹的外侧比较阴暗的部分，诗中指代朝廷的奸诈之臣。

译文

五月时梅子开始变黄，蚕事已经结束，桑树上空无叶子。鲁地的人重视纺织，窗户里纷纷传出织布的声音。只因为我还没有做官，所以前来东鲁学剑。在提起鞭子问路的时候，遭到了当地迂腐老翁的讥笑。这个老翁嘲笑我一心学剑而不去做官，其实他根本不懂得政治上的穷通之理。我志向远大，满腹才华，具备战国时鲁仲连夺取聊城的才能，并且像他一样愿意功成身退，而无心贪恋名利。尽管如今政治并不很清明，但我一定会坚持从正道走上仕途。也许要像随风旋转的蓬草那样经历更多的飘零之苦，但是我心甘情愿。

江上吟

木兰之枻①沙棠②舟,玉箫金管坐两头。
美酒尊中置千斛,载妓随波任去留。
仙人有待乘黄鹤,海客无心随白鸥③。
屈平词赋悬日月④,楚王台榭⑤空山丘。
兴酣落笔摇五岳,诗成笑傲凌沧洲。
功名富贵若长在,汉水亦应西北流。

注释

①枻(yì):船桨。

②沙棠:《山海经》中记载的一种生在昆仑山上的树木,人吃了它的果实后到水里不会下沉。

③"海客"句:《列子》中记载,有个住在海边的人,非常喜爱白鸥,白鸥也与他非常亲密。每次他到海边,白鸥都会飞到他身边与他嬉戏。他的父亲让他捉回一只白鸥来玩。他来到海边,准备捉只白鸥时,白鸥却只在他头顶盘旋,不再靠近他。无心,无机诈之心。

④悬日月:《史记》中说屈原的《离骚》等作品"虽与日月争光可也"。

⑤楚王台榭(xiè):指楚王居住的建筑豪华、用来游玩享乐的亭台楼阁,如楚灵王的章华台、楚庄王的钓台等。榭,建在高土台或水面(或临水)上的木屋。

译文

乘着用木兰之木做桨的沙棠船,歌妓坐在船的两头,吹奏着制作精美的萧和管。酒杯中盛着千杯美酒,游船里载着歌妓,随波而流,自由随性。像仙人一样,等待乘着黄鹤自由翱翔;像传说中的海客一样,能自由自在地与江上的海鸥嬉戏,且无狡诈之心。屈原的词赋如同天上高悬的太阳和月亮一样,世世代代照耀着天地间,得以长存不朽;而当年楚王用来游乐的豪华建筑,却早已经消失在历史的尘埃中,只留下一片荒芜的山丘。诗兴正浓的时候写下的诗文可以让五岳为之震撼,笑傲之中提笔而成的诗文可以超越江海之上。功名富贵倘若能够长久存在于世间,那么向东南而流的汉水也会向西北倒流。

扶风①豪士歌

洛阳三月飞胡沙②,洛阳城中人怨嗟。
天津③流水波赤血,白骨相撑如乱麻。
我亦东奔向吴国④,浮云四塞道路赊⑤。
东方日出啼早鸦,城门人开扫落花。
梧桐杨柳拂金井⑥,来醉扶风豪士家。
扶风豪士天下奇,意气相倾⑦山可移。
作人不倚将军势⑧,饮酒岂顾尚书期⑨?
雕盘绮食⑩会众客,吴歌赵舞⑪香风吹。
原尝春陵⑫六国⑬时,开心写意⑭君所知。
堂中各有三千士,明日报恩知是谁。

抚长剑，一扬眉，清水白石⑮何离离⑯！
脱吾帽，向君笑，饮君酒，为君吟。
张良未逐赤松去⑰，桥边黄石知我心⑱。

注释

①扶风：古郡名，在今陕西凤翔县一带。
②胡沙：西方和北方的风沙，这里喻指安禄山的叛军。
③天津：桥名，在洛阳西南洛水上。
④吴国：中国周代诸侯国名，这里泛指我国东南一带。
⑤赊：长，远。
⑥金井：井栏雕饰华美的井。
⑦相倾：互相敬慕。
⑧作人不倚将军势：为人处世不仗恃权贵的势力。
⑨"饮酒"句：据《汉书》记载，西汉陈遵既贪酒又好客，宴请客人的时候总是命下人把大门锁上，不尽兴不许客人离开。一次，席中有个刺史虽与尚书有约，却无法走开。直到陈遵喝得大醉后，他才得以离去。尚书，官名。始于战国，掌管文书。期，约会。
⑩绮食：丰盛的佳肴。
⑪吴歌赵舞：古时吴地的人善歌，赵地的人善舞。这里指美妙的歌舞。
⑫原尝春陵：战国时孟尝、平原、春申、信陵四君子。
⑬六国：战国时位于函谷关以东的齐、楚、燕、韩、赵、魏六国。
⑭开心写意：坦诚相待，披露心意。写，通"泻"，宣泄。
⑮清水白石：比喻自己豪爽侠义、光明磊落。

⑯离离：清晰分明的样子。

⑰"张良"句：张良，字子房，汉初三杰之一，伟大的谋略家、政治家。逐，跟随。赤松，即赤松子，古代神话中的仙人。张良晚年曾有"愿弃人间事，从赤松子游"的念头。

⑱"桥边"句：《史记·留侯世家》中记载，张良刺杀秦始皇失败后，逃亡至下邳，他在圯桥上遇见一位老人。老人授其《太公兵法》，并说十三年后两人会在济北谷城山下相见，届时自己会化为黄石。十三年后张良路过济北，果然在谷城山下得到黄石。黄石，即黄石公。

译文

暮春三月的洛阳城内，叛军猖狂，尘沙飞扬，城中百姓怨声不绝。天津桥下的河水变得像血一样红，洛阳郊外的白骨堆积成山。我也只好逃向东南方避难，漫长的道路上满是逃难的百姓。吴地的早晨，乌鸦迎着初升的太阳啼叫，人们打开城门，清扫那满地的落花。梧桐和杨柳的枝条拂过雕饰华美的井栏，我应邀来到豪士家醉饮。扶风豪士真是天下奇人，我们两人意气相投，情谊深厚。我做人从不依仗他人的权势，喝起酒来更是把权贵重臣抛在脑后。豪士用精美丰盛的菜肴招待宾客，又安排动人的歌舞为我们增添酒兴。你知道，战国时平原、孟尝、春申、信陵四君子待人是何等真诚。可是他们堂中的三千人食客中，真正能够报恩出力的能有几人？我手抚长剑，扬起眉头，坦荡的襟怀和任侠的义气就好比清水白石一样清晰可见。美酒喝到兴起，我摘下帽子对你欢笑，把心中的感喟化为诗句为你吟唱。我虽然和张良一样，也有追随赤松子隐去的想法，但是万方多难的时候，我却不能归隐。而你就像当年的黄石公一样，一定深深地了解我的心意。

乡思闺怨

静夜思

床前明月光,疑是地上霜。
举头望明月①,低头思故乡。

注释

①望明月:化用《清商曲辞·子夜四时歌·秋歌》中"仰头看明月,寄情千里光"句。

译文

床前一片明亮的月光,好像是地上铺了浓霜。抬起头仰望天上的一轮明月,不由低下头来,越发思念故乡。

渡荆门送别

渡远①荆门②外,来从楚国游。
山随平野尽,江入大荒流。
月下飞天镜,云生结海楼。
仍怜故乡水,万里送行舟。

注释

①渡远:指远道而来。

②荆门:山名,在今湖北宜都县西北,位于长江南岸,与北岸虎牙山相对。

译文

出蜀地,过三峡,远渡到荆门山外,来到楚国的故地纵情漫游。山岭随着平原的铺展渐渐消失,江水在辽阔的原野上滔滔奔流。水面像天上飞来的明镜,上面倒映着月亮的影子;云霞变幻莫测,好像形成了海市蜃楼一样的奇景。我始终眷恋来自故乡的江水,它不远万里送我乘舟远行。

峨眉山月歌

峨眉山月半轮秋①,影入平羌②江水流。
夜发清溪③向三峡④,思君不见下渝州⑤。

注释

①半轮秋：半圆的秋月，即上弦月或下弦月。
②平羌：江名，即今青衣江，在峨眉山东。
③清溪：指清溪驿，在今四川犍为。
④三峡：指长江瞿塘峡、巫峡、西陵峡，在今重庆、湖北的交界处。一说指四川乐山的黎头、背峨、平羌三峡，清溪在黎头峡的上游。
⑤渝州：今重庆一带。

译文

峨眉山上秋月当空，月色清明。月影倒映在青衣江上，随流水奔向远方。趁着这月夜，我从清溪驿出发乘舟去往三峡，月亮总为群山所阻，看不到我正顺流去往渝州，使我相思之情顿生。

春夜洛城①闻笛

谁家玉笛暗飞声②，散入春风满洛城。
此夜曲中闻折柳③，何人不起故园④情！

注释

①洛城：即今河南洛阳，唐时的繁华之都。
②暗飞声：隐隐传来声音。
③折柳：即《折杨柳》，曲名。
④故园：故乡。

译文

是谁家隐隐传出悠扬的笛声?它们随着春风传遍了洛阳城。今夜听到这首哀伤的折柳曲,谁人心中不会涌起思乡之情!

客中作^①

兰陵^②美酒郁金香^③,玉碗盛来琥珀^④光。

但使主人能醉客,不知何处是他乡。

注释

①客中作:客中,在外旅居。诗题一作《客中行》。

②兰陵:在今山东枣庄。

③郁金香:一种香草。古人用郁金香浸酒,浸后酒色金黄、香气芬芳。

④琥珀:一种树脂化石,呈黄色或赤褐色,色泽晶莹。这里用来形容美酒色泽。

译文

兰陵产的美酒飘散出郁金香的味道,盛在晶莹剔透的玉碗里呈琥珀色。主人频频劝酒,客人开怀畅饮,不知不觉中忘了自己是身在他乡。

清溪①行

清溪清我心,水色异诸②水。
借问新安江③,见底何如此④?
人行明镜中,鸟度⑤屏风⑥里。
向晚⑦猩猩啼,空悲⑧远游子⑨。

注释

①清溪:源出石台县,流经贵池城,其流域为皖南风景胜地。

②诸:众多。

③新安江:源出安徽黄山,流入浙江,素来以水清著称。

④"见底"句:意即为何如此清澈见底?

⑤度:飞过。

⑥屏风:比喻重叠的山岭。

⑦向晚:傍晚。

⑧空悲:徒劳伤悲。

⑨远游子:诗人自指。

译文

清溪的水清净了我的心,水色有别于其他地方的水。敢问新安江,你能比得上清溪这样清澈见底吗?清溪的水好似一面明镜,两岸的山岭像屏风般层层重叠。人在岸上行走,鸟儿在山中飞行,他们的倒影都在清溪之中游走。傍晚时,猩猩的啼叫声像是在为游子悲伤。

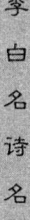

宣城见杜鹃花

蜀国曾闻子规①鸟,宣城还见杜鹃花。

一叫一回肠一断,三春②三月忆三巴③。

注释

①子规:即杜鹃鸟。
②三春:指春季。
③三巴:东汉末年置巴郡、巴东、巴西三郡,时称三巴。

译文

在蜀国曾听到子规的啼叫声,在宣城还看到漫山遍野的杜鹃花。它每叫一声都令人肝肠寸断,在春季三月的时候,不禁思念起我的故乡三巴。

太原早秋

岁落①众芳歇,时当大火流。

霜威出塞早,云色渡河秋。

梦绕边城月,心飞故国楼。

思归若汾水②,无日不悠悠。

注释

①岁落:时光流逝。
②汾水:即汾河。汾河是山西最大的河流,也是黄河的第二大支流。

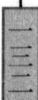

译文

夏季随着时光悄悄溜走,花草都渐渐凋零,七月流火的时节已经来临。秋霜早早地来到塞上,秋云也很快渡过了汾河。每一个夜晚,我的梦里都是这如水的边城月色。而我的心思,却早已随着月光飞跃万水千山飘到故乡的绮楼之上。思念故乡的心情就像这汾河之水,没有一日不在悠悠长流。

乌夜啼①

黄云城边乌欲栖②,归飞哑哑③枝上啼。

机中织锦秦川女④,碧纱如烟隔窗语⑤。

停梭⑥怅然忆远人,独宿空房泪如雨。

注释

①乌夜啼:乐府《西曲歌》调名,相传是宋临川王刘义庆所作,多写男女分离的苦痛。

②栖:指鸟类歇宿。

③哑哑:乌鸦的叫声。

④织锦秦川女:十六国时,苻秦的秦州刺史窦滔因罪被流放至流沙(西北沙漠地带),其妻苏蕙织锦并题回文旋图诗托人赠给他,以表思念之情。诗中指征人妇。秦川,指陕西秦岭以北的平原地区。

⑤"碧纱"句:这句诗意为,隔着朦胧的窗纱,看见乌鸦在相对欢叫。碧纱如烟,指绿纱糊成的窗,光线朦胧不明。

⑥梭:梭子,织布时牵引纬线与经线交织的工具。

译文

日暮时分,乌鸦回巢将要歇宿,哑哑地在枝头啼鸣。织锦的征人妇,隔着如烟雾般朦胧的窗纱低语。停下手中织布的梭子,思念起远征在外的夫君,不由得怅然若失,独守空房,泪如雨下。

玉阶怨①

玉阶生白露,夜久侵罗袜②。
却下③水精帘,玲珑④望秋月。

注释

①玉阶怨:属乐府《相和歌辞·楚调曲》,从所存歌辞看,主要是写"宫怨"的。玉阶,玉石砌的台阶。
②罗袜:丝织的袜子。
③却下:放下。
④玲珑:晶莹。

译文

玉石台阶上落满了露水,深夜久站,露水浸湿了脚上的罗袜。回房放下水晶帘御寒,透过明澈的窗子,仰望明亮的秋月。

春思

燕①草如碧丝,秦②桑低绿枝。
当君怀归日,是妾断肠时。
春风不相识,何事③入罗帏?

注释

①燕：唐代东北边防要地（在今河北一带），诗中征人所在地。
②秦：今陕西一带。
③何事：何故。

译文

燕地春草细嫩如丝时，秦地桑树绿枝已经低垂。每当你想回家的时候，正是我想你想得断肠之时。春风啊，你与我素不相识，为何飘入罗帐使我心生思念？

怨情

美人卷珠帘，深①坐颦蛾眉②。
但见③泪痕湿，不知心恨谁。

注释

①深：长久。
②颦蛾眉：皱眉。
③但见：只见。

译文

美丽的女子把珍珠帘卷起，久坐凝望，紧皱蛾眉。只见她满脸斑斑泪痕，不知在恼恨着谁。

长干行①

妾发初覆额②,折花门前剧③。

郎骑竹马来,绕床④弄青梅。

同居长干里,两小无嫌猜。

十四为君妇,羞颜未尝开。

低头向暗壁,千唤不一回。

十五始展眉,愿同尘与灰。

常存抱柱信⑤,岂上望夫台。

十六君远行,瞿塘⑥滟滪堆⑦。

五月不可触,猿声天上哀。

门前迟行迹,一一生绿苔。

苔深不能扫,落叶秋风早。

八月蝴蝶黄,双飞西园草。

感此伤妾心,坐⑧愁红颜老。

早晚下三巴⑨,预将书报家。

相迎不道远,直至长风沙⑩。

注释

①长干行:乐府旧题,属《杂曲歌辞》,内容多写男女恋情。长干是古金陵里巷名,故址在今江苏南京市秦淮河南。

②"妾发"句:言年纪小。古时孩童不束发,初覆额,表明当时女子年纪尚幼。

③剧：游戏。
④床：指井床、井栏。
⑤抱柱信：典出《庄子·盗跖》，意为信守诺言。
⑥瞿塘：指瞿塘峡，长江三峡之一，在今重庆奉节县东。
⑦滟滪堆：瞿塘峡口的一块巨礁。
⑧坐：因。
⑨三巴：即巴郡、巴东、巴西，统称"三巴"，在今四川省东北部和重庆一带。
⑩长风沙：地名。也叫"长风夹"，现位于安徽省安庆市东郊长风乡沿江一带，此处江中礁石林立，又常有大风刮起，风沙弥漫，故称。

译文

我的头发刚刚覆盖额头的时候，曾在门前折下花枝嬉戏玩耍。你拿竹竿当马向我骑来，我们拿着青梅，绕井栏互相追赶。我俩在长干里居住多年，儿时天真烂漫都不避嫌。十四岁我嫁给你做妻子，羞怯怯不敢展露笑颜。低头对着昏暗的墙壁，千呼万唤也不愿回头看。十五岁时才敢展眉舒颜，哪怕是化为灰尘也要与你相伴。你只要信守诺言，我就不会在望夫台上苦苦等你。我十六岁时你就离家远行，经过瞿塘峡、滟滪堆。五月涨水，要小心渡江，两岸

猿猴的哀啼声定是震天动地。你临行前徘徊于门前的足迹上，现在都已经长满了绿苔。绿苔深厚，我不忍心清扫；落叶飘散，更觉今年秋风来得早。八月深秋黄色的蝴蝶结队飞来，双双在西园草地上嬉戏。见此情景我心里分外悲伤，极度的悲愁使得我红颜衰残。你何时下三巴返回家园，请先把书信捎到我身边。为了迎接你，我不嫌路途远，哪怕一直走到长风沙。

长门怨①（其一）

天回北斗挂西楼，金屋无人萤火流。
月光欲到长门殿，别作深宫一段愁。

注释

①长门怨：为乐府《相和歌辞》楚调曲名。《乐府诗集·相和歌辞十七·长门怨》载宋郭茂倩题解："《乐府解题》曰：《长门怨》者，为陈皇后作也。后退居长门宫，愁闷悲思，闻司马相如工文章，奉黄金百斤，令为解愁之辞。相如为作《长门赋》，帝见而伤之，复得亲幸。后人因其赋而为《长门怨》也。"陈皇后名阿娇，故又名《阿娇怨》。

译文

闪闪发光的北斗七星，在天空中静静地自东向西移动，不知何时已经挂在了西楼之上，原来夜色已深。长门宫人去楼空，只有秋日里的萤火虫飞来飞去，点点萤光若隐若现。深宫内，愁无限，月光欲到长门殿，更为这宫殿平添了一段愁绪。

长门怨（其二）

桂殿①长愁②不记春，黄金四屋③起秋尘。
夜悬明镜④青天上，独照长门⑤宫里人⑥。

注释

①桂殿：指后妃所住的深宫。
②长愁：形容忧愁深长，无边无际。
③黄金四屋：指汉武帝为陈皇后所筑的宫殿。
④明镜：指月亮。李白喜用镜子比喻月亮。
⑤长门：汉宫名。汉武帝的陈皇后失宠后居住在此。
⑥宫里人：幽居深宫之中、命运悲苦的女子。此处暗暗寄托诗人对广大宫女凄惨命运的同情。

译文

在深宫里无尽的愁怨，早已让她感觉不到春天的气息。华贵的屋子里终日冷冷清清，已经落满了尘埃。如明镜般高高挂在青天之上的月亮，只照到了长门宫里形单影只的女子。

长相思①（其一）

长相思，在长安。
络纬②秋啼金井阑③，微霜凄凄④簟⑤色寒。
孤灯不明思欲绝⑥，卷帷⑦望月空长叹。

美人⑧如花隔云端⑨。
上有青冥⑩之高天,下有渌水⑪之波澜。
天长路远魂飞苦,梦魂不到关山难⑫。
长相思,摧⑬心肝。

注释

①长相思:六朝乐府旧题。属于《杂曲歌辞》,内容多以抒发思妇幽情为主。

②络纬:昆虫名,又名莎鸡,俗称纺织娘。雄虫前部有一发声器官,可以发出类似纺车的声音,故称。

③金井阑:金、玉装饰的极其华贵的井栏。阑,同"栏"。

④凄凄:状清冷之貌。

⑤簟(diàn):竹席。

⑥思欲绝:指思念到了极点,此处是为了极力渲染思念之苦楚。

⑦卷帷:指卷起窗帘。

⑧美人:指贤人,此指诗人在长安的旧友。见枚乘《杂诗》:"美人在云端,天路隔无期。"

⑨云端:云头。

⑩青冥:指天空。青,指天的颜色。冥,指天的幽远。

⑪渌水：清水。
⑫关山难：关山难越。
⑬摧：裂。

译文

日日夜夜地思念啊，我思念的人在长安。秋夜里纺织娘在井栏啼鸣，微霜浸透了竹席，分外清寒。孤灯昏暗，思情无限浓烈，卷起窗帘望明月，仰天长叹。亲爱的人远在九天云端。上面有长空一片渺渺茫茫，下面有绿水卷起万丈波澜。天长路远，日夜跋涉多艰苦，梦魂也难以飞越这重重关山。日日夜夜地思念啊，相思之情痛断心肝。

长相思（其二）

日色欲尽花含烟①，月明如素②愁不眠。
赵瑟③初停凤凰柱④，蜀琴⑤欲奏鸳鸯弦⑥。
此曲有意无人传，愿随春风寄燕然⑦。
忆君迢迢隔青天。
昔时横波目⑧，今作流泪泉。
不信妾肠断，归来看取⑨明镜前。

注释

①花含烟：暮色渐起，花丛被水汽笼罩，看过去就好像含着烟雾一样。

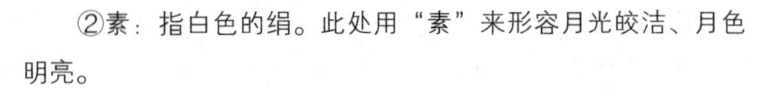

②素：指白色的绢。此处用"素"来形容月光皎洁、月色明亮。

③赵瑟：瑟，乐器名，相传古代赵国妇女善鼓瑟，故云赵瑟。

④凤凰柱：刻有鸟凤形状的瑟柱。

⑤蜀琴：蜀地有最适合做琴的桐木，故称蜀琴。李贺有诗云："吴丝蜀桐张高秋。"其中的蜀桐即蜀琴。

⑥鸳鸯弦：琴弦粗细不同，故说鸳鸯弦，亦称子母弦。

⑦燕然：山名。此处泛指遥远的边塞地区。东汉窦宪出征匈奴时，曾经登过这座山。

⑧横波目：指水汪汪的眼睛顾盼生辉，极其动人。

⑨取：语气助词，表示动作的进行。

译文

日暮将至，花儿被水汽笼罩，如含着烟雾，月光如水，我的心中愁闷难安眠。刚停止弹拨赵瑟，又拿起蜀琴。只可惜曲虽有意却无人欣赏，但愿它随着春风飞向燕然。思念你，却隔着远天不能相见。过去那双顾盼生辉的眼睛，今天已成泪水奔淌的清泉。假如不相信我多么痛苦，请回来看看明镜里那憔悴的容颜。

子夜吴歌①（其三）

长安一片月②，万户③捣衣④声。
秋风吹不尽⑤，总是玉关⑥情。
何日平胡虏⑦，良人⑧罢⑨远征？

注释

①子夜吴歌：乐府曲名。传为晋代一个名叫子夜的女子所创，因起于吴地，故名。
②一片月：指一片皎洁的月光。
③万户：千家万户。
④捣衣：指洗衣服的时候将衣服放在砧石上以木棒捶打，从而使其干净。
⑤吹不尽：吹不掉。
⑥玉关：玉门关。
⑦平胡虏：平定侵犯边境之敌。
⑧良人：古代妻子对丈夫的称呼。
⑨罢：结束。

译文

长安城头悬挂着一轮明月，千家万户传出一片捣衣声。阵阵秋风吹个不停，就像那连绵不绝的思念征人之情。不知何时才能消灭作乱的胡虏，结束战争，使得丈夫可以回到家中。

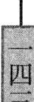

子夜吴歌（其四）

明朝驿使①发，一夜絮②征袍③。
素手④抽针冷，那堪把剪刀。
裁缝⑤寄远道，几日到临洮？

注释

①驿使：古时官府传送书信和物件的使者。
②絮：在衣服里铺上棉花。
③征袍：出征时穿的衣服。
④素手：白净的手，因女子双手白皙，故称"素手"。
⑤裁缝：文中指剪裁和缝制好征衣。

译文

天一亮，驿站的使者就要出发了，妇女们连夜为自己在外出征的丈夫赶制冬天穿的棉衣。夜里寒气逼人，妇女们连抽动冰冷的针都很困难，更不用说拿起笨重的剪刀了。裁剪并缝制好的衣服将由驿站使者带到前线去，可是，要多少天它们才可以到达临洮呢？

杜甫名诗名句

杜甫

杜甫（712—770），字子美，号少陵野老，世称杜少陵、杜拾遗、杜工部，京兆杜陵（今陕西省西安市西南）人，生于河南巩县的瑶湾，祖籍襄阳（今属湖北）。杜甫自幼聪慧，年仅十五岁时，其诗名已在名士云集的洛阳城中传扬。二十岁以后，杜甫的生活大致可分为以下四个阶段：

一、壮游南北时期：唐玄宗开元十九年（731）至天宝四年（745）。开元十九年，年仅二十岁的杜甫开始了长达十余年的漫游。他领略了大唐山川的秀美，受到了江南、山东两种不同文化的熏陶，见闻随之丰富，眼界也变得更为开阔。天宝三载，杜甫在洛阳遇到了我国诗坛上的另一颗明星李白，并为李白卓尔不群的风采所折服。

二、困居长安时期：天宝五年（746）至十四年（755）。天宝六年（747），玄宗下令征召天下有一技之长者到京应试，杜甫就在其中。但由于奸相李林甫的阻挠，杜甫求官报国的愿望落空。经过了一段漫长的等待，杜甫才得到右卫率府胄曹参军这样一个卑微的职务。十年的长安困守，折磨了杜甫，也造就了杜甫，使他有机会深入了解下层百姓的生活，亲身体会人民的疾苦，这为他此后的生活道路和创作道路指明了方向。

三、做官、流亡时期：肃宗至德元年（756）至乾元二年（759）。

755年,安史之乱爆发。至德二年(757)春,杜甫冒险逃出长安,直奔肃宗临时驻地凤翔,"麻鞋见天子,衣袖露两肘"(《述怀一首》)。肃宗深受感动,当即任命他为左拾遗。这是杜甫仅有的一次在中央朝廷机构任职的经历。次年(758),杜甫外调为华州司功参军,从此再也没有返回长安。

四、漂泊西南时期:肃宗上元元年(760)至代宗大历五年(770)。杜甫在蜀中住了八九年,在荆楚待了两三年,在这十一年间,他创作了千余首诗。和前期的创作不同的是,此时的杜诗被赋予了更多的抒情气质,形式也变得多种多样。

大历五年(770)冬,诗人与世长辞,终年五十九岁。

杜甫的诗被人们称为"诗史"。杜诗沉郁顿挫、气势磅礴,在工整的音律中抑扬开阖,跌宕起伏,给人以有章可循的人工美和艺术美。他既有深厚的文化积累,又有丰富的社会体验,加上刻苦的钻研,终于凭借其神奇瑰丽、内容丰富的诗篇,永远屹立在我国的诗坛上,被后人誉为"诗圣"。

感时伤乱

春望

国破①山河在,城春②草木深。
感时花溅泪,恨别鸟惊心③。
烽火④连三月,家书抵万金。
白头搔更短,浑欲不胜簪。

注释

①国破:指唐朝都城长安被叛军占领。

②城春:指暮春的长安城。

③"感时"二句:感时,感慨时事。花溅泪、鸟惊心,有两种说法,一种是说,花、鸟本是观赏之物,诗人心事重重,所见之景也就带上了哀伤的色彩,因此,看到它们便

感到伤心难过；另一种说法是，花、鸟似人，因离别伤感，故花流泪，鸟惊心。两种解释虽有差异，但其精神却能相通，一则触景生情，一则移情于物，都表达了感时伤世的感情。

④烽火：古代边塞发生战争时以烽火报警，这里用以指代战争。

译文

长安沦陷，国家破碎，只有山河依旧；春天来了，长安城空人稀，草木茂密。感伤国事，即使面对盛开的春花，也忍不住流泪。而与亲人痛苦地离散，听到鸟叫声都感觉心惊肉跳。战火蔓延，家讯难得，一封书信抵得上万两黄金。愁绪缠绕，搔头思考，白发越搔越短，简直不能插簪。

对雪

战哭多新鬼①，愁吟独老翁②。
乱云低薄暮，急雪舞回风③。
瓢弃樽无绿，炉存火似红④。
数州消息⑤断，愁坐正书空⑥。

注释

①"战哭"句：玄宗朝的宰相房琯为收复长安与安史叛军在陈陶斜和青坂进行车战，大败，死伤几万人。

②"愁吟"句：诗人因想起官军惨败的现实，心中愁苦万分。独，指当时长安城中的官员纷纷投降叛军，无一人关注国

家危亡。一个"独"字写出了当时诗人的孤立之感。

③"乱云"二句：暗示诗人独坐斗室，反复愁吟，室外先是乱云欲雪，后来急雪回风。

④"瓢弃"二句：装酒的瓢丢弃了，盛酒的樽里一滴酒也没有，室内很冷，望着冰冷的炉灰诗人眼前出现幻象，好像还是红的。瓢，盛酒的葫芦。樽，亦作"尊"，似壶而口大的盛酒器。这两句写诗人生活的窘迫贫寒。

⑤消息：指国家大事以及家人的音讯。

⑥"愁坐"句：用典。《世说新语》："殷浩坐废，终日书空，作'咄咄怪事'四字。"极言忧愁无聊。

译文

战争大败，让人痛哭平添了无数新鬼；而只有一个老翁，对此情景在室中愁坐苦吟。屋外乱云低重，已是薄暮时分；后来急雪飘零，在风中来回飞舞。盛酒的葫芦已不知丢到哪里去了，空置的酒樽已失去往日的青翠之色；冰冷的火炉中似乎还燃烧着往日通红的火焰。得不到战况和家人的消息，我只有对着空空的房间书写自己的愁绪。

野望

西山①白雪三城②戍③，南浦④清江⑤万里桥⑥。
海内风尘诸弟隔，天涯涕泪一身遥。
惟将迟暮⑦供多病⑧，未有涓埃⑨答圣朝。
跨马出郊时极目，不堪人事日萧条。

注释

①西山：位于成都西面，终年积雪，故又名雪岭。

②三城：松州（今四川省松潘县）、维州（今四川省理县西）、保州（今四川省理县新保关西北）。

③戍：戍守。三城为边境要塞，因此需要防守。

④南浦：南郊外水边之地。

⑤清江：指四川锦江。

⑥万里桥：位于今四川省成都市华阳镇境内。

⑦迟暮：语出《离骚》："唯草木之零落兮，恐美人之迟暮。"写这首诗时杜甫年五十。

⑧供多病：交给多病之身了。

⑨涓埃：形容细微。涓，细小的流水。埃，微小的尘埃。

译文

西山终年积雪，三城都有重兵驻防，南郊外的万里桥横跨锦江。连年战乱，我的几位兄弟至今没有音讯，我独自漂泊天涯，真是凄凉。晚年时疾病缠身，至今也无尺寸之功报答贤明的圣皇。独自骑马出外郊游，抬眼望去，国家日渐衰落，真叫人难以面对。

丽人行

三月三日①天气新，长安水边多丽人。
态浓意远淑且真，肌理细腻骨肉匀。
绣罗衣裳照暮春，蹙金孔雀银麒麟②。
头上何所有？翠微匎叶垂鬓唇。
背后何所见？珠压腰衱稳称身。
就中云幕椒房亲③，赐名大国虢与秦。
紫驼之峰出翠釜，水精之盘行素鳞。
犀箸厌饫久未下，鸾刀缕切空纷纶。
黄门飞鞚不动尘，御厨络绎送八珍。
箫鼓哀吟感鬼神，宾从杂遝实要津。
后来鞍马何逡巡，当轩下马入锦茵。
杨花雪落覆白蘋，青鸟飞去衔红巾。
炙手可热势绝伦，慎莫近前丞相嗔。

注释

①三月三日：为上巳日，这一天，古时的人们有到江边春游祭祀、除灾求福的风俗。

②"蹙金"句：用金、银两种闪光的丝线在衣裳上绣成的孔雀、麒麟等珍禽异兽。蹙，刺绣的一种工艺。

③云幕椒房亲：这里指杨贵妃的姐妹们。云幕，宫殿中的云状的帷幕。椒房，后妃所居的宫殿，借指后妃。

译文

　　三月三日，天气晴朗空气清新，曲江岸边有许多出来游春的美人。她们姿态浓丽、兴致高昂，温柔而不做作，肌肤细腻，身材苗条匀称。罗衣上绣着金孔雀和银麒麟的图案，辉映着明媚的春光。她们头上带的是什么？翠玉做的花饰垂在两鬓。在她们背后能看见什么？珠宝镶嵌的裙腰十分合身。美人中有几位是后妃的亲戚，包括虢国、秦国二位夫人。翠锅里烹煮着紫驼峰肉，水晶盘中盛着雪白似银的鲜鱼。平时吃腻了山珍海味的她们久久不动筷子，厨师们快刀细切空忙了一阵。太监打马飞驰，不敢扬起灰尘，御膳房不断送上海味和山珍。筵席前箫管声呜咽感动鬼神，随行的朝中官员挤满了路径。有一个骑马的官人是何等骄横，他车前下马，从绣毯上走进帐门。杨花像雪花一样飘落，覆盖着白苹，青鸟飞去，衔起地上的红丝帕。杨家气焰很高，权势无与伦比，切勿近前，以免丞相发怒斥人。

哀王孙

长安城头头白乌，夜飞延秋门①上呼。
又向人家啄大屋，屋底达官走避胡。
金鞭断折九马死，骨肉不得同驰驱②。
腰下宝玦青珊瑚，可怜王孙泣路隅。
问之不肯道姓名，但道困苦乞为奴。
已经百日窜荆棘，身上无有完肌肤。
高帝子孙尽隆准，龙种自与常人殊。

豺狼在邑③龙在野④,王孙善保千金躯。
不敢长语监郊衢,且为王孙立斯须。
昨夜东风吹血腥,东来橐驼满旧都。
朔方健儿好身手,昔何勇锐今何愚。
窃闻天子已传位,圣德北服南单于。
花门剺面请雪耻,慎勿出口他人狙。
哀哉王孙慎勿疏,五陵佳气无时无。

注释

①延秋门:唐宫苑西门。
②"金鞭"二句:写唐玄宗等皇族逃亡时的仓皇。
③豺狼在邑:指安禄山在唐东都洛阳称帝。
④龙在野:指唐玄宗在蜀、唐肃宗在灵武。

译文

　　长安城头聚集着一群白头乌鸦,深夜里在延秋门飞窜号呼。忽然又去啄高门大户人家的屋檐,屋里的大官慌忙逃跑以躲避叛军。皇帝逃命途中,打断了金鞭,累死了多匹马,子孙们不能一起上路。腰里藏着祖传的宝玉,可怜的王孙们躲在路边啼哭。受到询问,他们不敢说出真名实姓,只说因为穷苦,情愿当个奴仆。一百多天来在荆棘丛中奔走,身上没有一块完好的皮肤。汉高祖的子孙个个有高鼻梁,龙种与一般人相比自然特殊。叛军盘踞都城,龙种流落旷野,但愿王孙们保重尊贵的身躯。路上不敢久停和你们多说话,只能站一会儿,悄悄地说几句:昨夜东风吹来血的气味,胡人的骆驼塞满了长安旧都。北方的健儿个个都是好身手,从前多么英勇,今日却这般迟愚。我私下里听说天子已经传位,新皇的圣德已经使南单于臣服。他们刺面宣誓要为皇帝雪耻。千万别泄漏这个消息,以免被他人围堵。可怜的王孙们要小心,千万别疏忽,要相信,五陵的王气永存千古。

赠花卿①

锦城②丝管③日纷纷④,半入江⑤风半入云。
此曲只应天上有⑥,人间能得几回闻?

注释

①花卿:指成都尹崔光远的部将花敬定,他曾率军平定了段子璋之乱。

②锦城:即锦官城,指四川成都。

③丝管:弦乐器和管乐器,这里指伶人的歌声和乐工的演奏之声。

④纷纷:指繁多纷乱。

⑤江:指锦江。

⑥天上有:天上仙境才可得闻。

译文

成都城中,伶人的歌声和乐工的演奏声日夜不息,那动听的歌声和乐曲一半随风而行,一半随云而动。如此动听的乐曲只在天上才有,人间又能听到几回呢?

前出塞九首(其六)

挽弓当挽强①,用箭当用长。
射人先射马②,擒贼先擒王。
杀人亦有限,列国③自有疆。
苟能制侵陵④,岂在多杀伤。

注释

①强:指坚硬的弓。
②射人先射马:典出《射经·辨的》:"射人先射马,擒贼必擒头。"
③列国:指同时存在的国家。
④制侵陵:阻止侵犯、侵略。

译文

拉弓就要拉硬弓,射箭就要射长箭。如果想射人,就必须先射其坐骑;如果想击败贼寇,就要先擒获其头目。杀人应该有限度,国家也自有其疆界。阻止敌军的侵犯,难道就是为了多杀敌军吗?

后出塞五首(其二)

朝进①东门营②,暮上河阳桥③。
落日照大旗,马鸣风萧萧。

平沙列万幕,部伍各见招④。

中天悬明月,令严夜寂寥。

悲笳⑤数声动,壮士惨不骄。

借问大将谁,恐是霍嫖姚⑥。

注释

①朝进:早上来到。

②东门营:洛阳东面门有"上东门",设有军营。由洛阳去蓟门,需出东门。诗中点出征兵之地。

③河阳桥:指横跨黄河的浮桥,在今河南孟州市,是当时由洛阳去河北的交通要道。

④"部武"句:指将领正在招集各自的兵马。

⑤悲笳:悲伤的号角声。

⑥霍嫖姚:指西汉大将霍去病,因其曾任嫖姚校尉,故名。

译文

早晨刚到军营报到,傍晚就跟随部队开往边关。在落日的照射下,军旗猎猎,战马嘶鸣,北风萧瑟。平坦的沙地上排列着数万顶军帐,部队中的将官止在招集各自的兵马。明月高悬在天空中,森严的军令使荒漠的夜晚显得更加沉寂。这时,悲哀的

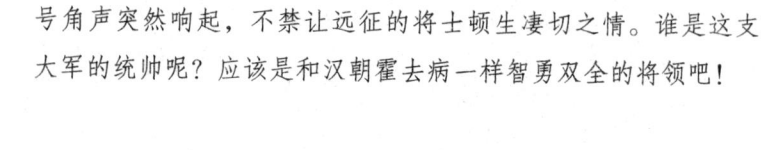

号角声突然响起,不禁让远征的将士顿生凄切之情。谁是这支大军的统帅呢?应该是和汉朝霍去病一样智勇双全的将领吧!

赠卫八处士

人生不相见,动①如参②与商③。
今夕复何夕,共此灯烛光。
少壮能几时,鬓发各已苍。
访旧半为鬼,惊呼热中肠。
焉知二十载,重上君子堂。
昔别君未婚,儿女忽成行。
怡然敬父执,问我来何方?
问答未及已,驱儿罗酒浆。
夜雨剪春韭,新炊间④黄粱。
主称会面难,一举累十觞⑤。
十觞亦不醉,感子故意长⑥。
明日隔山岳,世事两茫茫。

注释

①动:往往、常常。
②参:参星,居西方。
③商:商星,居东方。
④间:掺和。

⑤觞：酒杯。
⑥故意长：指非常念旧情。

译文

朋友分别后不能时常相见，往往像参星与商星一样。可今晚是个怎样的晚上？竟能和你相聚，共对着明亮的烛光。青春年华能有几时？如今你我鬓发花白全变样。问到故交老友，得知他们多半已经谢世，禁不住惊呼，心中无限悲伤。怎想到一别就是二十多年，如今还能够重登你的客堂。昔日分别时你还没有成婚，倏忽间你的子女竟然成行。他们个个含笑迎接父亲的好友，亲切地问我来自什么地方。话还未说完，你已吩咐儿女把酒菜摆上。冒着夜雨割来的春韭十分鲜嫩，新煮的米饭可口喷香。你说这次相会十分不容易，一连开怀畅饮十几杯。连饮十几杯也都没有醉意，由衷地感谢友人情意深长。明日别后，又相隔千山万水，世事难料，不知各自会怎样。

江南逢李龟年

岐王①宅里寻常见,崔九②堂前几度闻。
正是江南好风景,落花时节又逢君。

注释

①岐王:指唐睿宗的四子李范。
②崔九:唐玄宗的宠臣,曾任秘书监。

译文

我过去常在岐王府里见到你,在崔九府上也曾多次听到你的乐声。现在,正是江南风景秀丽的时候,在这个落花的时节,我又见到了你。

闻官军收河南河北

剑外忽传收蓟北①,初闻涕泪满衣裳。
却看妻子愁何在,漫卷诗书喜欲狂。
白日放歌须纵酒,青春作伴好还乡。
即从巴峡穿巫峡,便下襄阳②向洛阳。

注释

①剑外:剑门关以南,诗中指杜甫所在之地。蓟北:唐代河北幽州、蓟州一带,是安史叛军的老巢。
②襄阳:今湖北省襄樊市。

译文

身处剑外,忽然传来消息,说官兵收复了蓟北,我惊喜得热泪流满衣裳。回头再看妻儿,他们哪里还有愁颜,胡乱地卷起诗书高兴得发狂。白天放声高歌还要开怀畅饮,春天美景正好和我作伴还乡。即刻乘船从巴峡穿过巫峡,顺流而下转过襄阳回到洛阳。

秋兴八首(其一)

玉露①凋伤枫树林,巫山巫峡气萧森。
江间波浪兼天涌,塞上风云接地阴。
丛菊两开他日泪,孤舟一系故园心。
寒衣处处催刀尺②,白帝城高急暮砧③。

注释

①玉露:白露。
②催刀尺:赶裁新衣。
③急暮砧:黄昏时急促的捣衣声。砧,捣衣石。

译文

白露使枫树林凋零衰败了,巫山巫峡气象萧瑟阴森。巫峡波浪滔天,巫山阴云密布。我已是第二次看到菊花盛开,往日流过的眼泪又忍不住流了下来;我的一叶孤舟系在了夔州,就连急于归乡的心也被紧紧地系住了。天气寒冷催人裁剪冬天的衣服,黄昏时,急促的捣衣声从白帝城高处传来。

秋兴八首(其四)

闻道长安似弈棋①,百年世事不胜悲。
王侯第宅②皆新主,文武衣冠异③昔时。
直北④关山金鼓震,征西车马羽书⑤弛。
鱼龙寂寞秋江冷,故国平居有所思。

注释

①弈棋:本指棋局,此处暗指政客争权夺势,朝政混乱。
②第宅:即宅第,居所。
③异:与……不同。
④直北:正北,指长安以北。
⑤羽书:军事情报。

译文

听说长安政局就像棋局一样变化不定,大唐王朝真是命运多舛。老的文武官员早已被新人取代,中央的典章制度也与往昔不同。西北边境战事频繁,军书往来驰送不绝。身在夔州,我的境况凄凉,平日里总是惦记着长安。

秋兴八首（其五）

蓬莱宫阙①对南山，承露金茎②霄汉间。
西望瑶池③降王母，东来紫气④满函关。
云移雉尾⑤开宫扇，日绕龙鳞⑥识圣颜。
一⑦卧沧江惊岁晚，几回青琐⑧点朝班。

注释

①蓬莱宫阙：指大明宫。

②承露金茎：指仙人承露盘下的铜柱。

③瑶池：神话传说中女神西王母的住地，在昆仑山。

④东来紫气：用老子自洛阳入函谷关之典。

⑤雉尾：指雉尾扇，用雉尾编成，是帝王仪仗的一种。

⑥日绕龙鳞：形容皇袍上所绣的龙纹光彩夺目，如日光缭绕。

⑦一：自从。

⑧青琐：汉未央宫宫门名，门饰以青色，镂以连环花纹。后亦借指宫门。

译文

蓬莱宫阙正对着终南山，仙人承露盘下的铜柱耸入云霄。

西望瑶池可见西王母翩然而至,东来的紫气笼罩着函谷关。华美的宫扇像云彩一样向两边分开,皇袍上所绣的龙纹光彩夺目,我在庄严的气氛中看到了天子的容颜。自从在沧江一病之后,我就再也没能回到长安位列朝班。

诸将五首(其二)

韩公本意筑三城,拟绝天骄拔汉旌①。
岂谓尽烦回纥马,翻然远救朔方兵。
胡来②不觉③潼关隘,龙起犹闻晋水清。
独使至尊忧社稷,诸君何以答升平?

注释

①"韩公"二句:此联的大意是说,张仁愿之所以建造三座受降城墙,就是要阻挡突厥的侵略。韩公,即唐朝的韩国公张仁愿。筑三城,神龙三年(707),张仁愿前往朔方军(今甘肃灵武),建造了三座受降城墙,用来防备突厥的侵略。天骄,胡人的自称。此处指北方少数民族的统领。拔汉旌:拔掉汉军军旗,此处指侵略。

②胡来:指安禄山率军攻克长安。

③不觉:指叛军轻易攻克长安,暗指唐将昏聩无能。

译文

当年韩国公建造了三座"受降城",以阻断突厥的南侵之路。

但是在安史之乱以后，朝廷却要劳烦远方的回纥援兵前来营救唐军。即使是筑城墙防胡人，那也要依靠将士来防守，不然的话，安禄山也不会看重潼关。据说高祖在晋阳起兵时，晋水变得十分清澈。现在唯有代宗一人日夜忧虑国事，朝臣们又用什么来报效朝廷呢？

秋雨叹三首

其一

雨中百草秋烂死，阶下决明①颜色鲜。

著叶满枝翠羽盖，开花无数黄金钱②。

凉风萧萧吹汝急，恐汝后时难独立。

堂上书生空白头，临风三嗅馨香泣③。

其二

阑风伏雨秋纷纷，四海八荒同一云。

去马来牛不复辨④，浊泾清渭何当分。

禾头生耳⑤黍穗黑，农夫田妇无消息。

城中斗米换衾裯，相许宁论两相直。

其三

长安布衣谁比数,反锁衡门⑥守环堵⑦。
老夫不出长蓬蒿⑧,稚子无忧走风雨。
雨声飕飕催早寒,胡雁翅湿高飞难。
秋来未曾见白日,泥污后土何时干⑨?

注释

①决明:一种草药,七月开花。相传这种植物可以使眼睛明亮,因此得名。

②黄金钱:比喻决明开的黄色的花。

③"堂上"二句:杜甫在同情决明徒有馨香、不被赏识的同时,也在为自己的怀才不遇而叹息。

④"去马"句:语出《庄子·秋水篇》:"秋雨时至,百川灌河,两涘渚涯之间,不辨牛马。"

⑤禾头生耳:出自"秋雨甲子,禾头生耳"。意为庄稼因阴雨连绵而生出像耳朵一样的芽叶来。

⑥衡门:横木为门,指贫士居住的地方,极言其简陋。

⑦环堵:语出陶渊明《五柳先生传》:"环堵萧然,不蔽风日。"指周围只有方丈的小屋,也是形容住所简陋。

⑧"老夫"句:意思是久雨人困,住所周围都长满了蓬蒿。写本诗那年,杜甫四十三岁,尚称不得老夫,故这里有夸大之意。

⑨"泥污"句:语意出自宋玉:"皇天淫溢而秋霖兮,后土何时而得干?"后土,指大地。

译文

其一

秋雨数日不停,连绵不断,百草全都被淋得发霉并烂掉,只有阶前的决明仍然颜色鲜艳。绿叶葱葱,像用翡翠色的羽毛做成的伞盖;黄花灿灿,像无数黄金堆在一起。秋风猛烈地吹打着你,唯恐你日后会遭受更大的挫折。堂前书生空自平添白发,每每临风闻香,都不免为你感叹流泪。

其二

整个秋季,大雨连绵不绝,放眼四面八方,皆是阴沉一片。水涨岸远,牛和马已分辨不清,泾水、渭水一片浑浊,也已难分清。满地庄稼生出的芽都是黑色的,可怜的农家夫妇都别再指望着好收成了。商人抓住机会,用一套被褥才可换来一斗米,农民只能接受这种不等价的交换,哪有权利去争论价值不相等呢。

其三

有谁能看得起闲居长安的布衣呢,于是反锁上寒门,独自守着简陋的小屋。老夫久不出门,门前已长满了荒草,幼子们却无忧无虑地来去自如。风雨不停歇,催得天气早寒,胡雁淋湿了翅膀,难以高飞于云天。入秋以来,尚未见过晴天,到处是污泥浊水的大地何时才能变干呢?

喜达行在所三首(其二)

愁思胡笳夕,凄凉汉苑①春。
生还今日事,间道②暂时人③。

司隶章初睹,南阳气已新④。
喜心翻倒极,呜咽泪沾巾。

注释

①汉苑:指长安宫苑。
②间(jiàn)道:荒僻小路。
③暂时人:形容随时有生命危险。
④"司隶"二句:此处用典,以汉代刘秀即位后的光武中兴来比拟唐肃宗即位后的新气象,意思是说中兴有望。

译文

回想起胡笳悲鸣的春日黄昏,宫苑中一片凄凉景象。在荒路逃命中差点成为鬼魂,侥幸我生还了,还能看到今天的事情。新皇的规章虽是初见,但南阳的气象已是一片崭新。狂喜的心情翻腾到了顶点,反而落下眼泪,洒满了衣襟。

恨别

洛城一别四千里,胡骑长驱五六年。
草木变衰行剑外①,兵戈阻绝老江边。
思家步月清宵立,忆弟看云白日眠。
闻道河阳近乘胜,司徒急为破幽燕。

注释

①剑外:一说剑南,指剑门以南,即蜀中。

译文

自从离开洛阳,我辗转四千余里最终来到成都。安史叛军的铁蹄践踏中原大地,已经长达五六年的时间。时间流转,草木盛衰,我来到蜀中已经多年。由于战乱的阻隔,我无法重回故土,只能老于锦江之滨。因为想念家乡的亲人,担心他们的安危,我在月光下徘徊不定,彻夜不眠;在白昼却又卧看行云,倦极而睡。听说最近朝廷的军队在河阳连战连捷,司徒李光弼正在乘胜向前,率军直捣叛军的老巢。

悲己怀人

旅夜书怀

细草微风岸,危樯①独夜舟。
星垂平野阔,月涌大江流。
名岂文章著,官应老病②休。
飘飘③何所似?天地一沙鸥。

注释

①危樯:高耸的桅杆。
②老病:杜甫当时年老多病。
③飘飘:飞翔的样子,这里含有"飘零"、"漂泊"之意。

译文

岸上的小草在微风中飘摆,竖着高高桅杆的小船孤独地停泊在江面上。星星垂在天边,平野显得宽阔;月光随波涌动,大江滚滚东流。我壮志未酬,最后却因文章而扬名;我仕途坎坷,最后也因年老多病而放弃。我这一生四处漂泊和什么相似呢?就像那天地间形单影只的沙鸥啊!

贫交行①

翻手作云覆②手雨,纷纷轻薄何须数。
君不见管鲍贫时交,此道今人弃③如土。

注释

①贫交行:描写贫贱之交的诗歌。贫交,古时有首歌谣:"采葵莫伤根,伤根葵不生。结交莫羞贫,羞贫友不成。"意思是说,贫贱时方能觅得良友,富贵时交的朋友则未必可靠。

②覆:颠倒。

③弃:抛弃。

译文

得意时人们围拢而来,如云之趋合,失意时人们便如雨点一般纷纷散去,得意与失意之间,他们忽云忽雨,变化无常。鲍叔牙和管仲贫富不移的交情,真是感人肺腑,而现在的人们却将这样的交情像土块一样扔掉。

佳人

绝代①有佳人,幽居在空谷。
自云良家子,零落依草木②。
关中昔丧乱③,兄弟遭杀戮。
官高④何足论,不得收骨肉。

世情恶衰歇,万事随转烛⑤。
夫婿轻薄儿,新人美如玉。
合昏⑥尚知时,鸳鸯不独宿。
但见新人笑,那闻旧人哭。
在山泉水清,出山泉水浊。
侍婢卖珠回,牵萝⑦补茅屋。
摘花不插发⑧,采柏动盈掬⑨。
天寒翠袖薄,日暮倚修竹。

注释

①绝代:绝世,独一无二。

②依草木:指寄身于荒山草野。

③关中者丧乱:指安禄山攻陷长安之事。关中,指潼关以西,今陕西南部地区。

④官高:做大官。

⑤转烛:烛焰随风转动,这里比喻世事无常。

⑥合昏:即合欢树。此花夜合晨开,故称"知时"。

⑦萝:女萝,一种植物。

⑧摘花不插发:此句意为无心装扮。

⑨掬:量词,指双手捧取。

译文

有一位盖世无双的绝代佳人,幽居在空寂的山谷中。她说自己本是官宦人家之女,如今却寄居在荒山野岭之中。当年叛军攻陷关中后,她的兄弟都惨遭杀戮。做了大官又有何用,连亲人的尸骨都无法收敛。世风日下,世上之事都像烛焰一样随风飘忽不定。可恨丈夫是个轻薄浪子,遗弃她后又娶了个年轻貌美的妇人。合欢花晨开夜合,鸳鸯双飞双栖。丈夫只看得见新人的欢颜,哪听得见旧人的悲痛啼哭。泉水在山里时清澈无比,出山后便污浊了。侍女帮她卖掉首饰换取口粮回来,她们扯了一把青萝修补破漏的茅屋。随手摘下一枝山花,却没有心思插在头发上,只是常常把柏枝捧起来。天气渐寒,她还穿着单薄的衣服,日落西山后,她静静地倚靠着修长的竹子。

孤雁

孤雁不饮啄,飞鸣声念群①。
谁怜一片影,相失万重云?
望尽似犹见,哀多如更闻②。
野鸦无意绪,鸣噪自纷纷。

注释

① "飞鸣"句:且飞且鸣,鸣叫声中透露着对同伴深切的思念。此言极悲。

② "望尽"一句:望尽天际,仿佛看见了失去的同伴,哀啼声声,似乎同伴的鸣叫声在耳边响。

译文

　　一只孤雁不饮不啄,边飞边叫,寻找着自己的同伴。有谁可怜这一片孤影消失在茫茫云海之间?望穿云海,仿佛看见了失去的同伴,哀啼声声,好像听见了同伴们的鸣叫声。孤雁的念群之情,野鸦们全然不解,它们纷纷鸣噪,自得其乐。

野老

野老①篱边江岸回②,柴门③不正逐江开④。
渔人网集⑤澄潭下,贾客船随返照⑥来。
长路⑦关心悲剑阁⑧,片云⑨何意⑩傍琴台⑪?
王师未报收东郡,城阙秋生画角哀。

注释

①野老:诗人自称。

②江岸回:指江岸曲折。

③柴门:原是杜甫营建草堂时所造院门,因其简朴低矮而得名。

④逐江开:面对着江水。

⑤网集:张开网捕鱼。

⑥返照:落日的余晖。

⑦长路:远路。

⑧剑阁:即剑门关,在四

川北部。

⑨片云：孤云。为作者自喻。

⑩何意：无意，一本作"何事"。

⑪琴台：相传为司马相如和卓文君当垆卖酒之处，此代指成都。

译文

我家的竹篱笆随着江岸回环，柴门迎江而开。渔人在澄碧的百花潭中撒网捕鱼，商船映着晚霞向江岸靠拢。剑门失守，长路阻隔，令人忧心，我浮云一般的漂泊之身，为何要在成都滞留呢？朝廷的军队尚未收复东都洛阳，萧瑟的秋风送来画角的哀鸣，使我悲情顿生。

九日蓝田①崔氏庄

老去悲秋强②自宽，兴来今日尽君欢。
羞将短发还吹帽，笑倩旁人为正冠③。
蓝水④远从千涧落，玉山⑤高并两峰寒。
明年此会知谁健，醉把茱萸⑥仔细看。

注释

①蓝田：即今陕西省蓝田县。

②强：勉强。

③"羞将"二句：用"孟嘉落帽"的典故。见王隐《晋书》："孟嘉为桓温参军，九日游龙山，风至，吹嘉帽落，温

命孙盛为文嘲之。"孟嘉落帽,尽显名士潇洒不羁的风范;而诗中的杜甫却因怕落帽而请人为自己正衣冠,尽管诗句中有"笑"字,仍微微露出诗人内心的苦涩。倩,请人。

④蓝水:即蓝溪,在蓝田山下。

⑤玉山:即蓝田山。

⑥茱萸:草名。古时重阳节,家家户户都要饮茱萸酒。

译文

人老了,面对着悲凉萧瑟的秋色,只好勉强宽慰自己了。今日恰逢重阳佳节,我也来了兴致,和大家在一起尽情欢乐。惭愧的是,我的头发稀稀落落,因担心帽子被风吹走,故笑请旁人把我的帽子扶正。蓝溪的水远远地从千条溪涧中流过来,玉山高耸冷峻,两峰并峙。明年我们再相聚时,谁还健在呢?不如多饮几杯酒,拿起茱萸好好看看,期望明年再相会。

送远

带甲满天地①,胡为君远行。
亲朋尽一哭②,鞍马去孤城。
草木岁月晚,关河霜雪清。
别离已昨日,因见古人情。

注释

①"带甲"句:带甲,披戴盔甲,此处指士卒。满天地,所有地方。首句起得极有气势,沈德潜曾说:"何等起手,读

杜要从此种着眼。"

②尽一哭：指同声痛哭。

译文

兵荒马乱之际，我为何在此时出城远行？看到我孤身一人离开秦州，亲朋好友都同声痛哭起来。路上只见草木零落，霜雪飘洒，关河冷清。与好友离别已是昨日之事，但想起来好像就在今天，可见，古人在分离时是如何的难舍难分。

阁夜

岁暮阴阳催短景，天涯霜雪霁寒宵。
五更鼓角声悲壮，三峡星河影动摇。
野哭千家闻战伐，夷歌数处起渔樵。
卧龙跃马①终黄土，人事音书漫寂寥。

注释

①跃马：指公孙述。西汉末年，公孙述曾在蜀地建国，自称白帝。

译文

冬季里，昼短夜长，寒气逼人，夔州大雪方歇。五更时分，鼓角声声悲壮，雪后，倒映在三峡中的星影摇曳不定。战争的消息传来，马上引起千家痛哭，哭声响彻四野。许多地方的渔人、樵夫唱起了当地少数民族的歌谣。诸葛亮和公孙述这些在历史上曾煊赫一时的人物,最终还是化为了黄土。我们这些人又何必为自己的得失而挂怀呢?至于人事变迁和音书断绝,就任其如此吧!

日暮①

牛羊下来久,各已闭柴门。
风月自清夜,江山非故园。
石泉流暗壁,草露滴秋根。
头白灯明里,何须花烬②繁。

注释

①大历二年(767)秋,杜甫流寓夔州,写下了这首诗。
②花烬:灯芯结花,民俗中有"预报喜兆"之说。

译文

牛羊早已从田野归来,家家户户柴门紧闭。夜晚凉风习习,明月高悬空中,这里的景色宁静迷人,可惜不是我故乡的风物。清幽的泉水在石壁上流淌,秋夜的露珠凝聚在草根上。明亮的烛

光照着我满头的白发,使我倍感凄凉,这时灯芯结花,又能预报什么喜讯呢?

江汉

江汉思归客,乾坤一腐儒①。
片云②天共远,永夜月同孤。
落日心犹壮,秋风病欲苏。
古来存老马,不必取长途。

注释

①腐儒:迂腐、墨守成规的文人。
②片云:诗中指诗人自己。

译文

我漂泊在江汉一带,思念故土却不能归,在茫茫天地之间,我只是一个迂腐的老儒。看着远浮天边的片云和孤悬暗夜的明月,我仿佛与云共远、与月同孤。我虽已年老体衰,时日无多,但一展抱负的雄心壮志依然存在;面对飒飒秋风,我觉得病情渐有好转。自古以来养老马是因为其智可用,而不是为了取其体力,因此,我虽年老多病,但还是能有所作为的。

归雁

春来万里客①,乱定几年归?
肠断江城雁,高高向北飞。

注释

①万里客:远离故乡的游子。

译文

又到春暖花开之际,四处漂泊的我何时才能返回故土呢?看到江城的大雁都能自由地飞向北方,而我却始终有家难归,想起来真是悲伤啊!

新秋

火云①犹未敛奇峰,欹枕初惊一叶风②。
几处园林萧瑟里,谁家砧杵寂寥中。
蝉声断续悲残月,萤焰高低照暮空。
赋就金门期再献,夜深搔首叹飞蓬。

注释

①火云:出现于夏秋季节薄暮时日落之处,俗称火烧云。
②一叶风:指秋季来临。

译文

火烧云尚未收敛层层变幻的奇景,我斜倚在枕上,才惊觉吹落树叶的秋风。多处园林已呈现出萧索的秋日景象,捣衣声划破冷落的幽境。断断续续的蝉鸣仿佛在为残月而悲鸣,忽高忽低的流萤光焰映照着黄昏的夜空。再次献赋以期望得到君王的赏识,夜深之时心绪烦闷,感叹自己像蓬草般随风飞转。

奉济驿重送严公四韵

远送从此别,青山空复情。
几时杯重把?昨夜月同行。
列郡①讴歌惜,三朝②出入荣③。
江村独归处④,寂寞养残生。

注释

①列郡：指剑南诸郡。
②三朝：指玄宗、肃宗、代宗三朝。
③出入荣：指严武屡居高位。
④江村独归处：指成都杜甫草堂。

译文

送你远行，从这里我们就要分别，分别后青山依旧，离情却倍增。何时才能重聚，把酒畅饮？昨夜我俩还在月下同行。各郡府的百姓都讴歌、挽留你，你在三朝任职，一生多荣耀。送走你后，我独自回到江村，孤单寂寞地度过我的残生。

别房太尉墓

他乡复行役①，驻马别孤坟。
近泪无干土，低空有断云。
对棋陪谢傅②，把剑觅徐君。
惟见林花落，莺啼送客闻。

注释

①复行役：这里指生活不安定，奔波不停。
②"对棋"句：东晋名相谢安指挥淝水之战，部署好战阵后，就和友人在别墅从容对棋，终于等来了取胜的消息。

译文

在他乡东走西奔时,停下马来告别亡友孤坟。伤心的泪水润湿坟上的泥土,冥冥低空笼罩着惨淡阴云。敬重你下棋镇定有如谢安,又像季札把剑寻找徐君。只见林花在坟前纷纷落下,为我送别的唯有黄莺的声声啼叫。

将赴荆南寄别李剑州

使君①高义驱今古,寥落三年坐剑州。
但见文翁②能化俗,焉知李广③未封侯?
路经滟滪④双蓬鬓,天入沧浪一钓舟⑤。
戎马相逢更何日⑥?春风回首仲宣楼⑦。

注释

①使君:指李剑州,其当时任剑州刺史,是一位有才能而未被朝廷重用的地方官,名字不详。

②文翁:西汉庐江舒县(今安徽庐江西)人。景帝末,为蜀郡守。积极推行政教文化事业。

③李广:西汉名将。陇西成纪(今甘肃秦安)人,善骑射,被誉为飞将军。

④滟滪:即滟滪滩,在重庆奉节县东五公里瞿塘峡口,旧

时是长江三峡的著名险滩。

⑤"天入"句：此句形容江汉烟波浩渺的壮观景象。

⑥何日：什么时候。

⑦仲宣楼：汉末文学家王粲在荆州避难的地方。王粲，字仲宣，山阳高平（今山东邹县）人。

译文

你高风义节纵贯古今，却困在剑州，寥落不得升迁。世人只知文翁能够移风易俗，却往往忘记了李广一生不得封侯。路经滟滪滩时，我一个人望着自己的小船在水上起起落落。这年月兵荒马乱，我们什么时候才能再次相逢呢？也许是春风和煦的时节在仲宣楼中相见吧。

寄韩谏议注

今我不乐思岳阳①，身欲奋飞病在床。
美人②娟娟隔秋水，濯足洞庭望八荒③。
鸿飞冥冥日月白，青枫叶赤天雨霜。
玉京④群帝集北斗，或骑麒麟翳凤凰⑤。
芙蓉旌旗烟雾落，影动倒景摇潇湘。
星宫之君醉琼浆，羽人稀少不在旁。
似闻昨者赤松子，恐是汉代韩张良。
昔随刘氏定长安，帷幄未改神惨伤。
国家成败吾岂敢，色难腥腐餐枫香。

周南留滞古所惜,南极老人应寿昌。
美人胡为隔秋水,焉得置之贡玉堂。

注释

①岳阳:今湖南岳阳县。
②美人:旧谓经常思念的理想人物。这里指韩注。
③"濯足"句:指韩注弃世归隐的行为。
④玉京:道教称天帝所居之处。
⑤翳凤凰:跨于凤上,"翳"和"骑"相通。

译文

今日我心中愁闷思念岳阳,有心奋飞却卧病在床。隔着秋水看见美人端庄娴静,脚踩洞庭水,眼望四面八方。日月茫茫鸿雁飞,凉风萧瑟,红叶纷飞,天降寒霜。玉京的神仙群集北斗,有的乘坐麒麟,有的骑着凤凰。华丽的旌旗在烟雾中起落,晃动的身影倒映在湘江水面上。众神个个痛饮琼浆玉液,只有那飞仙人远在外乡。他好像是那从前的仙人赤松子,又像是功成隐退的张良。过去曾跟随刘邦定都长安,忠心耿耿却被弃,令人心伤。国家的治乱安危怎能忘怀,不同流合污,只有隐居山乡。司马谈病逝在周南是千古憾事,南极老人应该会万寿无疆。美人为什么被秋水阻隔,怎么能让他置身朝堂之上?

九日

重阳独酌杯中酒,抱病起登江上台。
竹叶于人既无分,菊花从此不须开。
殊方日落玄猿哭,旧国霜前白雁来①。
弟妹萧条各何在,干戈②衰谢两相催!

注释

①"殊方"二句:漂泊异地,日暮时分听到一声声黑猿的啼哭,不免泪下沾裳;霜天秋晚,白雁南来,更触发思亲怀乡的感情。殊方,异域,他乡。班固《西都赋》曰:"逾昆仑、越巨海,殊方异类,至于三万里。"此二句极力渲染诗人流离之苦以及对家人思念之切,令人动容。

②干戈:干、戈都是古代兵器。干戈后引申为战争。

译文

又是一年重阳时,我一时兴起,抱病登台,独自饮酒,欣赏秋色。我因有病在身,不能多饮,因此也无心赏菊。黄昏时分,一阵阵黑猿的啼哭声传来,使我忍不住泪流满面。在我的家乡,此时此刻正是寒霜遍地,白雁南来之际。至今亲人们音信渺茫,不知身居何处;战乱不息,衰老多病,这些都不停地催我走向死亡。

发潭州

夜醉长沙酒，晓行①湘水春。
岸花飞送客，樯燕语留人。
贾傅②才未有，褚公③书绝伦。
名高前后事，回首一伤神。

注释

①晓行：清晨启程。
②贾傅：指西汉贾谊。
③褚公：褚遂良，初唐名臣，书法冠绝一时，因反对立武则天为皇后，被贬为潭州都督。

译文

夜晚在长沙喝醉了，一大早就要远行，只见湘江两岸春意盎然。岸上的落花纷纷扬扬，似在送别旅客；帆边春燕呢喃，似乎在挽留行人。贾谊之才旷古少有，褚公书法冠绝一时。贾谊、褚遂良虽名震一时，但最后都抑郁而终；回首往事，令人黯然神伤。

南征

春岸桃花水，云帆枫树林。
偷生长避地，适远更沾襟①。

老病南征日，君②恩北望心。
百年歌自苦，未见有知音③。

注释

①"偷生"二句：指诗人为求生存而长年颠沛流离，一念及远离故土，便忍不住泣下沾襟。

②君：此处指代宗。

③"百年"二句：诗人伤悼未遇知音之苦。

译文

春水方生，桃花夹岸，锦浪滔天；云帆孤影，征途千里，岸边枫林一片。长年颠沛流离，适远南国更让我泪沾衣襟。如今我已是年老多病之身，理应北归，命运却迫使我南行；我一片忠心，何时才能报效朝廷呢？一生赋诗千百首，都是自吟自苦，并没有几个知音啊！

丹青引赠曹将军霸

将军魏武①之子孙，于今为庶为清门。英雄割据②虽已矣，文采风流今尚存。学书初学卫夫人③，但恨无过王右军④。丹青不知老将至，富贵于我如浮云。开元之中常引见，承恩数上南薰殿。凌烟功臣少颜色，将军下笔开生面。良相头上进贤冠，猛将腰间大羽箭。褒公鄂公⑤毛发动，英姿飒爽来酣战。

先帝天马玉花骢,画工如山貌不同。是日牵来赤墀下,迥立阊阖⑥生长风。诏谓将军拂绢素,意匠惨淡经营中。斯须九重真龙出,一洗万古凡马空。

玉花却在御榻上,榻上庭前屹相向。至尊含笑催赐金,圉人太仆⑦皆惆怅。弟子韩干早入室⑧,亦能画马穷殊相。干惟画肉不画骨⑨,忍使骅骝气凋丧。

将军画善盖有神,必逢佳士亦写真。即今飘泊干戈际,屡貌寻常行路人。途穷反遭俗眼白,世上未有如公贫。但看古来盛名下,终日坎壈⑩缠其身。

注释

①魏武:魏武帝曹操。本诗主人公曹霸是曹操曾孙曹髦之后。

②英雄割据:指曹操统一北方。

③卫夫人:名铄,字茂漪,东晋著名女书法家,工隶书,相传王羲之曾从她学习书法。

④王右军:东晋著名书法家王羲之,曾任右军将军,故世称王右军。

⑤褒公鄂公:指褒国公段志、鄂国公尉迟敬德。

⑥阊阖:宫门。

⑦圉人太仆:圉人,养马的人。太仆,掌管车马的官吏。

⑧入室:学问深,得到其师真传谓入室。

⑨"干惟画肉"句:意谓韩干只能画形而不能传神。

⑩坎壈:穷困不得志。

译文

　　将军本是魏武帝的子孙,于今却沦落为寒门平民。魏武帝统一北方的时代虽已过去,其文采风流至今有人继承。(将军)学习书法最初师从卫夫人,只恨自己没超过王右军。专心绘画不知老年将到,将功名富贵看作身外浮云。开元年间常被皇帝接见,蒙受皇恩,几次登上南薰殿。凌烟阁里挂着的功臣画像颜色已脱落,经过将军的重画又别开生面。良相头上加戴文官礼帽,猛将腰间佩挂大羽长箭。褒国公、鄂国公栩栩如生,英姿飒爽好像正在酣战。

　　对先帝玄宗的著名宝马玉花骢,多少画师都没描绘成功。这一天牵马到红色台阶下,昂首站立宫门里起长风。诏命将军在素绢上描绘,巧妙构思苦心布局经营。不久宫中出现真龙,使万代的凡马都黯然失色。

　　这画马悬挂在御榻之上,和真马看上去一模一样,真假难辨。皇帝含笑催令赏赐金银,圉人太仆都甚为惊讶。其学生韩幹已是出师的画家,画马也能穷尽各种形象。但韩幹只能画肉不会画骨,这使得画中的马神气凋丧。

　　将军善画马,特点在于有神,定要遇到良士才去画像。于今在战乱中漂泊奔走,才常常描绘一些平常人。处境艰难遂遭俗人冷眼,世上没有人像你这样清贫。试看从古至今,不知多少有名之人,是终生坎坷,失意困苦缠身。

醉时歌

原注：赠广文馆①博士郑虔②。

诸公衮衮登台省③，广文先生④官独冷。
甲弟⑤纷纷厌梁肉，广文先生饭不足。
先生有道出羲皇⑥，先生有才过屈宋⑦。
德尊一代常坎轲，名垂万古知何用！
杜陵野客人更嗤，被褐⑧短窄鬓如丝。
日籴⑨太仓五升米，时赴郑老⑩同襟期⑪。
得钱即相觅，沽酒不复疑。
忘形到尔汝⑫，痛饮真吾师。
清夜沉沉动春酌⑬，灯前细雨檐花落。
但觉高歌有鬼神，焉知饿死填沟壑！
相如⑭逸才亲涤器⑮，子云⑯识字终投阁⑰。
先生早赋归去来⑱，石田茅屋荒苍苔。
儒术于我何有哉，孔丘盗跖⑲俱尘埃！
不须闻此意惨怆，生前相遇且衔杯。

注释

①广文馆：唐宋国子监下属补习性质的学校。
②郑虔：盛唐著名文学家、诗人、书画家。杜甫的好友。
③"诸公"句：衮衮，源源不断而繁杂。台，御史台。省，

指中书省、尚书省和门下省，是当时中央机构的重要部门。

④广文先生：指郑虔，郑曾任广文馆博士。

⑤甲第：达官贵人的住宅。

⑥羲皇：指伏羲氏，是传说中我国古代理想化了的圣君。

⑦宋：宋玉，战国后期楚国辞赋家。

⑧褐：粗布衣服。

⑨籴（dí）：买粮食。

⑩郑老：郑虔比杜甫大二十多岁，所以杜甫称他"郑老"。

⑪同襟期：谓彼此襟怀性情相同。襟期，怀抱。

⑫尔汝：你我，称名道姓，毫无客套。

⑬春酌：春日饮酒；春日宴会。

⑭相如：司马相如，西汉著名辞赋家。

⑮亲涤器：司马相如和妻子卓文君在成都开了一家小酒铺，文君当垆，相如亲自洗涤食器。

⑯子云：扬雄，字子云，汉代辞赋家。

⑰投阁：王莽时，扬雄校书天禄阁，因别人牵连获罪，使者来收捕时，扬雄仓皇跳楼自杀，幸而没有摔死。

⑱归去来：东晋陶渊明辞彭泽令归家时，曾作《归去来兮辞》。

⑲盗跖（zhí）：春秋、战国之际奴隶起义领袖，在先秦古籍中被诬为"盗跖"。

译文

朝廷里的众多高位显职都被众人争抢，广文先生郑虔却备受冷落。豪贵人家对精美的饭食都讨厌起来，而广文先生郑虔常常忍饥挨饿。先生的品德不亚于圣君伏羲，才学更是超过屈原、宋玉。先生的才德虽然受到尊重，却一生坎坷，很难如意，即使名垂万古，又有什么用！我杜陵野客穿着粗布短衣，两鬓斑白，更是处处遭受别人的冷眼和讥笑。我每天去皇仓买五升救济粮，经常去拜访郑老，因为我们有着相同的理想和情怀。有钱的时候我就去找郑虔，毫不迟疑地买酒来喝。喝到忘形便不讲客套，开怀痛饮才是我的师长的本色。清凉的春夜里，夜色深邃，我们相约小酌一番。窗外檐前落下的细雨在灯光的映射下闪烁如花。只觉得开怀高歌时如有鬼神助兴，哪管以后是不是会饿死，被弃尸于沟壑。司马相如满腹才学，也要亲自洗涤食器；扬雄多识奇字，最后却仓皇跳楼。郑老当学陶渊明早些辞官归隐，莫让你的石田茅屋荒芜，长满苍苔。儒家之术对你我到底有什么用？孔子也好，盗跖也罢，最后都一样会化为尘土。不要因为我这番话而心酸烦恼，我们既然相遇，就暂且举杯痛饮。

投简①咸华②两县诸子

赤县③官曹④拥才杰，软裘快马当冰雪。
长安苦寒谁独悲？杜陵野老骨欲折。
南山豆苗早荒秽⑤，青门瓜地⑥新冻裂。
乡里儿童项领⑦成，朝廷故旧礼数绝。

自然弃掷与时异，况乃疏顽⑧临事拙。
饥卧动即向一旬，弊衣何啻⑨联百结。
君不见空墙日色晚，此老无声泪垂血。

注释

①投简：寄送书信。简，书信。

②咸华：唐人对咸阳、华原的并称。

③赤县：指长安。

④官曹：官吏办事机关。这里指代权贵官员。

⑤"南山豆苗"句：典出《汉书》："田彼南山，芜秽不治。种一顷豆，落而为萁。"意思是，在南山上种下豆子，只收到一片豆茎。陶渊明诗中亦有云："种豆南山下，草盛豆苗稀。"

⑥青门瓜地：据《史记·萧相国世家》记载，汉初，故秦东陵侯召平种瓜于长安城东青门。瓜美，世称"东陵瓜"，又名"青门瓜"。

⑦项领：原指牲畜不听使唤，这里比喻年轻人骄纵不羁。

⑧疏顽：强硬固执。

⑨何啻（chì）：何止，岂止。

译文

长安城中的权贵官员们爱护才能杰出的人,他们穿着皮袄衣服,骑着快马,不惧怕寒冷的冰雪。是谁在苦寒的长安城中独自悲叹?我一身的老骨头在饥寒中都快断掉了。南山上的豆田早已荒芜,青门外的瓜地也将冻裂。同乡的小孩子长大,变得骄横起来,朝中的旧相识也都渐渐与我疏远。与主流格格不入的人自然会被抛弃,况且我遇事反应笨拙,又这么顽固。饿着肚子卧床十多天了,破旧的衣服上面何止是千百个补丁。你不知道,我对着空墙直到夜幕降临,只能无声地流泪泣血。

官定后戏赠①

原注:时免河西②尉③,为右卫率府参军④。

不作河西尉,凄凉为折腰⑤。
老夫怕趋走,率府且逍遥。
耽酒须微禄,狂歌托⑥圣朝。
故山⑦归兴尽,回首向风飙⑧。

注释

①戏赠:指杜甫赠给自己。

②河西:泛指黄河以西之地,唐玄宗时置河西节度使管辖甘肃及河西走廊。

③尉:古代官名,一般是武官。

④率府参军：职位在正八品下，负责看管兵甲仓库。

⑤折腰：鞠躬下拜，表示屈身事人。这里是用陶渊明"吾不能为五斗米折腰，拳拳事乡里小儿"的典故。

⑥托：信赖，凭借。

⑦故山：旧山，喻家乡。

⑧飙（biāo）：狂风。

译文

不愿接受朝廷授予的河西县尉一职，因为它要我凄凉地屈身事人。我害怕忙乱地奔走，还是做右卫率府参军比较清闲自在。微薄的俸禄能让我保持饮酒的爱好，放声高歌敬谢我朝的庇荫。回乡归隐的想法已经扫去，回首时对着狂风思绪万千。

赠李白

秋来相顾尚飘蓬，未就①丹砂②愧葛洪③。
痛饮狂歌空度日，飞扬跋扈为谁雄？

注释

①未就：没有成功。

②丹砂：即朱砂。道教认为炼砂成药，服之可以延年益寿。

③葛洪：东晋道士，自号抱朴子，入罗浮山炼丹。李白好神仙之道，曾自炼丹药，并在齐州从道士高如贵受"道箓"（一种入教仪式）。杜甫也曾渡黄河登王屋山访道士华盖君，因华盖君已死，惆怅而归。两人自认在学道方面都无所成就，所以说"愧葛洪"。

译文

秋天我与你相逢时，你还像飘蓬一般云游四海；你在求仙炼丹方面未有大的成就，内心一定会觉得愧对炼丹大师葛洪。壮志难酬的你，只能在饮酒和狂歌中虚度春秋；你不守常规，狂放不羁，但在我眼中，当世之雄，除了你还有谁呢？

月夜

今夜鄜州①月，闺中只独看。
遥怜小儿女，未解②忆长安。
香雾云鬟③湿，清辉玉臂寒。
何时倚虚幌④，双照泪痕干。

注释

①鄜州：今陕西省富县。
②未解：尚不懂得。
③云鬟：环形发饰。
④虚幌：透明的窗帷。

译文

今夜鄜州上空的皎皎明月,家中只有妻子一人在房中看。可怜远地那几个幼小儿女,还不懂得母亲为何思念长安。久久望月,浓雾润湿你的鬓发,清冷的月光照得你的玉臂发寒。何时我们才能团聚,共依床幔,让月亮把我俩的相思泪痕照干。

春日忆李白

白也诗无敌,飘然思不群。
清新庾开府①,俊逸鲍参军②。
渭北春天树,江东日暮云。
何时一樽酒,重与细论文。

注释

①庾开府:庾信,南朝梁代诗人,曾在北周任开府仪同三司。

②鲍参军:鲍照,著名诗人,南朝刘宋时任荆州前军参军。

译文

李白的诗篇普天之下无人能敌,他才思敏捷,远远超出一般人。他的诗作清新、俊逸,与南北朝时的庾信、

鲍照风格相似。李白啊,我正在渭北独对着这沉默不语的春树,而你此时却在江东远望那日暮薄云。不知我们何时才能重新相聚,一起把酒谈诗。

月夜忆舍弟

戍鼓①断人行②,秋边一雁声。
露从今夜白,月是故乡明。
有弟皆分散,无家问死生③。
寄书长不达,况乃未休兵。

注释

①戍鼓:戍楼上的更鼓,主要用来报时和报警。

②断人行:战争期间,夜里禁止人们通行,即后世所谓的"戒严"。

③"无家"句:发生战乱后,弟兄分散,彼此间都无从得知对方的生死。

译文

戍楼响过更鼓后,路上便没了行人的踪影;秋天的边境,传来一阵阵孤雁悲伤的鸣叫声。今夜恰逢白露,望月怀乡,觉得还是故乡的明月更亮。虽有兄弟,但都已失散,如今家已残破,他们的消息更是无处可寻。亲人们四处漂泊,平时寄出的信尚且常常无法送达,更何况现在战事频繁。

天末①怀李白

凉风起天末,君子意如何。
鸿雁②几时到,江湖秋水多。
文章憎命达,魑魅喜人过③。
应共冤魂语,投诗赠汨罗。

注释

①天末:天边。

②鸿雁:指信使。

③"魑魅"句:意谓山精水怪总是等人经过,然后将其吞食,此喻奸邪小人喜欢陷害人。

译文

秋天的凉风从天边刮起,朋友啊你现在心情如何?鸿雁何时能送来你的消息,你被流放后前途多风波。有才之人大多命运不济,容易遭到小人的陷害。你应把冤屈向屈原诉说,作诗并投赠到汨罗江。

梦李白二首

其一

死别已吞声①,生别常恻恻。
江南瘴疠地②,逐客无消息。

故人入我梦，明我长相忆。
君今在罗网，何以有羽翼③？
恐非平生魂，路远不可测。
魂来枫林④青，魂返关塞⑤黑。
落月满屋梁，犹疑照颜色。
水深波浪阔，无使蛟龙⑥得。

其二

浮云终日行，游子久不至。
三夜频梦君，情亲见君意。
告归常局促，苦道来不易。
江湖多风波，舟楫恐失坠。
出门搔白首，若负平生志。
冠盖⑦满京华，斯人独憔悴⑧！
孰云网恢恢？将老身反累⑨！
千秋万岁名，寂寞身后事。

注释

①吞声：无声地悲泣。

②瘴疠地：南方因湿热蒸郁而疾病流行的凶险地区。

③有羽翼：比喻自由来往。

④枫林：指李白被放逐的江南，出自《楚辞·招魂》："湛湛江水兮上有枫，目极千里兮伤春心，魂兮归来哀江南！"

⑤关塞：指杜甫所在的秦州。

⑥蛟龙：传说中兴风作浪、能发洪水的龙，此喻奸佞小人。
⑦冠盖：古代官吏的冠冕和车盖，代指达官贵人。
⑧憔悴：瘦弱无力、脸色难看的样子，引申为劳苦、失意。
⑨累：同"缧"，捆绑犯人的绳索，指李白被流放。

译文

其一

死别会令人无声悲泣，生离则令人时常心痛挂记。在江南湿热蒸郁、疾病流行的凶险地，我的被放逐的朋友杳无消息。也许是知道我长久思念，千里之外的故人闯入我的梦中。可如今你身陷囹圄，怎么会自由自在地飞到我的梦里？唯恐来的不是你的生魂，但是因为路途遥远，你的吉凶我也无法探寻。你的魂魄来的时候江南枫林葱茏，魂魄归去的时候关塞夜色正浓。梦醒的时候月光洒落在屋梁，朦胧中似乎能照见你的模样。江南路途艰险，水深浪宽，你要小心，不要被蛟龙伤到。

其二

天上的浮云终日飘荡，却久久不见你回来。我一连几天晚上都梦到你，可见我对你的情意是多么深厚。每次梦里你都匆忙告别，竭力诉说着赶来相见途中的艰险和不易。你说一路上总有风波，总担心行船被浪头打翻。你出门的时候惋惜地挠着满头的白发，仿佛在感叹平生的壮志难以实现。达官贵人满城都是，却只有你一个人困顿失意。谁说天网恢恢，广阔无边？真是这样的话，你也不会临到晚年却惨遭流放。虽说你必会万古流芳，但那也只是死后的安慰，而不是生前的荣耀。

不见①

不见李生久②,佯狂③真可哀。
世人皆欲杀④,吾意独怜才⑤。
敏捷诗千首⑥,飘零酒一杯⑦。
匡山读书处,头白⑧好归来。

注释

①本诗为诗人因怀念李白而作的最后一首诗。原诗下有诗人自注:"近无李白消息。"诗约作于肃宗上元二年(761)。第二年,李白便过世了。

②"不见"句:杜甫与李白自天宝四年(745)在山东兖州分别之后,一直未能再见面,到诗人作本诗之时已有十六年。因而此句说"不见李生久",由此足见杜甫对李白的感情之深切。李生,指李白。

③佯狂:故作癫狂。这里是说李白原本就是一个头脑清醒的人,他追随永王李璘起兵,是想实现匡济天下的伟大抱负,并非像寻常之辈所想的那样只为功名利禄。而李白的良苦用心,只有杜甫方能了解。

④"世人"句:指李白因入永王李璘幕府

而获罪,被流放夜郎。此后又辗转漂泊于浔阳、金陵、宣城、历阳等地。后虽遇赦,但有人认为他犯下了叛逆之罪,该杀。

⑤怜才:爱才。三四句中,杜甫说李白是旷世奇才,希望世人能够对他稍加怜惜。

⑥"敏捷"句:指李白才思敏捷。

⑦"飘零"句:指李白一生漂泊,只能借酒消愁。

⑧头白:杜甫写这首诗时李白已经六十一岁。

译文

多年没有见到李白了,他那种佯狂纵酒的生活状态真是让人感到悲哀啊。世人都觉得他罪不容诛,我却怜惜他的旷世才华。他虽然才思敏捷,创作了那么多诗歌,但是却一生漂泊,只能以酒消愁。匡山是你少年时读书的地方啊,如今你已两鬓斑白,还是回到这里来吧。

心系苍生

又呈吴郎①

堂前扑枣任西邻,无食无儿一妇人。
不为困穷宁有此?只缘恐惧转须亲。
即防远客虽多事,便插疏篱却甚真。
已诉征求贫到骨,正思戎马泪盈巾。

注释

①吴郎:杜甫姓吴的表亲。

译文

以前西边这个邻居在我的堂前打枣,我从来不干涉,因为她无儿无女、缺衣少食,是个可怜的寡妇。如果不是因为极端贫困,她怎么会这么做呢?她本来就有些害怕,所以你要对她亲切一些。她对你这个新主人有所防备,虽然是过于多心,但是你在房前插上篱笆,未免有些太过认真了。她曾说过,因为官府的横征暴敛,自己如今已经一贫如洗,这令我想到了战乱中的困苦百姓,不由得泪洒衣巾。

茅屋为秋风所破歌

八月秋高风怒号,卷我屋上三重茅。茅飞渡江洒江郊,高者挂罥①长林梢,下者飘转沉塘坳。

南村群童欺我老无力,忍能②对面为盗贼。公然抱茅入竹去③,唇焦口燥呼不得,归来倚杖自叹息。

俄顷风定云墨色,秋天漠漠④向昏黑。布衾⑤多年冷似铁,娇儿恶卧踏里裂⑥。床头屋漏无干处,雨脚如麻⑦未断绝。自经丧乱⑧少睡眠,长夜沾湿何由彻⑨!

安得广厦千万间,大庇⑩天下寒士⑪俱欢颜,风雨不动安如山⑫!呜呼!何时眼前突兀⑬见此屋,吾庐独破受冻死亦足!

注释

①挂罥:高挂。

②忍能:怎么能。

③入竹去:跑入竹林。

④秋天漠漠:秋日的天空浓云密布,很快就昏暗下来。

⑤布衾:棉被。

⑥娇儿恶卧踏里裂:指小孩睡觉时双脚乱蹬,结果把被子的里面都蹬坏了。恶卧,指睡相不好或睡不安稳。

⑦雨脚如麻:形容雨大。

⑧丧乱:指安史之乱。

⑨何由彻：如何才能等到天明呢？
⑩大庇：指全部庇护起来。
⑪寒士：穷苦的知识分子，这里泛指贫民。
⑫如山：像山一般安定。
⑬突兀：猛地出现。

译文

秋天八月，秋风狂啸，卷走了我屋顶上的茅草。茅草四处飞扬，飞到了浣花溪那边，散落在对岸的水边。被刮到高处的挂在了树梢上，刮得比较低的沉到了水塘中。

南村的一群顽童欺负我年老体衰，竟然当面抢我的茅草，肆无忌惮地抱着茅草跑进了竹林。我喊得口干舌燥也没有丝毫用处，无奈之下，只好拄着拐杖返回家，独自叹息。

很快风停了，天空中的乌云黑得像墨，秋天的傍晚天色阴沉。被子由于盖了很多年，又冷又硬，如同铁板。孩子们睡得不舒服，把被里都蹬破了。屋子里非常潮湿，但大雨依旧在下。自从发生战乱后，我睡眠的时间日渐减少，漫漫长夜，屋中漏雨，床被湿透，如何才能熬到天明呢？

怎样才能得到千万间宽敞明亮的房屋，让和我境遇相同的贫民有个落脚之地、全都笑逐颜开，又怎样才能使房屋不因大风而摇摆，稳固得如同大山一般？咳！如果真能出现这样宽敞明亮的房子，即使唯独我的草屋被风吹垮、我被冻死，那我也愿意啊！

悲陈陶①

孟冬②十郡③良家子④,血作陈陶泽中水。
野旷天清无战声⑤,四万义军⑥同日死。
群胡归来血洗箭,仍唱胡歌饮都市。
都人回面向北啼⑦,日夜更望官军至。

注释

①陈陶:地名,即陈陶斜,又称陈陶泽(泽即山泽),在今西安西面。

②孟冬:指农历十月。

③十郡:指长安周围的十个郡。

④良家子:即平民,此处指士兵。

⑤无战声:战事已结束,旷野一片死寂。

⑥义军:官军,因其为国牺牲,故称义军。

⑦向北啼:当时唐肃宗驻守灵武,在长安之北,所以长安的民众向北而啼。

译文

初冬时节,从长安周围十个郡征调来的平民子弟在一场大战之后都牺牲了,他们的鲜血洒在了陈陶水泽中。蓝天下的旷野现在变得死寂无声,四万大军竟然在一日之内全部阵亡。野蛮胡兵的箭头上滴着唐军将士的鲜血,他们仍然唱着出征时的胡歌,在长安的大街小巷里纵酒狂欢。长安城的百姓都面向陈陶斜失声痛哭,日夜盼望官军的到来。

春宿左省

花隐掖垣①暮,啾啾栖鸟过。
星临万户动,月傍九霄多。
不寝听金钥,因风想玉珂。
明朝有封事②,数问夜如何。

注释

①掖垣:门下省(左省)的宫墙。掖,因门下省、中书省地处左右两边,像人的两掖,故云。门下省为左掖。

②封事:为保密,议论政事的奏章均被封在黑色的袋子里,故称"封事"。

译文

花影暗淡,宫墙内黄昏来到,回巢的鸟儿鸣叫着,从这里飞过。群星照耀,千家万户灯光闪烁,楼耸九霄,得到的月光特别多。夜不能寝,倾耳静听金钥响,风吹铃铎,好像听到了百官骑马上朝的马铃声。明天早晨要向君王上封事,怕误了上朝时间,所以数次问时间。

兵车行①

车辚辚，马萧萧，行人弓箭各在腰。耶②娘妻子走相送，尘埃不见咸阳桥③。牵衣顿足拦道哭，哭声直上干云霄。

道旁过者问行人，行人但云点行频。或从十五北防河④，便至四十西营田⑤。去时里正⑥与裹头，归来头白还戍边。边庭流血成海水，武皇⑦开边意未已。君不闻汉家山东⑧二百州，千村万落生荆杞⑨。纵有健妇把锄犁，禾生陇亩无东西。况复秦兵耐苦战，被驱不异犬与鸡。

长者虽有问，役夫敢申恨？且如今年冬，未休关西⑩卒。县官急索租，租税从何出？信知生男恶，反是生女好。生女犹得嫁比邻，生男埋没随百草。君不见，青海头，古来白骨无人收。新鬼烦冤旧鬼哭，天阴雨湿声啾啾。

注释

①兵车行："行"是乐府诗歌中的一种体裁，"兵车行"是杜甫自创的新题目。

②耶：同"爷"，指父亲。

③咸阳桥：咸阳西南横跨渭水的一座大桥，是当时由长安通往西北地区的必经之路。

④防河：当时吐蕃经常侵扰黄河以北地区，因此朝廷征召官军集结于河西地区防范，叫防河。

⑤营田：屯田。当时，戍边士卒无战事时种田，有战事时作战。

⑥里正：唐制，每百户设一里正，负责管理户口、检查民事、催促赋役等。

⑦武皇：汉武帝刘彻。唐诗中常有以汉指唐的委婉避讳方式。这里借武皇指唐玄宗。

⑧山东：指华山以东。

⑨荆杞：荆棘与杞柳，都是野生灌木。

⑩关西：指函谷关以西的地方。

译文

战车隆隆地辗过，战马不断地嘶叫，出征的士兵都将弓箭佩在了腰间。爹娘、妻子、儿女奔跑着来相送，一时间尘土飞扬，遮蔽了咸阳桥。亲人拦在路上，拽着士兵的衣角痛哭流涕，哭声一直冲上云霄。

过路行人询问事情的起因，士兵们匆忙赶路，只回答说官府按名册征兵太过频繁。有的人十五岁时就被调到黄河以北驻守，到四十岁时又被调到河西地区种田。参军的时候年纪小，还没有成人，需要由里正帮他裹头巾；回来时已是满头白发，却还得应征去守边。边关战争使战士流的血多如海水，但皇帝力于开拓疆土，依旧不肯罢兵。你没听说华山以东的一百多个州，数以千计的村落长满了野草荆杞吗？尽管那些健壮的妇女可以犁田耕种，田地里的禾苗还是长得杂乱稀疏。况且秦地的士兵既耐苦又能战，像鸡狗一样被驱使去征战沙场。

现在您既然询问,我们这些服役的士兵也就一倾苦楚!比如今年冬季,朝廷依然不让我们这些关西的士兵回乡。县官衙役急着索要租税,田地无人种,税钱从哪里来呢?早知生儿子会招来灾祸,当初还不如嫁给个女儿好。生个女儿还能嫁给近邻,生个儿子却要战死沙场埋骨他乡。你没看见吗?在青海湖边,那些自古以来死于沙场的士兵的尸骨无人掩埋。新鬼喊冤旧鬼哭泣,天阴下雨之际,众鬼不停地哀号。

新安吏

客[①]行新安[②]道,喧呼闻点兵。
借问新安吏,县小更[③]无丁?
府帖[④]昨夜下,次[⑤]选中男行。
中男[⑥]绝短小,何以守王城[⑦]?
肥男有母送,瘦男独伶俜[⑧]。
白水[⑨]暮东流,青山犹哭声。
莫自使眼枯[⑩],收汝泪纵横。
眼枯即见骨,天地[⑪]终无情!
我军取相州[⑫],日夕望其平。
岂意贼难料[⑬],归军[⑭]星散营。
就粮[⑮]近故垒,练卒依旧京[⑯]。
掘壕[⑰]不到水,牧马役亦轻。
况乃王师顺[⑱],抚养[⑲]甚分明。
送行勿泣血,仆射[⑳]如父兄。

注释

①客：杜甫自指。

②新安：地名，今河南省新安县。

③更：岂，难道。

④府帖：即军帖，征兵的文书。

⑤次：依次。

⑥中男：指十八岁以上、二十二岁以下的男子。

⑦王城：指唐代东都洛阳。

⑧伶俜：孤独的样子。

⑨白水：即大河。

⑩眼枯：哭干眼泪。

⑪天地：暗喻朝廷。

⑫相州：即邺城。

⑬贼难料：敌情难以预料。

⑭归军：指唐朝的败兵。

⑮就粮：到有粮草的地方就餐。

⑯旧京：指洛阳。

⑰壕：即城壕。

⑱王师顺：朝廷的军队是正义之师。

⑲抚养：爱护。

⑳仆射：指郭子仪，他在至德二年（757）曾任左仆射。

译义

　　我走在通往新安的路上，忽然听到有人喧哗，原来是差役在村里征兵。我问那些差役："新安这个小小的县城，连年战乱，

还有壮丁可以应征入伍吗?"差役回答说:"昨夜州府已经下达文书,规定征调中男入伍。"我说:"这些人既矮又小,怎么能让他们去守卫东都洛阳啊?"健壮的青年大概家境还不错,他们都有母亲前来送行。瘦弱的青年大多出身贫户,他们都是孤零零的一个人,无人前来送行。时间已到黄昏,大河向东流去,青山下还传来送行者的哭声。我看到这般景象,就安慰那些哭泣的人说:"把你们的眼泪收起来吧,不要哭坏了眼睛,白白损伤了身体。天地终是无情啊!官军进攻相州,本来一两天就能平定叛乱,谁知敌情难以预料,以致吃了败仗,士卒纷纷溃散了。他们的伙食就在旧营垒附近供应,训练也在东都近郊进行。他们要做的工作只是挖掘城壕,也不会深到见水。牧马也是很轻松的任务。况且朝廷的军队是正义之师,主将非常关心爱护士卒。你们这些送行的家属就不要哭得如此伤心了,仆射如父如兄,定不会亏待士卒。"

石壕吏

　　暮投石壕村①,有吏夜捉人。老翁逾②墙走,老妇出门看。

　　吏呼一何③怒!妇啼一何苦!听妇前致词④:

"三男邺城⑤戍。一男附书⑥至，二男新战死。存者且偷生⑦，死者长已矣！室中更无人，惟有乳下孙⑧。有孙母未去，出入无完裙⑨。老妪力虽衰，请从吏夜归。急应河阳役，犹得备晨炊。"

夜久语声绝，如闻泣幽咽。天明登前途，独与老翁别。

注释

①石壕村：今河南陕县石壕村。
②逾：翻，越。
③一何：多么。
④前致词：上前对人讲话。
⑤邺城：治今河南安阳市。
⑥附书：托人带信。
⑦且偷生：苟活。且，姑且。
⑧乳下孙：正在吃奶的孙子。
⑨完裙：完好的衣服。"裙"在古代泛指衣服。

译文

傍晚时分我投宿于石壕村，夜里听到差吏前来抓人。老翁闻声翻墙逃走，老妇慢移脚步出去应对。

差役的吼叫声是那样凶，老妇人的啼哭又是那样悲痛！我听到老妇人走上前去对差役说："我的三个儿子应征防守邺城。一个儿子刚刚捎来信，说另外两个儿子已经战死沙场了。活着的人在这兵荒马乱的年头,活一天算一天,死去的也就死去了。家里再没有别的男丁,只有还在吃奶的孙子。因为有孙子在,他的母亲还没有离开,只是她进进出出,连件完好的衣服也没有!你们如果非抓一个人不可,就抓我好了,我虽然衰老无力,但今晚跟你们去,还能支应河阳的差使,赶得上为部队准备明天的早饭。"

夜深人静,无人说话,依稀听到有人哽咽抽泣。天亮后我准备出发继续赶路,只有老翁一人与我告别。

潼关吏

士卒何草草①,筑城潼关②道。
大城铁不如③,小城万丈余。
借问④潼关吏,修关还备胡⑤。
要我下马行,为我指山隅⑥。
连云⑦列战格⑧,飞鸟不能逾。
胡来但自守,岂复忧西都⑨。
丈人视要处⑩,窄狭容单车。
艰难⑪奋长戟,万古用一夫。
哀哉桃林战,百万化为鱼。
请嘱防关将,慎勿学哥舒!

注释

①草草:劳苦的样子。

②潼关:在今陕西潼关县,古称桃林塞,是洛阳通往长安的咽喉要道。

③铁不如:言城池坚固。

④借问:询问。

⑤胡:指安史叛军。

⑥山隅:山边。

⑦连云:喻战栅之高。

⑧战格:即战栅。

⑨西都:长安。

⑩要处:险要之处。

⑪艰难:战事紧急之时。

译文

士卒在潼关要道筑城,是多么辛苦啊!大城固若金汤,小城也有万丈多高。我问潼关吏:"修筑防御工事是为了防备安史叛军吗?"潼关吏邀请我下马步行,指着山边对我说:"潼关高耸,与云相连,即使飞鸟也不能逾越城上战栅。若叛军来犯,只要坚守,就不必担心西都长安的安危。你看这个地方,易守难攻,狭窄到只能容纳一辆车子通过。危急时刻就拿起长戟防守,数年来,只用一个人就能守住。"我听后对他说:"悲哀啊!桃林塞(潼关之古称)那一仗,哥舒翰惨败,官兵死伤无数,许多士卒葬身鱼腹。请您嘱咐守潼关的将士们,一定要谨慎啊!千万别重蹈哥舒翰的覆辙。"

新婚别

兔丝①附蓬麻,引蔓故不长。
嫁女与征夫,不如弃路旁。
结发为君妻,席不暖君床。
暮婚晨告别,无乃②太匆忙。
君行虽不远,守边赴河阳。
妾身未分明,何以拜姑嫜③?
父母养我时,日夜令我藏。
生女有所归,鸡狗亦得将④。
君今往死地,沉痛迫⑤中肠。
誓欲随君去,形势反苍黄⑥。
勿为新婚念,努力事戎行⑦!
妇人在军中,兵气恐不扬。
自嗟贫家女,久致⑧罗襦裳。
罗襦不复施⑨,对君洗红妆。
仰视百鸟飞,大小必双翔。
人事多错迕⑩,与君永相望⑪!

注释

①兔丝:也叫菟丝子,一种蔓生的草,依附在其他植物的枝干上生长。蓬和麻的枝干都很短,因此菟丝子附在上面,其

蔓自然长不长。此句形容女子嫁给征夫，肯定难以长久相处。

②无乃：岂不是。

③姑嫜：公婆。

④"生女"二句：与俗语中的"嫁鸡随鸡，嫁狗随狗"同义。归，古代女子出嫁称为"归"。将，带着，跟随。

⑤迫：痛苦、压抑。

⑥苍黄：同"仓皇"，指非常不方便，很麻烦。

⑦事戎行：当兵征战。

⑧久致：很长时间才做成。

⑨不复施：再也不穿。

⑩错迕：不顺利。

⑪永相望：一直渴望相聚，表示对丈夫忠贞不贰。

译文

菟丝子缠绕在低矮的蓬草和麻树上，它的蔓当然就长不长。把女儿嫁给就要从军的人，倒不如将她丢在大路旁。我和你成婚后，竟然连床席都未曾睡暖和；昨晚我们草草成亲，而今早你便要匆匆离开，这婚期是不是太短了啊！你上前线作战，虽然离家不远，可毕竟已经是边防前线；我们尚未举行正式的祭祖大礼，你叫我如何去拜见公婆？我未嫁给你时，不论黑夜还是白天，父母从不让我在外露面；俗话说

"嫁鸡随鸡,嫁狗随狗",如今你要上战场拼杀,我内心痛苦得肝肠寸断!我想跟你一起去,只怕到时形势紧急,无法照应。你不用为新婚离别而难过,一定要在战场上为国效力;女人跟随军队,可能会影响士气。唉!我本生于贫寒之家,节衣缩食才做了一身丝绸嫁衣;但从现在起,我就把它脱掉,并洗掉脸上的脂粉,全心全意等你归来!你看,天上的鸟儿都自由自在地飞翔,无论大鸟还是小鸟,都是成双成对;人世间却有如此多的不如意,但愿你我两地同心,永不相忘!

无家别

寂寞天宝后,园庐①但蒿藜②。
我里百余家,世乱各东西。
存者无消息,死者为尘泥。
贱子因阵败,归来寻旧蹊。
久行见空巷,日瘦气惨凄。
但对狐与狸,竖毛怒我啼。
四邻何所有?一二老寡妻。
宿鸟恋本枝,安辞且穷栖。
方春独荷锄,日暮还灌畦③。
县吏知我至,召令习鼓鞞④。
虽从本州役,内顾无所携。
近行止一身,远去终转迷。

家乡既荡尽,远近理亦齐。
永痛长病母,五年委沟溪⑤。
生我不得力,终身两酸嘶。
人生无家别,何以为蒸黎!

注释

①园庐:田园和屋舍。
②蒿藜:艾蒿和藜藿,此处泛指野生植物。
③灌畦:即浇菜地。
④鼓鼙:战鼓。
⑤沟溪:指野死之处。

译文

天宝之后,农村荒凉衰败,田园里只剩下蒿草蒺藜。我的故乡原有百余户人家,因世道混乱都各奔东西。活着的没有任何消息,死了的早已化为尘土。因邺城兵败,我回来寻找家乡的旧路。在村里走了很久,只看见一道道空巷,日色无光,到处是萧条凄惨的景象。我只能面对着一只只狐狸,它们都竖起毛来向我怒号。四邻还有什么人呢?只剩下一两个老寡妇。宿鸟总是恋着本枝,我同样也依恋故土,哪能辞乡而去

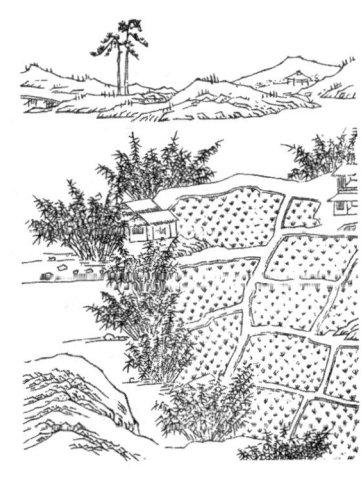

呢？就在此地栖宿吧。正值春季，我扛起锄头下田干活，到了傍晚还忙着浇田。县吏知道我回来了，又征召我去服役。虽在本州服役，但家中也没什么可带的。到近处去，只有我孤身一人；到远处去，终究也会迷失。家乡既然什么都没有了，远近对我来说都是一样的。想起我那长年生病的母亲，我的内心悲痛万分，可怜她死了五年也没有好好埋葬。她生了我，却得不到我的服侍照料，母子二人终生忍受辛酸。人活在世上却无家可别，这老百姓可怎么当啊？

垂老别

四郊①未宁静，垂老不得安。
子孙阵亡尽，焉用身独完？
投杖出门去，同行为辛酸。
幸有牙齿存，所悲骨髓干。
男儿②既介胄③，长揖别上官。
老妻卧路啼，岁暮衣裳单。
孰知是死别？且复伤其寒。
此去必不归，还闻劝加餐。
土门④壁甚坚，杏园⑤度亦难。
势异邺城下，纵死时犹宽。
人生有离合，岂择⑥衰盛端。
忆昔少壮日，迟回⑦竟长叹。

万国尽征戍，烽火被⁸冈峦。
积尸草木腥，流血川原丹⁹。
何乡为乐土？安敢尚盘桓⁰？
弃绝蓬室⑪居，塌然⑫摧肺肝。

注释

① 四郊：即城郊。
② 男儿：老翁自称。
③ 介胄：犹甲胄，指军服。
④ 土门：即土门口，为太行八陉之第五陉。
⑤ 杏园：镇名，在今河南省汲县东南。
⑥ 岂择：岂能选择。
⑦ 迟回：低徊，沉吟。
⑧ 被：弥漫，覆盖。
⑨ 丹：染红。
⑩ 盘桓：流连徘徊。
⑪ 蓬室：茅屋。
⑫ 塌然：天崩地裂。

译文

　　四野的硝烟让人一刻不得安宁，已是风烛残年却栖身无所。子孙们都在战场上阵亡了，兵荒马乱，我又何须苟全老命？现在，战火逼近，官府要我上前线，我扔掉拐杖走出门去，一起应征的人都为我辛酸流泪。值得庆幸的是我牙齿完好胃口不减，悲伤的是我骨瘦如柴枯槁不堪。我既然披戴盔甲从戎征战，也只

好拱手行礼辞别长官。老伴听说我要从军出征,哭倒在路上,寒冬腊月仍是裤薄衣单。明知道我们就要生离死别,怎能不担心她的饥寒。此次离去后就永不能重返家园,犹听她再三劝我努力加餐饭。土门关深沟高垒,防守严密,杏园镇天险足恃,亦难以攻下。如今的形势已不同于当年的邺城之战,纵是死路一条,时间也有很大宽限。人生在世都有悲欢离合,哪管你饥寒交迫衰老病残。想当年风华正茂,国泰民安,忍不住徘徊踟蹰、长吁短叹。普天之下到处都在打仗,战争的烽火已弥漫到了山冈峰峦。尸骸堆积如山,草木都变腥膻了,血流遍地,河流平原都被染红了。战火滚滚,到哪里去寻觅人间乐园?保家卫国,又岂敢犹豫彷徨?我毅然抛弃茅舍奔赴前线,只是和老妻分别真叫人肝肠寸断!

冬狩①行

原注:时梓州②刺史章彝③侍御史留后④东川⑤。

君不见东川节度兵马雄,校猎⑥亦似观成功。

夜发猛士三千人,清晨合围步骤同。

禽兽已毙十七八,杀声落日回苍穹。

幕前生致九青兕⑦,驼驼崒嵂⑧垂玄熊。

东西南北百里间,仿佛蹴踏⑨寒山空。
有鸟名鸲鹆⑩,力不能高飞逐走蓬⑪。
肉味不足登鼎俎⑫,何为见羁虞⑬罗中。
春蒐⑭冬狩侯得同,使君五马⑮一马骢⑯。
况今摄行大将权,号令颇有前贤风。
飘然时危一老翁,十年⑰厌见旌旗红。
喜君士卒甚整肃,为我回辔⑱擒西戎⑲。
草中狐兔尽何益,天子不在咸阳宫。
朝廷虽无幽王祸⑳,得不哀痛尘再蒙㉑!
呜呼!得不哀痛尘再蒙。

注释

①狩:打猎。

②梓州:今四川省绵阳市三台县。

③章彝(yí):当时任梓州刺史兼东川留后两职。

④留后:唐中期以后,藩镇实力强大,节度使遇有事时,以其子侄或亲信代理职务,代理者被称为节度留后。

⑤东川:辖区在四川盆地中部。

⑥校猎:遮拦禽兽以猎取之,泛指打猎。校,栅栏。

⑦青兕(sì):青色的雄犀牛。

⑧崔(wéi)嵬:形容很高。

⑨蹴(cù)踏:践踏,这里指四处追捕猎物。

⑩鸲鹆(qú yù):鸟名,俗称"八哥儿"。

⑪走蓬:随处飞散的草。

⑫鼎俎：泛称烹饪的用具。鼎，古代烹煮用的器物。俎（zǔ），切肉或切菜时垫在下面的砧板。

⑬虞：古代掌管山泽的官。

⑭春蒐（sōu）：指古代天子或王侯在春季围猎。

⑮五马：汉时太守乘坐的车用五匹马驾辕，因借指太守的车驾。

⑯一马骢：这里是借用桓典的典故。桓典，东汉侍御史，当时宦官专权，他正直而不避，常乘骢马。骢（cōng），青白杂毛的马。

⑰十年：指从"安史之乱"（755）到杜甫写诗那年（763）。实际上是八年，这里用的整数。

⑱辔（pèi）：驾驭牲口的嚼子和缰绳。

⑲西戎：我国古代对西北少数民族的称呼，这里指吐蕃。

⑳幽王祸：周幽王为取悦褒姒，数举骊山烽火，失信于诸侯。后来他被犬戎兵杀死于骊山之下，西周灭亡。

㉑尘再蒙：即再蒙尘。蒙尘，指帝后流亡在外，蒙受灰尘。

译文

你看，东川节度使章彝手下的兵马是何等的雄壮，他们打猎也像是打仗一样声势浩大。夜里就清点出三千名勇猛的士兵，一大清早便统一行动。他们猎杀了众多飞禽走兽，杀声把夕阳都震撼得在天空中回荡。士兵生擒了很多犀牛，将大黑熊垂挂在骆驼高高的背上。这方圆百里，寒山中所有的飞禽走兽都几乎被猎杀一空。有一种八哥鸟飞不了太高，只能跟着风中的蓬草逃亡。它的肉并不鲜美，又何必张网捕捉呢？章大人和公侯

们一样可以在春冬狩猎,且具有侍御史那样的权利。如今他又代理大将的兵权,发号施令颇有古时贤将的风采。我一个漂泊在乱世的老头子,十年来一直不愿看见战旗升起。但我非常高兴章大人的兵卒这么整齐严肃,真希望他们能为我们掉转马头去和吐蕃作战。将山野中的飞禽走兽全都猎获又有什么用处,我朝的帝王都因避难离开了京都。皇上虽然没有像周幽王一样失去性命,但我还是为他再一次流亡而哀叹!哎,能不哀叹他再次出奔流亡吗?

岁晏①行

岁云暮矣多北风,潇湘②洞庭白雪中。
渔父天寒网罟③冻,莫徭④射雁鸣桑弓⑤。
去年米贵阙军食,今年米贱大伤农。
高马达官厌酒肉,此辈杼轴⑥茅茨⑦空。
楚人重鱼不重鸟,汝休枉杀南飞鸿。
况闻处处鬻⑧男女,割慈忍爱还租庸⑨。
往日用钱捉私铸,今许铅锡⑩和青铜。
刻泥为之最易得,好⑪恶⑫不合长相蒙。
万国城头吹画角,此曲哀怨何时终?

注释

①岁晏：一年将尽的时候。

②潇湘：指湘江。因湘江水清且深，故名。

③网罟（gǔ）：渔网。

④莫徭：即瑶族，主要居住在中国西南部。

⑤桑弓：桑木做的弓。泛指强弓、硬弓。

⑥杼（zhù）轴：织布机上的两个部件，亦代指织机。

⑦茅茨：指简陋的居室。引申为平民里巷。

⑧鬻（yù）：卖。

⑨租庸：古代交纳谷帛的税制。

⑩铅锡：私铸的钱币掺有铅锡。

⑪好：指官铸钱币。

⑫恶：指私铸钱币。

译文

一年将近的时候常有凛冽的北风，白雪覆盖了湘水和洞庭湖。天气十分寒冷，渔夫的渔网都被冻住了，瑶族人只有拉响强弓猎射大雁。去年粮贵，士兵们缺乏军粮；今年粮贱，农民又亏损很多。权贵高官吃腻了美酒粱肉，老百姓们的家里和织机上却都已经空无一物。湖北湖南一带的人向来喜欢吃鱼不喜欢吃鸟肉，你们就别白白猎杀南飞的大雁了。况且，听说现在到处都有卖儿卖女的事情，百姓忍痛卖掉儿女来缴纳朝廷的赋税。以前私自铸钱是重罪，现在朝廷竟然默许在青铜里掺杂铅锡。拿泥土刻钱币的模具最是容易，官钱和私钱混在一起，这样只会长期欺骗百姓。军队的号角在各地吹响，这一首哀怨的战曲何时才能终止？

蚕谷行

天下郡国①向②万城,无有一城无甲兵③。

焉得铸甲作农器,一寸荒田牛得耕。

牛尽耕,蚕亦成。

不劳烈士泪滂沱,男谷女丝行复歌。

注释

①郡国:郡县、州郡。

②向:近,临。

③甲兵:铠甲和兵器,指军队。

译文

大唐的各级州县有近万数的城市,没有一座城市不是处于战乱之中。到底要怎么样,才能够熔化铠甲兵器用以铸造农具,把荒废的田地开发,好好耕种。农田都有牛耕种,蚕丝也有收成。真正到了这个时候,战士也就不用再为生民之苦而泪水长流了,男耕女织,安心生产,连走路都唱着欢歌。

朱凤①行

君不见潇湘之山衡山②高,山巅朱凤声嗷嗷。

侧身长顾求其曹③,翅垂口噤④心甚劳。

下愍⑤百鸟⑥在罗网,黄雀最小犹难逃。

愿分竹实⑦及蝼蚁,尽使鸱枭⑧相怒号。

注释

①朱凤：即凤凰，人们心目中的瑞鸟，天下太平的象征。

②衡山：位于湖南中部，为五岳中之南岳，是潇湘流域中最高的山。

③曹：也作群，同伴。

④口噤（jìn）：口紧闭。

⑤愍：哀怜。

⑥百鸟：和下文的"黄雀"、"蝼蚁"一样，都是指受苦的百姓。

⑦竹实：竹子所结的子实，形如小麦。传说凤凰非竹实不食。

⑧鸱枭（chī xiāo）：鸟名。一说类似猫头鹰。这里指统治阶级。

译文

君不见潇湘流域中，最高的山是衡山，有一只凤凰在山顶嗷嗷地鸣叫。它久久伸长脖颈寻找同伴，垂着双翅不出声，显得十分忧愁。它哀怜深陷罗网的百鸟，就连体型最小的黄雀也难以逃脱。凤凰愿意分享自己的食物，以便蝼蚁也能惠及，这让那些鸱枭全都气急败坏地号叫。

负薪行①

夔州②处女发半华,四十五十无夫家。
更遭丧乱嫁不售③,一生抱恨长咨嗟④。
土风坐男使女立,男当⑤门户女出入。
十犹八九负薪归,卖薪得钱应供给。
至老双鬟⑥只垂颈,野花山叶银钗并。
筋力登危⑦集市门,死生射利⑧兼盐井。
面妆首饰杂啼痕,地褊⑨衣寒困石根。
若道巫山⑩女粗丑,何得此有昭君村⑪?

注释

①负薪:背负柴草,即从事樵采之事。

②夔(kuí)州:今重庆奉节县。

③售:指女子得嫁。

④咨嗟(zī jiē):叹息。

⑤当:掌管,主持。

⑥双鬟:古代年轻女子梳的两个环形发髻,这里指女子到老还未出嫁。

⑦登危:攀爬高峰。

⑧射利:谋得财利。

⑨褊(biǎn):狭小,狭隘。

⑩巫山:在重庆、湖北交界处。这里泛指夔州一带。

⑪昭君村:传说中王昭君的故乡,在今湖北省兴山县南,和夔州相邻。

译文

　　夔州的姑娘们有一半头发都花白了,四五十岁还没有出嫁。如果遭逢乱世,她们更是嫁不出去,一辈子都只能抱恨长叹。当地的风俗是男尊女卑,男人掌管门户,女人出外操劳养家。大部分女子都去山中背柴,卖得钱来维持家庭所需。她们到老都留着未嫁女子的发式,山叶和野花与银钗一起插在头顶。她们用尽力气爬上高山砍柴,背到集市上去卖,甚至冒着风险去贩运井盐。她们脸上的脂粉装饰和泪痕混杂在一起,穿着单薄的衣服困在狭窄的山脚。如果说巫山这一带的女子都粗糙丑陋,为什么著名的王昭君能够出生在这里呢?

览古抒怀

蜀相①

丞相祠堂②何处寻,锦官城③外柏森森④。
映阶碧草自春色⑤,隔叶黄鹂空好音⑥。
三顾⑦频烦天下计⑧,两朝⑨开⑩济⑪老臣心。
出师未捷身先死⑫,长使英雄泪满襟。

注释

①蜀相:即诸葛亮,三国时担任蜀国丞相。此诗是杜甫在上元元年(760)春季游成都武侯祠时所作。此诗题为蜀相,而非武侯祠,可知诗人写此诗之意在思蜀相。

②丞相祠堂:即武侯祠,位于成都市南郊,与蜀先主刘备庙合庙而祀。

③锦官城:即成都,由于成都西南盛产锦,蜀国又曾委派官员管理此地织锦之事,故称锦官城。

④森森:繁盛茂密的样子。

⑤自春色:空自呈现出一片春色。

⑥空好音:空作动听之音。

⑦三顾:这里指诸葛亮在南阳隐居时,刘备曾三次登门拜

访之事。

⑧天下计：平定天下的计策。

⑨两朝：指刘备与刘禅父子两朝。

⑩开：辅佐刘备建立国家。

⑪济：扶助刘禅继承帝业。

⑫"出师"句：指诸葛亮出师伐魏未捷而病死军中。

译文

到何处去寻找武侯诸葛亮的祠堂？成都南郊柏树繁盛茂密的地方。碧草映阶，空自呈现出一片春色；黄鹂隔叶鸣叫，空作动听之音。先主刘备三顾茅庐，向诸葛亮讨教统一天下的策略。丞相辅佐刘氏父子开国与继业，可谓不遗余力。只可惜他出师伐魏未捷而病死军中，使历代英雄都为此涕泪满裳！

琴台

茂陵①多病后，尚爱卓文君。

酒肆人间世，琴台日暮云。

野花留宝靥，蔓草见罗裙。

归凤求凰意，寥寥不复闻。

注释

①茂陵：古时县名，在今陕西省兴平市东北，此处指司马相如。

译文

司马相如年老体衰时，依然像当初一样爱恋卓文君，二人的感情丝毫没有减弱。司马相如家中贫寒，生活窘迫，于是他们便开酒舍维持生计。我在琴台之上徘徊，远望碧空白云，心中欣羡万分！看到琴台旁的一丛野花，我觉得它就像卓文君当年的笑容；一丛丛碧绿的蔓草，就如同卓文君当年所穿的碧罗裙。司马相如追求卓文君的千古奇事，后来几乎闻所未闻了。

禹庙①

禹庙空山里，秋风落日斜。
荒庭垂②桔柚，古居画龙蛇③。
云气嘘青壁④，江声走⑤白沙。
早知乘四载⑥，疏凿控三巴⑦。

注释

①禹庙：建在忠州（治所在今重庆忠县）临江的山崖上。
②垂：挂。
③画龙蛇：指墙壁上龙与蛇的画像。颔联对仗极工，写明大禹庙的凄清荒凉。
④青壁：禹凿开的石壁。

⑤走：指水流动。

⑥四载：传说中大禹治水时用过四种交通工具：水行乘舟、陆行乘车、山行乘樏（登山的用具）、泥行乘橇（形如船而短小，两头微翘，人可踏其上而行泥上）。

⑦三巴：指巴郡、巴东、巴西。传说这一带原是沼泽，大禹凿通三峡后成为陆地。

译文

大禹庙坐落于空寂的山谷中，秋风萧瑟冷清，残阳斜照在大殿上。荒芜的庭院里，树上挂满了橘子和柚子；古屋的墙壁上还残留着龙与蛇的画像。大禹当年开凿的石壁上云雾缭绕，波涛声阵阵传来，江水沿着白沙之道奔流。早就听说大禹乘着四种交通工具治理水患，开凿石壁，疏通水道，使长江之水顺河流入大海。

咏怀古迹（其一）

支离①东北风尘际②，漂泊西南天地间③。
三峡楼台淹日月④，五溪⑤衣服共云山⑥。
羯胡⑦事主终无赖，词客哀时且未还⑧。
庾信⑨平生最萧瑟，暮年诗赋动江关。

注释

①支离：指流离。

②东北风尘际：指因安史之乱，诗人从东北奔往西南避难。

③西南天地间：指诗人入蜀后一直处于漂泊无依的状态，辗转于成都、夔州一带。

④淹日月：这里指长久地停留。淹，长期逗留。

⑤五溪：指辰溪、巫溪、酉溪、武溪、沅溪，在今湖南、贵州两省交界处。

⑥共云山：言自己与五溪民族生活在一起。

⑦羯胡：中国古代北方少数民族之一。诗中明指南朝梁将侯景，暗指胡人安禄山。

⑧且未还：漂泊异地，尚且不能还乡。

⑨庾信：梁朝诗人。梁元帝派其出使北周，正逢江陵失陷，梁朝被灭，庾信被迫长期滞留北朝。庾信常常怀念故乡，不忘江南，有《哀江南赋》、《咏怀》等诗文流传于世。

译文

关中兵荒马乱，百姓流离失所，为躲避战乱漂泊流浪，来到西南。长久地停留在三峡楼台，与五溪民族住在一起。胡人狡诈事主，终究不可靠，伤时感世的诗人至今未能回乡。庾信的一生处境最为凄凉，到晚年所作的诗赋却产生了巨大轰动。

咏怀古迹（其二）

摇落①深知宋玉②悲，风流儒雅③亦吾师。
怅望千秋一洒泪，萧条异代不同时。
江山故宅④空文藻⑤，云雨荒台⑥岂梦思？
最是楚宫俱泯灭⑦，舟人指点到今疑⑧。

注释

①摇落：见宋玉《九辩》中的诗句："悲哉秋之为气也，萧瑟兮草木摇落而变衰。"

②宋玉：战国时楚人，楚辞作家，他的作品首度开创悲秋主题。

③风流儒雅：指宋玉的才华和学识。

④故宅：指宋玉旧居。

⑤空文藻：空有文采留世。

⑥荒台：楚王梦中遇见神女之处。典故见宋玉《高唐赋》。

⑦泯灭：消失不见。

⑧"舟人"句：指驾船的人指点着楚王宫殿的遗迹，不免让人心生怀疑。到今疑，至今依然心存怀疑。

译文

通过落叶飘零，深切体会到宋玉的悲哀，他风流儒雅堪当

我的老师。怅望千秋往事,洒下同情泪水,我与他身世同样凄凉,可惜生不同时。江山依旧,故宅空留文藻,云雨荒台难道真是荒唐梦思?最可叹楚王宫殿早已荡然无存,驾船人还指点遗迹,不免让人生疑。

咏怀古迹(其三)

群山万壑赴①荆门②,生长明妃③尚有村④。
一去⑤紫台⑥连⑦朔漠⑧,独留青冢⑨向黄昏。
画图省识⑩春风面,环佩⑪空归月夜魂。
千载琵琶作胡语,分明怨恨曲中论⑫。

注释

①赴:原指前往。此处用以形容连绵的群山倚靠荆门山之势。

②荆门:山名。

③明妃:即王昭君,汉元帝时宫女,后赴匈奴和亲。

④尚有村:依然还有村庄留下,此处指尚有昭君遗迹存留。

⑤去:离开。

⑥紫台:皇帝所居的宫殿,这里指汉宫。

⑦连:这里是联姻的意思。

⑧朔漠:北方沙漠之地,这里指匈奴王庭所在地。

⑨青冢:指王昭君的坟墓,在今内蒙古自治区呼和浩特南二十里,因墓上草色青,故云。

⑩省识:指大概地看。

⑪环佩:指环镯一类妇女佩戴的装饰物,这里代指昭君。
⑫曲中论:通过乐曲抒发感情。

译文

长江南岸成千上万的峰峦山谷相依相连,一齐倚靠着荆门山,那里还保留着明妃王昭君出生的山村。当年她孤独地离开汉宫远嫁到大漠,最后死在异域,只留下青冢在昏黄的风沙中。凭着画工的画像怎能识别出昭君那倾国倾城的容颜?如今能够带着环佩在月夜归来的,恐怕只有她的幽魂了。即使过了千年,琵琶弹出的依旧是胡地之音,但那乐曲中倾诉的,分明就是昭君的满腔怨恨之情。

咏怀古迹(其四)

蜀主窥吴幸三峡,崩年亦在永安宫①。
翠华想像空山里,玉殿虚无野寺中。
古庙杉松巢水鹤,岁时伏腊②走村翁。
武侯祠屋常邻近③,一体君臣祭祀同。

注释

①"崩年"句：指刘备伐吴败回，死于永安宫。永安宫在夔州。
②伏腊：伏祭和腊祭。
③"武侯祠"句：诸葛亮曾封武乡侯，其祠在刘备庙西。

译文

蜀主刘备攻伐东吴时曾驾临三峡，他败死的那年正住在永安宫。在空山中依然可想象当年翠华仪仗的样子，在野寺中隐约能忆起玉殿行宫。古庙荒凉，松杉树上野鹤做巢，逢年遇节，村翁来上供。武侯祠与先主庙紧紧相邻，君臣生前关系密切，死后祭祀相同。

咏怀古迹（其五）

诸葛大名垂①宇宙，宗臣②遗像肃清高③。
三分割据④纡筹策⑤，万古云霄一羽毛⑥。
伯仲之间⑦见伊吕⑧，指挥若定失萧曹⑨。
运移⑩汉祚⑪终难复，志决身歼军务劳。

注释

①垂：流传。与"永垂不朽"之"垂"意同。
②宗臣：人们所崇尚的贤臣。
③肃清高：为其清高而肃然起敬。

④三分割据：指魏、蜀、吴三国鼎立，割据天下。
⑤纡筹策：周密地运筹策划。
⑥云霄一羽毛：高空飞翔的大鸟。
⑦伯仲之间：指不相上下。
⑧伊吕：指伊尹和吕尚。伊尹，辅佐商汤。吕尚，辅佐周文王、周武王。二人俱是开国贤臣。
⑨萧曹：指汉相萧何、曹参。
⑩运移：国运转移。
⑪祚：国运。

译文

诸葛亮的大名永远流传于天地间，他的高尚品德令人肃然起敬。三分天下，他为建立蜀国尽心运筹，千秋万代他始终像大鹏翱翔云空。与伊尹、吕尚相比分不出上下，指挥若定使萧何、曹参也失色。可惜汉室国运不济，终难复兴，但他依然坚决献身，竭尽忠心。

八阵图

功盖①三分国，名成八阵图。
江流石不转②，遗恨失吞吴。

注释

①功盖：谓诸葛亮辅佐刘备建蜀国，三国诸臣，无人能及。

②石不转：八阵图中之积石，数百年来被江流冲击却屹然不动。

译文

诸葛亮在魏、蜀、吴三分天下的斗争中，为创立蜀国基业立下了盖世功勋。他在长江边摆下的八阵图，使他名震天下。江水日夜不停地流动，但江中的阵石却始终没有移动，由于伐吴失策铸成千古遗恨。

题玄武禅师屋壁

何年顾虎头①，满壁画沧洲。

赤日石林气，青天江海流。

锡飞常近鹤，林渡②不惊鸥。

似得庐山路，真随惠远③游。

注释

①顾虎头：顾恺之，字虎头，晋朝人，善绘画。
②杯渡：昔有高僧乘木杯渡海而来，因名杯渡禅师。
③惠远：晋代高僧。

译文

不知何时，顾恺之在这片墙壁上留下了一幅水滨胜景图。明亮的阳光照耀着山木石林，气势非凡；晴朗的天空下江海奔流，波澜壮阔。看着画中的美景，我不禁想起了用锡杖与白鹤竞飞的宝志大师，乘木杯渡海而不惊扰鸥鸟的杯渡和尚。我好像置身于庐山的山路上，追随着惠远大师周游四方。

玉台观①

浩刹②因王造，平台访古游。

彩云萧史驻，文字鲁恭留。

宫阙通群帝，乾坤到十洲。

人传有笙鹤，时过北山头。

注释

①玉台观：故址在四川省阆中县，相传为唐宗室滕王李元婴建。
②浩刹：此处指玉台观。

译文

玉台观由滕王建造,观看玉台观就像看到春秋时所筑的平台。壁画上画有仙人萧史站在彩云中,石碑上所刻的滕王序文就像鲁恭王在灵光殿留下的文字。玉台观耸入云霄,直通五方天帝居处;殿宇的壁画生动传神,画着仙界的神灵。人们纷纷传说听到了笙鸣鹤叫,那大概是王子乔乘鹤飞过北山头。

古柏行

孔明庙前有老柏,柯如青铜根如石。
霜皮溜雨四十围,黛色参天二千尺。
君臣已与时际会①,树木犹为人爱惜。
云来气接巫峡长,月出寒通雪山白。
忆昨路绕锦亭东,先主武侯同閟宫。
崔嵬枝干郊原古,窈窕丹青户牖空。
落落盘踞虽得地,冥冥孤高多烈风。
扶持自是神明力,正直原因造化功。
大厦如倾要梁栋,万牛回首丘山重。
不露文章世已惊,未辞剪伐谁能送。
苦心岂免容蝼蚁,香叶终经宿鸾凤。
志士幽人莫怨嗟,古来材大难为用。

注释

①与时际会：谓刘备、诸葛亮君臣遇合，在历史上建立了功业。

译文

孔明庙前有一株老柏树，树干如青铜树根如磐石。树皮光又白，粗有四十围，树冠苍黑高达二千尺。明君与良臣逢时相遇，合建功业，树木至今犹为后人珍惜。白云飘来，柏树浩气接巫峡；明月升起，柏树寒意通雪山。往日曾路过成都锦亭东，先帝祠与武侯庙同在一宫。树木枝干崔嵬，矗立在古郊原；庙内幽深，彩绘的殿宇空空荡荡。树木深深扎根大地，傲视苍穹，迎着暴雨狂风。坚强是由于神明的扶持，正直全靠造化之功。大厦将倾需要栋梁之材，树重如山，万牛也难拉动。未露文采已使世人震惊，不怕采伐可有谁能运走？古柏心苦，难免受蝼蚁伤害，柏叶飘香，曾引鸾凤停留。志士仁人请不要怨叹，自古以来就是材大难受重用。

玉华宫①

溪廻②松风长,苍鼠窜古瓦。

不知何王殿,遗构③绝壁下。

阴房鬼火青,坏道哀湍④泻。

万籁真笙竽⑤,秋色正萧洒。

美人为黄土,况乃粉黛假!

当时侍金舆⑥,故物独石马⑦。

忧来藉草坐,浩歌泪盈把。

冉冉征途间,谁是长年者?

注释

①玉华宫:在陕西宜君之凤凰谷,建于唐贞观二十一年,永徽二年废为佛寺。

②廻(huí):同"回",曲折,环绕。

③遗构:前代留下的建筑物,这里指玉华宫。

④哀湍(tuān):形容溪水的急流声很像哭声。

⑤笙竽:笙和竽,吹奏乐器。因形制相类,故常联用。

⑥金舆(yú):帝王乘坐的车轿。

⑦石马:石雕的马。古时多列于帝王及贵官墓前。

译文

潺潺的溪水曲折回旋,松林的风声久久不停,苍褐色的老鼠在古旧的瓦片间窜跑。不知道是哪位帝王的宫殿,遗留在这峭壁之下。阴暗的房间里闪现绿色的鬼火；废弃的道路旁，急流的溪水发出呜咽的响声。大自然的声音就像是吹奏出来的管乐，浓浓的秋意是多么萧瑟凄凉。当年的美人都已变为黄土，何况那些不真实的脂粉颜料！从前有帝王乘坐的车轿，如今剩下的只有这殿前的石马。怀着愁绪，我坐在草地上，流着眼泪唱起悲歌。在漫漫的人生旅途之中，谁又能真正长生不死呢？

后游①

寺忆曾游处，桥怜再渡时。
江山如有待，花柳自无私。
野润烟光薄，沙暄日色迟。
客愁全为减，舍此复何之？

注释

①杜甫曾于上元二年（761）春游览过修觉寺，并写下《游修觉寺》一诗。这次是再度观赏，故题作"后游"。

译文

再次游览曾经到过的山寺和石桥时，心中充满了怀念和爱怜。山水如画，好像在等着我再次欣赏；娇花翠柳也无私地用自身装点着大自然。清晨的时候，在薄薄的日光下，原野显得更加滋润；黄昏暮色中，沙土在余晖下也变得愈发松散柔软。看到这般如诗如画的美景，游客心中的愁闷全都消减了，离开了这里，再到哪里去欣赏这样的美景呢？

山河杂记

望岳①

岱宗②夫如何,齐鲁③青未了④。
造化⑤钟⑥神秀,阴阳⑦割昏晓。
荡胸生层云,决眦入归鸟。
会当⑧凌绝顶,一览众山小。

注释

①岳:指东岳泰山。

②岱宗:泰山又称岱山,位于今山东泰安县北,是古代帝王封禅(祭祀天地)之地,居五岳之首,故称岱宗。

③齐鲁:周朝时分封的两个属国,都位于今山东省。

④青未了:山色青翠,一眼看不到边。

⑤造化:天地,大自然。

⑥钟:聚集。

⑦阴阳：阴指山北，阳指山南。
⑧会当：一定要。

译文

泰山是什么样子，青翠的山色一眼望不到边际。大自然在这里聚集了所有的神奇秀美，将山北的昏暗和山南的明亮一分为二。望着山中升起的云气，胸中顿感激荡不已，放眼追望，只见暮归的鸟儿飞入山林。我一定要登上泰山顶峰俯瞰众山，那时众山必定显得非常渺小。

春夜喜雨

好雨知时节①，当春乃发生。
随风潜入夜，润物细无声。
野径云俱黑，江船火独明。
晓看红湿处，花重②锦官城③。

注释

①时节：季节，时令。
②花重：花因沾着雨水，显得饱满沉重的样子。
③锦官城：四川成都的别称。据说，三国蜀汉主管织锦的官员曾在此处居住，因此叫锦官城。

译文

春雨体贴人意,知晓时节,在植物生长急需水分时,它伴随着和煦的春风在夜里飘然而至,悄无声息地滋润着万物。野外四处漆黑一片,而江船上的渔火却格外明亮。到天亮时,再看那被雨水打湿的花朵,只见它们娇美红艳,使锦官城呈现出一片万紫千红的春色。

绝句四首(其三)

两个黄鹂①鸣翠柳,一行白鹭②上青天。
窗含西岭千秋雪③,门泊④东吴⑤万里船。

注释

①黄鹂:即黄莺。

②鹭:鹭鸶,一种水鸟。春夏间活动于水边或水田中,以小鱼和其他一些水生动物为主食。

③"窗含"句:从窗外看过去,西山上的雪仿佛历经千秋万代而未融化。西岭,指成都西南岷山,其上积雪常年不化,因此这里说"千秋雪"。千秋雪,指终年不化的积雪。

④泊:停靠。

⑤东吴:此处借指长江中下游地区。

译文

两只黄鹂在翠绿的柳枝上鸣唱,一行白鹭飞上了蔚蓝的天空。透过窗子可以看到西山上千年不化的积雪，门前停着来自万里之外的东吴的船只。

绝句二首（其一）①

迟日②江山丽，春风花草香。
泥融③飞燕子，沙暖④睡鸳鸯。

注释

①唐代宗广德二年（764），杜甫携家从梓州赶赴阆州。后来杜甫听闻严武又任成都尹兼剑南节度使，而且严武曾写信邀请他，于是杜甫便返回了成都草堂。本诗即作于诗人初回草堂之时。

②迟日：春天日渐长，所以说迟日。化用《诗经·豳风·七月》诗句："春日迟迟。"

③泥融：这里指泥土湿润。

④沙暖：指沙滩暖和。

译文

春日照耀下的山川显得格外秀美，和煦的春风中充斥着花草的芳香。泥土开始解冻，燕子也开始飞来，沙滩日渐暖和，鸳鸯都睡在那里。

绝句二首（其二）

江碧①鸟逾②白，山青花欲燃③。
今春看又过，何日是归年？

注释

①碧：碧绿。
②逾：愈，更。
③"山青"句：在青翠山色的映照下，朵朵鲜花红艳似火。燃，这里指红似火烧。梁元帝《宫殿名诗》中"林间花欲燃"句亦为此用法；北周庾信《奉和赵王隐士》有"山花焰火然（然同燃）"句；王维《辋川别业》中"水上桃花红欲然"也用"燃"比喻花红似火。然此三句均未写出红花与其映衬背景的颜色对比，故比之杜甫此句皆有所逊色。

译文

漫江碧波荡漾，有白翎的水鸟掠翅飞过江面。山色青翠欲滴，朵朵鲜花红艳无比，简直就像燃烧着的一团旺火。今年的春天又过去了，哪天才是我回家的日子呢？

秦州①杂诗（其七）

莽莽万重山，孤城山谷间。
无风云出塞，不夜月临关。

属国归何晚？楼兰斩未还②。
烟尘③一长望，衰飒正摧颜。

注释

①秦州：今甘肃省天水境内，为唐时西北边防重地。
②"楼兰"句：反用傅介子斩杀楼兰王、安抚楼兰居民之事，用以借指吐蕃侵犯边境的威胁尚未解除。
③烟尘：指战事。

译文

崇山峻岭，蜿蜿蜒蜒的秦州城孤单地矗立在狭窄的山谷间。地面无风，云雾却飘出了边关。天还没有黑，明月却已高悬天上。出使吐蕃的使节为何迟迟未归呢？看来吐蕃的威胁未能解除啊！放眼望去，硝烟四处弥漫，整个西北地区萧条冷清，局势实在让人担忧啊！

登岳阳楼①

昔闻洞庭水，今上岳阳楼。
吴楚东南坼②，乾坤日夜浮③。
亲朋无一字④，老病⑤有孤舟。
戎马⑥关山北，凭轩⑦涕泗流。

注释

①岳阳楼：游览胜地。在湖南省岳阳市，下临洞庭湖。

②"吴楚"句：吴和楚为春秋二国名，吴国在洞庭湖东，楚国在洞庭湖西，洞庭湖把吴地和楚地隔开。坼，裂开，隔开，此处为分界之意。

③"乾坤"句：日月星辰好像昼夜漂浮在湖面上。据《水经注》卷三十八："湖水广圆五百余里，日月出没于其中。"乾坤，天地，这里是指日月。

④字：书信。

⑤老病：杜甫此时已疾病缠身。

⑥戎马：战争。

⑦凭轩：倚着楼窗。

译文

过去就曾经听说过洞庭湖之美名，现在我终于登上了岳阳楼。广阔无边的洞庭湖水，划分开吴国和楚国的疆界；日月星辰像是昼夜漂在湖面上。亲朋好友没有任何音信，只有年老多病的我还乘舟四处漂泊。望着万里关山，天下依旧征战不息，我倚着栏杆，北望长安，不禁泪如雨下。

宿江边阁①

暝色②延③山径,高斋④次水门⑤。
薄云岩际宿,孤月浪中翻⑥。
鹳鹤追飞静,豺狼得食喧。
不眠忧战伐,无力正乾坤⑦!

注释

①本诗为诗人在大历元年(766)所作。江边阁,即西阁,建在夔州的长江边上。

②暝色:苍茫的暮色。

③延:蔓延,连接。

④高斋:指西阁,有居高临下之势。

⑤水门:这里是指长江三峡的瞿塘峡。

⑥"薄云"二句:化用何逊"薄云岩际出,初月波中上"(《入西塞示南府同僚》)而成。仇兆鳌解释此句说:"云过山头,停岩似宿。月浮水面,浪动若翻。"

⑦正乾坤:扶正天地,扭转战乱局面。

译文

暮色从山径之间蔓延开来,江边阁位于瞿塘峡之上。薄薄的云层飘浮在岩边,就像栖宿在那儿似的。江上波涛腾涌,一轮明月映照水中,月影好像在不停翻滚。飞翔追逐的鹳鸟与水鹤,此时也安睡了,没有一点声响。高山深谷之中,豺狼出来觅食,相互争夺,发出阵阵凄厉的噪声。不能入睡,是因为担忧战乱,没有能力扭转乾坤。

哀江头

少陵野老①吞声哭,春日潜行曲江曲。
江头宫殿锁千门②,细柳新蒲为谁绿?
忆昔霓旌③下南苑④,苑中万物生颜色。
昭阳殿⑤里第一人⑥,同辇随君侍君侧。
辇前才人带弓箭,白马嚼啮黄金勒。
翻身向天仰射云,一箭正坠双飞翼。
明眸皓齿今何在,血污游魂⑦归不得。
清渭东流剑阁深,去住彼此无消息。
人生有情泪沾臆,江水江花岂终极。
黄昏胡骑尘满城,欲往城南望城北。

注释

①少陵野老:杜甫自称。

②锁千门:因安史叛军占领,长安城中宫殿的宫门都紧锁着。

③霓旌:皇帝出行时仪仗队中的彩旗。

④南苑：即芙蓉苑，是玄宗的行宫之一，在曲江南岸。
⑤昭阳殿：汉成帝宫殿名。
⑥第一人：指成帝宠妃赵飞燕，这里借指杨贵妃。
⑦血污游魂：指杨贵妃被缢杀之事。

译文

少陵野老忍不住低声哭泣，春日偷偷走在曲江弯曲处。江两岸的宫殿朱门紧锁，细柳新蒲是为谁吐绿？回忆当年天子游猎到南苑，苑中的万物不知因此增添多少颜色。昭阳殿里受宠的第一美人，和君王同车，侍候在君王身侧。车前有俊美宫女手拿弓箭，雪白的骏马装配着金制的马嚼口和马络头。翻身向高空一箭仰射云中，随着弓弦响，两只飞鸟应声下坠。明眸皓齿的美人现在何处？已变成血污满身的游魂回归不得。渭水东流剑阁西去相隔远，死者生者永隔绝。人生有情，怎能抑制满腔热泪，江水江花依然如故。到黄昏胡骑乱窜满城尘土，我本来想去城南，却走向城北。

曲江二首（其一）

一片花飞减却春①，风飘万点正愁人。
且看欲尽花经眼，莫厌伤多酒入唇。
江上小堂巢翡翠，苑边高冢卧麒麟。
细推物理须行乐，何用浮名②绊此身！

注释

①减却春：减掉了春色。
②浮名：空名。

译文

春花飞谢一片，春色便顿减一层，何况风吹落红无数，岂不更加令人愁闷。眼看春花快要谢光了，不怕酒多伤身而只想借酒消愁。曲江边原来住人的房屋，如今翡翠鸟竟在里边筑了巢，旁若无人地生活于其间。远处高大雄伟的陵墓前，石雕麒麟倒卧在地上，无人理睬。仔细推敲宇宙万物的道理，得出的结论是应当及时行乐，何必让那虚名绊住此身，而不得自由呢？

曲江二首（其二）

朝回日日典①春衣，每日江头尽醉归。
酒债寻常行处有，人生七十古来稀。
穿花蛱蝶②深深见，点水蜻蜓款款飞。
传语风光共流转，暂时相赏莫相违。

注释

①典：抵押。
②蛱蝶：蝴蝶的一种。

译文

每天退朝回到家，都要典当春衣买酒。经常到曲江边开怀痛饮，不醉不回。由于到处赊酒，因此处处欠有酒债。自古以来，能活到七十岁的人很少，因此一定要珍惜时光。蝴蝶在花丛中若隐若现地穿行，蜻蜓点着水面缓缓飞行。美丽的景色啊，你就同穿花的蛱蝶、点水的蜻蜓一起流转，让我欣赏吧，就算是暂时的，也别辜负了我的这点心愿啊！

白帝①

白帝城中云出门，白帝城下雨翻盆。
高江急峡雷霆斗，古木苍藤日月昏。
戎马不如归马逸，千家今有百家存。
哀哀寡妇诛求②尽，恸哭秋原何处村。

注释

①白帝：这里指汉代公孙述所建的白帝城，原址在今重庆奉节县东瞿塘峡口。
②诛求：强制征收、剥夺。

译文

云气从白帝城的城门中翻滚而来,白帝城下大雨倾盆。高涨的江水湍急地流过山峡,声音犹如雷霆一般。苍藤缠绕着古树,日月暗淡无光。战马远远没有从事耕种的马过得安逸;因为战乱,一千户人家只有百户存活。悲伤不已的寡妇还要受官府的剥削,秋日的原野上隐隐听到她们悲惨的哭声,但是已分辨不出哭声是从哪个村子传来的。

白帝城最高楼

城尖径仄旌旆①愁,独立缥缈之飞楼。
峡坼②云霾龙虎卧,江清日抱鼋鼍③游。
扶桑西枝对断石,弱水东影随长流④。
杖藜叹世者谁子,泣血迸空⑤回白头。

注释

①旌旆:旗帜。
②坼:裂开,即冲开云雾而出。
③鼋鼍:鳖和猪婆龙。诗中用来比喻回旋波动的水势。
④"扶桑"二句:谓东可顾扶桑,西可望弱水。极言楼之高,视野之远。扶桑,神话传说中的树名,传说在东方日出之处。断石,指瞿塘峡。长流,指长江。
⑤迸空:登高楼哭泣,泪洒空中。

译文

尖峭的白帝城,崎岖的小路,以及插在城头的旌旗都暗自发愁。就在这样的地方,孤孤单单、若隐若现地耸立着一座飞腾的高楼。云霾隔断连绵的山峡,群山如同龙虎在静卧;阳光映照着清澈的江水,波光好像鼋鼍在浮游。扶桑西端的树枝遥对山峡的断石,弱水东来的影子紧接长江的流水。拄着藜杖感叹世事的人究竟是谁?就在我满头白发回顾的时候,血泪飘洒空中。

登高

风急天高猿啸哀,渚①清沙白鸟飞回。
无边落木萧萧下,不尽长江滚滚来。
万里悲秋常作客,百年②多病独登台。
艰难苦恨繁霜鬓③,潦倒新停浊酒杯。

注释

①渚:水中的小块陆地。
②百年:指一生。
③繁霜鬓:指头上的白发渐多。

译文

天高风猛,猿猴的啼叫声显得十分悲哀;水清沙白,小洲上空许多鸥鹭上下翻飞。无边无际的树林中,树木纷纷飘下落叶,望不到头的长江水滚滚奔腾而来。我长年漂泊在外,年老多病,如今独自登上高台面对萧瑟的秋景,不禁感慨万千。经历了许多的艰难困苦,不觉白发已经长满了双鬓,困顿失意之时,为了身体却又不得不罢酒。

漫成一首①

江月去人只数尺,风灯照夜欲三更。
沙头宿鹭联拳②静,船尾跳鱼拨剌鸣③。

注释

①这首诗作于代宗大历元年(766),当时杜甫正在从云安前往夔州的船上。

②联拳:通"连蜷",蜷身之意。

③拨剌鸣:发出声响。

译文

水中的月影离我只有数尺之远,风中飘荡的灯笼照着夜空,马上就要到三更天了。栖息在沙滩的白鹭静静地蜷身而睡,唯有船尾的鱼儿跳出水面时偶尔发出响声。

夔州歌十绝句(其一)

中巴①之东巴东山,江水开辟流其间②。
白帝③高为三峡④镇,瞿塘险过百牢关⑤。

注释

①中巴:东汉末年益州牧刘璋将巴地分为三部,即巴郡(中巴)、巴东郡和巴西郡,中巴位于今重庆。

②"江水"句:本句是说,自从天地开辟以来,江水便已经流淌于巴东的群山之间了。

③白帝:即白帝城。

④三峡:指瞿塘峡、西陵峡、巫峡。白帝城扼住瞿塘峡口,因此本句说"白帝高为三峡镇"。

⑤百牢关:位于汉中,两壁山相对,连绵六十余里。

译文

中巴之东便是巴东山,江水一直以来都奔腾其间。白帝城居高临下,足以成为三峡重镇;瞿塘峡水流湍急,暗礁林立,简直比百牢关还要险峻。

登楼

花近高楼伤客心①,万方多难②此登临。
锦江③春色来天地,玉垒④浮云变古今。
北极⑤朝廷终不改⑥,西山寇盗⑦莫相侵。
可怜后主⑧还祠庙,日暮聊⑨为《梁父吟》⑩。

注释

①客心:指客居他乡之人的心。

②万方多难:指各地战乱不断。一二句为因果倒置用法。诗人登临高楼,想到战火不断的社会现实,故而伤心不已。

③锦江:即濯锦江,岷江支流,流经成都西南。杜甫的草堂便临近锦江。

④玉垒:山名,在成都西北的汶川与茂县交界处。

⑤北极:即北极星,代指唐朝。

⑥终不改:始终没有变换,这里用北极星位置不动来比喻唐朝社稷的稳定。

⑦西山寇盗:这里指吐蕃人。

⑧后主:指蜀后主刘禅。

⑨聊:暂且。

⑩《梁父吟》:哀伤的曲调。《三国志》记载,诸葛亮躬耕陇亩时,喜为《梁父吟》。

译文

当此国家战乱不断之际,四处漂泊的我愁思满腹,登上此楼,放眼望去,虽处处繁花似锦,但看后却叫人更加黯然心伤。凭楼远眺,锦江流水裹着春色从天地的边际汹涌而来,玉垒山上的浮云飘忽不定,犹如古今世事的变幻莫测。大唐朝廷始终像天上的北极星一样稳定不变,我奉劝吐蕃贼,莫再徒劳无益地前来侵扰。可叹那亡国昏君刘禅竟也有专门的祠庙!已近黄昏了,我也学习孔明,姑且作一首《梁父吟》吧。

闲情逸致

饮中八仙歌

知章①骑马似乘船,眼花落井水底眠。

汝阳三斗始朝天,道逢曲车口流涎,恨不移封向酒泉。

左相日兴费万钱,饮如长鲸吸百川,衔杯乐圣称避贤。

宗之潇洒美少年,举觞白眼望青天,皎②如玉树临风前。

苏晋长斋绣佛前。醉中往往爱逃禅。

李白一斗诗百篇,长安市上酒家眠。

天子呼来不上船,自称臣是酒中仙。

张旭三杯草圣传,脱帽露顶王公前,挥毫落纸如云烟。

焦遂五斗方卓然③,高谈雄辩惊四筵④。

注释

①知章:指贺知章,唐代诗人。

②皎：洁白。
③卓然：形容酒后精神焕发，雄伟不凡的样子。
④筵：四座。

译文

贺知章酒后骑马，摇摇摆摆，如在乘船。他两眼昏花，一不小心坠入井中，竟然在井底睡着了。汝阳王李琎饮了三斗酒之后才去朝见天子，路上碰到载酒的车，那酒味竟引得他直流口水，为自己没被封在酒泉郡而深感遗憾。左相李适之为满足每天的酒兴不惜耗费万钱，他饮起酒来就像长鲸吞吸百川之水那般，还自称开怀痛饮是为了摆脱政事，以便让贤。崔宗之是一位风流倜傥的美少年，他举杯饮酒时，常常傲视青天，其俊美的风姿如同玉树临风。苏晋虽在佛前斋戒，但饮酒时常把佛门清规忘得一干二净。李白饮酒十斗，马上便可赋诗百篇。他去长安酒肆饮酒，常常在酒家醉眠。天子在湖中游玩，召他赋诗助兴，他因酒醉不肯上船，自称是"酒中仙"。张旭饮酒三杯，即挥毫作书，时人称为"草圣"。他不拘小节，常在王公贵戚面前脱帽露顶，挥笔疾书时如有神助，其书作如同云烟泻于纸上。焦遂喝了五斗酒之后，方才精神焕发。他在酒筵之上高谈阔论，常常语出惊人。

江村

清江①一曲抱村流，长夏②江村事事幽。
自去自来③梁上燕，相亲相近水中鸥。
老妻画纸为棋局，稚子敲针作钓钩。
但有故人供禄米，微躯此外更何求？

注释

①清江：指浣花溪。
②长夏：夏日天长，故云长夏。
③自去自来：一作"自去自归"。

译文

浣花溪清澈的水，弯弯曲曲地绕村而流；在长长的夏日中，处处都显得恬静安幽。自由飞翔、自来自去的，是那梁上的燕子；不离左右、相亲相近的，是那水中的群鸥。闲来无事，老妻展开素纸，画着棋盘；无忧无虑的幼子敲弯细针，做成钓钩。只要有老朋友周济一些米粮，我这微贱之人也就别无所求。

戏为六绝句（其一）

庾信①文章老更成，凌云健笔②意纵横。
今人嗤点③流传赋，不觉前贤畏后生④。

注释

①庾信：南北朝时期的著名诗人。
②凌云健笔：高超雄健的笔力。
③嗤点：讥笑、指责。
④畏后生：即孔子说的"后生可畏"，这里是讽刺意。

译文

庾信老年时的文章更加成熟，高超雄健的笔力令人惊叹，表意更是挥洒自如。今人对他指手画脚，嗤笑他的文章；庾信如果还活着，恐怕真会觉得"后生可畏"了。

戏为六绝句（其二）

王杨卢骆①当时体②，轻薄为文哂未休。
尔曹身与名俱灭，不废江河万古流③。

注释

①王杨卢骆：指"初唐四杰"王勃、杨炯、卢照邻、骆宾王，他们都是初唐时期杰出的诗人。
②当时体：指"初唐四杰"的诗文题材和风格。
③"不废"句：此句比喻像"初唐四杰"一样优秀的诗人的名字和作品将像长江、黄河那样千古流传。不废，不会影响。

译文

"初唐四杰"的诗作，无论题材还是风格，在当时都各有特色，但是有些浅薄之人却经常嘲讽他们的诗作。你们总有身名俱灭的一天，但像"初唐四杰"那样的诗人，他们名字和作品都将像长江、黄河流淌不息一样，永远流传于世间。

水槛遣心二首（其一）

去郭轩楹①敞，无村眺望赊。
澄江平少岸②，幽树晚多花。

细雨鱼儿出，微风燕子斜。
城中十万户，此地两三家。

注释

①轩楹：水上阁楼的梁柱。
②少岸：江水与江岸持平，所以说"少岸"。

译文

这里离城很远，庭院开阔宽敞，旁无村落，因此可以极目远眺。靠在栏杆上望向远处，只见浩荡的江水碧绿清澈，好像与江岸持平了。草堂周边花草茂盛，在春季的傍晚，开着五颜六色的花朵，散发出阵阵幽香。鱼儿在毛毛细雨中摇曳着身躯，喷吐着水泡儿，欢快地游到水面。燕子在微风的吹拂下，倾斜着掠过水气朦胧的天空。城中有十万户人家，但此地却只有两三户。

绝句漫兴九首（其一）

眼见客愁愁不醒①，无赖②春色到江亭。
即遣花开深造次③，便④教莺语太丁宁。

注释

①不醒：沉醉迷惘。
②无赖：不懂人情。
③造次：鲁莽，轻率。
④便：又。

译文

眼见我沉浸在客居愁思中不能自拔,不懂人情的春色却莽撞地来到了江亭。花儿马上开放,太过轻率;莺鸟时时歌唱,实在吵闹。

绝句漫兴九首(其三)

熟知茅斋绝①低小,江上燕子故来频。
衔泥点污琴书内,更接飞虫打着人。

注释

①绝:很,十分。

译文

江上的燕子都知道我的茅屋过于低小,因此常常飞到这里筑巢。燕子衔来筑巢的泥弄脏了我的琴和书,它们还不停地追逐飞虫,因此碰着了人。

绝句漫兴九首（其七）

糁①径杨花铺白毡，点溪荷叶叠青钱②。
笋根雉子③无人见，沙上凫雏④傍母眠。

注释

①糁：饭粒。

②青钱：青铜钱。此处形容刚生的荷叶又小又圆，像青铜钱一样。

③雉子：小野鸡。

④凫雏：小水鸭。

译文

飘落在小径上的杨花，就像铺开的白毡子；点缀在小溪上的嫩荷，就像层叠在水面上的圆圆青钱。竹林中伏在笋根旁的小野鸡，很少有人注意到；沙滩上刚刚孵出的小水鸭，依偎着母鸭安然入睡。

江畔独步寻花（其五）①

黄师塔②前江水东，春光懒困③倚微风。
桃花一簇开无主④，可⑤爱深红爱浅红？

注释

①这首诗作于诗人定居成都草堂的第二年。江畔指锦江之

滨。独步寻花,独自一人边散步,边赏花。

②黄师塔:一个黄姓僧人的灵塔。

③懒困:疲惫至极。

④无主:没有对象。

⑤可:究竟,到底。

译文

黄师塔前的江水日夜不停地向东流去,美丽的春光让人感觉十分疲惫,想靠着春风入眠。江边有一簇已经盛开却无人欣赏的桃花,我到底是喜欢深红色的花朵呢,还是喜欢浅红色的花朵?

江畔独步寻花(其六)

黄四娘①家花满蹊②,千朵万朵压枝低。
留连③戏蝶时时舞,自在④娇⑤莺恰恰⑥啼。

注释

①黄四娘:杜甫在成都浣花溪边居住时的邻居。"娘"或"娘子"是唐代对妇女的尊称。

②蹊:小路。

③留连:形容蝴蝶恋恋不舍的情态。

④自在:自由自在。

⑤娇:可爱。

⑥恰恰:原意为融和,此处用以形容黄莺声音圆润婉转。

译文

黄四娘家周围的小路上开满了缤纷的鲜花,千朵万朵,压得花枝都弯下了腰。嬉闹的彩蝶恋恋不舍地盘旋飞舞,自由自在的小黄莺叫声婉转动人。

客至

舍①南舍北皆春水,但②见群鸥③日日来。
花径④不曾缘⑤客扫,蓬门⑥今始为君开。
盘飧⑦市远无兼味⑧,樽酒家贫只旧醅⑨。
肯⑩与邻翁相对饮,隔篱呼取⑪尽余杯⑫。

注释

①舍:指诗人居住的草堂。
②但:只。
③鸥:一种鸟。
④花径:草堂外的一条小路,路边有野花。
⑤缘:因为。
⑥蓬门:简陋的门。
⑦盘飧:泛指饭菜。
⑧兼味:指各种菜。
⑨旧醅:隔年的酒。
⑩肯:允许。
⑪呼取:叫(喊)过来。
⑫余杯:余下的酒。

译文

房前屋后都环绕着春水,成群结队的鸥鸟每天飞来。由于客人少,因此不常清扫草堂外的小径,今天为了你的到来,才打开柴门。因为离集市较远,所以盘中的菜很单调,家中贫困,只能用隔年的酒来招待你了。如果你愿意和邻居老翁共饮,我就隔着篱笆叫他过来。

题张氏隐居二首(其二)

之子①时相见,邀人晚兴留。
霁潭鳣发发,春草鹿呦呦。
杜酒偏劳劝,张梨②不外求。
前村山路险,归醉每无愁。

注释

①之子:张氏。
②张梨:即梨。用潘岳《闲居赋》"张公大谷之梨"之典。

译文

与这个姓张的人会面后,他请我留下来痛饮。水池里有不计其数的鱼,它们自由自在地游来游去;麋鹿正在吃草,偶尔还会发出呦呦的叫声。酒本是我们杜家所酿,却偏偏劳您来劝我;梨本是你们张府上的,自然在园中边摘边吃,不必到外面买。前面山路危险,但只要喝醉后再回去,我便不会感到担忧。

与朱山人①

锦里先生②乌角巾③,园收芋栗④未全贫。
惯看宾客儿童喜,得食阶除⑤鸟雀驯。
秋水才深四五尺,野航⑥恰受⑦两三人。
白沙翠竹江村暮,相送柴门⑧月色新。

注释

①本诗又名"南邻"。朱山人,杜甫住在成都草堂时的邻居,隐士。

②锦里先生:这里借指朱山人。锦里,即锦官城。

③角巾:古代隐士常戴的一种有棱角的头巾。

④芋栗:芋艿、栗子。

⑤阶除:堂屋前面的台阶。

⑥野航:指农家小舟。

⑦恰受:刚好容纳。

⑧柴门:简陋的门。

译文

锦官城里住着一位头带黑角巾的隐士,他的园子能收获芋艿和栗子,因而不算太贫穷。家里的孩子都已看惯了宾来客往,往往会笑脸相迎,在他家的台阶上找东西吃的小鸟也不怕见人。秋日的河水涨起后也不过四五尺深,野外的小渡船刚好可以坐下两三个人。白沙和翠竹笼罩在江村的暮色中,山人将客人送到柴门边,当时明月高悬,别有一番意境。

画鹰

素练风霜①起,苍鹰画作殊②。
㧑身③思狡兔,侧目似愁胡④。
绦⑤镟⑥光堪摘,轩楹⑦势可呼⑧。
何当⑨击凡鸟,毛血洒平芜⑩?

注释

①风霜:指秋冬肃杀之气。这里形容画中之鹰凶猛,如挟风霜之杀气。

②殊:特异,不同凡俗。

③㧑身:耸起身子,是收敛躯体准备搏击的样子。

④似愁胡:形容鹰的眼睛色碧而锐利。

⑤绦:丝绳,指系鹰的绳子。

⑥镟:金属转轴,指鹰绳另一端所系的金属环。

⑦轩楹:堂前窗柱,指悬挂画的地方。

⑧势可呼:画中的鹰姿态逼真,呼之欲飞。

⑨何当:安得,哪得。这里有假如的意思。

⑩平芜:平旷的原野。

译文

洁白的画绢上腾起一股风霜肃杀之气,原来是画家描画的苍鹰不同凡俗。苍鹰耸起身子,似乎想要捕猎狡兔;侧目斜视,眼睛色碧而敏锐。解开系鹰的绳子，它好像可以振翅高飞；画中的苍鹰形态逼真，呼之欲飞。什么时候让这卓尔不群的苍鹰展翅搏击，将那些平庸之鸟的毛血洒落到原野上呢？

房兵曹①胡马

胡马②大宛③名，锋棱④瘦骨成。
竹批⑤双耳峻，风入四蹄轻⑥。
所向无空阔⑦，真堪托死生⑧。
骁腾⑨有如此，万里可横行。

注释

①兵曹：兵曹参军事的简称。

②胡马：泛指西北少数民族地区所产的马。

③大宛：汉代西域国名，在大月氏东北，产良马，尤以汗血马（汉代所谓的"天马"）最为著名。

④锋棱：刀刃般的棱角。

⑤竹批：形容马耳如斜削的竹筒。

⑥风入四蹄轻：形容快马奔驰时，四蹄轻快，如御风而行。

⑦无空阔：意思是对于良马来说，目的地再远也不会难住它。

⑧托死生：可将生命托付给它。

⑨骁腾：骁勇快捷。

译文

房兵曹的马是赫赫有名的大宛马。瘦骨如刀锋，两耳如削竹，四蹄快如风。目的地再旷远,对它来说也根本不算什么。它不怕艰难和险阻,可将生与死托付给它。有如此骁勇快捷的良马,定可以在万里之外驰骋。

戏题王宰画山水图歌

十日画一水,五日画一石。
能事①不受相促迫,王宰始肯留真迹。
壮哉昆仑方壶图,挂君高堂之素壁。
巴陵洞庭日本东②,赤岸水与银河通,中有云气随飞龙。
舟人渔子入浦溆③,山木尽亚④洪涛风。尤工远势古莫比,咫尺应须论万里。
焉得并州⑤快剪刀,剪取吴淞半江水。

注释

①能事:十分擅长的事情。
②日本东:日本东面的海域。
③浦溆:岸边。
④亚:低垂。
⑤并州:唐朝时属河东道,即今山西太原,当地制造的剪刀非常有名。

译文

十天画完一条河,五天画完一块石头。他作画不愿受时间

的催逼，贸然从事，而是经过长时间的酝酿后，才从容不迫地将真迹留于人间。挂在高堂白壁上的昆仑方壶图，山岭峰峦，巍峨高耸，蔚为壮观。图中的江水以洞庭湖的西部为源头，一直绵延流向日本东部的海面，犹如一条银丝带，场面十分壮观；岸边的水势非常浩渺，纵目望去，好似天水相接、连为一体，与银河相通。画面上云雾迷漫，飘忽不定，云团飞动。在狂风激流中，渔人正奋力驾船向岸边驶去，山上的大树被狂风吹得倾斜了。王宰的画在构图、布局等方面堪称天下第一；他能在一尺见方的画面上绘出万里江山的景象，就好像用并州的剪刀把吴淞江的江水剪来了一半！

观李固请司马弟①山水图

方丈②浑连水，天台③总映云。
人间长见画，老去恨空闻。
范蠡④舟偏小，王乔⑤鹤不群。
此生随万物⑥，何路出尘氛⑦。

注释

①司马弟：李固的弟弟。

②方丈：又名方壶，古代传说中海上的三座仙山之一。《史记·封禅书》载："自齐威、宣、燕昭使人入海求蓬莱、方丈、瀛洲，此三神山者，其传在勃海中。"

③天台：即天台山，在今浙江省。

④范蠡：春秋时越国大臣。

⑤王乔：传说中的仙人王子乔。

⑥随万物：随着万物一同沉浮升迁。

⑦尘氛：世俗之气。

译文

方丈山与茫茫大海连成一片，天台山总是在烟云中若隐若现。我常在人间的画卷中看到这样的美景；如今年纪大了，只能空闻，不能亲临其境。范蠡泛游太湖的船偏小，不能载我同游；王子乔所乘的仙鹤只有一只，不能度我飞升。我一生只能随波逐流，怎样才能摆脱这世俗之气呢？

解闷十二首①（其七）

陶冶性灵存底物②，新诗改罢自长吟③。
孰知二谢④将能事⑤，颇学阴何⑥苦用心。

注释

①《解闷十二首》为诗人烦闷之时随意而作。见王嗣奭《杜臆》:"公当闷时,随意所至,吟为短章,以自消遣耳。"
②底物:何物。
③长吟:高声吟唱。
④二谢:指谢灵运、谢朓。
⑤将能事:精于此道。
⑥阴何:指南朝陈代阴铿、梁代何逊,皆为著名诗人。

译文

依靠什么来陶冶性情呢?只有在新诗作成后反复锤炼字句,诵读长吟,才能达到理想的效果。既要学习、熟读谢灵运和谢朓的绝妙诗篇,又要学习阴铿和何逊刻苦钻研的精神。

小至①

天时②人事日相催,冬至阳生春又来。
刺绣五纹③添弱线④,吹葭⑤六管动飞灰。
岸容⑥待腊将舒柳,山意冲寒⑦欲放梅。
云物⑧不殊⑨乡国异,教儿且覆⑩掌中杯。

注释

①小至:冬至前一日。
②天时:时令。
③五纹:指青、黄、赤、白、黑五色花纹。《唐杂录》

载,冬至后日渐长,宫中女工比以往增一线之功。

④弱线:指刺绣所用的线。

⑤葭:芦苇内的薄膜。

⑥岸容:指水边景象。容,容颜。

⑦冲寒:冲掉寒气。

⑧云物:景物。

⑨不殊:没有什么两样。

⑩覆:倾。

译文

天时人事每天都在飞快地变化着,转眼间冬至将到;过了冬至,白日渐长,天气渐暖,春天就要回来了。因白昼变长,刺绣女工可多绣几根五彩丝线,吹律管时,第六管灰动(古代将苇膜烧灰放在律管内测示时令,第六管灰动,应冬至节)。岸边的柳树待到腊月将舒展枝条,山上的梅花也将冲寒怒放。我虽身处异乡,但此地的景物与故乡的没有什么两样,因此,我让小儿斟上美酒,开怀畅饮。

过南邻朱山人①水亭

相近竹参差,相过人不知②。
幽花欹③满树,小水细通池④。
归客⑤村非远,残樽席更移。
看君多道气⑥,从此数追随⑦。

注释

①朱山人：即杜甫住在成都草堂时的邻居。杜甫曾有绝句云："梅熟许同朱老吃。"朱老，指的应该就是朱山人。

②"相过"句：行走在茂密的竹林中，不会被人看到。

③欹：歪斜、倾斜。

④"小水"句：此句也作"细水曲通池"。

⑤归客：即诗人自己。

⑥道气：指僧道修行的功夫，或形容气质超凡脱俗。此处当指朱山人潇洒随性、不拘于时、好客爽朗的气质。徐陵《天台山馆碑》中也可见"道气"一词，"萧然仙才，卓矣道气"。

⑦"从此"句：表明诗人对朱山人高雅清逸的气质的追慕，亦暗示诗人与其情谊的深厚。

译文

走近竹林只觉林木参差不齐，身行竹里，也不会有人知悉。幽美娴静的野花歪歪斜斜地长满了古树，溪水潺潺地流入了水池。并非客人归家路途遥远，只是酒席美好几度延时。看您高雅飘逸，超凡脱俗，从此之后，我便要紧紧追随您的脚步。

经典品读

图文版

古代名诗·名词·名句

豪放词 苏东坡 辛弃疾

〔精编〕

(中)

孔庆东 ◎ 主编

吉林出版集团股份有限公司

序

古人说："刚日读经，柔日读史。"本来说的是什么时间读什么书，从侧面看来，我们的前辈多么勤奋，每日读书，并不留空闲。

在一个号召"全民阅读"的时代，如何阅读，阅读什么，成为新常态下的新课题。数千年来的文化传统和我们的祖先的经验告诉我们，那就是阅读经典图书。这套《品读经典》丛书，其旨趣、其志向，大概就是"打通"这样一个目标。

我也经常说，只有阅读经典著作，建立了平衡的知识结构，才能做到"风吹不昏，沙打不迷"。

一日不读书，心源如废井。

在我看来，读书应该是日常生活的组成部分，就像呼吸空气那样。

我在北大附属实验学校的一次报告会上曾经谈过，要读书，读好书，也只有那些有独创思想的著作才能称为"书"，才可能成为经典。

经典书，也就是我们常说的"真正的书"，它应具有独特性、原创性、思想性。独特性就是与众不同，是自己独立思考的东西；原创性就是"我手写我心"；思想性就是必须加入自己个体的思考。

另外，经典书均为文史哲范围，因为这些书属于上层书，其思想辐射至其他专业。今天我们有几百个专业，它们并不是在一个平面上展开的。

我们要每天读点儿书，滋润自己的心灵。读书不是立竿见影之事，不能立马改变生活，它是个慢功夫。几天不读好像没什么，其实你已经落后了，而当你水平提高了又不容易下去。

对于个人来讲，我们把学到的知识用到实践当中，用到一点就足够我们享用一辈子了。表里不一对于国家来说是毁国家前途，对于个人来说是毁自己前途。很多人总是发明新道理，但是我觉得旧道理够用。

知道了之后再实践了，这才是真正的读书人。

古人言："读万卷书，行万里路。"

"读万卷书"是前提，"行万里路"是实践，把知识实际地运用。孔子讲的"忠、恕、仁"这几个概念，你能把它实践好就很不错了，懂了这些道理你读书就很快乐。有了这种精神状态之后，你就会持一个乐观的心态。读书最后还是为了自己，使自己成为一个乐观快活的人，让自己活在这个世界上特别有劲。

我们既要"行万里路"，也要"读万卷书"，更要读好书，读经典书。

著名学者汤一介先生说，一本好的经典，"可以启迪人们的思考，同时也告诉我们应该重视经典"，面对先贤的智慧，面对我们两千余年来的诸子百家、孔孟老庄，"我们必须谦虚，向经典学习"，也许这就是"品读经典"丛书出版的意义。

前 言

宋词是中国古代文学闻苑里的一朵奇葩，它以奇崛的姿态、脱俗的神韵与唐诗争奇，铸就了中国古代文学史的辉煌。明代，有学者将词分为"婉约"和"豪放"两体，豪放词气魄雄浑，风格刚健，意境超脱。这一派的词人以苏轼、辛弃疾等人为代表。

苏轼（1037—1101），字子瞻，号东坡居士，北宋著名文学家，唐宋八大家之一，有《东坡全集》、《东坡乐府》传世。苏轼虽仕途失意，却心胸阔大。林语堂曾说苏轼是"一个不可救药的乐天派，一个巨儒政治家，一个皇帝的秘书，一个厚道的法官，一个月夜徘徊者，一个大文豪，一个创意画家，一个酒仙，一个小丑，但这仍不足以道出他的全部"。文如其人，苏轼的词也是不拘一格，在题材上涉及男女恋情、离愁别绪、述志咏怀、时政评议，甚至佛学哲理，可谓包罗万象。他一扫传统词风，开创了豪放词派，其在词作方面的成就对当时及后世都产生了深远的影响。

辛弃疾（1140—1207），字幼安，号稼轩，南宋历城（今山东济南）人，有《稼轩长短句》传世，现存词629首，数量为两宋诸家之冠。辛弃疾曾参加过抗金义军，南归后，在官场上受到排挤，然其力图恢复中原、雪耻报国之志至死不渝。他的词多激越豪迈、慷慨悲壮。他继苏轼之后将豪放词创作推向了高潮,提高了词在文学史上的地位,因此很多词论家将二人合称为"苏辛"。词评家有言:"稼轩者,人中之杰,词中之龙。"诚哉斯言。

为了让读者更好地欣赏它们,我们特地将这两位词人的词作辑录成集,并配以作者简介、注释、译文、赏析,让读者在欣赏佳作的同时,对作品的创作背景、作品背后的故事以及作品深刻的内涵有一个全面的了解。相信读者一定能够从中得到最纯粹的美的享受。

——《品读经典》编委会

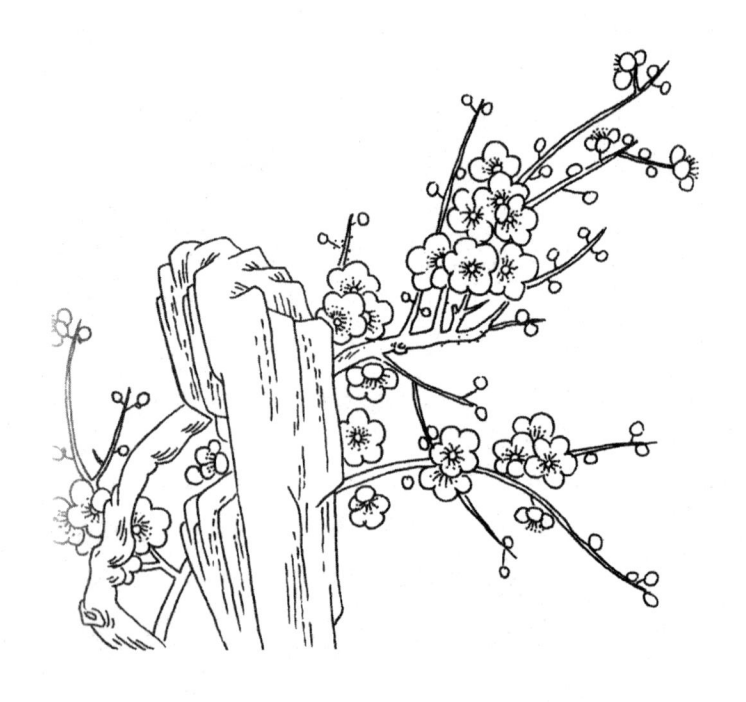

目　录

苏东坡名词名句
述怀篇

念奴娇·赤壁怀古 / 三

江城子·密州出猎 / 五

西江月 / 八

满庭芳 / 一〇

卜算子 / 一二

水调歌头 / 一三

西江月·平山堂 / 一六

南乡子 / 一九

念奴娇 / 二一

江城子 / 二三

永遇乐 / 二五

沁园春 / 二七

行香子 / 三一

蝶恋花·密州上元 / 三三

临江仙·夜归临皋 / 三五

河满子 / 三六

相思篇

江城子 / 四〇

少年游 / 四二

醉落魄·离京口作 / 四四

临江仙·送王缄 / 四六

蝶恋花·京口得乡书 / 四八

望江南·超然台作 / 四九

闺情篇

洞仙歌 / 五一

贺新郎 / 五三

水调歌头 / 五五

送别篇

临江仙·送钱穆父 / 五九

醉落魄·苏州闾门留别 / 六二

满庭芳 / 六三

更漏子·送孙巨源 / 六六

昭君怨·金山送柳子玉 / 六八

南乡子 / 六九

南乡子·送述古 / 七一

江城子·别徐州 / 七二

蝶恋花·暮春别李公择 / 七四

虞美人 / 七七

青玉案 / 七八

游记篇

定风波 / 八一

蝶恋花·春景 / 八三

江城子 / 八四

鹧鸪天 / 八七

浣溪沙 / 八八

行香子·过七里濑 / 九一

浣溪沙 / 九三

浣溪沙 / 一〇一

南乡子 / 一〇三

减字木兰花·已卯儋耳春词 / 一〇五

咏物篇

定风波·红梅 / 一〇八

南乡子 / 一一一

水龙吟 / 一一四

亲友篇

水调歌头 / 一一六

减字木兰花 / 一一八

阳关曲·中秋月 / 一二〇

满江红 / 一二三

满江红·寄鄂州朱使君寿昌 / 一二五

满庭芳 / 一二八

辛弃疾名词名句

述怀篇

永遇乐·京口北固亭怀古 / 一三六

破阵子 / 一三八

丑奴儿·书博山道中壁 / 一四〇

南乡子·登京口北固亭有怀 / 一四二

卜算子·漫兴三首（其三）/ 一四三

水龙吟·过南剑双溪楼 / 一四五

满江红·江行和杨济翁韵 / 一四七

摸鱼儿 / 一四九

菩萨蛮·书江西造口壁 / 一五一

水调歌头 / 一五三

水调歌头 / 一五六

鹧鸪天 / 一五九

定风波·暮春漫兴 / 一六一

鹧鸪天 / 一六三

鹧鸪天 / 一六六

鹧鸪天 / 一六八

蝶恋花 / 一七〇

太常引 / 一七二

阮郎归 / 一七三

汉宫春·立春日 / 一七五

水龙吟 / 一七七

西江月·遣兴 / 一七九

水龙吟·登建康赏心亭 / 一八二

千年调 / 一八四

念奴娇 / 一八七

木兰花慢 / 一九〇

沁园春 / 一九四

沁园春·带湖新居将成 / 一九七

沁园春 / 二〇一

念奴娇 / 二〇四

八声甘州 / 二〇七

水调歌头 / 二〇九

亲友篇

菩萨蛮·金陵赏心亭为叶丞相赋 / 二一二

贺新郎 / 二一五

酒泉子 / 二一八

水调歌头·寿赵漕介庵 / 二一九

鹧鸪天 / 二二二

水调歌头 / 二二三

水调歌头 / 二二七

木兰花慢·滁州送范倅 / 二三〇

木兰花慢·席上送张仲固帅兴元 / 二三二

满江红 / 二三五

满江红 / 二三八

永遇乐 / 二四〇

贺新郎·用前韵送杜叔高 / 二四二

贺新郎 / 二四五

贺新郎·别茂嘉十二弟 / 二四七

沁园春·答杨世长 / 二四九

水龙吟·甲辰岁寿韩南涧尚书 / 二五一

游记篇

西江月·夜行黄沙道中 / 二五五

清平乐·村居 / 二五六

清平乐 / 二五八

清平乐·忆吴江赏木樨 / 二五九

汉宫春·会稽蓬莱阁观雨 / 二六一

满江红·题冷泉亭 / 二六五

摸鱼儿·观潮上叶丞相 / 二六九

清平乐·题上卢桥 / 二七三

相思篇

青玉案 / 二七五

祝英台近·晚春 / 二七六

满江红 / 二七九

念奴娇·书东流村壁 / 二八二

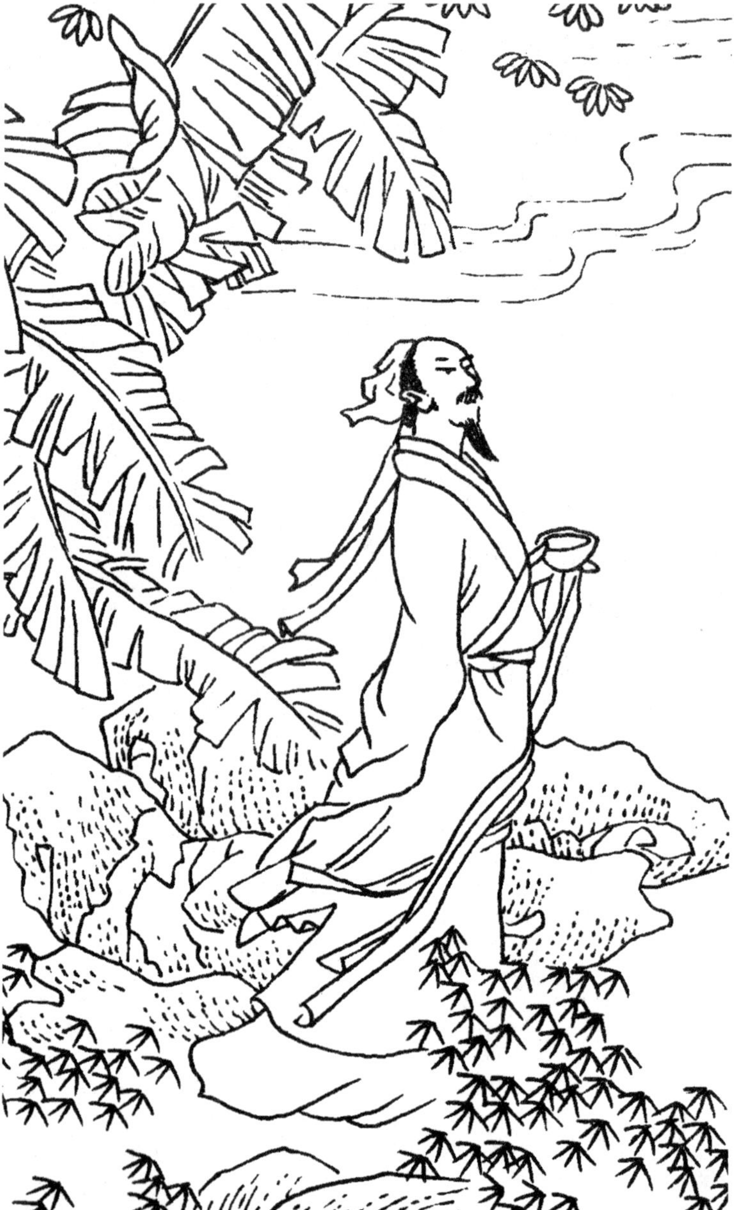

苏东坡名词名句

苏轼

1037—1101，字子瞻，号东坡居士，祖籍眉州眉山（今属四川），"唐宋八大家"之一，与父苏洵、弟苏辙并称"三苏"。仁宗嘉祐二年（1057）与弟苏辙同中进士，熙宁二年（1069），为父守丧期满回朝，被任命为判官告院。神宗熙宁五年，苏轼因为和王安石政见不和，自己主动请求外调，出任杭州通判。后又迁知密州（今山东诸城），移知徐州。元丰五年（1082），受"乌台诗案"之累，被贬黄州（今湖北黄冈）团练副使。哲宗即位后，高太后掌权，苏轼奉召回朝，复为朝奉郎知登州（今山东蓬莱）；任未旬日，除起居舍人，迁中书舍人，又迁翰林学士知制诰，知礼部贡举。元祐四年（1089）出知杭州，后改知颍州，知扬州、定州。元祐八年（1093）哲宗亲政后，被远贬惠州（今广东惠阳），后来又被贬到琼州。直到徽宗即位，大赦天下，苏轼回归北上，建中靖国元年（1101）死于常州，年六十五，葬于汝州郏城县（今河南郏县）。高宗朝，追赠太师，谥文忠。

苏轼是一个全才，诗词书画样样精通。他主张以诗为词，冲破"艳情"的藩篱，开创了雄浑豪迈的新词风，对词的发展作出了巨大贡献。著有《东坡全集》一百十五卷、《东坡乐府》三卷，有《东坡乐府》传世。

述怀篇

念奴娇·赤壁①怀古

大江东去,浪淘尽、千古风流人物。故垒西边,人道是、三国周郎②赤壁。乱石穿空,惊涛拍岸,卷起千堆雪。江山如画,一时多少豪杰。

遥想公瑾当年,小乔③初嫁了,雄姿英发。羽扇纶巾④,谈笑间、樯橹⑤灰飞烟灭。故国神游,多情应笑我,早生华发。人生如梦,一樽还酹⑥江月。

注释

①赤壁:此指湖北黄冈赤壁,这里因苏轼两游而闻名,人称东坡赤壁。

②周郎:指三国名将周瑜。周瑜字公瑾,下面的"公瑾"也指他。

③小乔:东吴著名美女,周瑜的妻子。其姐大乔嫁给了吴主孙策。

④羽扇纶巾:羽毛做的扇子,丝带做的头巾。

⑤樯橹:船上的桅杆,借指强大的敌人,即曹军。

⑥酹:把酒洒在地上或水中,以示祭奠。

译文

　　大江浩浩荡荡向东流去，千古风流人物都随着江水逝去。芦荻萧萧的旧营垒西边，人说那就是三国周瑜鏖战的赤壁。陡峭的石壁高耸入云，如雷的惊涛拍打着江岸，浪花如同卷起的千万堆寒雪。雄壮的江山美如图画，一时间这里涌现出多少豪杰。

　　遥想周瑜当年春风得意，刚娶了绝代佳人小乔为其妻，他雄姿英发，豪气满怀。手摇羽扇，头绾丝巾，谈笑之间，百万曹军在浓烟烈火中灰飞烟灭。我今日神游这当年三国战场，可笑自己多愁善感，过早地生出了满头白发。人生有如梦幻一般，且洒一杯酒，敬献给江上的明月吧。

赏析

　　这首词是苏轼豪放词的代表作，也是整个豪放词派中的扛鼎之作。它写于宋神宗元丰五年（1082）夏，当时苏轼刚刚因"乌台诗案"受贬，谪居黄州。这首词以豪放的笔墨描写了赤壁的景色，赞美了古代的英雄人物，表达了作者对岁月、人生的感慨。

　　词的上阕以"赤壁"为主题，写雄浑之景。开篇三句总起，由景到人，人由景出，在浩荡东流的滔滔江水之后，紧跟着引出千秋万代的风流人物，笔势雄奇，气势宏大，营造出了一种历史的深厚感，让人感慨无限。"故垒"两句借古抒怀。"周郎赤壁"，则既合主题，又是对下文赞美周郎的铺垫。"乱石"三句，直写赤壁的景色，苍凉雄浑，营造出一种抒怀的氛围。最后一句用"江

山如画"衬托历代英豪的丰功伟绩。

词的下阕写怀古之情。用"遥想"总领,起笔六句分别从多个方面描写周瑜当年的英武形象,暗示自己垂垂老矣而一事无成,充满了郁郁不得志的愤慨。"多情"两句,作者感慨自己的一生,尚无所作为却已老之将至,大好年华全都被虚度、浪费了。最后两句情景交融,神游天地,思接古今,深沉的情感充斥时空,让人遐想无限。

江城子·密州①出猎

老夫聊发少年狂。左牵黄,右擎苍②。锦帽貂裘,千骑卷平冈③。为报倾城随太守④,亲射虎,看孙郎⑤。

酒酣胸胆尚开张。鬓微霜,又何妨。持节云中⑥,何日遣冯唐?会挽雕弓如满月⑦,西北望,射天狼⑧。

注释

①密州:今山东诸城。

②黄:黄犬。苍:苍鹰。二者在围猎时用以追捕猎物。

③锦帽貂裘:汉御林军戴锦蒙帽,穿貂鼠裘。千骑:指苏轼的随从。

④报:酬谢。倾城:指全城观猎的士兵。

⑤孙郎:孙权曾亲自射虎于凌亭,这里借以自指。

⑥持节云中:据《史记·张释之冯唐列传》记载:汉文帝时,魏尚为云中太守,抵御匈奴有功,只因报功时多报了六个

品读经典

六

首级而获罪削职。后来,文帝采纳了冯唐的劝谏,并派他持符节到云中去赦免了魏尚。

⑦会:将要。如满月:把弓拉足,像满月一样。

⑧天狼:古时以天狼星主侵掠,指敌人,这里以天狼喻西夏。

译文

我兴致高涨,要重温少年时的狂放。左手牵着黄犬,右臂上托着苍鹰。头戴锦蒙帽,身穿貂皮袄,率领威武的马队奔驰在平冈上。为酬谢追随我来观猎的全城士兵,我要亲手射杀猛虎,就像当年的孙权一样。

我开怀畅饮,精神昂扬。即使两鬓花白又有何妨。哪天皇上才能派冯唐那样的使节来为我请命,让我像魏尚一样为国效劳?我要拉满雕弓,朝向西北,射落侵扰太平的天狼星。

赏析

这首词作于宋神宗熙宁八年(1075),作者任密州知州期间。当时作者因旱去常山祈雨,归来时同梅户曹在铁沟打猎,作此词以寄情怀。全词到处洋溢着激昂的情怀,显示了作者的豪气。

词的上阕写狩猎的情景。首句的中心字是"狂",这个字亦统摄全篇。紧接着详写打猎的场面,"左牵黄,右擎苍",宏大豪迈。"千骑卷平冈"写武士们纵马奔驰,快如风尘,十分潇洒。"为报"三句,作者自比当年的孙权,意指自己的豪情不在古人之下。

词的下阕抒怀。"酒酣"一句是一个转折,由实到虚,以醉酒为因由,真实贴切。此时的作者哪里还顾得上伤春惜时,"鬓微霜,又何妨",豪气干云,又岂能被鬓上的几缕白丝所困扰。"持节"两句由汉文帝派冯唐持节赦免魏尚的典故中化出,表达了作者希望自己能被朝廷重用,杀敌报国的心情。在作者的心中,"挽弓如满月"才是自己应该做的。这首词亦是苏轼豪放词的代表作,从昂扬激烈的狩猎场面到豪迈情怀的肆意抒发,如江河直下,一脉贯穿,气势不可遏止。苏轼以豪放之气入词,极大地拓宽了词的境界,提升了词的品格,在词的发展史上功莫大焉。

西江月

世事一场大梦,人生几度新凉?夜来风叶①已鸣廊,看取眉头鬓上②。

酒贱常愁客少,月明多被云妨③。中秋谁与共孤光④?把盏凄然北望。

注释

①风叶:风吹动树叶的声音。
②眉头鬓上:指眉头上的愁思,鬓上的白发。
③月明多被云妨:暗指作者被谗言中伤遭贬。
④孤光:指独在中天的月亮。

译文

世上万事恍如一场大梦,人生已经历了几度寒冷的秋天?到了晚上,凉风吹动树叶发出的声音响彻在回廊里。看看自己,眉头鬓上又多了几根银丝。

酒并非佳酒，却怕少有人陪，就像月光明亮却怕被云遮住。这中秋之夜谁能和我一同来欣赏这美妙的月光？我只能举起冷杯残酒，凄凄然向着北方怅望。

赏析

宋神宗元丰二年（1079），苏轼因"乌台诗案"被贬到黄州。次年中秋，词人写下这首词，抒发被贬后的苦闷之情。

上阕抒发词人被贬后的凄凉沧桑之感。苏轼一生在仕途上很不得意，刚刚过去的"乌台诗案"，对词人来说不啻为一场噩梦。因此，词人在此发出了"世事一场大梦"的感慨。"人生几度新凉"感叹岁月流逝，人生短促，充满了虚幻和沧桑之感。"夜来风叶已鸣廊，看取眉头鬓上"，这两句情景交融，给人不胜苍凉惆怅之感。

下阕抒发词人因被小人排挤而遭贬谪的悲愤及思念亲人、渴望为国效忠的复杂感情。"酒贱常愁客少，月明多被云妨"，写出了朝廷里小人当道，有志之士却遭受打击和排挤的黑暗现实。"月明"喻有志之士，"云"暗指奸佞小人。"中秋谁与共孤光？把盏凄然北望"，写中秋之夜的凄凉孤独之感。"北望"有两层含义，一方面指思念亲人；此外，"北"多指朝廷，故这两句还含有词人渴望被朝廷理解，为国效力的愿望。

全词将词人的身世之感和贬谪之悲融入到对中秋夜景的描写中，通过萧瑟之景抒发沉郁之情，读来令人荡气回肠。

满庭芳①

蜗角②虚名,蝇头③微利,算来着甚干忙。事皆前定,谁弱又谁强。且趁闲身未老,须放我、些子④疏狂。百年里,浑教是醉,三万六千场⑤。

思量,能几许?忧愁风雨,一半相妨。又何须抵死,说短论长。幸对清风皓月,苔茵展、云幕高张。江南好,千钟美酒,一曲《满庭芳》。

注释

①满庭芳:词牌名,得名于诗句"满庭芳草易黄昏"。

②蜗角:蜗牛的角,比喻十分微小。语出《庄子·则阳》:"有国于蜗之左角者,曰触氏;有国于蜗之右角者,曰蛮氏。"两族常为争地而战。

③蝇头:本指小字,此处形容微小。

④些子:一点儿。

⑤"百年里"三句:语出李白《襄阳歌》:"百年三万六千日,一日须倾三百杯。"

译文

微小的虚名薄利,有什么值得为之忙个不停呢?名利得失之事自有因缘,得者未必强,失者未必弱。赶紧趁着人未老之时,抛弃束缚,放纵自我,逍遥自得一点儿。人生一百年,我愿大醉三万六千次。

细思量,一生中日子有一半是被忧愁所干扰。又何必一天到晚说长道短呢?不如对着清风皓月,以青苔为褥席,以高云为帐幕,宁静地生活。江南的生活多好,饮千钟美酒,奏一曲《满庭芳》。

赏析

这首词作于宋神宗元丰五年苏轼贬谪黄州时,以议论为主,感情强烈而富含哲理,是作者对自己风雨人生的总结和彻悟之语。全词抒情坦荡率直,充分体现了作者旷达脱俗的心灵境界和坦然自若、及时行乐的人生态度。

词的上阕以议论开篇,结合《庄子》中的典故,艺术地总结出世人所追逐的名利权势其实都是虚幻无用的东西。"蜗角虚名,蝇头微利",可见作者对名利的鄙视和嘲讽。随后一句"算来着甚干忙",直说名利的实质——虚幻而不能长久。作者想到自己政治上遭到的迫害,不由得唏嘘:"事皆前定,谁弱又谁强。"至此作者终于得到解脱之法,那就是远离世俗、洁身自好。"浑"字,既含有对世俗的不满之情,也是作者渴望摆脱俗世羁绊、求得解脱的痴语。

词的下阕夹叙夹议。"思量"四句,是作者对以往悲惨人生的痛苦追忆,是如今回首所引发的深沉嗟叹。"又何须"两句,是作者看破世事之后的叹息之语,浸透着伤感,读之令人心酸。随后一句情景交融,以"幸"字总领,是作者豁然之后的深情流露。结尾一句,作者的情绪已经完全转向乐观积极——这样的欢乐才是人生中真实的幸福,蕴涵深邃的哲理,使这个恍然醒悟的狂放老者的形象呼之欲出。

这首词从讥讽到抨击、到怡然自适,情理交融,肆意不羁,用语率真、自然,可见完全是从作者的心中流出,但轻狂的背后亦暗含着一丝无可奈何。

卜算子

黄州定慧院寓居作。

缺月挂疏桐,漏①断人初静。谁见幽人②独往来,缥缈③孤鸿影。

惊起却回头,有恨无人省④。拣尽寒枝不肯栖,寂寞沙洲冷。

注释

①漏:漏壶,古代的计时器。
②幽人:指隐居的隐士,也是作者的自称。
③缥缈:隐约、高远的样子。
④省:了解、明白。

译文

弯弯的月亮挂在梧桐树梢,漏尽夜深,人声已渐渐消失。有谁看见幽居之人独自徘徊,就像那缥缈的孤雁身影。

突然惊起又回过头来,心中有怨恨却无人能懂。挑遍了寒枝也不肯栖息,甘愿在沙洲忍受寂寞凄冷。

赏析

本词作于宋神宗元丰五年(1082)冬,作者当时刚刚被贬到黄州,住在定慧院,政治的失意、宦游在外的孤苦时时萦绕在心头。词中借月夜孤鸿这一形象,托物寓怀,表达了词人孤高自许、蔑视流俗的心境。

上阕写作者所居之地的清幽。起首两句,用"缺月"、"疏桐"、"漏断"等一系列意象勾勒出了一幅宁谧、凄清的寒秋夜景,为全篇营造了一种冷清、凄凉的氛围。紧接着,作者自问自答,向读者介绍了这位心事重重的主人公,即作者自己。"谁见"其实是无人见,更显作者的孤单落寞。"幽人"和"孤鸿"皆是作者的自喻,可见其心境之孤高。

下阕抒情。"惊起"两句,暗指作者被贬时的孤寂处境和高洁自许、不愿随波逐流的心境。"惊"本是"孤鸿"的动作,但在这里作者就是孤鸿,孤鸿就是作者。"回头"烘托出一种凄凉、孤寂的氛围。"无人省"与前面的"谁见"相互对照,是作者孤苦无依、心事无人能解的写照。结尾两句写作者甘受贬谪之苦,也不向小人屈服的高洁品质。

本词借景抒情,情景交融,以鸿喻人,简约凝练,空灵飞动,蓄意深沉。

水调歌头

黄州快哉亭赠张偓佺①。

落日绣帘卷②,亭下水连空③。知君为我新作,窗户湿青红④。长记平山堂⑤上,欹枕⑥江南烟雨,杳杳没孤鸿⑦。认得醉翁⑧语,山色有无中⑨。

一千顷,都镜净,倒碧峰⑩。忽然浪起,掀舞一叶白头翁⑪。堪笑兰台公子⑫,未解庄生天籁⑬,刚道有雌雄⑭。一点浩然气⑮,千里快哉风⑯。

注释

①张偓佺：即张怀民，字偓佺，当时被贬至黄州齐安县。张偓佺在住所西南建造了一座亭子用来观赏长江景色，苏轼为其题名曰"快哉亭"。

②落日绣帘卷：夕阳西下，卷起绣帘，以便极目远眺。

③水连空：水与天空连在一起，即水天一色。

④窗户湿青红：把窗户涂上青红两色的油漆。"湿"字此处用做动词。

⑤平山堂：位于江苏扬州，为欧阳修任扬州知州时所建。

⑥欹枕：倚枕。

⑦杳杳：悠远的样子。孤鸿：孤雁。

⑧醉翁：指欧阳修。欧阳修曾作《醉翁亭记》，自号醉翁。

⑨山色有无中：借用欧阳修《朝中措》"平山栏槛倚晴空，山色有无中"之句，形容山色在烟云之中，若隐若现。

⑩倒碧峰：倒映在水中碧绿色的山峰。

⑪一叶：指小舟。白头翁：白发渔翁。

⑫兰台公子：指战国宋玉。宋玉曾任兰台令，故称。

⑬庄生：庄子。天籁：指自然界的声响。《庄子·齐物论》中云："女闻人籁而未闻地籁，女闻地籁而未闻天籁夫。"意思是天籁比人籁、地籁都要美妙动听。

⑭刚道：硬说，勉强解释。雌雄：指宋玉所说的雌雄风。宋玉所著的《风赋》中，曾将风分为"大王之雄风"和"庶人之雌风"。

⑮浩然气：刚直不阿、坦然自适之气。

⑯快哉风：深感快意的自然风。

译文

夕阳西下，卷起绣帘，以便极目远眺。快哉亭前碧水与天空连在一起。我知道你为了我专门建造了这座快哉亭。亭台的窗户都涂上青红两色的油漆，色彩鲜艳。经常想起从前在平山堂上，倚枕栏杆上，观赏江南烟雨山色，还有越飞越远的孤雁。这时我想起恩师欧阳修的词句，"山色有无中"。

眼前这一望无垠的江面，倒映着青绿色的山峰。忽然波浪涌起，一个老翁驾着一叶扁舟，在波涛汹涌中掀舞。最为可笑的是那兰台公子宋玉，还没弄懂庄子的天籁之声，却硬说风有雌雄之分。其实只要一个人具备了刚直不阿、坦然自适的浩然之气，无论在什么境地，都能够泰然处之，享受到千里雄风。

赏析

此词为苏轼豪放词的代表作之一，作于其贬谪黄州的第四年。词中描写了快哉亭周围壮阔的景色，抒发了词人胸怀浩然的精神追求。

上阕写快哉亭下及其远处的景色。起篇二句，描绘了快哉亭下的江水与晴空相连、落日与亭台相映成趣的优美景色，营造出苍远而又开阔的境界。"知君为我新作，窗户湿青红"二句，点出词人与亭主的亲密关系，诙谐地把张偓佺建造的快哉亭说成是专门为自己建造的，然后又以亭台窗户新涂抹上青红两色油漆，再次证明此亭为新建。"湿"字形象生动，传神地将窗户油漆未干的现状描写出来。"长记平山堂上"以下五句，写词人回忆过去的景象，也是以虚托实的手法对眼前景色进行侧面描写。

下阕"一千顷，都镜净，倒碧峰"三句，是对水色山光的静态描写。"忽然"二句，由静景忽变动景，江面突然波涛汹涌，一个白发渔翁驾着一叶小舟奋力搏击波涛。这位白头翁的形象，实际上是苏轼自身人格风貌的象征。以下几句，词人由奋力抵抗波浪的老翁，引出对战国时楚国宋玉所作《风赋》的评论。词末以"一点浩然气，千里快哉风"宣告了自己的人生态度：只要一个人具备了刚直不阿、坦然自适的浩然之气，无论身处什么境地，都能够泰然处之，享受到千里雄风。

这首词风格豪放，气势磅礴，不仅描写了壮阔的湖光山色，又将一股旷达豪放的浩然之气融进其中，充分展现了苏词豪放雄奇的特色。

西江月·平山堂①

三过②平山堂下，半生弹指声中③。十年不见老仙翁④，壁上龙蛇飞动⑤。

欲吊文章太守⑥，仍歌杨柳春风⑦。休言万事转头空⑧，未转头时皆梦。

注释

①平山堂：在今扬州西北的大明寺侧，为欧阳修庆历八年（1048）任扬州知州时所建，因其"负堂而望，江南诸山，拱列檐下"，故得名平山堂。苏轼曾三次途经扬州，每次都到平山堂悼念欧阳修。

②三过：此次是苏轼第三次登临平山堂，来悼念自己的恩师欧阳修。

③半生：苏轼当时四十四岁，故曰。弹指：为佛教用语，指时间短暂，《翻译名义集·卷五·时分》有言："二十念为

一瞬,二十瞬为一弹指。"

④十年不见老仙翁:十年不见,宋神宗熙宁四年(1071),苏轼赴任杭州通判,特意绕道颍州(今安徽阜阳)拜见当时辞官的欧阳修,那是二人最后一次见面。从熙宁四年到元丰二年(1079),共九年,说"十年",是举整数。老仙翁,指欧阳修。此句意为已经有十年没有拜见恩师欧阳修。

⑤龙蛇飞动:形容欧阳修在平山堂墙壁上的题字刚劲有力,好像龙蛇飞舞。

⑥欲吊文章太守:吊,凭吊、悼念。文章太守,欧阳修自称。欧阳修《朝中措》句:"文章太守,挥毫万字,一饮千钟。"

⑦杨柳春风:亦出自欧阳修《朝中措》:"手种堂前垂柳,别来几度春风。"

⑧万事转头空:转头,指死亡。语出白居易《自咏》:"百年随手过,万事转头空。"

译文

三次路过平山堂,半生弹指一挥间。已经是十年不见恩师欧阳修,墙壁上恩师的题字刚劲有力,好像龙蛇飞舞。

想要凭吊文章太守,仍然歌咏杨柳春风。不要说万事转头就成空,未转头时都已皆是梦。

赏析

苏轼于宋神宗元丰二年(1079)由徐州调任湖州。经过扬州时,他第三次前往平山堂凭吊欧阳修。欧阳修是苏轼入考进士的主考官,因其对苏轼的才华很是赏识,并大力向皇上举荐,

品读经典

一八

故苏轼非常感激和尊敬欧阳修,并尊其为老师。

首句"三过平山堂下"点明自己是第三次登临欧公所建的平山堂,足见苏轼多么感谢欧阳修的知遇之恩。"半生弹指声中",是词人发出的人生感慨,表达了人生如梦、岁月蹉跎之感。"十年不见老仙翁"是词人回想当初拜见恩师的情景。十年前,自己拜访了欧阳修以后,第二年,恩师便与世长辞,那一别就成了永别。接下来,词人瞻仰了恩师当年的笔迹。"壁上龙蛇飞动"表明恩师虽早已去世,但平山堂壁上他的手迹还清晰可见,表达出词人对恩师才华的敬佩。

下阕中,词人眼见平山堂前恩师种下的"欧公柳",欧阳修的种种事迹便都浮于脑海,心中感慨万千。最后一句"休言万事转头空,未转头时皆梦"是情感的自然流露与升华。可以说,这种万事皆空的感悟中带有很大的消极意味,同时也带着某种禅意,词人借此表达出出世的强烈愿望。

南乡子

重九①,涵辉楼呈徐君猷②。

霜降水痕收③,浅碧鳞鳞露远洲④。酒力渐消风力软,飕飕。破帽多情却恋头⑤。

佳节若为酬⑥,但把清樽断送秋⑦。万事到头都是梦,休休⑧。明日黄花蝶也愁⑨。

注释

①重九:即农历九月初九重阳节。

②徐君猷:作者好友,时任黄州知州。

③水痕收:指水位降低。

④浅碧:水浅而绿。鳞鳞:形容水波如鱼鳞一般。

⑤"破帽"句:这里用晋代孟嘉落帽的典故。据《晋书·孟嘉传》载,孟嘉时任征西将军桓温的参军,有年九月初九,桓温游龙山,设宴招待文僚武佐。佐吏们都穿着戎装。这时突然一阵风将孟嘉的帽子吹掉了。孟嘉本人没有察觉到,仍和同僚们饮酒赋诗。古时中国十分讲究冠冕礼仪,在隆重的场合落帽而不觉,是士大夫的大忌。桓温暗中命令孙盛趁孟嘉如厕之际,拿着帽子放回孟嘉座位上,并作文嘲笑孟嘉。

⑥若为酬:如何度过。

⑦樽:酒器。断送:打发。

⑧休休:不要。此处意思是不要再提往事。

⑨明日:指重阳节后。黄花:菊花。这句话的意思是重阳节后,菊花色香均会大减,连迷恋菊花的蝴蝶,也会感叹发愁了。作者以"明日黄花",比喻好花难久、良辰易逝。

译文

深秋霜降时节,水位下降,远处江心的沙洲都露出来了。酒力减退了,才觉察到微风吹过,让人觉得凉飕飕。破帽却多情留恋,不肯被风吹落。

重阳节如何度过,只借酒消忧,打发时光而已。世间万事都是转眼成空的梦境,因而不要再提往事。重阳节后菊花色香均会大减,连迷恋菊花的蝴蝶,也会感叹发愁了。

赏析

此词作于宋神宗元丰五年（1082），苏轼贬谪黄州期间。词中抒发了词人无法排遣的内心苦闷和哀愁之感。

上阕写词人远眺之景。"霜降水痕收，浅碧鳞鳞露远洲"二句，写大江两岸深秋的景色：深秋霜降时节，水位下降，远处江心的沙洲都露出来了。这两句为词人即目之景，寥寥数语即勾勒出一幅天高气清、明丽壮阔的秋景图。末三句写词人酒后的感受，酒力减退了，才觉察到微风吹过，让人觉得浑身凉飕飕的。"破帽多情却恋头"一句，词人反用晋时孟嘉落帽于龙山的典故，说唯有破帽依旧多情，不能被风吹落。

下阕写宴席的情景。前两句化用杜牧《重九齐山登高》中"但将酩酊酬佳节，不用登临怨落晖"的诗意，表达了词人对待世事达观的态度。末三句承接上文，写要以美酒"断送秋"的原因，表现了词人的生活态度。在他看来，世间万事都是转眼成空的梦境；荣辱得失、富贵贫贱，都不过是过眼云烟，因而不必为俗世的纷扰耿耿于怀。

念奴娇

凭高眺远，见长空万里，云无留迹。桂魄①飞来光射处，冷浸一天秋碧。玉宇琼楼，乘鸾来去，人在清凉国②。江山如画,望中烟树历历。

我醉拍手狂歌,举杯邀月,对影成三客。起舞徘徊风露下,今夕不知何夕。便欲乘风,翻然归去,何用骑鹏翼。水晶宫里,一声吹断横笛③。

注释

①桂魄:古人称月亮为魄,又传月中有桂树,故称月亮为"桂魄"。
②清凉国:清净凉爽的地方,这里指月宫。
③"水晶"二句:比喻胸中豪气喷薄而出。

译文

站在高处向远方眺望,广阔的天空,万里无云。月亮的清辉洒满大地,秋天的夜空沉碧如玉。此时的天宫琼宇之中,当有月中仙子乘着鸾鸟来来去去,我也似乎置身于月宫那清凉之地。那里美景如画,烟雾缭绕,仙树分明。

我沉沉醉醉,拍手狂歌,举杯邀月共饮,加上我的影子正好三人。我独自起舞蹁跹,清风阵阵,霜露袭来,真不知今夜是哪一夜。我想乘着这清风翩然飞往月宫,哪里还用乘坐大鹏鸟?在晶莹剔透的水晶宫里,那玉笛被我一吹而断。

赏析

这首词写于宋神宗元丰五年(1082)的中秋,当时苏轼被贬,居于黄州。虽然是被贬之身,但是作者依然保持了比较平和的心态,没有愤世嫉俗之举。

作者在这首词中大量运用想象,表现了自己对自由、美好生活的向往。中秋时分,万里无云的天空显得十分深邃。作者登高赏月，面对无垠的夜空和明亮的圆月，思绪万千，联想到现实的黑暗和自己坎坷的经历，不禁感慨不已。作者用丰富的想象排遣自己的苦闷，用虚无缥缈的月宫生活来表现自己对自由的渴望和对美好生活的追求。全篇虚实结合，以虚衬实，带有浓厚的浪漫主义色彩。

江城子

　　陶渊明以正月五日游斜川①，临流班②坐，顾瞻南阜③，爱曾城④之独秀，乃作斜川诗，至今使人想见其处。元丰壬戌之春，余躬耕于东坡⑤，筑雪堂居之，南挹四望亭之后丘，西控北山之微泉，慨然而叹，此亦斜川之游也。乃作长短句，以《江城子》歌之。

　　梦中了了⑥醉中醒。只渊明，是前生⑦。走遍人间，依旧却躬耕。昨夜东坡春雨足，乌鹊⑧喜，报新晴。

　　雪堂西畔暗泉鸣。北山倾⑨，小溪横。南望亭丘⑩，孤秀耸曾城⑪。都是斜川当日境，吾老矣，寄馀龄⑫。

注释

　　①陶渊明：字元亮，东晋诗人。他五十岁时游斜川，写下《游斜川》一诗。斜川：地名，在今江西鄱阳湖畔。

　　②流班：依次而坐。

　　③南阜：指南山。

④曾城：山名，又名乌石山。在今江西境内。

⑤东坡：苏轼在黄州的躬耕之地。原是数十亩荒凉之地，苏轼在那里建造了五间茅屋，命名为雪堂。

⑥了了：了解、明白。

⑦前生：前辈。

⑧乌鹊：喜鹊。

⑨倾：指山体形成的斜坡。

⑩亭丘：四望亭后面的山丘。

⑪孤秀耸曾城：形容四望亭后面的山区如斜川耸立的曾城山一样孤峙秀美。

⑫馀龄：余生。馀，同"余"。

译文

唯有在梦中才了然，醉中才清醒。只有陶渊明，才是我的前辈。走遍人间，却依旧躬身耕种。昨夜东坡春雨下得很充足，喜鹊叽叽喳喳，向人们报晴。

雪堂西岸有暗泉淙淙流淌。北边山脚，小溪横流。向南遥望四望亭后面的山丘，那里的山如斜川耸立的曾城山一样孤峙秀美。都是斜川当日的景色，我老了，将余生寄予此景。

赏析

苏轼一生对陶渊明极为推崇，曾写下不少的"和陶诗"。这首词中词人以陶渊明自比，表达了对陶渊明的景仰以及在贬所中随遇而安、躬耕自乐、超然旷达的情怀。

上阕以议论发端，写无论是在睡梦中，还是在酒醉时，自己都是清醒的，给人无限悲凉苦痛之感。"只渊明，是前生。走遍人间，依旧却躬耕"，写自己与陶渊明人生境遇的相似，不过躬耕对于陶渊明来说是自己自由的选择,而对苏轼来说,是被贬后的排遣之举,因此不由得又多了一层悲凉。"昨夜东坡春雨足,乌鹊喜,报新晴",写大自然的勃勃生机,暗含词人对大自然的喜爱之情。

下阕以写景抒情为主。词人因追慕陶渊明,不仅在人生道路的选择上与陶渊明相像,就连躬耕的环境也与陶渊明所游览过的斜川相似。东坡雪堂附近的高山、流水、亭台、丘壑都远离尘世,清雅幽静,可以媲美斜川。"都是斜川当日境,吾老矣,寄馀龄",末三句抒发感慨,故作旷达之语,实际隐含着对未来的忧虑之情。

全词融议论、写景、抒情于一体,平淡中见豪放,表现了田园生活的闲适、幽静及词人随遇而安的豁达心胸。

永遇乐

彭城夜宿燕子楼,梦盼盼①,因作此词。

明月如霜,好风如水,清景无限。曲港跳鱼,圆荷泻露,寂寞无人见。紞如三鼓②,铿然一叶,黯黯梦云③惊断。夜茫茫,重寻无处,觉来小园行遍。

天涯倦客,山中归路,望断故园心眼④。燕子楼空,佳人何在?空锁楼中燕。古今如梦,何曾梦觉,但有旧欢新怨⑤。异时对,黄楼夜景,为余浩叹。

注释

①盼盼:唐代尚书张建封的爱姬。张建封去世后,盼盼不再嫁,居燕子楼十余年。

②纮如三鼓:指三更鼓响。

③梦云:语出宋玉《高唐赋》。楚怀王游高唐,梦见神女,神女曰:"旦为朝云,暮为行雨。"此处借指梦见盼盼。

④故园心眼:故乡情怀。

⑤旧欢新怨:各种悲喜之情。

译文

明亮的月光皎洁如霜,清凉的晚风温柔如水,秋天的景色清幽无限。弯弯的小河里鱼儿在跳,圆圆的荷叶上露珠晶莹,景致虽美却无人看见。三更的鼓声轰响,屋外的落叶声铿锵,把我的好梦骤然惊断。夜色茫茫,美梦再难寻找,醒来后把小园四处走遍。

浪迹天涯的游子早已疲倦,回归山林的路在哪里?千里之外的故乡让我望眼欲穿。看如今燕子楼空空如也,佳人不知何处去?楼中空有呢喃双燕。人生如梦,世上何曾有梦醒之人,有的只是难了的旧欢新怨。后世若有人面对这黄楼夜色,也定会为我深深叹息。

赏析

这首词是宋神宗元丰元年(1078)春,作者任徐州知州时所写。当时作者因为对新法有异议,自请外任,羁宦他乡,前途黯淡,其孤单落寞可想而知,此词即是作者抒遣情怀的产物。本词伤怀吊古,发"古今如梦"的喟叹,蕴涵着作者深深的思索,极富哲理。

词的上半部分写景。起首作者为我们勾勒出一个幽然静谧的环境：月光皎洁，秋风妩媚。"清景无限"写晚秋的夜景，同时也是此时作者内心的写照。然后作者视角流转，从大到小，由静而动，写曲港、圆荷空灵宁谧之美，动静结合，意到笔随。"寂寞"句有两层含义，一方面指景象之寂寞，另一方面写人的孤单。"纨如"三句，视角继续转换，从听觉切入，写夜的幽深静谧，梦的虚无缥缈。"三鼓"同时又点出时间，表明已是深夜。"纨如"和"铿然"以动写静，笔法高妙。结尾几句写梦醒之后的失落。从夜景到惊梦，到游园，词的上半部分梦与景连，虚实相生，境界深邃幽谧。

词的下半部分言情。"天涯倦客"直写自己对仕途的厌倦。紧接着下面两句写作者浓烈的思乡之情，深沉而真挚。"燕子"三句，用古人的典故写今人的感慨，自然贴切。"古今"三句是对"古今如梦"的感悟，写作者梦想破灭、无路可走的悲伤和无奈。最后几句，作者思接古今，把自己的情感扩展到将来，把现在的怀古之情、悲愤之感和对将来的思考融在一处，使自己终于得到了精神上的解脱。

这首词意境悠远，含蓄深沉，充满了作者对人生的思索，将人们引入了一种玄秘、空灵的境界之中，使人身心都受到涤荡。

沁园春①

赴密州②，早行，马上寄子由③。

孤馆灯青，野店鸡号④，旅枕梦残。渐月华收练⑤，晨霜耿耿⑥，云山摛锦⑦，朝露团团⑧。世路无穷，劳生有限，似此区区长鲜欢。微吟罢，凭征鞍无语,往事千端。

当时共客长安⑨,似二陆⑩初来俱少年。有笔头千字,胸中万卷;致君尧舜⑪,此事何难?用舍由时,行藏在我⑫,袖手何妨闲处看。身长健,但优游卒岁,且斗尊前。

注释

①沁园春:沁园是东汉明帝为他的女儿沁水公主修建的皇家园林,园址位于河南焦作的沁河出山口一带。据《后汉书·窦宪传》载,沁水公主的舅舅窦宪仗势抢夺沁水公主的园林。后代文人多在诗中咏之叹之,逐渐形成"沁园春"这一词牌。此调始见于北宋张先词,有一百一十二字至一百一十六字诸体,以一百一十四字为正格。上片四平韵,下片五平韵,一韵到底。前人认为换头句第二字有人用暗韵,实属巧合。上片第四句第一字和下片第三句第一字,必须用一字豆领以下四句,而所领四句例须用扇对。此调原属婉约派词,但其格调开阔,韵位较疏,读起来沉郁动人,故豪放派词人及后人也经常用此调表达激越之情。又名《寿星明》、《东仙》、《洞庭春色》、《念离群》等。

②密州:今山东诸城,宋神宗熙宁七年(1074)十月,苏轼由杭州通判移守密州。

③子由:苏辙,字子由,苏轼的弟弟。

④鸡号:公鸡啼鸣。号,啼鸣。

⑤月华收练:月华,月光。练,白绢。此句意为月亮收起了如白绢一样洁白的光芒。

⑥耿耿:莹莹发光的样子,此处指晨雾。

⑦摛锦:展开锦绣。摛,铺陈、展开之意。

⑧团团：明毛晋《宋六十名家词》本作"沴"。沴，露水很多。

⑨当时共客长安：当年一起游历京城。当时，当年，指嘉祐元年，当时苏轼二十一岁，苏辙十八岁，他们一同跟随父亲苏洵游历京城汴京。客长安，指当年客居京城。长安，古郡名，在今陕西西安西北，唐之后的诗文中常用以指代京城。

⑩二陆：指两晋时的陆机、陆云两兄弟。二人都文采极高，晋武帝太康十年，他们从吴地一同赶赴京城洛阳，当时陆机二十九岁，陆云二十八岁。此处苏轼用陆机、陆云两兄弟比自己与苏辙。

⑪致君尧舜：致力于辅佐君王，使其成为像尧舜那样的英明君主。此句化用杜甫《奉赠韦左丞二十二韵》："甫昔少年日，早充观国宾。读书破万卷，下笔如有神……致君尧舜上，再使风俗淳。"

⑫用舍由时，行藏在我：被重用或被弃用由时运决定，而奔走仕途或退隐山林则由我自己决定。《论语·述而》有言："用之则行，舍之则藏。"

译文

孤独的旅馆灯火清冷，野外的店铺传来公鸡的啼鸣，躺在旅馆的枕头上，美梦忽断。月亮渐渐收起了白色的光芒，早晨的霜雪莹莹发光，云山展开锦绣，朝露到处都是。世上的路无穷无尽，劳苦的一生有限，就好似这样的劳顿奔波有很少的欢乐。微微吟诵完毕，对着征鞍说不出一句话，前尘往事涌上心间。

当年与弟弟一起客居京城，好似陆机、陆云两兄弟初到京城，都是少年。手有笔头千字，胸有诗书万卷；致力于辅佐君王，使其成为像尧舜那样的英明君主，这事又有什么困难的？被重用或被弃用由时运决定，而奔走仕途或退隐山林则由我自己决定，何不袖手旁观，落得清闲。身体一直强健，姑且以此逍遥自在地过日子，及时行乐。

赏析

本词作于熙宁七年（1074），当时苏轼由杭州通判改任密州知州，在早行途中他写下本词寄给其弟苏辙。全词一气呵成，直抒胸臆，真实展现了词人壮志难酬、不受朝廷重用的苦闷和感伤。

上阕由景入情，描写了词人早行看见的景色，以"孤"、"青"、"野"、"残"等字眼生动而传神地渲染出凄凉、清冷的气氛，反衬出内心的孤寂。词人由旅途艰辛联想到世路鲜欢，因而"凭征鞍无语"，沉思间前尘往事慢慢浮上心头。

下阕秉承上阕而来，写词人对往事的追忆。"当时共客长安"二句写词人回忆当初与弟苏辙一起到京城，好似陆机、陆云兄弟当初入洛阳一样，故说"俱少年"。二陆是西晋时著名诗人，晋武帝太康十年由吴地同到京城洛阳，因文采飞扬而受到士大夫的推崇。这里词人是用西晋二陆比自己和弟弟苏辙。当年苏轼兄弟胸怀大志，跟随父亲进京应试，以才华文章受到欧阳修等人的推重，同时中礼部进士第，享誉京城。宋仁宗大喜云："朕今日为子孙得两宰相矣！"遥想当年的荣耀，词人壮志豪情喷薄而出，自诩"有笔头千字，胸中万卷"，辅佐君王使之成为像尧舜那样的英明君主，又有什么困难的呢？一腔热血，坦荡磊落，令人感动。可惜"论不适时"，几番碰壁之后，词人满腹愤懑之情，但他又是现实的。对失败荣辱，他抱以豁达的人生态度。为了宽慰自己和弟弟，词人化用《论语》"用之则行，舍之则藏，惟我与尔有是夫"句，原句意为被任用时则行其道，不受重用则退隐山林，苏轼在这里偏重后者，所以接下一句写"袖手何妨闲处看"。"身长健,但优游卒岁,且斗尊前"三句化用《孔子家语》"优哉游哉,可以卒岁",以及牛僧孺"休论世上升沉事,且斗樽前见在身"诗句,表达了苏轼以从容不迫的态度面对人生的达观精神。"休论世上升沉事,且斗樽前见在身",这是苏轼与其弟苏辙的互勉之词,亦是词人面对现实的愤激之辞,反映出他内心壮志难酬的痛苦和感伤。

行香子

清夜无尘,月色如银,酒斟时、须满十分。浮名浮利,虚苦①劳神。叹隙中驹②,石中火③,梦中身④。

虽抱⑤文章,开口谁亲⑥。且陶陶、乐尽天真⑦。几时归去,做个闲人⑧。对一张琴,一壶酒,一溪云。

注释

①虚苦:白白辛苦。

②隙中驹:在缝隙中一闪而过的马驹。形容时光易逝。出自《庄子·知北游》:"人生天地间,若白驹之过郤(隙),忽然而已。"

③石中火:以石敲击迸发出的火花,其闪现的时间极为短暂,比喻人生短暂。语出北齐刘昼《刘子惜时》:"人之短生,犹如石火,炯然以过。"

④梦中身:指身体虚无渺小,好像在梦中。

⑤抱:拥抱,拥有。

⑥亲：喜爱，赏识。

⑦陶陶：快乐和美。见刘伶《酒德颂》："无思无虑，其乐陶陶。"天真：指不受礼法约束的禀于自然的人之本性。

⑧闲人：悠闲之人。

译文

黑夜清新无尘，月光皎洁如银，斟酒须合时机，也须十分满。尘世浮名浮利，白白辛苦劳神。感叹时光如缝隙中一闪而过的马驹，闪现如以石敲击迸发出的火花，人身虚无渺小，好像在梦中。

尽管拥有写文章的才能，但开口又有谁赏识呢？姑且无思无虑乐陶陶，不受礼法约束地快乐生活。什么时候能离开这纷繁的俗世，做一个悠闲之人？对着一把琴，一壶酒，一溪云。

赏析

这首词作于宋哲宗元祐时期（1086—1093），词中描写了词人对月把酒之时的情景，流露出苦闷消极的感伤情绪，表达了厌倦功名、怀才不遇以及企盼归隐之意。

上阕开篇写景，黑夜清新无尘，月光皎洁如银。斟满酒，独自一人，仰望星空，思绪万千。在这首词中，词人更为明白、集中地阐述了"人生如梦"的主题思想。世间人们劳神费力地追名逐利，不过是徒劳无功罢了，因为万物在宇宙中都是极其短暂的，人生也不过是"隙中驹，石中火，梦中身"。这里词人以三个典故集中说明了人生的虚无，构成博喻，足见其才华。

下阕开头即以感叹的语气进一步补充说明人生虚无的观点。"虽抱文章，开口谁亲"表达了词人怀才不遇的苦闷。苏轼虽在元祐时受朝廷恩遇，但其实并没有什么作为。词人善于在心情苦闷之时，寻求自我解脱。这种解脱办法就是及时行乐，"且陶陶、乐尽天真"就是他及时享乐的方式。苏轼认为只有经常"陶陶"，才能返璞归真，忘掉现实的烦恼，恢复人之本性。而解脱的最好方法莫过于退出官场，归隐田园。但苏轼并不厌弃人生，他想在实现了政治抱负之后功成身退，因而不知"几时归去"。末三句点出词人的理想生活方式。本词虽在一定程度上流露出词人苦闷消极的态度，但"且陶陶、乐尽天真"的主题，基调却是开朗明快的。而词中畅达的语言、和谐的韵调，正好与此基调一致，从而使形式和内容完美地融合在一起。

蝶恋花·密州上元[①]

灯火钱塘三五夜[②]，明月如霜，照见人如画。帐底吹笙香吐麝[③]，更无一点尘随马。

寂寞山城[④]人老也，击鼓吹箫，却入农桑社[⑤]。火冷灯稀[⑥]霜露下，昏昏雪意云垂野[⑦]。

注释

①密州：今山东诸城。上元：即元宵节。

②钱塘：指杭州城。三五夜：指元宵夜。

③笙：簧管乐器，民间器乐合奏中的重要乐器。麝：动物名，雄兽有腺囊，能分泌麝香，俗称"香獐子"。这里指燃香的香气好似麝香。

④山城：密州城。

⑤却：转、绕。农桑社：供奉、祭祀土地神的地方。宋代的元宵节上，密州地区的人们沿街击鼓吹箫而行，最后转到农桑社祭祀土地神。

⑥火冷灯稀：指元宵夜的灯火清冷稀少。

⑦昏昏雪意云垂野：昏昏，昏暗不明。这句的意思是天空阴暗昏沉，乌云笼罩着大地，要下雪了。

译文

杭州城的元宵夜，明月好似霜，照得人好似一幅画。帐底吹笙，燃香的香气好似麝香，更无一点尘土随着马而去。

寂寞的密州城人们都老了，人们沿街击鼓吹箫而行，最后却转到农桑社祭祀土地神。灯火清冷稀少霜露降下，阴暗昏沉的乌云笼罩着大地，要下雪了。

赏析

此词作于苏轼由杭州通判改任密州知州的第二年。词人从繁华的杭州，来到相对贫瘠冷清的密州，发觉两地的风土人情有很大的不同。词人刻意描述了两地元宵节的情景，表达了对杭州的怀念之情，以及远离朝政的落寞感。

上片写杭州的元宵节。"灯火钱塘三五夜"写的是杭州元宵节的盛况。接下两句是写当夜的天气，"明月如霜"直言月光之白，由此可见当夜是皓月当空。元宵节在宋朝是一个很重要的节日，这一天街上行人如织，人们均盛装出行，所以才有月光"照见人如画"之说。"帐底吹笙香吐麝"写杭州城达官贵人过元宵的奢侈。"更无一点尘随马"，是化用苏味道《正月十五夜》："暗尘随马去，明月逐人来"的诗句，进一步写游人如织的热闹景象。而"无一点尘"，则又写出江南清新湿润的空气。

下片"寂寞山城人老也"，以"寂寞"二字宕开一笔，转写密州元夜的冷清。词人亲身经历过杭州元夕的热闹，再来密州自然觉得寂寞冷清。"击鼓吹箫，却入农桑社"写词人所见，在这元宵之夜，他独自闲行，听到了击鼓吹箫声，原来是密州的百姓要去祭祀土地神，祈求丰年。"火冷灯稀霜露下"一句，写密州元夜灯火清冷稀少，与上片杭州元宵夜的灯火通明反差很大；而"昏昏雪意云垂野"一句，又写出密州天气的阴沉凄惨，与上片杭州元夕的皓月当空形成鲜明的对比，让人倍觉凄惨孤寂。全词直抒胸臆，意之所到，笔亦随之，不求工而自工，确为一首"有境界"之作。

临江仙·夜归临皋

夜饮东坡①醒复醉，归来仿佛三更。家童鼻息已雷鸣，敲门都不应，倚杖听江声。

长恨此身非我有②，何时忘却营营③？夜阑风静縠纹④平。小舟从此逝，江海寄余生。

注释

①东坡：位于今湖北黄冈县东。苏轼谪居黄州时曾在此筑雪堂五间，并以东坡为号。

②长恨此身非我有：指身不由己，不能掌控自己的命运。

③营营：指为功名利禄奔波。

④縠纹：细小的水纹。

译文

深夜在东坡饮酒，醉了又醒，醒了又醉，归来时好像已是三更。家童的鼾声有如雷鸣，我一直敲门也没人回应，只好拄杖听涛声。

我长恨身不由己,何时才能忘却追逐功名?夜深风静,波光粼粼。真想驾一叶扁舟,任意东西,在江河湖海上度过余生。

赏析

这首词写于宋神宗元丰五年(1082),即苏轼贬居黄州的第三年。作者在雪堂(当时尚未完全建成)痛饮,醉归临皋住所后写下了这首词。寥寥几语,充满了作者退避社会,以及勉励自己看破名利、得精神之大自由的超脱情怀。

上阕写作者醉后回家。起首两句,点明时间和地点,及词人醉酒之深。"仿佛"用得极其巧妙——作者竟然醉得连时间也不知道了,可谓神情毕现。"三更"也为下文的敲门不应埋下伏笔。最后两句写作者进不了家门,"倚杖听江声",该有多少感慨!

下阕言情。"长恨"两句,直抒胸臆,意味深长。"此身非我有",感叹自己被外物所累,隐含着厌倦之情。"何时忘却营营",写作者此时对名利富贵已经没有一丝留恋,只愿抛之而去。"夜阑"句,笔势渐收,既写江景,亦写自己的心境:宁静安详。"小舟从此逝,江海寄余生",是作者对未来的向往——回归自然,超脱人生,为传颂至今的名句。

河满子

湖州作,寄益守冯当世①。

见说岷峨②凄怆,旋闻江汉澄清。但觉秋来归梦好,西南自有长城③。东府三人最少,西山八国初平④。

莫负花溪⑤纵赏，何妨药市⑥微行。试问当垆人⑦在否，空教是处闻名。唱着子渊新曲，应须分外含情。

注释

①此词作于宋神宗熙宁九年（1076）作者即将由湖州调任密州时，是作者临行前为南州（又称益州，今四川省西部少数民族居住地）太守冯京（字当世）而作。

②岷峨：四川的岷山和峨眉山，是苏轼故乡的名山。

③长城：本义是古代北方为防备匈奴所筑的城墙，东西连绵长达万里，这里引申指国家所倚赖的能臣良将。

④西山八国初平：《旧唐书·东女传》记载，韦皋于唐德宗贞元九年任剑南西川节度使，出兵西山破吐蕃军，招抚原附吐蕃的西山羌族八个部落，"处其众于维、霸、保等州，给以种粮、耕牛，咸乐生业"。此处借用韦皋的事迹暗指冯京安抚茂州诸蕃部。

⑤花溪：即浣花溪，位于成都城西郊。

⑥药市：成都城南玉局观。

⑦当垆人：即卓文君。《史记·司马相如列传》载，成都人司马相如在临邛"买一酒舍酤酒，而令文君当垆。相如身自著犊鼻裈，与保庸（奴婢）杂作，涤器于市中"。当垆，即卖酒。

译文

刚听说岷、峨一带动荡不安，现在就太平了，就像澄清的水面一般。蜀中一带有能人镇守，看来这个秋天又会太平安宁了。你任参知政事的时候，在宰执中年纪最轻，最有锐气，曾像韦皋一样安抚了茂州诸蕃部。

不要辜负了浣花溪的美景，可纵情观赏；不妨游览一下那里的药市，与民相近。司马相如和卓文君当年卖酒的地方，如今只空留佳话。闲唱王褒（字子渊）所赋的新曲时，你当会特别感受到其中的情调。

赏析

这首词是《东坡乐府》中记载的唯一一首叙事词，作于熙宁九年（1076）苏轼即将由湖州调任密州时，是词人离开前为南州（四川省西部少数民族居住地）太守冯当世而作。词中对当时国家的人事派遣直陈己见，还对国事大发议论，在表达个人情感的同时，又加入了对历史的感慨，意境高远，气势雄浑，刚柔并济。

上阕侧重写冯京戍守四川时所立的战功。开篇"见说岷峨凄怆"两句是说动荡不安的岷、峨一带，现在已经太平了，就像澄清的水面一般。"见说"、"旋闻"等词说明解决问题的速度很快，又好像是远道听说家乡情况的口气，流露出亲切感。离家太久，故有"归梦"之说；战乱已平，故有"梦好"之感。苏轼之所以"但觉秋来归梦好"，是因为蜀中一带有大将镇守，即"西南自有长城"。至此，词人以"长城"作比喻，引出对冯京的描写。"东府三人最少"是说冯京年轻有锐气。苏轼难忘冯京任参政时举荐自己的那一段尘缘，所以在此点出其出任参知政事时的事情。接下一句"西山八国初平"是借用韦皋的事迹暗指冯京安抚茂州诸蕃部。据《旧唐书·东女传》载，韦皋于唐德宗贞元九年任剑南西川节度使，出兵西山破吐蕃军，招抚原附吐蕃的西山羌族八个部落。韦皋、冯京都曾镇守西川，二人事功也很相似，所以词人以韦皋的典故，写冯京茂州事，极为贴切恰当，比直接称赞冯京更具风致。

下阕讲述西蜀的风土人情。"莫负花溪纵赏"两句写成都两处群众集结的地方，"花溪"即浣花溪，位于成都城西郊，"药市"即成都城南玉局观。词人以"莫负"、"何妨"的口吻劝慰冯京，期望他能参与到百姓的集会当中，能与民同乐。"试问当垆人在否"两句用司马相如和卓文君的典故，意在说明像他们这样的风流人物也会消散，只有佳话流传下来。旨在期望地方长官能识拔和发现新的人才，使人文鼎盛的成都继续繁华下去。结尾"唱着子渊新曲"二句，更进一步阐述了词人这样的思想。"新曲"二字用王褒作诗教歌称美王襄的事情，表达对冯京文采的赞颂。

这首词侧重叙事，因而用典颇多，排比对偶之句较多，语言也较为平实。词人将词用诗的语言表现出来，在写作过程中大量使用虚词，使得词作张弛有度，衔接自然，其高超的创作技巧可见一斑。

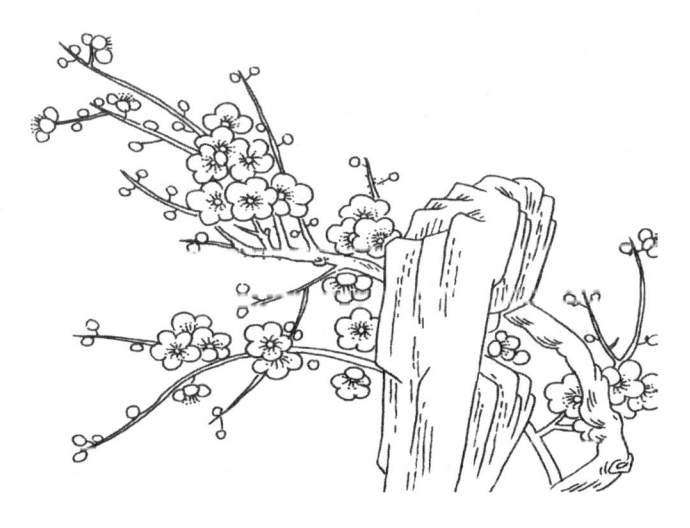

相思篇

江城子

乙卯正月二十日夜记梦。

十年①生死两茫茫,不思量,自难忘。千里孤坟②,无处话凄凉。纵使相逢应不识,尘满面、鬓如霜。

夜来幽梦忽还乡。小轩窗③,正梳妆。相顾无言,惟有泪千行。料得年年肠断处,明月夜、短松冈④。

注释

①十年:苏轼妻子王弗死于宋英宗治平二年(1065),到苏轼作词的宋神宗熙宁八年(1075),正好十年。

②千里孤坟:王弗的墓在四川,与苏轼当时任职的密州相隔几千里。

③小轩窗:小室的窗前。

④短松冈:指王弗的坟墓。

译文

十年生死相隔,音信渺茫,即便是强忍着不思念,你的形影我也永远难忘。如今你静卧在千里外的孤坟里,我到哪里去诉说心中的凄凉。纵使相见了你也不会认出我,我现在已满脸尘土,两鬓如霜。

夜里,我在梦中忽然返回家乡,小屋的窗前,你正打扮梳妆。我们相对无言,默默凝望,只有千行泪水簌簌流下。料想年年最让我伤心的地方,就在那明月之夜,长满小松树的坟冈上。

赏析

这首脍炙人口的《江城子》是苏轼为悼念亡妻而作。苏轼与妻子王弗伉俪情深,恩爱有加。不幸的是,王弗二十七岁便撒手人寰。十年之后,苏轼在密州任上时,夜里梦见亡妻,便写下了这首凄楚哀婉的悼亡词。

词的上阕写对亡妻的思念。开篇沉痛至极,"十年生死两茫茫,不思量,自难忘",妻子去世的这十年里,二人阴阳两隔,都不知道彼此的消息。但夫妻二人感情很深,不用去刻意地思念,往日深情自然难忘。"千里孤坟,无处话凄凉",当时苏轼在密州,而妻子的坟墓远在千里之外的家乡。在这十年里,词人几经磨难和打击,仕途上很不得意。妻子在世时,还可以安慰自己,如今妻子不在了,词人想要诉说内心的愁苦也无人可寻啊。这两句写得无限凄楚悲凉。"纵使相逢应不识,尘满面、鬓如霜",这三句是词人想象与妻子见面的情景,充满了人世间的辛酸之感。这十年,词人经历了人生的风霜,已是满面沧桑之

态,即使与妻子重逢,她也不见得能认出自己了。

　　词的下阕写词人在梦中与妻子相见的情景。"夜来幽梦忽还乡。小轩窗,正梳妆"这几句写梦境。这里用妻子临镜梳妆的细节,依稀再现了妻子生前二人幸福和睦的生活。"相顾无言,惟有泪千行",乍然相逢,千万种情绪纷至沓来,纵有千言万语却不知从何说起,只有默默无声的泪流。后三句写词人梦醒后的哀痛。词人在这里推己及人,设想妻子在明月之夜、松林山岗之中思念自己,伤心欲绝。而自己又何尝不是如此痛苦地思念着亡妻呢?

　　这首词将现实与梦境、悼亡与伤己融为一体,写得哀婉沉痛,催人泪下。

少年游

润州①作,代人寄远。

　　去年相送,余杭②门外,飞雪似杨花。今年春尽,杨花似雪,犹不见还家。

　　对酒卷帘邀明月,风露透窗纱。恰似姮娥③怜双燕,分明照、画梁斜。

注释

①润州:今江苏镇江一带。
②余杭:杭州。
③姮娥:传说中的月中女神嫦娥。《淮南子·览冥》:"羿请不死之药于西王母,姮娥窃以奔月。"后因避汉文帝刘恒讳,改"姮"为"嫦"。此处以姮娥代月。

译文

去年相送于余杭门外,大雪纷飞如同杨花飘落。如今春天已尽,杨花飘絮似雪,却不见人归来,怎能不叫人牵肠挂肚?

卷起帘子,举起杯引明月做伴,可是风露又乘隙而入,透过窗纱,扑入襟怀。月光无限怜爱那双宿双栖的燕子,把它的光辉与柔情斜斜地洒向画梁上的燕巢。

赏析

这首词作于宋神宗熙宁七年(1074)春末。当时作者在润州赈济灾民,已近半年没有回家与妻子团聚了,于是作此词以寄情怀。表面写思妇怀远人,其实是在写作者自己的不归之感,运笔缠绵哀怨,可见夫妻情深。

上阕写分别已久,思妇犹不见离人归家。起首三句是对当时离别情景的回忆,点出时间和地点。"飞雪似杨花",把人带入一种迷离、惆怅的氛围之中,为下文埋下了伏笔。随后的三句写现今思妇对亲人的思念。这一片通过今昔对比,反衬离情,用语巧妙,飞雪和杨花的互比更是难得的妙笔。

下阕写夜里女主人公对月思人的孤单和苦闷。"对酒"两句,写主人公寂寞难挨的情态。最后三句情景交融,以景写情,如一幅幽美迷离的画卷,让人沉醉。燕子尚且成双,怎奈人却形单影只,这是一处对比,写妻子落寞难挨;另外"姮娥"与妻子又是一个类比,写妻子的相思之苦。

本词以物写人,融情于景,新奇别致,烘托出一种幽深、清丽的意境,读来让人耳目一新。

醉落魄·离京口①作

轻云微月,二更②酒醒船初发。孤城回望苍烟合③。记得歌时,不记归时节④。

巾偏扇坠藤床滑⑤,觉来幽梦无人说。此生飘荡何时歇?家在西南,常作东南别⑥。

注释

①京口:古城(今江苏镇江),为古代长江下游的军事重镇。

②二更:又称二鼓,指晚上九时至十一时。

③孤城回望苍烟合:孤城,指京口。苍烟,灰蒙蒙的雾气。此句意为回头遥望京口,孤城已经隐没在灰蒙蒙的雾气当中。

④不记归时节:时节,时光,时候。此句与上句都是说词人酒醒后的感觉——只记得喝酒时欢歌笑语的场面,却不记得上船时的情景。

⑤巾偏扇坠藤床滑:巾,指头巾。此句与下句都是描述词人醉后的形态——酒醒后头巾偏斜,扇子坠落,藤床格外滑腻,连身子都快挂不住了。

⑥"家在西南"二句:苏轼籍贯为四川眉山,故说"家在西南"。后离家入仕,从四川来到京城汴梁(今河南开封),再从京城来到杭州,一直向东南迁徙,这次又是从京口返回杭州,故说"常作东南别"。

译文

云朵轻轻飘,月色微微亮,二更天时从酒醉中醒来,船刚开始出发。回头遥望京口,孤城已经隐没在灰蒙蒙的雾气当中。记得喝酒时欢歌笑语的场面,不记得上船时的情景。

酒醒后头巾偏斜,扇子坠落,藤床格外滑腻,连身子都快挂不住了。一觉醒来,梦中的幽静无人可倾诉。此生的飘荡什么时候才能休止呢?家住西南眉山,却经常向东南道别。

赏析

宋神宗熙宁七年(1074),苏轼任杭州通判,前往京口赈饥,公职结束离开京口时写下本词。词中描述了词人在船中酒醒后的心境,抒发了对故乡的思念以及对仕宦生活的厌倦。

上阕写词人乘船离开京口的情景:轻云微月,二更时分词人酒醉醒来,船刚刚开始出发。他在船上回望京口,只见孤城已经隐没在灰蒙蒙的雾气当中。这一切如梦如幻,词人神志有些昏沉,只记得喝酒时欢歌笑语的场面,不记得上船时的情景。上阕寓情于景,描摹出词人酒醒后的状态。

下阕承上阕之意而来,写词人一觉醒来,看到自己的头巾偏斜,扇子坠落,藤床格外滑腻,连身子都快挂不住了。"巾偏扇坠藤床滑"区区七个字,生动刻画出词人的醉态。"觉来幽梦无人说"写词人想起自己做了一个梦,但梦中的景象却无人可诉说,此句将词人孤寂、伤感的心境真切地展示在读者面前。此情此景,让词人无法释怀,他不由得发出这样的慨叹:"此生飘荡何时歇?"这般飘零无依的生活什么时候才能休止呢?"家在西南,常作东南别"自然写到词人对故乡的思念之情,道出词人埋藏在内心深处的乡思苦楚,委婉动人,令人感喟不已。

全词语言清新质朴,词人于缓缓的内心独白之中展示出当时真正的心境,笔调委婉,风格灵动,是一首绝佳的思乡词。

临江仙·送王缄

忘却成都①来十载,因君②未免思量。凭将清泪洒江阳③。故山知好在④,孤客⑤自悲凉。

坐上别愁君未见,归来⑥欲断无肠。殷勤且更尽离觞⑦。此身如传舍⑧,何处是吾乡!

注释

①成都:宋朝时,眉山属于成都府,这里指家乡。

②君:指王缄,苏轼妻弟。

③江阳:据《眉山县志》,即眉州所辖的彭山县,江阳为刘宋时的故郡名;一说指江的南面。

④好在:无恙,依旧。

⑤孤客:苏轼自谓。

⑥归来:送走王缄后。

⑦觞:酒器。

⑧传(zhuàn)舍:古时供来往行人居住的旅舍。

译文

亡妻离世已有十年了,我努力忘却悲痛,你却再一次勾起了往日的记忆。今日送别,请你将我伤心之泪带回家乡,洒向江头一吊。故山依旧,只是我归期无望,不禁悲从中来。

筵席上我的别愁你未感受到,但送你走后,我已忧愁断肠。只好借酒消愁,排遣离愁别绪。这副身体不停地奔波在旅舍之间,哪里才是我的家啊?

赏析

宋神宗熙宁七年（1074）秋冬时节，苏轼的妻弟王缄自故乡眉山到杭州拜访苏轼。苏轼送王缄回家时作了这首送别词。这首词表达的思想感情与苏轼的《江城子·十年生死两茫茫》相似，都抒发了对亡妻的相思之情、缅怀之意。

词的上阕写悲痛的勾起、扩展以至不能自已的情状。开头两句一下子触到了苏轼爱情生活的伤心点，妻子去世已经十年，词人的悲痛方才变得轻微起来，但是随着王缄的到来，日渐平复的感情创伤又陷入了极度的痛楚之中。王缄又同苏轼说起眉山的事情，使苏轼知道"故山好在"，自感欣慰，但另一方面又觉得自己宦迹漂泊，不禁悲从中来。"孤客自悲凉"一句意蕴丰富，混合了词人乡愁、旅思与丧妻之痛等各种愁苦的情感。

下阕写离别之苦和内心的愁绪。过片两句"坐上别愁君未见，归来欲断无肠"，与题目"送王缄"相照应，但作者又将自己的"别愁"克制起来，等"归来"后方感"断肠"之愁。结尾三句，词人似乎将人生看破，已求得到彻底解脱，这看起来比较消极，但对当时的苏轼而言，却是再无他法。

整首词夹杂着对亡妻的思念、对故乡的怀念和对政治的无奈，乡愁、丧妻之痛和政治上的失意交织其间，展现了作者伤感、悲痛、凄苦的内心世界。

蝶恋花·京口①得乡书

雨后春容清更丽。只有离人,幽恨终难洗。北固山②前三面水,碧琼梳拥青螺髻③。

一纸乡书来万里。问我何年,真个成归计。白首送春拼一醉,东风吹破千行泪。

注释

①京口:位于今江苏镇江市内。
②北固山:位于京口北面,北峰三面临水,十分险峻。
③碧琼梳:指水。青螺髻:喻山。

译文

雨后京口春光更加清朗秀丽,只有那离乡在外之人,深藏在心中的忧愁和怨恨难以被冲洗掉。北固山突入长江,三面环水,那美景如同用碧绿美玉做成的梳子聚拢着黑色螺壳状的发髻。

一封家书不远万里而来,问我何时才能实现归乡的计划。白发人送别春光,内心十分忧伤,只好一醉方休,只见那东风殷勤地吹落我的眼泪。

赏析

这首词写于宋神宗熙宁七年(1074)。当时苏轼任杭州通判,被派到京口等地赈济灾民。这时候恰好收到家书,于是他写下此词聊表思乡之情。作者在外为官,仕途坎坷。一封家书寄自万里之外,勾起他多少离愁别恨!借酒消愁,却落得悲上加悲。山清水秀,更平添几多愁绪,有家难归之意溢于言表,真情感人,可谓佳作。

本词上阕写景，雨后的春天，明艳亮丽，山清水秀。但对离人而言，无论风景如何秀丽，却抹不去离别的幽恨，由此可见积怨之深。下阕叙事，从万里之外寄来的家书，问我何年何月才能回家。词人虽未写到何时回家，但"白首送春拼一醉。东风吹破千行泪"一句已道出了心声，自己只能白首送春，一醉方休，泪流满面，从而表现了有家难归，思念亲人的痛楚。

全词情景交融，景中含情，情中有景，将词人心中的感伤描写的淋漓尽致，又显得意蕴十足。

望江南·超然台作①

春未老②，风细柳斜斜。试上超然台上看，半壕③春水一城花。烟雨暗千家。

寒食④后，酒醒却咨嗟。休对故人思故国，且将新火试新茶⑤。诗酒趁年华。

注释

①超然台作：一作《暮春》。
②老：这里指季节最浓之时，即晚春季节。
③壕：指护城河。
④寒食：节气名，在清明节前一日或二日。
⑤新火：寒食禁火，节后生火谓之"新火"。新茶：此指寒食前所采制的茶，称"火前茶"，为茶中佳品。

译文

春天才刚刚开始，细风微微，柳枝随之起舞。登上超然台远远眺望,护城河中只满一半的碧水微微闪动,城内则是缤纷竞放的春花。更远处,千家万户均在雨影之中。

寒食节过后,酒醒了却仍旧惆怅、叹息不已。还是不要对着故人思念家乡吧,且点上新火,煮一杯刚采的新茶。作诗、醉酒都要趁尚未衰老的大好年华啊。

赏析

宋神宗熙宁七年(1074)秋,作者从杭州调任密州。次年夏,他重修旧台,并称此台为"超然台"。熙宁九年初春,他登台远望,顿发思乡之情,便挥毫写下该词,从中可见其超然的襟怀和"用舍由时,行藏在我"的人生态度。

上阕写景。首句起笔不凡,用拟人手法总写春之景色。"风细柳斜斜",点明时令。"试上"三句,直写其登台望远。作者通过极强的观察力,抓住了这些景物的特色,然后把它们联系起来;色彩对比鲜明,一明一暗,极尽变幻之能事,使所绘之景生动形象地展现出来。

下阕抒情。"新茶"与"诗酒"是其借以排解乡愁的事物,借酒消愁,足见愁苦之深;但作者并非被动忍受愁闷之扰,而是在积极进行调适,好让自己从愁闷中解脱,超然物外。

这首词短小玲珑,清新自然,显示了作者深厚的艺术功力。

闺情篇

洞仙歌

仆七岁时,见眉州老尼,姓朱,忘其名,年九十岁。自言尝随其师入蜀主孟昶①宫中。一日大热,蜀主与花蕊夫人夜起避暑摩诃池上②,作一词,朱具能记之。今四十年,朱已死,人无知此词者。但记其首两句。暇日寻味,岂《洞仙歌令》乎?乃为足之。

冰肌玉骨,自清凉无汗。水殿③风来暗香满。绣帘开,一点明月窥人,人未寝,欹④枕钗横鬓乱。

起来携素手,庭户无声,时见疏星渡河汉。试问夜如何?夜已三更,金波淡、玉绳低转⑤。但屈指西风几时来,又不道⑥流年暗中偷换。

注释

①孟昶:五代后蜀国君。他生活奢侈,爱好文学,熟音律,在位三十一年,后蜀被宋灭亡后郁郁而亡。

②花蕊夫人:孟昶的贵妃,姓徐,别号花蕊夫人。摩诃:梵语,指大、多、盛。

③水殿:指摩诃池上的宫殿。

④欹：倚，斜靠。
⑤玉绳低转：夜色深沉。玉绳，玉绳星。
⑥不道：不知不觉。

译文

冰一样的肌肤玉一般的骨，自然是遍身清凉没有汗。官殿里清风徐来，幽香弥漫。绣帘被风吹开，一线月光把佳人窥探。佳人还没有入睡，斜倚绣枕，钗横发乱。

佳人起来与爱侣户外携手闲行，走出无声的庭院，随时可见流星横穿河汉。试问夜已多深？已过三更，月光暗淡，玉绳星向下旋转。她掐指计算秋风几时吹来，而不知不觉流年似水，岁月暗暗变换。

赏析

本词通过丰富的想象，向人们再现了五代时后蜀国君孟昶和他的贵妃花蕊夫人夏夜在摩诃池上消夏的情形，展现了花蕊夫人美好的精神境界，抒发了作者惜时的感慨。

词的上阕写当时花蕊夫人在寝室内的姿态。"冰肌"二句，不仅写她容貌秀美，其中更隐含着一股圣洁之气。"水殿"句，用"暗香"写摩诃池夏夜荷风的清香，同时也是写花蕊夫人温玉一般的体香，境界幽眇。其中"暗"字用得尤其好,着一字而境界全出。最后几句写花蕊夫人的姿态,却是明月所窥,为本词增添了许多情致。

词的下阕写花蕊夫人的举止和内心世界。"起来携素手"写她难以入眠,于是起身和夫君一起携手外出。"无声",写夜的幽深静谧,暗指时光悄然逝去。"疏星度河汉"是夫妻二人看到的景色。"试问"四句,写两人含情脉脉,共赏夜空,营造了一种柔情蜜意的氛围。最后两句一明一暗,写岁月变迁,时光流转,隐含着作者对时光一去不返的深沉感慨。

本词境界幽眇,跌宕起伏,读之让人如临其境。

贺新郎

乳燕飞华屋①,悄无人、桐阴转午②,晚凉新浴。手弄生绡白团扇,扇手一时似玉。渐困倚、孤眠清熟③。帘外谁来推绣户?枉教人梦断瑶台曲。又却是,风敲竹④。

石榴半吐红巾蹙⑤。待浮花浪蕊都尽,伴君幽独。秾艳⑥一枝细看取,芳心千重似束。又恐被西风惊绿。若待得君来向此,花前对酒不忍触。共粉泪,两簌簌⑦。

注释

①乳燕:小燕子。华屋:赵彦卫《云麓漫钞》:"尝见其真迹,乃'栖华屋'。"华屋,华美的房屋。

②桐阴转午:桐树的影子逐渐移动,时间指向午后。

③倚:倚枕侧卧。清熟:安然入睡。

④风敲竹：唐李益《竹窗闻风寄苗发司空曙》诗："微风惊暮坐，临牖思悠哉。开门复动竹，疑是故人来。"

⑤蹙：此指皱叠的样子。

⑥秾艳：茂盛，美丽。李白《清平调》诗："一枝秾艳露凝香。"

⑦两簌簌：指落花与粉泪纷纷落下。

译文

小燕子飞落在雕梁画栋的房屋上，不觉间，桐影已转过了正午，傍晚清凉时美人刚出浴。手握丝织的白团扇，纤手和扇子都白如美玉。渐觉困乏，倚枕安然入睡。此时不知是谁在帘外推门？空教人惊醒了瑶台好梦，侧耳一听，原来是阵阵清风拂过翠竹的声音。

半开的石榴花像红巾皱叠，待其他浮花浪蕊落尽后，它才静静地绽开，与美人共享幽静时光。细看一枝秾艳的石榴，花瓣千层恰似美人芳心紧束。只怕被西风吹落，只剩下叶子。美人来到，在花前饮酒也不忍去碰触它了。那时节，泪珠、花瓣，一同簌簌洒落。

赏析

这是一首写闺中佳人孤单落寞的双调闺怨词，暗寄作者郁郁不得志的沧桑之感。

词的上阕写佳人绝代倾城的情态。"乳燕"三句，写佳人所居之处的宁谧、清幽。"晚凉新浴"，指出时间是傍晚，情景是美人刚刚出浴。"凉"字衬托出美人的绝世脱俗。后面的"白团扇"、"玉手"，极言美人皮肤白皙、清丽高洁。在古人笔下，白团扇意味着红颜薄命，所以这一句也暗示了美人的命运。"渐困倚"六句，写她困后小睡，梦游仙境，随后又被风吹竹的声音惊醒。"渐困倚、孤眠清熟",写出了佳人深深的孤寂。"柱"字,突出了其心中的无限哀怨与惆怅之感。

词的下阕以花写人。"石榴"三句,赋石榴花以灵性,既是写花的形状和特性,也是写佳人的卓尔不群。"秾艳"两句以花之"形"写美人之"心",暗示其高洁的品质,同时也展示了美人有情还似无情的情怀。"又恐"几句,明写花之易凋,实写人之易老。"惊"字写花的娇嫩,实写人的心理感受。在这里,花与人同命相连,惺惺相惜,于是花落簌簌、泪亦簌簌。

本词寓情于物,虚实相生,手法高妙,美艳凄绝,读来令人叹惋。

水调歌头①

欧阳文忠公②尝问余:"琴诗何者最善?"答以退之《听颖师琴》诗最善。公曰:"此诗最奇丽,然非听琴,乃听琵琶也。"余深然之。建安章质夫④家善琵琶者,乞为歌词。余久不作,特取退之词,稍加隐栝⑤,使就声律,以遗之云。

昵昵⑥儿女语,灯火夜微明。恩怨尔汝来去,弹指泪和声⑦。忽变轩昂勇士,一鼓填然作气,千里不留行⑧。回首暮云远,飞絮搅青冥⑨。

众禽里,真彩凤,独不鸣。跻攀寸步千险,一落百寻轻⑩。烦子指间风雨,置我肠中冰炭⑪,起坐不能平。推手从归去⑫,无泪与君倾。

注释

①水调歌头:词牌名,又名《元会曲》、《凯歌》、《台城游》、《花犯念奴》等。唐代大曲有《水调歌》,作于隋炀帝开汴河之时。大曲都是由几个乐章组成,"歌头"即是开头第一段。此调就是截取《水调歌》的开头一段另创的新调。《词谱》以苏轼、毛滂、周紫芝词为正体。一共九十五字,上片九句四平韵,下片十句四平韵。另有九十四字、九十六字、九十七字各体,是变格。

②欧阳文忠公:欧阳修,卒谥文忠。

③退之:唐代诗人韩愈,字退之。颖师:唐代僧人,琴艺高超。韩愈曾写下《听颖师弹琴》,赞美其技艺。

④章质夫:作者的朋友,时任吏部郎中。

⑤隐栝:删减、改写原文以成新作。

⑥昵昵:形容青年男女亲密的样子。

⑦尔汝:二字都是第二人称代词,是彼此亲密的称呼。来去:指谈话中的你问我答。弹指:形容时间短暂。

⑧轩昂:气势不凡。填然:形容声音宏大。千里不留行:形容所向披靡。出自《庄子说剑》:"臣之剑,十步一人,千里不留行。"

⑨青冥:青天。这句是形容乐声缥缈远去,好似柳絮纷飞。

⑩跻攀:攀登。寻:古时长度单位,一寻相当于八尺。

⑪烦:劳烦。冰炭:冰块和木炭。作者以这两种性质相

反、无法相容的事物，比喻听者内心的万般感触。

⑫推手：作揖。从：任从，听凭。

译文

乐声初始，好像静夜微弱的灯光下，一对男女卿卿我我地说情话，他们谈爱说恨，亲昵无比。弹奏开始，音调哀怨、压抑而又细碎轻柔。曲调忽然变得高昂，好像气宇轩昂的勇士，在鼓声中，驰骋跃马，无法阻挡。乐声缥缈，好似暮云消逝，好似柳絮纷飞。

辅音好似百鸟在明媚的春色中争相鸣叫，唯有主音好似彩凤不鸣。瞬息间高音突起，曲调曲折而上，好像在悬崖峭壁之间行走，前行一寸都要花费很大的气力。正当步履维艰之际，音调突然下降，让人觉得一落千丈，好像跌入深渊。弹者高超的技艺好像能兴风作雨，让人觉得肠中忽而高寒、忽而酷热，坐立不安。这种感觉简直难以忍受，于是作揖而去，因为眼泪已流尽，再无泪可倾洒了。

赏析

这首词是苏轼隐栝韩愈《听颖师弹琴》一诗而成。所谓隐栝，是指在原来作品的基础上，通过增减、变换字句，使之适应词的结构格律的一种手法。苏轼这首词在变幻作品体例的同时，将自身的感慨巧妙地融入其中，使之不落俗套，实属难能可贵。

"昵昵儿女语"四句，写琴声的轻柔婉转，并通过设置一个具体的场景，赋予琴声具体可感的形象。"忽变轩昂勇士"三句，写琴声由轻柔低沉突然变为激昂。词人用男士在鼓声中纵马驰骋、一去千里之势来形容琴声的慷慨激昂。"回首暮云远"两句，词人用天边的暮云、高空的飞絮来形容琴声的悠远。上阕词人描写了三种不同的琴音，并将之具体化为三种不同的音乐场景，用"忽变"和"回首"将其连接起来,使不同的音乐场景在变化时不显得突兀和生硬。

"众禽里,真彩凤,独不鸣"与"跻攀寸步千险,一落百寻轻",这两组对比突出了琴师高超的琴艺。后边几句写琴声震撼人心的感人力量,从侧面烘托弹奏者技艺的高超。"烦子指间风雨"承上启下,是对前边所写琴声的总结,又引出了下面听琴者的感受。后边通过写听琴者内心的冰火两重天,坐立不安以至不堪忍受不得不作揖告辞来突出琴声感人肺腑的力量。

这首词在韩诗的基础上巧加改动,既保留了原作的精彩,又在内容和形式上有所创新,显示了词人不凡的文字功底。

送别篇

临江仙·送钱穆父①

一别都门三改火②,天涯踏尽红尘。依然一笑作春温③。无波真古井④,有节是秋筠⑤。

惆怅孤帆连夜发,送行淡月微云。樽前不用翠眉颦⑥。人生如逆旅⑦,我亦是行人。

注释

①钱穆父:名勰,苏轼老友,曾任开封知府、越州知州等职。元祐六年(1091)春,钱穆父由越州北归,途经杭州,苏轼作此词送别。

②都门:都城城门,这里借指京城。三改火:指过了三年。古人钻木取火,因四季取火用不同的木材,故称"改火"。后随之以"改火"比喻时节变换。

③春温:春意融融。这句话的意思是仍然做出春意融融的笑容。

④无波真古井:古井枯竭,没有任何波澜,比喻人内心平静,不为外物所动。

⑤筠:竹皮,此处指代竹子。

⑥樽前:指送别的宴席之前。樽,酒器。翠眉:用青黛画过的眉。颦:皱眉。此句是劝说宴席上的官妓不要为离别而哀愁。

⑦逆旅:旅居。比喻人生奔波,到处是客舍。

译文

京城一别整整三年的光阴，走了许多的尘路，仍然带着春意融融的笑容。古井枯竭，没有任何波澜，有气节的乃是竹子。

可叹小舟连夜出发，送行时月色浅淡，云彩稀薄。席前不用画眉敛妆，人生奔波，到处是客舍，而我就是其中的行人。

赏析

这首词是宋哲宗元祐六年（1091）春苏轼送别挚友钱穆父时所作。全词一改以往送别词中哀婉伤感的格调，豪放大气，实乃送别词中别具一格的佳作。

上阕写与友人久别重逢之后内心的喜悦。"一别都门三改火，天涯踏尽红尘"，自从京城一别，转眼间三年过去了，这三年里友人在外漂泊，想必走了很多的路，经历了颇多的坎坷。元祐初年，苏轼和钱穆父分别担任起居舍人和中书舍人，二人志同道合，交往颇深。元祐三年，钱穆父离开京城出任越州知州，二人分别时苏轼写下赠别诗。如今再相见已经是三年之后了，对于这三年各自人生中所经历的事情，两人必然感慨颇深。"依然一笑作春温"，两人一见面就相视而笑，像春意一般让人从心底感到温暖。虽然二人分别了很长时间，然而真正

的友谊是不会因别离而受到影响的，反而因为彼此间距离的遥远而显得更加宝贵。"无波真古井，有节是秋筠"，没有波澜的才是真的古井，有气节的才是真的竹子，此处化用了白居易在《赠元稹》中的诗句"无波古井水，有节秋竹竿"。苏轼认为，友人虽身处逆境却依然坚持自己的道德操守和淡泊宁静的心志，故将其比做古井和竹子，表明对其品格的欣赏和支持，同时也表达了词人自己对于坚贞道德的坚守和不与小人同流合污的志向。

下阕转而写离别时的场景。"惆怅孤帆连夜发，送行淡月微云"，在月色暗淡的夜里友人的小船就要出发，一抬头还能看到薄薄的几片云在夜空飘浮。词人营造出一片凄凉冷清的氛围，以此烘托二人心中的伤感之情。"樽前不用翠眉颦"，离别宴中的歌舞伎不要因为离别而感到哀愁。此处笔锋一转，将之前送别时哀伤忧郁的氛围转化为大气而豁达的基调。是什么让词人产生了这样与众不同的想法呢？词中最后一句给了我们答案——"人生如逆旅，我亦是行人。"人的一生其实就是一个不断奔波的过程，而我们不过是在旅途中的行人。相见，然后告别，也许这才是人生的常态。行文至此，词人已经摆脱了一般送别诗中通过离愁别绪所表现出来的个人情怀，而是将感情升华至更高的层次去审视人生，于是便有了更加开阔的视野和更加宽广的胸怀，继而能从另一个角度去看待生命中的分分合合、起起落落。

纵观苏轼的一生，其一方面积极投身政治，希望在仕途上有所作为；另一面，他又深受庄子"无为"思想的影响。每当在仕途上遇到挫折的时候，他总能以一种超然物外的态度来面对，因而他虽遭遇颇多坎坷却依然活得洒脱不羁，这也成就了其作品虽矛盾却富于感染力的特点。

醉落魄·苏州阊门①留别

苍颜华发,故山归计何时决!旧交新贵音书绝,惟有佳人,犹作殷勤别。

离亭欲去歌声咽,潇潇细雨凉吹颊。泪珠不用罗巾浥,弹在罗衫,图得见时说②。

注释

①苏州阊门:春秋末期,伍子胥始筑吴都,阊门是这座城池"气通阊阖"的首门。

②"泪珠"三句:典出武则天《如意娘》诗:"看朱成碧思纷纷,憔悴支离为忆君。不信比来长下泪,开箱验取石榴裙。"

译文

容颜苍老,白发满头,回家的计划不知何时能实现。老友新朋都已断了联系,只有你殷勤为我设宴饯行。

就要告别而去,开口未歌先凄咽,细雨和凉风吹打着面颊。不要用手帕擦眼泪,就任它洒满衣衫吧,再次相会时,便把这作为相知、相念的凭证。

赏析

这首词写于宋神宗熙宁七年(1074)秋。当时苏轼正在从杭州到密州的路上,途经苏州时,有歌女在阊门为他设宴饯行,苏轼便写了这首词酬谢她。这首赠词没有遵循故有的抒情原则,而是从自己对身世的感慨出发,别出心裁。作者对歌女生出"同是天涯沦落人"之感,以之为知音,也由此表现了歌女不嫌贫爱富、不谄媚权贵的高尚节操。

上阕开篇即说"苍颜华发",这一方面是相比于歌女的豆蔻年华,另一方面则是实写自己由于政治上的失意而未老先衰。由于屡受罢贬,有些旧交便疏远了,有些则是南北东西,通问不便。"惟有佳人,犹作殷勤别",真是可贵的知己。

下阕写与歌女依依惜别的情形。歌女擅唱,自然要高歌一曲,但歌声哽咽,以致泣不成声。结语劝歌女不必擦去眼泪,任它洒满罗衫,等到再次相会时,以此作为相知的见证。这既是劝慰歌女,也是自我宽解。通过一系列的情绪流露,也暗示了词人隐居乡里的思想。

满庭芳

元丰七年四月一日,余将去黄移汝①,留别雪堂邻里二三君子,会李仲览②自江东来别,遂书以遗之。

归去来兮,吾归何处?万里家在岷峨③。百年强半④,来日苦无多。坐见黄州再闰⑤,儿童尽、楚语吴歌⑥。山中友,鸡豚社酒⑦,相劝老东坡⑧。

云何⑨,当此去?人生底事⑩,来往如梭。待闲看秋风,洛水⑪清波。好在堂前细柳,应念我,莫剪柔柯⑫。仍传语,江南父老⑬,时与晒渔蓑⑭。

注释

①去黄移汝:离开黄州到汝州。宋神宗元丰七年,谪居黄州达五年之久的苏轼,接到朝廷任命,到汝州担任团练副使。

②李仲览：指李翔，字仲览，时为富川县学生，奉富川知县之命，前来邀请苏轼前往富川。

③岷峨：岷山与峨眉山。此二山均在四川，作者借此指代故乡。

④强半：过半。苏轼时年四十九岁，故说"百年强半"。

⑤再闰：再次遇见闰年。苏轼曾于元丰三年到黄州，其间九月为闰月；元丰六年再到黄州，时闰六月，故称"再闰"。

⑥楚语吴歌：指用吴楚方言交谈唱歌。黄州战国时属于楚国，三国时属于吴国。苏轼携家带口在黄州生活了四年多，其子女已改为当地口音了。

⑦豚：小猪。社酒：祭祀土神饮酒庆贺时用的酒。

⑧老东坡：作者自称。

⑨云何：说什么呢？这句话的意思是在这分别之际，说些什么呢？

⑩底事：什么事。

⑪洛水：即洛河，发源陕西，流经河南入黄河，离汝州很近。

⑫柔柯：柔软的枝条。

⑬江南父老：指作者的故交。

⑭时与晒渔蓑：记得经常帮我晒晒钓鱼时穿的蓑衣。言外之意，我还会再回来与友人一起钓鱼的。

译文

归来离去，我要回到什么地方呢？我的家在万里之外的岷山与峨眉山。人生百年已经过半，来日愁苦的日子已经不多。居住在黄州再次遇见闰年，在这里生活多年，儿女都用吴楚方言交谈唱歌。山中老友，以鸡肉小猪社酒招待我，劝慰老去的我。

在这分别之际，说些什么呢？人生无论什么事都无定数，来来往往如梭一样。待到汝州闲看秋风时，眼前是洛河清澈的波浪。好在堂前栽种的细柳，应该会想念我，请不要折掉柳树柔软的枝条。恳请江南父老，记得经常帮我晒晒钓鱼时穿的蓑衣。

赏析

本词作于宋神宗元丰七年（1084），此前苏轼因"乌台诗案"已经在黄州谪居长达五年之久，此次复出被朝廷任命到汝州担任团练副使。对于苏轼来说，这次调离虽然是去往离京城较近的汝州，但朝廷还未撤销五年前加给他的罪名，官职也只是团练副使，他并没有得到朝廷的重用。因此，他的心情矛盾而复杂。

上阕抒写了词人对故乡的思念之情以及对黄州故友的依依惜别之情。首句直接用陶渊明《归去来兮辞》首句，抒发了自己思念故里的心情，及有家不能归的惆怅之感。"百年强半，来日苦无多"，发出时光易逝、生命短促的感叹，进一步烘托了失意思乡的感情。后几句笔锋一转，由满腔愁思转而抒发自己在黄州的五年中所产生的对此地山川、百姓的深情厚谊。"坐见黄州再闰"三句，以平和质朴的语气，抒发了自己内心对人生无常的无限哀伤。"山中友"三句，真切而细致地表现了词人与黄州百姓之间的纯真而质朴的情谊，同时也表现了苏轼随缘自适、旷达超脱的情怀。

下阕将词人在宦途的失意与留恋黄州之意形成对照，表现了词人豪放达观的人生态度。"云何"四句，展现了自己仕途坎坷、无法把握命运的愁闷。"待闲"二句，是词人对自己即将到达之地的展望，随遇而安的情绪顿时取代了内心的愁闷。一个"闲"字，化解了上阕的哀思愁怀，渲染出开朗明澈的气氛。从"好在堂前细柳"到词末，为本词的抒情高潮，虽不明说对黄州的留恋，字里行间却都是留恋之情。

本词深沉含蓄，情真意切，词人将惜别、依恋之情写得感人肺腑，表现了自己与黄州父老的珍贵情意，也抒发了宦海沉浮的悲苦以及欲寻求解脱而不得的矛盾心理。

更漏子·送孙巨源①

水涵空，山照市，西汉二疏②乡里。新白发，旧黄金，故人恩义深③。

海东头，山尽处，自古客槎④来去。槎有信，赴秋期，使君行不归。

注释

①孙巨源：孙洙，字巨源，苏轼同僚。宋神宗熙宁七年（1074）秋，孙洙即将回朝任起居注知制诰，苏轼作此词送别。

②西汉二疏：即疏广、疏受，两人为叔侄，皆东海（海州）人。疏广为太子太傅，疏受为少傅，皆官居要职而同时请退归乡里，受世人景仰。

③"新白发"三句：《汉书·疏广传》记载，汉宣帝时，太傅疏广与少傅的侄子疏受一起辞官请归，宣帝赐黄金二十斤，太子赠五十斤，公卿大夫、故人邑子设祖道，供帐东都门外，举行盛大欢送会。

④槎：即乘槎。《博物志》载："近世人居海上，每年八月，见海槎来，不违时，赍一年粮，乘之到天河。见妇人织，丈夫饮牛，问之不答。遣归，问严君平，某年某月日，

客星犯牛斗,即此人也。"这是传说中的故事,作者借以说孙洙,谓其即将浮海通天河,进京任职。

译文

海州碧水连天,青山耸立。这里是西汉二疏的故乡。居海州几年,你白发新添,却博得州人殷勤相送,这是你留下的深恩厚义啊。

大海的最东边,大山的尽头,自古就有人乘槎到天河。但是自古以来,客槎有来有往,你却未有归期,让人怅惘。

赏析

这是一首送别词。宋神宗熙宁七年(1074)秋,孙洙由楚州调回朝廷任起居注知制诰,苏轼作此词为他送别。孙洙跟苏轼一样,都反对王安石的新法,而且二人的政治遭遇也基本相似。为了逃避残酷的政治斗争,孙洙和苏轼都申请外放。现在孙洙就要回京任职,怎能不让苏轼有所感慨呢?作者巧用典故,先用两汉时期疏广、疏受的故事来赞美孙洙,再用乘槎的典故来述说离别之情,既表达了对孙洙的赞赏之情,也抒发了自己对前途的担忧之情,思绪复杂,感慨颇多。

上阕开头"水涵空,山照市,西汉二疏乡里",三句说海州青山绿水,人杰地灵,古往今来产生了多少令人景仰的人物。前有二疏,后有孙洙,都为此地的山水增添的光彩。"新白发,旧黄金,故人恩义

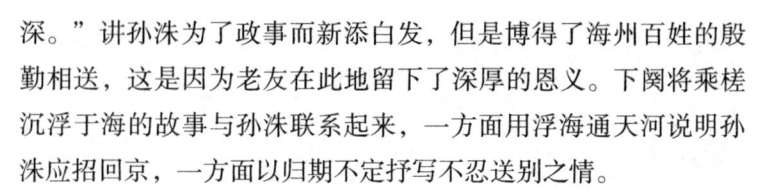

深。"讲孙洙为了政事而新添白发,但是博得了海州百姓的殷勤相送,这是因为老友在此地留下了深厚的恩义。下阕将乘槎沉浮于海的故事与孙洙联系起来,一方面用浮海通天河说明孙洙应招回京,一方面以归期不定抒写不忍送别之情。

要想较为切实地把握本词的用意,必须将作者的身世与之联系起来。本词抒发的不仅是故友离别时的情愁,更包含着词人自己对仕途的忧患情思。

昭君怨·金山送柳子玉[①]

谁作桓伊[②]三弄,惊破绿窗[③]幽梦?新月与愁烟,满江天[④]。

欲去又还不去,明日落花飞絮。飞絮送行舟,水东流。

注释

[①]柳子玉:名瑾,苏轼的亲戚。
[②]桓伊:字叔夏,小字子野,东晋时的音乐家,善筝笛。
[③]绿窗:碧纱窗。
[④]新月与愁烟,满江天:典出张继《枫桥夜泊》:"月落乌啼霜满天,江枫渔火对愁眠。"

译文

不知是谁吹起了优美的笛曲,将人从好梦中惊醒。推开窗户,只见江水茫茫,空荡荡的天上,挂着一弯孤单的新月。

明日分别时,送别的人当站立江边,久久不愿回去;多情的柳絮像是明白我的心愿,追逐行舟,代我送行。而滔滔江水,依旧东流入海。

赏析

宋神宗熙宁六年(1073)冬,时任杭州通判的苏轼赶往常州(今江苏常州)、润州(今江苏镇江)一带赈饥,正赶上好友柳子玉要去舒州(今安徽安庆)灵仙观,于是两人同行。第二年春,苏轼在金山送别柳子玉时作了这首词。本词虚实结合,含蓄深沉,表达了两个人离别时的浓浓愁绪。

上阕写离别之景。开篇两句以问句起首,新颖别致,用典巧妙,一个"梦"字,暗示出了送别的主题。随后两句以景写情,连缀新月、烟云、天空、江面等景,全面地写出了离别的场景。"愁"字是点睛之笔,使所有的景物都蒙上了一层淡淡的愁绪,可谓着一字而境界全出。

下阕是作者对"明日"分别情景的联想。"落花飞絮"点明了时间,在这样的日子里送别,使人更添离愁。"飞絮送行舟",以无情之流水反衬有情之离人,感情真挚,收笔空灵浩渺,如空谷回音。

本词寓情于景,情景交融,读来真实自然,感人至深。

南乡子

和杨元素①,时移守密州。

东武②望余杭,云海天涯两杳茫。何日功成名遂了,还乡,醉笑陪公三万场③。

不用诉离觞,痛饮从来别有肠。今夜送归灯火冷,河塘④,堕泪羊公却姓杨⑤。

注释

①杨元素:名绘,宋神宗熙宁七年(1074)夏接替陈襄为杭州知州。秋季,苏轼由杭州通判调为密州知府,与杨绘饯别于西湖上,唱和此词。

②东武:密州的州治。

③醉笑陪公三万场:唐李白《襄阳歌》:"百年三万六千日,一日须倾三百杯。"此化用其意。

④河塘:指沙河塘,在杭州城南五里处,宋时为繁华之区。

⑤堕泪羊公却姓杨:据《晋书·羊祜传》记载,羊祜是西晋时的名臣。羊祜死后,百姓们为其建庙立碑,望其碑者,莫不流涕。杜预因此将它命名为"堕泪碑"。这里以杨绘比羊祜,"羊"、"杨"音同。

译文

在东武眺望杭州,云海相隔,路途遥远,天涯两茫茫。何时才能功成身退、衣锦还乡,好好陪你喝酒,大醉它三万次。

不用倾诉离别之苦,痛饮别酒本来就另有一番衷肠。今晚相送而归时,河堤上的灯光已经稀疏了。此后老百姓纪念的人就是杨公你了。

赏析

这首词是苏轼唱和杨绘的应酬之词。词中苏轼既表达了对杭州的依依不舍之情,也表达了对杨绘人品的敬佩、赞赏之情,并从侧面反映了作者对自己出任州官的喜悦。全词大气磅礴,节奏感很强,体现了苏轼的豪爽和多情。

本词上阕头两句"东武望余杭,云海天涯两杳茫",表达了对世事无常的感叹和依依不舍的惜别之意。后三句基调变化,延续着苏词豪放派的特色,等日后功成名就了,定要与好友醉上三万次。

下阕前两句承上启下,既是劝慰友人,又是劝慰自身,表达了词人旷达的胸襟,结语将西晋名臣羊祜比做好友,反映了作者对好友的称赞之情,并对好友寄托了自己的希望。

南乡子·送述古①

回首乱山横,不见居人只见城②。谁似临平山③上塔,亭亭④,迎客西来送客行。

归路晚风清,一枕初寒梦不成⑤。今夜残灯斜照处,荧荧⑥,秋雨晴时泪不晴。

注释

①述古:指陈襄,字述古,作者的同僚和好友。苏轼任杭州通判时,陈襄时任杭州知州。

②"回首"二句:居人,居民。这两句话的意思是回头眺望,只看见高矮不一的山丘横陈荒野,看得见临平镇的城郭,却看不到城中的居民。

③临平山:在临平镇东北,山上有古塔。

④亭亭:形容塔高大耸立。

⑤一枕初寒梦不成:意思是初寒时节,整夜难眠。

⑥荧荧:形容烛光闪烁的样子。

译文

回头眺望,只看见高矮不一的山丘横陈荒野,看得见临平镇的城郭,却看不到城中的居民。临平山上耸立的高塔,好像也在翘首西望,欢迎客人回来,目送客人远行。

回来的路上晚风凄清,初寒时节,一个人躺着整夜难眠。今夜看着残灯斜照,烛光闪烁不定,秋雨过后天气晴朗了,但自己的眼泪却停不下来。

赏析

本词作于宋神宗熙宁七年(1074),时苏轼任杭州通判的同僚及好友陈襄(字述古)被外放南都(今河南商丘),苏轼送行到临平(今余杭),写下了这首送别词。

上阕写送别之地的情景,表达了作者对往事的追念以及对友人的深深依恋。前两句写作者对陈襄离去的恋恋不舍。末三句从眼前实景落笔,以客观的"无知"之物山塔,反衬作者的主观留恋之情。

下阕写作者对友人的思念之情。末句连用两个"晴"字,将雨和泪联系起来,比喻既贴切又新颖,进一步表现出作者思念之苦。全词情深意切,文笔洒脱,具有极强的表现力。

江城子·别涂州①

天涯流落思无穷。既相逢,却匆匆。携手佳人,和泪折残红。为问东风余几许,春纵在,与谁同。

隋堤②三月水溶溶。背归鸿,去吴中③。回首彭城④,清泗与淮通⑤。欲寄相思千点泪,流不到,楚江东⑥。

注释

①徐州：即今徐州一带，当时作者徐州任满，将调往湖州。

②隋堤：隋代开通的济渠，旁筑御道，并植杨柳，后人谓之隋堤。渠经泗水达淮河。

③吴中：此时作者即将去往湖州，它在三国时属吴中。

④彭城：徐州州治设于彭城。

⑤泗：泗水。淮：淮河。

⑥楚江东：指湖州所在地。长江流经楚地，故称楚江；湖州在江东（即江南），作者将迁任此处，故云。

译文

流离天涯，思绪无穷。相逢不久，便又匆匆别离。牵着佳人的手，只能采一枝暮春的杏花，含泪赠离人。你问春天还剩多少，即便春意盎然，又能和谁一同欣赏？

隋堤正值三月，春水缓缓。此时鸿雁归来，我却要去飞鸿冬迁的湖州。回望旧地，清清浅浅的泗水在城下与淮河交汇。想要寄去相思的泪水，却怕它流不到湖州。

赏析

苏轼自宋神宗熙宁二年（1077）夏赴徐州任，以自己的人品、政绩、文才赢得了徐州父老的爱戴。所以当宋神宗元丰二年（1079）春，苏轼由徐州调往湖州时，受到了徐州父老的深切挽留。于是他写下这首词，表达了自己对徐州的眷恋之情。

全词都是在抒发离别之情。上阕写景，下阕言情。上阕起笔高迈，直写人生之慨，极有气势，为全文定下一种哀伤的基调。"天涯"一句，是作者对自己身世的感叹，同时也表达了自己

对徐州的眷恋。"既相逢"四句,虽是对友人的寄言,但却没有半点缠绵哀怨。"和泪折残红",这一句凄切哀婉,可见作者对友人、对徐州十分不舍。最后三句一唱三叹,把作者对徐州的留恋之情表现得深沉凝重。

词的下阕写作者由满目凄凉的景色而引起的伤感别情。三月隋堤,水波荡漾,鸿雁北归,而自己呢,却要南下吴中,这是一恨。作者蓦然回首,泗水流向东南,途经徐州,但自己尚不如这奔流之水,就要离徐州而去了,这是二恨。自己既然不能留下,那么委托泗水,一寄自己的相思之泪吧,可怎奈楚江东流,流不到湖州,这又是一恨。此三恨,足可使人悲痛断魂!

这首词情感激荡,肆意不羁,真挚感人。

蝶恋花·暮春别李公择①

簌簌无风花自堕。寂寞园林,柳老樱桃过②。落日有情还照坐③,山青一点横云破。

路尽河回人转舵④。系缆渔村,月暗孤灯火。凭仗飞魂招楚些⑤,我思君处君思我。

注释

①李公择:即李常,字公择,苏轼的老友,曾任湖州知州、齐州(今山东济南)知府。

②柳老樱桃过：柳老，用白居易"柳老春深日又斜"之句。此句意为随着柳树葱郁，樱桃花期过去，春天也将要离开了。

③坐：此处指与友人对坐话别。

④路尽河回人转舵：转舵，指船舵掉转。意谓送行送到河道拐弯处，船舵掉转，再也望不见。

⑤飞魂招楚些：楚些，指屈原所写的《招魂》一诗，因诗中有很多语气词"些"字，如"魂兮归来，反故居些"等，故称。此句是说分别的时候，自己的魂魄也跟着友人而去了。

译文

春日无风，落花簌簌坠地。寂寞的季节，随着柳树葱郁，樱桃花期过去，春天也将要离开了。落日有情，与友人对坐话别，远处青山横云破。

送行送到河道拐弯处，直到船舵掉转，再也望不见。今夜他将停泊于冷落的渔村中，整夜不寐，独对孤灯，唯有暗月相伴。分别的时候，自己的魂魄也跟着友人而去了，我思君来君思我。

赏析

本词是苏轼写给老友李公择的送别词。李公择与苏轼政见相同，二人交情笃深，后来都因为反对施行新法而被贬谪。

上阕写送别前的景象，渲染出晚春时的萧索气氛。"簌簌无风花自堕"，在无风的时候花瓣纷纷坠落。此句交代了送别的时间是晚春。繁花似锦的春天即将走到尽头，花儿们即使在无风的时候也纷纷凋落。我们平时读到的诗句中大多都是有风花才落，此处苏轼写出了新意——花到将落之时已经不再受外界条件的影响。可见其凄凉之情是由内而发的。"寂寞园林，柳老樱桃过"，在寂寞的园林里，柳树衰败，樱桃的花期也将

要过去。此二句仍然是在描写暮春之景，写园林的寂寞，实际上是在借景抒情，衬托词人自己内心的寂寞。"落日有情还照坐，山青一点横云破"，两个人坐在园林中话别，太阳快要落山了，青山也在暮色中渐渐隐去，两个人相对而坐，没有什么言语，却依旧舍不得分离。这二句寓情于景，将词人心中的依依不舍之情跟周围的景色融为一体，更显离愁之悲。

下阕开始详细描写送别时的景象。"路尽河回人转舵"，送行送到河道拐弯处，直到船舵掉转，再也望不见。可见送者的不舍之情，直到友人的身影消失了都还舍不得离开。"系缆渔村，月暗孤灯火"，夜里离人的游船在渔村停靠，月色暗淡，船上的一盏孤灯亮着。这二句是词人想象友人离开之后夜泊渔村的情景。他在思念友人、品尝离愁的同时，依然不忘为友人的处境担忧，他想象着友人所处的场景，仿佛自己正亲身经历一般，不禁更觉凄凉。苏轼能够这般感同身受地体会友人的寂寞，足见二人友情的深厚。"凭仗飞魂招楚些，我思君处君思我"，词人觉得自己的魂魄仿佛也跟着友人飞走了。真是思之深，念之切。这二句照应前文，将思念之情升华，全词中所蕴涵的情感在这里达到了高潮。

苏轼与李公择都因反对王安石新法而遭到贬谪，他们怀揣报国之心四处漂泊，却始终得不到朝廷重用，其内心郁闷之情可想而知。苏轼眼见着李公择离开时的凄凉之景，免不了会有英雄末路之感,惺惺相惜之情油然而生。这首词一方面是在抒发离愁别绪,另一方面也暗含了自身郁郁不得志的愁苦。全词语言质朴,情真意切,读来别具韵味。

虞美人

波声拍枕长淮①晓,隙月②窥人小。无情汴水③自东流,只载一船离恨向西州④。

竹溪花浦曾同醉,酒味多于泪。谁教风鉴⑤在尘埃?酿造一场烦恼送人来!

注释

①长淮:指淮河。

②隙月:(船篷)隙缝中透进的月光。

③汴水:古河名。唐宋时将出自黄河至淮河的通济渠东段全流统称汴水或汴河。

④西州:晋宋时的建业城门名。

⑤风鉴:以风貌品评人物。

译文

饮别后归卧船中,只听到淮水波声,如拍枕畔,不知不觉又天亮了。从船篷缝隙中所见之残月是那么小。汴水无情,随着故人东去,而我却满载一船离愁别恨,独向西州。

竹溪的花浦之间,你我曾经一同大醉,当日欢聚畅饮时的情谊胜过别后的伤悲。谁让我偏偏在芸芸众生中发现了你,并与你成为朋友,这才酿成了今日分别这样一场烦恼。

赏析

这首词写于宋神宗元丰七年(1084)冬。当时苏轼与秦观会面,而后在秦淮河上临别对饮。此词便是作者与秦观饮别后的有感之作。

上阕写二人在淮河饮别后的情形。作者与秦观临行对饮,依依不舍;回到船上后,愁思满怀,彻夜难眠。"无情汴水自东流,只载一船离恨向西州"为传世名句。前人作过很多以水喻愁之句,但是这里作者另辟蹊径,将愁物化了,使得抽象的愁绪有了形态、重量,这个比喻因此常常被后人化用。

下阕回忆二人当年一起出游的往事。"酒味多于泪"当是有感而发,表示当日的欢聚要胜过别离的悲辛。而最后两句为反语,讲作者叹息自己为何在茫茫人海中认识了秦观,从而徒添了许多的烦恼。

整首词情真意切,读者可以想象苏轼与秦观之间的深厚友情。

青玉案

和贺方回韵,送伯固①归吴中。

三年枕上吴中路。遣黄犬②,随君去。若到松江③呼小渡,莫惊鸳鹭④,四桥⑤尽是,老子⑥经行处。

《辋川图》⑦上看春暮,常记高人右丞⑧句。作个归期天定许,春衫犹是,小蛮⑨针线,曾湿西湖雨。

注释

①伯固:苏轼好友苏坚,字伯固。

②黄犬:用陆机黄犬传书典故。陆机有一只名叫黄耳的犬,相传在洛阳时,陆机曾用黄耳向家中传递书信。

③松江:即吴淞江,太湖支流。

④鸳鹭:鸳鸯和白鹭。

⑤四桥:苏州有四桥。

⑥老子:作者自称。

⑦《辋川图》:唐代诗人王维曾隐居陕西蓝田辋川,在蓝田清凉寺壁上画《辋川图》。

⑧高人右丞:即王维,其曾任尚书右丞。

⑨小蛮:唐白居易有姬人樊素善歌,小蛮善舞。此以小蛮借指苏轼爱妾朝云。

译文

几年来我做梦都想回吴中,真想效仿陆机,让黄狗代我传书随你去。当你走到松江渡口叫渡时,千万莫惊动水中鸳鸯、白鹭。那苏州的四桥全都是我当年经行游览去处。

在《辋川图》上观看春暮,我常记得高人王维的诗句,暗定归期老天必然会准许。身上的春衣还是爱妾一针一线缝制,那上面还淋着西湖的雨。

赏析

小篇为送友抒怀之作,是作者刘贺铸《青玉案(凌波不过横塘路)》的一篇和韵之作,词中表达了对好友苏坚归吴的羡慕之情以及对吴中旧游的系念之意。上阕写友人苏坚回吴地,激起作者怀旧之情。他想效仿陆机,让友人带回黄犬传信,又

告语友人到松江桥畔不要惊动鸳鹭,表现了作者对吴中故地眷恋之深。"三年枕上吴中路"写三年来在梦中经常走上回家的道路,展现了自己思乡心切,也表达了对友人归家的理解和关切之情;"遣黄犬,随君去"六字一笔带过送别之旨,章法奇绝;"若到"几句从侧面写作者对吴中的思念之情,"莫惊鸳鹭"取神于虚处,极言自己的珍重之情;"四桥尽是"写作者走遍了苏州的很多地方,含蓄表达了思乡之意;作者自称"老子",语气幽默诙谐,显出朋友之间的亲昵与坦诚。下阕写作者的思归心切,词以对王维《辋川图》的仰慕开篇,直言记得王维的诗句,暗许送友思归之意。"作个归期天定许"写出作者迫切的思归之情,以白居易的宠妓小蛮喻指自己的爱妾朝云,她亲手缝制的春衫"曾湿西湖雨"——上面还淋着西湖的雨,婉转表达了怀念亲人渴望团聚的心愿,写得婉曲而又旷达。

此词明写送友归乡,实写自己思乡怀归,构思奇巧,在众多的送别词中可谓别具特色。

游记篇

定风波

三月七日,沙湖①道中遇雨。雨具先去,同行皆狼狈,余独不觉。已而遂晴,故作此词。

莫听穿林打叶声,何妨吟啸②且徐行。竹杖芒鞋③轻胜马,谁怕?一蓑烟雨任平生。

料峭④春风吹酒醒,微冷,山头斜照却相迎。回首向来萧瑟处⑤,归去,也无风雨也无晴。

注释

①沙湖:在黄冈东南三十里处。
②吟啸:意态潇洒,吟诗长啸。
③芒鞋:草鞋。
④料峭:微冷。
⑤向来:刚才。萧瑟处:风雨吹打树林时的声响所在处。

评文

莫要听那穿林打叶的雨声。不妨低吟长啸缓步徐行。拄竹杖、穿草鞋,从容前行,胜过骑马,风狂雨骤有何可怕,披着蓑衣迎向风雨,度过此生。

料峭春风把醉意吹醒,感到了一丝凉意,山头的斜阳却应时相迎。回望刚才遇雨之处,反思自己平生经历,还是归隐山林吧,自然界和仕途上有晴雨,但我心中却没有晴雨。

赏析

本词写于苏轼谪居黄州之时。这首词作者即兴抒怀,叙述了自己在路上遭遇一场风雨的经历,字里行间可见作者宠辱不惊的宽广胸怀,蕴涵着深邃的哲理。

词的上阕写作者路上遇雨。前两句写风雨"穿林打叶",迅疾而来,既突出了风雨的狂暴,又反衬了起首的"莫听",突出作者对风雨的不以为然。"莫听"、"何妨"、"且",以散文的句式入词,层层深入,揭示作者宠辱不惊、悠然自得的心境。"竹杖"句以俗语入词,把作者当时的悠然情怀刻画得淋漓尽致。"谁怕"两句拓展时空,更显作者面对无端风雨而仍能泰然不惊的旷达胸怀。

词的下阕写风雨过后的作者所感。"料峭"三句,写风雨已去,天已放晴。"迎"字赋予斜阳以情感,让它体贴地迎接自己,此时谁都会心胸豁然。最后几句是作者在经历了这场大自然洗礼之后的所得:在大自然中有风风雨雨无端来去,人生亦是如此。但只要我们能调整好心态,从容面对,那么什么风雨都不能奈何我们!这样的感悟,与其说是作者在林中遇雨之所得,不如说是作者在经历人生风雨沉浮之后的洞彻。

这首词内容丰富,蓄意深刻,能激发许多人的共鸣。

蝶恋花·春景①

花褪残红青杏小。燕子飞时,绿水人家绕。枝上柳绵②吹又少,天涯何处无芳草?

墙里秋千墙外道。墙外行人,墙里佳人笑。笑渐不闻声渐悄③,多情却被无情恼。

注释

①春景:题名。本词作于宋哲宗绍圣三年(1096)作者被贬到惠州之时,甚或更早。

②柳绵:柳絮。

③悄:消失。

译文

春天将尽,百花凋零,杏树上已经长出了青涩的果实。有燕子飞过天空,清澈的河流围绕着村落人家。柳枝上的柳絮已被吹得越来越少,但不要担心,天涯到处都可见茂盛的芳草。

围墙里面,有一位少女正在荡秋千。少女发出动听的笑声,被墙外的行人听见。慢慢的,围墙里面的笑声就听不见了,行人惘然若失,仿佛自己的多情被少女的无情所伤害。

赏析

这首小令伤春惜时,写景抒情,情景交融,暗含人生哲理,真率自然,感人肺腑,颇值得玩味。

上阕写景。起首一句点出时令,即春末夏初。花儿褪去,只留残红,这是衰败的景象。虽有枝头青杏,但一个"小"字,又衬出自然代谢之无情,令人顿生伤感。"燕子飞时"两句,视角转换,画面感十足。"柳绵"、"芳草"两句是对逝去春光的感怀,一唱三叹,音韵和婉,手法精妙,更带有一种哀怨之情。

下阕言情。作者通过对人物之间的关系和人物行动的描写,表达了自己对爱情以及人生的思考。"墙"在这里颇有现代"围城"的味道,把内外"多情"和"无情"的人分隔开来。两者一笑一恼,对比鲜明。而且作者以顶真的手法把两句连在一起,可谓妙笔生花,韵味十足。由有情到无情,蕴涵了作者对矛盾人生的思考。结尾落于情语,言有尽而意无穷。

江城子

湖上与张先同赋①,时闻弹筝。

凤凰山②下雨初晴,水风清,晚霞明。一朵芙蕖③,开过尚盈盈。何处飞来双白鹭,如有意,慕娉婷④。

忽闻江上弄哀筝⑤,苦含情,遣谁听!烟敛云收⑥,依约是湘灵⑦。欲待曲终寻问取⑧,人不见,数峰青。

注释

①湖上:西湖之上。张先:北宋词人,字子野,乌程(浙江湖州)人,天圣八年(1030)登进士第。苏轼谪居杭州时,与张先是忘年交,彼时张先已八十多岁,二人经常作诗唱和。

②凤凰山：位于杭州城南，其西北为西湖，东南是钱塘江。

③芙蕖：即荷花，别名。李渔《芙蕖》："芙蕖与草本诸花似觉稍异，然有根无树，一岁一生，其性同也。"

④娉婷：姿态美好的样子。此句表面写白鹭追慕荷花，实则写二客倾慕美女。

⑤弄哀筝：奏出哀愁的筝声。

⑥烟敛云收：指湖面上的雾气散去。

⑦依约是湘灵：依约，仿佛、好像。湘灵，湘水妇神娥皇和女英，二人都是舜帝的妃子，死于湘沅二水之间。此处用来比喻弹筝的女子。

⑧取：语助词，表示动态。此三句化用唐代诗人钱起《省试湘灵鼓瑟》的诗句："曲终人不见，江上数峰青。"

译文

凤凰山下雨停转晴，湖水清风宜人，晚霞格外明亮。一朵荷花正开得盛，不知从何处飞来两只白鹭，好像羡慕荷花的美丽。

忽听见江上传来哀愁的筝声，筝声中带有非常的苦闷，不知何人堪听。湖面上的雾气散去，弹筝的女子仿佛湘水妇神娥皇和女英。想要等到曲子奏完后上前询问，却不见了人影，只剩下几座巍峨的青山。

赏析

神宗熙宁七年（1074），苏轼时任杭州通判，一日他与当时八十余岁的著名词人张先同游西湖，于凤凰山下遇到一位善弹古筝之人，被其乐音感染，故写下此词。

上阕描写雨后凤凰山下的湖光山色。"凤凰山下雨初晴，水风清，晚霞明"，凤凰山下的雨停之后，天空开始放晴，水风清新,晚霞明媚。开篇就交代了地点——凤凰山下。"水风"和"晚霞"两个意象为读者描绘出一幅清新秀美的图景,引人入胜。"一朵芙蕖,开过尚盈盈",一朵荷花立于水中,开得正盛。此二句看似是在描写荷花轻盈美丽的姿态,实际上是在暗喻弹古筝的人,就如同这雨后荷花一样,高洁美好,让人钦慕。这样不着痕迹的比喻,形象生动,可谓言有尽而意无穷。"何处飞来双白鹭,如有意,慕娉婷",不知从哪儿飞来的一对白鹭,好像有心来追慕荷花的美丽。此处依然是一语双关,看似写白鹭爱慕荷花,实则是借白鹭之举,表达词人对弹古筝之人的倾慕之情。

有了上阕的景物描写烘托之后,下阕开始描写古筝之音。"忽闻江上弄哀筝,苦含情,遣谁听",忽然听到江上友人在弹奏哀怨的古筝曲,悲凉中饱含情意,不知是在弹给谁听。于这般诗意美妙的景色中突然听到古筝的声音,本就是一件让人欣喜的事情。而仔细一听,哀伤的曲调中还饱含着深情,弹琴的人或许无意,听琴的人却免不得浮想联翩:这样的曲子是弹给谁听的呢?这曲子背后是否藏有一个凄凉哀婉的故事?"烟敛云收,依约是湘灵",湖面上的烟波因而敛容,天空中的云朵因而收色,弹琴的女子美好得仿佛湘江中的娥皇和女英。"烟敛"和"云收"用了拟人的修辞手法,连大自然的景物都为这琴音动容,可见是多么的哀婉动人。娥皇和女英都是舜帝的妃子,死于湘沅二水之间,此处将弹古筝之人比做这两位神话中的人物,暗示这首曲子的超凡脱俗,正应了一句古诗所云:"此曲只应天上有。"能弹出这样琴音的人,恐怕也不是等闲之辈。至此,读者恐怕也很想跟着词人一起,见见这位弹琴人的真面目。"欲待曲终寻问取,人不见,数峰青",本想在曲子结束之后前去询问,然而却不见了人影,只剩下几座巍峨的青山。"人不见,数峰青"巧妙地化用了唐代诗人钱起《省试湘灵鼓瑟》的诗句:"曲终人不见,江上数峰青。"意象唯美空灵,且和开篇"凤凰山下雨初晴"形成前后呼应,使全词读来浑然一体,回味无穷。

这首词景物描写唯美细腻,用凤凰山下雨后如梦如幻的山水之美来烘托琴音的曼妙动听,全词无一句直接描写弹古筝之人,却从各个角度烘托了其超凡脱俗的形象,使人印象深刻,难以忘怀。

鹧鸪天

时谪黄州。

林断山明竹隐墙,乱蝉衰草小池塘。翻空白鸟时时见,照水红蕖①细细香。

村舍外,古城旁,杖藜②徐步转斜阳。殷勤③昨夜三更雨,又得浮生④一日凉。

注释

①红蕖:粉红色的荷花。
②藜:一种草本植物,老茎可作杖。
③殷勤:烦劳。
④浮生:其典取自《庄子·刻意》中"其生若浮,其死若休",这里指人生。

译文

远处葱葱郁郁的树林尽头,有高山耸立,竹林围绕在屋舍周围,屋舍旁边有长满衰草的小池塘,蝉鸣缭乱。空中不时有白色的小鸟飞过,池中粉红色的荷花散发着幽香。

村舍之外,古城墙的近旁,我手拄藜木拐杖慢慢在斜阳下散步。多亏昨晚天公降下一场小雨,使人世间又多了清凉的一天。

赏析

这首词作于宋神宗元丰六年(1083)夏苏轼谪居黄州期间。全词通过对夏日雨后乡村野景的描写,表现出作者虽处逆境,却仍能保持坦然、平和的心境。

上阕写景。前两句由远及近,描绘作者的居所。这两句写景参差错落,动中有静,静中有动,清丽明快。作者用"断"、"隐"、"明"等词语赋景物以灵性,生动真切,栩栩如生;同时也从反面衬托出作者此时此刻的情态。后两句仍写景。"翻空白鸟",时隐时现,画面动感十足;"照水红蕖",意境清新幽静。"细细香",笔法细腻,把荷香如缕、时有时无的特色精准生动地写了出来,可谓妙笔天成。这两句对仗工整,一动一静,相互辉映,趣味盎然。

下阕写作者自己的乡居生活。前三句淡淡的几笔,勾勒出作者悠然而游的情态。收尾的两句是全词的重点,含义丰富。"殷勤"二字,以拟人的手法写雨。"浮生"从《庄子·刻意》"其生若浮,其死若休"句中化出,写游兴之盛,突出了作者虽遭困厄而仍能宠辱不惊、超然物外的人生境界。

浣溪纱

元丰七年十二月二十四日,从泗州刘倩叔游南山①。

细雨斜风作晓寒②,淡烟疏柳媚晴滩③。入淮清洛渐漫漫④。

雪沫乳花浮午盏⑤，蓼茸蒿笋试春盘⑥。人间有味是清欢⑦。

注释

①刘倩叔：作者的朋友，生平不详。南山：指泗州城郊的都梁山。

②晓寒：微微的寒意。

③媚晴滩：细雨过后明媚晴朗的十里滩。该滩位于南山脚下。

④入淮：进入淮河以后。清洛：洛水。漫漫：广远。

⑤雪沫乳花：指泡茶后茶水表面泛起的白色泡沫。午盏：午茶。

⑥蓼茸：野生蓼草的嫩芽，可食。蒿笋：蔬菜名。春盘：古时立春日以鲜嫩春菜和水果、饼饵等装盘馈赠亲友，称为"春盘"。苏轼以蓼茸、蒿笋装盘，可见当时生活状况不佳。

⑦清欢：清雅的欢愉。

译文

细雨斜风带来微微的寒意，细雨过后明媚晴朗的十里滩上烟雾笼罩，柳叶稀疏。进入淮河以后，洛水渐渐变成苍茫一片。

泡茶后，茶水表面泛起白色的泡沫，将蓼茸、蒿笋装盘送予亲友，人间真正的味道乃是清雅的欢愉。

赏析

这是一首记游词，作于神宗元丰七年（1084）。苏轼由黄州赴任汝州，路经泗州（今安徽泗县），与故友刘倩叔同游南山，写下此词。

词的上阕写南山的早春景色，层次鲜明。首句"细雨斜风作晓寒"写春雨初下，带来微微的寒意。"细"、"斜"等字用得精妙贴切，让人感受到清爽之气。"淡烟疏柳媚晴滩"一句写细雨过后的十里滩上烟雾笼罩，柳叶稀疏，为读者展现出一幅烟、柳、滩相映成趣的风景画，传达出春日生机勃勃的气氛。词人用一个"媚"字，写出柳树的生机动态，又表现出词人看到春天将至的喜悦心情。"入淮清洛渐漫漫"句从大处着笔，表达了对洛水的赞美以及对其入淮后渐渐流向远方的慨叹。

下阕描写了词人游山时的简朴野餐，抒写了词人高雅的审美意趣和旷达的人生态度。野外午餐，桌子上是泛着白色泡沫的香茶，一盘盘蓼茸和蒿笋，它们色彩艳丽，相映成趣，反映出浓厚的时令气氛。这一派祥和、愉悦的气氛，让词人品味出清雅、清闲、清淡的欢乐，他不由得发出"人间有味是清欢"的慨叹。此句意味深长，隐含深意，耐人寻味，是全词的点睛之笔。

全词色彩清丽而又境界开阔，充满春天的气息，洋溢着奋发向上的活力，给人以美的享受和无限的遐思。

行香子·过七里濑①

一叶②舟轻,双桨鸿惊。水天清,影湛③波平。鱼翻藻鉴④,鹭点烟汀⑤。过沙溪急,霜溪冷,月溪明。

重重似画,曲曲如屏⑥。算当年,虚老严陵⑦。君臣一梦,今古空名⑧。但远山长,云山乱,晓山青。

注释

①七里濑:又名七里滩、七里泷,位于今浙江省桐庐县城南三十里处。钱塘江两岸山峦夹峙,水流湍急,连绵七里,故名七里濑。濑,沙石上急流过的水。

②一叶:舟轻小如叶,故称"一叶"。

③湛:水清澈。

④藻鉴:亦称藻镜,指背面刻有鱼、藻之类纹饰的铜镜,这里比喻像镜子一样平的水面。藻,生活在水中的一种隐花植物。鉴,镜子。

⑤汀:水中或水边的平地,小洲。

⑥屏:屏风,室内用具,用以挡风或障蔽。

⑦严陵:即严光,字子陵,东汉人,与刘秀曾是同学,后来帮助刘秀打天下。刘秀称帝后,他隐居起来。之后,刘秀曾多次派人请严陵做官,都被他拒绝了。

⑧空名:严陵隐居富春江畔后,终日钓鱼。但世人多认为严陵钓鱼是假,"钓名"是真。这里说,刘秀称帝和严陵垂钓都不过是梦一般的空名而已。

译文

　　一叶小舟,双桨摇荡,像惊飞的鸿雁一样,飞快地掠过水面。天空碧蓝,水色清明,波平如镜。水中游鱼,清晰可数,不时跃出明镜般的水面;水边沙洲,白鹭点点,悠闲自得。白天之溪,清澈见底;清晓之溪,清冷而有霜意;月下之溪,晶莹透明。

　　两岸连山,往纵深看则重重叠叠,如画景;从横列看则曲曲折折,如屏风。笑严陵当年白白在此终老,不曾真正领略到山水佳处。皇帝和隐士,而今也已如梦一般消失,只留下空名而已。只有远山连绵,重峦叠嶂;山间白云,缭绕变幻;晨曦中的山林,郁郁葱葱。

赏析

　　这首词作于宋神宗熙宁六年(1073)春。当时苏轼任杭州通判,曾由新城至桐庐,乘轻舟经过富春江,遍游当地的山水名胜。词作对当地的美景进行了精彩的描绘,同时也寄托了作者超尘脱俗、悠然自得的情怀。

　　词的上阕写景。作者分三个层次写这里的美景:开篇两句是第一层,从乘坐的交通工具入手,总起全篇。"水天清"开始的四句为第二层,是对两岸风光的描写。作者运笔疏淡、动静结合、有点有面地再现了这一片大好河山,其对大自然的热爱表露无遗。最后三句是第三层,从时空的角度写景色之美,意境凄清、冷峻,隐含了作者对人生的体悟,同时又为下文的抒情做好了准备。

　　词的下阕写山势,顺势抒怀。"重重"、"曲曲"叠字连用,把群山起伏连绵的形态描绘得惟妙惟肖。"算当年"四句,从典故中化出,引出人生如梦的感叹,隐含哲思。结尾三句由一个"但"字领起,落于景语,表达了作者对人生苦短、自然永恒的感慨。

本词清疏明丽、高迈洒脱、刚柔并济,既富优美的画面感,又含深邃的哲理,引人深思。

浣溪纱

徐门石潭谢雨,道上作五首。潭在城东二十里,常与泗水增减,清浊相应①。

其 一

照日深红暖见鱼②,连村绿暗晚藏乌③,黄童白叟聚睢盱④。

麋鹿逢人虽未惯⑤,猿猱闻鼓不须呼⑥,归来说与采桑姑⑦。

其 二

旋抹红妆看使君⑧,三三五五棘篱门⑨,相排踏破蒨罗裙⑩。

老幼扶携收麦社⑪,乌鸢翔舞赛神村⑫,道逢醉叟卧黄昏。

其 三

麻叶层层檾叶光⑬,谁家煮茧⑭一村香?隔篱娇语络丝娘。

垂白杖藜抬醉眼⑮,捋青捣麨软饥肠⑯,问言豆叶几时黄?

其 四

簌簌衣巾落枣花⑰,村南村北响缫车⑱,牛衣⑲古柳卖黄瓜。

酒困路长惟欲睡,日高人渴漫思茶,敲门试问野人⑳家。

其 五

软草平莎过雨新,轻沙走马路无尘。何时收拾耦耕身㉑?

日暖桑麻光似泼㉒,风来蒿艾㉓气如薰。使君元是此中人。

注释

①徐门石潭:指距徐州城门二十里城东的石潭。谢雨:指祈雨成功之后,答谢上苍降雨。泗水:水名,发源于山东泗水县陪尾山,流经徐州入淮河。当地人都认为石潭水与泗水相通,潭水的涨落清浊与泗水相应。

②照日深红暖见鱼:照日深红,指夕阳照得水面发红。暖,水暖之意。见鱼,指看到水中的鱼儿游动。此句描绘红日照射石潭之景。

③连村绿暗晚藏乌:连村绿暗,指村村都草木茂盛,连在一起。藏乌,指乌鸦栖息在树荫中。此句展现了旱灾解除后生机勃勃的景色。

④黄童白叟聚睢盱:黄童白叟,黄发的儿童和白发的老人。睢盱,高兴喜悦的样子。此句指老老小小都高兴地聚在一起。

⑤麋鹿逢人虽未惯:麋鹿,指驼鹿,又叫四不像。逢人,

指遇到前来谢雨的词人一行。此句连同下句，用动物的表现反衬出对降雨的喜悦。

⑥猿猱闻鼓不须呼：猿猱，泛指猿猴。闻鼓，指猿猴听到谢雨的人们一路敲打的鼓声。不须呼，不呼自来。此句意为猿猴听到谢雨的人们一路敲打的鼓声，不呼自来。

⑦归来说与采桑姑：指谢雨的人们回到家中，将谢雨的盛景说给采桑的姑娘们听。

⑧旋抹：迅速地涂脂抹粉、化妆。使君：古时对州郡地方官员的尊称，此处指词人自己。

⑨棘篱门：指用荆棘做成的篱笆。

⑩相排踏破蒨罗裙：相排，拥挤相随。蒨，大红色。此句是说知州一行走过，村女们拥挤围观，以至于踩破了大红的绸裙。

⑪老幼扶携收麦社：收麦社，打麦的地方，其地多用于祭神欢歌。此句是说谢雨典礼之后，男女老幼相扶，又在打麦场举行了各种祭神活动。

⑫乌鸢：指乌鸦和老鹰，这两种鸟皆食肉，每逢祭祀庆典都盘旋空中，以啄食祭品。《周礼·夏官·射鸟氏》："掌射鸟，祭祀，以弓矢驱乌鸢。"赛神村：举行祭神仪式的村庄。

⑬荻叶光：指荻麻的叶子泛着闪闪亮光。荻，又名苘麻，麻的一种。

⑭煮茧：制丝的一个工作程序，又叫缫丝，将蚕茧放到水中浸煮，然后抽取蚕丝。

⑮垂白：垂着白色须发的老翁。杖藜：指老人拄着藜杖。

⑯捋青捣麨软饥肠：捋青，捋下发青的麦穗。捣麨，捣烂炒熟做成干粮。此句指老人们饥饿难忍，迫不及待地捋下未熟的麦穗捣烂塞进嘴巴。

⑰簌簌衣巾落枣花：簌簌，形容落叶、落花坠落的样子。此句应为"枣花簌簌落衣巾"，点出是暮春时节。

⑱缫车：古时抽茧出丝的工具。

⑲牛衣：放在牛背上的麻、草等编织物，此处指衣衫褴褛的卖黄瓜的人。

⑳野人：此处指农民。

㉑何时收拾耦耕身：耦耕，两个人用二耜并排耕作，泛指从事农业劳动。此句意为什么时候我才能从宦海中解脱出来而回归田园啊？

㉒光似泼：指阳光照在桑麻之上，好像泼了水一样明亮。

㉓蒿艾：野生草名，又名艾蒿。

译文

其一

红彤彤的太阳照进水潭，暖水中的鱼儿游来游去。各个村庄草木茂盛，连成一片，乌鸦栖息在树枝上，黄发小儿和白发老人高兴地聚集在一起。

见不惯人的麋鹿突然逢人，吓得逃跑了；而猿猴听到谢雨的人们一路敲打的鼓声，却不呼自来。人们回到家中将谢雨的盛大场面说给采桑的姑娘们听。

其二

农家女们匆匆忙忙地涂脂抹粉要看使君长官，三三两两靠在荆棘篱笆旁，拥挤相随，以至于踩破了大红的绸裙。

谢雨典礼之后，男女老幼相扶相携又在打麦场举行了很多祭神活动，乌鸦和老鹰俯视着丰盛的祭品在天空中盘旋，黄昏时分路边都是醉卧的老人。

其三

层层麻叶郁郁葱葱，泛着亮闪闪的光，是谁家在煮茧使得芳香传遍了整个村庄?隔着篱笆听到缫丝姑娘们愉快地交谈。

垂着白色须发的老翁拄着藜杖抬起昏花的老眼,正在捋下发青的麦穗准备捣碎以填补肚子。老天啊,什么时候才能豆熟叶黄熬过这饥肠辘辘的时光?

其四

我从枣树下走过,枣花簌簌地落了一身,村子从南到北传来一片片缫丝车的声音。穿着麻布衣裳的农民坐在老柳树下叫卖黄瓜。

我喝过酒,长途赶路恹恹欲睡,烈日当头又使人口渴难耐。敲敲一户农民的院门,看他可否给我一碗浓茶解渴。

其五

软软的细草雨后分外清新翠绿,马儿轻轻走过沙路,未扬起一粒沙尘。什么时候我才能从宦海中解脱出来而回归田园啊?

雨后的阳光照在桑麻之上,好像泼了水一样明亮;微风吹来蒿艾的香气,好似熏香那般浓郁,我这个使君,本来就是这田野中的一员啊。

赏析

这组词写于宋神宗元丰元年(1078)三月,苏轼时任徐州知州。那一年春旱,苏轼曾经到城外二十里的石潭求雨,后来果然入夏就得喜雨。在回石潭谢神的途中,词人意气风发,作《浣溪沙》五首。词中叙写了词人乡间的所遇所感,颇有田园风味。

第一首描写了傍晚乡间的美景以及百姓聚集围观太守的情景。上阕起首"照日深红暖见鱼"二句写潭鱼和昏鸦,表现了词人喜悦的心情。西沉的太阳,红红地照在水潭。因为刚下过雨,潭水水位变高,很多河鱼趁机涌进来,它们似乎很贪恋夕阳的温暖,于是纷纷游到水面。水底清晰见鱼,足见潭水清澈。站在石潭远望,只见各个村庄草木茂盛,只听到乌鸦聒噪,却看不到它们的影子。常见的昏鸦掩藏在树林中,不常见的潭鱼浮在水面,好一派清新的雨后乡间美景,让人心驰神往。"黄童白叟聚睢盱"一句转而写人,描写了以老人孩子为代表的围观谢雨的人们欢喜雀跃的情景。儿童黄发,老翁白头,故称"黄童白叟";"睢盱"二字都指张目仰视的样子,带有欣喜之意。《易经·豫卦》"盱豫",《疏》:"盱谓睢盱。睢盱者,喜悦之貌。"此处亦化用了韩愈《元和圣德诗》的诗句:"黄童白叟,踊跃欢呀。"从童叟之乐可联想到众人之乐,也反映了词人"乐人之乐"的襟怀。下阕描写谢雨的盛大场面,林间见不惯人的麋鹿,突然看见人,吓得逃跑了;而森林中的猿猴听到谢雨的人们一路敲打的鼓声,却不呼自来。麋鹿之"虽未惯"与猿猴的"不须呼"相映成趣,妙趣横生,烘托出欢乐喜悦的气氛。最后一句"归来说与采桑姑"可谓节外生枝一笔,但亦反映出人们谢雨的喜悦心情,他们回到家中兴高采烈地讨论谢雨的盛大场面,说给那些没有参加谢雨盛典的"采桑姑"们听。本词描写了日、村、潭、树等自然景物,鱼、鸟、猿、鹿等各类动物,黄童、白叟、采桑姑等各色人物及其活动,将一幅生动悦目、妙趣横生的图画展现在读者面前,言尽而味永。

第二首写词人谢雨途中所见。上阕写自己走进村子看到的热闹景象,勾勒出一幅风趣生动的农村风俗画。"旋抹红妆看使君"写农家女们匆忙地涂脂抹粉以面见太守。"旋抹"一词用得生动精妙,极为传神地表现了农家姑娘第一次见到地方长官急切、狂喜的心情。接下"三三五五棘篱门"两句写农家女们为了争看太守,相互拥挤,以至于踩破了大红的绸裙。这样的描写有力地渲染出热闹的场面,也从侧面表现了拥挤的农家女忘我的样子。下阕转而描写田野和祠堂的情景,与上阕光景截然不同。村里的儿童老人相扶相携来到收麦子的地方,举行了很多祭神活动，酬谢上天降雨，准备了丰盛的祭品。美味的祭品引来了乌鸦和老鹰，它们在天空中盘旋。前两句用细节表现出人们对天降细雨带来的欢欣心情。末句则是一个特写，黄昏时分，一个老翁醉卧在道边。此句的闲淡与前两句的忙碌形成鲜明对比，但也从侧面反映出人们的喜悦心情：只因内心欢喜方才醉卧街头。本词中"使君"只是一个陪衬，但也让人觉到其与民同乐的博大胸怀。

第三首描写了夏日的田园风光和农村风貌。上阕描写了夏日美景和农事活动。"麻叶层层檾叶光"写雨后庄稼的情况。"檾"即苘麻，麻的一种；"麻叶层层"表现了农作物的茂盛；"叶光"写叶片湿润有光泽。从农作物的长势点明时令，初夏正是春蚕老去、收获蚕茧的时节，因而村中到处都是煮茧农事。煮茧的味道很难闻，只有怀着丰收喜悦的人们才会嗅到清香吧。刚进村子，词人就闻到茧香，故发出"谁家煮茧一村香"的疑问，其实村中煮茧的何止一家。走进村子，隔着篱笆就能听到缫丝姑娘们愉快地交谈。"络丝娘"本是一种虫子名，即络纬，又名纺织娘，其声音婉转如织布声。词人用其指代蚕妇，让人顿觉诗意盎然，妙趣横生。上阕仅用煮茧缫丝这一种农事活动，便反映出雨后人们的喜悦心情。下阕写词人的所见，他看到垂着白色须发的老翁拄着藜杖抬起昏花的老眼，正捋下发青的麦穗准备捣碎以填补肚子。由此句可见，村中温饱问题并未完全解决，因而词人发出感叹："问言豆叶几时黄？"老天啊，什么时候才能豆熟叶黄熬过这饥肠辘辘的时光？这样一句慨叹，表现出词人对农民生活的关切之情，其爱民之情可见一斑。

第四首词上阕写初夏的田野风光：枣花轻轻飘落，词人的衣襟亦簌簌迎风，村南村北缫丝的声音不时入耳，间杂着古柳树下卖黄瓜老人的吆喝声。这些景物都是最能体现农村风貌的，词人将它们巧妙地连缀在一起,构成了一幅美妙的乡间图,读之如身在其中。下阕写词人的感受和行踪。前路漫漫,酒意困乏,他实在很想喝一杯清凉的茶水,于是"敲门试问野人家"。讨茶的方式本来是多种多样的,但像词人这般富于清新意味的讨法恐怕并不多见。此处表现了乡风之淳朴,同时也再现了词人本人对乡村生活的享受——一场大雨之后,词人和村民们一样欢心。本词绘景逼真形象,栩栩如生;叙事又清新淡雅,脉脉含情。

第五首是词人在徐州所作的最后一首谢雨词,描写了词人巡视归来的感受,表达了对田园生活的向往,以及与民同乐的朴实胸怀。本词结构与前四首不同,也与同类词的结构不同。前四首主要写景叙事,并未直接抒情议论,而这首词将写景、抒情和议论糅在一起,使得全词情景交融,浑然一体。

上阕"软草平莎过雨新"二句写词人途中所见之景,久旱逢雨,软软的细草分外清新翠绿;路面上一层薄沙,雨后马儿轻轻走过沙路,却未扬起一粒沙尘。骑马驰骋在如此清新宜人的环境之中,词人舒适惬意,不由得发出"何时收拾耦耕身"的感叹。"耦耕"指两个人用二耜并排耕作,典出《论语·微子》:"长沮、桀溺耦而耕。"长沮、桀溺是春秋末年隐士,他们眼见世道衰微,遂隐居不仕。此处苏轼用这个典故,一方

面表现出对田园生活的由衷热爱,另一方面反映了他在仕途不如意的情况下,内心的矛盾心情。下阕写词人所见的田园之景。"日暖桑麻光似泼"二句从词人的思绪中转出,描写了雨过天晴后田野里蓬勃的春日景象。在阳光的照耀下,桑麻好像泼了水一样明亮;一阵微风吹过,蒿艾的熏香扑鼻而来。末句"使君元是此中人"是全词的点睛之笔,升华了全词的意境。既解释了词人"收拾耦耕身"的缘起,也进一步深化了词人对田园生活的热爱之情。词人身为"使君",却对村野生活心驰神往,时刻记得自己"元是此中人",着实可贵。作为乡村田园生活题材的词作,本词风格朴实清新,完全打破了"词为艳科"之说,推动了宋代词风的发展,增加了乡村词的表现形式。

这一组词带有浓厚的田园色彩,从不同的角度描绘了雨后农村生机勃勃的喜人景象,风格清新自然,视角独特新颖,真实地展现了词人为官的务实本色以及对农村田园生活的深切向往。

浣溪纱

游蕲水清泉寺,寺临兰溪①,溪水西流。

山下兰芽短浸溪,松间沙路净无泥,萧萧暮雨子规啼②。

谁道人生无再少?门前流水尚能西!休将白发唱黄鸡③。

注释

①游蕲水清泉寺:《东坡志林》卷一载:"(余)因往(沙湖)相田得疾,闻麻桥人庞安常善医而聋,遂往求疗……

疾愈，与之同游清泉寺。寺在蕲水郭门外二里许。"蕲水，在黄州东面，今湖北浠水县。兰溪：兰溪水出于箬竹山，溪两侧多生兰草，故名。

②萧萧：同"潇潇"，雨声。子规：杜鹃的别名。

③休将白发唱黄鸡：典自白居易《醉歌》："黄鸡催晓丑时鸣，白日催年酉前没。"休将，不要。白发，指年老。

译文

山下溪边的兰草才抽出嫩芽，蔓延浸泡在溪水中。松柏夹道的沙石小路，经过春雨的冲刷，洁净无泥。时值日暮，松林间的杜鹃在潇潇细雨中啼叫着。

谁说人老后就不会再有少年时光呢？你看，那门前的流水还能执著反东，向西奔流呢！因而不必烦恼时光流逝，以白发之身愁唱黄鸡之曲。

赏析

这首词写于宋神宗元丰五年（1082）春苏轼被贬黄州时。当时作者游览蕲水清泉寺，发现此处溪水竟然是自东向西流，顿生感慨，落笔生花，表达了自己对生活的热爱。

上阕写景。起首一句围绕"兰溪"运笔，指出"兰溪"的由来。"沙路净无泥"写景色亮丽，可见作者胸襟之坦荡及对自然的热爱。

下阕借景抒情。"谁道"两句，以问句起首，极有气势，然后又以借喻作答，更为巧妙，隐含着作者对人生深深的思索。结尾一句从典故中化出，却又别出心裁，反其意而用之。这正是作者所推崇的人生境界：永不放弃、自强不息。

本词写景清淡自然，言情含蓄生动，情景交融，而又富于哲理，可见作者心中的慷慨豪情，这对后人颇有启示。

南乡子

晚景落琼杯①，照眼云山翠作堆。认得岷峨②春雪浪，初来，万顷蒲萄涨渌醅③。

春雨暗阳台④，乱洒歌楼湿粉腮。一阵东风来卷地，吹回，落照江天一半开。

注释

①晚景落琼杯：晚景，指夕阳之景。景，日光。琼杯，玉杯。此句应理解为景色倒映在酒杯当中。

②岷峨：四川的岷山和峨眉山，苏轼为四川眉山人，故此处以"岷峨"指代故乡。

③醅：尚未过滤的酒。

④阳台：位于三峡的一座山。宋玉《高唐赋》载巫山神女的话："妾在巫山之阳，高丘之阻，旦为朝云，暮为行雨。朝朝暮暮，阳台之下。"

译文

夕阳美丽的景色倒影在手中的玉杯里，青山绿树把一杯的玉液都染绿了。认得这杯中琼浆是故乡岷山和峨眉山上的积雪融化而来。初次看来，万顷的江水都好像那尚未过滤的酒。

阳台山上春雨忽至，胡乱地洒在歌楼打湿了美人的粉腮。忽然一阵东风卷地而来，吹散了云雨，落日的余晖从乌云缝隙中斜射出来，染红了半边天。

赏析

本词是苏轼于元丰四年（1081）在黄州临皋亭所作。词中描写了春日傍晚的夕阳之景，从天晴写到降雨再到复晴，笔调大气，一气贯通。

思乡之情是贯穿上阕的内在逻辑，词人由酒杯想到云山，再由江水联想到家乡的岷峨，这是词人形象思维的过程，也是词意的自然发展。首句"晚景落琼杯"写词人端起酒杯，从酒杯的倒影中看到了天空；次句"照眼云山翠作堆"写词人由酒的颜色联想到江水，引出下句对家乡的思念。心系黄州的苏轼，端起酒杯，思乡之情自然涌上心田。这是词人的情感动力，由此他的联想才会最终指向四川的岷峨即故乡，进而才产生了杯中酒就是故乡的岷山、峨眉山上的积雪融化而来的奇特想法，仿佛这个小小的酒杯盛下了整个故乡。如此大胆独特的空间意识，恰如其分地展现了苏轼旷达、豪放的襟怀。

词之下阕描写了春日雨降复晴的自然景观，给人以飘忽不定、变幻莫测之感。"春雨暗阳台"二句写春雨突降，人们来不及躲避，所以美人的粉腮才会被打湿。"暗"、"乱"字用得精妙，生动地刻画出春雨倏忽变化、突来突往的特征。这场春雨似乎来得不是时候，它不仅扰乱了宴席，还打湿了美人的粉腮。正当人们抱怨之际，忽然"一阵东风来卷地"，云雨被吹散，落日的余晖从乌云缝隙中斜射出来，染红了半边天。绮丽的景色，比上阕所绘之景还要美丽。

这首词融写景、思乡之情于一炉，神气贯通，境界高妙，具有很强的艺术感染力。

减字木兰花·己卯儋耳春词①

春牛春杖②，无限春风来海上。便丐春工③，染得桃红似肉红。

春幡春胜④，一阵春风吹酒醒。不似天涯⑤，卷起杨花⑥似雪花。

注释

①己卯：即宋哲宗元符二年（1099）。儋耳：古代一个郡，唐宋时名为儋州，治所在今海南儋县西北。是年苏轼被贬为琼州别驾，昌化军安置，居住在儋州城南。

②春牛春杖：古代立春日有"打春"风俗，据《后汉书·礼仪志上》："立青幡，施土牛耕人于门外，以示兆民（兆民，即百姓）"，即立春日在东门外立上迎春所用的土牛和击牛的犁仗。

③丐：企求，乞得。春工：春季万物造化之工，即春神。

④春幡春胜：皆是古时立春风俗。春幡，即春旗，旧俗于立春日或挂春幡于树梢，或剪缯绢成小幡，连缀簪之于首，以示迎春之意。春胜，一种剪成图案或文字的剪纸。旧俗于立春日剪彩成方胜为戏，或为妇女的首饰。

⑤天涯：天的尽头，古时以海南岛为天涯海角。

⑥杨花：即杨絮。海南春天较暖，立春日杨树便扬絮了。

译文

春牛春杖表达出迎春之意，无限春风从海上吹来。乞求春神造化万物之工，把桃花染得如同血肉之色一般红艳。

春幡春胜肆意飞舞，一阵春风吹醒了我的酒醉。海南的春景与中原景色不同，立春时卷起的杨絮好似雪花飘洒。

赏析

这首咏春词作于词人贬谪海南之时，词中描绘出一幅生机盎然的春意图，笔调欢快活泼，展现出词人身处逆境却泰然处之、随遇而安的精神风貌，充分体现了苏词雄奇奔放的特色。

本词上下阕字数、句式都相同，而且首句描写的都是立春的习俗。春牛即泥牛，又称土牛，立春日立于东门外；春杖指的是犁杖古时有"打春"的风俗，由人假扮"句芒神"，执犁杖鞭打土牛。"春牛春杖"一句说的就是这个风俗。"春幡春胜"也是古时立春风俗。上下阕第二句都是写"春风"。上阕写"无限春风来海上"，意谓风从海上来，点出地处海南的特色，境界极为开阔，与苏轼《儋耳》诗："垂天雌霓云端下，快意雄风海上来"有异曲同工之妙；下阕写"一阵春风吹酒醒"，点出迎春宴席上美酒醉人，具有浓郁的情趣。这两处描绘"春风"的句子，都有力地渲染了欢快、喜庆的气氛。上下阕之后两句都着力描绘春景。上阕写桃花，意谓春神万物造化之工，把桃花染得如同血肉之色一般红艳，突出"红"；下阕写杨花，大意是说海南春暖，立春时已见杨花飞舞，好似雪花一般，突出"白"。这两句写景，红白相称，分外迷人。此外，"不似天涯"两句亦是点睛之笔，写出海

南春景与中原景色不同,而以海南没有的雪花比拟海南早见的杨花,情趣盎然,惹人遐思。

　　这首词赞颂了海南的春景,不仅开拓了古代诗词题材的范围,而且表现出了词人豪放、豁达的襟怀,很大程度上影响了古代文人雅士的思想。此外,本词中大量地运用同一个字,即将一个字在不同的地方重复使用,如全词共有七个"春"字(其中两个是"春风",还有两个"红"字等)。这种修辞手法叫做"类字"。遣词造句中本来忌讳重复用字,《文心雕龙·练字第三十九》提出的四项用字要求,其中之一就是"权重出",以"同字相犯"为戒。但苏轼偏偏反其道而行之,很多地方都用"同字",结果反而使之成为本词的艺术特色,使得音调更加动听,有力地渲染和强调了主旨。究其原因,是因为苏轼用字错落有致,并不是平均配置,如"春"字,上下阕首句用两个,第二句用一个,显得变化多端,并增加了美听。这又是苏轼遣词造句高人一等的地方。其实,这些复杂的变化并不是词人有意为之,而是出于他对海南春色的由衷赞美,是有感而发,所以本词读来朴实感人,无一丝矫揉造作之弊。这也是苏词高出他人的地方。

咏物篇

定风波·红梅

好睡慵开莫厌迟[1]。自怜冰脸[2]不时宜。偶作小红桃杏色,闲雅,尚馀孤瘦雪霜姿[3]。

休把闲心随物态[4],何事,酒生微晕沁瑶肌[5]。诗老[6]不知梅格在,吟咏,更看绿叶与青枝[7]。

注释

①好睡慵开莫厌迟:此句用拟人手法,写红梅晚开,意思是说梅花原本应该在百花之前开放,但因为贪睡延误了花期,竟与桃杏同时开放。

②冰脸:如冰的面孔,此处指白色的梅花。

③尚馀孤瘦雪霜姿:馀,同"余"。此句联合前两句,意为红梅偶然也如桃杏之色那样鲜艳,但在闲雅之外,又多出斗雪傲霜的孤傲姿态。

④休把闲心随物态:闲心,闲淡的情怀。物态,此处指桃杏娇柔媚惑之态。此句意为不要把梅花闲淡的情怀与桃杏娇柔媚惑之态相提并论。

⑤酒生微晕沁瑶肌:意思是说红梅虽有桃杏之艳红,好似美人不胜酒力,脸颊绯红,但却没有失去其孤傲高洁的天性。

⑥诗老:指前辈诗人石曼卿,其曾作《红梅》诗。

⑦更看绿叶与青枝：石曼卿《红梅》诗中有"认桃无绿叶，辨杏有青枝"句。联系上句意为词人认为石曼卿并未写出红梅的真正品格，只是从表面枝叶的颜色说明其与桃杏的不同之处。

译文

晚开的红梅因为贪睡延误了花期，竟与桃杏同时开放。自己哀怜自己的白色有些不合时宜。红梅偶然也如桃杏之色那样鲜艳，但在闲雅之外，尚又多出斗雪傲霜的孤傲姿态。

不要把红梅闲淡的情怀与桃杏娇柔媚惑之态相提并论，何事让红梅好似美人不胜酒力，脸颊绯红？前辈石曼卿不懂梅花的内在品格，咏梅，只是看红梅表面的枝叶颜色。

赏析

这是苏轼在贬谪黄州期间写的一首咏梅词。词人读北宋诗人石延年的《红梅》之后有感而发，遂写下本词。

上阕先描写红梅开放的场景。"好睡慵开莫厌迟"，梅花本应在百花盛开之前开放，但因为贪睡延误了花期，便只能与桃花和杏花同时开放。此处用的是拟人的手法，将梅花的晚开比做美人睡过了头，显得别有情趣。"自怜冰脸不时宜"，指自己也哀怜自己的白色有些不合时宜。春天开的花儿大多艳丽可人，而梅花的冰清玉洁，与其他花不同。此处依然用了拟人的手法，写出了梅花的格格不入。"偶作小红桃杏色，闲雅，尚馀孤瘦雪霜姿"，红梅颜色虽如桃李般鲜艳，但是那份斗雪傲霜的姿态及气度却永远不会改变。"偶作"一词承上启下，表明梅花即使外表改变了，本质还是不会变的。不论梅花开在何时何处，以何种颜色面对世人，"孤瘦雪霜姿"始终是梅花的恒态。

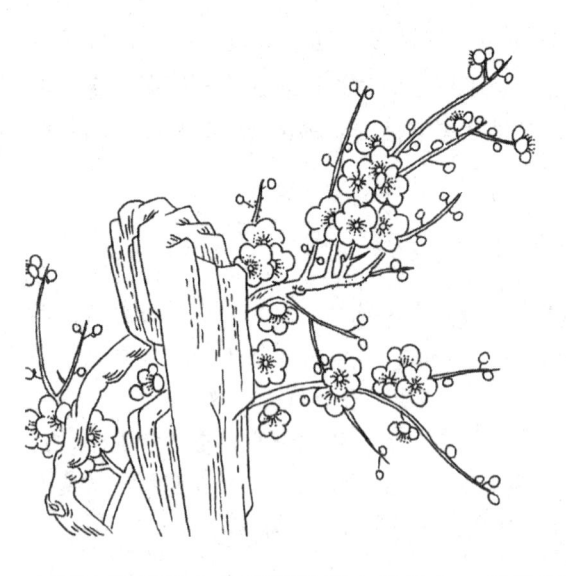

下阕承接上阕，继续描写红梅的姿态。"休把闲心随物态，何事，酒生微晕沁瑶肌"，不要将红梅从容不迫、高洁雅致的本性与其他花轻浮的姿态相提并论，也不知道是什么事让梅花看上去像不胜酒力的美人一样脸颊绯红。"休把闲心随物态"承接上阕的"尚馀孤瘦雪霜姿"，再一次强调梅花的宁静淡泊且不趋炎附势的本质，而这正是大部分其他的花都不具有的品质。"闲心"和"瑶肌"承接前面的比喻，将红梅比做冰清玉洁的美人。正如美人偶尔会喝醉，但并不会因此改变其纯洁的本质一样，梅花即使换上红颜，也依然不失其高洁的本性。"诗老不知梅格在，吟咏，更看绿叶与青枝"，"诗老"指的是曾写过《红梅》诗的石延年。此处交代了写这首词的直接缘由，原来是读过石延年的诗后，词人发现石延年并没有真正懂得红梅的品格，其诗仅仅是从梅花的表面去比较它和其他花的异处，因而词人才会忍不住去触犯前辈，写下这首表达自己心志的咏梅词。

　　本词托物言志，借对梅花高洁本性的描写，表明词人不愿随波逐流的高洁品格。全词通篇使用拟人手法，赋予梅花以人的生命和情感，增强了作品感染力，实乃咏物词中的佳作。

南乡子①

梅花词,和杨元素②。

寒雀满疏篱,争抱寒柯看玉蕤③。忽见客来花下坐,惊飞。踏散芳英落酒卮④。

痛饮又能诗。坐客无毡⑤醉不知。花谢酒阑⑥春到也,离离⑦,一点微酸⑧已著枝。

注释

①南乡子:词牌名,又名《好离乡》、《蕉叶怨》。原是唐代教坊曲名。本为单调,始于后蜀欧阳炯,有二十七字、二十八字、三十字各体,平仄换韵。自南唐冯延巳开始增为双调,平韵五十六字,十句,上下片各四句用韵。另有五十八字体。

②杨元素:名绘,宋神宗熙宁七年(1074)七月出任杭州知州,与苏轼相处过三个月,直到同年十月苏轼迁密州知州离开杭州。二人并未同赏梅花,故本词可能是词人某年冬末所作的异地奉和之作,具体写作年份不详。

③争抱寒柯看玉蕤:柯,草木的枝茎,这里指梅枝。玉蕤,如玉一样洁白晶莹的花,这里指梅花。蕤,花。此句承接上句,意为寒雀聚集在梅花周围,瞅准机会争相飞上枝头,好像要细细欣赏花朵似的。

④卮:古代一种盛酒器。

⑤毡:粗毛坐垫。此处化用杜甫《戏简郑广文虔兼呈苏司业源明》的诗句:"才名四十年,坐客寒无毡。"

⑥酒阑:酒筵结束。

⑦离离：果实累累、盛多的样子，此指的是下句的梅果。
⑧一点微酸：指梅枝上新结出的果子。

译文

寒雀聚集在梅花周围，瞅准机会争相飞上枝头，好像要细细欣赏花朵似的。忽然看到客人来到花下坐定，惊得它们四处飞散。踏散了梅花，一朵朵落进酒杯里。

我与杨绘既能痛饮又能写诗。做客无毡却不知自己已经喝醉。梅花凋谢了，酒筵结束了春天也就到了，梅花果实累累，一点点微酸的果子已经长上了枝头。

赏析

梅花，自古以来就被文人雅士赋予高洁的品格寓意，与竹、兰、菊一起被称为花中"四君子"，咏梅之佳作更是不胜枚举，苏轼的这首《南乡子》便是咏梅词中的精品。

上阕描绘了一幅生动形象的《寒雀踏梅图》。"寒雀满疏篱，争抱寒柯看玉蕤"，两个"寒"字，点明了早春时节，突出了梅花凌霜斗雪、冲寒而开的特性。"玉蕤"点出了梅花的洁白晶莹，象征着梅花高洁的品性。"满"和"争"字写出了麻雀的喧闹与好奇。麻雀把梅花看做报春的使者，梅花也因为麻雀的喧闹而生动和鲜活起来。词人在这里一扫前人咏梅时冷艳凄清的氛围，独辟蹊径，给予梅花一个喜庆喧闹的环境，可谓不落俗套。"忽见客来花下坐，惊飞。踏散芳英落酒卮"，这里由寒雀、梅花引出赏梅之人。词人不愧为大家，寥寥十六个字，就将惊雀、落梅、骚客刻画得形神兼备，妙趣横生。一个"惊"字，突出了麻雀对梅花的喜爱和痴迷程度，以至于客人走到跟前才有所发觉。而客人手持酒杯走向梅花，梅花落入酒杯之中而不恼,则是从客人的角度来表现对梅花的喜爱,同时也表明客人是颇具诗情雅兴之人。这里麻雀、梅花和客人相互衬托,突出了梅品、雀情、诗兴和热闹的氛围。

下阕写杨元素及其宾客们一起饮酒赋诗赏梅的活动,通过写文人雅士们的诗酒风流,从侧面烘托梅花高洁风雅的品性。"痛饮又能诗。坐客无毡醉不知",写出了主人和宾客们的酣畅淋漓。"酒逢知己千杯少",从侧面写出了主人和宾客之间友情深厚,相得甚欢。"能诗"借用刘禹锡赞美白居易的诗句"苏州刺史例能诗"(时白任苏州刺史)赞美酒宴上的文士们文采不凡。这两句虽未写梅,却紧承上阕中的"客"而来,暗示了赏梅的活动,从侧面赞美梅花。"花谢酒阑春到也,离离,一点微酸已著枝",如此一天天饮酒作诗,不知不觉梅花已谢了,春天到来了。花落处,已经露出了小小尖尖的青梅,看着它,人们嘴里也不知不觉酸涩起来。"花谢酒阑春到也",是指梅花开后,文人雅士们天天饮酒赋诗,一直持续到花落才终止这些活动,暗含了文人们对梅花的喜爱和珍惜,他们不愿辜负这美好的梅花。"离离"写出了梅子的玲珑和繁盛。

苏轼的这首咏梅词,在刻画梅花外在美的同时,以高超的技巧烘托出梅花的神韵,既写出了"梅形",又突出了"梅格",实现了形神的完美统一。

水龙吟

次韵章质夫杨花词。

似花还似非花,也无人惜从教坠①。抛家傍路,思量却是,无情有思②。萦损柔肠,困酣娇眼③,欲开还闭。梦随风万里,寻郎去处,又还被、莺呼起。

不恨此花飞尽,恨西园落红难缀。晓来雨过,遗踪何在?一池萍碎④。春色⑤三分,二分尘土,一分流水。细看来,不是杨花,点点是离人泪。

注释

①从:任凭。坠:飘落。
②思:情思、愁思。
③困酣:非常困倦。娇眼:柳叶。柳叶初生时,如人的睡眼初展,故称娇眼。
④萍碎:浮萍,指杨花落入水中,看起来像浮萍。
⑤春色:杨花美好的光景。

译文

杨花像花又不像花,没人怜惜,任它飘落满地。抛家离舍倚路旁,仔细思量却是,貌似无情却有愁。好似萦绕离恨,柔肠频频受折磨;又好似娇眼困倦,似睁又闭。梦里随风千万里,追寻情郎远去处,却又被黄莺的啼声惊起。

杨花飞尽并不遗憾,遗憾的是西园百花凋残,难以相继。拂晓时分一阵风雨,哪能再见杨花的踪迹?早化成一池细碎浮萍。若把杨花美好的光景分成三份，二份已为尘土，一份落入池中。细细看，那不是杨花，一点一点都好似离别人的眼泪。

赏析

苏轼的豪放词几乎无人可及，婉约词亦不让他人。这首词约作于元丰四年（1081），当时作者正谪居黄州。这是一首唱和之作，作者明写杨花，暗抒离别的愁绪。

词的上阕写杨花飘落的情景。开篇"似花"两句造语精巧，音韵和婉，一方面是咏吟杨花，另一方面也是写人的情感。作者敏感地捕捉到了杨花"似花非花"的独特之处：它名字叫杨花，和其他的花一样都有开有落，这是它的"似花"之处；但同时它颜色浅，又没有香味，而且生得纤小，挂在枝条上很不起眼，又让人觉得它"非花"。一个"惜"字，充满情感。"抛家"三句，以空灵之笔写杨花飘零的情形。作者在这里赋予杨花以灵性，实是借花抒情。"萦损"三句，从花到柳，到离人怨妇，以气运笔，通畅贴切。最后几句把花和人合为一体，极言离人的愁苦哀怨。

词的下阕言情。前两句笔势跌宕顿挫，"不恨"与"恨"两相对照，抒发杨花无人怜惜的惆怅。"晓来"、"春色"六句，是对前面"抛家"、"萦损"的详细解释。杨花最后的结局是"一池萍碎"，或被碾为尘土，或被流水带去。收尾三句总揽一笔，把池中"萍碎"的杨花喻为离人的泪滴，想象奇特，虚实相生，可谓妙笔生花。

这首词借杨花来写人生的孤独、漂泊、失落、不能自主和无可奈何，寓情于物，笔法空灵。怪不得王国维评其曰："和韵而似原唱。"

亲友篇

水调歌头

丙辰中秋,欢饮达旦,大醉。作此篇,兼怀子由。

明月几时有?把酒问青天。不知天上宫阙①,今夕是何年?我欲乘风归去,又恐琼楼玉宇②,高处不胜寒③。起舞弄④清影,何似⑤在人间。

转朱阁⑥,低绮户⑦,照无眠。不应有恨,何事⑧长向别时圆?人有悲欢离合,月有阴晴圆缺,此事古难全。但愿人长久,千里共婵娟⑨。

注释

①天上宫阙:天上的仙宫宝殿,这里指的是月宫。

②琼楼玉宇:月宫中以白玉砌成的楼阁。

③不胜寒:月宫又名广寒宫,相传那里寒冷无比。不胜,禁受不住,受不了。

④弄:赏玩,舞弄。

⑤何似:哪似。

⑥朱阁:装饰华丽的楼阁。

⑦绮户:雕刻有花纹的门窗。

⑧何事:为何。

⑨婵娟:美丽的月光,代指月亮。

译文

明月从何时起照耀人间?我手举酒杯向苍天发问。不知道天上的仙宫宝殿里,今年是哪一年?我真想驾长风、归月宫,又怕那儿的碧玉楼阁,孤高而严寒。在浮想联翩中,对月起舞,清影随人,仿佛乘云御风,置身天上,哪里像在人间!

月光转过装饰华丽的楼阁,又低低地透过门窗,照着窗内的不眠人。明月不应有什么怨恨,却为何总在人们别离时才圆?人生一世,有相逢之乐,就有离别之悲;月出一轮,有圆满晴朗,就有残缺阴霾。这种事自古就难以两全。但愿远方的人健康长寿,即使相隔千里,我们也能共同沐浴明月的光辉。

赏析

这首词作于宋神宗熙宁九年(1076)。当年中秋节,苏轼在密州(今山东省诸城)任太守,与弟弟苏辙已阔别七年,不禁对月思人。再加上仕途不如意,他便尽抒情怀,乘醉而歌,写出了这首传颂千古的名篇。

上阕写作者对月遐思,幻游仙境,以问句起首,开篇奇崛,而问的又是明月、青天,一下子把人们的思绪牵引到了浩渺的太空,意境幽远。"不知天上宫阙"几句回环跌宕,表现了作者内心的波澜起伏。实际上,当时的苏轼正徘徊于"出世"与"入世"之间,不知所从。"何似在人间",是作者给出的最后答案——还是人间的美好更值得留恋。

下阕情景交融,抒发了词人对亲人的思念。"转朱阁"三句,写月下之人,徘徊不定,心事重重。"不应"两句,上按"照无眠",运笔酣畅,明是写对月圆人不"圆"的怨恨,其实蕴涵了作者对亲人的思念。"人有"三句,是作者他经历风雨人生之后的领悟:天地之间,人的悲欢离合与月的阴晴圆缺一样,都不是我们所能左右的。我们所能做的，只有因循大自然的崇高法则，体味"道"的精神，积极乐观地生活。这充分反映了作者的旷达胸怀。最后两句是其对兄弟苏辙的劝勉，更是对天下所有人的祝福，情真意切。

这首词以"月"贯穿全篇，上天入地，笔势纵横，是一篇蕴涵着深刻哲理的佳作。

减字木兰花

维熊佳梦①，释氏老君亲抱送。壮气横秋，未满三朝已食牛②。

犀钱玉果③，利市④平分沾四座。多谢无功，此事如何着得侬！

注释

①维熊佳梦：维熊，语出自《诗·小雅·斯干》："吉梦维何？维熊维罴，男子之祥。"此句连同下句化用杜甫《徐卿二子歌》中的诗句："徐卿二子生绝奇，感应吉梦相追随。孔子释氏亲抱送，并是天上麒麟儿。"

②未满三朝已食牛：化用杜甫《徐卿二子歌》中"小儿五岁气食牛，满堂宾客皆回头"的句子，多用以形容少年气盛。

③犀钱玉果：指新生儿"洗三"当天散发的喜钱喜果。洗三，即在新生儿出生的第三天举行洗礼，为古代习俗。犀角为金黄，与钱的颜色相似，故称犀钱。果子白如玉，故称玉果。这个"果"指的大概是花生之类，好像是用线把犀角、果子串在一起以分给宾客。

④利市：古时"洗三"当日，富贵人家都会举行汤饼宴，席上散发喜钱喜果，称为"利市"。

译文

吉祥的梦相追相随，释氏老君亲自抱着小儿送来。小儿壮气横秋，未满三天已经气势强盛，好似能吞下一头牛。

席上散发了犀钱玉果，喜钱喜果平分到四座宾客手中。多谢多谢，我这是无功受赏了，（生孩子）这件事情，怎么会有我的功劳呢？

赏析

苏轼经过吴兴时，恰逢好友李公择喜得贵子而宴客三日。词人写下此词赠予好友，在记录下宴会欢愉情景的同时，也表达了词人对好友之子的祝福。

上阕先用典故，"维熊佳梦，释氏老君亲抱送"，此句化用杜甫《徐卿二子歌》中的诗句："徐卿二子生绝奇，感应吉梦相追随。孔子释氏亲抱送，并是天上麒麟儿。"营造出一种祥和的气氛，暗示好友的儿子有如神佑，将来一定会有所作为。"壮气横秋，未满三朝已食牛"，此处依然化用了杜甫《徐卿二子歌》中的诗句："小儿五岁气食牛，满堂宾客皆回头。"这里用夸张的手法，赞扬了小孩子的健康和强壮，也是对其未来的期许和祝愿。上阕这四句都是从杜甫诗中化用而来，但经过词人的改动，语言更加凝练，读来更加富有趣味，营造出了一种热闹欢愉的氛围。

下阕描绘宴会时的情景。"利市"是指古代富贵人家在为刚出生的孩子举行宴会时，在宴会上散发喜糖喜果的习俗。能在宴会上如此慷慨，足见主人得子后的喜悦，受邀而来的宾客也分享着他的快乐，从而形成一片欢愉之景。"多谢无功，此事如何着得侬",叙述一位宾客得到喜钱喜果时的回应,意为"多谢多谢,我这是无功受赏了,生孩子这事哪有我的功劳哦!"这位宾客不仅幽默风趣,而且还不失大胆,才说出了这极具趣味性的大实话。此语一出,气氛必将更加欢快。下阕写宴会却并未直接大量刻画宴会时的场景,而是通过宾客的玩笑,巧妙地营造出了情趣盎然的场面。

全词语言明快风趣,化用典故时出神入化,叙述宴会场景时只寥寥数笔便渲染出宴会中热闹喜庆的场面,苏公高超的语言运用能力不得不令人佩服!

阳关曲·中秋月

暮云收尽溢①清寒,银汉无声转玉盘②。
此生此夜不长好,明月明年何处看。

注释

①溢:满出。
②玉盘:指月亮,比喻月亮冰清玉洁的美感。语出李白《古朗月行》:"小时不识月,呼作白玉盘。"

译文

暮云收尽溢出清寒,银河无声地转动如玉的月亮。
此生这样的夜太难得,不知明年何处看明月。

赏析

本词是一篇描写中秋之夜的词作。中秋佳节,苏轼与他分别已久的胞弟苏辙重逢。词人在表达了与亲人团聚之喜悦的同

苏东坡名词名句

时,字里行间也流露出对于相逢太过短暂的哀伤。

首句"暮云收尽溢清寒",词人要写月亮,却并不急着直入主题,而是先宕开一笔,描写夜空。"暮云收尽"表明天空清透,没有云朵,这样的夜晚是赏月的大好时机,此处是以天空的清透来烘托月亮的清亮。"溢清寒"中这一"溢"字用得甚妙,月光如水般流到人间,透出清寒之意,给人一种圣洁之感。第二句"银汉无声转玉盘",银河由于过于遥远而没有声息,只有月亮在转动。在这美好的中秋之夜,天地间都被这月亮的光华洒满。"银汉无声"一句很有意境,这句并非单纯写实景,而是似乎在说银河原本有声音,因为距离太遥远才显得静寂无声。使人感觉由于天空空旷辽远,才使"银汉无声"。而今晚的明月又分外圆润,好似"白玉盘"流转于银河之中。此处玉盘出自李白的《古郎月行》:"小时不识月,呼作白玉盘。"用玉盘比喻月亮,给人清冷高洁之感。而"转"这个动作也颇具新意,赋予看似静止的月亮以动感,为中秋之夜的相聚增添了几分欢愉。

"此生此夜不长好,明月明年何处看",此生这样的夜太难得,不知道明年会在什么地方看到这样的月亮。词人此刻陶醉在这样美好的月夜中,感受着月色的美妙和亲人相聚的欢愉,然而想到与弟弟短暂相聚之后很快就又要分开,明月年年都有,亲人却并不能常伴左右,词人不禁心生伤感之情。"何处看"看似是问句,其实是词人的感叹。他并不真正关心明年将在哪儿赏月,只是遗憾无法与亲人常相聚,那么无论在哪儿都无法消除心中的悲伤。这最后的两句对仗工整,且内容相互呼应,"此生此夜"对"明月明年",将今日相聚的短暂快乐与颠沛流离的未知命运形成对比,让人不由得慨叹人世的无常变幻。"不长好"与"何处看"形成对比,增添了语言的感染力,言有尽而意无穷。

读完此词,想起苏轼写过的另一首词《水调歌头·明月几时有》中的名句:"人有悲欢离合,月有阴晴圆缺,此事古难全。"两首词都抒发了离别的悲伤之情。相比于《水调歌头》,这首词虽然篇幅短小,但境界依然高远,且情真意切,意蕴无穷。

满江红

怀子由①作。

清颍②东流,愁来送、征鸿去翮③。情乱处,青山白浪,万重千叠。孤负当年林下④意,对床夜雨听萧瑟。恨此生、长向别离中,雕华发⑤。

一樽酒,黄河侧。无限事,从头说。相看恍如昨,许多年月。衣上旧痕余苦泪,眉间喜气占黄色⑥。便与君,池上觅残春,花如雪。

注释

①子由:作者的弟弟苏辙的字,时在汴京。

②颍:淮河的支流——颍水,颍州在其下游。

③翮(hé):羽根。此指鸟翼。

④林下:山林家园之中,这里指退隐之处。

⑤华发:花白头发。

⑥眉间喜气占黄色:古代有种说法,眉间有黄色是喜庆的征兆。这里借以预祝兄弟不久将与作者相聚。

译文

清清的颍水东入淮河,送来了愁怨,如同飞雁失掉了翅膀。情思烦乱,就像那河水拍击着青山,激起千万朵浪花。我辜负了当年退隐山林的约定,对床而卧,夜听雨声,倍感萧瑟。怨恨这一生常常处在别离中,任时光增饰了满头白发。

相聚于都城汴京,共饮一壶酒。把那无限多的事从头诉说。以前兄弟会面时的情景仿佛还像是昨天的事,但一晃已过去了许多年。衣服上还留有往昔思念之泪的痕迹,但眉间已有黄色,这是喜庆的征兆。到时便可以和你一起在凤凰池上寻觅晚春残留的花朵,看它飘落如雪的美景。

赏析

这首词写于宋哲宗元祐七年(1092),当时作者任颍州(今安徽阜阳)知州。此词属于怀人之作,表达了苏轼对其弟子由的思念之情,也蕴涵着苏轼对官场的失望、厌恶之情。

词的上阕写的是对弟弟的怀念,起句写东流的颍水带来了愁思,这是将情感物化了,其实当时不管词人看到何物,都会生发愁苦的情感。接着词人又将这种情感比喻为失掉翅膀的飞雁,这个比喻可谓新奇,接下来又用重重叠叠的白浪来形容愁思的堆积。词人开篇就将这种愁思层层地表达出来,使得全诗变得压抑和沉郁。最后四句表明词人此刻的心意,他悔恨当年没有退隐山林,导致如今遭受这样的苦楚,这体现了词人面对残酷现实的无可奈何。

下阕是对兄弟二人相聚时喜悦场景的想象。畅饮美酒,述说情事,这是何等地惬意,就好像昨天发生过的一般。就是到了现在,衣服上还有往昔的泪痕。最后三句又体现了词人乐观的心态,我们马上就要拥有自由的生活了,到那时便可与你寻春赏花了。

这首词真实地再现了苏轼当时的内心世界,全词感情真挚,语言清丽,意境开阔,将亲情的珍贵表现得恰到好处,同时也表现了作者对官场的厌恶和对自由生活的渴望。

满江红·寄鄂州朱使君寿昌①

江汉②西来,高楼下、蒲萄深碧③。犹自带,岷峨雪浪④,锦江春色。君是南山遗爱守⑤,我为剑外⑥思归客。对此间、风物岂无情,殷勤⑦说。

《江表传》⑧,君休读;狂处士⑨,真堪惜⑩。空洲对鹦鹉⑪,苇花萧瑟。不独笑书生争底事⑫,曹公黄祖俱飘忽。愿使君、还赋谪仙⑬诗,追黄鹤。

注释

①鄂州:今属湖北。使君:对知州的尊称。寿昌:时任鄂州知州,作者的朋友。

②江汉:长江和汉水,二水在鄂州汇合。

③高楼:指黄鹤楼。蒲萄深碧:蒲萄,同"葡萄"。此句是化用李白《襄阳歌》"遥看汉水鸭头绿,恰似葡萄初酦醅"的诗意,形容江水如葡萄般碧绿。

④岷峨:岷山与峨眉山。雪浪:雪融化后形成的水流。

⑤南山:即终南山。遗爱守:留下了爱民名声的通守。守,通"倅",通判。朱寿昌曾任陕州通判,陕州在终南山东面。

⑥剑外:唐时以长安为中心,将剑门山以南的四川称为剑

外。苏轼是四川眉山人,故称自己为"剑外思归客"。

⑦殷勤:殷切,反复。

⑧《江表传》:晋人虞溥所著,记录三国时吴国名士的逸事。原书现已不传。

⑨狂处士:指的是东汉末年的祢衡。祢衡才辩过人但是狂妄无比,孔融曾把他举荐给曹操,谁知忠于汉室的他却当众把曹操臭骂了一顿。曹操不想承担乱杀贤良的罪名,因而将祢衡遣至荆州刺史刘表处,刘表亦无法容忍祢衡的放肆和无礼,但他也不愿承担罪名,又将祢衡转派至江夏太守黄祖处,黄祖最终将祢衡杀死了。

⑩真堪惜:真的很可惜。祢衡死时仅二十六岁,故苏轼说可惜。

⑪空洲对鹦鹉:应理解为:"空对鹦鹉洲。"祢衡曾写下著名的《鹦鹉赋》,死后被埋葬在汉阳江边的沙洲里,后人遂将此洲命名为鹦鹉洲。

⑫书生:指祢衡。底事:何事。曹公:指曹操。飘忽:时间短暂,转瞬即逝。

⑬谪仙:指诗人李白。贺知章曾称李白为"天上谪仙人"。

译文

长江和汉水波涛滚滚地从西面涌来,站在黄鹤楼上向下望,滔滔的江水就像葡萄一样碧绿。想必江水中带有岷山与峨眉山夏日雪融化后的水流吧,锦江中带着天地间的明媚春色。你是在终南山留下了爱民名声的通守,我是剑门山外思念故乡的游客。面对这壮丽景色怎能无动于衷,只好与你殷切地说个不停。

我劝你不要再看《江表传》,恃才傲物的祢衡最终被黄祖杀害，真的很可惜。现在只能面对空荡荡的鹦鹉洲。岸上的芦苇随着萧瑟的风不停地晃荡，不只是嘲笑祢衡这样的书生，在这样的世道中究竟能做什么事，曹操和黄祖都在飘忽的岁月中消亡了。愿使君您多创作一些像李白那样的诗篇，写出超过崔颢《黄鹤楼》的千古名篇。

赏析

这首词作于苏轼谪居黄州期间，是词人为时任鄂州太守的友人朱寿昌所作。全词景中寓情，从地理特征和历史人物着眼，开怀倾诉，谈古论今。既表现了与友人之间的深厚情谊，又抒发了自己的内心感受；既有写景，又有抒情议论，展现了一种苍凉悲慨、郁愤不平的激情，耐人寻味。

上阕写词人从江汉西来，由江水深碧联想到岷峨雪浪、锦江春色，自然地触动怀友之思。前三句描绘长江和汉水的滚滚气势以及千古名楼黄鹤楼的雄伟，突出了鄂州的地理特点。"蒲萄深碧"，化用李白"遥看汉水鸭头绿，恰似葡萄初酦醅"的诗句，形容滔滔的江水就如葡萄般碧绿。接着三句用"犹自带"领起，说江水中带有岷山与峨眉山夏日雪融化后的水流，锦江中带着天地间的明媚春色。此两句不着痕迹地化用了李白"江带峨眉雪"之句（《经乱离后天恩流夜郎忆旧游书怀》）和杜甫"锦江春色来天地"的诗句（《登楼》），且颜色艳丽，笔墨饱满，让人眼前一亮。接下两句由景到人，充满身世之感，表达了对老友的想念及对故乡的思念之情。"对此间、风物岂无情，殷勤说"两句承上启下，既总结上阕，又引起下阕的论述，抒发了思归怀古之情。

下阕从思乡转入怀古，在对祢衡被杀之事大发议论后，最终回到"使君"之上，词人奉劝故友致力于文学创作。前两句劝说友人不要去读《江表传》。该书为晋人虞溥所著,是一本写三国吴地事迹的野史,原书不传,只散见于裴松之《三国志》注中。此处苏轼语调激愤,可见其感触之深。"狂处士"两句,承接上文而来,表达了对恃才傲物的祢衡最终被杀害的深深惋惜之情。祢衡死后被埋葬在汉阳江边的沙洲里,因为祢衡曾写下著名的《鹦鹉赋》,后人遂将此洲命名为鹦鹉洲。"空洲对鹦鹉,苇花萧瑟"两句以萧条的景色,表达了词人惋惜之情。"不独笑书生争底事"两句将笔锋转向曹操和黄祖,是说轻狂书生何必与残害文人的曹操、黄祖之流纠缠较真,以至于惹上杀身之祸。此句将苏轼超然物外、豁达随意的人生态度表露无遗。"愿使君"三句表达对友人的期望,词人希望友人能远离官场的尔虞我诈,将理想寄托于文章中,写出流传千古的佳作来。李白当年游览黄鹤楼,看到崔颢的《黄鹤楼》诗,曾发出歇笔之叹,他后来写的《登金陵凤凰台》、《鹦鹉洲》等诗,据说都是为了超越崔颢的诗。此处苏轼借用李白的故事,以激励友人创作出超过崔颢《黄鹤楼》的千古名篇。

整首词章法结构严谨统一,风格豪迈雄浑,超旷中不失赋诗追黄鹤的豪情壮采,寄予了词人对人生的执著追求。

满庭芳

有王长官①者,弃官黄州三十三年,黄人谓之王先生。因送陈慥来过余②,因为赋此。

三十三年,今谁存者?算只君与长江。凛然苍桧③,霜干苦难双。闻道司州古县④,云溪上、竹坞松窗⑤。江南岸，不因送子，宁肯过吾邦？

拟拟⑥。疏雨过，风林舞破，烟盖云幢。愿持此邀君，一饮空缸⑦。居士⑧先生老矣，真梦里、相对残釭⑨。歌声断，行人未起，船鼓已逄逄⑩。

注释

①王长官：作者好友，事迹不详。

②陈慥：字季常，亦为苏轼好友。过：拜访、看望。

③桧：即圆柏。一种常绿乔木，雌雄异株，果实球形，木材桃红色、有香气。寿命达数百年。此处以苍桧喻王先生。

④闻道：听说。司州古县：指黄陂县，曾属南司州。王先生罢官后居于此。

⑤竹坞：用竹子建造的房屋。松窗：松木建造的窗子。

⑥拟拟：形容雨声。

⑦一饮空缸：一口气把酒喝干。

⑧居士：作者自称，其号为东坡居士。

⑨釭：灯。

⑩逄逄：形容鼓声。

译文

这三十三年以来，今天还有谁存在？算来只有王长官的高洁品格能与长江相提并论。其风骨凛然如苍桧，霜干承受了多少苦难。听说司州古县，云溪上，有一座用竹子建造的房屋，它的窗子由松木建造。如果王先生不是为了送陈慥去长江南岸，怎么会来到我所居住的黄冈县？

雨声铿锵有力。疏雨过后，风林舞破，烟云雾霭覆盖着房屋。只愿持怀邀请先生，一口气把酒喝干。东坡居士已经老了，

品读经典

1110

真好像是在梦里与你通宵达旦地开怀畅饮，对着残破的灯。歌声中断了，行人还没有起床，船鼓已经嘭嘭响起，催促行人出发了。

赏析

此词作于宋神宗元丰六年（1083）五月，苏轼谪居黄州之时。当时苏轼因"乌台诗案"被贬官，很多好友都害怕被株连，因而避免和他交往，纷纷疏远了他，这让苏轼倍感凄凉。但其故友陈慥却不离不弃，在苏轼贬谪黄州的五年当中，曾七次拜访。元丰六年，"弃官黄州三十三年"的王长官与陈慥一道来拜访苏轼，同道相会分外高兴，苏轼欣然写下此词。

上阕开篇三句将王长官与长江共论，高度评价了王长官高洁的人品。"凛然苍桧，霜干苦难双"二句，以"苍桧"比喻王长官，赞美了王长官高洁风骨凛然如苍桧。王长官罢官后居于黄陂县，唐初曾将黄陂置南司州，故词中云"闻道司州古县，云溪上、竹坞松窗"。末三句意思是倘若王长官不是来黄州送陈慥，恐终不得见面。此句既是词人的自谦之词，又含蓄地表达了词人对王长官的仰慕之情。

下阕从首句到"相对残釭"句写三人畅饮的情景。"拟拟"二字拟雨声，音调铿锵有力，有风雨骤至的感觉。"疏雨过，风林舞破，烟盖云幢"三句，写出当日的天气和景色，以不凡的自然景象，衬托出词人与贵客相遇的超凡脱俗。"愿持此邀君，一饮空缸"二句，豪情万丈，有酒逢知己千杯少之意。"居士先生老矣"，是词人对生命短促、人生无常的感叹。"真梦里，相对残釭"，写词人与友人通宵达旦开怀畅饮，足见主客相处甚欢。末三句写与友天亮分手的情景，行人还未起床，船鼓已经嘭嘭响起，催促行人出发了，主客却是话未尽，情未尽，充满依依惜别之情。

本词语言简练有力，"健句入词，更奇峰特出"，"不事雕凿，字字苍寒"（郑之焯《手批东坡乐府》），既歌颂了王长官凛然如苍桧的品格，也抒发了词人自身豪放旷达的情感，融叙事、写人、状景、抒情于一体，是苏轼词作中的又一篇佳作。

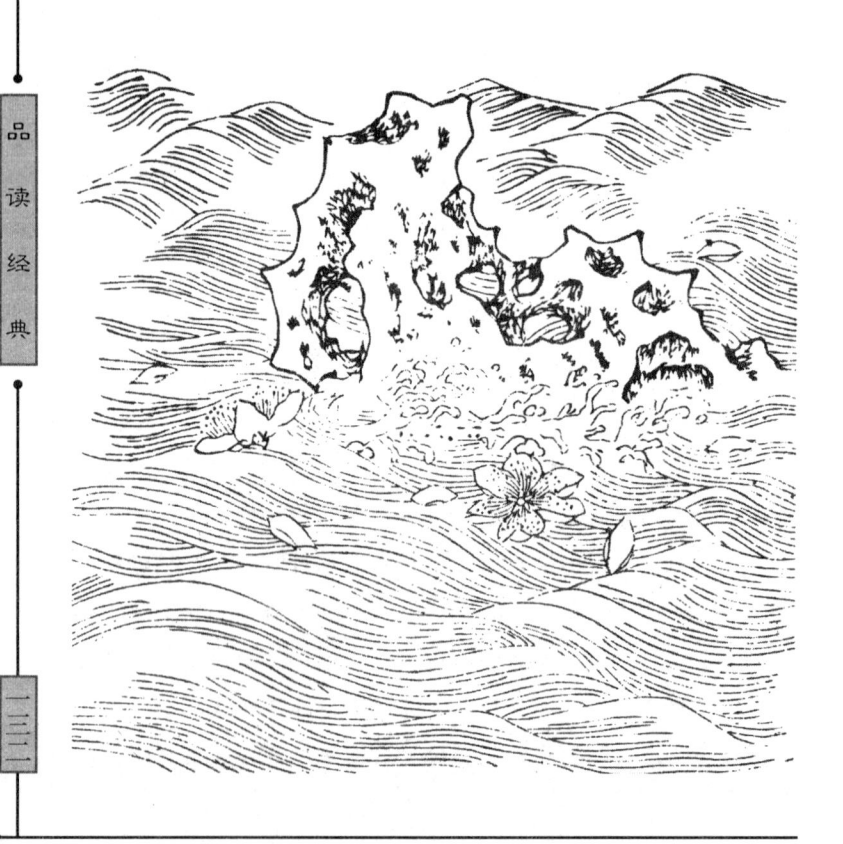

辛弃疾名词名句

辛弃疾

1140—1207，字幼安，号稼轩，祖籍济南历城（今属山东）。少年时，曾与党怀英同门读书，师从亳州刘瞻，并称"辛党"。绍兴三十一年（1161），金兵侵犯南宋，大批中原起义军奋起抵抗。辛弃疾率两千余人，参与耿京组织的抗金义军，并担任掌书记。后高宗命其南归，于建康召见，封其为右承务郎，任满后改任广德军通判。辛弃疾力主抗金，乾道四年（1168）任建康府通判时，曾进奏《美芹十论》、《九议》，提出很多抗金北伐的建议。乾道八年（1172）任滁州知州。淳熙元年（1174），初为江东安抚司参议官，后调仓部郎官，出任江西提点刑狱，迁京西转运判官，转任知江陵府兼湖北安抚，改知隆兴府兼江西安抚。五年（1178），任大理少卿，后调任湖北转运副使，迁湖南转运副使。又迁潭州知州兼湖南安抚使，筹建飞虎军，为江上诸军之首，威名远扬，改知隆兴府兼江西安抚。淳熙八年（1181）冬，辛弃疾被台臣王蔺劾"用钱如泥沙，杀人如草芥"，免职，退居上饶城北带湖，筑室百楹，以稼名轩，自号稼轩居士，此后在此闲居数十年。

绍熙三年（1192），辛弃疾起任提点福建刑狱，次年，知福州兼福建安抚使。由于谏官黄艾、谢深甫的弹劾，再次罢官回家。其在带湖的居所雪楼也于大火中焚毁，遂迁铅山期思之瓜山下，居瓢泉八年之久。嘉泰三年（1203），起为绍兴知府兼浙东安抚使，在会稽建秋风亭。四年，迁知镇江府。开禧元年（1205），又因被人弹劾而辞归铅山。卒于开禧三年（1207），终年六十八岁，葬于铅山南十五里阳原山中。德祐元年（1275），追谥忠敏。

辛弃疾胸怀大志，有兵家韬略，他期望建功立业，驰骋沙场，然而却遭小人诬陷，一生仕途坎坷，南归四十年间，几乎未受重用，因而陈亮在《辛稼轩画像赞》中叹言"真鼠枉用，真虎不用"。词创作上以文为词，其词慷慨悲壮，笔力雄厚，豪放激昂，别具特色，开一代风气之先。《宋史》有传。著有《稼轩集》，又有《稼轩奏议》一卷，都已散失。

今人将其诗文辑为《稼轩诗文钞存》。词有四卷本《稼轩词》及十二卷本《稼轩长短句》两种。《四库总目提要》云："其词慷慨纵横，有不可一世之概，于倚声家为变调，而异军特起，能于剪红刻翠之外，屹然别立一宗，迄今不废。"

述怀篇

永遇乐·京口北固亭怀古①

千古江山,英雄无觅,孙仲谋②处。舞榭歌台,风流总被,雨打风吹去。斜阳草树,寻常巷陌,人道寄奴③曾住。想当年,金戈铁马,气吞万里如虎。

元嘉④草草,封狼居胥⑤,赢得仓皇北顾。四十三年,望中犹记,烽火扬州路。可堪回首,佛狸⑥祠下,一片神鸦社鼓。凭谁问,廉颇老矣,尚能饭否?

注释

①京口:今江苏镇江市。北固亭:在镇江市北固山上,面临长江,地势险要,又名北顾亭。

②孙仲谋:孙权,字仲谋,三国时吴国君主。

③寄奴:南朝宋武帝刘裕的小名,他曾随先祖移居京口,在京口起兵平定了桓玄的叛乱,后推翻东晋,称帝。

④元嘉:宋文帝刘义隆(刘裕之子)的年号。

⑤封狼居胥:指汉代霍去病战胜匈奴,追击至狼居胥(山名,位于今内蒙古五原县),登山祭天,纪念胜利。

⑥佛狸:北魏太武帝的小名。

译文

千古江山依旧，却无处寻找孙权这样的英雄。当年繁华的歌楼舞榭，饮宴风流，都被风雨吹散。斜阳照草树，普通的街巷老屋，听人说刘裕曾在此居住。谁知道，他曾指挥金戈铁马，驱赶敌人，气势如出山猛虎。

元嘉帝草率出兵，想建功立业，却仓皇逃命不敢北顾。距今已四十三年，眺望中原，我仍记得硝烟弥漫的扬州路。不堪回首，如今佛狸的庙里，竟是社鼓隆隆、神鸦乱舞。还有谁询问，廉颇老了，饭量是否如故？

赏析

这首词写于南宋宁宗开禧元年（1205）辛弃疾担任镇江知府的时候。当时作者登上京口北固山，站在北固亭上俯看滚滚长江，不禁心潮激荡，于是写下了这篇传诵千古的佳作。本词题为"怀古"，事实上却是借古伤今，抒发了作者壮志难酬的悲愤之情。

词的上阕写作者登上北固亭后，眼前雄壮的江山，引发了他对孙权和刘裕的追思，借京口历史英雄的丰功伟业，委婉地表达了自己抗敌救国的急切心情。孙权曾以弱制强，并在京口建都，坐拥东南，形成三国鼎立的局面；然而这样的英雄已经难以找寻，他曾经的辉煌功业也已被风雨

冲刷走了。"想当年"三句,称赞了南朝宋武帝刘裕率领北伐军气吞胡虏的雄姿,可如今偏安一隅的南宋统治者却昏庸腐朽、懦弱无能。两相对比,更令人感到悲痛。

词的下阕先记述了南朝宋文帝刘义隆元嘉年间北伐失利的历史事件,然后对比古今,对今日的南宋朝廷苟且偷安,丧失多次抗金良机,而自己也难以实现收复中原的壮志发表感慨。"凭谁问"三句则深刻地表达了作者内心的无奈与忧愤。

本词紧扣主题,怀古伤今,用典较多,情景交融,思想内涵与艺术性高度统一,具有很强的艺术感染力,堪称词中佳作。

破阵子

为陈同甫赋壮词以寄之。

醉里挑灯①看剑,梦回②吹角连营。八百里分麾下炙③,五十弦翻塞外声④,沙场秋点兵。

马作的卢⑤飞快,弓如霹雳⑥弦惊。了却君王天下事⑦,赢得生前身后名。可怜白发生!

注释

①挑灯:把油灯的芯挑一下,使它明亮。

②梦回:梦醒。各个军营接连响起号角声。

③八百里:牛名,指代牛。麾下:指部下将士。麾,古代指军队的旗帜。炙:烤熟的肉。

④五十弦:古代有一种瑟,有五十根弦。此指各种乐器合奏军歌。翻:演奏。塞外声:反映边塞征战的乐曲。

⑤的卢:一种烈性快马。相传三国时刘备被人追赶,骑

"的卢"一跃三丈过河,脱离了险境。

⑥霹雳:巨大的雷声。

⑦了却:完成。天下事:指收复中原。

译文

醉后,梦里挑亮油灯观看宝剑,梦醒时听见军营的号角声响成一片。把牛肉分给部下共同享用,让乐器奏起雄壮的军乐鼓舞士气。这是秋天在战场上阅兵。

战马像的卢一样,跑得飞快;弓箭像惊雷一样,震耳离弦。真想帮助君王完成统一国家的大业,取得世代相传的美名。可怜我已成了白发人!

赏析

此词是作者在江西带湖闲居的时候,为好友陈同甫作的。作者通过对当年抗金部队豪壮阵容和气概的描写,以及对自己沙场生涯的追忆,表达了欲收复失地的理想,抒发了壮志难酬、报国无门的感慨。

整首词共十句,结构独特。前九句一气呵成,打破了常规的上下阕定格。首句通过"醉"、"挑灯"、"看剑"三个动作,为读者塑造了一位深夜"醉"后难眠的将军形象。在"挑灯看剑"后,他才安然睡去。醒来后,号角声吹起,军队井然有序,战士斗志昂扬,将军雄姿英发,沙场点兵。"马作的卢飞快"两句是对战场上情景

的描写。"了却君王天下事"两句则写获胜的将军成就了一番功业。但随后笔锋陡转——这一切不过是将军的一种美好理想,白发早生的壮士终究无法实现收复失地的壮志。

本词的前九句确实可称为紧扣主题的"壮词",然而末句"可怜白发生"却使整首词的感情由雄壮转为悲凉;作者也由理想的巅峰突然跌落到残酷现实的谷底。辛弃疾的政治生涯颇不如意,理想总是在现实中幻灭,这同样也是其友人陈同甫的悲愤所在。从中可见当时南宋朝廷的昏庸腐朽,以及众多爱国志士无处报国的苦闷。这种陡转急下的笔法,使前后文形成了鲜明的对比,具有扣人心弦的艺术效果,给人留下深刻的印象。

丑奴儿·书博山①道中壁

少年不识愁滋味,爱上层楼②。爱上层楼,为赋新词强说愁③。

而今识尽愁滋味,欲说还休④。欲说还休,却道天凉好个秋。

注释

①博山:博山在今江西广丰县西南。南宋孝宗淳熙八年(1181),辛弃疾罢职,退居上饶,常闲游博山。

②层楼:高楼。

③强说愁:无愁而勉强说愁。

④欲说还休:见李清照《凤凰台上忆吹箫》:"多少事,欲说还休。"

译文

年少时不知道忧愁的滋味,喜欢登高远望。喜欢登高远望,为写一首新词,无愁而勉强说愁。

现在算尝尽了忧愁的滋味,想说却说不出。想说却说不出,只好说道"好个清凉的秋天呀"。

赏析

此词作于作者遭弹劾免职,在带湖闲居之时。作者为了排遣心中的愁思,便在博山道中的壁上写了这首词。

词的第一句是上阕的核心所在。作者忆起少年时代思想单纯,缺少对"愁"的真切感受,不知什么是"愁",为效仿前代作家抒发"愁"绪,"爱上层楼",寻找愁绪。然后作者重复"爱上层楼"一句,领起下文,真实地写出了少年时"不知愁"的状貌。

下阕与上阕紧密对应,写作者随着年龄的增长,对"愁"有了切身感受,但却欲言又止。作者终生都在为收复中原而努力,力于抗战,却屡遭投降派的排挤,心中充满了壮志难酬的苦闷。一个"尽"字将作者复杂的感受表达了出来,是全词在思想感情上的一个转折。"天凉好个秋",看上去轻松洒脱,实则饱含着深沉含蓄的愁思。

全词突出渲染了一个"愁"字,并以此为线索层层铺叙,感情真挚而委婉,词情曲折动人,言浅而意深。

南乡子·登京口北固亭有怀

何处望神州?满眼风光北固楼。千古兴亡多少事?悠悠!不尽长江滚滚流。

年少万兜鍪①,坐断东南战未休②。天下英雄谁敌手?曹刘③!生子当如孙仲谋④。

注释

①兜鍪:古代士兵的头盔,此处借指士兵。

②坐断:割据,占据。战未休:此处指魏、蜀两军战事不停。

③曹刘:曹操和刘备。

④孙仲谋:孙权。

译文

什么地方可以看见中原呢?站在北固楼上远眺,满眼都是美好的风光,但中原还是看不见。从古到今,有多少国家兴亡大事呢?往事连绵不断,如同没有尽头的长江奔流不息。

当年孙权青年时就做了三军的统帅。他独霸东南,坚持抗战,没有向敌人低头和屈服过。天下英雄谁是孙权的敌手呢?只有曹操和刘备而已。也难怪曹操说:"生子当如孙仲谋。"

赏析

本词借古讽今,追怀了一代英豪孙权。全词气势豪迈,感情激昂，同时还流露出为国民而忧愤的真挚情感。

上阕开篇一问好似从天而来，气势汹涌，使人震撼。登临高高的北固楼，眼中尽是美好的山河风光，使人不禁追忆起往昔来。"悠悠"，即往事连续不断，思绪没有穷尽。末句化自杜甫《登高》诗"无边落木萧萧下，不尽长江滚滚来"，形象地将作者内心不尽的愁绪与感慨表达了出来。

下阕怀古寄情，表达了对孙权的追思。作者将孙权视为三国时代气壮山河、英勇无比的伟大人物，并对如今南宋没有智勇双全、执掌乾坤的英雄人物而感叹不已。在词的末尾，作者借用"生子当如孙仲谋"这个典故，暗指南宋朝廷主和派懦弱无能，并抒发了自己欲收复中原的愿望。

整首词都采用自问自答的形式，新颖活泼。全词时空纵横自如，气势恢弘，典故与词情巧妙融合，情感深沉含蓄，具有很高的艺术价值。

卜算子·漫兴三首（其三）①

千古李将军，夺得胡儿马②。李蔡为人在下中，却是封侯者③。

芸草去陈根，笕竹添新瓦④。万一朝家⑤举力田，舍我其谁也？

注释

①作于庆元六年（1200）左右。

②"千古"二句：《史记·李将军列传》记载：李广与匈奴交战，因寡不敌众而受伤被俘。匈奴人将其置于绳网上，行于两马之间。李广装死，突然跃起夺其骏马而得以逃脱。

③"李蔡"二句：李蔡，李广的堂弟。此两句译为他的人品属下中等，功劳也远不及李广，却被封侯，位列三公。

④芸草：锄草。芸，即"耕"。陈根：老根。笕竹添新瓦：将竹子剖开，使其成瓦状，以作引水的工具。

⑤朝家：朝廷。

译文

古代的李将军，重伤被俘后尚且能夺得匈奴的骏马。李蔡的人品不过中下而已，却居侯位。

斩草就要除根，建屋则须添置新瓦。倘若朝廷重用努力耕田的人，舍我其谁？

赏析

本词作于辛弃疾遭弹劾罢官，赋闲在江西瓢泉别墅之际。作者题曰"漫兴"，实则是谴责朝廷的昏庸无道，和抒发自己的政治悲情。

词文上阕的典故全部出自《史记·李将军列传》，首先截取了西汉名将李广的传奇故事，表现了他的英勇盖世，接下来选李广堂弟李蔡作为反衬，强调李蔡"为人在下中"、"却是封侯者"，一个"却"字道出了作者真正要表达的意思——李广为人在上上，却终生不得重用。通过对此二人的对比，作者将矛头指向了腐朽的封建统治集团。而作者为李广鸣不平，其实也是对自身命运的感慨——空有一身文韬武略，却

备受猜忌,屡遭贬谪。

该词下阕写实,对目前的田园生活进行了调侃。"芸草去陈根,筎竹添新瓦。"意为作者既耕除杂草,又剖竹作瓦,似乎准备在此常住,于是引出了结尾二句:"万一朝家举力田,舍我其谁也?""舍我其谁"是孟子一句极其自负的话语,被作者用在此处,表面显得风趣幽默,实则令人倍感辛酸。众所周知,辛弃疾的毕生之志,都是要北定中原,力挽狂澜,但如今只落到争一个"农业劳动模范"的地步,怎能不让人心酸?

本篇的写作特色是,上阕使事,就技法而言为曲笔,但从语意上来看则是正面文章;下阕直寻,就技法而言为正笔,但从语意上来看却是在正话反说。一为"曲中直",一为"直中曲",对映成趣,相得益彰。

水龙吟·过南剑双溪楼①

举头西北浮云,倚天万里须长剑。人言此地,夜深长见,斗牛光焰。我觉山高,潭空水冷,月明星淡。待燃犀②下看,凭栏却怕,风雷怒,鱼龙③惨。

峡束苍江对起,过危楼,欲飞还敛。元龙④老矣,不妨高卧,冰壶凉簟。千古兴亡,百年悲笑,一时登览。问何人又卸,片帆沙岸,系斜阳缆?

注释

①南剑:宋朝州名,州址在今福建南平。双溪楼:即剑津之上双溪阁,为当时游览胜地。

②燃犀:点燃起犀牛角。传说燃犀照水,能使妖魔显形。

③鱼龙：指水中妖魔，比喻朝中众小人。

④元龙：陈登，字元龙。三国时将军。此处词人以陈元龙自比。

译文

抬头遥望西北一带失去的故土，我深感须用万里长剑消灭敌人才能将其收回。人们常常说，在这个地方，深夜时会有宝剑的光芒冲天。深夜里，我感觉山势太高，水潭空寂凄冷，明月当空，群星黯淡。我打算点燃犀牛角一探究竟，倚着栏杆却又怕风雷激荡，鱼龙变化。

因为高峡的阻挡，水势浩大、波涛汹涌的江水经过危楼，又平缓地向前流去。现在我年事已高，还是在家高卧无忧，自由自在地生活吧。我已看尽千百年来历史的兴亡，历尽人世间的悲欢沧桑。又有什么人在斜阳里，卸帆靠岸、系住缆绳呢？

赏析

这首词是辛词中一篇杰出的登临之作。

词人登临高楼"举头西北浮云"，自然会想到被金人侵占的广大中原地区，"倚天万里须长剑"即是说要收复失地，必须用万里长剑消灭敌人。这便巧妙地引出了此地的传说。据《晋书》记载，曾有天赐的双剑化为二龙，落入延平津（剑溪），因而才会有"人言此地，夜深长见，斗牛光焰"之说。接下来词人写自己的感觉：群山高耸，潭寂水寒，月明星淡。词人欲点燃犀牛角向潭水深处一探究竟，却又怕水面上风雷怒吼，水底鱼龙变化。可见要想拿到宝剑是何等不易！这几句表面上是在写景，实际上隐喻了要收复失地、实现词人恢复神州的理想极其艰辛。

下阕前三句，写峡、江、楼，用词刚劲而不失柔韧，极富表现力。苍江"欲飞还敛",既写出了水势的变化,又隐喻了词人壮志未酬、报国无门的悲凉心情。"不妨高卧,冰壶凉簟"流露出词人隐退闲居的思想。这时词人已五十多岁高龄,他看尽千百年来历史的兴亡,历尽人世间的悲欢沧桑,已无法实现收复中原的抱负了。最后三句"问何人又卸,片帆沙岸,系斜阳缆",这一平和景象与上阕惊心动魄的景象形成鲜明的对比,看似低回往复,情绪低沉,但隐藏在词句背后的,又正是词人不能忘怀国事的忧愤,而非隐居江湖山林的词人们所抒写的隐逸悠闲。

这首词在字里行间都渗透着作者满腔的热情,又具有鲜明的艺术特点,很能代表辛词雄浑豪放、慷慨悲凉的风格,读之有金石之声,令人魄动魂惊。

满江红·江行和杨济翁韵

过眼溪山,怪都似、旧时曾识。还记得、梦中行遍,江南江北。佳处径须携杖去,能消几緉平生屐。笑尘劳、三十九年非①,长为客。

吴楚地,东南坼②。英雄事,曹刘敌。被西风吹尽,了无陈迹。楼观才成人已去,旌旗未卷头先白③。叹人间、哀乐转相寻,今犹昔。

注释

①尘劳:佛教徒谓世俗事物的烦恼。也泛指事务劳累。《无量寿经》上:"散诸尘劳,坏诸欲堑。"三十九年非:此句化用春秋时卫国大夫蘧伯玉"年五十而知四十九年之非"的

话,作者当时四十岁,故称。

②吴楚地,东南坼:化用杜甫《登岳阳楼》的诗句:"吴楚东南坼。"

③旌旗未卷头先白:旌旗,战旗。此句意为北伐的大业还没有完成,自己的头发却先白了。

译文

眼前的山山水水,都似曾相识。还记得在梦中已将万里江山走遍。游赏那些风景名胜,只需带上手杖即可,损耗不了几双木屐。可笑我忙忙碌碌,却有三十九年做得不对,长期做来去匆匆的过客。

昔日一统江山,如今却被分成南北两半。曹操、刘备皆是当世的英雄。可惜那些英雄豪杰,都已成了旧事,如今已没有一丝痕迹。楼台刚刚建成,却已不见人踪;壮志未酬,我却满头白发。可叹人世间的悲欢,不过是在循环往复,从古至今都是如此。

赏析

这首词作于淳熙五年(1178),是一篇触物抒怀之作。当时词人从临安前往湖北,在路上以词代简,为杨济翁和周显先写下此词。杨济翁名炎正,是著名词人,周显先生平不详。

上阕起笔写词人忆起曾经的游历,慨叹逝去的光阴。一个"怪"字是指光阴飞逝,转瞬间所见的山水都似曾相识,实在让人惊讶不已。"江南江北"一句拓宽了地域,思绪也随之扩展,是词人对此前几十年经历的自我反省。"佳处径须携杖去"两句是词人对内心万千感慨的直接抒发,意指剩余的人生已经不多,就算拄杖去游览那些名胜,也损耗不了几双登山的木屐。最后则以自嘲、自谑的愤激之语作结,"长为客"三个字在旷达中显出几分沉郁。

　　词的下阕通过怀念古时、慨叹英雄难觅表达对自己身世的感慨。前六句是说当年声名显赫的豪杰，现在却成了历史旧事，早已"了无陈迹"。表面上看似缅怀前人，实际上却是感伤今时。"楼观才成人已去"一句，喻指词人被频繁调任，仕途不顺，不得安宁。"旌旗未卷"一句是指战事还没有停息，国仇还没有报，自己却早生了白发，令人感慨。在词的结尾，词人认为人生的哀乐不过是循环往复，古往今来都如此，没有必要去仔细计较盘算，使整篇词作因之振起。

　　此词虽是因江行而发感触，但未写景，全篇都是直接抒怀。词人将怀古之情与对现实政治的感慨结合起来，纵横而谈，自然贴切，笔力雄健，契合了"满心而发，肆口而成"之意。

摸鱼儿

　　淳熙己亥①，自湖北漕②移湖南，同官王正之置酒小山亭③，为赋。

　　更能消、几番风雨，匆匆春又归去。惜春长怕花开早，何况落红④无数。春且住！见说道，天涯芳草无归路。怨春不语，算只有殷勤，画檐蛛网，尽日惹飞絮。

　　长门事⑤，准拟佳期又误。蛾眉曾有人妒。千金纵买相如赋，脉脉此情谁诉？君莫舞！君不见，玉环飞燕⑥皆尘土。闲愁最苦。休去倚危栏，斜阳正在，烟柳断肠处。

注释

①淳熙己亥：南宋孝宗淳熙六年（1179）。

②漕：漕司的简称，指转运史。

③同官：同僚，同事。王正之：作者的好友，此时接任辛弃疾湖北转运副使的职务。

④落红：落花。

⑤长门事：汉武帝之陈皇后失宠后，幽闭在长门宫。陈皇后赠黄金百斤与司马相如，恳请其代写《长门赋》。汉武帝听后深受感动，陈皇后因而重新得宠。

⑥玉环飞燕：即杨玉环、赵飞燕。

译文

还能经得起几回风雨，春天又将匆匆归去。因为爱惜春天，我常怕花开得过早，何况此时已落红无数。春天啊，请暂且留步，难道没听说，连天的芳草已阻断你的归路？怨恨春天默默无语，匆匆离去，看来殷勤多情的，只有雕梁画栋间的蛛网，为留住春光整天沾染飞絮。

长门阿娇盼望重被召幸，约定了佳期却一再延误。只因太美丽，遭人嫉妒。纵然用千金买了司马相如的名赋，这一份脉脉深情又向谁去倾诉？不要得意忘形，难道你们没有看见，曾集万千宠爱于一身的玉环、飞燕都化做了尘土。闲愁最折磨人。不要登楼凭栏望远，夕阳正在令人断肠的烟柳迷蒙处。

赏析

这是一首惜春抒怀的词。词人借写失宠的陈皇后的愁苦，抒发了他对国事的担忧和被排挤的沉重心情，表达了对腐朽昏庸的南宋朝廷和嚣张得意的投降派的强烈不满。

词的上阕通过对晚春残败景色的描写，抒发了作者对春天即将逝去的惋惜之情，委婉地表达了身世家国之痛。以"更能消"三个字开篇，看似写春天，事实上写的却是南宋动荡不安的政治形势。"匆匆春又归去"一句，指出风雨飘摇中的南宋王朝已错失了抗金复国的最佳时机。接下来两句写出了理想和现实的矛盾。"春且住"是作者面对即将逝去的春天的大声疾呼，更是对南宋王朝的忠告：唯一的出路就是坚持抗金复国。"怨春不语"四句是作者强烈的呼唤与深深的无奈，将他复杂、矛盾的心情巧妙地表现出来。

词的下阕通过汉武帝和陈皇后的故事，抒发了作者遭排挤而难得被重用的愁绪，以及爱国热忱无处倾诉的苦痛。作者先以失宠的陈皇后自比，表述了自己壮志难以实现的遭遇。然后又以杨玉环、赵飞燕的悲惨结局喻指当权误国、得意一时的卑劣小人，暗示投降派不会有好的结局。最后，作者以凄迷的景象象征昏庸腐朽、岌岌可危的南宋朝廷的处境。

整首词托物起兴、借古喻今，感情沉郁顿挫，将作者自身际遇之悲和家国衰亡之痛融于一体，十分感人。

菩萨蛮·书江西造口①壁

郁孤台②下清江水，中间多少行人③泪。西北望长安，可怜无数山。

青山遮不住，毕竟东流去。江晚正愁余，山深闻鹧鸪④。

注释

①造口：即皂口，在今江西省万安县西南六十里处。

②郁孤台：在今江西省赣州市西北部贺兰山顶，也称望阙台，是唐宋名胜之地。

③行人：指被金兵侵扰的百姓。

④鹧鸪：鸟名，因其鸣叫声悲切，谐音为"行不得也，哥哥"，故用来形容人思念故乡。

译文

郁孤台下滔滔奔流的赣江水中，有多少逃难人的眼泪。我向西北遥望故都长安，可怜只见到千万重山峦。

但青山千万重也难把流水挡住，它毕竟还会向东流去。暮色苍茫中我满怀愁绪，听到深山传来鹧鸪的叫声。

赏析

此词作于作者在赣州担任江西提点刑狱之时。当时作者经过造口，被眼前景物所触动，便在造口的墙壁上题下这首词，抒发了其怀念故土、忧心北伐战争的复杂心情。

上阕写作者看看眼前汹涌的江水，不禁联想起当年逃难人民的血泪。"西北望长安"中的"望"字用得极妙，既表达了作者对沦陷区民众的深情，也抒发了他盼望收复失地的急切心情，以及对南宋统治阶级昏庸无能的愁怨与愤恨。

下阕透过景致抒发了作者内心的感情，基调低沉，情感蕴藉。作者以"青山遮不住"作喻，用"青山"暗指投降派，以江水暗指抗金的历史潮流，说明爱国志士和民众的抗金力量和决心是投降派无法阻挡的。虽然词人对未来的胜利充满信心，可那苍茫昏暗的江边晚景和深山传来的鹧鸪凄苦的啼鸣，使作者又不禁愁苦起来。

整首词开合自如，视野辽阔而运笔精到，词情悲凉沉郁，内涵深刻，使人读之无不唏嘘感慨。

水调歌头

壬子三山①被召，陈端仁②给事饮饯席上作。

长恨复长恨，裁作短歌行③。何人为我楚舞④，听我楚狂⑤声？余既滋兰九畹，又树蕙之百亩⑥，秋菊更餐英。门外沧浪水，可以濯⑦吾缨。

一杯酒，问何似，身后名⑧？人间万事，毫发常重泰山轻。悲莫悲生离别，乐莫乐新相识，儿女古今情。富贵非吾事，归与白鸥盟⑨。

注释

①三山：今福州。因福州城中西有闽山、东有九仙山、北有越王山，故福州又称三山。

②陈端仁：作者的朋友。此词写于南宋光宗绍熙三年（1193），作者应召入朝，陈端仁设酒为其送行之时。

③短歌行：原是古乐府《平调曲》名，多用作饮宴席上的歌词。

④楚舞：刘邦之妃戚夫人善楚舞。刘邦晚年时宠幸戚大人，于是准备改立戚夫人之子赵王如意为太子。太子刘盈得知后，在一次宴会中，请来贤人"商山四皓"相随，以表明其贤能，终使得换立之事作罢。

⑤楚狂：指春秋时楚国的楚陆通，其人放荡不羁，躬耕不仕，曾当面唱歌嘲讽孔子沉迷政治，疲于奔走，故《论语》中称之为"楚狂"。

⑥"余既滋兰九畹"二句：出自屈原《离骚》："余既滋兰之九畹兮，又树蕙之百亩。"畹，古时的计量单位，一畹为十二亩。滋兰九畹就是说种了一百零八亩的兰花。

⑦濯：洗。

⑧"一杯酒"三句：反用西晋张翰："使我有身后名，不如即时一杯酒。"据《世说新语》载，张翰性情狂放，因思念家乡吴中的鲈鱼而罢官归隐。

⑨白鸥盟：与白鸥盟誓为友。

译文

愤恨之情绵长不尽，便把它化做宴席上的歌词。现在有何人能为我跳楚舞，听我抒发狂放之辞？我种了一百零八亩兰花、一百零八亩蕙草，平常更是饮露水、食秋菊。门外清凉的沧浪水，正好可以用来洗我的帽缨。

一杯酒怎么能够和身后名相比？人间万事，常常是本末倒置，毫发重，泰山却轻。世上之悲事莫过于生死离别，乐事莫过于新交知己，这是古往今来人之常情。荣华富贵并不是我要追求的，只求早早归来与白鸥盟誓为友。

赏析

这是一首感时抚事的答别之作，作于南宋光宗绍熙三年（1193）。当年辛弃疾被召入朝，已经退职家居的陈端仁为他摆酒饯行。二人酒酣尽兴之时，发出慷慨报国的壮志之言，以及担心朝廷腐败、再掀风波的牢骚，于是作者在席间便借《楚辞》抒发情怀，赋此词答赠友人。

词的上阕开篇直抒胸臆，发出"长恨"和"有恨无人省"的感慨，看似突兀，实则有深刻的背景：当时北方战乱频仍，但苟且偷生的南宋朝廷却不图收复，令作者痛心不已。这种情绪无处排解，只能将其"裁作短歌行"。"何人为我楚舞"一句借用了两个典故，即汉高祖想立赵王如意为太子不得和楚国隐士楚陆通歌讽孔子的典故，以此来表达作者"长恨"满腔却没有人能理解的悲愤之情。接下来的"余既"三句，用的都是屈原《离骚》中的诗句，说明作者绝对不会与投降派同流合污。尾句则从另一个角度表明了作者的志向与节操。

词的下阕前三句与篇首相呼应，借西晋张翰纵任不拘的典故而发牢骚，感慨自己壮志难酬，情绪变得激昂起来。"人间万事，毫发常重泰山轻"两句既是作者对南宋朝廷的愤怒呼喊，也是全词的关键，点明"长恨复长恨"的根本原因就是南宋朝廷苟且偷安、不顾国家危亡。作者在词的最后抒发了惜别之情，再次表明了他的心志。

这首《水调歌头》虽为答别之词，却允满了作者感时忧国的忧愁与悲愤，全无怨别之意。这首词的词情或激昂，或平静，或匆促，或沉稳，情致豪放而又沉郁蕴藉，读来耐人寻味。

水调歌头

再用韵答李子永提干①。

君莫赋《幽愤》②，一语试相开。长安车马道上，平地起崔嵬③。我愧渊明久矣，独借此翁湔洗④，素壁写《归来》⑤。斜日透虚隙，一线万飞埃。

断吾生⑥，左持蟹，右持杯。买山自种云树⑦，山下醵烟菜。百炼都成绕指⑧，万事直须称好⑨，人世几舆台⑩。刘郎更堪笑，刚赋看花回⑪。

注释

①李子永提干：李子永时任坑冶司（铜矿）提干。李子永，名泳，扬州人。提干，即提举司中的官员，宋代的提举司主要管理茶盐、矿冶、铸钱等事。

②《幽愤》：指嵇康的《幽愤诗》。

③崔嵬：山势高耸、崎岖。

④湔洗：冲刷、清洗。

⑤素壁写《归来》：在洁白干净的墙壁上书写陶渊明的《归去来兮辞》。

⑥断吾生：了却此生。

⑦买山自种云树：买来一片山林亲自种树。《世说新语·语言篇》："支道林因人就深公买印山，深公答曰：'未闻巢由买山而隐。'"

⑧百炼都成绕指：百炼金刚都变得极为柔软。语出晋刘琨诗："何意百炼刚，化为绕指柔。"

⑨万事直须称好：见《千年调·卮酒向人时》注解③。

⑩人世几舆台：世事几多变迁。舆台，泛指奴仆及地位低下的人。

⑪"刘郎更堪笑"二句：刘郎，即唐代诗人刘禹锡，永贞革新失败后被贬为朗州（今湖南常德一带）司马，十年后才被召还。奉召还京后，刘禹锡作《赠看花诸君子》诗曰："紫陌红尘拂面来，无人不道看花回。玄都观里桃千树，尽是刘郎去后栽。"这首诗流传开后，触怒了新贵，刘禹锡又被贬为连州（今广东连州市）刺史。后来，他再游玄都观，作诗："百亩庭中半是苔，桃花净尽菜花开。种桃道士归何处，前度刘郎今又来。"

译文

请别再吟写《幽愤诗》，我一句话就能打开你的心窍。即使是在平坦的长安大街上，也会平地起风波。对于陶渊明我自觉无比惭愧，仍想借助他来冲洗一番，在洁白干净的墙壁上书写《归去来兮辞》。斜日透过云缝，在一线阳光之下，仍然可以看到无数尘埃在飞舞。

一边吃螃蟹，一边饮美酒，就这样了却此生吧。我要买来一片山林亲自种树，在山下开荒种田。世事变幻莫测，百炼金刚也会变得极为柔软，对任何事情只需说"好"。刘禹锡则更为可笑，只因为一时得意赋诗，就招来之后的祸患。

赏析

这首词作于淳熙九年（1182），当时辛弃疾在上饶闲居。淳熙八年（1181），辛弃疾任江西安抚使，因江右大旱缺粮，他为赈灾救民，打击地主奸商，发布了"闭粜者配，强粜者斩"的命令，也因此惹怒了当地的官僚豪绅势力。因赈灾卓有成效，

秋七月，辛弃疾转奉议郎。冬十一月，他迁两浙西路提点刑狱公事，却因谏官王蔺劾奏其"奸贪凶暴，帅湖南时虐害田里"，遂落职。同年底，辛弃疾的带湖新居建成，他将其命名为稼轩，自号稼轩居士，自此隐居带湖十年。

　　官场上的遭遇使辛弃疾无比愤怒，他也变得越来越消沉。上阕中，他劝勉李子永"莫赋《幽愤》"，其实也是为了劝慰自己。经历了仕途的起伏，他消极地认为生活总是充满坎坷的，即使是"长安车马道上"，也会"平地起崔嵬"；一线阳光之下，也能看到无数尘埃飞舞。他要效法陶渊明归田园居，他嘲笑刘禹锡因只图一时痛快而招致祸患。他要自己成为"绕指柔"般的圆滑之人，像司马徽那样"万事直须称好"。因为世事沧桑，人世间的沉浮变化实在难以预料。在这一系列的劝慰中，流露出辛弃疾对南宋统治集团的无比愤慨和对当时黑暗现实的愤怒批判。

　　辛弃疾虽然想像陶渊明那样归隐田园，抛却俗世的纷扰，但是他却无法做到超然于世。由"素壁写《归来》"句就可以看出，辛弃疾不能忘却诗文，自然也就未能忘情于世事。这反映了词人当时内心的矛盾、挣扎和无奈。

鹧鸪天

寻菊花无有,戏作①。

掩鼻人间臭腐场,古今惟有酒偏香。自从来住云烟畔②,直到而今歌舞忙。

呼老伴③,共秋光。黄花何处避重阳④?要知烂熳开时节,直待秋风一夜霜。

注释

①该词作于词人闲居瓢泉时期。
②云烟畔:云烟缭绕的地方,借指山清水秀的隐居地。
③老伴:即老朋友。
④重阳:古人以阴历九月初九为重阳节,并有登高饮酒赏菊的风俗。

译文

人世间官场腐臭,令人掩鼻;古往今来只有美酒飘香,令人一醉忘忧。退隐田园后,我渐渐忘却世事,整日以歌舞自娱。

本来想邀上老友,一起欣赏重阳秋色,奈何遍野都没有菊花的踪影。要知道菊花要等西风严霜过后,才会盛开。

赏析

辛弃疾的这首《鹧鸪天》,是一首即景抒情、咏物言志之作。南归之后,词人原以为可以得到南宋朝廷的重用,抗金报国,收复失地,施展才华,然而令他愤懑的是,他不但壮志未酬,反而遭小人陷害,只得罢官隐居。隐居之时,他虽纵情山水,但内心却深感激愤不平。

上阕,词人开篇即言"掩鼻人间臭腐场,古今惟有酒偏香",似乎与主题没有任何关系,显得有些突兀,却又是词人的肺腑之言。词人一生走南闯北、历尽沧桑,在目睹了官场黑暗和世态炎凉之后,他对人间感到失望之极,因而有了上面痛苦的感慨。在仕途生涯中,辛弃疾看到的都是投降派深得朝廷器重、爱国志士遭受排挤、趋炎附势的小人翻云覆雨的现实,因而他形容官场为"臭腐场"可谓十分贴切。"掩鼻"二字,出自《孟子·离娄下》的"西子蒙不洁,则人皆掩鼻而过之"之语,这一动作体现了词人品格的高洁和对社会丑恶现象的厌恶之情。正因为面对的是"臭腐场",所以"惟有酒偏香"。词人说"酒偏香",不是因为它的芬芳,而是因为它能"解忧"。此句中的"古今"与上句中的"人间"连用,代表了时间与空间,也就是说不但眼前的"人间"是"臭腐场",而且自古以来的人间也都是如此。后两句"自从来住云烟畔,直到而今歌舞忙",描绘了山林隐居生活的乐趣和喜悦,与前文对"人间"深深的厌恶形成了鲜明的对比。"云烟畔",是指代词人隐居的铅山。那里山清水秀,云烟缭绕,恍如人间仙境。"歌舞忙",写词人悠然自适的生活和志得意满的情愫。这两句由人间的"臭腐场"转到隐居的"云烟畔",为下文"寻菊花"做了铺垫。

下阕写词人与老友寻菊而未见的情形。"呼老伴,共秋光"转入正题,写与友人一起"寻菊花"。"共秋光",即共赏秋光。此处的"共秋光",即隐含了"寻菊花"之意。"黄花何处避重阳"一句写寻的结果,即寻而不遇。"老伴"当为"吴子似诸友"。"黄花",就是菊花。"重阳",即农历九月初九,古人有在这天登高赏菊的习俗。"要知烂漫开时节,直待秋风一夜霜",这里还有更深层的含义:词人写秋风寒霜是为了赞美菊花凌霜盛开、不畏严寒、坚贞不屈、孤高傲世的品格，同时也是词人借菊花以明志。

统观全词，这首词虽然写菊，实则借题发挥，借菊花来表现词人的愤世情怀和如菊品格。

定风波·暮春漫兴

少日春怀似酒浓，插花走马醉千钟。老去逢春如病酒①。唯有，茶瓯②香篆③小帘栊④。

卷尽残花风未定。休恨，花开元⑤自要春风。试问春归谁得见？飞燕，来时相遇夕阳中。

注释

①病酒：指因喝酒过量而身体不适。

②茶瓯：茶杯。

③香篆：指焚香时燃起的烟缕，因其曲折似篆文故称。

④帘栊："栊"指窗上棂木，而"帘栊"作为一个词，实指窗帘。

⑤元：通"源"，源自。

译文

少年时代，一旦春天来临，就会纵情狂欢，插花、骑马疾驰，还要喝上许多酒。年老的时候，春天来了，觉得毫无兴味，就像喝酒过量后的不适一样。现在只能在自己的小房子里烧一盘香，喝几杯茶来消磨时光。

春风把剩下的花瓣也给卷走了，但它还是没有停息。可是你不要怨恨它，因为花儿开放本来就是由于春风的吹拂。试想想，春天离去的时候又有谁看见？春归时，只有那飞回的燕子，在金色的夕阳中与它相遇。

赏析

　　这是一首暮春闲词。在上阕中，"少日"与"老去"形成了一种鲜明对比。如今"老去"的词人，回忆昔日"少日"的情景。风华正茂的时候，若在春日，词人会更加纵情狂欢，乐趣无限。词人只用两句十四字，就将此情此景描绘得令人十分神往！开篇"少日春怀似酒浓"，暗示了词人的酒兴将起。接下来的"插花"、"走马"，可见其纵情欢乐的狂态。这样还不够尽兴，词人还要"醉千钟"，这样的狂欢，皆是词人"少日"逢春的情景，早已一去不复返了。而今，词人已"老去"，逢春之时，其情怀"如病酒"，而不是"似酒浓"。这两处虽都有"酒"字，但"酒浓"与"病酒"却全然不同。"老去逢春如病酒"，即是说情绪低落、没有任何兴致，连酒都不想喝，更不要说什么"插花"、"走马"了。只有呆在小房子里，烧一盘香，以茶代酒，打发春光。

　　下阕起句"卷尽残花风未定"，笔锋突转，看似与上阕没有任何关联。其实不然，这正是上阕向下阕的巧妙过渡，需耐心品味一番才能体会。上阕极言少日逢春的狂欢，愈显老去逢春的寂寥。"唯有"二字，仿佛是说词人除了"茶瓯香篆小帘栊"之外，对外界无动于衷。实际上并非如此，透过"小帘栊"，他一直都在关注屋外的变化。屋外的情况如何呢？春风不断吹拂，花瓣儿渐渐凋零、随风而去，到了"卷尽残花"的时候，春风还不肯停歇！春天就要结束了吗？乍一看，词人似乎是恨春风的。然而接下来，又出现一次转折："休恨！"这是为什么呢？因为："花开元自要春风。"正是因为有春风的吹拂，花儿才能够次第开放。这一句回答得出人意料，极富哲理韵味，也饱含着难以明言的无限感慨。春风吹拂，百花绽放，春意盎然。春风"卷尽残花"，春天就要离去，将要去哪里呢？"试问春归谁得见？"这一句发问显得突然，让人难以作答，因而急切地期待下文。接下来，词人的回答的确是令人称奇，妙不可言：归来的燕子在金色的夕阳中，遇上了离去的春天。

在古典诗词中，"春归"有两种含义：一种为春来，如陈亮《水龙吟》："春归翠陌，平莎茸嫩，垂杨金浅。"一种指春去，抒发伤春之感，辛弃疾的名作《摸鱼儿》"更能消几番风雨，匆匆春又归去。惜春长怕花开早，何况落红无数。"即属此作。这首《定风波》却不同，它将春天拟人化，从一个独特的视角写春，为我们拓展了广阔的想象领域和思维空间，引导人们追踪春天的脚步，进行哲理的思考。这种创作手法可谓精妙至极！

鹧鸪天

鹅湖①归，病起作。

枕簟②溪堂冷欲秋，断云依水晚来收。红莲相倚浑如醉，白鸟无言定自愁。

书咄咄③，且休休④。一丘一壑也风流。不知筋力衰多少，但觉新来懒上楼。

注释

①鹅湖：山名，在江西铅山县东北。山中有湖，晋人龚氏曾在此湖养鹅，故名鹅湖。

②簟：竹席、凉席。

③书咄咄：据说晋人殷浩被罢官后，每天就用手指在空中写字，仅作"咄咄怪事"四字。书，即写。咄咄，感慨不公、惊怪之意。

④休休：即"休休亭"，为唐代司空图隐居中条山所建，因此休休有安闲之意，表示追求安闲自适的生活。

译文

躺在临水的房间的竹席上，渐觉微凉似秋，漂浮在水上的云烟雾霭在落日的余晖中渐渐消散。艳丽的红莲互相依偎，像极了醉酒的女子，白色的水鸟静悄悄地伫立，一定是在独自发愁。

不要像殷浩对天书写"咄咄怪事"那样发泄怨气，像司空图那样做个安闲自在的山林隐士，纵情于山水间，倒也风流潇洒、乐趣无穷。我不知道近来筋力衰损了多少，只觉得近来懒上层楼。

赏析

这首词是辛弃疾罢官后，闲居上饶时所作。在题记中词人交代了创作的背景：一次词人在鹅湖游玩，归来后大病了一场。病愈后的一天，他在江边的房子里观赏江中景色，忆及过往，心生感慨，便写下了此词。

上阕写景，以景衬情。"枕簟溪堂冷欲秋"，躺在溪边房间的竹席上，感觉冷得像秋天一样。此句写对气候变化的感受，虽然还没有到秋天，可是人已经能够感觉到秋天的凉意。这是通过环境的描写来烘托词人的内心感受，他之所以能如此敏锐地感知到凉意，其实是因自己心存悲意。"断云依水晚来收"，云烟雾气、落日余晖，这些景象既给人浩瀚辽阔之感，也能够使人生出莫名的惆怅。"红莲相倚浑如醉，白鸟无言定自愁"，将红莲比做喝醉的女子，赋予植物以动感，更显其娇态和柔美。白色的水鸟本不知愁意，词人偏说它愁，其实是用了移情的手法，真正愁得是词人自己。这两句为读者勾勒出一幅大气唯美却又弥漫着哀愁的图景，烘托出一种清冷、愁闷的氛围，暗示出词人内心的苦闷。

下阕承接上文的基调，但又有情感上的转化。"书咄咄，且休休。一丘一壑也风流"，这三句每句都用了典故。"书咄咄"的典故来源于《晋书·殷浩传》。据记载，殷浩被罢免了官职之后，常常在书中空白的地方写下"咄咄怪事"四个字，直接翻译意思是"哎哎，这真是奇怪"。殷浩这样说，其实是在抒发其被罢免后空闲无事的郁闷之情。"且休休"的典故来自《旧唐书·司空图传》。据记载，司空图常年在深山中隐居，曾在《休休亭记》写道："休，休也，美也，既休而具美存焉"，意思是闲适的生活也是很美好的。"一丘一壑也风流"语出班嗣："渔钓于一壑，则万物不奸其志；栖迟于一丘，则天下不易其乐。"此处词人用一个反面例子和两个正面例子表达自己观点：一个人应该纵情山水间，享受清闲的隐居生活。从表面上看，词人是在向往这种淡泊宁静的生活，然而事实上，他心中却有着极其矛盾的一面。这使得他在之后两句又发出了这样的感慨："不知筋力衰多少，但觉新来懒上楼。"意思是不知道近来精力衰损了多少，只觉得最近都懒得上楼。这两句是情感上的又一转折，前三句所表现出的旷达之意被悲凉、无奈之情取代，蕴涵着一种壮志难酬的悲愤。联系词人的生平，他一生立志收复中原，却常常遭到小人的诬陷和诋毁，只能看着自己一天天衰老下去却报国无门。即使有过归隐田园的念头，那也只是年老体衰之后被迫无奈的选择。在他的心底深处，何曾有一天放下家国大业？

全词语言风格平淡，但情感却极为深沉。上阕写景，渲染出一种悲凉的气氛；下阕先借用三个典故来表达豁达之意，然而结尾两句依旧摆脱不了心中的凄凉和无奈之感，一声自我嘲讽式的哀叹，道出了烈士暮年的悲愤之情。这种情感上的迂回表达更增添了作品的艺术感染力，使本词别具一格，极具可读性。

鹧鸪天

有客慨然谈功名，因追忆少年时事①，戏作。

壮岁旌旗拥万夫，锦襜突骑渡江初②。燕兵夜娖银胡䩮，汉箭朝飞金仆姑③。

追往事，叹今吾，春风不染白髭须。却将万字平戎策，换得东家种树书④。

注释

①少年时事：指词人年轻时抗击金兵的经历。本词作于庆元六年（1200）左右，当时词人罢官居于瓢泉。

②壮岁：年轻力壮的时候。拥万夫：带领数万名抗金志士。锦襜：锦衣。突骑：快速袭击敌人的骑兵。渡江：渡江南下，投奔南宋。

③燕兵：金兵。娖：通"捉"，整理。银胡䩮：以银装饰的箭袋，多为皮革所制。可装箭，亦可用于夜间测听远方声响。金仆姑：箭名，见《左传·庄公十一年》。

④ "却将"二句：指词人所进谏的抗金复国的计策——《美芹十论》、《九议》等，均未得到重视，最后只得到一个十分清闲的职位。东家，东邻家。种树书，探讨如何种植树木的书籍。

译文

少壮之时，我高举抗金大旗，率军起义。记得首次南下归宋之时，我军与金兵日夜激战、箭发如急雨。我带领身着锦衣的轻骑连夜突袭敌营。

追忆旧事，叹息而今我的处境，春风亦不能染黑我这斑白须发。奈何平生抗金复国的大计，只换得归隐耕作的结局。

赏析

该词上阕追忆词人年轻时的一段辉煌经历。绍兴三十一年（1161），金兵南侵，中原起义军烽起，辛弃疾也率军起义。次年，词人奉表归宋，目的是使义军与南宋朝廷取得联系。就在辛弃疾完成任务北归时，却听说张安国叛国投金。于是他立即带人连夜奔袭敌营，直闯金人营中，擒住张安国，星夜兼程将其押回南宋，明正国法。辛弃疾的这一英勇迅疾的行动，令金兵无比震惊，也令宋兵士气大增。

"壮岁旌旗拥万夫"写词人年轻时高举抗金大旗，率军起义；"锦襜突骑渡江初"写擒拿张安国后南下的情形。"燕兵夜娖银胡騄，汉箭朝飞金仆姑"，写奔袭敌营，和金兵作战，捉拿叛徒的经过。上阕四句以浓重的笔墨写义军的骁勇迅疾和南奔时的紧急战斗情形，"拥"、"飞"二字可见其军容之盛、战斗力之饱满，此外词人还从旌旗、军装、兵器上加以烘托，将战斗场面描绘得有声有色，震撼人心。

下阕中，词人由往昔回到眼前。前两句今昔对比，一"追"

一"叹",既承接了上文,同时也很好地过渡到下面对现实的描绘。接下来一句则点明了"叹今吾"的缘由:草木逢春就可以重绽新绿、充满生机,而人的须发白了之后却不能再变黑。此句有多层含意,蕴涵了词人深深的感慨。"白髭须"和句中的"春风"对照,又和上阕的"壮岁"形成鲜明的对比;词人一方面感叹青春易逝、韶华不再,另一方面又不甘心这样老去,只因壮志未酬、功业未就。接下来"却将万字平戎策,换得东家种树书",生动地表现了词人的理想与现实的尖锐矛盾,在情感上将上一句的感慨推向更为深重、沉痛的地步,正是这一人生悲剧令词人深感无奈、辛酸。

这首词是作者最出色、最有分量的小令词之一,仅用五十五个字,就将一个抗金名将一心报国而不被重用、心怀壮志而难以实现的悲愤淋漓尽致地展现了出来。上阕场面壮观阔大,下阕悲愤凄凉。全词慷慨悲壮,读之令人动容。

鹧鸪天

博山寺①作。

不向长安路上行。却教山寺厌逢迎。味无味处求吾乐②,材不材间③过此生。

宁作我④,岂其卿⑤。人间走遍却归耕。一松一竹真朋友,山鸟山花好弟兄⑥。

注释

①博山寺:原名能仁寺,位于江西广丰县西南,开山之祖为五代时天台韶国师,有绣佛罗汉流传至今。宋绍兴年间悟本

禅师奉诏开堂，辛弃疾为其作记。

②"味无"句：味无味处，语出《老子》："为无为，事无事，味无味。"此句意为在味与无味之处体验到真正的乐趣。

③材不材间：出自《庄子·山木篇》："弟子问于庄子曰：'昨日山中之木，以不材得终其天年；今主人之雁，以不材死。先生将何处？'庄子笑曰：'周将处乎材与不材之间。'"

④宁作我：出自《世说新语·品藻篇》："桓公少与殷侯齐名，常有竞心。桓问殷：卿何如我？殷云：我与我周旋久，宁作我。"即宁可做我自己，我即是我。

⑤岂其卿：怎能像那些公卿那样。"宁……岂"句式表示宁为此，不为彼。

⑥山鸟山花好弟兄：源自杜甫《岳麓山道林二寺行》："一重一掩吾肺腑，山鸟山花共友于。"

译文

不贪图长安的荣华富贵，情愿常常来往于博山寺，直叫博山寺都厌倦迎接我。在有味与无味之处自得其乐，在成材与不成材间了此余生。

我情愿做我自己，也不愿像那些公卿名士一样。行遍天下之后才发现还是隐居耕桑好。我与松竹为友，山间的鸟群和野花都是我的好兄弟。

赏析

这首词作于淳熙十四年（1187），时辛弃疾闲居于上饶带湖。辛弃疾一生心系宋朝统一大业，立志收复中原，然而在官场上他却屡屡失意、报国无门。这令他悲愤消沉，有时甚至会怀疑自己的人生，觉得前路黯淡渺茫。这类词表达了辛弃疾当时的纠结心理，但在其作品中数量不多。

词的开篇以对比手法鲜明地点出了词人的情感倾向。"不向长安路上行"写出了词人对求取功名的否定，"却教山寺厌逢迎"表达了其归隐山林的决心。"人间走遍却归耕"则说出了他这样选择的缘由：长期的官场生活已经让他彻底绝望。只有"宁作我，岂其卿"，才能与松竹为友，与山鸟山花成为亲密弟兄。这充分反映了南宋朝廷的腐朽，表达了他对当时黑暗现实的尖锐批判。

蝶恋花

月下醉书雨岩石浪。

九畹①芳菲兰佩好，空谷无人，自怨蛾眉巧。宝瑟泠泠②千古调，朱丝弦断知音少。

冉冉③年华吾自老，水满汀洲，何处寻芳草？唤起湘累④歌未了，石龙⑤舞罢松风晓。

注释

①畹：古时计量土地面积的单位，一畹为十二亩。
②泠泠：形容乐声清脆悦耳。

③冉冉：慢慢地。

④湘累：指屈原。无罪而死曰"累"，屈原负屈投湘江而死，故称"湘累"。

⑤石龙：指石龙风，一种迎头风。宋孝武帝有诗云："愿作石龙风，四面断行旅。"

译文

那一百零八亩兰花怒放，香气袭人，却无人来欣赏，自怨姿色太好。宝琴能弹出清脆悦耳的千古名曲，但却因知音难觅，只好任朱丝弦断。

时间流逝，我也慢慢老去，池边平地也已被水溢满，我又到哪里去寻找芳草呢？这让我想起屈原的事迹，久久不能忘怀。石龙风吹拂着松树，直到天亮。

赏析

此词是辛弃疾晚年作品之一，作于金章宗泰和三年（1203）前后。当时，年过花甲的辛弃疾闲居江西铅山的瓢泉。他的好友陈亮已离世，朱熹也受"庆元党禁"所累而去世。辛弃疾惆怅不已，深感孤寂，认为再无知音可寻。这首小令感情含蓄而立意深远。上阕前三句化用《离骚》中"余既滋兰之九畹兮"，慨叹好友陈亮、朱熹过世之后，知音难觅的寂寞愁苦之情。下阕以"冉冉年华吾自老"进一步抒写了英雄迟暮的伤感和悲愤之情。"何处寻芳草"与上阕的"知音"相呼应，使全词的思路更加连贯。"唤起湘累歌未了，石龙舞罢松风晓"二句，婉转地写出了作者在现实社会中壮志难酬的苦闷。整首词寓情于寻常事物，表达了知音难觅、英雄暮年而壮志难酬的愁闷。

太常引

建康中秋夜,为吕叔潜赋。

一轮秋影转金波①。飞镜②又重磨。把酒问姮娥③:被白发欺人奈何④?

乘风好去,长空万里,直下看山河。斫去桂婆娑,人道是清光更多⑤。

注释

①金波:谓月光。《汉书·礼乐志·郊祀歌》中有"月穆穆以金波"之句。

②飞镜:比喻月亮像明镜。

③姮娥:指嫦娥,月宫的仙子。

④被白发欺人奈何:化用薛能《春日使府寓怀》:"青春背我堂堂去,白发欺人故故生。"

⑤"斫去"二句:化用杜甫《一百五日夜对月》:"斫却月中桂,清光应更多。"

译文

皎洁的月亮在天空中缓缓移动,洒下晶亮的光芒。像一面经过重新打磨后腾空翱翔的明镜。举杯问嫦娥,我满头白发、垂垂老矣,该怎么办呢?

我还是乘着浩荡的秋风去万里长空吧,那里应当无拘无束;随目所即,都是我日夜担忧的大好山河。我应砍去月桂之树,让月亮的清光更多地洒向人间。

赏析

这是一首抒怀之词,作于南宋孝宗淳熙元年(1174)中秋的晚上,表现了作者追求完美的性情和理想。

上阕中,作者借助传说寄托了自己的理想和情怀。在中秋月夜,望着天上的月亮,作者不禁想起吃了不死之药飞升月宫的嫦娥,借此表达了对阴暗政治现实的愤懑。作者一生志在收复中原,然而理想却在残酷的现实中最终破灭,便不禁发出了"被白发欺人奈何"的慨叹。

下阕中,"桂婆娑"暗指南宋朝廷中的投降势力和金人的势力。作者通过更加离奇的想象,直接而强烈地表现了自己扫除黑暗,光复人间的政治理想,揭示了词的主旨。

整首词借景抒情、情景交融,通过超现实的艺术境界,化解了作者心中的苦闷,具有浓郁的浪漫主义色彩。

阮郎归

耒阳道中为张处父推官赋①。

山前灯火欲黄昏,山头来去云。鹧鸪声里数家村,潇湘逢故人②。

挥羽扇③,整纶巾,少年鞍马尘。如今憔悴赋招魂④,儒冠⑤多误身!

注释

①耒阳:今湖南省耒阳县。张处父:生平不详,为作者好友。推官:是州郡的属官。

②故人：老友，指张处父。

③挥羽扇：指代诸葛亮。

④招魂：《楚辞》的篇名，作者借用这个典故，表达内心的愤懑和哀怨。

⑤儒冠：读书人戴的帽子，代指书生。此句化用杜甫《奉赠韦左丞丈二十二韵》的诗句"纨袴不饿死，儒冠多误身"，表现了自己的落魄。

译文

黄昏的山村中灯火已亮起，山头上还能看到飘来飘去的浮云。只有几家人的村子里，鹧鸪声声啼叫，没料到却在此地遇到老朋友。

想当年手挥羽扇，头戴纶巾，跃马扬戈，驰骋在烟尘滚滚的沙场上。而如今却丧魂落魄、疲惫不堪，想必由于我是个儒生的原因吧？

赏析

这首词写于南宋孝宗淳熙六年（1179）或七年（1180）。当时作者任湖南转运副使和安抚使。

上阕"山前"两句，描写了昏暗浮动的景象，衬托出作者情绪的飘忽不定，营造出一种暗淡沉浮的意境。鹧鸪的声声啼鸣衬托出作者当时内心的凄凉，表现了他对前途的担忧。之后"潇湘逢故人"一句忽转笔锋，写作者与老友偶遇，承上启下，紧扣主题，气氛也由沉闷阴郁变为轻松愉悦。

下阕全用典故，"挥羽扇"三句借诸葛亮的形象，喻指作者当年抵抗金兵时的英姿。末两句语调低沉，感情悲怆，控诉迫害爱国志士的主和派，抒发作者异常痛苦的复杂心情。

汉宫春·立春日

春已归来,看美人头上,袅袅春幡①。无端风雨,未肯收尽余寒。年时燕子,料今宵、梦到西园。浑未办、黄柑荐酒,更传青韭堆盘②。

却笑东风,从此便熏梅染柳,更没些闲。闲时又来镜里,转变朱颜。清愁不断,问何人、会解连环③。生怕见、花开花落,朝来塞雁先还。

注释

①春幡:古代立春时妇女头上戴的用彩纸剪成的燕形饰物。

②"浑未办"二句:《遵生八笺》:"立春日作五辛盘,以黄柑酿酒,谓之洞庭春色。"青韭,把青嫩的韭菜堆在盘上,称春盘。

③会解连环:能解开内心郁结。

译文

春天已重回人间,你看美人们的头上,摇摇颤颤插着五彩春幡。无端地又来了一阵风雨,仿佛不肯收残留的轻寒。去年的燕子,想它今夜定会梦回京都故园。还没有备办黄柑新酒,更没有准备青韭堆盘。

可笑无知的东风,从此就要忙着把梅柳打扮,一点儿也不知休闲。有空闲时它又会跑来,改变镜中人的青春容颜。忧愁绵绵,有谁会解开我心中的郁结?最怕看见花开花落,一大早,大雁已先我返还中原。

赏析

这是一首立春抒怀的词作,根据词的思想内容来判断,应该是辛弃疾南归后不久所作。

上阕作者以立春时春回大地的景色来暗喻当时南宋动荡的政局。开篇"春已归来"三句指出时令为立春,典故化用得十分自然。"无端风雨"两句借自然界变化无常的天气,暗指南宋最高统治集团惊魂未定、庸碌无为的状态。"年时燕子"两句寄情于北飞的燕子,表达了词人渴望回归故园的心情。最后两句是说作者刚来到异域他乡,还没有将生活安顿好,春节就来临了,新酒和佳肴都置办不起,可见其处境之困顿。

下阕通过对春日愁绪的描写,表达了作者忧国怀乡之情。"却笑东风"三句是说作者联想到立春过后,东风一吹,便是一派柳绿花红的大好风光了。"闲时又来"两句则将作者初归南宋后那种急盼收复失地、以身报国的心情表达了出来。后面的"清愁"指的是作者为国为民忧愁的情怀。"解连环"典出《战国策》,秦昭王送给齐国王后一个玉连环并叫她解开。词人借此向南宋统治集团发问,不知有谁可以作出抗金的正确决策。"生怕见、花开花落"两句是说作者只怕这一年花开又花落,但还是未收回失地,依然不能回归故里。这是作者对收复失地大业的忧虑,语句中透着化不开的愁闷与伤感。

整首词章法圆转,笔调委婉含蓄,深切地表达了作者对收复祖国大业的关注以及奋发昂扬的情怀。

水龙吟

用"些语"再题瓢泉,歌以饮客,声韵甚谐,客为之醻。

听兮清珮琼瑶①些。明兮镜秋毫些②。君无去此,流昏涨腻③,生蓬蒿些。虎豹甘人,渴而饮汝,宁猿猱些④。大而流江海,覆舟如芥⑤,君无助、狂涛些。

路险兮山高些。块予独处⑥无聊些。冬槽春盎,归来为我,制松醪些⑦。其外芳芬,团龙片凤,煮云膏些⑧。古人兮既往,嗟予之乐,乐箪瓢些⑨。

注释

①清珮琼瑶:清泉淙淙,其响如玉佩之音。

②镜:照见。秋毫:极小的东西。

③流昏涨腻:指山外之水肮脏。

④甘人:喜欢吃人,以人肉为食。宁猿猱:宁可让(吃果子的)猿猱饮用。

⑤大:瓢泉与他水合流后变大。覆舟如芥:打翻船只就像弄翻一片草叶那样简单。

⑥块予独处:一个人独处。

⑦槽:槽床,酿酒所用。松醪:松膏所酿之酒。

⑧其外:除酿酒外。团龙片凤:茶名。云膏:这里是说煎好的茶就好像云脂油膏一样软滑细腻。

⑨古人:这里指孔子的弟子颜回。箪瓢:箪和瓢,盛饭和饮水用的器具。孔子曾称赞颜回道:"贤哉,回也!一箪食,一瓢饮,在陋巷。人不堪其忧,回也不改其乐。"

译文

瓢泉之水淙淙,其声响如玉珮叮咚般悦耳动听;瓢泉之水明净可鉴,甚至可以照见细微的东西。劝你还是不要出山,以免变得污浊肮脏,长满蓬蒿;与其让吃人的虎豹解渴,还不如让吃果子的猿猱饮用;你也不要与他水合流汇入江海,推波助澜,打翻船只就像弄翻一片草叶一样。

山高路远,道路艰险。一个人隐居是有些孤独寂寞,不过也别有一番乐趣。瓢泉之水掬之清冽,一年四季都可酿制香醇的松膏酒;瓢泉之水闻之甘甜,可用来煮龙凤茶,悠然品茗;也可以像孔子的弟子颜回那样,住在陋巷,"一箪食,一瓢饮"而自得其乐。

赏析

江西铅山县东二十五里有一瓢泉,其泉水清澈,且周围景色秀美。光宗绍熙五年(1194)七月,辛弃疾被罢官后回到江西,居住地便在这瓢泉附近。

"听兮清珮琼瑶些。明兮镜秋毫些",泉水叮咚,听起来像是玉佩的撞击声;泉水清澈,看上去就像一面镜子可以照见极细微的东西。这两句分别从听觉和视觉来写瓢泉,用细微的笔触描写出山泉的特点。然而词人看到眼前如此清冽的泉水,想象它未来可能的遭遇,免不了担忧起来,因而给出了后面几句劝告:"君无去此,流昏涨腻,生蓬蒿些",你不要流到山外面去,以免被山外的水污染,变得浑浊肮脏;"虎豹甘人,渴而饮汝,宁猿猱些",与其让吃人的虎豹解渴,还不如让吃果子的猿猱饮用;"大而流江海,覆舟如芥,君无助、狂涛些",也不要流到江海里去,将小舟视为草芥一样轻易打翻。这三个排比看似在劝告溪水,其实是在暗寓外面世界的黑暗。世道险恶,朝野上下一片昏暗，奸佞小人助纣为虐。而真正立志报国之人却往往被疏远猜忌。对于这些，被朝廷罢免的辛弃疾深有体会，所以这每一句都饱含着词人心中的悲愤之情。

下阕词人由写溪水转而写自己。"路险兮山高些，块予独处无聊些"，这是说自己之前所处的环境险恶，因而一个人到这个清净之地生活，虽然会有些孤单，但依然拥有快乐。接下来，词人便详细地描述了此地生活的趣事。"冬槽春盎，归来为我，制松醪些"，瓢泉之水这般清冽，可以用来酿制香醇的松子酒。"其外芳芬，团龙片凤，煮云膏些"，瓢泉之水闻之甘甜，可以用来泡香醇的茶。"古人兮既往，嗟予之乐，乐箪瓢些"，也可以像孔子之徒颜回那样，住在陋室里，"一箪食，一瓢饮"却自得其乐。饮酒、品茶、安居，若能享受这三种乐趣，那么独居此地也就不那么枯燥无味了。然而，词人真的心甘情愿地乐于这样的生活吗？联系辛弃疾其他的词作，我们可以知道，这其实是他无奈之下的选择。他一生志向远大，希望建功立业，为国效力，然而王道昏庸以致英雄无用武之地。因而纵使他心中有百般不甘，却也无可奈何，只能带着满腔愤懑离开朝廷。与其说是来此安居乐业，不如说是来躲避残酷的现实。

这首词以玩乐来写悲愤之情，感情凝重，正气浩然，是一篇很能代表词人创作风格的作品。

西江月·遣兴

醉里且贪欢笑，要愁哪得工夫。近来始觉古人书，信着全无是处①。

昨夜松边醉倒，问松我醉何如②？只疑松动要来扶，以手推松曰"去"！

注释

①"近来"二句：化自《孟子·尽心下》："尽信书，则不如无书。"

②何如：怎么样。

译文

醉里还在贪欢寻乐，哪有工夫发愁？近来觉得古书上有许多至理名言在现实面前行不通，那么倒不如不信。

昨夜在松边醉倒，把松树当成了人，问它说："我醉得怎么样？"松枝被风吹动，我以为是松树要来扶我，便用手推松说："去！"

赏析

该词题为"遣兴"，"遣"是排解、发泄的意思。单从题目来看，词人似乎是要表达自己悠闲高兴的心情，而事实上，词的内容却是通过描写词人醉酒后的所思所为，以醉酒为"兴"，表达其对现实的不满。

上阕，开篇"醉里且贪欢笑，要愁哪得工夫"与题目相呼应，表面上是写无愁，其实却皆是写愁。词人正是因为多愁才借酒消愁，只有在醉酒后才会有一点"欢笑"。这样明抑暗扬的手法使其内心的忧愁显得更加浓郁，令人耳目一新。"近来始觉古人书，信着全无是处。"套用《孟子》中的典故"尽信书，不如无书"。词人在这里突然提到读书，并提出"信着全无是处"一说，说书中的内容都是不可信的。这看似突兀，但仔细分析之后，我们就会认为此语乃是情之必然。长期以来，辛弃疾都是以书中的圣贤所言为行为的准则。他在青年时代就参与起义活动，一直坚持收复失地、恢复中原的主张，却不能为统治者所用，无奈只能长期在乡间过着隐居的生活，所以对朝廷极为不满。辛弃疾看清了南宋朝廷的腐朽本质，却又对此深感无奈。在此，他所要表达的意思是：不要相信古书中的一些话，现在是不可能实行的。

下阕描写了词人的醉态：词人昨夜喝酒，醉倒在松树边，还问松树："我醉得怎么样？"他在沉醉中恍惚觉得松树要来搀扶自己，于是就用手推开松树拒绝它的搀扶。这段描写，为散文句法。辛弃疾在其豪放词中，常以散文句法和经史典故入词。此前，人们大都认为以散文句法入词会使词显得"生硬"。因为在晚唐、北宋时期，词是用来配乐吟唱的，这就需要词通俗易懂，而用典故和经史词汇会令词变得晦涩难懂；另外，唱词的多为女性，所以风格以婉约为主。到了南宋，词已不单是为配合乐曲而作，而是作为一种文学题材，成为文人言志抒情的重要工具。以经史典故入词，使词少了"音乐艺术性"，却使词的句式多样化，增添了词的"文学艺术性"，辛弃疾对宋词在这方面的发展起了很大的作用。下阕的另一个特色是描写生动幽默。短短四句话不但写出了词人酩酊大醉、精神恍惚的神态，也写出了其倔强的性格。

水龙吟·登建康赏心亭①

楚天千里清秋,水随天去秋无际。遥岑②远目,献愁供恨,玉簪螺髻③。落日楼头,断鸿声里,江南游子。把吴钩④看了,阑干拍遍,无人会、登临意。

休说鲈鱼堪脍,尽西风、季鹰⑤归未?求田问舍,怕应羞见,刘郎才气⑥。可惜流年,忧愁风雨,树犹如此⑦。倩何人唤取,红巾翠袖,揾英雄泪。

注释

①建康:今江苏南京。赏心亭:在城西水门城上,下临秦淮河,尽观览之胜。

②遥岑:指远山。

③玉簪螺髻:形容青山有的像女人头上的碧玉簪,有的像螺旋盘结的发髻。

④吴钩:指吴国制造的弯形宝刀。

⑤季鹰:典故,出自《世说新语》。西晋张翰字季鹰,他在洛阳为官时因思念吴中的莼菜羹、鲈鱼脍,竟弃官南归。

⑥"求田"三句:此三句用典,求田问舍就是买房置地。刘郎,指三国时的刘备,这里泛指有大志之人。三国时许汜去看望陈登,陈登对他很冷淡,独自睡在大床上,叫他睡下床。许汜不解,去询问刘备,刘备答:"天下大乱,你忘怀国事,求田问舍,陈登当然瞧不起你。"这里意谓自己不愿像许汜那样,做一个只知添置田舍的人。

⑦"可惜"三句:此处也用典,据《世说新语·言语》,桓温北征,经过金城,见自己过去种的柳树已长得那么粗了,便感叹地说:"木犹如此,人何以堪?"

译文

千里楚天一派凄清秋意,水随碧天流去,秋色无边无际。放眼眺望远处的山峰,仿佛都在传送愁恨,有的像玉簪,有的如螺髻。夕阳斜照楼头,孤雁声声哀啼,我这个江南游子,把吴钩宝剑反复端详,把栏杆全都拍遍,却无人理会我此时登高远望的心意。

不要说什么鲈鱼味美,秋风已起,为何不见季鹰弃官归来?若像许汜那样买房置地,就会羞于去见雄才大略的刘备。可惜大好岁月空空流逝,徒然为风雨飘摇的国事忧愁。树都会愁,人又怎能不垂老?能让谁唤来红衣翠袖的美人,为我擦拭英雄的末路悲泪。

赏析

作者一生自诩有报国济世之才略,并执著地追求人生理想,因此其词中时常流露出壮志未酬的沉闷和悲愤。这首词便抒发了他这种苦闷的心情。

上阕写登楼后见到的景致,并借景抒情。"把吴钩看了"几句,作者通过"看"、"拍"等动作,酣畅淋漓地抒发了自己的悲愤之情。"阑干拍遍"表现了作者无处施展才略的急切心情。"无人会、登临意",则是慨叹自己虽有收复中原的壮志,但南宋朝中却没有知音可以理解他。

下阕言志,阐明了无人理解的"登临意"。作者接连用了三个典故,先说明自己不愿像季鹰那样因贪恋家乡美味而辞官返乡,又说明自己以许汜弃国卫家为耻辱,同时又为自己报国无门而慨叹年华虚度。至此,全词的感情发展到最高点,并自然过渡至结尾,与上阕末句相呼应。

千年调

蔗庵小阁名曰"卮言",作此词以嘲之①。

卮②酒向人时,和气先倾倒。最要然然可可,万事称好③。滑稽坐上,更对鸱夷笑④。寒与热,总随人,甘国老⑤。

少年使酒,出口人嫌拗。此个和合道理,近日方晓。学人言语,未会十分巧。看他们,得人怜,秦吉了⑥。

注释

①此词大约作于淳熙十二年(1185),当时稼轩在带湖闲居。蔗庵:信州太守郑汝谐之宅第名。卮言:郑家的阁楼名。出自《庄子·寓言》:"卮言日出。"原意为拾人牙慧,零散破碎的话。后常用为对自己言论的谦词。

②卮:古代盛酒的器皿。卮灌满酒时就会向人倾倒,不灌酒时则空仰着。

③万事称好:这里引用了司马徽口不臧否人物的典故。《世说新语》注引《司马徽别传》记载有他的趣事:司马徽善识人,但因怕受到他人加害,故而若有人请他鉴评当世人物时,他一概说"好"。其妻说他有负人意,他也说:"像你这样说,也很好!"

④滑稽:古代斟酒所用的器具。鸱夷:古代酒袋的一种,由皮革制成。《汉书·陈遵传》记载:"鸱夷滑稽,腹如大壶,尽日盛酒,人复借酤。"

⑤甘国老:就是甘草。因为它味甘性平,具有调和众药的

功效，所以又被称为"国老"。

⑥秦吉了：一种善学人语的鸟。这种鸟比鹦鹉还要擅长学人说话。

译文

那些趋炎附势的小人如同注满酒的卮器，在人前笑容可掬、一团和气，甚至点头哈腰，什么事情都随声附和。在酒席上，那"转注吐酒，终日不已"的流酒器，更是对着能够自由伸缩、随意卷折的皮酒袋微笑。甘草具有调和众药的功效，寒热随人，又被称为"国老"。

我年少时，酒后常常出言不逊，因而不讨人喜欢。现在我才明白为人处世要随和合俗的道理，虽然也想学习这一套，但始终学不好。看那秦吉了，因为学人语学得惟妙惟肖，所以才备受权贵之人的宠爱。

赏析

辛弃疾不被容于朝廷，被罢官后赋闲居住在江西上饶。在去好友郑汝谐（字舜举）家里做客的时候注意到了友人家中一个名为"卮言"的小阁楼，词人由此展开思路，写下此词。据考证，这首词大约是写于宋孝宗淳熙十二年（1185）。

细读这首词就会发现，它与词人其他词作皆不相同。这是一首以幽默、讽刺笔调抨击黑暗现实的作品，与辛弃疾平日里借古喻今、壮怀激烈的抒情言志词风格大不一样。在这里，词人主要抨击的对象是那些朝堂之上趋炎附势、阿谀奉承的昏官。词人在词作中将他们比成了盛酒的器皿、药材和鸟，将这些人的嘴脸刻画得惟妙惟肖。当时南宋王朝困守江南半壁江山，金人又时时南下侵宋，可以说随时都有覆灭之虞。但南宋统治者却对此视而不见，他们偏安一隅、苟安避祸，甚至打压那些一心光复中原、中兴宋室的有志之士。词人对此深恶痛绝，对那些坚持理想和节操而被打击的正直之人深感同情。

"卮言"一词是指自然随意之言或者支离破碎之言，后多引申为对自己言语的谦辞。这一词本源于《庄子》一书，原文是"卮言日出，和以天倪"。郑汝谐以此为自家阁楼的名字想来应该是一种自谦。卮是一种盛酒的器皿，注满酒就会倾斜，空着的时候则空仰着。在此，词人借用卮的这一特性喻人，说那些没有主见的人也和卮一样，"然然可可，万事称好"正是对这类小人的生动描写。"滑稽坐上，更对鸱夷笑"则是讽刺的另一类人。"滑稽"和"鸱夷"都是酒器，《儿女英雄传》第三十回："这滑稽是件东西，就是掣酒的那个酒掣子，俗名叫'过山龙'，又叫'倒流儿'。因这件东西从那头儿把酒掣出来，绕个弯儿注到这头儿去。"可见"滑稽"是一种从酒坛中汲酒的工具，可以从酒坛中不断把酒取出来。"鸱夷"即皮革制成的袋子，在此指一种皮制酒器。"鸱夷"容量很大，又因为是皮制的，所以可任意收缩、卷折。两种酒器在使用上均方便灵活，故而词人将其比做那些善于逢迎的人。"滑稽坐上"也就是"坐上滑稽"，是对那些"滑稽者"直接的讽刺，"更对鸱夷笑"也是同理。上阕最后"寒与热，总随人，甘国老"一句则是以物喻人，将那些圆滑世故的人比做了甘草。甘草性温和，在中医里常用于调和众药材，遂有"国老"之称。

上阕说罢了众多小人，下阕的开篇词人则转而说起了自己。"少年使酒，出口人嫌拗"即是词人说自己年轻的时候说话直来直去，不懂得迎合他人，也就不讨人喜欢。"此个和合道理，近日方晓。学人言语，未会十分巧。"则是说为人处世要圆滑随和的道理。词人在这里似乎是在说自己学不会变通圆滑的本事，实际上却是暗含讽刺意味。全词最后一句中说："看他们，得人怜，秦吉了。"这里将那些会说话、懂逢迎的人比做了"秦吉了"。"秦吉了"是一种善学人说话的鸟类，在古代把人比做动物大多是讽刺侮辱性的，比如《二刻拍案惊奇》卷十四："大夫大吼一声道：'这是个什么鸟人？躲在这底下！'"这里"鸟人"一词就是明显骂人的话。词人在此将圆滑的人比喻成善学人说话的鸟，自然也是一种辛辣的讽刺。全词在一种类似于玩乐的笑骂中批判了那些小人，读来让人感觉既酣畅痛快又风趣幽默，回味无穷。

这首词最大的特点就在于以物喻人。全词中词人将逢迎小人比做了多种日常常见的事物，而且每一种都抓住其特征来描绘，联想丰富且构思巧妙。

念奴娇

瓢泉酒酣，和东坡韵①。

倘来轩冕②，问还是、今古人间何物？旧日重城愁万里，风月而今坚壁。药笼功名③，酒垆身世④，可惜蒙头雪。浩歌一曲，坐中人物三杰⑤。

休叹黄菊凋零，孤标应也有，梅花争发。醉里重揩西望眼，惟有孤鸿明灭⑥。万事从教，浮云来去，枉了冲冠发。故人何在？长庚应伴残月。

注释

①瓢泉：地名，位于铅山。东坡韵：指苏轼的《念奴娇·赤壁怀古》。

②轩：高大的马车。冕：古代官员所戴的礼帽，地位在大夫之上。这里以"轩冕"指代官位爵禄。

③药笼功名：根据《旧唐书·元行冲传》记载，元行冲劝当权的狄仁杰留意储备人才，喻之为备药攻病，并自请为"药物之末"，狄仁杰笑而谓之曰："此君正吾药笼中物，何可一日无也！"

④酒垆身世：司马相如当年未得志时，曾携妻卓文君在临邛市上卖酒。

⑤三杰：出自《史记·高祖本纪》，指张良、韩信、萧何。

⑥西望：指遥望的中原地区。孤鸿：孤雁，此处喻指爱国志士。

译文

那官位爵禄，还是古往今来世人一心追逐的东西吗？丢官之后，重重愁恨无计消除，连美好的风光也像被坚墙挡住，不让人欣赏。即便是狄仁杰的笼中佳物，即便有司马相如一样的才华，如今也已是白发满头。不妨长歌一曲，座中都是汉初三杰一样的英豪。

不要感叹黄菊凋零，还有那孤标傲世的梅花会争先恐后地绽放。酒醉后，仍揉揉眼睛，向西北遥望中原。只有几个仁人志士，势单力孤，尚且闪耀理想的光芒。真让人叹息，万事如浮云，枉有英雄怒发冲冠。故人们现在何方？遥远的天边只有孤星与残月相伴。

赏析

在文学史上，辛弃疾与苏轼的词齐名，有词论家还将二人的词都归为一派。实际上，苏、辛的词也的确有共通之处，辛弃疾的这首《念奴娇》即得之于东坡。由词前小序可知，该词作于辛弃疾闲居铅山瓢泉时期，是辛弃疾和东坡的《念奴娇·赤壁怀古》之作。将这两首词相比较，从内容上看，都抒发了政治上的失意和感慨；从风格上看，都气度超拔、豪迈放纵，这是其相似之处。然而仔细体味，我们就会发现两词又各具特色：苏词的风格偏旷达超逸，辛词的词风则慷慨悲壮；在表达政治失意方面，苏词以"人间如梦，一樽还酹江月"作结，颇有老庄的超拔洒脱、随缘自适之风；辛词则情调激昂，感愤终篇，愤愤不平之意溢于言表。

在上阕中，词人写其官场失意的苦闷。开篇，词人便问官位爵禄是否是古往今来世人一心追逐的东西，这一方面显示出词人对大多数人毕生追求的功名利禄的怀疑，另一方面也体现出他对仕途的困惑与思考。接下来的两句直接写其内心的失意与苦闷，词人说自己丢官之后，内心愁恨重重、无法排解，因而在他眼里，连美好的景致似乎也在故意与自己作对，无法让自己获得愉悦。"药笼功名，酒垆身世，可惜蒙头雪"三句，是词人借用狄仁杰和司马相如两个典故，抒发词人壮志暮年、虚掷岁月的哀愁与无奈。"浩歌一曲，坐中人物三杰"写词人哀愁之至因而高歌以抒怀，而词人将自己与座中的友人比做张良、韩信、萧何三杰，可见其在悲愤之中仍慷慨激昂、斗志满怀。

下阕，词人进一步写其虽历尽仕途磨难，但仍然壮志不泯的情怀。"休叹黄菊凋零，孤标应也有，梅花争发"三句紧承"坐中三杰"一句而来，是说即使黄菊凋零，还会有红梅争发。以"休叹"二字领起下文，尤觉振奋。在这里，词人是借菊花与梅花的品格喻人，爱国志士们就如同那孤标傲世的菊花和梅花一样，他们会为了祖国的统一大业前赴后继、至死不渝。"醉里重揩西望眼，惟有孤鸿明灭。"这两句以词人的一个动作和空间意象表达了自己不忘中原的思想和对现实的无奈。"西望"在这里应是"西北望"之略写，代指沦陷的中原地区。词人于醉中还要揩眼眺望西北，可见词人其实是时时刻刻都将收复中原的大业记在心上，以抗金北伐为己任。"孤鸿明灭"以孤单的鸿雁象征抗金力量的薄弱和势单力孤，这里又渗透着词人对国势渐衰的隐忧和对朝廷的无奈。朝廷不思进取，真正的爱国志士得不到朝廷重用，收复大业成功的希望自然非常渺茫，因而词人只能感慨："万事从教，浮云来去，枉了冲冠发！"词人以及众多爱国志士们虽有一腔热血，却报国无门，只能任岁月蹉跎，其内心的痛苦可想而知，这里一个"枉"字写尽其悲愤之情。结尾两句"故人何在，长庚应伴残月"转而以景抒情，故人们现在何方？遥远的天边只有孤星与残月相伴。读者读至此，凄凉悲怆之感必定油然而生。这两句是化用韩愈《东方半明》中"东方半明大星没，独有太白配残月"两句句意。太白，即为金星。这两句虽给人以萧瑟、悲凉之感，然而通篇来看，有前文的黄菊红梅、怒发冲冠等意象，我们就能够深切地体会到词人内心的痛苦与无奈，因而也会产生强烈的共鸣。

　　统观全词，我们可以看出，词人忠心报国，胸怀抗金复国的大业，非但不被朝廷重用，而且还遭受投降派的排挤和打击；他虽官场失意，但其壮志未泯，日夜思念失去的中原大地，渴望有朝一日能得到朝廷的重用，通过自己的英勇战斗来完成统一祖国的大业。

木兰花慢

　　中秋饮酒将旦，客谓前人诗词有赋待月，无送月者，因用《天问》①体赋。

可怜②今夕月,向何处,去悠悠?是别有人间,那边才见,光影东头?是天外③,空汗漫④,但长风浩浩送中秋⑤?飞镜无根谁系?姮娥不嫁谁留?

谓经海底问无由,恍惚⑥使人愁。怕万里长鲸,纵横触破,玉殿琼楼。虾蟆故堪浴水⑦,问云何⑧玉兔解沉浮?若道都齐无恙,云何渐渐如钩?

注释

①《天问》:屈原所作的《楚辞》中的一篇,它是屈原思想学说的精髓,所问都是上古传说中无法理解的事情。

②可怜:可爱。

③天外:指天体以外。

④汗漫:广大,漫无边际。

⑤浩浩:广大的样子。中秋:指月亮。

⑥恍惚:这里是迷茫困惑、忧虑不解的意思。

⑦虾蟆:蟾蜍。故:本来,原本。

⑧云何:为什么。

译文

今晚的月亮煞是可爱,她一直悠悠地向西走,有谁知道她将去往哪里呢?难道是还有另外一个人间,那里刚好可以看到你渐渐东升?还是在那辽阔的天宇之外一无所有,仅有寥寥长风伴你前行?这美好的中秋月如同一面飞入天空的宝镜,高高地悬在空中,莫非是有人用一根无形的长绳把它系住了吗?月宫里的嫦娥一直未嫁,又是何人将她留住了呢?

传说月亮曾游过海底,然而却不知所为何故,这确实难以想象,令人惆怅。令我担心的是,月亮从海底经过时,若海里的万里长鲸横冲直撞,月宫的琼楼玉宇岂不是会被摧毁?会水的虾蟆暂且无事,然而月宫里的玉兔可怎么办呢?倘若只是我虚惊一场,那月亮为何渐渐变得好似弯钩?

赏析

在浩瀚的中国古典诗词长河中,咏月的诗词如浪花般不可计数,然而如苏东坡的《水调歌头》(明月几时有)那样,千载之后依然能够打动人心、令人耳目一新的诗词却为数不多。辛弃疾的这首以咏月为主题的《木兰花慢》词,在形式上仿照屈原《天问》体;在内容上,词人展开丰富的想象,大胆创新,避开常人咏月所选的悲欢离合、恋乡、思人、怀古等主题,而写前人未曾写过的送月,因而使得词作别具特色,成为咏月词中的经典之作。这里词人如同屈原那样,展开想象的翅膀,接连不断地对月发问。在这一连串的发问中,词人巧妙地将一些与月亮有关的神话传说和生动比喻组合在一起,描绘出一幅绚丽的图画,给人以美的享受。

词人开篇问道:"可怜今夕月,向何处,去悠悠?"即是说今晚的月亮煞是可爱,她一直悠悠地向西走,有谁知道她将去往哪里呢?接下来又问:难道是还有另外一个人间,那里刚好可以看到你渐渐东升?还是在那辽阔的天宇之外一无所有,仅有寥寥长风伴你前行?这美好的中秋月如同一面飞入天空的宝镜,高高地悬在空中,莫非是有人用一根无形的长绳把它系住了吗?这一系列问题,问得大胆巧妙,耐人寻味。传说后羿曾经从西王母那里得到了长生不老药,其妻嫦娥偷吃仙药后,离开人间,独自在广寒宫中居住。联想到此,词人又问:月宫里的嫦娥一直未嫁,又是何人将她留住了呢?传说月亮曾游过海底，然而却不知所为何故，这确实难以想象，令人惆怅。令我担心的是，月亮从海底经过时，若海里的万里长鲸横冲直撞，月宫的琼楼玉宇岂不是会被摧毁？会水的虾蟆暂且无事，然而月宫里的玉兔可怎么办呢？倘若只是我虚惊一场，那月亮为何渐渐变得好似弯钩？词人那想象的翅膀，时而掠过苍穹，时而沉潜海底，令我们恍如置身富于奇幻魅力的神话世界，满目绚烂与神奇。

辛弃疾的这首词，除了具有丰富的想象力和大胆的创新精神之外，还有其对客观自然现象的深入观察与思考。在诗词中，问月并非词人首创，而是古已有之。然而，多数人的问月诗词一般都只停留在问的层面，而辛词中的问月却进一步表达了词人对自然现象的大胆猜测。他在观察月升月落的天象时，已经大胆地猜测到月亮绕地球旋转这个科学现象了，这是具有超前意义的。因为直到三四百年后，波兰天文学家哥白尼才发现这个现象，并引发了天文学界的革命。

在宋代词人中，辛弃疾一向被视为豪放派的代表。他这首《天问》体《木兰花慢》词，就体现了其雄放恣肆、纵横跌宕、别开天地、横绝古今的豪放词风。该词通篇设问，一问到底，对月发出一连串的疑问，打破了词的上下阕的界限，在宋词中可谓独创

一格，体现了词人的大胆创新精神和风格多变的艺术气魄。在用韵方面，该词也饱含纵横恣肆的感情，读起来一气贯注，势如破竹。词中还运用了大量散文化句式，有利于思想感情的自由表达，增添了行文的磅礴气势。此外，该词还隐含着词人对国家命运的忧思。其中，如果把皎洁的圆月比做大宋江山的话，那么词中可谓处处都渗透着词人的隐忧。尤其是"怕万里长鲸，纵横触破，玉殿琼楼"三句体现了词人对误国误民的奸邪势力的强烈憎恶之情，深刻地流露出词人对南宋朝廷命运和前途的忧虑。

沁园春

将止酒，戒酒杯使勿近①。

杯汝来前，老子今朝，点检形骸②。甚长年抱渴，咽如焦釜③；于今喜睡，气似奔雷。汝说刘伶，古今达者，醉后何妨死便埋④。浑如此，叹汝于知己，真少恩哉！

更凭歌舞为媒，算合作人间鸩毒猜⑤。况怨无大小，生于所爱；物无美恶，过则为灾。与汝成言，勿留亟退，吾力犹能肆汝杯⑥。杯再拜，道"麾之即去，招则须来"。

注释

①此序意思是，我要戒酒了，警告酒杯不要接近我。
②点检形骸：检查和保养身体。
③抱渴：患酒渴病。焦釜：烧干了的锅。

④"汝说"三句：化用《世说新语·文学》记："（刘）伶字伯伦，沛郡人。肆意放荡，以宇宙为狭。常乘鹿车，携一壶酒，使人荷锸随之，云：'死便掘地以埋。'土木形骸，遨游一世。"

⑤"算合作"句：化用《后汉书·霍谞传》记："触冒死祸，以解细微，譬犹疗饥于附子，止渴于鸩毒。未入肠胃，已绝咽喉，岂可为哉。"

⑥成言：说定。亟：急。肆：古代处死的刑法，陈尸于市。

译文

酒杯，你不要再到我跟前来了，如今我要开始约束自己，保养身体。为什么我不喝酒就口渴、咽喉干涩，就像烧焦了的锅；如今又这样嗜睡，睡中鼻息如雷？酒杯，你却说："酒徒刘伶，可谓古今达观之人，却说醉死之后埋了就行。"诚然如此啊，但我们是多年的知己，你这种说法也太绝情了。

若以歌舞助兴，你就害人更甚，好比鸩毒。然而人间的怨恨不论大小，都往往由于贪爱而生；万物性态本无美丑，超过限度就会走向反面。所以，我跟你约定，你赶紧退下去，一会儿也不要滞留，我现在还有力气把你砸个粉碎。酒杯再三跪拜致礼，说："你挥手我就去，招手我即来。"

赏析

中国古代以酒为题的诗词很多，辛弃疾本人也写过大量的关于酒的诗词，但这首以戒酒为题的诗，采用与杯问答的方式，不但形式显得十分别致，而且内容上生动活泼，语言通俗幽默，显示了辛弃疾的诗词的另一种风格。

该词作于庆元二年（1196），辛弃疾当时已经57岁，罢

职后闲居于瓢泉。词人通过描述自己训斥酒杯的行为,描画了自己的生活状态,并以此表达了自己的苦闷之情和对南宋朝廷的失望之情。

这首词的小序"将止酒,戒酒杯使勿近"就显得不俗:自己要戒酒,却训诫酒杯不要靠近自己。这就营造出一种诙谐幽默、轻松活泼的气氛。上阕,一开始是词人向酒杯讲述其戒酒的原因。词人以命令的口气对杯子说话,一方面符合"'戒'酒杯勿近"的主题思想,另一方面以这样主仆对话的形式,显得居高临下,妙趣横生。"老子",即"老夫",为词人自称。词人用"咽如焦釜"、"气似奔雷"来夸张地描述喝酒对自己身体的危害,然后复述酒杯的辩解并加以驳斥。酒杯举出刘伶的例子来为喝酒辩解,认为喝酒应该像刘伶那样爽快豁达。词中的"我"显得理屈词穷,不得不承认酒杯说的有理,但仍然责备酒杯对知己没有恩情。这里表面上是"我"与"酒杯"对答,但"我"与"酒杯"的所思所言其实都是词人自己的思想,体现了其内心的矛盾。

从上阕的对答来看,喝酒的思想略占上风。下阕"我"抛开上片的话题,"止酒"的主意已定,接着指出饮酒的危害:沉溺于歌舞,猜来也算得人间的剧毒了。这里词人用"猜"字,表明他并没有真正认为这是"人间鸩毒",在谴责之中流露一种爱恨交加之情。"况怨无小大,生于所爱;物无美恶,过则为灾。"意为何况怨恨不论大小,常由贪爱而生;即使是再美好的事物,贪恋过度就会成损害。最后,"我"下了"最后通牒":"与汝成言:'勿留亟退,吾力犹能肆汝杯。'"意为今天跟你说定:勿留急去,不然我尚有力把你砸碎!酒杯则拜了主人两次,说:"麾之即去,招亦须来。"意为让我离开就离开,需要我回来就回来。至此,酒杯在词人的怒喝下退去,词人看似戒酒成功,这一戏剧性的结果却耐人玩味。但稍加分析酒杯最后的回答,我们就会发现,因为一开始"我"寄希望于"酒杯勿近"而戒酒,但最后酒杯的表态是"招亦须来",可见词人的戒酒只是暂时的。该词在纵性放诞中,表现出其政治失意的苦闷之情。

沁园春·带湖新居将成 [1]

三径初成,鹤怨猿惊[2],稼轩未来。甚云山自许,平生意气;衣冠人笑,抵死尘埃[3]。意倦须还,身闲贵早,岂为莼羹鲈脍哉[4]?秋江上,看惊弦雁避,骇浪船回。

东冈更葺茅斋[5]。好都把、轩窗[6]临水开。要小舟行钓,先应种柳;疏篱护竹,莫碍观梅。秋菊堪餐,春兰可佩[7],留待先生手自栽。沉吟久,怕君恩未许,此意徘徊。

注释

①此词作于淳熙八年(1181)秋,当时稼轩任江西安抚使。带湖:位于江西上饶。湖狭长。1181年初,词人开始营地

造居所。词人在此建园林房舍,辟稻田一片,以备来日躬耕,还在田边造屋,取名"稼轩",且自号"稼轩居士"。

②三径:指代隐者的居所。鹤怨猿惊:化自孔稚珪《北山移文》:"蕙帐空兮夜鹤怨,山人去兮晓猿惊。"

③甚:因何。衣冠:代指官员。抵死:至死都,一直。尘埃:世间、尘世。

④意倦:化自陶渊明《归去来兮辞》:"鸟倦飞而知还。"莼羹鲈脍:指代家乡美味。

⑤葺茅斋:盖茅草屋那样的书斋。

⑥轩窗:门和窗。

⑦秋菊:隐喻品行高洁。春兰:喻志行高洁。

译文

院中小路刚刚修成,带湖的仙鹤老猿都埋怨惊怪稼轩为何至今还不搬进新居。我一向不合时宜,以隐居山林自许,为何却还一直在污浊的尘世为官,令先人贤士耻笑呢!对官场感到厌倦就应离去,若要清闲自在就需早日抽身,难道只是为了家乡的美味吗?你看那秋江之上,大雁听到弦响惊得四散而逃,小船遇到风浪忙回岸边。

在东冈上盖一个茅草屋那样的书斋,最好是把窗户都开在朝向湖水的一面。如果在小船上钓鱼,应先种好柳树;设置篱笆保护竹枝,可不要妨碍观看梅花。秋菊能吃,春兰可以佩带,这些都留着等待先生你亲自栽种。思考了很久(要这样做),但是又怕君王不允许,所以长时间踌躇未能下定决心。

赏析

辛弃疾毕生以抗金报国、金瓯一统为己任,然而他却屡遭贬斥、壮志难酬。南宋朝廷苟且偷安、不思进取,不重用有志之士。

为此他深感前途黯淡、宦途险恶、朝不保夕。为了以后打算，他在江西任上时，就在上饶城北带湖之畔，修建了一处居所，以作退隐之处。他把居所命名为"稼轩"并自号为"稼轩居士"，可见其去官归隐之心已定。这首词就是作于他退隐前的一年，即淳熙八年（1181），此时其新居即将建成，该词反映了他当时感慨万千的复杂心情。

上阕写词人产生了辞官归隐的想法。开篇从新居写起，"三径初成"，即退隐之所即将建成，词人尽管官场失意，此刻也感到一丝欣慰。然而词人并未直接道出这一心理，而是借"鹤怨猿惊"婉转地表达了出来。"稼轩未来"暗示了词人盼望自己早日归隐。接下来四句直接写词人的主观想法：既然我平生的志趣是隐居山林，为何我还一直在污浊的尘世为官，令先人贤士耻笑呢！然而，这只是辛弃疾在屡遭官场失意之后的自嘲罢了，体现了词人深深的无奈。"意倦须还，身闲贵早，岂为莼羹鲈脍哉？"这是说词人对丑恶的官场和现实已感到厌倦和绝望，又不愿与他们同流合污，既然以己之力无法改变现实，还不如早日急流勇退，免得有朝一日遭人驱逐；况且词人也并非像因眷恋家乡味美的鲈鱼脍、莼菜羹而弃官还乡的张翰那样，既然问心无愧，又何苦"抵死尘埃"呢？这几句，既表达了词人光明磊落的胸怀，也暗示了词人与南宋统治集团之间的矛盾已不可调和。"意倦须还"句，表明词人辞官归隐之意已定，不愿再为苟且偷安的朝廷效力；"岂为"句，说明他退隐并非贪恋安逸，而是出于无奈；而"身闲贵早"中的"贵早"二字最值得细心体味。一方面，这种欲归之心恰好与前文表露的对新居的向往之情呼应，另一方面，是词人已无法忍受朝廷中的一些小人对他的诋毁和迫害，他甚至预感到可能会有一场新的迫害来临。因此，词人认为，还是趁早退隐、走为上策。最后三句"秋江上,看惊弦雁避,骇浪船回",则很明显地表达了这一隐忧,可见词人辞官归隐其实是为了避祸,这就如同鸿雁听到弦响而逃散,船只遇到风浪而回避一样。

下阕仍然围绕即将落成的新居,写词人想象退隐后的生活。既然新居还没有完全建成,所以就需要进一步完善。"东冈更葺茅斋。好都把、轩窗临水开"二句,是说在东冈再建一幢茅屋作为书斋,把窗户都开在临水的一面,这样既有以"云山自许"的雅致,又很好地照应题目中的"带湖"二字。"要小舟行钓,先应种柳",描绘出了一种"小舟撑出柳阴来"的画境,体现了词人对官场生活的厌倦,对宁静的乡村生活的向往。下文写竹、梅、菊、兰,一方面体现了词人的生活情趣,另一方面也隐喻了词人的品格和节操。古人认为菊花可以吃,兰花可以戴,词人说他一定要亲手把它们栽种起来。这两句表面是在写花,实则是言志之语,屈原被楚王放逐以后餐菊佩兰,词人打算像志行高洁的屈原那样洁身自爱。然而辛弃疾当时还在朝为官,作为一心为国的忠臣,虽然可以坚持自己的理想节操,但何时能辞官归隐却不是自己能够决定的。因而他说:"沉吟久,怕君恩未许,此意徘徊。"这三句流露出了词人内心的挣扎和矛盾,初看似乎与上文不符,但仔细体味却又合乎情理。辛弃疾以收复中原为己任,如今壮志未酬本不愿意辞官,他说"怕君恩未许",一方面说明他对腐朽的南宋朝廷仍抱有不切实际的幻想;另一方面,更进一步体现了他时刻不忘收复大业、一心为国的赤诚之心。

沁园春

戊申岁①，奏邸忽腾报，谓余以病挂冠②，因赋此。

老子平生，笑尽人间，儿女怨恩③。况白头能几，定应独往④，青云得意，见说长存⑤。抖擞衣冠，怜渠无恙，合挂当年神武门⑥。都如梦，算能争几许，鸡晓钟昏⑦。

此心无有新冤⑧。况抱瓮、年来自灌园⑨。但凄凉顾影，频悲往事⑩，殷勤对佛，欲问前因⑪。却怕青山，也妨贤路，休斗尊前见在身⑫。山中友，试高吟楚些，重与招魂⑬。

注释

①戊申岁：南宋孝宗淳熙十五年（1188），时年稼轩四十九岁，已隐居上饶七年。

②奏邸忽腾报，谓余以病挂冠：奏邸，邸报及官员中传抄的诏令章奏等，后世将政府官报称做邸钞、阁钞。挂冠，辞官归去。这两句意为朝廷的奏章和京城中传抄的邸报中忽然传出了我因病辞官的消息。

③笑尽人间，儿女怨恩：不去计较那些人世间的冷暖恩怨。这是说词人不去计较别人传言他因病辞官之事。

④白头能几，定应独往：独往，指隐居田园。这两句意为自己已经满头白发，时日无多，有一天一定要归隐山林。

⑤青云得意，见说长存：据说富贵荣华会永世长存。

⑥"抖擞衣冠"三句：整理一下朝服官帽，还好它们都未破损，想当初它们正应挂在神武门上。

⑦"都如梦"三句：人生如梦，被劾或是辞官其实差不

多,只不过是时间早晚不同而已。

⑧此心无有新冤:如今我的心里并没有任何仇冤。

⑨抱瓮、年来自灌园:指辞官归隐。

⑩"但凄凉顾影"二句:经常顾影自怜,因往事而伤怀。

⑪前因:佛家用语,即任何结果都是由此前所为造成的。

⑫"却怕青山"三句:只是担心退隐之后,仍然有碍别人升官,不要只顾现在饮酒作乐,意思是说怕归隐之后仍会受到他人的诬陷打击。

⑬"山中友"三句:山中隐居的友人,为了给我招魂,又一次高声朗诵《楚辞》。词人于七年前就被罢职,如今奏邸却又传出其因病辞官的传言,因而朋友们只好再赋诗招他归来了。

译文

我这一生,不去计较人世间的冷暖恩怨。何况我已经满头白发,时日不多,一定会归隐山林;据说富贵荣华是可以永世长存的。整理一下昔日的官服官帽,还好它们尚未破损,想当初它们应该挂在神武门上。人生如梦,算起来相差无几,只不过晨昏交替罢了。

如今我的心里没有任何仇冤，更何况我已退隐多年。只是我常常顾影自怜，因往事而伤怀；我一心奉佛，想知道前生的因由。只是担心退隐之后，仍然有碍别人升官，不要只顾现在饮酒作乐。山中隐居的友人，为了给我招魂，又一次高声朗诵《楚辞》。

赏析

这首词作于淳熙十五年（1188），时年稼轩四十九岁，闲居上饶。

淳熙八年（1181），辛弃疾被罢职，至淳熙十五年，他已闲居在家七年。然而此时，朝廷的官报中却流传出他"以病挂冠"之事，这令他觉得可笑又可恨，故而写下此词。

在词中，辛弃疾写了七年来归隐生活的深切感受。他说"青云得意，见说长存"，其实是正话反说，在他眼里，荣华富贵、名利地位都如同过眼烟云，是不能永世长存的。他觉得官场中的尔虞我诈、明争暗斗，没有任何意义，到头来一切都将逝去。对于自己的隐退，他从不后悔。词中"白头能几，定应独往"，"抖擞衣冠，怜渠无恙，合挂当年神武门"之语都体现了他的归隐之心。虽然其间词人也有过矛盾和挣扎；也曾顾影自怜、感慨伤怀；

也曾一心向佛,"欲问前因";也害怕因归隐而被人误解诬陷,但最终词人看淡了一切,不去计较世间的恩恩怨怨,如同苏轼那般,认为人生"也无风雨也无晴"。最后三句"山中友,试高吟楚些,重与招魂",可见其归隐田园的坚定,同时也是词人对奏邸传言的嘲讽和有力回击。

念奴娇

登建康赏心亭,呈史留守致道①。

我来吊古,上危楼,赢得闲愁千斛②。虎踞龙蟠③何处是?只有兴亡④满目。柳外斜阳,水边归鸟,陇上吹乔木。片帆西去,一声谁喷霜竹⑤?

却忆安石风流,东山岁晚,泪落哀筝曲⑥。儿辈功名都付与,长日惟消棋局⑦。宝镜难寻,碧云将暮,谁劝杯中绿⑧?江头风怒,朝来波浪翻屋⑨。

注释

①作于辛弃疾任建康通判时。赏心亭:位于建康(今江苏南京),据《景定建康志》记载:"赏心亭在水门城上,下临秦淮,尽观赏之胜。"辛弃疾尤其爱登临此亭远眺。留守:即行宫留守之职。南宋初,高宗曾一度在建康留驻,因而称建康为行宫。

②"我来"三句:危楼,高楼,指赏心亭。斛,古代的计量单位,十斗为一斛。此三句意为登亭凭吊古代遗迹,却触发起内心的无限愁绪。

③虎踞龙蟠：据说诸葛亮曾谓金陵地形为："钟山龙蟠，石城虎踞。真帝王之都也。"

④兴亡：指六朝遗迹。金陵（建康）曾经是吴国、东晋及南朝的宋、齐、梁、陈等朝代的都城。

⑤"柳外"五句：此五句写登亭所见之景。陇上，田埂，这里指代田野。喷霜竹，指吹笛。语出黄庭坚《念奴娇》："孙郎微笑，坐来声喷霜竹。"霜竹，秋天的竹子，代指竹笛。

⑥"却忆"三句：安石，东晋政治家谢安的字。此处用的是谢安的典故。一次孝武帝设宴招待大将桓伊，谢安也在座。桓伊抚筝为孝武帝弹一曲《怨诗》："为君既不易，为臣良独难。忠信事不显，乃有见疑患。"谢安闻歌而潸然泪下。

⑦"儿辈"二句：这里反用典故，说谢安让儿辈们去建功立业，自己则以下棋消磨时光。

⑧"宝镜"三句：词人一片赤诚之心却苦无知音，报国无门，苦闷之时只能借酒浇愁。

⑨"江头"二句：江边阴风怒吼，风起浪涌，仿佛要掀翻房屋。

译文

今天我来凭吊古迹，登临高高的赏心亭，顿生满腹愁绪。曾经虎踞龙盘的金陵帝都在哪里呢？眼前唯有一片萧条破败的六朝遗迹。黄昏之中衰柳低垂，江边水鸟正在回巢，田野里风吹树林，孤帆渐渐西去，是谁在船上用笛子吹奏哀怨之曲？

遥想当年谢安风流潇洒，晚年隐居东山。他听了桓伊为孝武帝弹的一曲《怨诗》，忍不住伤心落泪。让儿辈们去建功立业，自己则以下棋消磨时光。难以找到宝镜，暮色将全，谁来劝我多喝几杯?举目望去,江头狂风怒吼,风急浪高,直有掀翻房屋之势。

赏析

该词作于宋孝宗乾道四年(1168),辛弃疾时任建康(今南京)通判,此时他已南归七年有余。而南宋朝廷却一直偏安一隅,辛弃疾力主抗金复国,却受到朝中议和派的排挤打击。词人内心无比愤懑,因而常常登临建康赏心亭,有一次触景生情,遂作此词,并呈送建康行宫留守史致道。

上阕侧重于吊古伤今。开篇"我来吊古,上危楼,赢得闲愁千斛"三句,言词人登临赏心亭,触景生情,生发无限感慨。"闲愁",不过是词人轻描淡写内心的忧愤,其实他的忧愤非常深重。"千斛",形容愁苦之多。接下来词人自问:"虎踞龙蟠何处是?"隐含着词人今不如昔的感慨,同时也流露了词人对南宋朝廷的谴责之意。"只有兴亡满目"的回答饱含感情,给人一种萧瑟凄凉之感,词人大声疾呼、痛苦欲绝、义愤填膺的形象跃然纸上。"兴亡"是偏义词,侧重于"亡"字,即破败不堪的景象。"柳外斜阳"五句,具体描绘"兴亡满目"之景,渲染了一种国势渐衰的悲凉气氛。

下阕侧重于表现词人壮志难酬、无法实现抗金复国之梦的愁苦,以及对国家前途的忧虑。从艺术手法上分析,下阕可分为三部分,前五句为曲笔,次三句直抒胸臆,最后两句为比喻。各层次虽然笔法各异,但却能相辅相成,浑然一体。"却忆安石风流"五句,借用谢安(安石)的典故,委婉地表达了词人因忧心国事而不能安逸隐居的感慨,也包含着词人壮志未酬、虚度年华的苦闷。"宝镜"三句,词人从写历史转而写现实,感慨其忠心不为人知、知音难觅。这里的感情基调虽然悲愤沉郁，但词句却含蓄蕴藉，优美动人。

八声甘州

夜读《李广传》①，不能寐。因念晁楚老、杨民瞻约同居山间，戏用李广事，赋以寄之。

故将军饮罢夜归来，长亭解雕鞍②。恨灞陵醉尉，匆匆未识，桃李无言③。射虎山横一骑，裂石响惊弦。落魄④封侯事，岁晚田间。

谁向桑麻杜曲，要短衣匹马，移住南山⑤。看风流慷慨，谈笑过残年。汉开边、功名万里，甚当时、健者也曾闲⑥。纱窗外、斜风细雨，一阵轻寒。

注释

①《李广传》：指《史记·李将军列传》。李广，西汉著名将领，有"飞将军"之称。作者"夜读《李广传》"而无法入睡，可见其情绪非常激动。

②雕鞍：精雕的马鞍，以马鞍的精致衬托将军的身份。

③桃李无言：出自《李将军列传》："太史公曰：余睹李将军，悛悛如鄙人，口不能道辞……谚曰：'桃李不言，下自成蹊。'此言虽小，可以喻大也。"此句是以民谚赞颂李广将军。

④落魄：指困窘失意。此处指李广未被封侯之事。

⑤"谁向桑麻杜曲"三句：概括杜甫《曲江三章》诗意，表示不去杜曲种桑麻，要像李广一样射虎南山。

⑥闲：闲居。

译文

有一次，李广夜间饮酒回来，路上在灞陵亭休息。然而酒醉的灞陵尉在仓促之间却没有认出李广；李广威名远扬，受到人们的交口称赞。他力大无穷，有一次出猎时射箭"中石没镞"，石头被射中时弓弦惊响。当年，李广英雄盖世、屡立战功，如今却不被重用，罢官闲居。

他不愿退隐闲居，情愿匹马横枪，战死沙场。想当年，汉王朝开疆拓土，李广战功赫赫，如今却在家乡闲居。窗户外斜风吹着细雨，十分萧条凄凉，一阵阵的凉意袭来。

赏析

此词作于辛弃疾罢官闲居上饶之时。序中说"夜读《李广传》，不能寐"，因而词人引用李广的典故，写下了这首词，寄给他的故交晁楚老和杨民瞻。上阕概括介绍了李广的两件轶事。前六句出自《李将军列传》，写的是李广罢居家中时受辱于灞陵醉尉。"射虎"二句，写李广某次出猎时射箭"中石没镞"的神力。"落魄"二句，写作者对李广最终结局的感叹，于是引出下阕的感慨。

"谁向"五句，化用杜甫《曲江三章》其三"自断此生休问天，杜曲幸有桑麻田，故将移住南山边。短衣匹马随李广，看射猛虎终残年"的诗意。作者在杜诗前冠以"谁向"二字，表明自己不愿闲话桑麻，就此了却余生，而是要追随李广，即使罢居，也要关心国事，表明自己决不会改变坚决抗金的初衷而与朝廷中苟安之辈同流合污。"汉开边"四句借古述今，同时也是对自己的劝慰。汉朝重视边防，很多人因边功而取得功名，但仍然还有李广这样的猛将被等闲视之，不得封侯。此时南宋小朝廷的国势自然无法与大汉的神威相比，那么自己与李广的遭遇一样也就没有什么奇怪的了。末三句暗用苏轼《和刘道原咏史》"独掩陈编吊兴废，窗前山雨夜浪浪"的诗意，以景作结，点出咏史的主旨，让人有即景生情之感，增强了艺术感染力。

水调歌头

舟次扬州，和杨济翁①、周显先②韵。

落日塞尘起，胡骑猎③清秋。汉家组练④十万，列舰耸层楼。谁道投鞭飞渡⑤，忆昔鸣髇血污⑥，风雨佛狸⑦愁。季子⑧正年少，匹马黑貂裘。

今老矣，搔白首，过扬州。倦游欲去江上，手种橘千头。二客东南名胜，万卷诗书事业，尝试与君⑨谋。莫射南山虎，直觅富民侯⑩。

注释

①杨济翁：南宋词人，名炎正，其原词《水调歌头》存于《西樵语业》之中。

②周显先：作者的朋友，生平不详。

③猎：此处指发动战争。

④组练：组甲练袍，这里指代军队。

⑤投鞭飞渡：据《晋书·苻坚载记》，前秦苻坚率军南侵东晋之时，曾大肆叫嚣："以吾之众，投鞭于江，足断其流。"但结果却是一败涂地。作者借此喻完颜亮大败之事。

⑥鸣髇血污：据《史记·匈奴传》载，匈奴头曼单于之子冒顿私下制造鸣镝，并对部下说："鸣镝所射而不悉射者，斩之。"后在一次出猎时，冒顿用鸣镝射杀头曼，部下也跟从他发箭，头曼被射杀。作者借此喻完颜亮被部下所杀之事。

⑦佛狸：北魏太武帝拓跋焘的小名。他南侵中原时受挫，最终被太监杀害。

⑧季子：战国著名策士苏秦，字季子。他曾身穿黑貂裘入秦游说。

⑨君：指杨济翁与周显先。

⑩"莫射"二句：用李广的典故。据《史记·李将军列传》载，李广曾"屏野居蓝田南山中射猎"，"广所居郡闻有虎，尝自射之"。另据《汉书·食货志》载，"武帝末年悔征伐之事，乃封丞相为富民侯"。李广生不逢时，空有一身武力，也没有被封侯，而丞相田中秋没有战功却被汉武帝封为"富民侯"。

译文

绍兴三十一年（1161）秋，金兵南侵。南宋王朝的十万精兵和无数战舰，威武地排列在长江上。谁说强大的金兵势不可挡，最终却被南宋军队击跨，完颜亮兵败身死。我年少时曾经和苏秦一样，满怀雄心壮志参加了抗金斗争。

如今我已年迈，摇着满头白发，经过扬州故地。早已厌倦了在官场中与那些议和派周旋，我要归隐山林。你们二位才华出众，博学多识，我很想告诉你们，与其像李广那样驰骋疆场，还不如去当一个安居乐业的富民侯。

赏析

这首词作于宋孝宗淳熙五年（1178），辛弃疾溯江西行，赴任湖北转运副使，小船停泊在扬州时，与友人杨济翁、周显先往来唱和词作，本词即是其中一首。

上阕是对以往的回忆。在完颜亮首次发兵南侵的时期，辛弃疾就开始了他的抗金生涯。词即从此写起，首句"落日塞尘起"先是营造气氛，将敌寇甚嚣尘上的气焰准确地渲染出来。接下来一句直接写战争，古代北方的胡人常常在秋高马肥的时节入侵中原，故云"胡骑猎清秋"。"汉家组练十万，列舰耸层楼"二句，紧接着写宋朝军队的情况，以"汉家"承接"胡骑"，自然地造成两军的对峙之势，渲染出一触即发的紧张气氛。接下来三句回忆了当年完颜亮南侵溃败被杀之事。完颜亮南侵期间，内部政治集团分裂，军事上挫折不断，士气涣散。当完颜亮下令金军三日内渡江南下时，激起了民愤，被部下杀害，这场战争也随之结束。"季子正年少，匹马黑貂裘"二句，作者以季子自比，突出了自己年少时以天下为己任的锐气。这样一个意气风发、虎虎有生气的少年英雄，与下阕"搔白首"的今日的"我"判若两人。

下阕转为"抚今"。上阕以"年少"结句，这里却发出"今老矣"的长叹，老少对比的愁闷顿时突显。接下来几句写作者对未来的安排，先写自己："倦游欲去江上，手种橘千头"，对于宦游早已疲倦，想归隐江上，种橘置业。从"二客东南名胜"到词尾，都是作者对友人的规劝：不要学李广那样在南山习射，只取个"富民侯"谋个安逸清闲好了。末二句是作者的愤懑之语，南宋朝廷放弃北伐，使得作者壮志难酬，他心中的激愤不言而喻，无论是"倦游欲去江上，手种橘千头"的打算，还是劝说友人"莫射南山虎，直觅富民侯"的劝说，都是正话反说，只为了发泄自己内心的不满和愁闷。

亲友篇

菩萨蛮·金陵赏心亭为叶丞相①赋

青山欲共高人②语,联翩③万马来无数。烟雨却低回④,望来终不来。

人言头上发,总向愁中白。拍手笑沙鸥,一身都是愁。

注释

①叶丞相:叶衡。《宋史·叶衡传》记载:"叶衡字梦锡,婺州金华人,绍兴十八年(1148)进士第。……知荆南、成都、建康府,除户部尚书,除签书枢密院事,拜参知政事。……拜右丞相兼枢密使。"《景定建康志》中记载:淳熙元年(1174)正月,叶衡帅建康,二月应召赴临安(杭州),稼轩为其帅属。叶衡尚未居相位,因而题中丞相之称应该是后来追加的。

②高人:品行高洁的人。

③联翩:接连不断、迅速。

④低回:犹豫徘徊。

译文

青山似乎想与高人交谈，它像千军万马一般接连不断而又迅疾地向人们奔来。渴望风雨到来，然而带雨的浓云却在山头之间徘徊，雨终究没有落下来。

据说头发变白，皆是因为内心忧愁。我拍手讥笑江上的沙鸥，因为在风雨之前它似乎全身都是忧愁。

赏析

这首词作于淳熙元年（1174）初春。时叶衡于建康任江东安抚使，稼轩为江东安抚司参议官。《景定建康志》记载：淳熙元年正月，叶衡帅建康，二月应召赴临安（杭州），后拜右丞相兼枢密使。因而词里的"丞相"应该是后来加上去的。词人时年三十五岁，南归十二余年，依然壮志未酬，登亭远眺，不禁感慨万千。

上阕写登高的所见所感。据《景定建康志》记载，赏心亭"在（城西）下水门之城上，下临秦淮，尽观览之胜"。"青山欲共高人语，联翩万马来无数"两句由山写到人，开篇点题。高人即品行高洁的人，这里指叶衡。青山有义，高人难求。叶衡一登上赏心亭，那巍峨的青山就好像万马奔腾一般，接连不断地向他跑来，似有千言万语要向他诉说。这里的写法比较独特，不说人眺望远山，反说山向人奔来，化静为动。同时，这也很好地突出了人物的高大形象。词人为何对叶衡大加赞赏呢？这是因为叶衡才华出众且主张抗金复国，与词人志同道合。《宋史·叶衡传》说他"得治兵之要"。而叶衡对词人也极为赏识，除了推荐词人任江东安抚司参议官之职外，还向朝廷极力推荐，认为他"慷慨有大略"。可见对于词人而言，叶衡不仅仅是治国良才，更有知遇之恩，他怎能不讴歌感激呢？"烟雨却低回，望来终不来"两句笔锋突转，借细密清婉的烟雨之景，来表现词人内心的无限怅惘和感慨，言有尽而意无穷。叶衡虽然主战，却势单力孤，遭到主和派的极力反对。词人金瓯一统的壮志难以实现，他也由希望渐渐失望。在词人眼里，那巍峨的青山像奔腾的万马，更像冲锋陷阵的铁骑。这是因为词人非常渴望能驰骋疆场、奋勇杀敌。在这里，"烟雨"隐喻了词人急切盼望南宋朝廷出师北伐的情景。然而，青山隐隐，烟雨却"望来不来"。这里极写失望之深。虽未言愁，而愁情满怀；虽万分感慨，而犹含蓄蕴藉。

下阕，在内容上由眺望青山转而写江上之沙鸥，感情基调由怅惘陡转为诙谐，这看似突兀，实则与上阕一脉贯通。"人言头上发，总向愁中白。拍手笑沙鸥，一身都是愁"是说据说头上的白发皆是因愁而生。若果真如此，那么水上的沙鸥通体皆白，岂不是一身都是愁吗？词人突发奇想，而且拍手笑之，下笔轻快，好像把上阕低回失望的感慨一扫而光了；然而仔细体味，就会发现词人内心的积郁丝毫未减，这如烟雨一般的"愁"无处不在而又挥之不去。头上的白发并非皆因愁而生；而沙鸥天生一身洁白，与愁毫不相干。词人故意这样说，在看似幽默洒脱的谑笑之中更隐藏着欲解不能解的无边哀愁。显而易见，"一身都是愁"的是人而非鸟。"拍手笑沙鸥"中的欢笑虽然打破了沉寂阴郁的气氛，却又转瞬即逝；而"一身都是愁"却似乎定格在最后的画面中，久久不散。白居易《白鹭诗》中有类似的诗句："人生四十未全衰，我为愁多白发垂。何故水边双白鹭，无愁头上也垂丝。"辛词大概正是化用此诗之意，却用得更为深切。两处虽都言愁，相比之下，白诗直，辛词晦。且辛词多了"拍手笑"之语，显得更为生动。此外，此处的"一身都是愁"

也与上阕"烟雨却低回,望来终不来"暗合,都是曲笔写愁,愈显愁之深。

贺新郎

陈同甫①自东阳来过余,留十日。与之同游鹅湖,且会朱晦庵于紫溪②,不至,飘然东归。既别之明日,余意中殊恋恋,复欲追路,至鹭鸶林,则雪深泥滑,不得前矣。独饮方村,怅然久之,颇恨挽留之不遂也。夜半投宿吴氏泉湖四望楼,闻邻笛悲甚,为赋《乳燕飞》③以见意。又五日,同甫书来索词,心所同然者如此,可发千里一笑。

把酒长亭④说。看渊明、风流酷似,卧龙诸葛。何处飞来林间鹊,蹙踏松梢微雪。要破帽、多添华发。剩水残山无态度,被疏梅、料理成风月。两三雁,也萧瑟。

佳人⑤重约还轻别。怅清江、天寒不渡,水深冰合。路断车轮生四角⑥,此地行人销骨。问谁使、君来愁绝?铸就而今相思错,料当初、费尽人间铁⑦。长夜笛,莫吹裂。

注释

①陈同甫:陈亮,字同甫,喜谈兵,是辛弃疾的好友。
②朱晦庵:朱熹。紫溪:在今江西省铅山县南四十里。
③《乳燕飞》:"贺新郎"别名。
④长亭:古路旁的亭舍,常用作饯别处。

⑤佳人：即佳士，这里指陈亮。

⑥车轮生四角：喻无法前行。

⑦"铸就"三句：孙光宪《北梦琐言》记载，罗绍威"忽患脚疮，痛不可忍，意其为牙军为祟。乃谓亲吏曰：'聚六州四十三县铁，打一个错不成也。'"这里是说鹅湖之会犹如耗尽人间之铁铸就一把相思错刀，极言情谊之深。

译文

在驿亭饮酒话别。你的文才风度既像陶潜，又像诸葛亮。不知从何处飞来的林间鹊，站立在松梢微雪上，那纷纷惊落的白雪飘到旧帽上，好像人又多添了些白发。水瘦山枯，四野凄凉，只有稀疏的几枝梅花妆点风光。那掠过长空的两三只雁儿，不成队形，徒给人以萧瑟之感。

你信守承诺与我相会，却又急于告别而去。惆怅那清江因天寒水深而冰冻，行人已无法渡过。而道路上也雪深冰滑，车轮像长了角似的转动不了，此地只有我难耐这离愁别绪。不禁问，何人才能使你的愁怨断绝？鹅湖之会似乎耗尽了人间之铁，铸就了一把相思错刀。漫漫长夜，不要把笛给吹裂了。

赏析

本词写于宋孝宗淳熙十五年（1188）冬末，辛弃疾在江西上饶闲居期间。当时，陈亮由故乡浙江永康来拜访作者。两人相见后无论是游览、痛饮，还是谈论国家大事，无论是欢笑还是忧愤，都极为投契。因此陈亮居住了十几天才告辞。作者因别后思念陈亮，便赋此词以寄之。作者将陈亮视为知己，在词中表达了对他深深的敬慕，也对当权者苟且偷安、国势逐渐衰微的状况表示了担忧。

词的上阕描写了长亭送别时的凄凉景象和作者内心的苦楚。

作者先描述了两人在驿亭把酒话别的场景，彼此都说了很多互相赞许的话。"看渊明"三句是作者赞叹陈亮既有陶潜那样的文才，又有诸葛亮那样的武略。"何处飞来林间鹊"三句，转写个人和国家的命运。最后几句语意双关，看似写冬天之景，实则暗写偏安一隅、无心收复中原的南宋朝廷最终只能使江山残破。景中含情，蕴涵了作者无限的忧国忧民之情。

词的下阕述说了作者追友人不及的遭遇和别后的难舍之情。"佳人重约还轻别"是指作者一方面赞许陈亮"重约"来会，一方面又说他急于挥别。后面"怅清江"、"路断车轮"等句极力铺陈和渲染，之后则用"问谁使"的设问句，委婉说出了陈亮（兼自己）的万般愁怨。这愁怨既因与友人别离造成，更是因国家日渐衰微的状况以及他们在南宋朝廷中的不幸遭遇而引发的。词的最后几句化用了典故，表明在那样腐朽阴暗的年代，就算是虎胆英雄也只能发出撕天裂地的呼喊。

整首词即事写景，又兼抒情，感情真挚浓厚，忧愤深沉宽广。从这首词开始，作者和陈亮接连唱和了五首，实属中国文学史上的一段佳话。

酒泉子

流水无情，潮到空城头尽白①，离歌一曲怨残阳。断人肠。

东风官柳舞雕墙。三十六宫花溅泪②，春声何处说兴亡。燕双双。

注释

①流水：即长江。潮到空城头尽白：空城是指石头城，即建康（南京）。唐刘禹锡《金陵五题》："山围故国周遭在，潮打空城寂寞回。"

②三十六宫花溅泪：帝王不在，宫中的百花也已凋零。唐骆宾王《帝京篇》："汉家离宫三十六。"杜甫《春望》："感时花溅泪，恨别鸟惊心。"

译文

长江之水无情地击打着城墙，离情别绪使人头生白发。这悲伤的离歌，怨恨残阳无情西下，令人听了愁肠欲断。

东风之中的离宫别院，宫柳在宫墙上空舞，群花早已凋零。此情此景，让人无从说起历史上的兴亡盛衰；眼前只有成双成对的燕子飞来飞去。

赏析

这是一首送别词，约作于淳熙元年。辛弃疾在建康送别友人，满怀离情别绪，遂作此词以抒怀，同时借景抒情，感慨历史兴亡。

上阕写离情别绪，"流水无情"、"离歌一曲"，都表达了词人送别友人时的不舍与伤感。词人恨"流水"、怨"残阳"，皆是因愁肠欲断、无可奈何。下阕感慨历史兴亡，"雕墙"、"三十六宫"，是历代王朝的遗迹，也是历史兴亡的见证。乍看东风舞柳，宫墙依旧；细品则人事俱非，无限凄凉。同大多数感慨兴亡之作一样，词人感慨历史其实是为了感慨现实。

该词由送别引出兴亡之叹，写得曲折而深沉，字里行间渗透着词人对社会现实的深沉的忧虑。

水调歌头·寿赵漕介庵①

千里渥洼②种，名动帝王家。金銮③当日奏草，落笔万龙蛇。带得无边春下，等待江山都老，教看鬓方鸦④。莫管钱流地，且拟醉黄花⑤。

唤双成⑥，歌弄玉⑦，舞绿华⑧。一觞为饮千岁，江海吸流霞⑨。闻道清都帝所，要挽银河仙浪，西北洗胡沙⑩。回首日边⑪去，云里认飞车。

注释

①赵漕介庵：赵彦端字德庄，自号介庵居士。赵介庵时任驻建康的江南东路计度转运副司，为当朝皇帝的宗室，辛弃疾

的朋友。漕，漕司，管理催征税赋、出纳钱粮、办理上供以及漕运等事的官署或官员。北宋称转运司，南宋称漕司。

②渥洼：水名，位于今甘肃省安西县，盛产千里马。据《汉书·武帝纪》载："元鼎四年六月，得宝鼎后土祠旁，秋，马生渥洼水中，作《宝鼎》《天马》之歌。"

③金銮：即金銮殿。

④鬓：鬓发。鸦：乌鸦。

⑤黄花：指菊花。

⑥双成：即董双成，西王母的侍女。

⑦弄玉：秦穆公之女，传说她能吹箫引凤。

⑧绿华：即萼绿华，据《真诰·运象篇》载："南山人，青衣，颜色绝整。"

⑨觞：盛酒器。流霞：仙酒名。

⑩胡沙：此处指金人。

⑪日边：指皇帝身边。

译文

你如同千里马般出众，声名惊动了当朝；你在金銮殿为皇帝制诰诏书时，落笔万言，如走龙蛇，颇有文采；你体恤民情，给百姓带来了春天般的温暖；即使江山都老了，希望你的鬓发依然如乌鸦羽毛一样黑；你像刘晏一样会理财，使江南富庶繁华，宴席之上先不管这些，还是畅饮观赏菊花吧！

祝寿宴席上美人往来、歌舞升平，为你敬一杯酒，愿你寿比南山。天宫要派遣壮士手挽银河，用滔滔的仙浪洗刷西北的胡沙。在人们"回首"之间，你已乘坐着飞车消逝于天地云间，回到皇帝的身边。

赏析

该词为祝寿之作,也是辛弃疾的早期词作之一。这首词不像宋代大多数祝寿词那样流于应酬和恭维,而是饱含词人满腔的忧国之情和勉励友人抗金之意。

上阕,辛弃疾对赵彦端的风采和才干大加赞赏。开篇"千里渥洼种,名动帝王家"将其比做出色的神马,极力赞扬他的人品和才识,这也奠定了全词的浪漫基调。下面两句则紧承上文,通过赵彦端在金銮殿里起草奏章的情形,具体写他的非凡才干。"带得无边春下"写其品格之美,措辞浅白而意蕴深厚、不落俗套,可谓奇思妙想,气象不凡。"等待江山都老,教看鬓方鸦"是词人对赵彦端的祝福,希望他能够青春永驻、大展宏图。末二句用典,用意颇深:赞美赵像刘晏一样在理财方面政绩卓著,最后以"且拟醉黄花"作结,暗含着词人为赵不被重用的不平之意。

下阕内容可以分为两个部分。前五句为一层,其后为一层。前三句以三位能歌善舞的仙女比喻祝寿宴席上歌舞升平的场面,词人用节奏紧迫的短句迭出,给人以目不暇接之感。"一觞"二句,承接上句,显示出作者的豪迈气度。"闻道"三句,转而写时事,这一层也是全词的主旨所在。后二句出自杜甫《洗兵行》:"安得壮士挽天河,净洗甲兵长不用。"意思是天宫要派遣壮士手挽银河,用滔滔的仙浪洗刷西北的胡沙,也就是说皇帝要北伐,将金人驱逐出中原大地。词人认为,国难当头,有志之士理应报效国家。而赵彦端作为宗室中的佼佼者,自然会被召回"口边"。末两句是作者对赵的殷切希望,他希望寿主能受到皇帝大用、一展雄才,也体现了词人期待朝廷北伐、渴望报效国家的用心。

该词作于词人二十九岁之时,词人将慷慨热烈的豪情和殷殷期望与祝寿的主题巧妙地结合在一起。在表现手法上,该词几乎通篇用比体,以天界写人间,运用神话和典故来表情达意,构思奇特,文采奇丽,具有浓郁的浪漫色彩。在抒情效果上,该词有隐处,也有秀处,妙用了"清都帝所"、"日边"等语词的多意性,使奇思丽想融化在浑然天成的运笔之中,全词跌宕豪放而又不失含蓄蕴藉之美。

鹧鸪天

唱彻《阳关》①泪未干,功名余事且加餐②。浮天水送无穷树,带雨云埋一半山。

今古恨,几千般,只应离合是悲欢?江头未是风波恶,别有人间行路难。

注释

①《阳关》:人们将唐王维诗《渭城曲》配乐传唱,即有名的《阳关三叠》。这里代指送别的歌曲。

②且加餐:化用《古诗十九首》"弃捐勿复道,努力加餐饭"之句,是愤激之词。

译文

唱完送别的歌曲,泪水还未干,功名利禄都是身外之物,还是多吃饭吧。天边流水远远送来无穷的树木翠色,那带雨而来的阴云已遮住了半边青山。

古往今来种种怨恨,有千百种情况,难道只有离别才使人悲伤?大江里的风波大浪未必险恶,人世间的路行走起来却比这更加艰难。

赏析

这首词是辛弃疾送别词的代表作。整首词短小精悍，但内涵丰富深刻，富有哲理，词情高远，没有离愁别恨，只有情深意长的叮咛，细细品之则余味无穷。

上阕起笔便写离情别绪。"唱彻"和"泪未干"高度概括了送别的场面，形象地描述了别离之人的凄苦状貌。"功名余事且加餐"表明在作者看来，功名不过是身外余事，这其实是对朝廷向金人屈膝求和的不满，也是对自己难以实现报国之志、被迫退隐、消极避世的愤慨的反语。"浮天"两句以景衬情，渲染出了凄凉的意境。

下阕从悠悠的历史谈起，指出古往今来有"几千般"的恨事，难道只有离别才算悲伤吗？以"只应"来反诘很有力度，更富激情，也使词的意境更加深广。作者认为"离"、"合"只是个人的小事，而国家分裂才是值得倍加关注的大事。"江头"两句表达了作者的心声。辛弃疾终生都以收复中原为己志，却无奈多次遭受排挤、废职，对黑暗的官场、残酷的政治斗争及险恶的人心已有深刻的体会。白居易《太行路》中"行路难，不在水，不在山，只在人情反覆间"这几句，恰好说明了作者悲愤的原因和实质。

水调歌头

赵昌父七月望日用东坡韵叙太白、东坡事见寄，过相褒借，且有秋水之约①。八月十四日余卧病博山寺中，因用韵为谢，兼寄吴子似。

我志在寥阔,畴昔梦登天②。摩挲素月③,人世俯仰已千年。有客骖鸾并凤,云遇青山赤壁,相约上高寒④。酌酒援北斗,我亦虱其间⑤。

少歌⑥曰:"神甚放,形则眠⑦。鸿鹄一再高举,天地睹方圆⑧。"欲重歌兮梦觉,推枕惘然独念:人事底亏全⑨?有美人可语,秋水隔婵娟⑩。

注释

①赵昌父:名蕃。居于信州玉山章泉。过相褒借:对我的赞扬有些夸大。秋水之约:相约在瓢泉秋水观会面。

②寥阔:这里指太空。畴昔:曾经。梦登天:语出屈原《楚辞·九章》:"昔余梦登天兮……"

③摩挲:抚摸。素月:皎洁的月亮。

④客:即赵昌父。骖鸾并凤:以鸾凤驾车。青山赤壁:这里代指李白和苏轼。李白墓在青山(今安徽当涂县),苏轼曾游过赤壁。高寒:指月宫。

⑤"酌酒"二句:他们把北斗星当做勺,舀酒畅饮,我也有幸身在其中。虱,同"虱",形容无才、渺小之极。

⑥少歌:轻轻地唱。

⑦"神甚放"二句:神魂飞腾,而身体安眠。

⑧"鸿鹄"二句:神魂如鸿鹄般凌空飞翔,一览天地间全貌。

⑨底:因何。亏全:缺损和完整。

⑩美人:即吴子似。婵娟:形容容貌美好。该句化用自杜甫《寄韩谏议》:"美人娟娟隔秋水。"

译文

我志向高远，在梦中曾有登天之举。我来到月宫中，抚摸着皎洁的月亮，陶醉在神奇迷离的幻境之中，不知不觉人间已过了千年之久。好友赵昌父驾着鸾凤飞升，恰巧与李白、苏轼在云端相遇，于是他们邀我一起遨游天宫。贤士们在天宇之上，以北斗星为酒杯痛饮天上的美酒，我也有幸忝列其间。

我在梦中遨游天宇之时，忍不住轻声吟唱起来。我的神魂自由飞翔，而身体则安眠不动。神魂如鸿鹄般凌空飞翔，一览天地间全貌。我正想再次歌唱时却突然从梦中惊醒，推开枕头觉得内心怅然若失，为什么人世间不如意的事那么多呢？想向美人倾诉衷肠，中间却隔着茫茫的秋水。

赏析

这首词作于辛弃疾闲居铅山时期。辛弃疾屡遭朝中奸臣的排挤，壮志难酬，报国无门，闲居乡野时难免心中怨愤，因而时常寄情山水，托兴诗酒。然而，他虽身处江湖之远，却仍不忘国事。他对现实无比愤慨，又希望能重新得到重用，以施展自己的抱负。这首词就充分体现了他的这种理想与现实的矛盾。

上阕中词人主要描述自己的梦境。"我志在寥阔"开篇点题，直抒胸臆，表明词人志向高远，具有统领全词的作用。"畴昔梦登天"句，是化用屈原《九章·惜诵》中"昔余梦登天兮，魂中道而无航"之意，喻指他要"梦登天"，即到广漠的宇宙中去寻找自己的理想境界。这两句也是全词的主旨。"摩挲"两句，是说词人在梦境中飞上青天，来到了月宫，恍惚之间人间已过去了千年。接下来"有客"三句，写梦中词人与贤士们同游天宫的情形。"有客"即词人的好友赵昌父。词人说赵昌父"骖鸾并凤"，是赞美友人德高道深，理应位居仙列。青山、赤壁指代李白、苏轼，因为李白死后葬在当涂之青山西北，苏轼曾游过赤壁，写过《赤壁赋》，故称。赵昌父驾着鸾凤飞升，恰巧与李白、苏轼在云端相遇，于是他们邀词人一起遨游天宫。词人将赵昌父、李白、苏轼称为"三贤"，亦有自谦之意。下一句中的"我亦蝨其间"则表达得更为直白：在您和先贤们高会的时候，我只是有幸忝列其间罢了。词人之所以写这样的梦境，是因为他感到在现实生活中知音难遇，而自己又不愿与主和派的官僚们为伍，因而只能在梦中与他心目中的贤士相见。

下阕中词人继续描写梦境及梦醒后的感慨。词人在梦中尽情遨游太空，内心充满愉悦之感，因而不由自主地低声吟唱起来。"神甚放，形则眠"二句，是说神魂自由腾飞，而身体则安眠不动。这也隐含了词人在闲居生活中忧心国事的思想。"鸿鹄一再高举，天地睹方圆"，是化用贾谊《惜誓》中"黄鹄之一举兮，知山川之纡曲，再举兮睹天地之圜方"的句意。词人以振翅高飞、搏击长空的鸿鹄自比，抒发自己的豪情壮志。接下来写词人正欲再次歌唱时却突然"梦觉"，不得不回到现实中来。梦境里纵横驰骋的情景依然历历在目，而现实生活中却有太多的无奈，两相对比，不能不使词人怅惘，进而深深感慨：为何人世间有那么多的不圆满呢？这里的"亏全"是以月亮的圆缺比喻人间的悲欢离合，侧重言"亏"。词人以梦境与"梦觉"相对照，表达了自己的远大抱负与自身处境的矛盾。这人事难全的感慨，既是词人对怀才不遇、报国无门现实的愤懑，也是一个有着豪情壮志、文韬武略的老将对于当时统治者的强烈抗议。最后，词人以"有美人可语，秋水隔婵娟"作结，看似有些突兀，然而仔细体味，就会发现，这一惋惜之情正是由前文生发而来。这里的"美人"指词人的好友吴子似，这一句既是表达词人对吴子似的思念，也是抒发其知音难求的苦闷。

从艺术手法上看，这首词具有鲜明的浪漫主义色彩。在这首词中，辛弃疾运用浪漫主义手法，生动形象地表现了他的崇高理想。整首词大气磅礴，天上人间，时空交错，激情饱满，狂放不羁。

水调歌头

汤朝美司谏见和，用韵为谢①。

白日射金阙，虎豹九关②开。见君谏疏频上，谈笑挽天回③。千古忠肝义胆，万里蛮烟瘴雨④，往事莫惊猜。政恐不免耳，消息日边来⑤。

笑吾庐，门掩草，径封苔。未应两手无用，要把蟹螯杯⑥。说剑论诗余事，醉舞狂歌欲倒，老子颇堪哀⑦。白发宁有种⑧？一一醒时栽！

注释

①本词作于初居带湖之时。汤朝美司谏：汤邦彦字朝美，镇江人。《京口耆旧传》卷八记载：其任左司谏时，"论事风生，权幸侧目"。因出使金国不利被贬到新州（今广东新兴县），后又被酌情移近江西信州（今上饶）。辛弃疾即是在信州与其相识。

②虎豹九关：语出《楚辞·招魂》："魂兮归来，君无上天些。虎豹九关，啄害下人些。"喻宫门森严，面圣不易。

③"见君"两句：意思是汤朝美多次向朝廷进谏，劝其改变主意。

④"万里"句：汤朝美被贬到万里之外的新州。当时，新州属偏远荒蛮之地，且有瘴气之患。

⑤政恐不免：即难免。语出《世说新语·排调篇》：谢安未仕前，弟兄有富贵者，倾动乡里。其夫人刘氏戏言："大丈夫不当如此乎？"谢安不屑地说："但恐不免耳。"日边：皇帝身边。

⑥"未应"二句：感慨英雄无用武之地。《世说新语·任诞篇》记载毕茂世语："一手持蟹螯，一手持酒杯……便足了一生。"

⑦余事：闲事。哀：哀怜、理解。

⑧宁：难道、莫非。有种：据《史记·陈涉世家》载："王侯将相宁有种乎？"

译文

阳光照射着金碧辉煌的皇宫，森严的宫门已打开。我常常看到你上疏进谏，慷慨陈词，在谈笑间曾改变过皇帝的议和打算。你一向忠心报国、为国效力，却被放逐到蛮荒之地。过去的事情就不要再忧虑了，一定会被重新启用的，京城不是传来了被调任的消息吗？

如今我的房子凄清寥落，破败不堪，门前荒草丛生，石阶上布满青苔。未必我的双手就没有用处，不是可以"一手持蟹螯，一手持酒杯"吗？如今谈战事论诗歌都不过是闲事罢了，唯有酒后狂舞高歌，我内心的悲愤料想故人当解。难道白发是可以栽种的吗？我这满头霜雪皆是清醒时所栽！

赏析

淳熙八年（1181），辛弃疾因监察御史王蔺的弹劾而落职，他于是闲居上饶带湖，时年四十二岁。此时，汤朝美自广东新州贬所量移江西信州（今上饶），二人自此相识，他们的处境相近，遭遇相同，而且都坚持抗金复国，因而有惺惺相惜之情。二人常常诗文唱和，辛弃疾作《水调歌头》（盟鸥），汤朝美以韵相和；这首词即辛用原韵谢答汤词之作。

上阕，词人主要写汤朝美。"白日射金阙，虎豹九关开"，写辉煌壮观的皇宫，宫门森严。"金阙"、"九关"均喻指皇宫。接下来，词人写汤朝美在天子面前"谏疏频上，谈笑挽天回"。这两句与开篇两句形成鲜明的对比，节奏上一张一弛，描绘了汤朝美在朝堂上从容淡定、无惧无畏的情形。接下来"千古忠肝义胆，万里蛮烟瘴雨，往事莫惊猜"，这几句既是对朋友的赞赏，也是对他的劝慰。对于忠心报国的朋友的遭遇，辛弃疾没有大发牢骚，而是以淡笔写之，劝慰友人不要再为往事伤怀。因为他坚信有才干的人终会得到重用，所以才说"政恐不免耳，消息日边来"。

下阕，词人转叙自己的闲居生活。开头"门掩草，径封苔"，描绘了一种凄清寥落的景象，然而面对此情此景，词人却以一笑置之。这一个"笑"字，体现了词人内心的复杂感情。这样的笑里，有幽愤、有苦涩、有不平、有无奈、有辛酸，意味无穷。"未应两手无用，要把蟹螯杯"两句正话反说：不能说我的双手没有用处，不是可以"一手持蟹螯，一手持酒杯"吗？试想，一个有文韬武略、豪情壮志的人，不能去驰骋疆场、为国效力，却去执杯持蟹，这是一种怎样的悲哀？而词人以反语写出，看似轻描淡写，却愈见其哀。辛弃疾"壮岁旌旗拥万夫"，后来又曾上《十论》、《九议》，为朝廷提出了许多抗金策略。如今他身处江湖之远，文韬武略似乎都成了无用的"余事"。那么，词人唯有终日痛饮长醉，借酒浇愁。"醉舞狂歌欲倒"六字，将词人内心的悲愤和平日的潦倒情态写得极为沉痛，而这样的情形，料想是"老子颇堪哀"。"堪哀"是堪怜念之意，语出《后汉书·马援传》。这句话是说，词人这般狂歌醉舞，虚度岁月，故人应该会理解个中缘由。最后两句"白发宁有种？——醒时栽"，更是写尽一腔幽愤。以"白发"写愁情，本来极为常见，然而这里稼轩用一个"栽"字，令人耳目一新。这两句意蕴深厚，词人的愁情层层推进。其一，词人正值壮年，本不该生出白发；然而他常常为国事忧心，因而陡增满头霜雪。其二，词人虽退隐闲居，然而仍无法忘怀国事，故常常醉酒，以获得暂时的忘却，因而词人说白发乃"——醒时栽"。其三，白发是自然而生的，而词人却说是"栽"上去的，可见其内心的愁怨之深。此外，词人的根根白发都显示出其一生的坎坷和遭遇。下阕词人直抒胸臆，写尽内心的幽愤，急管繁弦，激昂排宕，都化为深沉的感慨。即便是今日读之，我们仍能感受到词人内心那种强烈的愤懑不平，随即产生强烈的共鸣。

从表现手法上来说，这首词的布局可谓错综多变，上阕多轻描淡写，而又语淡情深，具跳跃动荡之美；下阕极写词人内心的苦闷，愁情倾泻而来，反语累出，感情激荡豪放而又不失含蓄蕴藉之美。

木兰花慢·滁州送范倅①

老来情味减，对别酒，怯流年。况屈指中秋，十分好月，不照人圆。无情水都不管，共西风、只管送归船。秋晚莼鲈②江上，夜深儿女灯前。

征衫，便好去朝天③，玉殿正思贤。想夜半承明④，留教视草⑤，却遣筹边⑥。长安故人问我，道愁肠殢酒只依然。目断秋霄落雁，醉来时响空弦。

注释

① 范倅：滁州通判。倅，副职。
② 莼鲈：莼指莼菜羹，鲈指鲈鱼脍。
③ 朝天：朝见皇帝。
④ 承明：汉代皇宫有承明庐，为大臣值宿处。
⑤ 视草：为皇帝草拟诏令。
⑥ 筹边：筹划边防军务。

译文

老来兴致消减，面对离别的酒宴，害怕匆匆飞逝的流年。何况屈指一数，中秋将到，那一轮美好的明月，却偏偏不照人团圆。流水也无情，完全不顾人的感受，只管和西风一道送你的归船。好在你回去便可吃莼菜鲈鱼，中秋夜和儿女一同欢聚灯前。

朝廷如今正任能选贤，趁身上征衫未换，好去觐见天子。料想会把你留在承明庐，让你在深夜草拟诏令，还会派遣你筹划边事。长安故人若是要问我，就说我依然沉溺于酒中，乡愁无限。醉里看那秋空中落队的孤雁，醒时又常徒然弹响琴弦。

赏析

这首词作于宋孝宗乾道八年（1172）作者送别友人之时。通过此词，作者在勉励友人奋发的同时，也抒发了自己满腔的忧国深情，宣泄了壮志难酬的愁苦，使词充满了慷慨悲凉之感。

词的上阕描写了送别时的情景。前三句直抒胸臆，正值壮年的作者只因回首那些已经远去的攻城陷阵的旧事，而不禁觉得自己老了，所以说"老来情味减"。作者在此感叹"老"，既表达了对青年时代壮志雄心的遗恨，也抒发了对现实的不满。

"况屈指中秋"一句则转写中秋将至,然而人却要分离,让人更觉遗憾。"都不管"、"只管"是说"水"和"西风"的无情,是对友人别后归途情景的设想,也暗指友人离任是朝中局势造成,可谓一语双关。最后两句是设想范倅回到家乡后的欢乐场景,表现了一种超脱的心境。

词的下阕描写了分别后的情景。"征衫"表明作者时刻都在关心国家大事。然后作者描绘了一派君臣相得、振邦兴国的景象,表明他甘愿为收复中原而效忠。之后笔锋再转,猛然截断滚滚思潮。"长安故人问我"两句说自己壮志未酬、功业无成,仍是旧日境况,无颜面对故人,这其实是作者的自谦之辞。最后两句借用"响空弦"的典故,意指自己依然没有忘记征战疆场的戎马生涯,虽已"老"却仍可被任用,为国效力。

整首词章法顿挫波折,气势收放自如,情感跌宕起伏,给人深沉蕴藉、抑扬有致之感。

木兰花慢·席上送张仲固①帅兴元

汉中开汉业,问此地,是耶非?想剑指三秦②,君王得意,一战东归。追亡事③,今不见;但山川满目泪沾衣④。落日胡尘未断,西风塞马空肥。

一编书是帝王师⑤。小试去征西。更草草离宴,匆匆去路,愁满旌旗。君思我、回首处,正江涵秋影雁初飞。安得车轮四角⑥,不堪带减腰围。

注释

①张仲固：名坚，镇江人。南宋孝宗淳熙七年（1180）秋，张仲固取道湖南赴汉中任知兴元府（今属陕西汉中）时，作者设宴相送。

②三秦：项羽为阻遏刘邦东向称霸，三分关中，立秦降将章邯、司马欣、董翳为三王，称"三秦"。

③追亡事：指萧何连夜追韩信之事。

④但山川满目泪沾衣：用唐李峤《汾阴行》原句，全诗为："山川满目泪沾衣，富贵荣华能几时？不见只今汾水上，惟有年年秋雁飞。"

⑤一编书是帝王师：据《史记·留侯世家》载，张良少时过下邳圯桥，遇一老人。老人赠书一编，张良读之即能辅汉，成为开国元勋之一。

⑥车轮四角：车轮上生出四角，无法转动，这样就可留住友人。语出唐陆龟蒙《古意》诗："君心莫淡薄，妾意正栖托。愿得双车轮，一夜生四角。"

译文

刘邦从汉中开创了西汉伟业，这个地方，还有什么是非成败？想当初他率兵相继击溃三秦，直取关中，意气风发，一战成名。萧何连夜追赶韩信的佳事，如今再也遇不到了；只见绿水青山杜自如故，这怎能不让英雄泪流连连？落日下，故土上故军骑兵恣意驰骋，灰尘不断，而朝廷却徒然养着那么多强兵壮马。

张良凭借一卷书成为了帝王师，而你这次出帅兴元，也只是牛刀小试。草草饮酒饯别，你将匆匆奔赴任地，一腔离愁仿佛溢满旌旗。你抵达任所，回首思念我时，我也已到了秋天大雁飞往的南昌孤城了。哪里又能使车轮一夜之间生出四角,留住友人,别后的忆念之苦,会使身体日渐消瘦。

赏析

　　此词作于淳熙八年(1181)秋,时辛弃疾任知潭州(今长沙)兼荆湖南路安抚使,稼轩虽已接受改任知隆兴府(今南昌)兼江南西路安抚使之命,但尚未赴任。张仲固名坚,镇江人,于宋孝宗淳熙七年(1180)秋受命知兴元府(治所在今陕西汉中)兼利州东路安抚使。在张仲固卸江西转运判官任后,取道湖南赴任时,辛弃疾设宴相送,并作了这首词。

　　由于友人去的地方是汉中,辛弃疾自然联想起刘邦建汉时的辉煌。汉高帝元年(前206)八月,刘邦乘项羽出兵平叛在齐地(今山东大部)造反的田荣,无暇西顾和三秦王立足未稳之机,潜出故道,迅速还定三秦。由于项羽采取先齐后汉的方针,继续攻齐,主力被牵制在齐地。刘邦再度出击,迅速占领了今河南及山西中、南部广大地区,造成东进的有利态势,取得了巨大胜利。"想剑指三秦,君王得意,一战东归"即是指此。词人又想到当时的胜利和刘邦任贤用能的方针是分不开的。对比现实,

现在一样是山河破碎,但"萧何月下追韩信"的故事是不会发生了。词人通过古今对比,表达了对故土的依恋和对朝廷不能任用贤能、无收复失地之心的痛惜之情。

下阕开始抒写离别之情。首句是词人勉励友人之辞。由于友人姓张,因而作者便用汉初的张良称赞友人。相传张良曾在圯下受一老夫赠兵书,成为刘邦重要的谋士,在刘邦建立汉朝中起了重要的作用。所以作者这里说:"一编书是帝王师",表达了对友人的厚望。接着表达不舍之情,"车轮四角"的典故来自陆龟蒙《古意》诗"君心莫淡薄,妾意正栖托。愿得双车轮,一夜生四角",表明作者十分舍不得张仲固离去。

本词虽以送别为题,主旨却在表达忧国之思。词人巧妙地把咏史、感今和惜别三者结合起来,意蕴深远,情真意切。虽然用典较多,但典故与内容结合紧密,体现了词人精湛的艺术手法。

满江红

饯郑衡州厚卿,席上再赋。

莫折荼蘼①,且留取一分春色。还记得,青梅如豆,共伊同摘。少日对花浑醉梦,而今醒眼看风月。恨牡丹笑我倚东风,头如雪②。

榆荚阵,菖蒲叶。时节换,繁华歇。算怎禁风雨,怎禁鹈鴂!老冉冉兮花共柳,是栖栖者蜂和蝶。也不因春去有闲愁,因离别。

注释

①荼蘼：也写作"酴醾"。蔷薇科草本植物，春末夏初开花，人们常常认为荼盛开是一年花季的终结。苏轼《杜沂游武昌以酴醾花菩萨泉见饷二首》云："酴醾不争春，寂寞开最晚。"

②头如雪：指头发像雪一样白。

译文

不要攀折荼蘼花，请留住那最后一点春色吧。记得仲春时节，我和你一同采摘青梅。少年时在花下沉醉，如今看花时格外清醒。可恨的是，在东风中盛开的牡丹笑我白发苍苍、头白似雪。

榆荚纷落、菖蒲吐叶，时节不断变换，如今已繁花凋零。那仅剩的几朵荼蘼怎么能够禁得住风雨阵阵，鹈鴂声声。"花"败"柳"老，蜂蝶还忙忙碌碌，不肯安闲。我满腹的愁绪不是因春天的离去而生，而是因为离别。

赏析

本词是辛弃疾为好友郑厚卿饯行而作。词中虽有离愁别绪，但调寄"满江红"，又多了几分豪放苍凉之意。

上阕起句便言"莫折荼蘼，且留取一分春色"，怅然若失、依依不舍之情，毕露无遗。《红楼梦》中也有"开到荼蘼花事了"一句，荼蘼为春花之末，开尽便意味着春光不再。词人只愿留得春驻，为此不折荼蘼，此情深为可感。下文承接春之将去，回忆年少旧事。似乎不久之前，还是天真烂漫的少年，不解忧愁为何物，醒时交游欢，醉时花下眠，日子潇洒惬意；然而转瞬之间，荼蘼已谢，青春不再，旧时朋友零落天涯，方才如梦初醒。来年春可复来，花可复开，但逝去的青春却再也难以复归。

故词人"恨牡丹笑我倚东风,头如雪"。

下阕则以"榆荚阵,菖蒲叶"接续上文,可见时光之无情,转眼间繁花已成落红。风雨之中,鹈鴂声声,更是催春去,催人老。眼看花残柳败,但蜜蜂和蝴蝶却仍"栖栖"不安,到底是白费力气,还是不肯放弃最后一丝机会?昔日孔子奔忙于列国之间,有人问"丘何为是栖栖者与",词人不着痕迹地化用此典,寓意颇为深远。末尾两句"也不因春去有闲愁,因离别","春去"与"离别"比兴并用,看似轻描淡写,实则意在语外。所谓"闲愁最苦",以春逝推及个人之失意,继而推及国家之兴衰荣辱,激愤之情,出以平淡,而内涵愈益深广。

满江红

汉水东流,都洗尽、髭胡膏血①。人尽说、君家飞将②,旧时英烈。破敌金城雷过耳,谈兵玉帐冰生颊③。想王郎、结发赋从戎,传遗业④。

腰间剑,聊弹铗。尊中酒,堪为别⑤。况故人新拥,汉坛旌节⑥。马革裹尸当自誓,蛾眉伐性休重说⑦。但从今、记取楚楼⑧风,裴台月。

注释

①髭:嘴上的胡子。膏血:脂血,尸污血腥。

②飞将:原指西汉名将李广,这里指词人的一位友人家族史上的英雄人物,其名不详。

③金城:有两种解释,一说敌城极为坚固,就像金属铸就的一样,一指古代北方地名。雷过耳:如雷过耳,即极为迅猛。玉帐:即主帅的帐幕。冰生颊:谈论兵法或讨论战术时,极为兴奋激昂,严肃认真,两颊仿佛结了冰一样。

④结发:头发绾成髻,表示成年。从戎:从军。遗业:先辈未竟的事业。

⑤"腰间"四句:弹铗,即弹剑柄。典出《战国策·齐策》:"齐人有冯谖者,贫乏不能自荐,使人属孟尝君,愿寄食门下。……孟尝君笑而受之曰:'诺'。左右以君贱之也,食以草具。居有顷,倚柱弹其剑,歌曰:'长铗归来乎?食无鱼!'"这四句话的意思是宝剑只能当做乐器弹了,词人感叹报国无门,只能以杯酒来送别友人。

⑥拥:持举。汉坛旌节:旌节,唐宋时赐给节度使的仪仗。这里暗用刘邦设坛拜韩信为大将事。

⑦马革裹尸：用马皮裹卷尸体，典出《后汉书·马援传》："援曰：'方今匈奴，乌桓尚扰北边，欲自请击之。男儿当死于边野，以马革裹尸还葬耳，何能卧床上在儿女子手中耶！'"蛾眉伐性：贪恋女色则有性命之忧。枚乘《七发》赋："皓齿蛾眉，命曰伐性之斧；甘脆肥浓，命曰腐肠之药。"

⑧楚楼：故址在湖北江陵。

译文

汉水滔滔地向东流去，它冲净了那些满脸胡须的金兵嘴上沾着的人民的膏血。人们都说：当年你家的飞将军，不愧为一代英雄豪杰。他攻破敌人坚固的城池的时候，迅速勇猛，威名远扬；在帐里谈论兵法或讨论战术时，言辞慷慨激烈，兴奋激昂，两颊仿佛结了冰一样。回想王郎，在年轻时就曾立志奔赴战场，继承先人的事业。

如今，我腰间的宝剑已没有用处了，只有在无聊的时候，把它当做乐器，弹着剑柄唱歌。今天我端着酒杯为你送别。老朋友被重新任用，你拿着仪仗，登上了拜将坛。大丈夫应当把战死沙场作为自己的誓言，切不可贪图安乐、迷恋女色。从今后，希望你牢牢记住我们在楚楼饮酒话别、裴台吟风赏月的情景。

赏析

这是一首送别词，作于淳熙四年（1177），辛弃疾时年二十八岁，任江陵知府兼湖北安抚使。词中词人送别的是一位前往当时的西部抗金前线——汉中地区的王姓朋友。该词风格慷慨豪放，有英雄之气、豪士之风。

上阕开篇，以滚滚东流的汉水起兴，希望借它洗净金兵嘴上沾着的人民的膏血，起笔大气。接下来，词人极力颂扬友人家族史上的一位堪称"飞将军"的前辈的军事才能，说他"破敌金城雷过耳，谈兵玉帐冰生颊"。这样有勇有谋的虎将，正是偏安一隅的南宋所缺乏和需要的。在这两句中，"金城"和"玉帐"、"雷过耳"和"冰生颊"，都对得极为工整，体现了词人高超的语言驾驭本领。最后，词人写即将奔赴边防前线的朋友，勉励他继承其祖遗风，为国家的统一大业而奋斗。

下阕直写送别之情，在对朋友进行殷切劝勉的同时，词人也流露出不能到前线杀敌的苦闷之情。前两句"腰间剑，聊弹铗"即借用战国冯谖不得意时弹铗而歌的典故，表达自己不能驰骋沙场的牢骚失意。而眼前的朋友却被拜将、即将奔赴前线，对比之下，这一苦闷无疑更让词人难以忍受。接下来"马革"二句，基调复转为高昂，显示出他对朋友的殷切期望和宽广的胸襟气度。这两句中，"马革裹尸"和"蛾眉伐性"皆是用典，且对仗工整。末句，词人方写离情别绪，希望朋友别忘了此时的友情。

从笔法上看，这首词笔墨酣畅淋漓而又对仗工整，显示出稼轩炉火纯青的语言功力。从章法上看，两阕均以末句为归穴，恣放横出，直中见奇。整首词充满爱国豪情和慷慨之气，格调高昂，境界高朗，千载之后读之，仍令人激动不已。

永遇乐

戏赋辛字，送茂嘉①十二弟赴调。

烈日秋霜②，忠肝义胆，千载家谱。得姓何年，细参辛字③，一笑君听取：艰辛做就，悲辛滋味，总是辛酸辛苦。更十分、向人辛辣，椒桂④捣残堪吐。

世间应有，芳甘浓美⑤，不到吾家门户⑥。比着儿曹⑦，累累⑧却有，金印光垂组⑨。付君此事，从今直上，休忆⑩对床风雨。但赢得、靴纹绉面，记余戏语⑪。

注释

①茂嘉：辛弃疾的族弟，时被贬至桂林，生平不详。
②烈日秋霜：形容性格刚烈正直。
③细参：细细参详。
④椒桂：花椒和肉桂。
⑤芳甘浓美：比喻荣华富贵。
⑥吾家门户：指辛氏家门。
⑦儿曹：儿辈。《后汉书·郭伋传》云："伋问：'儿曹何自远来？'"
⑧累累：指排列成串。
⑨组：丝织的宽阔带子，古时用做佩印或佩玉的绶带。
⑩休忆：不必想起。
⑪戏语：玩笑话。

译文

我们辛家的先辈们都是禀性刚烈正直、且有忠肝义胆的人物。不知辛氏得姓于何年，且听我细细参详"辛"字之义。你姑妄听之，不妨一笑吧。我们的"辛"字是由"艰辛"做成，含着"悲辛"滋味，似乎总是与"辛酸、辛苦"的命运有不解之缘。因为"辛"字的原义即为"辛辣"，人不堪其味，如食椒桂欲吐。

即使世间有香甜甘美之物，也从不到我辛氏家门。比不得别家子弟世代高官厚禄。光宗耀祖之事就交给你了，望族弟此去戮力政事，青云直上，不必回想我们兄弟之间的对床夜语，勿以兄弟情谊为念。等你日后饱经官场风霜，自会想起我今天的临别戏言。

赏析

稼轩词中共有两首送茂嘉十二弟之词，此篇即其中之一。上阕前三句总括了辛氏"千载家谱"，"烈日秋霜"、"忠肝义胆"都是对辛氏家族的溢美之词。接下来几句是"戏赋辛字"，将"辛"字的内涵和外延展开。词人先说"辛"的由来，转而开始讲"辛"字的本义：辛，本是辛辣之意，这也是我们辛氏家族的传统性格。

下阕承接上阕，进一步就"向人辛辣"抒发感慨。前六句是正话反说，实际是说我们辛家素有节操，决不会趋炎附势，追求荣华富贵。接下来六句，作者叮嘱茂嘉十二弟：光宗耀祖的事情就交给你了，今后，你青云直上的时候，不必回想我们的对床夜语；等你面容衰皱时，一定会记起我今天所说的玩笑话。"靴纹绉面"出自欧阳修《归田录》："田元均为人宽厚长者，其在三司深厌于请者，虽不能从，然不欲峻拒之，每温言强笑以遣之。尝谓人曰：'作三司使数年，强笑多矣，直笑得面似靴皮。'士大夫闻者传以为笑，然皆服其德量也。"这里用此典故依然是正话反说，实际是对茂嘉的规劝，即使身处官场，你也要牢记辛家的祖训，不能扭曲了辛家人刚直的性格。

贺新郎·用前韵送杜叔高[①]

细把君诗说：恍余音、钧天浩荡，洞庭胶葛。千丈阴崖尘不到，惟有层冰积雪。乍一见、寒生毛发。自昔佳人多薄命，对古来、一片伤心月②。金屋冷，夜调瑟③。

去天尺五④君家别。看乘空、鱼龙惨淡，风云开合⑤。起望衣冠神州路，白日销残战骨。叹夷甫诸人清绝。夜半狂歌悲风起，听铮铮、阵马檐间铁。南共北，正分裂！

注释

①杜叔高：南宋一位很有才气的诗人，著名词人陈亮曾在《复杜仲高书》中称其诗"如干戈森立，有吞虎食牛之气，而左右发春妍以辉映于其间"。题云"用前韵"，乃用作者前不久寄陈亮之词的调词韵。

②"自昔佳人"三句：化用苏轼《薄命佳人》诗"自古佳人多命薄，闭门春尽杨花落"，以自古美妇多遭遗弃，隐喻才士常有沉沦。

③金屋冷，夜调瑟：借汉武帝陈皇后失宠之典，进一步渲染了被弃的凄苦。

④去天尺五：见《辛氏三秦记》："城南韦杜，去天尺五。"指唐代长安城南韦氏和杜氏都是世代相传的贵族，两家都跟皇帝很亲近。

⑤"看乘空"三句：变化《易·乾》"云从龙，风从虎"之语，假托鱼龙纷扰、腾飞搏斗于风云开合之中的昏惨景象，暗喻朝中部分大臣趋炎附势、为谋求权位而激烈竞争。

译文

听我细细评说你的诗作：真是气势磅礴，读之恍如听到传说中大帝和黄帝的乐工们在广阔旷远的宇宙间演奏的乐章，动人心魂。风骨清峻，读之宛若望见了没有尘土的高崖之上的冰雪，冰清玉洁。乍看之时，不禁毛发生寒。自古以来，有才之士常命运不济，对着那古今不变的凄凉明月，空空伤怀。夜渐深，屋内渐冷，他却调瑟弹鸣琴。

杜氏和韦氏为强宗大族，门望尊崇，而你家却有别于此。看如今，鱼龙纷扰、腾飞搏斗，正处于风云变幻之际。昔日衣冠相望的中原大地，如今只见一片荒凉，满地战骨正在白日寒光中逐渐消损。可叹夷甫太清高了。半夜狂风大作，檐间铁片铮铮作响，宛如千匹战马疾驰而过，我更是因此长叹悲歌。可叹如今，南北分裂，中原不能收复！

赏析

南宋孝宗淳熙十六年（1189）春天，杜叔高自浙江金华到江西上饶看望辛弃疾。分别之际，辛弃疾作这首词为他送行。杜叔高是一位才华横溢的诗人，但因为力主抗金，受到朝中占主导地位的主和派的排挤，空有报国之志，却报国无门。辛弃疾惜其才，更钦佩其人品，因此十分敬重他，从这首词中便可以看出这种赞美之情。

上阕自开始到"毛发"这几句，辛弃疾极力赞美杜叔高诗作之美。随后几句是对杜叔高凄凉境况的感慨和惋惜。下阕写杜叔高怀才不遇和家门盛衰的变化。"看"字突出了词人对那些阿谀奉承之徒的鄙视，反映了朝中小人当道、官员腐败的黑暗现实，表达了作者对南宋偏安一隅的不满。这首词意在劝勉杜叔高，可是作者将自己的忧国忧民之情融入其中，故虽是送别词，却隐含着对祖国的满腔豪情。

贺新郎

邑中园亭,仆皆为赋此词①。一日,独坐停云②,水声山色,竞来相娱,意溪山欲援例者,遂作数语,庶几仿佛渊明思亲友之意云。

甚矣吾衰矣。怅平生、交游零落,只今余几。白发空垂三千丈,一笑人间万事。问何物、能令公喜。我见青山多妩媚③,料青山、见我应如是。情与貌,略相似。

一尊搔首东窗里。想渊明、《停云》诗就,此时风味。江左④沉酣求名者,岂识浊醪妙理。回首叫、云飞风起。不恨古人吾不见,恨古人、不见吾狂耳⑤。知我者,二三子⑥。

注释

①邑:指铅山县。辛弃疾在江西铅山期思渡建有别墅,带湖居所失火后举家迁之。此"邑中园亭",当指作者游历过的境内亭园。仆:作者自称。

②停云:停云堂,在期思山上。辛弃疾仰慕陶渊明。陶渊明有《停云》诗四首,其序云:"停云,思亲友也。"这里,作者意在套用其旨,抒发对亲友的怀念。

③妩媚:姿态美好可爱。《新唐书·魏征传》:"人言(魏)征举动疏慢,我但见其妩媚耳。"

④江左:东晋南渡后,统辖江左一带。苏轼《和陶渊明饮酒诗》:"江左风流人,醉中亦求名。渊明独清真,谈笑得此

生。"

⑤ "不恨"三句：《南史·张融传》："融常叹云：'不恨我不见古人，所恨古人不见我。'"

⑥ "知我者"二句：意思是知己寥落。二三子，原是孔子称其学生的话。（见《论语·八佾》）

译文

可叹啊，我现在已如此衰老了。惆怅我一生交友零落，到现在已没几个知心朋友了。满头白发，老来一事无成，笑那世间万物，还能有什么让我高兴的事呢？寄情山水，看那青山姿态美好可爱，想必青山看我也是如此吧。我的感情和青山之貌，二者之间有着许多相似之处。

举杯独饮，倚于东窗旁，想象陶渊明当年写成《停云》诗的滋味，大概就是这样吧。江左名士酒醉时还要追求名利，这样的人岂能认识到酒中的妙趣和真理？回首窗外时，已是风起云涌了。不遗憾我见不到古来的贤人，遗憾的是他们见不到我的狂傲。知己寥落，只有二三人了。

赏析

南宋宁宗庆元二年（1196），辛弃疾已经年近六旬。他在带湖的住所失火，于是迁居铅山，此后一直住在这里。这首词便是在铅山家中所作。

上阕前几句直接慨叹自己年岁已老而且老友零落，仅剩几人。后又表示自己收复中原的梦想已经无法实现，只得寄情山水，了此残生。词人在此以青山自比，表达了自己高洁的品质。

下阕点明主题，表达出自己对老友们的思念之意。这里词人似乎有意仿效陶渊明离开官场，不再追求自己的政治理想，但又不甘心一腔热血就此付诸东流。一句"不恨古人吾不见，恨古人、不见吾狂耳"将词人的气势和傲骨表露无疑。

纵观整首词，虽然有豪放不羁之语，但对旧友的思念之情却贯穿始终。

贺新郎·别茂嘉①十二弟

绿树听鹈鴂②，更那堪、鹧鸪声住，杜鹃声切。啼到春归无寻处，苦恨芳菲都歇。算未抵、人间离别。马上琵琶关塞黑③，更长门翠辇辞金阙④。看燕燕⑤，送归妾。

将军百战身名裂⑥。向河梁、回头万里，故人长绝。易水萧萧西风冷⑦，满座衣冠似雪。正壮士、悲歌未彻。啼鸟还知如许恨⑧，料不啼清泪长啼血。谁共我，醉明月？

注释

①茂嘉：作者的堂弟，因事贬官赴桂林。

②鹈鴂：指伯劳鸟。

③"马上"句：指汉王昭君出嫁匈奴事。

④"更长门"句：指汉武帝皇后阿娇失宠贬居长门宫事。

⑤燕燕：春秋时卫庄公夫人庄姜抚养一个叫完的儿子，其立位不久被害，完的生母戴妫被迫归陈，庄姜为她送别。《诗经·邶风·燕燕》歌咏的便是此事。

⑥"将军"句：指汉武帝时名将李陵，战败后投降了匈奴，弄得身败名裂。

⑦"易水"句：指荆轲刺秦王之前的易水送别之事。（见

《史记·刺客列传》)

⑧如许恨:以上说的如此多的离情别恨。

译文

绿树上鹈鴂声声已让我悲伤,更哪堪鹧鸪哀鸣声刚停,又听到杜鹃声声凄咽。春天在鸟啼声中归去再难寻觅,苦恨芬芳的百花全都凋谢。但这种悲伤远比不上人间离别。昭君马上弹琵琶进入边关,幽居长门宫的阿娇乘翠羽车辞别金殿,庄姜夫人流泪望飞燕送走爱妾。

李陵将军百战后归降身败名裂,到桥头送别,回望万里故乡,和好友苏武永远诀别。西风萧萧荆轲离燕去秦,满座送行人白衣白冠如一片白雪,壮士慷慨悲歌易水河也呜咽。啼鸟若知人间有如此多离恨,就不会再啼清泪而声声啼血。从今以后,有谁伴我共醉明月?

赏析

本篇为送别抒怀之作。首尾以啼鸟相呼应,描写暮春凄厉暮色,中间引述历史故事,铺叙古代种种离情别恨。词人借送别族弟,抒发美人不遇、英雄名裂、壮志难酬的义愤。笔力雄健,沉郁苍凉。

全词共有五处引用典故。上阕有三个,"马上琵琶关塞黑"用汉代王昭君远嫁匈奴之典。设想她背井离乡,远赴荒漠,独自马上弹琵琶进入边关时的画面,是多么凄凉孤苦;"更长门、翠辇辞金阙"用陈阿娇失宠的事情。汉武帝曾将其打入长门宫,她乘着翠羽车辞别金殿来到长门宫时的情形,何等凄惨!"看燕燕,送归妾"用庄姜送戴妫的典故。春秋时卫庄公之妾戴妫生下一个儿子,其立位不久被害,戴妫被迫归陈,庄公夫人庄姜亲自为她送别,两人分别时抱头痛哭。下阕"将军百战身名裂"

用汉武帝时名将李陵的典故,汉将军李陵苦战匈奴兵败,后投降;其好友苏武南还大汉时,李陵对苏武说:"异域之人,一别长绝。""易水萧萧西风冷"用荆轲事。战国时,荆轲奉命入秦行刺秦王。在易水边上,燕子丹身穿白衣头戴白冠为其送行,荆轲言:"风萧萧兮易水寒,壮士一去兮不复还。"

沁园春·答杨世长①

我醉狂吟,君作新声,倚歌②和之。算芬芳定向,梅间得意,轻清多是,雪里寻思。朱雀桥边,何人会道,野草斜阳春燕飞③。都休问,甚元无霁雨,却有晴霓④。

诗坛千丈崔嵬⑤,更有笔如山墨作溪。看君才未数,曹刘敌手,风骚合受,屈宋降旗⑥。谁识相如,平生自许,慷慨须乘驷马归。长安路,问垂虹千柱,何处曾题⑦?

注释

①杨世长:其生平不详。

②倚歌:古代乐歌的一种。其伴奏有鼓吹而无弦乐。

③"朱雀桥边"三句:化用唐刘禹锡《金陵五题·乌衣巷》诗:"朱雀桥边野草花,乌衣巷口夕阳斜。旧时王谢堂前燕,飞入寻常百姓家。"

④甚元无霁雨,却有晴霓:没有下雨,怎么会有晴天虹霓。杜牧《阿房宫赋》中有"复道行空,不霁何虹"之句,在这里辛弃疾是以此来衬托友人的才华。霁,雨后初晴。

霓，即虹。

⑤崔嵬：山势崎岖高耸。

⑥"看君才"四句：曹刘，指汉末建安诗人曹植、刘桢。风骚，指我国古代现实主义与浪漫主义文学的代表作品《诗经》、《离骚》。屈宋，指战国时期楚国文学家屈原、宋玉。这四句是化用杜甫《壮游》诗："归帆拂天姥，中岁贡旧乡。气劘屈贾垒，目短曹刘墙"诗意。意思是你文采斐然，曹植、刘桢都在你之下；你的作品兼有《诗经》、《离骚》之长，连屈原、宋玉也会甘拜下风。这是对杨世长文学才华的极力推崇。

⑦"谁识相如"六句：有谁了解司马相如，平生慷慨自许，认为自己将来一定会乘高车驷马归来。试问长安路上的千条垂虹柱，他曾经在何处题字？《成都记》记载："司马相如初西去，过升仙桥，题柱曰：'不乘高车驷马，不过此桥。'"这里以司马相如的典故写友人杨世长胸怀大志。

译文

我在酒醉之时纵情吟咏，你作新曲和之。算起来还是梅花的芬芳最怡人，雪花最轻盈洁白。朱雀桥边，什么人会说，"野草斜阳春燕飞"这种佳句。都不要问：原来没有下雨，怎么会有晴天虹霓。

千丈诗坛高高耸立，笔如高山，墨似流水。你文采斐然，曹植、刘桢都在你之下；你的作品兼有《诗经》、《离骚》之长，连屈原、宋玉也会甘拜下风。有谁了解司马相如，平生慷慨自许，认为自己将来一定会乘高车驷马归来。试问长安路上的千条垂虹柱，他曾经在何处题字？

赏析

该词约作于绍熙三年（1192）之前。上阕，词人在与杨世长的唱和中，极力推崇友人的文学才华。词中作者化用刘禹锡的《乌衣巷》和杜牧《阿房宫赋》中脍炙人口的佳句，衬托杨世长的才华。

下阕，词人站在文学史的角度，高度赞赏友人的才华。诗坛高耸千丈，笔如山，墨作溪，名人辈出。然而词人却认为，友人的才华无人能及。在他看来，曹植、刘桢的文才都不如友人，屈原、宋玉也难出其右。又以司马相如作喻，表明有人胸怀大志，才华横溢。最后以疑问句结尾，透露出词人对抱负无法实现和才干不得施展的愤慨。

水龙吟·甲辰岁寿韩南涧尚书①

渡江天马南来，几人真是经纶手②？长安父老③，新亭风景④，可怜依旧！夷甫诸人，神州沉陆，几曾回首⑤！算平戎万里⑥，功名本是，真儒事，公知否⑦？

况有文章山斗⑧，对桐阴、满庭清昼⑨。当年堕地⑩，而今试看，风云奔走⑪。绿野风烟⑫，平泉草木⑬，东山歌酒⑭。待他年⑮，整顿乾坤事了⑯，为先生寿。

注释

①甲辰岁寿韩南涧尚书：这是辛弃疾为韩南涧尚书祝寿的

寿词，作于宋孝宗淳熙十一年（1184）。寿，祝寿，这里用做动词。韩元吉，字无咎，号南涧，官至吏部尚书。尚书，宋代官职名。

②"渡江"二句：自宋高宗渡江以来，有几个人真正是治理国家的能臣良将？西晋灭亡后，晋元帝司马睿偕四王南渡，在建康建立东晋。因晋帝姓司马，所以有"天马"之称，时童谣云："五马浮渡江，一马化为龙。"（《晋书·元帝纪》）这里借指宋室南渡。经纶手，治理国家的能手。

③长安父老：这里指代中原一带的百姓。

④新亭风景：据《世说新语·言语篇》记载：过江诸人，每至美日，辄相邀新亭，藉卉饮宴。周侯中坐而叹曰："风景不殊，正自有山河之异！"皆相视流泪。唯王丞相愀然变色曰："当共戮力王室，克复神州，何至作楚囚相对泣邪。"新亭，三国时吴国所建，故址在今江苏南京市南。

⑤"夷甫诸人"三句：西晋王衍字夷甫，官居宰相，清谈误国，导致西晋覆灭。词人借此来斥责南宋当权者像王夷甫之流一样空谈误国，使中原沦陷，却不曾有人回首一顾。几曾，何曾。

⑥算：算起来，此处有议论之意。平戎：驱逐敌人。

⑦公：指韩元吉。

⑧况有文章山斗：况且你文才卓著。

⑨"对桐阴"二句：这里称颂韩元吉尊贵的家世门第。北宋的望族中有两支韩姓，一为相州韩氏，一为颍川韩氏。颍川韩氏在汴京的府门前广种桐树，世称"桐木韩家"。韩南涧属桐木韩家一支，著有《桐阴归话》十卷，述其家世。

⑩堕地：婴儿落地，指出生。

⑪风云奔走：风云际会之时在政治上大显身手。

⑫绿野：指唐相裴度之绿野堂。风烟：风景。

⑬平泉草木：唐朝宰相李德裕曾在洛阳城外筑"平泉庄"别墅，广搜奇花异草。

⑭东山歌酒：用谢安之事，见《晋书·谢安传》："谢安居会稽，虽放情丘壑，然每游赏，必以妓女从。"

⑮待他年：等到将来。

⑯整顿乾坤事了：乾坤，天地，指宋代江山。此句意为完成金瓯一统的大业。

译文

自宋高宗渡江以来，有几个人真正是治理国家的能臣良将？中原百姓望眼欲穿地盼望着官军有朝一日收复失地，而南渡的士大夫们还在徒然悲叹无所作为，可恨的是二十余年来一切如旧。南宋当权者像王夷甫之流一样，使中原沦陷，却不曾有人回首一顾。算起来抗金复国的大业，是需要真正有才干的人来完成的，这一点你不是知道的吗？

何况你文采斐然、备受敬仰，又出生于显赫的世家望族。你自小耳濡目染，有经纶之才，如今世事风云际会，是你大显身手的时候了。当初裴度隐于景色秀美的绿野堂，李德裕在平泉庄广搜草木，谢安在会稽山歌酒游玩。你要把握时机奋起，等到将来完成国家统一大业之时，我再为你祝寿。

赏析

宋孝宗淳熙八年（1181），辛弃疾因被弹劾罢官，退隐带湖。曾仕吏部尚书的韩元吉，辞官后也隐居于此。二人都主张北伐抗金、统一河山，因而见面之时相处甚欢，来往密切。淳熙十一年（1184）适逢韩元吉六十七岁大寿，辛弃疾遂作此词祝寿。

上阕主要议论时事。起句"渡江天马南来"劈空而下,气势非凡。"几人真是经纶手"气概非凡,体现出词人对南宋当政者无德不知任用有才之士的愤慨与极度蔑视之情,也隐含着韩元吉及自己空有一腔抱负,却不被重用、报国无门的苦闷。接下来慨叹当时的世事,可分为两层:"长安"三句,是借往昔旧京父老盼归之情和东晋士大夫新亭对泣之举,慨叹南宋朝廷偏安一隅,不思进取。"夷甫"三句,化用桓温登平乘楼眺望之言,指明中原沦陷为朝臣误国的结果。《晋书·桓温传》记载:桓温北伐时曾感慨:"遂使神州沉陆,百年丘墟,王夷甫诸人不得不任其责!"词人此处化用桓温语,也是对当朝庸碌之辈贪图安逸、不问政事的批判。最后四句,词人情绪由低沉义愤转为高昂,抒发自己为国杀敌、建功立业的豪情壮志,同时也赞颂韩氏有治国安邦之才,勉励其重新振起。

下阕由对国事的慨叹转而写韩元吉。词人称韩元吉文采斐然,堪称当代文坛上的泰山北斗。"绿野"三句,把韩氏比做裴度、李德裕和谢安。最后三句,词人再次激励韩氏投袂而起,完成收复中原、统一山河的夙愿。这不但照应了上阕的结尾,而且显示出词人强烈的忧国之情,深化了该词的主旨。

游记篇

西江月·夜行黄沙①道中

明月别枝惊鹊②,清风半夜鸣蝉。稻花香里说丰年,听取蛙声一片。

七八个星天外,两三点雨山前。旧时茅店社③林边,路转溪桥忽见④。

注释

①黄沙:黄沙岭,在今江西上饶西。
②"明月"句:别枝,斜枝。此句化用苏轼《次韵蒋颖叔》诗:"明月惊鹊未安枝。"
③社:土地神庙。
④见:同"现",显现,出现。

译文

明亮的月光惊起了正在枝头栖息的乌鹊。在清风吹拂的深夜,蝉儿叫个不停。稻花飘香,沁人心脾,人们谈论着丰收年景,耳听得田蛙阵阵欢唱。

稀疏的星星刚才还远远挂在天边,而转眼间山前又洒落滴滴细雨。过去的小客店还在村庙的树林旁,转过溪桥就忽然出现在眼前了。

赏析

本词作于作者村居之时。与他往日作品沉雄豪迈的词风不同，本词笔调轻灵，平淡中透着淳厚的情感。

上阕主要描写了乡村夏夜之景。前两句中，"明月"、"清风"与"惊鹊"、"鸣蝉"，动静相宜、声色相合，使人神往不已。接下来的两句将视线由长空转至田野，由夜间黄沙道上的柔和情趣，转至漫村遍野扑鼻而来的稻花香，还联想到丰收的年景。然而"说丰年"的主体却是那一片蛙声，作者先写"说"的内容，后补"声"的来源，可谓别出心裁。

下阕运用对仗手法，用词明快。"星"、"雨"与上阕的清幽夜色、恬静气氛和乡土气息相呼应。原本难以捉摸的"天外"与"山前"，经作者笔锋一转，被表现得具体可感。"路转"、"忽见"则在写出作者忽见临近旧屋时的欢悦之外，还侧面描摹了其在稻花香中怡然迷醉的情态，读来余味无穷。

清平乐·村居

茅檐①低小，溪上青青草。醉里吴音相媚好②，白发谁家翁媪③？

大儿锄豆④溪东，中儿正织鸡笼。最喜小儿无赖⑤，溪头卧剥莲蓬。

注释

①茅檐：指茅草屋的房檐。

②吴音：吴地的方言。今江西上饶古时为吴国的领土。相媚好：愉快地交谈。

③媪：古时对老年妇女的尊称。
④锄豆：锄去豆田中的草。
⑤无赖：顽皮。

译文

草屋小、茅檐低，溪边长满绿绿的小草。两个人用含有醉意的吴地方言交谈着，那满头白发的人是谁家的公婆？

大儿在溪东的豆地锄草，二儿正忙于编织鸡笼。最令人欢喜的是小儿的调皮神态——横卧在溪头草丛中，剥食着刚刚摘下的莲蓬。

赏析

南归之后，辛弃疾屡遭当权投降派的排挤和打击，长时间不被重用，在信州（今江西上饶）闲居了约20年。在此期间，作者对农村生活和农民有了更多的了解和接触。这首词便是一幅色泽淡雅的农村风俗画卷。

上阕先描写了简朴而美丽的居住环境。作者以素描的手法简单勾出了"茅檐"、"溪上"、"青草"的状貌，笔淡而意浓，将江南农村的特色形象地描绘了出来，给人物的出现布置了安静怡然的背景。后面两句写出现在词中的人物，"醉里"一语显示了老人生活的安详，"媚好"则体现了他们愉悦的精神状态。

下阕是翁媪说话的内容，全面而真实地反映了当时农村生活的多个方面。全词有声有色、形象生动地描述了农村的乡土风俗，处处洋溢着作者对农村生活的喜爱，也反映出作者对腐朽黑暗的官场生活的憎恶之情。

清平乐

检校①山园,书所见。

连云松竹,万事从今足。拄杖东家分社肉②,白酒床头③初熟。

西风梨枣山园,儿童偷把长竿。莫遣旁人惊去,老夫静处闲看。

注释

①检校:查看,此有巡视游赏之意。

②分社肉:社,指祭祀土地神的活动。古时逢"社"日,就会四邻相聚,分享祭社神的肉,以求降福,所以有"分社肉"之说。

③床头:指糟床,酿酒的器具。

译文

云雾缭绕,笼罩着山园中郁郁葱葱的松竹,从现在开始我对生活很知足。拄着拐杖看东家分社肉,酿在糟床上的白酒散发出淡淡酒香。

西风吹拂,果园里的梨和枣已经快熟了,几个顽童正在偷偷用长竿敲打果子。不要命令别人把他们吓跑,看园子的老人正静坐着闲望。

赏析

辛弃疾曾任江西安抚使,南宋孝宗淳熙八年(1181)冬被改任为两浙西路提点刑狱公事,然而不久便遭到了台臣王蔺的弹劾而被免除了官职,只得退隐到上饶带湖生活。在闲居期间,他并未因被迫闲居而愁苦,反而因摆脱了官场纷扰而心生欢愉,创作了很多赞美带湖风光、描摹乡村生活的词作,本词便是其中的一首。

上阕写作者对闲居带湖的满足之情。"连云松竹"充满了作者的褒赏之意。"万事从今足"则抒发了词人远离尘世喧嚣、知足常乐的思想感情。以上两句统领全篇,为全词确定了基调。"挂杖"两句,则是对"万事足"的进一步补充,从中可见温馨美好的乡村生活,及作者的喜悦之情。

下阕选取了一个情趣盎然的生活场景,使本词的生活气息更加浓郁。"儿童偷把长竿"至词尾,具有很强的情节性,生动传神,充满了绘画的立体美和散文的情节美。

清平乐·忆吴江赏木樨[①]

少年痛饮,忆向吴江醒。明月团团高树影,十里水沉烟冷。

大都一点宫黄[②],人间直恁[③]芬芳。怕是秋天风露,染教世界都香。

注释

[①]吴江:又名松江,俗称苏州河,为太湖最大的支流,自太湖东北流经吴县、上海,合黄浦江入海。淳熙三年(1176),辛弃疾任江西提点刑狱,后迁京西转运判官,次年调知江陵府兼湖北安抚使。淳熙三年末,辛弃疾曾作《水调歌头·造物故豪纵》,词题序"和王正之右司吴江观雪见寄"。

由此可推知,此时辛弃疾曾游吴江。这首词题为"忆吴江赏木樨",约指此时之事。木樨:桂花的别名。

②大都:不过、仅仅。宫黄:宫中妇女化妆用的黄粉,这里指黄色的桂花,俗称金桂。木樨秋天开花,香气浓郁,有黄、白两种颜色,白者名银桂,黄者名金桂。

③直恁:竟然如此。

译文

回想当年,我曾于秋夜在吴江狂欢痛饮。酒醒之时,明月当空,映照着桂树与江水,吴江水面一片沉寂,烟雾清冷。

仅仅这么一点金黄色的桂花,竟然使人间如此芬芳。只怕秋风吹过,处处皆是幽香四溢。

赏析

这首词作于辛弃疾闲居上饶之时,是其与余叔良(其人情况不详)的唱和之词。该词是一首咏桂花之作。辛词中这类词有很多,如《太常引·一轮秋影转金波》即咏桂花词。而这首词却写得别具特色,它没有直接写桂花之美,而是在写词人经历的同时,很自然地带出桂花,并以之为背景进行渲染,这就显得意境开阔,情调豪放,感情真切,生动自然。

上阕,词人回忆自己当年的游踪,借一次客中酒醒后看桂影、闻桂香的经历,很自然地引出了桂花。"少年痛饮,忆向吴江醒。明月团团高树影,十里水沉烟冷"四句,是说词人少年时曾于秋夜在吴江狂欢痛饮。酒醒之时,明月当空,其间桂树影子影影绰绰;江边桂树,十里花香,飘散在江上,更显清冷静寂:天上人间,皆是桂香桂影。吴江即苏州河,为太湖的支流。辛弃疾年轻时曾有吴江之游,因而他十分怀念此地。大概当时的吴江两岸，桂花颇盛，因而词人咏桂花时便想起游吴江的情形。"明月团团高树影，十里水沉烟冷"两句，"团团"写桂树之盛、桂花之浓密，水沉，即沉香，这里是指桂花的馨香。

下阕，由写词人月夜酒醒的经历，转到写桂花本身。"大都一点宫黄，人间直恁芬芳。怕是秋天风露，染教世界都香。"寥寥数语，就将桂花写得极为传神。这几句的意思是说，桂花花形小，宛如古代的宫女淡施宫黄，可是它的香气袭人，开在人间芬芳无比。秋风过处，满世界都是它的馨香。桂花的特征即花小、色黄、香浓，这几句全都写到了，但仍着重写其香，与上阕相呼应。

这首词具有极强的画面感，意境优美，词人抓住桂花的特征进行渲染，重点突出，用词简练，是一首不可多得的佳作。

汉宫春·会稽蓬莱阁观雨①

秦望山②头，看乱云急雨，倒立江湖。不知云者为雨，雨者云乎③。长空万里，被西风、变灭须臾④。回首听、月明天籁，人间万窍号呼⑤。

谁向若耶溪上，倩美人西去，麋鹿姑苏⑥？至今故国人望，一舸归欤⑦。岁云暮矣，问何不鼓瑟吹竽⑧。君不见、王亭谢馆⑨，冷烟寒树啼乌。

注释

①这首词写于嘉泰三年（1203）秋，时稼轩任绍兴知府兼浙东安抚使。会稽：今浙江绍兴。蓬莱阁：位于会稽卧龙山

下，为风景名胜。

②秦望山：在会稽东南四十里处。因当年秦始皇南巡时，登临此地，远望南海而得名。

③"不知"二句：白茫茫的一片，分不清哪是云哪是雨。

④变灭须臾：刹那间变化万千。指雨过天晴。

⑤"回首"三句：形容月明风起，大地千孔万穴齐鸣与风声呼应。

⑥"谁向"三句：这里引用范蠡巧使美人计灭吴的典故。若耶溪，在会稽南，据传为当年西施浣纱的地方。美人西去，是指西施被送往吴国。麋鹿姑苏，谓吴国灭亡，昔日的姑苏台已成为麋鹿栖游之地。姑苏，即姑苏台，位于苏州城外的灵岩山上，当年吴王与西施曾在此宴游。

⑦故国：指会稽。舸：大船。

⑧岁云暮：一年将尽或年迈之意。鼓瑟吹竽：即奏乐。

⑨王亭谢馆：王、谢两家为东晋时的名门望族，其子弟大多居于会稽。

译文

站在秦望山上，看暴风骤雨、倾盆而下，远处皆是白茫茫的一片，已分不清是雨还是云。西风乍起，天地间霎时雨住云收。月色皎洁，自然界大气流荡，大地千孔万穴呼啸共鸣。

当年是谁到若耶溪上请西施西去吴国，从而使吴国灭亡呢？越地的人们至今还翘首以待，盼望他能乘船归来呢！一年将尽、日已将暮，为何不演奏乐曲、及时行乐呢？你看那昔日的王亭谢馆，如今已是一片荒芜，哪里还有行乐之处呢！

赏析

根据《宝庆会稽续志》的记载，辛弃疾于宋宁宗嘉泰三年

(1203)六月十一日到任绍兴知府兼浙东安抚使,同年十二月二十八日即奉召赴临安,次年春迁任镇江府知府。由此推断,辛弃疾应该是在嘉泰三年的下半年登上秦望山的。而从词中"西风"一词,也可推断该词应写于晚秋时节。

上阕主要描写秦望山头的自然景象。一个"看"字将读者直接带入了画面之中,"秦望山头,看乱云急雨,倒立江湖。""乱"和"急"两字极为形象地描绘出了当时秦望山头疾风暴雨的天气情况。而"倒立江湖"则是一个非常精彩的比喻,说当时暴雨好像是将江湖都倒立过来让水倾泻一般。"不知云者为雨,雨者云乎"是化用了《庄子·天运》:"云者为雨乎?雨者为云乎?"的句子。词人此处之语,大约是面对如此滂沱大雨而发表的一番感慨吧。随后"长空万里,被西风、变灭须臾"一句则又是对自然环境的描述。"回首听、月明天籁,人间万窍号呼"是指词人在雨后仔细聆听大自然中万物声音的样子。在自然界这些急速的变化之中,词人产生了哲学上的思考,从自然界的变化联想到了人生和国家的命运,为下文的追忆和论述做了很好的铺垫。

下阕中词人开始抒发自己由自然景物所引发的思考,并注重借古喻今,借历史故事抒发自己的感慨。"谁向若耶溪上,倩美人西去,麋鹿姑苏?"这句极为简练,却包含了一个极具现实意义的历史故事。若耶溪是相传春秋时期越国美女西施浣纱的地方,而姑苏则是指春秋时期吴王夫差所建的姑苏台。这句话虽然仅十五个字,却讲述了春秋时期吴越争霸的一段历史故事。春秋时期,吴越两国争霸,吴国获胜。越王勾践为了能够击败吴国,听从谋士范蠡的意见,向吴王夫差进献美女西施,即是词作中的"倩美人西去"。夫差获胜后在姑苏山上建姑苏台纵情享乐,终被越国所灭,"麋鹿姑苏"四个字就是为了说

明姑苏台的破败，暗喻吴国的覆灭。词人此处用"谁向"二字，是在含蓄强调范蠡。此后词句中"至今故国人望，一舸归欤"一句仍然是在说越国人民期盼范蠡归来。词人在此实际上是将范蠡自比，一方面是希望自己能和范蠡一样肩负起复国大业；另一方面也在用"故国人望"一句表明希望自己能像范蠡一样在功成名就之后回到故乡。"岁云暮矣，问何不鼓瑟吹竽？"一句为词人的扪心自问。此问一出，词人又马上用反问的口气做了回答："君不见、王亭谢馆，冷烟寒树啼乌。""王亭谢馆"所指的应为东晋时期的王导和谢安，此处应是出自刘禹锡《乌衣巷》中的"旧时王谢堂前燕，飞入寻常百姓家"。王导和谢安都是东晋权臣，而东晋也是历史上一个偏安江南的王朝。词人在此以东晋权臣王导、谢安隐喻当时南宋统治集团偏安一隅、不思进取的情况，表明了自己对及时行乐观点的否定态度以及对国家前途命运的无限忧虑。

总的来说，词中作者抓住了瞬息万变的自然景象变化，并由此展开丰富联想，想到了那些曾经叱咤风云的历史人物，又转而从中挖掘到更深层次的思考价值，发出了"君不见、王亭谢馆，冷烟寒树啼乌"的感叹。寓情于景，借古说今，托物言志，这正是辛词的精彩绝妙之处。

满江红·题冷泉亭

直节堂堂,看夹道冠缨拱立①。渐②翠谷、群仙东下,珮环③声急。谁信天峰飞堕④地,傍湖千丈开青壁。是当年、玉斧削方壶⑤,无人识。

山木润,琅玕⑥湿。秋露下,琼珠滴。向危亭⑦横跨,玉渊⑧澄碧。醉舞且摇鸾凤影,浩歌莫遣鱼龙泣⑨。恨此中、风物本吾家⑩,今为客。

注释

①直节:形容树木高大挺拔,此指杉树。苏辙因堂前栽有八株高大的杉树而将堂命名为"直节堂"。冠缨:指戴冠垂缨的官吏。缨,帽带、装饰物。拱立:拱手而立。

②渐:逐渐。

③环:饰物,由玉制成。

④天峰飞堕:《临安志》记载:东晋咸和年间,天竺僧人慧理见此山(位于杭州灵隐寺一带)称:"此是中天竺国灵鹫山之小岭,不知何年飞来。"因而称为"飞来峰"。

⑤方壶:即仙山。《列子·汤问》记载:相传渤海之东有"方壶"、"瀛洲"、"蓬莱"、"岱舆"、"员峤"五座仙山。

⑥琅玕:原指青色美玉,这里形容竹之青翠。

⑦危亭:高亭,这里指冷泉亭。

⑧渊:深潭,即冷泉。

⑨鱼龙泣:水中鱼龙也为之感动而泣。

⑩风物本吾家:指冷泉的景色就像词人家乡的那样。"吾家"即指辛弃疾的故乡济南。济南素有"泉城"之称,著名的

趵突泉就在济南。作者睹此泉思彼泉，颇具深意。

译文

山道两旁高大挺拔的树木郁郁葱葱，似戴冠垂缨的官吏夹道拱立。山间的曲涧流泉，潺潺而下，声音叮咚作响，好像众仙飘然而下，衣服上环珮鸣响。有谁相信这座在西湖边巍然耸立的青峰是从天外飞来？它本是当年仙人用"玉斧"削成的，如今人们已经无法了解它最初的面貌了。

浓重的秋露变为珍珠般的水滴落下，山间的一木一石都显得湿润。步入冷泉亭，只见泉水清澈如碧玉。我醉后狂舞、身影凌乱，一曲长歌唱得水中的鱼龙也动情而泣。这里的景致与家乡并无二致，可恨的是，我却只能作客他乡。

赏析

辛弃疾自从率众南归后，到宋孝宗淳熙九年（1182）赋闲带湖之间的这段时间里曾在临安为官三次。乾道六年（1170）词人被召为司农寺主簿，在临安待了较长的一段时间，这首《满江红》大约就是此一时期所写。冷泉亭在灵隐寺的飞来峰下，这首词主要就是写飞来峰和冷泉亭的景色，以及词人由此而发的感慨。

如果细读上阕，不难发现词人是按照一定的顺序所写。开头先写冷泉亭附近的山林树木。"直节堂堂，看夹道冠缨拱立"将夹道两旁的树木比做了人，形容树木非常整齐，好像人一样戴冠垂缨，拱手站立在一旁。"直节堂堂"是形容树木高大挺拔，用在此处也是含蓄地说明词人正直高尚的品格。随后"渐翠谷、群仙东下，珮环声急"则是在说山间的流水流过，声音清脆好像群仙飘下时衣服上的环佩鸣响一样。这里词人依然使用了拟人手法，但是却和前面有明显不同。前文所描写的是眼见路边的树木，是视觉描写，而此处则是运用了听觉，将流水的声音比做环佩鸣响。在此词人还化用了柳宗元《至小丘西小石潭记》中"隔篁竹，闻水声，如鸣珮环"之句。这两处拟人手法的运用，一处颇具气势，一处清新自然。读来让人不禁佩服词人的才华。

说过了夹道和流水，词人又将笔墨集中在了飞来峰上。飞来峰的得名颇有些神话色彩，根据《淳祐临安志》引晏殊《舆地记》记载："晋咸和元年，西天僧慧理登兹山，叹曰：'此是中天竺国灵鹫山之小岭，不知何年飞来。佛在世日，多为仙灵所隐，今此亦复尔耶？'因挂锡造灵隐寺，号为飞来峰。"词人在词作中就成功运用了飞来峰得名的这个典故，"谁信天峰飞堕地"一句正是词人借这个典故而语。而这句话不过是为了引出下文，之后才是对飞来峰的具体描写。"傍湖千丈开青壁"是说飞来峰是一座靠近西湖、高达千丈的山峰，只一句话将飞来峰的雄伟气势表达得淋漓尽致。而最后一句则是词人发挥自己的想象

力描述飞来峰的来历。前文"谁信"二字表明了词人对于《舆地记》记载的怀疑,而在这里,词人则对飞来峰的形成作出了自己的一番解释。"是当年、玉斧削方壶,无人识"一句表明词人认为飞来峰的形成是以前仙人用"玉斧"削成的,不过时间久远,人们已经无法辨认它最初时候的样子了。词人想象力丰富,见解颇具浪漫主义色彩。

在下阕中,在看过气势恢弘的飞来峰之后,词人将笔墨集中在了对冷泉亭和四周近景的描写上。"山木润,琅玕湿。秋露下,琼珠滴"十二个字就是在描述词人身边的近景。短短的十二个字就描述了多个景物的形态,简明扼要且清新自然。此句大意是:山中的树木和石头显得很湿润,秋露凝结而下,好像是一颗颗的珍珠一般。语罢,词人步入亭中,见冷泉的泉水清澈见底,宛若碧玉,即是"向危亭横跨,玉渊澄碧"两句。行文至此,词人的情绪忽然一变,转而激动豪迈起来。在"醉舞且摇鸾凤影,浩歌莫遣鱼龙泣"两句中,词人自比为"鸾凤",酒醉之后且歌且舞,歌声慷慨豪迈,连水中的鱼也感动地流泪。本是平平常常的游记,却突然写到了醉歌狂舞和鱼龙下泪,不禁让人有些迷惑。词人在随后便做了解释,也就是"恨此中、风物本吾家,今为客"一句。辛弃疾是山东历城人,也就是今天的山东省济南市。济南素有"泉城"之称,著名的大明湖、趵突泉附近有水香亭、水西亭、观澜亭等游亭。词人游览到冷泉亭边,看到此地景色和家乡相近,不由得发出了"风物本吾家"的感慨。而词人的家乡早已经在"靖康之变"(1127)时被金人占领,想到自己身在异乡、故土难回,词人只得长叹一声"恨此中、风物本吾家,今为客"。虽然辛弃疾从二十一岁开始抗金并于一年后归顺南宋朝廷,希望南宋统治者可以出兵收回北方的失地,但是多年过去了,南宋统治者偏安一隅,不思进取,对于辛弃疾光复河山的想法不予支持。这首词一方面表达了辛弃疾怀念自己家乡的情感；另一方面也含蓄表达出他对南宋统治者的不满。

这首词在写景上极为传神，词人构思巧妙，想象丰富，成功运用了拟人、想象等多种写作手法。不仅如此，词人还由西湖边上的泉亭景色想到故乡，进而抒发了自己报效国家、收复失地的人生理想。充分地表达出辛弃疾词作在艺术和思想上的特点。

摸鱼儿·观潮上叶丞相①

望飞来、半空鸥鹭，须臾动地鼙鼓②。截江组练驱山去，鏖战未收貔虎③。朝又暮。悄惯得、吴儿不怕蛟龙怒④。风波平步。看红旆惊飞，跳鱼直上，蹴踏浪花舞⑤。

凭谁问，万里长鲸吞吐，人间儿戏千弩⑥。滔天力倦知何事，白马素车⑦东去。堪恨处，人道是、属镂⑧怨愤终千古。功名自误。谩教得陶朱⑨，五湖西子⑩，一舸弄烟雨。

注释

①观潮：指钱塘江的秋潮。叶丞相：即叶衡，字梦锡，辛弃疾的朋友，淳熙元年春被任命为右丞相。

②鼙鼓：战鼓，此处指代军队。

③貔虎：传说中的一种猛兽，后多用来比喻勇猛的将士。

④悄惯得：习以为常、司空见惯。吴儿：泛指钱塘江上年

轻的渔民。

⑤红旆：红色的旗帜。蹙踏：踩踏。

⑥人间儿戏千弩：用钱武肃王强弩射潮的典故。

⑦白马素车：出自枚乘《七发》："其少进也，浩浩皑皑，如素车白马帷盖之张。"形容白浪滔天。

⑧属镂：剑名，吴王夫差赐伍子胥自尽用的剑。

⑨谩教得：白白让，白白便宜了。陶朱：指范蠡，其自号陶朱公。

⑩五湖：指太湖。西子：西施。

译文

江潮白浪犹如满天的鸥鹭由远处铺天盖地而来，瞬间江潮疾至，如战鼓齐鸣，声撼大地。滔天的大潮如同身着白甲的勇士驱山逐浪、势不可当，又像两军对阵，激战不休。朝朝暮暮与水为戏的弄潮儿们，却不怕风险浪恶，他们出没于惊涛骇浪之中，犹如平地闲步。看他们手把红旗，踏着浪花欢腾舞蹈，就像鱼儿在波涛中跳跃。

怒潮犹如从长鲸口中喷发而出，威力无穷，可笑那钱镠命强弩数百射潮头如同儿戏。滔天的怒潮不知何故力倦难支，缓缓东归，就像白马驾着素车而去。伍子胥无辜被杀，可恨的是，这样的事情千百年来屡屡发生。追求功名利禄使人误入迷途。范蠡功成身退，携西施泛舟五湖。

赏析

这首词为辛弃疾描绘气势雄伟的钱塘潮的词作。与一般的写钱塘潮风景之作不同的是，稼轩在词中即景抒情，将眼前景物与记忆中的场景结合起来，同时又寄寓了他因南宋朝廷迫害主战派而产生的政治忧愤，寄托遥深，令人感慨不已。

上阕,写涨潮时的壮观景象,词人以生花妙笔将场面描绘得惊心动魄、生动形象。词人开篇即以两个妙绝的比喻,渲染出钱塘潮那种"壮观天下无"的气势,一上来就声色夺人、眩人耳目。"望飞来、半空鸥鹭,须臾动地鼙鼓"写江潮自远处而来、声势渐大的情形。半空鸥鹭争飞是形容潮水初起时卷起的白色浪花以及由远处推进的动势,震天动地的战鼓声是形容潮水奔腾所发出的巨响。接下来,词人调动自己以往的战争体验,将排山倒海的大潮形容为千万白甲精兵横截江面、驱赶大山、鏖战正酣的情景。从中,我们也可以感受到词人在观潮时内心的激越澎湃之情。三韵一句"朝又暮",情景转换,由"这一次"的潮水联想到"无数次"的涨潮,进而引出了江边朝朝暮暮与水为戏的弄潮儿们。词人描述的这种场面令人惊骇,而

常年与水为戏的弄潮儿们,却不怕风险浪恶,他们出没于惊涛骇浪之中,犹如平地闲步。看他们手把红旗,踏着浪花欢腾舞蹈,就像鱼儿在波涛中跳跃。据南宋末年周密《武林旧事》记载:"吴儿善泅者数百,皆披发文身,手持十幅大彩旗,争先鼓勇,溯迎而上,出入于鲸波万仞中,腾身百变,而旗尾略不沾湿。"

下阕,词人由江潮感慨历史上的人事。"凭谁问,万里长鲸吞吐,人间儿戏千弩"紧承上文,说怒潮汹涌,犹如从长鲸口中喷发而出,不是人力所能遏制的。在这里,词人嘲笑杀了伍子胥的钱镠让数百士卒射潮的举动荒谬绝伦,如同儿戏,同时也引出了下文对伍子胥的感慨。"滔天"一韵,是说滔天的怒潮不知何故力倦难支,缓缓东归,就像白马驾着素车向东方奔去。这里隐含了词人对因忠谏而被杀的伍子胥的不平之情,因为相传伍子胥死后,"时见子胥乘素车白马在潮头之中,因立庙以祠焉"(《太平广记》)。"堪恨处,人道是、属镂怨愤终千古",直写词人对忠而被害的伍子胥的同情,以及对忠臣反遭迫害的历史现象的愤慨不平。在这里,词人亦是借古讽今,表达其对当权者迫害忠臣良将的怨愤,也是为叶衡罢相鸣不平。最后词人正话反说,"功名自误"表达了他对于自己和抗战派不幸政治遭遇的牢骚和感喟。末句词人借范蠡功成身退的典故,对叶衡罢相归来进行劝慰。

该词在艺术手法上,具有两个鲜明的特点。其一,在写潮来的壮观场面时多用比喻,使读者如闻其声,如见其形,颇有身临其境之感。其二,用典时多借古喻今,借伍子胥和范蠡的典故,抒发自己内心的愤懑不平,收到了曲折含蓄的表达效果。

清平乐·题上卢桥①

清泉奔快,不管②青山碍。十里盘盘平世界,更着③溪山襟带。

古今陵谷④茫茫,市朝往往耕桑⑤。此地居然形胜,似曾小小兴亡。

注释

①上卢桥:属江西上饶。
②不管:不顾。
③更着:还有,再加上。
④陵谷:深山峡谷。
⑤市朝:某个王朝建都的地方。耕桑:田野。

译文

尽管有层峦叠嶂阻挡,清澈的泉水却畅快地流淌。此地道路曲折回旋,水绕山间,好似带绕衣襟一般。

沧海桑田不断变化,高山深谷早已无法分清,昔日繁华的宫廷也往往变为田野。这个地方如今景色优美,吸引无数游人,想必也经历了小小的兴衰变化吧。

赏析

在这首词中,词人借眼前景物的变化抒发兴亡之感。

在词的上阕,词人先写上卢桥优美的景致。上卢桥是江西上饶的一处游览胜地,那里山清水秀,景色秀美,清澈的泉水欢快地流淌,不受重重青山的阻碍;山间有溪水环绕,构成了一幅秀丽的画面。这样的美景令词人不禁感慨历史兴亡:如今这里是风景宜人的游览胜地，此前也许经历了很多兴亡变化。下阕描写古今变迁，古往今来，高山深谷不断变化，由于历时久远，已经无法分清；那些繁华的王朝都城往往变成了寂静的田野，历史兴衰与变迁令人产生无限感慨。

　　词人通过描绘上卢桥的美景，抒发了变幻莫测的历史兴亡之感，由自然景物的兴衰变化引出王朝的兴亡更迭，其间渗透了词人的现实感受，暗示了他对南宋王朝衰落的感慨。

相思篇

青玉案

东风夜放花千树①,更吹落,星如雨。宝马雕车香满路,凤箫声动,玉壶②光转,一夜鱼龙舞。

蛾儿雪柳黄金缕,笑语盈盈暗香去。众里寻他千百度,蓦然回首,那人却在,灯火阑珊③处。

注释

①花千树:花灯多如千树开花。
②玉壶:喻月亮。
③阑珊:零落,将尽。

译文

灯火像东风一夜吹绽千树的繁花,又像满天繁星被风吹落。宝马雕车经过,一路芳香飘洒;悠扬的凤箫声四处回荡,明月渐渐西斜,一夜鱼龙飞舞,笑语喧哗。

女人们头戴蛾儿、雪柳、黄金缕,笑语盈盈,渐渐远去,只有衣香还在暗中飘散。我在众芳里寻她千百回,突然一回头,无意之间,却见她在灯火稀落的地方。

赏析

此词描写了元宵佳节夜晚观灯时的盛况,极尽渲染之能事,体现了作者在仕途失意后仍不忘为国民忧虑,始终坚持信念,甘愿闲居乡野也不屈从于主和派的高尚品质。

上阕着重描写了元宵节的盛景。在作者眼中,那元宵节的灯火,繁盛得如同千树万树的花朵一样,又好似飘落如雨的点点繁星。街道上,满眼都是繁华热闹的景象。

下阕作者忽转笔锋来写人。在热闹的人群中,作者苦苦寻觅"那人"的身影,却找寻不见。当他刚要灰心绝望的时候,忽然一回头,却发现那个人正在灯火冷清的地方独自一人伫立着!整首词至此戛然而止,给人们留下了无穷的想象空间。最后一句是整首词的点睛之笔,作者并未明确指出"那人"是谁;但在"那人"身上,作者却寄寓了自己孤高傲物、不堕俗流的高洁品格。

这首词构思新颖巧妙,结构精致,含蓄婉转,余味无穷,不愧为脍炙人口、传诵千古的名篇。

祝英台近·晚春

宝钗分①,桃叶渡②,烟柳暗南浦③。怕上层楼,十日九风雨。断肠片片飞红,都无人管,更谁劝、流莺声住。

鬓边觑,试把花卜归期,才簪又重数。罗帐灯昏,哽咽梦中语:是他春带愁来,春归何处?却不解、带将愁去。

注释

①宝钗分：钗是古代妇女的一种簪发首饰，分为两股，夫妻分别时常各执一股，作为纪念。

②桃叶渡：位于今江苏南京秦淮河与青溪汇合处。王献之有妾名桃叶，他曾于此地送别桃叶。后借指情人约会处。

③南浦：江岸，此处借指送别地。出自江淹的诗句："送君南浦，伤如之何。"

译文

摘下宝钗分做两股，我们分别在桃叶古渡，江岸上柳阴迷蒙，烟霭纷纷。自别后我最怕上高楼，因为十日有九日风雨袭人。满眼是让人伤心的片片落花，这破败景象都无人去管，还有谁去劝阻黄莺催春。

对镜看我鬓边的花钿，我将它取下来，试着数花瓣占卜你的归期，一连数了好多次。帷帐里灯火昏黄，我在睡梦中泣不成声：都怨这春光给我带来忧愁，如今也不知它又回到哪里去了？却不把这闲愁一同带走。

赏析

在这首词中，作者借一个女子之口叙说伤春之情和怀念亲人的愁苦，同时抒发了对祖国长期分裂的悲痛之情，具有特定的政治内涵。

词的上阕写女主人公登楼忆别，不禁触景生情，感怀伤事。开篇描写了在烟雾迷蒙的杨柳岸边，一对情人分钗惜别的情景，暗指祖国南北的人民长期分离、无法往来要比情人间的离别更加痛苦。"怕上层楼"两句是写与情人分手后，女主人公登楼

远望，但思念离人之情却因阴冷的风雨而变得更加凄婉苦楚。南归之后，作者多年颠沛流离，难以实现报国之志，天地苍茫却无知音。"断肠片片飞红"一句便是作者心中难以排遣的忧愁的写照。"都无人"和"更谁劝"则以曲折深沉的笔触，将那种凄清孤寂、知音难觅的氛围营造得更加浓烈。

　　词的下阕描写了女主人公时刻盼望着心上人早日归来，夜晚难以安睡的苦痛。"鬓边觑"一句生动地刻画出一个急切盼望离人归来的闺中少妇的形象。只见她将头上的花钿取下来，细数花瓣来占卜离人的归期。数完后，她将花钿戴上，可刚戴上却又取下来重数，这反复的动作将闺中少妇那复杂的心理状态巧妙地表现了出来。结尾几句是写女主人公在入睡后，仍哽咽叨念着离人的归期，可见其思念之深切。

　　全词笔触深沉曲折，细节描写精致，细腻传神地表达了女主人公对离人的深切思念。由此可看出，辛词既可慷慨豪迈，也可缠绵温婉，足具大家风范。

满江红

点火樱桃,照一架、荼蘼如雪①。春正好,见龙孙穿破,紫苔苍壁②。乳燕引雏③飞力弱,流莺唤友娇声怯。问春归、不肯带愁归,肠千结④。

层楼望,春山叠;家何在?烟波隔。把古今遗恨⑤,向他谁说?蝴蝶不传千里梦,子规叫断三更月⑥。听声声、枕上劝人归,归难得。

注释

①点火:如火、像火一样。荼蘼:蔷薇科草本植物,青茎,春末夏初开花。

②龙孙:竹笋。梅尧臣《韩持国遗洛笋》:"龙孙春吐一尺芽,紫锦包玉离泥沙。"紫苔:紫色的苔藓。

③引雏:母燕带着雏燕试飞。

④春归:赵德庄《鹊桥仙》词:"春愁元自逐春来,却不肯随春归去。"辛弃疾《祝英台近》词:"是他春带愁来,春归何处?却不解、带将愁去。"肠千结:愁肠千结,形容内心的愁绪无法排解。

⑤古今遗恨:山河破碎,中原沦陷,是古往今来的恨事。

⑥"蝴蝶"二句:子规,即杜鹃。此二句化用唐人崔涂的诗句:"蝴蝶梦中家万里,杜鹃枝上月三更。"

译文

樱桃红艳似火,荼洁白如雪。春色正浓,喜见春笋穿破长满紫色苔藓的土阶而出。母燕慵懒地引着雏燕试飞,黄莺低声呼叫伴侣。春带愁来,归去时却不将春愁带走,令人伤怀。

登楼望家国，有层山叠水相隔。古今家国之恨，又能向谁诉说？乡梦难成，惟闻子规啼月。杜鹃声声催人归，人却归不得。

赏析

　　这首词的创作年代不详，由该词的内容可以判断出，这当是辛弃疾官场失意后的思归之作。在这首词中，词人借春归之愁写身世、家国之忧，饱含悲凉之情。该词的独到之处，不仅在于它饱含深情，更在于其清丽深婉的抒情风格，词人在对春景的生动鲜活的描绘中，创造了一种幽远深邃的抒情境界，耐人寻味。

　　上阕，词人为我们描绘了一幅令人眼花瞭乱的江南暮春图。词人在赞美春景的美好的同时，又表达了对春天即将离去的惋惜之情。"点火樱桃，照一架、荼䕷如雪"二句，选取了园林之中开得正艳的樱桃和荼䕷，将春景描绘得绚丽多姿。接下来"春正好，见龙孙穿破，紫苔苍壁"三句，词人极力赞美春天之美好，这里写春笋破土而出，其实是为了道出春天之所以美好是因为一切都充满生机。然而，这样的美景却不能长存。正是因为词人感伤春之将逝，才会有"乳燕引雏飞力弱，流莺唤友娇声怯"之感。这里的燕之"弱"与莺之"怯"，其实都是词人伤春心理的外化。词人舍不得春天离去而又无可奈何，因而内心怨愤之极，无法排解，忍不住诘问春天："问春归、不肯带愁归，肠千结。"可见其对于春之离去是何等的哀愁，"肠千结"三字，虽为夸张，却极其生动地传达出词人内心的万千愁绪。

　　下阕，词人由春愁带出深深的家国之恨。"层楼望，春山叠；家何在？烟波隔"，紧承上阕的愁绪而来，点明了词人内心所郁积的愁绪，其实是因山河破碎、有家不能归而产生的。这里的"春山"、"烟波"，何尝不是词人坚持抗金收复大业

所遇到的无数艰难险阻！正是因为现实中有太多的无奈，词人才会发出"把古今遗恨，向他谁说"的感慨，可见其内心的悲怆与孤独。"古今遗恨"，是指从古至今的恨事，这里偏重于指"今"，即当时中原沦陷、祖国分裂之恨。由此可见，词人内心的"恨"，绝不同于一般文人士大夫那种春花秋月的哀愁，而是深沉悲痛的家国之恨。接下来的"蝴蝶不传千里梦，子规叫断三更月"二句，从唐人崔涂的"蝴蝶梦中家万里，子规枝上月三更"一联化出，而又比原诗更为凄切哀婉。千里梦，指自己在梦中回到家乡。这里的家乡指的是辛弃疾的老家济南，也泛指被金人所侵占的中原大地。子规的叫声像是在说"不如归去"。"不传"和"叫断"之语，更是将词人内心的愁苦表达得淋漓尽致。结尾"听声声、枕上劝人归，归难得"二句，抒写内心的感慨。杜鹃声声催人归，而词人却归不得。这两句紧承上文的"子规叫断"，又运用"顶真格"的形式，让词人的念归之情倾泻而出，千载之后仍具有打动人心的力量。

念奴娇·书东流①村壁

野棠花落,又匆匆、过了清明时节。刬地刬②东风欺客梦,一枕云屏寒怯。曲岸持觞,垂杨系马,此地曾轻别。楼空人去③,旧游飞燕能说。

闻道绮陌④东头,行人曾见,帘底纤纤月⑤。旧恨春江流不断,新恨云山千叠。料得明朝,尊前重见,镜里花难折。也应惊问:近来多少华发?

注释

①东流:在今安徽省东至县。
②刬地:无端。
③楼空人去:苏轼《永遇乐》:"燕子楼空,佳人何在?空锁楼中燕。"
④绮陌:指烟花巷。
⑤纤纤月:指美人的纤足。

译文

野海棠花刚纷纷飘落,时光匆匆,又过了清明时节。春风无端地惊扰我的美梦,冷气侵袭云屏褥枕,让我畏怯。在曲折的河岸举杯对饮,把马儿系在杨柳树腰,当年我和她正是在这里告别的。如今人去楼空,当时的情景只有旧时的燕子知道。

听说在烟花巷的东头,行人曾见到她帘底的纤足。旧恨好似不断奔流的一江春水,新愁又像云海群山,重重叠叠。料想若明天能和她在宴席前重见,她会像镜中花,虚幻难折。她也一定吃惊地问我:近来又添了多少白发?

赏析

据邓广铭《稼轩词编年笺注》考证，这首词大概作于淳熙五年（1178），时稼轩自江西帅召为大理少卿。由词的内容可知，词人年轻时曾在池州东流县结识一位女子，而今故地重游，寻访不遇，故而作此词。因而可以说，这是一首描写词人的爱情经历的词作，这在辛词中极为少见。这首词不像大多数爱情词那样充满婉转缠绵之意，而是带着一种击节高歌的悲凉气息，具有鲜明的辛词特色。

上阕写词人故地重游、寻访故人而不遇的情形。"野棠花落，又匆匆过了，清明时节。刬地东风欺客梦，一枕云屏寒怯。"是说花开花落，时光匆匆，又过了清明时节；春冷似秋，东风惊醒客梦，云屏令人顿生寒意，我触景生情，心生悲凉之感。在这里，"又"字暗示出词人此前也是在这个季节经过这里，大有崔护"去年今日此门中"之感。"客梦"暗指旧游之梦；"一枕寒怯"是写春寒袭人，亦是写孤独寂寞之感，与"客梦"形成对比，令词人忍不住回想曾经在此地的欢愉。因而，词人便很自然地回忆往昔："曲岸持觞，垂杨系马，此地曾轻别。楼空人去，旧游飞燕能说。"当年词人曾和伊人在此分别，临别系马饯行之景历历在目。曲岸、垂杨依然还是旧时的模样，而伊人不在；只有似曾相识的飞燕，还在呢喃地向人诉说。末句是从东坡《永遇乐》"燕子楼空，佳人何在，空锁楼中燕"之句化出，却又用得自然妙绝、不着痕迹，令人耳目一新。上阕中，词人将今昔对比，字里行间隐隐含悲，流露出其怅然若失的伤感。

下阕，承接上阕的感伤继续写旧日情形："闻道绮陌东头，行人曾见，帘底纤纤月。""绮陌"，是指烟花巷。纤纤月：

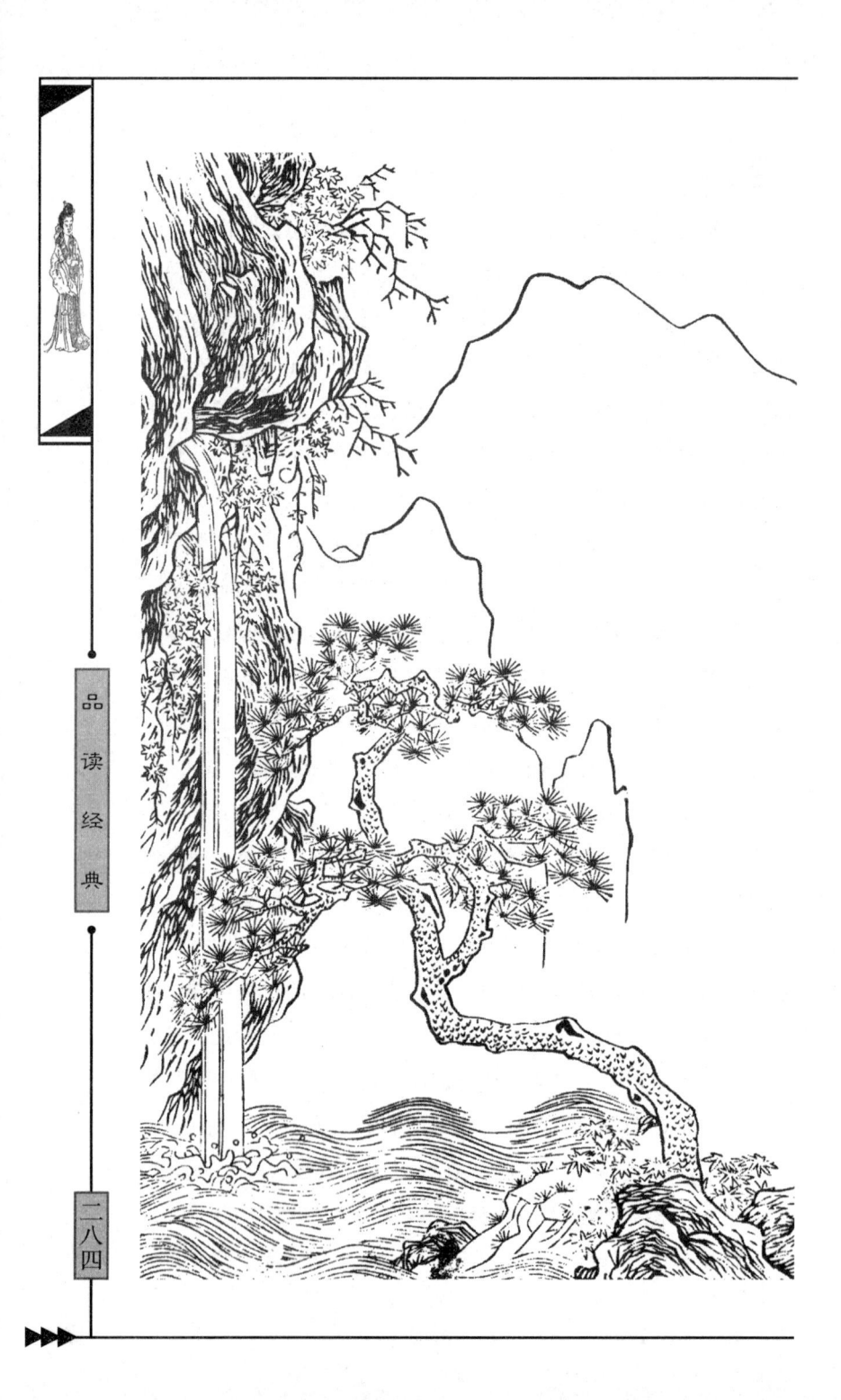

品读经典

二八四

纤细之月，喻美人之足，即指美人。该句又是化用东坡《江城子》词"门外行人，立马看弓弯"句意。在这里，稼轩以清雅淡笔写浓艳之景，显示了其出色的语言功力。该句也点明了词人追忆的伊人是位风尘女子。这三句的意思是：听当地的人说，在东市繁华的街头曾见过美人的身影，但如今已不知去向了。寻访美人而不遇，词人无比惆怅，因而便说："旧恨春江流不断，新恨云山千叠。"前次惜别的旧恨，如同无尽的流水那样绵长；此次寻而不遇的新恨又如乱山云叠一般沉重。在这里，词人将眼前景色信手拈来，将其内心的伤感惆怅写得极为生动。同时，这两句也流露出词人内心的家国恨、身世恨、报国无门之恨等无尽的愁绪。稼轩一生历尽沧桑，故融合而难分了。因而陈廷焯评其词为"矫首高歌，淋漓悲壮"。至此，词人内心的惆怅伤感之情已极，似乎已无需再言，然而词人并未就此止笔，而是借助想象，又转出一层意思来："料得明朝，尊前重见，镜里花难折。"即使明日尊前重逢，只怕美人已有所属，终如镜花水月，欢情难继。这里写美人如镜里花难折，稼轩已将其内心无尽的愁思写得含蕴深婉，接下来词人又推进一层，以美人的问话作结，使结尾余意不尽："也应惊问：近来多少华发？"重逢之时，想来美人也该会吃惊而关切地问词人："你怎么添了这么多的白发啊！"这句虽只是普通应酬话，而且是词人想象中的情景，却写出双方的深情与叹惋。词人头生华发，既有"为伊消得人憔悴"的相思之情，又有"老却英雄似等闲"的悲愤之情，大有"倩向人唤取，红巾翠袖，揾英雄泪"（《水龙吟》）的感慨。这首词实为借怀旧之情，表达词人内心的家国之忧，有一唱三叹之余韵。该词以伊人惊问词人头生华发作结，不仅照应了开头的岁月匆匆之叹，而且使全词倍增伤感悲凉之气。

该词与一般的言情词相比,最大的特色就在于其字里行间都透着悲凉之气。词人在写男女之情的同时,处处都浸透着他英雄投闲、报国无门、壮志暮年的悲愤,实为借相思之情抒家国之忧。更为难得的是,词人将二者结合的天衣无缝,浑然难分。另外,在表现男女之情方面,稼轩不是一味地写二人的缠绵悱恻,而是一唱三叹,将浓浓的愁情化为袅袅余音。从情调上来看,该词不是低回凄婉,而是洒脱爽健、一挥而就。这样的词境,非性情豪爽刚烈的稼轩而不能为。

经典品读

图文版

古代名诗·名词·名句

婉约词 柳永 李清照

〔精编〕

下

孔庆东 ◎ 主编

吉林出版集团股份有限公司

序

古人说:"刚日读经,柔日读史。"本来说的是什么时间读什么书,从侧面看来,我们的前辈多么勤奋,每日读书,并不留空闲。

在一个号召"全民阅读"的时代,如何阅读,阅读什么,成为新常态下的新课题。数千年来的文化传统和我们的祖先的经验告诉我们,那就是阅读经典图书。这套《品读经典》丛书,其旨趣、其志向,大概就是"打通"这样一个目标。

我也经常说,只有阅读经典著作,建立了平衡的知识结构,才能做到"风吹不昏,沙打不迷"。

一日不读书,心源如废井。

在我看来,读书应该是日常生活的组成部分,就像呼吸空气那样。

我在北大附属实验学校的一次报告会上曾经谈过,要读书,读好书,也只有那些有独创思想的著作才能称为"书",才可能成为经典。

经典书,也就是我们常说的"真正的书",它应具有独特性、原创性、思想性。独特性就是与众不同,是自己独立思考的东西;原创性就是"我手写我心";思想性就是必须加入自己个体的思考。

另外,经典书均为文史哲范围,因为这些书属于上层书,其思想辐射至其他专业。今天我们有几百个专业,它们并不是在一个平面上展开的。

  我们要每天读点儿书，滋润自己的心灵。读书不是立竿见影之事，不能立马改变生活，它是个慢功夫。几天不读好像没什么，其实你已经落后了，而当你水平提高了又不容易下去。

  对于个人来讲，我们把学到的知识用到实践当中，用到一点就足够我们享用一辈子了。表里不一对于国家来说是毁国家前途，对于个人来说是毁自己前途。很多人总是发明新道理，但是我觉得旧道理够用。

  知道了之后再实践了，这才是真正的读书人。

  古人言："读万卷书，行万里路。"

  "读万卷书"是前提，"行万里路"是实践，把知识实际地运用。孔子讲的"忠、恕、仁"这几个概念，你能把它实践好就很不错了，懂了这些道理你读书就很快乐。有了这种精神状态之后，你就会持一个乐观的心态。读书最后还是为了自己，使自己成为一个乐观快活的人，让自己活在这个世界上特别有劲。

  我们既要"行万里路"，也要"读万卷书"，更要读好书，读经典书。

  著名学者汤一介先生说，一本好的经典，"可以启迪人们的思考，同时也告诉我们应该重视经典"，面对先贤的智慧，面对我们两千余年来的诸子百家、孔孟老庄，"我们必须谦虚，向经典学习"，也许这就是"品读经典"丛书出版的意义。

前言

　　宋词是中国古代文学园苑里的一朵奇葩，它以奇崛的姿态、脱俗的神韵与唐诗争奇，代表了一代文学之胜，铸就了中国古代文学史的辉煌。明代，有学者将词分为"婉约"和"豪放"两体，婉约词情调柔美，意境清幽，音律谐婉，语言圆润，"多以清切婉丽之词，写房帏儿女之事"，在题材上具有一定的局限性，这一派的词人以柳永、李清照等人为代表。

　　柳永（约987—约1053），原名三变，字景庄，后改名永，字耆卿，因排行第七，故又称柳七，崇安（今福建武夷山市）人，有《乐章集》传世。宋仁宗景祐元年（1034）柳永中进士，官至屯田员外郎，后世因称其柳屯田。柳永一生仕途坎坷，但其词作却流传甚广，民间有"凡有井水饮处，即能歌柳词"之说。他的创作不仅促进了宋词的发展，也在内容和形式上为后继者的创作提供了典范。柳词在内容上以表现下层人民的悲苦和歌伎们的悲欢为主，在创作方向上改变了词的审美内涵和情趣，变"雅"为"俗"，极大地拓展了词的内涵和外延，故大众对柳永有"巾民词人"的评价。此外，柳永不但是两宋词坛上创用词调最多的词人（其首创或首次使用的词调保存下来的就有一百多个），而且还是慢词的倡导者。

　　李清照（1084—约1155），号易安居士，生于历城（今山东济南）的一个书香门第，从小耳濡目染，"自少年，便有诗名"。她工书，善画，兼通音乐，在文学上更是全才。李清照是婉约派的杰出代表，她的词在词坛中独树一帜，人称"易安体"。其作品颇丰，可惜大都散佚。同其生活经历一样，其创作大体上也以南渡为界分为两个时期。前期的词表现了生活的安定美好，清新明快；后期的词书写飘零之苦，悲凄凝重。除此之外，晚年时她还有一些感世事、叹身世之作。

在此，我们特地将这两位词人的词作辑录成集，并配以作者简介、注释、译文、赏析，让读者在欣赏佳作的同时，对作品的创作背景、作品背后的故事以及作品深刻的内涵有一个全面的了解，相信读者一定能够从中得到最纯粹的美的享受。

——《品读经典》编委会

目　录

柳永名词名句
相思篇

雨霖铃（寒蝉凄切）/三
蝶恋花（伫倚危楼风细细）/五
忆帝京（薄衾小枕凉天气）/七
两同心（伫立东风）/一〇
满江红（万恨千愁）/一三
卜算子慢（江枫渐老）/一六
女冠子（断云残雨）/一八
诉衷情近（雨晴气爽）/二二
婆罗门令（昨宵里恁和衣睡）/二四

少年游（参差烟树灞陵桥）/二七
凤衔杯（有美瑶卿能染翰）/二九
采莲令（月华收）/三二
集贤宾（小楼深巷狂游遍）/三四
二郎神（炎光谢）/三六
满朝欢（花隔铜壶）/三九
玉蝴蝶（望处雨收云断）/四三
浪淘沙慢（梦觉）/四五

闺情篇

西江月（凤额绣帘高卷）/四八
甘草子（秋暮）/五一
甘草子（秋尽）/五四
定风波（自春来）/五七
昼夜乐（洞房记得初相遇）/五九
驻马听（凤枕鸾帷）/六一

迷仙引（才过笄年）/六三
鹤冲天（闲窗漏永）/六五
斗百花（煦色韶光明媚）/六九
柳腰轻（英英妙舞腰肢软）/七三
锦堂春（坠髻慵梳）/七六
倾杯乐（皓月初圆）/七九

述怀篇

鹤冲天（黄金榜上）/八三
看花回（屈指劳生百岁期）/八五
受恩深（雅致装庭宇）/八九

如鱼水（帝里疏散）/九三
玉楼春（星闱上笏金章贵）/九七

羁旅篇

少年游（长安古道马迟迟）/一〇一
迷神引（一叶扁舟轻帆卷）/一〇三
八声甘州（对潇潇暮雨洒江天）/一〇五
梦还京（夜来匆匆饮散）/一〇八
竹马子（登孤垒荒凉）/一一一
满江红（暮雨初收）/一一四
归朝欢（别岸扁舟三两只）/一一六
安公子（远岸收残雨）/一一九

倾杯（鹜落霜洲）/一二一
曲玉管（陇首云飞）/一二四
引驾行（红尘紫陌）/一二七
笛家弄（花发西园）/一三〇
洞仙歌（乘兴闲泛兰舟）/一三四
夜半乐（冻云暗淡天气）/一三九
戚氏（晚秋天）/一四一

风光篇

玉蝴蝶（渐觉芳郊明媚）/一四五
破阵乐（露花倒影）/一五〇
看花回（玉城金阶舞舜干）/一五二
柳初新（东郊向晓星杓亚）/一五五
木兰花慢（拆桐花烂熳）/一五九

望海潮（东南形胜）/一六二
倾杯乐（禁漏花深）/一六四
迎新春（嶰管变青律）/一七〇
早梅芳（海霞红）/一七五
望远行（长空降瑞寒风剪）/一八〇

李清照名词名句

相思篇

一剪梅（红藕香残玉簟秋）/一八七
醉花阴（薄雾浓云愁永昼）/一八九
怨王孙（帝里春晚）/一九一
蝶恋花（暖雨晴风初破冻）/一九三
添字采桑子（窗前谁种芭蕉树）/一九五
蝶恋花（泪湿罗衣脂粉满）/一九八
鹧鸪天（寒日萧萧上琐窗）/二〇〇
凤凰台上忆吹箫（香冷金猊）/二〇三
行香子（草际鸣蛩）/二〇六
孤雁儿（藤床纸帐朝眠起）/二〇九
好事近（风定落花深）/二一一

闺情篇

如梦令（常记溪亭日暮）/二一四
如梦令（昨夜雨疏风骤）/二一五
点绛唇（蹴罢秋千）/二一七
点绛唇（寂寞深闺）/二一九
减字木兰花（卖花担上）/二二一
浣溪沙（绣面芙蓉一笑开）/二二三
浣溪沙（淡荡春光寒食天）/二二五
浣溪沙（小院闲窗春色深）/二二七
浣溪沙（莫许杯深琥珀浓）/二二九
浣溪沙（髻子伤春懒更梳）/二三一
小重山（春到长门春草青）/二三三
忆秦娥（临高阁）/二三六
念奴娇（萧条庭院）/二三八

怀旧篇

声声慢（寻寻觅觅）/二四一
临江仙（庭院深深深几许）/二四三
武陵春（风住尘香花已尽）/二四六
摊破浣溪沙（病起萧萧两鬓华）/二四八
南歌子（天上星河转）/二五一
怨王孙（湖上风来波浩渺）/二五四

蝶恋花（永夜恹恹欢意少）/二五七
诉衷情（夜来沉醉卸妆迟）/二五九
菩萨蛮（归鸿声断残云碧）/二六一
菩萨蛮（风柔日薄春犹早）/二六三

咏物篇

鹧鸪天（暗淡轻黄体性柔）/二六六
摊破浣溪沙（揉破黄金万点轻）/二六八
满庭芳（小阁藏春）/二七一
庆清朝慢（禁幄低张）/二七四
玉楼春（红酥肯放琼苞碎）/二七七
渔家傲（雪里已知春信至）/二七九
清平乐（年年雪里）/二八二
多丽（小楼寒）/二八四

柳永名词名句

柳永

约987—约1053，本名柳三变，字景庄，后改为柳永，字耆卿。因排行老七，故被世人称为"柳七"，祖籍河东（今山西永济），后迁居崇安（今福建武夷山市）。其祖父为柳崇，以儒学著称。其父柳宜，曾任南唐监察御史，入宋后被任命为沂州费县令，官终工部侍郎。柳永早年曾居于汴京，常流连于青楼妓院，沉湎酒色之中。后游历成都、京兆，走遍荆湖、吴越一带。景祐元年（1034）登进士第，曾任睦州团练推官、余杭令、定海晓峰盐场监官、泗州判官、太常博士等职，官终屯田员外郎，故有"柳屯田"之称。晚年流落他乡，卒于润州（今江苏镇江）。柳永一生潦倒，为人豪放不羁，《宋史》无其传，仅有一些笔记、方志散载其事迹。其诗文俱佳，以词闻名于世，世称"屯田蹊径"、"柳氏家法"。其词影响巨大，"凡有井水饮处，即能歌柳词"（《避暑录话》卷三记西夏归朝官语），后世词家及金元戏曲、明清小说皆受其影响。其词有一百五十余首传世，皆入《乐章集》。《清波杂志》卷八评曰："皆不传于世，独以乐章脍炙人口。"

相思篇

雨霖铃

寒蝉凄切①,对长亭晚,骤雨初歇②。都门帐饮无绪③,留恋处、兰舟催发④。执手相看泪眼⑤,竟无语凝噎⑥。念去去⑦、千里烟波,暮霭沉沉楚天阔⑧。

多情自古伤离别,更那堪⑨、冷落清秋节。今宵酒醒何处?杨柳岸、晓风残月。此去经年⑩,应是良辰好景虚设。便纵有千种风情⑪,更与何人说?

注释

①寒蝉凄切:指秋蝉叫得凄凉急促。

②骤雨初歇:一场大雨刚刚停歇。

③都门帐饮:在京都城门外设帐置酒宴饯行,化用江淹《别赋》:"帐饮东都,送客金谷。"无绪:无精打采,没有情绪。

④留恋处、兰舟催发:难舍难分之际,艄公催着要开船启程。兰舟,《述异记》载鲁班曾刻木兰树为舟,后用做船的美称。

⑤执手：紧拉着手。
⑥凝噎：悲痛气塞，欲哭无声。
⑦去去：重复言之，表示路途遥远。
⑧暮霭沉沉楚天阔：暮霭沉沉的南天一片空阔。暮霭，傍晚的雾气。沉沉，深厚的样子。
⑨更那堪：更何况。
⑩经年：一年又一年。
⑪风情：男女恋情，此指兴味，情致。

译文

秋蝉的鸣叫声是那么凄凉急促，面对着傍晚时分的长亭，一场大雨刚刚停歇。在京都城门之外设帐置酒饯行，喝酒时无精打采，毫无情绪。正当留恋而舍不得分开的时候，艄公催促着要开船出发。紧握着手四目以对，眼泪忍不住流下来，竟然不知道该说什么，只有悲痛气塞，欲哭无声。此一别迢迢万里，路途遥远，暮霭沉沉的南方天空，空阔得没有边际。

自古都是多情的人在离别的时刻最伤心，更何况时值冷落的清秋时节，离别之苦就更叫人无法忍受。今天晚上酒醒时身将在何处呢？可能只有杨柳岸上，晨晓的冷风和残缺的月牙陪伴我了。这一别可能不止一年，即便有良辰美景，也形同虚设。即使有千万种风情，又能够再向谁去倾诉呢？

赏析

这首词作为柳永婉约词的代表作，真切再现了情人离别时恋恋不舍、缠绵哀怨的情景，至今被人们反复咏唱。

上阕刻画了情人诀别的场景。前三句以景写情，融情于景，通过对自然景物的描写暗示离人心中的"凄切"。"都门帐饮无绪"直写自己的情绪，却是"无绪"。情人将别，不想走，却又不得不走，这是怎样的痛苦和无奈啊！后两句是作者对离别后生活的联想：自己将孤身一人，在这广阔苍茫的天地间漂泊。烟霭沉沉，前路茫茫，这愁绪似乎已经如烟霭般弥漫在整个天地之间。

下阕主要是联想。前两句由一般的离别具体到此次的离别，凄凉的氛围愈铺愈浓。后三句，词人幻想自己以后的生活：今夜酒醒后，只见杨柳岸边晓风凄凉，残月斜挂，这样的情景，怎不让人心碎！于是心中满是萧然，恐怕这次离别之后，即使光景再美好，也不能引起词人的兴趣，这满腔凄苦自是再也无可诉说！

蝶恋花①

伫倚危楼风细细②。望极春愁③，黯黯生天际④。草色烟光残照里，无言谁会凭阑意⑤。

拟把疏狂图一醉⑥。对酒当歌，强乐还无味⑦。衣带渐宽终不悔⑧，为伊消得人憔悴⑨。

注释

① 蝶恋花：词牌名。原是唐代教坊曲名，本名《鹊踏枝》，作为词牌名始于晏殊，并改为今名。调名得名于梁简文

帝萧纲的诗句"翻阶蛱蝶恋花情",取其中三个字。双调,六十字,十句,上下阕各五句四仄韵。此外,又名《黄金缕》、《凤栖梧》、《一箩金》、《鱼水同欢》、《细雨吹池沼》、《明月生南浦》、《卷珠帘》、《江如练》等。

②伫:长久站立。危楼:高楼。

③望极:极目远望。

④黯黯:迷蒙不明的样子。

⑤会:理解,懂得。

⑥拟把:打算。疏狂:粗犷狂放,不合时宜。

⑦强乐:强颜欢笑。强,勉强。

⑧衣带渐宽:形容人逐渐消瘦。

⑨伊:她,指心中所爱之人。

译文

长久地在高楼上伫立,细腻柔和的微风缓缓地吹拂着面颊。极目远眺,春愁自那遥遥天际苍茫地生出。草儿翠绿,苍茫烟光,伴着夕阳残照,沉默无言,又有谁能懂得独自凭栏的深意呢?

打算将那粗犷狂放、不合时宜的心情换做一通大醉,可是对酒当歌、强颜欢笑却觉得更加没有意思。衣带渐渐宽松,人也更加消瘦了,但始终无悔,心甘情愿地为了她使自己的身体消瘦憔悴。

赏析

这首词因景思人,全篇充满作者因身世飘零而生的落寞情怀和对情人无怨无悔的思恋,两者有机地融合在一起。

上阕写作者登楼所见。第一句直述，主人公在高楼之上倚栏远望，清风细细，无边的芳草直至天际，让他不由得顿生愁绪，为什么呢？那春草太像自己心中的忧愁了，都是那么漫无边际。在这里，也正说明主人公自己游心已倦，心系他乡心爱的女子。夕阳残照，烟光烂漫，寂寞凭栏，主人公心中的孤单、落寞开始萦绕。然而他知道，此时此刻，是没有人明白他的心意的。也正是由于孤单落寞而无人可诉，才更显得愁绪满怀，才更生思念情人的愁怀。为下文埋下了伏笔。

下阕叙述自己如何情深。一个"拟"字，一方面引出主人公想把满腹疏狂化为一场淋漓酣醉，狂歌痛饮而强颜欢笑；另一方面又是虚指，"还无味"暗寓这样的消沉亦不能使自己摆脱愁绪，足见愁绪之深沉。直到这里，作者才道出自己究竟愁的是什么。原来都是为那个思念的情人啊！于是，上半部分蓄积的感情终于轰然迸发，作者在最后喊出了自己爱的宣言，衣带渐宽又有何悔，那个美丽的女子，就是值得人为她憔悴啊！

这首词幽婉而又活泼，灵动而不木讷。后两句早已成为后世情人们互诉思念之情的绝唱。"专作情语而绝妙者"，王国维对这首词的评价绝非妄言。

忆帝京

薄衾小枕凉天气①，乍觉别离滋味。展转数寒更②，起了还重睡。毕竟不成眠，一夜长如岁。

也拟待③、却回征辔④；又争奈、已成行计。万种思量，多方开解，只恐寂寞厌厌地⑤。系我一生心⑥，负你千行泪。

注释

①薄衾：单薄的被子。
②展转：同"辗转"。形容在床上翻来覆去，难以入眠。
③拟待：计划、打算。
④征辔：远行的马。辔，马的缰绳，这里指代马。
⑤厌厌：形容人奄奄一息、精神颓靡的样子。
⑥系：牵挂，惦念。

译文

背靠小枕裹着单薄的被子，一人躺在帷中。天渐渐凉了，离愁别绪涌上心田。辗转不成眠，只好数更声。几次躺下又起来，无论怎样都睡不着。一夜长得像一年。

也想着，掉转马头回去，却又无奈已踏上旅程。万种思量，四处开解，只能任凭寂寞萎靡不振。即便把你一生一世记挂在心，也会辜负你留下的千行泪。

赏析

柳词中表现离愁别绪的作品很多，如提及"寒蝉凄切"的《雨霖铃》，"伫倚危楼风细细"的《蝶恋花》等等，但这些词都是单线结构，从游子的角度抒发离别相思之情。这首《忆帝京》却另辟蹊径，采用双线结构，从男女双方入手来写离愁，这在擅长单线铺叙的柳词中确不多见。

上阕先从女子入手。"薄衾小枕凉天气，乍觉别离滋味"，这两句点明离别的时间是初秋，秋天本就是一个容易引发愁绪的季节，秋日离别更容易让人伤情。"小枕"暗示闺中人的独卧。"乍"有突然的意思。白天离别时尚不觉得什么，到了晚上，一个人独卧闺中，想起昨天还是成双成对，离愁之情不由得突然涌上心头。离愁一起，便一发不可收拾，"展转数寒更，起了还重睡"，写女子因相思而不能成眠的苦况。这两句把女子的夜不成寐写得非常详细，她辗转反侧，听着一遍又一遍的更漏声，无数次起来又躺下，这些行为集中突出了女子的痛苦和忧伤。"毕竟不成眠，一夜长如岁"，女主人公想尽了一切办法，但最终还是没有睡着。"一夜长如岁"写出了因为痛苦而觉得长夜难挨，同时也暗合了"一日不见，如三秋兮"的相思题旨。

下阕则"花开两朵，各表一枝"，仿佛电影的分镜头，描写重心由思妇转向了游子，淋漓尽致地展现了游子不舍、无奈、矛盾、挣扎、强自宽慰又非常愧疚的心态。"也拟待、却回征辔；又争奈、已成行计"，二人离别，不舍的不仅是女子，男主人公同样是万分难舍。他甚至想，干脆回去吧，但路已启程，又怎能轻易回转呢？游子的心情是非常复杂的，一方面是不舍，一方面又很无奈。"万种思量，多方开解，只恁寂寞厌厌地"，既然回不去，那就想开一点吧，游子这样劝说着自己，但是无论怎么开解，自己都无法释怀，因为开解的良药只有一种，那就是与心上人的相聚和厮守。"系我一生心，负你千行泪"，这两句写游子的深情和愧疚——这一生一世我都会牵挂着你，但我却不能和你长相厮守，只能辜负你，让你伤心流泪了。

两同心①

伫立东风②,断魂南国③。花光媚④,春醉琼楼⑤;蟾彩迥⑥,夜游香陌⑦。忆当时,酒恋花迷⑧,役损词客⑨。

别有眼长腰搦⑩,痛怜深惜⑪。鸳会阻⑫,夕雨凄飞;锦书断⑬,暮云凝碧⑭。想别来,好景良时,也应相忆⑮。

注释

①两同心:词牌名,最早见于《乐章集》。此调有三体,一声仄韵由柳永创立,二声平韵创自晏几道,三声叶韵创自杜安世。本词写词人对客居南国某地时所结识的某妓女的怀念。

②伫立东风:迎着东风长久站立。这里用东风点明时节,即春天,因为汴京只有春季才经常刮东风。

③断魂:魂魄脱离躯体。南国:南方。

④花光媚:花朵反射出来的光亮异常妩媚,含蓄地表达南方的花朵与汴京的花朵不同,那里的花朵反射出的光都那么妩媚。

⑤春醉琼楼:春天里喝醉在南国的酒楼。琼楼,本义是仙境中用琼玉建成的楼宇,这里借指南方的酒楼。

⑥蟾彩迥:南方的月光与汴京的月光也不同。蟾彩,这里指月光,古时又称月亮为蟾宫,故这里把月光称为蟾彩。迥,迥异,不一样。

⑦香陌:指妓院密集的街道。

⑧酒恋花迷：沉迷于酒色之中。花迷，迷恋女色。

⑨役损：即劳损，损耗，这里指被酒色损耗。词客：词人自称，柳永以词名称于世，故用词客自称。

⑩眼长腰搦：这里指艳丽的女子。眼长，意为大眼睛。腰搦，腰肢纤细。搦，意为握持，是说这位女子的腰细得刚刚够一握。

⑪痛怜深惜：彼此之间相知相惜，深深相爱。

⑫鸳会：鸳鸯会，此处指与心上人的聚会。阻：阻隔，受阻。这句的意思是说，自己离开南方回到汴京，因而与南方的情人的聚会受到了阻隔。

⑬锦书断：指两人断绝了书信来往。锦书，即书信，多用于指夫妻或情人之间的情书。此典故出自《晋书·窦滔妻苏氏传》：前秦时期秦州太守窦滔被贬官到了流沙县，他的妻子很思念他，便"织锦为回文旋图诗"赠与窦滔，此诗共八百四十一字，可"宛转循环"而读，词情凄恻，令人感叹。锦书后来常被用作指代妻子写给丈夫的信，亦成为诗词中较常引用的典故，也作"锦字"。

⑭暮云：傍晚的云。凝碧：凝结在天空。这句与之前的"夕雨凄飞"都是写因为相聚受阻，书信断绝，使词人所看到的景色都带着凄清之感。

⑮也应相忆：此时此刻我思念在南方的情人，待在南方的她此时应该也在想念我。相忆，彼此回忆想念。

译文

独自伫立东风中，魂魄飞向了南方。花朵妩媚，春日醉在琼楼；月光也与这里不同，夜游酒色之地。回忆当时，沉迷酒色花香中，耗损了词客。

相识了眼大腰细的艳丽女子，相怜深惜。相聚受阻，黄昏雨漫天凄飞。书信往来断绝，暮云凝结在天空中。回想别后，好景良辰，也应互相思念。

赏析

这首词写词人对客居南方时相识的妓女的思念之情，全词情深意切，语气舒缓自如，恰如其分地表达了深沉的相思情。

上阕回忆了词人旅居南方时酒醉色迷的生活。词人久久伫立在北国的春风中，思绪却飞到了南国，开始回忆自己远游南方时，日日酒醉琼楼、夜夜游荡青楼妓馆的生活。那段沉迷酒色的时光，让人永世难忘，终生惦念。

下阕直接倾诉衷肠，表达了对在南方相识的一位意中人的相思之情。"别有眼长腰搦"是写在南方相识的女子的美貌，她眉眼细长，腰肢纤细，怎能不令人"痛怜深惜"呢？但世事总难遂人愿，相聚受阻，好梦难成。此时却飘起了黄昏雨，漫天凄飞，给词人的心绪又蒙上一层暗淡的色彩。且分别以来，二人断绝了书信往来，这更让人愁眉不展，好似傍晚的云凝结在天空中那样惨淡。此处"暮云凝碧"化用南朝江淹"日暮碧云合，佳人殊未来"的词句，含蓄地表达了意中人不再回来之意。"想别来"三句是词人设想分别后意中人想念自己——此时此刻待在南方的她，看到眼前的良辰美景，也应该在想念我吧。

整首词共六十八字，上下两片共七韵，写得飞扬灵动，读来极具节奏感，可谓朗朗上口，让人意犹未尽。

满江红①

万恨千愁②,将年少衷肠牵系③。残梦断,酒醒孤馆④,夜长无味⑤。可惜许枕前多少意⑥,到如今两总无终始⑦。独自个,赢得不成眠,成憔悴⑧。

添伤感,将何计⑨?空只恁,厌厌地⑩。无人处思量,几度垂泪。不会得都来些子事⑪,甚恁底死难抛弃⑫!待到头,终久问伊看⑬,如何是⑭?

注释

①满江红:词牌名,"唐《冥音录》载曲名《上江虹》,后转易二字,得今名。"据《本草纲目》载,有水草名为"满江红",是一种漂浮在水面的细小植物,又名"红苹"、"绿苹"。《词谱》以柳永"暮雨初秋"词为正格。九十三字:上片四十七字,八句,四仄韵;下片四十六字,十句,五仄韵。

②万恨千愁:对负心人的愤恨和自己内心的烦愁。"万"、"千"皆谓恨之深、愁之多,此处的"恨"是因爱生出的怨恨。

③将年少衷肠牵系:将年少男子的衷肠牵系。年少,古时对正值少年时期的男子的称呼,这里指自己。衷肠,内心的情意。

④残梦断,酒醒孤馆:一个梦没做完就醒了。残梦,没有做完的梦。孤馆,独自居住在客店。

⑤夜长无味:漫漫长夜无人相伴,没有一点趣味。

⑥可惜许枕前多少意:只可惜与情人同床共枕时许诺下言不

尽的情意。许，许诺，承诺。多少意，极言许下的承诺之多。

⑦到如今两总无终始：到如今你对我许下的承诺都没有兑现，暗含之意是到现在我们都未能结为夫妻。两，咱俩，指男主人公与其所爱的女子。无终始，指当初许下的承诺没有兑现。

⑧赢得不成眠，成憔悴：我最终得到的只是晚上睡不着，任由自己一天天憔悴下去。赢得，最终得到的，这里男主人公以反语抱怨心上人没有兑现许给自己的诺言。

⑨添伤感，将何计：自己增添了无限的伤感和忧愁，但又有什么办法呢？何计，什么办法。

⑩空只恁，厌厌地：只能这样任凭自己颓靡不振、郁郁寡欢。空，白白地。只恁，只能如此。厌厌地，颓靡不振、郁郁寡欢的样子。

⑪不会得都来些子事：不会得，不知道，宋人的习惯用语。都来些子事，不过是小事一桩。这句的意思是：不知道为什么这样一点点的事情都能让我如此伤怀。这是词中男子的自我劝慰，他自己劝自己：她对我薄情寡义不就是一点小事吗？我为什么还要这样自己折磨自己呢？

⑫甚恁底死难拚弃：甚恁，为什么这样。底死，抵死，死死抓住舍不得放开。难拚弃，难以忘掉抛弃。这句承接上句而来，同样是男子的自我宽慰之词，是说既然这是小事一桩，我为什么还要这样死死抓住、难以把它忘掉呢？

⑬待到头，终久问伊看：待到头，等到有那么一天。终久，不管时间多么久远。此句意为：等到有那么一天，无论这一天有多么久远，我都要问问你。

⑭如何是：你为什么要这么做。

译文

　　心中有万恨千愁,将年少男子的衷肠牵系。梦未完就醒了,独自在孤寂的客店中醒来,漫漫长夜无趣味。可惜那个女子曾与我在同床共枕之时许下了多少情意,到如今却都未兑现。我只能独自一人,整夜不成眠,兀自憔悴。

　　除了增添伤感之情,我又有什么别的办法呢?只能任凭自己颓靡不振、郁郁寡欢。在无人之时想起,几次掉下眼泪来。不知道为什么会对这么一件小事死死抓住,舍不得放弃?待到有那么一天,无论多么久,我都要问问你,你为什么要对我薄情寡义。

赏析

　　柳永的词多以女性为描写对象,但也有很多作品是以男性口吻描写的。这些作品多描写他们对歌伎的真挚的感情,着意刻画他们细腻而敏感的内心世界,表达他们对幸福和爱情的渴求。这些男子虽不一定是柳永自己的化身,但在一定程度上也体现了他的爱情理想。这首词即描写了一位男子对心上人的刻骨思念。词中的男主人公是柳永词中典型的"痴情种"形象。他强烈地想念心上人,达到了如痴如狂的地步,几度垂泪,彻夜无眠,内心的情感真挚而热烈,读来令人扼腕叹息。自古女子多痴情,

而男子的痴情因为弥足珍贵，所以读来更让人感动。整首词语言浅显直白，但读来却让人觉得真挚感人。而对男主人公内心活动的描述，又展现出了柳永非同寻常的文字功力。

词以"万恨千愁"开篇，奠定了全词的感情基调，以下内容都是围绕着"恨"、"愁"展开的，描摹出男主人公的内心活动。其中有对过去的回忆，如"可惜许枕前多少意"等；有对当下的描述，如"夜长无味"等；有对将来的设想，如"待到头，终久问伊看，如何是"等，这些描述都是围绕着这段早已破碎的感情，将男主人公的情感状态一览无余地展现给读者。

在表现人物的心理活动方面，本词可谓不可多得的佳作。全词基本运用白描手法，细致地描摹出人物内心深处的细腻情感和愁绪余恨。在表现手法上，既直抒胸臆，坦白直接，又深沉婉转，曲折回环。同时又大量使用民间口语，如"不会得"、"些子事"、"底死"等，贴切自如，恰当地传达了人物的口吻、语气和身份，而这些也正是所谓"屯田蹊径"的构成因素。

卜算子慢

江枫渐老①，汀蕙半凋②，满目败红衰翠。楚客登临③，正是暮秋天气。引疏砧④、断续残阳里。对晚景、伤怀念远，新愁旧恨相继。

脉脉人千里。念两处风情，万重烟水。雨歇天高，望断翠峰十二⑤。尽无言、谁会凭高意⑥？纵写得、离肠万种，乃归云谁寄⑦？

注释

①江枫：江边的枫树。渐老：指枫树凋零，暗示此时已是深秋时节了。

②汀蕙：水中陆地上的蕙草。

③楚客：在楚地旅游的人，作者的自称。

④引：鸣响。疏砧：稀疏的捣衣声。

⑤翠峰十二：指的是巫山十二峰。巫山有很多山峰，有名的就有十二座。古时常用"巫山十二峰"比喻男女相欢。

⑥会：理解、明白之意。凭高：登高远眺。

⑦归云：远去的云彩。

译文

江边的枫树日渐凋残，水中陆地上的蕙草也凋零过半，满眼都是败红衰翠。我在那暮秋的时候登高远望。落日余晖，稀疏的捣衣声不断地在耳畔响起。看着这萧瑟的晚秋之景，真的很让人伤怀念远，心头涌起接连不断的新愁旧恨。

千里之外相爱的人遥遥相忆。想到两处的风情，中间隔着万水千山。雨霁天晴，放眼望去，目之所及，只有绵延的巫山十二峰重重叠叠。没有人能领会登高远眺的深义，只有沉默不语。这些心绪无处可说，更无人能解，也就只好将这"离

肠万种"写下来。但是即便是写了,又该托谁,如何寄出去呢?

赏析

该词为词人登高怀远伤愁之作。

词的上阕以写景为主,起首两句是词人登临所见。"败红衰翠"说明已然时值深秋,而紧接的"楚客"两句与前面的登临相互呼应,照应了主题。"引疏砧"一句,续写词人所闻。古代妇女,每逢秋季就用砧杵捣炼、制作寒衣以寄给在外的亲人。故而,在外的游子每逢听到砧声就会勾起乡思。"暮秋"、"残阳"写到了一年将终,一日将结,都是"晚景"。末尾的两句正面表达了"伤怀念远"之情。"新愁旧恨相继"与"伤怀念远"相联系,点明了恨之由,愁之根。

词的下阕主要是抒情。"脉脉人千里"一句将上下文自然衔接在一起,也顺势点明了愁苦的缘由。"两处风情"与"脉脉"相对,而"万重烟水"正是由于"千里"所造就。接下来一句点明了词人登高时的天气,进一步表明了"败红衰翠"之景乃是风雨所赐。"望断"一句则在描写景物的同时,表达了词人所思之情和所念之人。"尽无言"两句起到了承上的效果,透彻地表达了词人胸中的愁思与无奈。

女冠子①

断云残雨②。洒微凉,生轩户③;动清籁,萧萧庭树④。银河浓淡⑤,华星明灭⑥,轻云时度。莎阶寂静无睹⑦,幽蛩切切秋吟苦⑧。疏篁一径⑨,流萤几点⑩,飞来又去。

　　对月临风,空恁无眠耿耿⑪,暗想旧日牵情处⑫。绮罗丛里⑬,有人人⑭,那回饮散,略曾谐鸳侣⑮。因循忍便睽阻⑯。相思不得长相聚,好天良夜,无端惹起,千愁万绪。

注释

①女冠子:词牌名,有小令、长调两体。

②断云:雨后漂浮在天空的云朵。残雨:暴雨过后,天晴之前飘落的濛濛小雨。

③洒微凉,生轩户:化用杜甫《夏夜叹》"开轩纳微凉"的诗句,意思是说,濛濛细雨将秋日的微凉洒向人间,小室的门窗处都感觉到了丝丝凉意。轩,屋子的窗子。户,屋门。

④动清籁,萧萧庭树:细雨滴落在地的声响与风摇动庭院的树木发出的阵阵声响交织在一起,打破了秋夜的宁静。动清籁,细雨滴落在地的声响清晰入耳。动,指雨点滴落。籁,声音、声响。萧萧庭树,风摇动庭院的树木发出阵阵声响。萧萧,象声词。

⑤银河浓淡:天空的星河时浓时淡,有时候能看到银河中有很多星星,有时候就只能看到寥寥几颗。

⑥华星明灭:璀璨的星辰一闪一闪,时明时灭。这句和上一句都是描述入雨过后的星空,雨后的云朵飘在天空,因而天空的银河时而被云朵遮掩时而不会,所以银河时而分外明亮时而暗淡无光。星星也是如此,若没有被浮云遮掩,它就特别明亮;有时被浮云遮掩,星星就个那么璀璨。

⑦莎阶：长满莎草的台阶。这句是说：秋天的雨夜很凉，没人再到庭院乘凉闲谈，所以以往热闹的莎阶也变得寂静起来了，以至于人们都不会刻意去看。

⑧幽蛩（qióng）切切秋吟苦：幽暗角落的蟋蟀在痛诉秋夜的清苦。蛩，蟋蟀。切切，蟋蟀的叫声。

⑨疏篁：稀疏的竹林。篁，即竹子。此句意为：稀疏的竹林中有一条小路。

⑩流萤几点：几只萤火虫在竹林中飞来飞去，亮光点点。流萤，飞动的萤火虫。几点，几只萤火虫身上的光点。

⑪空恁无眠耿耿：平白无故地早就躺下，心情糟糕以致无眠。

⑫暗想旧日牵情处：心中默默想着那曾经牵动内心情感的场所。

⑬绮罗丛里：指在众多美女当中穿梭。绮罗，本义为名贵的绫罗绸缎，后引用为女子穿的漂亮衣裳，这里用来指代女子。

⑭人人：宋人对自己心上人的爱称。这句承接上句而来，意思是说在众多美丽的女子当中，有一个我深爱的女子。

⑮略曾谐鸳侣：曾与自己的心上人有过短暂的鱼水之欢。

略,略略,稍微,这里形容时间很短。谐鸳侣,对男女性事较为隐晦的说法,有附庸风雅之意。

⑯因循忍便睽阻:只因遵循了礼教便忍心与她分离永远不相见。由此可见,词人对女子是真心真意的,虽然只有短暂的夫妻之情,但词人心中确实爱她,只因遵循了封建礼教才迫不得已和她分手。

译文

断云残雨,秋日微凉洒向小窗和门户。细雨滴落之声入耳,风吹庭院树声萧萧。天上银河时浓时淡,满天星辰时明时灭,浮云时不时遮掩。寂静的莎阶让人无心去看,幽暗处的蟋蟀一声声痛诉秋夜之苦。稀疏的竹林有一条小路,萤火虫点点亮光,飞来又去。

对月临风,平白无故地便躺下,心中不安难以入眠,暗想昔日牵情的地方。众多美女之中,有一位自己心爱的女子。那次喝酒散场,曾和她有过短暂的露水夫妻情。因遵循礼教便忍心与她不相见。相思情得不到长相聚,好天良夜,无端惹起千愁万绪。

赏析

柳永早年的怀人词,多着重刻画女子的体态相貌,后来逐渐开始抽象化,女子的体貌描写不再是重点,他的词因而也开始有了风雅之气。这首词即是柳永词雅化最典型的代表,写的是词人在秋夜对一位曾与自己有过露水情缘的女子的相思之苦,笼罩着一层感伤、凄清的色彩。

词的上阕写秋日的肃杀景色，以秋天悲凉的景物烘托出凄凉悲苦的气氛。按词中所言，此时天气只是"微凉"，应是秋高气爽的感觉，可在词人笔下，却都是"断云"、"残雨"、庭树"萧萧"，幽蛩"切切"，流萤"几点"，足见词人心中的苦涩。只因相思苦，所以看到的都是零散、孤独、衰落的景物，足见词人对情人的相思有多么深、有多么苦。

下阕直言对情人的思念。一句"对月临风"承上启下，既总结了上阕的写景，又引入下阕抒情。接下来几句写与情人的情事，只用"绮罗丛里，有人人"点出情人，并无具体的体貌描写，只是大略点染出酒宴中女子模糊的印象。可是词人的相思却是真心真意的，不然怎么会后悔自己当初"因循忍便睽阻"——因为遵循了礼教而忍心分别。就是这样的懊悔之情，让词人"好天良夜"中涌上了相思之苦，无端端惹起了心中的"千愁万绪"。

全词感情真挚，情深意切，读来让人不禁扼腕叹息，是一首不可多得的怀人词名篇。

诉衷情近

雨晴气爽，伫立江楼望处。澄明远水生光①，重叠暮山耸翠。遥认断桥幽径②，隐隐渔村，向晚孤烟起。

残阳里，脉脉朱阑静倚③。黯然情绪，未饮先如醉。愁无际。暮云过了，秋光老尽，故人千里。竟日空凝睇④。

注释

①生光:指江水在阳光的照射下,波光粼粼。
②遥认:远远看到。
③朱阑:红色的栏杆。静倚:静静地靠在栏杆上。
④竟日:整日,成天。凝睇:凝视,注视。

译文

雨后初霁,天清气爽,登上高楼远眺,远处的江水澄明,在阳光的照射下波光粼粼,崇山峻岭高高耸立,苍翠挺拔。在江边高楼上久立,远远看到断桥幽径,隐隐的渔村,幽幽的孤烟在傍晚是那么的悲凉。

落日下,脉脉含情地依靠在红色栏杆上,伤愁别绪涌上心头,越理越乱,使人有未饮先醉的感觉。晚霞谢去,秋色尽褪,故人远在千里之外。满怀的伤愁无处排解,只有整日凝望远处。

赏析

这首词通过描写秋天傍晚时江南水乡的景色,来抒发词人的迟暮之感和思念故人的情怀。

该词上阕写景。在一个雨后的傍晚,词人独自登上高楼眺望,他看到了夕阳照射下波光粼粼的水面和远处重叠苍翠的群山。"澄明远水生光,重叠暮山耸翠"两句,将傍晚的湖光山色写得美不胜收。"遥认断桥幽径,隐隐渔村,向晚孤烟起"这几句写词人伫立良久,渐渐辨认出了远处的断桥、小径以及隐约的渔村和袅袅升起的炊烟。上阕写出了江南水乡的美景,也表现出了傍晚时分水乡的荒凉。

下阕抒情。"残阳"这一意象在古代诗词中通常会引发人迟暮、忧愁等情思,这里的"残阳"亦然。因为忧愁,所以即使不饮酒,人也已经醉了。"暮云过了,秋光老尽,故人千里"这几句点明了忧愁的原因,是因为时光飞逝,人已老去,独自漂泊,而思念的故人又在千里之外,无由相见啊!

婆罗门令

昨宵里恁和衣睡①,今宵里又恁和衣睡。小饮归来,初更过,醺醺醉。中夜后,何事还惊起?霜天冷,风细细,触疏窗②、闪闪灯摇曳③。

空床展转重追想,云雨梦④、任欹枕难继⑤。寸心万绪,咫尺千里⑥。好景良天,彼此空有相怜意,未有相怜计⑦。

注释

①和衣睡:穿着衣服裹着被子睡觉,足见寂寞无聊之极。

②疏窗:雕刻有花格的窗子。

③摇曳:来回晃荡的样子。

④云雨梦:指男女相会的梦。

⑤欹枕:靠着枕头。欹,倚靠。

⑥咫尺:古时八寸为咫,十寸为尺,形容距离很近。

⑦计:计谋、办法。

译文

　　昨夜穿着衣服裹着被子睡了,今夜又是如此。睡前独自饮酒,一直到初更时分才醉醺醺地归来。刚过中夜,又被惊醒,是为什么事呢?寒冷的天气,微风细细,吹动花格窗子,灯火摇曳不定。

　　深夜辗转反侧无法入眠,想要重温旧梦,却难以继续。心中无限情绪,情人却在万里之遥。这良辰美景,空有相思的情意,却没有相见的办法。

赏析

　　这是一首羁旅相思词,如果说《雨霖铃》写了和心上人分别的情景以及对分别后情形的设想,那么这一首就好像是《雨霖铃》的续词,它生动地展现了男主人公在旅途中的所想所感。作者用多种艺术手法和生动形象的语言铺叙了主人公睡前的孤苦无聊,梦中的甜蜜温馨以及梦醒后的相思成灾。

　　上阕写因旅途孤苦无聊而醉酒以及酒醒后的凄凉情景。"昨宵里恁和衣睡,今宵里又恁和衣睡"写连续两个夜晚都是和衣而眠。"恁"是这样,如此的意思,是古代的口语。这两句用明白如话的口语道出了旅途中的寂寞孤独和艰辛。"小饮归来,初更过,醺醺醉"这几句追叙睡前醉酒的情形,因为无聊孤独而去喝酒,一直

喝到"初更过"才醉醺醺地回来,回来后便和衣躺倒在床上。"中夜后、何事还惊起?"时间从初更到了中夜,这中间,男主人公进入了美好的梦境之中,但是,好梦不长,不知是什么惊醒了他的美梦。从"何事还惊起"的设问来看,男主人公对好梦被惊醒极为不满,由此也可看出他对梦境的留恋,对现实的抵触和逃避。"霜天冷,风细细,触疏窗、闪闪灯摇曳"这两句写男主人公酒醒后的切肤之寒,通过触肤的寒冷和词人眼中摇曳的灯火,渲染出旅途中的凄凉和寒冷。

  下阕写梦醒后的所思所想。"空床展转重追想,云雨梦、任敧枕难继"这几句写词中的男主人公想继续原来的美梦,但却辗转反侧,不能成眠。"云雨梦、任敧枕难继"照应上阕中的"中夜后,何事还惊起",原来,男主人公做了一个旖旎缠绵的温柔之梦,也让读者恍然而悟,一下子明白了男主人公抱怨好梦被惊醒和执著寻觅梦境的原因,同时与现实形成鲜明对比,男主人公对梦境越是留恋,越能反衬出现实的凄凉和不堪。"寸心万绪,咫尺千里"写男主人公对心上人的无限思念。方寸之心生发出千万种情绪,梦中仅在咫尺,现实中却是千里之遥,两组反差强烈的对比表达出了相思之重和愁苦之深。"好景良天,彼此空有相怜意,未有相怜计",这几句又是一个对比,好景良天和后边两句形成反差,虽有良辰美景,但自己与意中人却不能相见,让人产生无限的遗恨。"彼此"二字由前面游子的相思转为二人双向相思,表现出两人心意相通,无奈却要遭受不堪现实的困厄。"空有相怜意,未有相怜计",用极其通俗的语言创造出极其无奈的沉痛效果,词人功力可见一斑。

  整首词采用铺叙、倒叙、对比、衬托等手法,用通俗凝练的口语将天涯羁旅的孤独和相思却不能相见的痛苦表现得惟妙惟肖。通篇前后照应，脉络清晰，是一篇艺术水平很高的词作。

少年游

参差烟树灞陵桥①，风物尽前朝②。衰杨古柳，几经攀折，憔悴楚宫腰③。

夕阳闲淡秋光老④，离思满蘅皋⑤。一曲《阳关》⑥，断肠声尽，独自凭兰桡⑦。

注释

①灞陵桥：又名灞桥，今陕西西安境内，古时为送别之地。
②风物：风光和景物。
③楚宫腰：古时女子以细腰为美，此风源于楚国。据《韩非子·二柄》记载："楚灵王好细腰，而国中多饿人。"后遂以"楚宫腰"形容女子腰肢，这里比喻柳枝。
④闲淡：这里指微弱的夕阳。
⑤蘅皋：长满蘅芜的水岸。
⑥《阳关》：乐曲名，即《阳关三叠》。据王维的《渭城曲》改编而成，为古时常用的送别曲。
⑦凭兰桡：乘船而去。桡，船桨，这里指代船。

译文

高高低低如烟的柳树掩映灞陵桥，风光景物与前朝并无两样。两旁衰败的杨树古柳，被送别的人们几次攀折，憔悴得就好像古时楚国的细腰女。

微弱的夕阳照着大地，秋光正逐渐散去。离愁别绪如同蘼芜一样铺满水岸，一望无际。一首《阳关三叠》奏出送别之情，曲终让人肝肠寸断，独自乘船而去。

赏析

这是一首写词人在灞陵桥与友人分别的词作，本词融情于景，通过描写饶有寓意的景物，抒发了离情别绪，表达了怀古伤今的悲愁之感。

上阕首句即点出歌咏的对象，展现了灞陵桥的全景：在苍茫的暮色中，如烟的杨柳掩映着灞陵桥，明暗之间，杨柳摇曳，暮景凄迷。灞陵桥位于长安以东，是离别的传统场所，它目睹了人世间的生死别离，也见证了世间沧桑与历史兴亡。"风物尽前朝"承接上句而来，进一步将羁旅的情绪与历史兴亡交织在一起，空间的苍茫和时间的久远瞬间融为一体，更易触动羁旅者漂泊他乡的情怀，词人沉郁的情感和愁绪表露无遗。紧接着词人从折柳送别的角度入手，想象岁岁年年多少离别的人在此折柳相赠，以至于柳枝几近"憔悴"，已不胜攀折，突出表达了人世间繁重的别离情恨。这里词人以伤柳映衬别离之伤，使得词境愈加凄清，读来感人肺腑。

下阕以"夕阳闲淡秋光老"开篇，加倍突出哀景，以映衬哀情。眼望灞陵桥，已经让人愁绪满怀，偏偏又逢秋日夕阳残照，使本来就萧条的秋景愈加惨淡，词人本就凄清的心境也更加黯然。联想到离别情绪及岁月流逝，羁旅的漂泊感又涌上心间，这离愁之多，到处流溢，已经"满蘅皋"了。这里用夸张和比喻的手法表现了词人内心的离愁。

接下"一曲《阳关》"笔锋一转，从听觉的角度抒写离别之情。词人的思绪天马行空之际，突然响起的《阳关》曲，又将词人的思绪拉回现实。最后以"独自凭兰桡"陡然收尾，离愁戛然而止，感人肺腑。整首词没有一句议论，词人只通过描述灞陵桥、古柳、夕阳、《阳关》曲等寓意别离的意象，就表达了内心的无限凄苦。

凤衔杯[1]

有美瑶卿能染翰[2]。千里寄小诗长简[3]。想初襞苔笺[4]，旋挥翠管红窗畔[5]。渐玉箸银钩满[6]。

锦囊收[7]，犀轴卷[8]。常珍重小斋吟玩[9]。更宝若珠玑[10]，置之怀袖时时看[11]。似频见千娇面[12]。

注释

[1]凤衔杯：词牌名，此首《有美瑶卿能染翰》是"凤衔杯"最为著名的词作之一。

[2]有美瑶卿：有一位名叫瑶卿的美貌女子。能染翰：能够赋诗著文。

[3]千里寄：自千里之外寄来。小诗长简：短小的诗歌和长的信。

[4]想初襞苔笺：我收到瑶卿的短诗长信之后，就开始想象

她写诗写信时的情景,首先映入脑海的情景就是瑶卿写诗写信之前,裁剪诗笺和信笺的模样。襞,本意是折叠衣服,这里指把写信写诗用的纸裁剪成合适的形状。苔笺,用苔纸裁剪而成的信纸。

⑤旋:旋即,立刻。翠管:翠绿色羽毛装饰的笔管。红窗:红色的窗子。

⑥玉箸:又名玉筯,原意为玉做的筷子,这里用以比喻女子的相思泪。此处化用自李白《闺情》诗:"玉筯日夜流,双双落朱颜",以"玉筯"说女子的眼泪。银钩:即铁划银钩,本用以说明书法的苍劲秀美,这里借指瑶卿写的字。

⑦锦囊:用绸缎丝帛等做成的袋子,古代常用以装信函,和现在的信封一样。词人将瑶卿的诗信装进锦囊,表示极为珍视之意。

⑧犀轴:犀牛角做成的画轴。此句的意思是说词人将诗信装进犀牛角做的画轴卷中,也是表达把诗信视为珍贵物品之意。

⑨小斋:这里指词人的房间。吟玩:吟诵欣赏。

⑩宝若珠玑:看做如珍珠宝玉一般珍贵。

⑪怀袖:贴胸之处和衣袖之内,古人的衣服宽袍大袖,只有特别贵重的物品才会放进自己的宽袍大袖之内。

⑫频见:频频相见。千娇面:姿色艳丽、楚楚动人的面容,这里指瑶卿。

译文

有位美貌女子叫瑶卿，能诗善文。千里之外寄来小诗长信。我想象她裁剪纸笺的情景，接着是她坐在红窗旁拿起翠管写诗写信的情景，渐渐地她的眼泪流了下来。

我将瑶卿的诗信装入锦囊之中，我把瑶卿的诗信卷进犀牛角所做的画轴中。经常在我的房间吟诵欣赏，更进一步将其奉为珠玑，放在袖中不时看，好似看见瑶卿一般。

赏析

此词写一位名叫瑶卿的美貌女子从千里之外寄给作者一封书信，作者爱如珍宝的情形，表达了两人深切的相思之情，和作者对瑶卿的深深眷爱。

词文上阕两句首先点明题意，说瑶卿能够赋诗著文，从千里之外寄来一封书信。但是作者接下来并没有急着拆阅书信，而是想象瑶卿写信时的情景，使得全词情境意趣陡生。作者首先想到的是，瑶卿必定先把诗笺和信笺细心裁好，接着就在红窗之旁，挥动翠绿的笔管，开始写信，写着写着，眼中渐渐含满了泪水。只此三句，就将一位清纯如水的姑娘描写得淋漓尽致，一个"渐"字使得情景更加生动和真实，从细节上表现了瑶卿对自己的深情。

下阕方才开始描写拆阅书信时的情状。作者收到瑶卿的诗信后，不仅将其收藏在锦囊之中，用犀牛角画轴卷起来，而且还经常拿出来吟咏和欣赏，足见作者对信件的珍重。接下来更进一层，作者将书信看做珠玉一般，放在贴胸之处和衣袖之内，时时拿出来观看，每看一次，就好像与瑶卿相见一次，相思之情不言而喻。

　　本词仅就收到来信这一件小事来写感情，章法、语言、情节均简单明了。虽然词中没有对二人的感情作细腻的描摹，但仅仅从男主人公的行为就可略见一斑。

采莲令

　　月华收①，云淡霜天曙②。西征客、此时情苦。翠娥执手③，送临歧④、轧轧开朱户⑤。千娇面、盈盈伫立，无言有泪，断肠争忍回顾？

　　一叶兰舟，便恁急桨凌波去。贪行色、岂知离绪，万般方寸⑥，但饮恨、脉脉同谁语？更回首、重城不见⑦，寒江天外，隐隐两三烟树。

注释

①月华收：明月收敛了光华，指月亮降落，天将亮。收，收敛。此处指月亮渐渐暗淡。

②云淡霜天曙：淡淡霜天上曙光泛出。曙，曙光。

③翠娥：即翠蛾，形容女子眉毛修长如蛾，此借指美人。

④临歧：分别的岔路口。

⑤轧轧：开门声。

⑥方寸:指心。

⑦重城:高城。此处指京城。

译文

明月收敛了光华,淡淡霜天上曙光泛出,西行的游子此时心情最苦。美丽的姑娘拉着我的手,轧轧打开朱门送我上路口。她亭亭伫立,千娇百媚的脸上,泪水盈盈,默默相看,这断肠场面我怎忍心回顾?

可叹这条小船,急匆匆摇桨乘风驰去,贪着赶路,怎知我们的离情别绪,我心中万般无奈,却只能暗暗饮恨,脉脉柔情可向谁诉?再回头看时,京城已经看不到,凄寒的江天外,只隐隐约约看到两三排烟树。

赏析

本篇仍抒写离情别恨。上阕描绘拂晓送别两情缱绻、依依难舍的情景。"月华收,云淡霜天曙"写景,渲染离别的气氛。"西征客"在月落云收,霜天欲曙时离开,"西征客、此时情苦",心上人依依不舍,"送临歧、轧轧开朱户"。她"盈盈伫立",千娇百媚的脸上"无言有泪",让人"断肠争忍回顾"?写尽远行人的内心痛苦。下阕写别后途中的无限离愁别绪和惆怅之情。小船急急向前,贪着赶路,远行人内心的"离绪""饮恨"又能同谁诉说?待回头,已看不见"重城",只看见了"隐隐两三烟树"。此阕表达出西行之人无限的惆怅之情,以及对心上人与家乡的不尽留恋。唐圭璋《唐宋词简释》分析道:"此首,初点月收天曙之景色,次言客心临别之凄楚。'翠娥'以下,皆送行人之情态。执手劳劳，开户轧轧，无言有泪，记事既生动，写情亦逼具。'断肠'一句，写尽两面依依之情。换头，写别后舟行之速。'万般'两句，写别后心中之恨。'更回首'三句，以远景作收，笔力千钧。上阕之末言回顾，谓人。此则谓舟行已远，不独人不见，即城亦不见，但见烟树隐隐而已。一顾再顾，总见步步留恋之深。屈子云：'过夏首而西浮兮，顾龙门而不见。'收处仿佛似之。"

全词以景语起，又以景语结，景中寓情，凄迷景色和愁郁情怀紧相交融，含蓄感人。

集贤宾

小楼深巷狂游遍，罗绮成丛①。就中堪人属意②，最是虫虫③。有画难描雅态，无花可比芳容。几回饮散良宵永，鸳衾暖、凤枕香浓。算得人间天上，惟有两心同。

近来云雨忽西东。诮恼损情悰④。纵然偷期暗会，长是匆匆。争似和鸣偕老，免教敛翠啼红⑤。眼前时、暂疏欢宴，盟言在、更莫忡忡⑥。待作真个宅院⑦，方信有初终⑧。

注释

①罗绮：身着罗绮的女子。

②属意：心意。
③虫虫：人名，作者所念的歌伎虫娘。
④诮恼：抱怨心中的烦恼。情悰：感情、情怀。
⑤敛翠：眉头紧皱。啼红：指女子流泪。
⑥忡忡：忧心忡忡、不安的样子。
⑦作真个宅院：意思是与虫虫结为夫妇。
⑧初终：始终，从头到尾。

译文

穿梭于京城的烟花场所，万千身着罗绮的歌舞伎中，只对虫虫姑娘情有独钟。她的风姿超凡脱俗，高尚典雅，连画家也难以描绘，她的美貌无花可比。无数回与其整夜畅饮，鸳鸯被中同眠。那情意绵绵，甜蜜欢愉，好像人间天上，就只有我们两心相悦了。

近来感情突然出现了波折，好像没有了欢愉的乐趣，抱怨心中的烦恼，甚至伤了情怀。纵然偷偷约会，也常常是聚散匆匆。真渴望我俩可以鸾凤和鸣，白头偕老，共度此生，使你不再柳眉紧锁暗自泪流。眼前我们暂不要相见，远离欢聚，但是你要相信我的盟言，不要再忧心忡忡。待到我功成名就之后，一定会来报答你的情意，与你结为夫妇，那时候我俩的真爱才算有了结果。

赏析

这首词是柳永困居东京汴梁时为青楼歌伎虫娘所作，用以表白词人对虫娘的真挚情意，借以向虫娘许下庄重的诺言。

词的开始四句直抒胸臆，写词人穿梭于烟花之地，绫罗艳女之中唯独对虫虫情有独钟。虫虫姑娘才色俱佳，品性高洁雅致，"有画难描雅态，无花可比芳容"。紧接着，词人回顾了二人往日的情意绵绵，"算得人间天上，惟有两心同"，写了二人感情之深。

"近来云雨忽西东"不仅承接了上文，还起领了下文，将笔锋从回想转入写实。以前情意绵绵，而如今只能"忽西东"，词人心中当然不痛快，以至伤了二人的感情。"偷期暗会，长是匆匆"，这种情景使得词人希望能与虫虫鸾凤和鸣，白头偕老，共度余生。因此词人决定要暂时远离，并要虫虫相信他的誓言，不再担心不安。词人承诺等他功成名就之后，一定会回来报答虫虫姑娘的厚意浓情，将她明媒正娶，带回家中，那时二人的爱情才算是修成正果。整首词以细腻真挚的笔调，表达了词人的一片深情。

二郎神

炎光谢①。过暮雨，芳尘轻洒。乍露冷、风清庭户爽，天如水、玉钩遥挂。应是星娥嗟久阻②，叙旧约、飚轮欲驾。极目处、微云暗度，耿耿银河高泻。

闲雅。须知此景，古今无价。运巧思，穿针楼上女，抬粉面、云鬟相亚③。钿合金钗私语处，算谁在、回廊影下。愿天上人间，占得欢娱，年年今夜。

注释

①炎光谢：炎夏的暑热已消退。炎光，炎热的阳光，这里指代炎夏的暑热。

②星娥：神话传说中的织女，织女本义是星名，因而称"星娥"。

③亚：同"压"，指低垂状。

译文

炎夏的暑热已消退，黄昏时下过一阵雨，轻洒芳尘。凉风拂过，庭户清爽，天空如水一般，弯月遥遥挂在碧空。应该是织女感叹与牛郎久未相聚，为了赴约，便驾着急速的风轮欲渡银河。极目远眺处，缕缕彩云幽幽飘过银河，熠熠发光的银河就像是从高处倾泻下来一样。

夜空如此娴雅宁静。要知道这样的美景，古今无价啊。妇女们运巧思做针线，抬起姣好的面容，云鬟低低地压下来。回廊影下，猜猜是谁在交换金钗情语阵阵。但愿天上人间，都欢愉，每年的七夕都如今夜一般。

赏析

这首七夕词作别具一格，完全不同于以往咏七夕诗词的伤感风格。词人借助天上牛郎织女鹊桥相会的美丽传说和人间唐明皇与杨玉环的浪漫爱情故事，给读者呈现了一种情调娴雅的意境，表达出对真挚爱情的强烈向往和美好祝福。

上阕动静结合，虚实相间，着重描述了天上的美好情景。开篇三句便勾勒出七夕当夜清爽的景色，将人带入浪漫幽静的意境中。"炎光谢"一句点明暑热已经消退，点出已是初秋时节。接着以"过暮雨，芳尘轻洒"写黄昏时下过一阵雨，暗示晚上的天气清爽宜人。"乍露冷，风清庭户爽"从天气写到场景，过渡自然顺畅。"庭户"是古时人们七夕夜活动的地方，人们站在庭院里抬头观望牛郎织女在天上相会的美景。接下两句"天如水、玉钩遥挂"再写景色：秋高气爽，碧空如水，一弯新月挂在遥远的天空，为牛郎织女的出现烘托出美好的意境。"应是星娥嗟久阻"三句写词人想象织女感叹与牛郎久未相聚，于是"飙轮欲驾"，驾着急速的风轮渡银河。"极目处、微云暗度，耿耿银河高泻"写地上的人们观望天上牛郎织女相会的情景，寄托了人们对牛郎织女幸福相会的美好祝福。人们凝望着高远的夜空，看到缕缕彩云幽幽飘过银河，银河倾泻下来，牛郎织女终于相聚。这三句从景入手，委婉地表达了人们对美好爱情的祝福和向往。

"闲雅"一句承上启下，既总结了上阕，又引出下阕对民间七夕风俗的描写。这是一个多么安静雅致的夜晚啊，没有喧嚷，各家各户在庭院内望月遐思，气氛幽雅美好，这样闲雅的情趣十分难得，所以词人提醒人们要珍惜好时光。词人在这里着重强调七夕的重要，由此可见宋代时民间重视七夕的风俗。接下几句写民间的七夕活动。"运巧思，穿针楼上女"写妇女们的乞巧活动，即向织女乞取针线巧艺。乞巧是指用特制的扁形七孔针和彩线，对着月亮穿针引线，以向织女乞取针线巧艺。"楼上女"强调这些女子本住在闺楼上，但为了穿针乞巧而来到庭院中。接下两句"抬粉面、云鬟相亚"写女子们乞巧的情景，她们虔诚地仰望星空，手执金针对月穿线，美丽的云鬟都低低地向后垂着。这几句动静结合，写得形神俱备，词人以寥寥几句就勾勒出古时女子热切追求针线技艺的心情，可谓形神兼备。下面"钿合金钗私语处，算谁在、回廊影下"三句是词人富于浪漫主义的想象，也写出了当时的民俗，即选择七夕夜定情，与情人相约回廊下交换信物夜半私语。此处用唐明皇和杨贵妃的典故，据《长恨歌传》记载，唐皇杨妃"定情之夕，授金钗钿合以固之"，于"七月七日长生殿，夜半无人私语时"，成就了一段情事佳话。词末以"愿天上人间，占得欢娱，年年今夜"总结全词，深化主题，抒发了词人对天下有情人的祝愿之情，也表达出人们对美好生活的向往和追求。

全词以通俗化的语言，描述了一幅祥和、美好而又幸福的七夕画卷，以牛郎织女天上相会反衬人间情事，以唐明皇和杨贵妃的典故衬托现实的幸福，向人们传递了有情人终成眷属的美好愿望。全词风格娴雅，给人以深远的艺术享受。

满朝欢[①]

花隔铜壶[②]，露晞金掌[③]，都门十二清晓[④]。帝里风光烂漫，偏爱春杪[⑤]。烟轻昼永[⑥]，引莺啭上林[⑦]，鱼游灵沼[⑧]。巷陌乍晴[⑨]，香尘染惹[⑩]，垂杨芳草。

因念秦楼彩凤⑪,楚观朝云⑫,往昔曾迷歌笑。别来岁久⑬,偶忆欢盟重到⑭。人面桃花,未知何处⑮,但掩朱扉悄悄⑯,尽日伫立无言⑰,赢得凄凉怀抱⑱。

注释

①满朝欢:词牌名,共有两种体式,一体为双调一百零一字,前段十一句四仄韵,后段十句四仄韵;另一体为双调一百字,前段九句五仄韵,后段九句六仄韵。此首《满朝欢·花隔铜壶》为第一体。

②铜壶:即漏壶,古时用来计时的器物。

③露晞金掌:承露盘上的露水已经晒干了。晞,晒干。金掌,承露盘,用以承接露水的铜盘。汉武帝时为了祭奠太乙真人,供奉神灵,修建了通天台,上有承露盘,用来承接仙人玉杯的露水。这句说露水已经晒干,意在说明此时阳光灿烂,天气晴朗。

④都门十二:京城的十二座城门,这里用来指代京城。清晓:清晨太阳上山时分。

⑤偏爱春杪:偏偏就特别喜欢春末夏初的时节。春杪,即春末,春夏两季之交的时候。

⑥烟轻昼永:这时的烟雾变轻很容易就消散,白天开始变长,夜晚开始变短。昼永,昼长夜短。

⑦引莺:引来黄莺。嗾:鸟叫的声音。上林:即上林苑,始建于汉代,后又经汉武帝修葺扩建,成为皇帝春秋打猎的专用场所,这里用来指代宋都汴京的园林。

⑧灵沼:水塘的美称。

⑨巷陌:大街小巷,这里专指京城的街道。乍晴:天气刚刚晴朗起来,此处意在强调天气晴朗,并不是说在此之前都是阴天。

⑩香尘:指女子走路带起的尘土。女子涂脂抹粉,香气扑面,以至于走路时带起的尘土也散发着芳香。

⑪秦楼:妓院的美称。彩凤:人名。

⑫楚观:即楚馆,也是妓院的一种称呼。朝云:人名,另一位妓女的名字。

⑬别来岁久:和彩凤、朝云两位妓女已经分别很多年了。

⑭偶忆欢盟重到:偶然忆起和彩凤朝云相恋时定下的誓约,便重新回到她们所在的青楼妓院。

⑮人面桃花,未知何处:物是人非,彩凤和朝云早已不在当初的青楼了。人面桃花,化用崔护"人面桃花相映红"的诗句,用以指代美人好景。据《本事诗·情感》载,唐代诗人崔护曾在清明时节独自游历长安城南一带,看到一个庄院花木繁盛茂密,便敲门求水喝。一个女子开门,端来一杯水,并为崔护"设床命坐",自己却独自靠着小桃树的斜枝站着,含情脉脉。第二年清明,崔护又前往城南拜访,再次叩门却无人答应,崔护很失望,于是在门上写了一首诗,名为《题都城南庄》:去年今日此门中,人面桃花相映红。人面不知何处去,桃花依旧笑春风。后人多用此诗表达物是人非之感。

⑯但掩朱扉悄悄:只剩下红色的大门静悄悄地关闭。意在说明斯人已走,只有一个空空的房子等在那里。

⑰尽日伫立无言:整整一天我都站在彩凤和朝云住过的地方,默默无言。尽日,整整一天,从早到晚。

⑱凄凉怀抱:凄楚和惆怅的心情。

译文

　　花草遮掩了漏壶，金掌的露水被晒干，都城已是清晓时分。这里风光烂漫，偏爱春末夏初。烟雾轻盈，昼长夜短，引来黄莺唱响京城园林，鱼儿水塘游。巷陌刚晴，香尘飘落到两边的垂杨芳草。

　　思念秦楼楚观的彩凤和朝云，以往曾沉迷于她们的歌笑。分别已数年，偶然忆起昔日的盟誓重回故地。人面桃花，不知搬往何处，只看见朱扉悄悄关闭，整日默默伫立门前，得到的只是凄楚和惆怅。

赏析

　　这是一首相思词，描写词人对两位红颜知己的思念之情。词人寓居他乡后在一个阳光灿烂的春日重返京城，因为思念以往青楼的两位情人，便前往探望叙旧，谁知寻人不遇，两位红颜知己不知为何搬离了住处，已经杳无音信了。词人心中的怅惘和凄凉无以言表，只好写下这首词，以抒发感怀。

　　上阕以铺叙的手法写词人重回京城后看到的美好春光，抒发了对美景的热爱以及愉快的心情；下阕转而写对昔日两位红颜知己的相思，"因念秦楼彩凤，楚观朝云"，所以重回故地

探访她们，谁知故地还在，美人却不知去往何处了，"但掩朱扉悄悄"。这种寻人不遇的怅惘让词人的心情从愉悦转至无限忧伤，以至于"尽日伫立无言"。词尾以"凄凉怀抱"结束全词，耐人寻味。若只为遍寻红颜知己不得而觉凄凉，未免过于伤情。想来词人也是为美景不常在以及年华逝去而伤怀，或许也因联想到自己飘零江湖、客居他乡而更觉失意怅然。人生的许多希望好像也和眼前的情景类似，不是你执著追求就能够实现的，缘来缘去皆不受自身控制，曾经的美好失去后便不会再拥有。词人想到这些，顿觉人生苍凉，自感身世凄凉，以至于整整一天伫立门前沉默无语。

这首词的叙事风格直接简单，是柳永惯用的方式，带有浓厚的市民文学色彩，但文字却清新雅致，耐人寻味，并无浅薄之气，诸如"人面桃花"、"尽日伫立无言"、"赢得凄凉怀抱"等语句，读来别有一番滋味，值得斟酌与回味。

玉蝴蝶

望处雨收云断①，凭阑悄悄，目送秋光。晚景萧疏，堪动宋玉悲凉。水风轻，蘋花渐老②；月露冷，梧叶飘黄。遣情伤③，故人何在？烟水茫茫。

难忘，文期酒会④，几孤风月⑤，屡变星霜⑥。海阔山遥，未知何处是潇湘⑦？念双燕，难凭远信；指暮天，空识归航。黯相望，断鸿声里，立尽斜阳。

注释

①雨收云断:雨停云散,指天晴。

②蘋:是一种较大的浮萍,夏秋间开白色小花。

③遣情伤:使人伤心。遣,使、令。

④文期酒会:文人相约饮酒写文章的聚会。

⑤孤:同"辜",辜负。

⑥屡变星霜:意谓很多年过去了。星霜,星一年一周转,霜每年一降,因此称一年为星霜。

⑦潇湘:原指潇水和湘水,后泛指所思之处。

译文

扶栏眺望,雨过天晴,眼看着秋景逐渐逝去,伤秋之感难免萦绕心头。肃杀的暮色使人倍感凄凉,进而产生宋玉般的伤秋之怀。水面微风拂过,蘋花日趋凋零;月夜寒,清露冷,梧桐黄叶独自飘零。伤愁别绪无法排解,故人们都在什么地方?眼前只有茫茫秋水,水波荡漾。

多么难忘,曾经相约饮酒作诗聚会的时候,而现在已经多次辜负那美好的风月,时光飞逝,眨眼间已然过去好多年。大海江河广阔,山路艰险漫长,什么地方才是所思之处?不能依靠双飞燕传信,远远地指着傍晚天边,徒劳地去辨别江中的归航。黯然相望,独自站立在凄凄的雁鸣中直到夕阳西下。

赏析

这首词借景抒情,为词人伤秋怀远之作。词人通过对萧条暮景的描写,将秋的萧萧之感与自己的伤愁之怀相结合,充满了惆怅和思远情愫,表达了词人对旧时人和事的留恋回忆之情。

词的上阕写景,写到词人倚栏远眺,秋色凄楚,使他心生悲愁。词人进而想到了宋玉,加之"水风轻,蘋花渐老;月露冷,梧叶飘黄",词人心中的怀远思故之感变得愈发强烈。其中"遣情伤"三个字很好地衔接了上下文,由景而起的情伤,引发了"故人何在?烟水茫茫"的疑问,情景交汇,词人心中抑郁苦闷之情得到了很好的表达。

词的下阕抒情。"难忘"二字提领下文,将词人的记忆打开,"文期酒会"的情景在脑海中浮现,而今自己四处飘零,友人们各在四方。"几孤风月,屡变星霜"表明了别离之久。接下来一句又转移到现实,一往一今的对照,难免使词人有了想要知道朋友们现在何处的想法。"念双燕,难凭远信;指暮天,空识归航"几句,点明双飞燕不能传递锦书,词人只好盼望朋友回来,于是便徒劳地去识别那些归航,以期找到朋友归来的消息。而最后两句,写词人在雁鸣声中独立夕阳,凄凉的氛围更加烘托了词人内心的愁苦。

纵观这首词,写景抒情相互融合,雅俗共现,意味深长,实为上作。

浪淘沙慢

梦觉,透窗风一线,寒灯吹息。那堪酒醒,又闻空阶夜雨频滴。嗟因循①、久作天涯客。负佳人、几许盟言②,便忍把、从前欢会,陡顿翻成忧戚③。

愁极,再三追思,洞房深处④,几度饮散歌阕⑤,

香暖鸳鸯被。岂暂时疏散,费伊心力。䁥雨尤云⑥,有万般千种,相怜相惜。

恰到如今,天长漏永⑦,无端自家疏隔。知何时、却拥秦云态⑧?愿低帏昵枕⑨,轻轻细说与,江乡夜夜,数寒更思忆。

注释

①因循:此处为拖沓、萎靡不振之意。

②负佳人、几许盟言:辜负了美人多少盟誓。负,辜负。几许,多少。

③陡顿:陡然、顿时、突然。

④洞房:此指幽深的内室。

⑤阑:将尽。

⑥䁥雨尤云:比喻贪恋男女欢情。䁥,沉迷、贪恋。尤,相娱、相恋。

⑦漏:古代用来计时的器具。

⑧秦云:秦楼云雨,指男欢女爱。

⑨昵枕:枕上昵语。昵,亲近。

译文

梦中醒来,凉风穿过窗户,吹灭了屋中的青灯。酒醒后凄寒难耐,门外台阶上又传来夜雨滴落声。可叹屡不得志,一直天涯漂泊。多少佳人,多少海誓山盟都因此被我辜负。又如何舍得将昔日的欢笑聚会,顿时化为忧戚。

愁已至极,再三追思当初于幽深的内室中,你我无数次把酒言欢，欢声笑语，鸳鸯被下嬉笑打闹。有谁料到暂时的别离，就将佳人的心力耗尽。男欢女爱浓情蜜意，有万般千种柔情，彼此那么相怜相惜。

而今，夜漫漫，漏壶依旧，没有原因地将你我分隔两地。什么时候我们才能再见，再续秦楼欢愉？多希望能跟你在帷帐中共枕呢喃，轻轻诉说，江南的漫漫长夜，我是如何在凄寒的更声中把你思念追忆。

赏析

这首词主要描写词人飘零途中对情人的思念，为长调慢曲，是词人依《浪淘沙》所改。

词的上阕主要描写词人在漂泊途中满怀忧伤。刚刚梦醒，便看到寒风吹灭孤灯，听到霏霏夜雨在空阶上独奏孤曲。在这里，寒风、孤灯、夜雨，与词人半夜独醒相衬，将其胸中浓浓的孤独寂寞非常贴切地表现出来。而在景物描写之后，词人便直接道出了心中孤苦的原因，皆由久在江湖飘零而起。

中阕承上启下，由忧转向愁，还包含了对往事的无限追忆。通过具体详细的描写，我们不难看出词人与佳人感情笃厚，"有万般千种，相怜相惜"。

下阕词人又将话锋转到当前。孤枕难眠的词人，客居他乡，愁苦难抑之余也勾起了自己许多的思考和追悔。"无端自家疏隔"写出了词人心中的悔恨，正是自己的执意外出，才使得自己与佳人不得团聚。接下来词人发挥丰富的想象，假想自己与佳人再会时同床共枕，呢喃耳语，共诉相思之情。整首词通过全方位多角度的描写，再现了词人的羁旅之苦和丰富细腻的内心情感。

闺情篇

西江月①

凤额绣帘高卷②,兽环朱户频摇③。两竿红日上花梢④。春睡厌厌难觉⑤。

好梦狂随飞絮⑥,闲愁浓胜香醪⑦。不成雨暮与云朝⑧,又是韶光过了⑨。

注释

①西江月:词牌名,调名取自李白《苏台览古》"只今唯有西江月,曾照吴王宫里人"。

②凤额绣帘高卷:横额绣着凤凰的帘帐高高卷起来了。凤额绣帘,横额上绣着凤凰图案的帘子。高卷,高高卷起来。此句意在说明夜晚已经过去,因为夜晚用的帘子都高高卷起来了。

③兽环朱户频摇:红漆大门上的兽环有节奏地晃动。兽环,古人常在大门上镶嵌一野兽头作为装饰物,兽头的嘴上叼着一个铁铜环作为把手,故名兽环。朱户,红漆的大门。古时只有富贵人家才会有朱户兽环,它们是富贵的象征,词人意在点明词中小姐是大家闺秀,出生富贵之家。

④两竿红日上花梢:阳光已经照到了开花的树梢。两竿红日,指太阳已经升起有两根竹竿那么高了,言下之意是天已经

亮了很久。

⑤春睡厌厌难觉：在大好的春光中已经睡了很久，仍然精神萎靡难以醒来。厌厌，精神不振状。

⑥好梦狂随飞絮：做了一个遇见有情郎的美梦，谁知此时醒来，美梦就像飞起的柳絮一样转眼不见了。好梦，少女怀春的梦，梦见有情郎。

⑦闲愁浓胜香醪：因清闲无聊而引发的怀春之愁比香醇的美酒还要浓烈几分。闲愁，因清闲而引起的忧愁。香醪，香醇的美酒。

⑧不成雨暮与云朝：在美梦中，还未和情郎行云雨之事就醒来了。雨暮与云朝，此处用典故。据宋玉《高唐赋》载，楚襄王在高唐打猎之时，梦见一个自称为炎帝之女瑶姬的神女，她称自己现为巫山之神，与楚襄王有了一夜夫妻之事。神女天亮离开之时，对楚襄王说："妾在巫山之阳，高丘之阻，旦为朝云，暮为行雨，朝朝暮暮，阳台之下。"后来人们就用"朝云暮雨"指男女性事。

⑨又是韶光过了：好春光又一次在美好的梦中过去了。

译文

高高卷起横额绣着凤凰的帘帐，朱户上的兽环频频摇动。红日高升，已照到了开花的树梢，春睡良久难以醒来。

美丽的春梦像柳絮一般飞走，闲愁比那香醇的美酒还要浓烈。梦里与情郎还未成云雨就醒来，大好春光就这样流逝了。

赏析

这是一首描写富家闺中小姐春日思念情郎的闺怨词。

起笔两句带有典型的花间词风格。晚唐五代温庭筠等花间词派词人写闺怨词,多着重描写女子生活环境之富贵精美,以此来反衬主人公内心的寂寥和孤独。"凤额绣帘"和"兽环朱户"描绘的正是女子所处的环境,绣着凤凰的帐帐,挂着兽环的朱户,这些都说明词中女子身处富贵之家,也隐隐透露出女子的孤独。"绣帘高卷"可见女子不是深闭房门,而是企盼有人进屋;"朱户频摇"可见女子是侧耳倾听,盼望故人敲门来,凝神听来却是风动兽环的声音。词人以两句话就勾画出了女子的生活环境,同时也隐隐道出了女子的内心情绪,手法可谓绝妙。接下两句重回柳词风格,"两竿红日上花梢"写日头高挂而人还没有起床,只因"春睡厌厌难觉"。这两句与温庭筠《菩萨蛮》中"懒起画蛾眉,弄妆梳洗迟"的意思相通,但相对更直白。"难觉"二字耐人寻味,可分析出三层意思:第一层是春睡懒得起来,人精神不振;第二是昨夜无眠,直到天亮才睡着,所以起不来;第三则是梦见与情郎相依相偎,故舍不得醒来。具体是什么原因,且往下读。

下阕第一句以"好梦"一词说明女子"难觉"的原因,原来真的是梦见情郎,两人依偎缠绵,甜甜蜜蜜,女子沉浸于美梦中因而不愿醒来。但好梦从来容易醒,梦中的温馨甜蜜都如同柳絮一般飘飞走了,只剩下凄凉一片。即使女子再舍不得醒来,即使她再努力回忆梦中的欢愉，也无法重温美梦了，正如一个世人皆知的道理：手中的沙子，握得越紧，它从指缝中漏得越快。忧愁难以消散，女子想喝酒缓解，却发现"闲愁浓胜香醪"，无限怅惘的忧愁比那美酒还要醇厚，酒无法解愁，只能让人更加愁闷。"不成雨暮与云朝"一句用楚襄王与神女的典故，不仅写出了梦见与情郎云雨事未成的遗憾，也隐约表达了与情郎难以再相聚的现实。于是一声长叹"又是韶光过了"，透着无限悲凉意：一是感叹梦里与情郎依偎的时光逝去，再也不会重现；二是感叹由于自己无心赏春光，只能任凭大好春光流逝。另外，古时也常用"春光"比喻人的青春时光，故这里也有慨叹青春岁月流逝之意。女主人公看春日花开花落，联想自己的青春时光就这样在孤独等待中慢慢消耗，只能任凭其如流水一样逝去。词人仅用六个字，就勾勒出一位渴望爱情、拥有美丽青春的闺中女子形象，读来感人肺腑，让人也忍不住一声长叹。

在诸如此类的小令中，柳永大胆创新，开始直白地表情达意，使其词作摆脱晚唐五代和宋初词的含蓄委婉词风的制约，如"春睡厌厌难觉"、"不成雨暮与云朝"等句。当然"风额绣帘高卷"二句以及"又是韶光过了"等还是具有典型的花间词风格，但也仅仅是过渡之句，随后本词不着痕迹地转为大胆直露的风格，并将慢词的意境和手法引进了小令中，在一定程度上促进了词风的发展。

甘草子①

秋暮，乱洒衰荷②，颗颗真珠雨③。雨过月华生④，冷彻鸳鸯浦⑤。

池上凭阑愁无侣⑥,奈此个、单栖情绪⑦!却傍金笼共鹦鹉,念粉郎言语⑧。

注释

①甘草子:词牌名,双调四十七字,前段五句四仄韵,后段四句四仄韵。又一体为双调四十七字,前段五句三仄韵,后段四句四仄韵。

②衰荷:衰败的荷叶。

③颗颗真珠雨:一颗颗的水珠如珍珠一样晶莹剔透。

④雨过月华生:大雨过后,月亮升上天空。

⑤鸳鸯浦:鸳鸯栖息过的地方。

⑥池上凭阑愁无侣:独自凭栏,望着眼前池塘的景色,想到自己无人陪伴,心中升起浓浓的愁绪。

⑦单栖:独宿。

⑧粉郎:女子的心上人。

译文

秋夜落雨,雨滴洒落在衰败的荷叶上,颗颗如珍珠。雨后月亮升上天空,鸳鸯浦上冻走了鸳鸯。

独自凭栏发愁无伴侣,如何忍受这独宿的情绪。只好依傍着金笼中的鹦鹉,教它念心上人的言语。

赏析

这首小令是一篇感人至深的闺怨词。

词的上阕写女子在池边凭栏看到的景色,充满着孤苦的味道。秋天本是易悲情易感伤的季节，更不要说是下着雨的秋日黄昏了，更容易触动内心的寂寥。女子看到"乱洒衰荷，颗颗真珠雨"，雨点滴落在衰败的荷叶上噼啪作响，跳动的雨珠如颗颗珍珠。将雨滴声比做珍珠，形象又贴切，极具画面感。"乱"字更可谓妙笔，既写出雨点落在荷叶上乱溅的情景，也暗暗反映出女子心中的万千愁绪，让人仿佛看到那样一个孤寂、烦闷的女子，她凭栏伫立，只看到那雨点一滴滴洒落在荷叶上，愈加伤心。接下"雨过月华生"两句用顶针格的手法将词境从黄昏移向夜晚，女子从"秋暮"一直站到月亮升起，足见其伫立之久。方才还是一番雨点乱溅的跃动之景，此刻却已是"冷彻鸳鸯浦"了，鸳鸯是成双成对的情侣的象征，可放眼望去鸳鸯浦都无鸳鸯，此句有力地暗示了女子内心愁闷的原因。

"池上凭阑愁无侣"一句总结上阕，直接道出女子愁闷的原因，她感叹自己独自一人无伴侣。接下"奈此个、单栖情绪"两句更进一层，将场景从外拉进屋内，写自己孤枕难眠之苦。词尾以"却傍金笼共鹦鹉，念粉郎言语"结束全词，新颖别致，向读者展开一幅绝妙的图景：秋日荷塘，透过轩窗可以看见一女子站在小室内，独自一人逗弄鹦鹉，教它说话。此情此景是多么的美好。但图画难以展现的是女子的凄苦，她所教的都是"粉郎言语"。这里不写女子念念不忘情郎的情话，而是通过教授鹦鹉学"念"来展现女子的相思之苦，可谓别开生面而又含蓄内敛，让人眼前一亮。

而词中"真珠"、"月华"、"鸳鸯"、"金笼"、"鹦鹉"等词语也是精美绝伦，各放异彩，词人用华美的环境反衬人物寂寥的内心世界，可谓精妙。

甘草子

秋尽。叶翦红绡①，砌菊遗金粉②。雁字一行来③，还有边庭信④？

飘散露华清风紧⑤。动翠幕，晓寒犹嫩⑥。中酒残妆慵整顿⑦。聚两眉离恨⑧。

注释

①叶翦红绡（xiāo）：秋天落叶犹如裁下的红薄纱一般。红绡，红色的薄纱。翦，同"剪"。

②砌菊遗金粉：门前栽种的菊花撒落在地，就好像散落的金粉。砌菊，栽种在台阶两侧的菊花。遗金粉，凋落的菊花花瓣和花粉，因菊花是黄色的，犹如金子，故称金粉。

③雁字一行来：有一行大雁排列成字地飞来。雁字，大雁飞行时队形排列成的字。

④还有边庭信：莫不是带来了情郎从边疆寄回来的书信？这句和上一句说的都是同一个意思：这位情郎驻军边疆的女子，看到一行大雁从北边飞过来，就禁不住想象情郎是否拜托大雁捎来了情书。古时传说鸿雁能捎书，因此在很多人眼里大雁就是信使。

⑤飘散露华清风紧：清风急急地把早晨凝结的露珠吹得飘散而去。露华，阳光下露珠发出的光华。紧，急。

⑥动翠幕，晓寒犹嫩：清风吹动绿色的帷幕，早晨还不十分寒冷。翠幕，翠绿色的帷幕。晓寒，清晨的寒冷。犹嫩，还不十分寒冷。

⑦中酒残妆慵整顿：懒得梳洗整理酒醉后的残妆。中酒，因喝酒过多而身体不适，隐含借酒消愁的苦闷。慵，慵懒，懒得。整顿，整理梳洗。

⑧聚两眉离恨：离别时的幽怨还凝结在眉目之间。聚两眉，即皱眉，因人皱眉时两道眉毛聚在一起，故称聚两眉。离恨，离别时的愁怨。

译文

秋末时节，落叶犹如裁下的红薄纱一般。门前栽种的菊花撒落成一地金粉。看到一行大雁飞来，莫不是带来了边疆的书信？

清风把早晨凝结的露珠吹得飘散而去，又吹动绿色的帷幕，清早还不十分寒冷。酒醉之后的残妆，懒得去清洗整理。离别时的幽怨还凝结在眉目之间。

赏析

这是一首写于秋天的闺怨词，写的是一位情郎被征边疆从军，女子在家独自想念情郎的情景。

上阕起首两句写秋景。"秋尽"点明时值深秋，为下两句写景做铺垫。秋日萧瑟，到处都是衰残的景象。"叶翦红绡"写红叶纷飞的衰残之景，"砌菊遗金粉"写菊花凋落的情景。这两句写尽深秋的凋残景象，且"翦红绡"与"遗金粉"相对应，用词艳丽，极为精巧。接下"雁字一行来"写大雁成行，飞到南方过冬，古时有鸿雁传书的传说，故下句问"还有边庭信"，意思是不知大雁是否捎来情郎的书信，从深秋衰残的景色转写离别幽怨之情，自然流畅，不着痕迹。

下阕再次掉转笔锋，再写秋日景象。前两句写凄厉的秋风，"飘散露华清风紧"是说秋风之凄紧，吹落了枝头的露珠，接着一句"动翠幕"更进一层写秋风之大，居然吹动了翠绿色的帷幕。"晓寒犹嫩"写秋凉，尽管只是轻微凉意，但却触动了女子心中情绪，悲凉气氛最易让人愁闷，何况心中还有相思苦。前三句写凄凉的景色，暗含苦闷情绪，而末二句"中酒残妆慵整顿。聚两眉离恨"则直接陈述女子的忧愁。"中酒"说明女子借酒浇愁，以至于来不及卸妆，就蒙头昏睡到天亮，因而醒来"残妆"仍在，但因为愁绪在心，故"慵整顿"。词人以寥寥七字就表现出女子内心的离愁，笔法细腻深厚。这句的意思类似温庭筠《菩萨蛮》"懒起画蛾眉，弄妆梳洗迟"的词句，二者皆化用《诗经》中"自伯之东，首如飞蓬。岂无膏沐，谁适为容"句意。层层铺垫之后，词人用一句"聚两眉离恨"直接揭示主题，写出女子心中的离情别绪，极有表现力。

此词也是一首具有花间词风格的词作，辞藻华丽，着力描写精细的景物以透露主人公的内心情绪，凝重而有力。此外，词中既有委婉含蓄的句子，也有近乎白话的句子，二者相得益彰，使得整首词极具层次感。

定风波

自春来,惨绿愁红,芳心是事可可①。日上花梢,莺穿柳带,犹压香衾卧。暖酥消,腻云亸②,终日厌厌倦梳裹③。无那④!恨薄情一去,音书无个。

早知恁么⑤,悔当初、不把雕鞍锁。向鸡窗,只与蛮笺象管⑥,拘束教吟课。镇相随⑦,莫抛躲,针线闲拈伴伊坐。和我,免使年少光阴虚过。

注释

①是:凡、所有。可可:不在意,漫不经心。
②腻云亸:头发蓬松下垂。腻云,指女子头发蓬松卷曲如云。亸,下垂。
③厌厌:同"恹恹",没精打采,没有气力。
④无那:无奈,百无聊赖。
⑤恁么:如此,这样。
⑥蛮笺象管:彩笺和毛笔,此处泛指纸和笔。蛮笺,古时产于四川的彩色笺纸。象管,象牙做成的笔管。
⑦镇:整日,成天。

译文

自打春来以后,就感觉绿叶惨,红花愁,芳心一颗没有着落,百无聊赖,没有什么事情可以让自己再产生兴趣。阳光已洒照在花的枝梢,黄莺在绿柳垂枝间穿梭,我却依然蒙被而睡。曾经丰肤洁白的身体变得消瘦，细腻的云发蓬松垂下，终日没精打采，没有心情梳妆。多么无聊啊，真恨那薄情郎一去至今，杳无音信。

早知这样，真悔恨当初怎么没有将他那华美的鞍辔给锁住。使他面朝窗户，只能与纸笔做伴，管着他令他好好做功课。相互做伴，形影不离，闲暇的时候一边做女红一边坐着陪他。和我一起做伴，免得这大好青春虚度。

赏析

这是一首拟思妇而写的怀人之词。作者一生放荡，浪迹青楼，很了解歌伎们的生活和情感。这首词就是在代她们一抒心中的郁积，也表达了作者对她们深深的同情。

上阕写刚刚起床的怨妇。阳光明媚、鸟语花香的春日，她们本应该去快乐地游玩，流连美景，可实际上在她们的眼中，这大好的春光却了无生趣，绿惨红愁，她们甚至懒得起床，即使起床也是没精打采，形消体瘦，连头发都顾不得梳理。是什么让这些爱美的女子整日如此呢？后一句终于点出，原来是情郎远去，杳无音信。

下阕写怨妇的心理，她们也希望过正常人的生活，脱离秦楼楚馆。她们不再埋怨男子的薄情，而是后悔自己当初没能把他留住，不让他远去。现在想来，陪他安心读书，相伴朝夕才不负这美好的青春啊！这就是她们心中所期盼的幸福。之所以如此，是因为在那个时代，妇以夫为纲，对女子们来说，丈夫是她们的一切。

这首词明白浅显，直写妓女们的闺房生活，完全突破了当时蕴藉、典雅的词风，将青楼女子的所思所想清楚明了地一口道出，真实地展露出她们热烈大胆的爱情观念。率意任性、大胆无忌的词风使这首词成为柳词中"俚词"的杰作。

昼夜乐①

洞房记得初相遇②，便只合，长相聚。何期小会幽欢③，变作离情别绪。况值阑珊春色暮④，对满目、乱花狂絮。直恐好风光，尽随伊归去⑤。

一场寂寞凭谁诉，算前言，总轻负⑥。早知恁地难拚，悔不当时留住。其奈风流端正外⑦，更别有、系人心处。一日不思量，也攒眉千度⑧。

注释

①昼夜乐：词牌名，本调九十八字，前后阕同。
②洞房：这里指女子的闺房。
③何期：岂料，没料到。小会幽欢：短暂的幽会狂欢。
④况值：更何况，正值。
⑤伊：他，指女子离去的情人。
⑥轻负：轻易地辜负。
⑦其奈：怎奈、怎知。
⑧攒眉：愁眉紧锁，心事重重的样子。

译文

还记得第一次在闺房相识，你我相见恨晚，相互约定此生永不分离。可是没有想到这短短的欢会,居然变成了漫长的别离。更何况时值晚春,美丽的春光即将逝去,满眼全是残花败柳,更让人心生惆怅。真的害怕大好的风景,也全随他一同离去。

满怀的寂寞应该对谁诉说呢?想起自己当时的鲁莽,轻易地辜负了他的深情,到现在后悔极了。如果早知道别后是这般心中难舍,当时就该毫无顾忌地把他留下来。他那么风流倜傥,相貌端正,更有着特别的摄人心魂的魅力。如果一天不思念他,就会愁眉紧锁,心事重重。

赏析

柳永这首词写普通市井妇女的闺情,通过女主人公的回忆来表达其内心的相思之意。

词人借女主人公之口讲述了她美丽而短暂的爱情。词的上阕写女主人公与情人的初遇之景。写二人的第一次幽会是在女主人公的闺房,二人一见钟情,表现了市民阶层爱情的大胆直率。也正是这种一拍即合,让女主人公有了天长地久的想法。可是没有想到的是,初遇之后便再没有相见。"乱花狂絮"的暮春之景,怎能不让满怀离愁和思念的女子伤感烦恼。最后两句则将景与人相关联,述说大好春光随人而去。

下阕主要描写女子对情人的思念之情及懊恼之意。"一场寂寞凭谁诉"在整个词情的发展

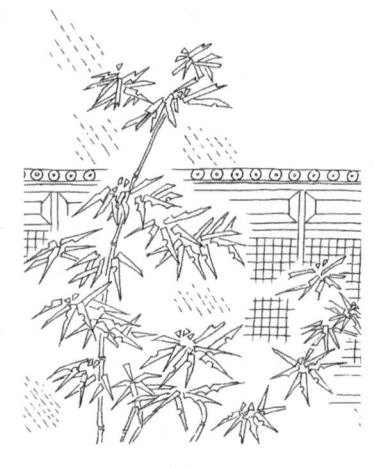

过程中承上启下:春消人去,独留寂寞愁苦之情不知该向谁倾诉,也不宜倾诉。"算前言,总轻负",表明女子曾经不守诺言,伤害了情人,现在想起满怀愧疚。接下来的两句则是女子的一种假设:如果早知道离别后会对情郎如此的思念,真应该当初就把他留下来。现在还时常想起情郎的音容笑貌,是何等的风流倜傥,高雅端正,具有摄人心魄的魅力。最后一句写到了女子对情郎的思念程度,"一日不思量,也攒眉千度",形象具体地将女子的悔恨和思念融合在一起,并生动展现出来,可见其思之深,悔之切。

驻马听

凤枕鸾帷①。二三载,如鱼似水相知。良天好景,深怜多爱,无非尽意依随。奈何伊,恣性灵②、忒煞些儿③。无事孜煎④,万回千度,怎忍分离。

而今渐行渐远,渐觉虽悔难追。漫寄消寄息⑤,终久奚为⑥。也拟重论缱绻⑦,争奈翻覆思维。纵再会,只恐恩情,难似当时。

注释

①凤枕鸾帷:绣有凤凰和鸾鸟的枕头帷幕,借指二人恩爱相处。鸾,凤凰一样的神鸟。

②恣:放任。性灵:性情。

③忒煞:太过分。

④孜煎：细细煎熬，内心忧虑之状。
⑤寄消寄息：传递音信。
⑥奚为：又有什么用。
⑦缱绻：情意缠绵状。

译文

你我二人曾经同床共枕于凤枕之上鸾帐之中，非常恩爱。尽管如此幸福美好的日子只有短短两三年，但你我却如鱼似水般相知相好。良辰佳景，情意无限，想方设法地迁就他，随他心意。没办法，最终还是两分离，他太恣意任性了。可是一旦闲暇，就忍不住想起往日的恩爱，眷顾依然，很难做到不想他。

如今，我与他渐行渐远，就算是后悔也无法挽回了。这种情况，即便是寄去消息也终是枉然。也想象过与他破镜重圆，可思量再三，纵使重修旧好，两人的感情也回不到从前，不会再像当初那么甜蜜恩爱了。

赏析

本词叙述方式简单流畅，语言通俗易懂，主要描写了女主人公的矛盾心情。词中没有景物描写，直抒胸臆却不落俗套，表意酣畅淋漓。

词的上阕主要写女主人公对往日恩爱场景的回忆，两个人你依我依，情意深厚。而"无非尽意依随"则说明了二者之间不平等的感情关系，写到了女子对男子的忍让迁就，为下文感情破裂埋下伏笔。"奈何伊，恣性灵、忒煞些儿"，道出了导致二人最终分离的根源是男子的过于任性。紧接着，女子又表达了在分手后,心中对男子的百般眷恋,"无事孜煎,万回千度,怎忍分离",将女子心中的难舍难分直接表达出来,在平淡叙述中掀起情感的一个小波澜。

词的下阕主要写女子被弃后的心情。整首词,词人遵循常理,依照故事的前因后果而写,用通俗流畅的语言,真挚的情感笔触,表达了深切的爱与恨。该词艺术造诣很高,虽被列为"俗词",却是此中的佳作。

迷仙引

才过笄年①,初绾云鬟,便学歌舞。席上尊前,王孙随分相许。算等闲、酬一笑,便千金慵觑②。常只恐、容易蕣华偷换③,光阴虚度。

已受君恩顾,好与花为主④。万里丹霄,何妨携手同归去?永弃却⑤、烟花伴侣⑥。免教人见妾,朝云暮雨⑦。

注释

①笄年:笄,簪子。古时的女子盘发插笄的年龄,称为笄年。古时女子一过十五岁,就盘发插笄,标志成年,意思是出嫁的年龄到了。又称"及笄"。

②慵觑:懒得去看。

③蕣华:木槿花。夏秋开花,其花朝生暮落,古人多用它形容女子的青春。偷换:偷偷改变。

④好与花为主：花，歌女自称，这句话的意思是歌女恳请意中人将自己救出火坑。

⑤弃却：抛弃。

⑥烟花伴侣：指同在青楼的姐妹。

⑦朝云暮雨：比喻男女之情。

译文

才过十五岁，刚刚绾上云鬟，就开始习歌学舞。由于才貌兼备，使得宴席之上、歌酒盛会之时，王孙公子纷纷对我倾慕相许。平素里为了博我一笑，便以千金相送，而我都懒得去看。歌舞女子的命运，就好像木槿花一般短暂，早上盛开傍晚即落，故而时常害怕白白虚度青春。

得到您对我的恩顾，已经很荣幸了，真诚地渴求您救我脱离火海。万里碧空，你我何不携手一起归家，开始新的生活？我保证结婚以后，彻底抛弃那些烟花伴侣和旧日的生活，免得被认为用情不一、朝三暮四。

赏析

柳永是第一个将歌伎写进词的人，对词境的开拓作出了很大的贡献。本词即为一首赞颂歌伎真、善、美之作。全词以歌伎的语气，抒写了歌伎的遭遇，表现了其对自由生活以及美好爱情的向往和追求。

词的上阕是歌伎对以往无情现实的回忆。她一过十五岁便开始学习歌舞，目的是为了能在歌筵舞席之上为王孙贵族们歌舞助兴。她年轻貌美，色艺俱全，常常席上尊前，以博得王孙公子们的欢心。为了看她一笑,(王孙公子们)不惜送上千金相酬。而她却对此不屑一顾,表现了这位歌伎对风尘的厌恶。欢场中的女子命运犹如朝开暮落的"蕣华"一样,随时可能衰败下去。这位歌伎清楚地知道自己的命运,于是常常害怕"光阴虚度"。

下阕前两句写歌伎遇到了一位赏识她、可以托付的男子,于是恳求他将自己救出红尘。"万里丹霄"以下几句是歌伎对未来的期许。她有了能托付终身的男子,于是幻想着"何妨携手同归去",一起开始正常的家庭生活。"永弃却"二句是歌伎的誓言,婚后将与旧日同在青楼的姐妹一刀两断,安心过日子,以此洗刷世俗对自己感情不专、反复无常的印象,力图证明自己非轻浮女子。词人以白描的手法,塑造了一个身处青楼,却向往自由生活和美好爱情的歌伎形象,语言通俗易懂,情真意切,是柳词中的上乘之作。

鹤冲天①

闲窗漏永②,月冷霜华堕③。悄悄下帘幕④,残灯火⑤。再三追往事,离魂乱愁肠锁⑥。无语沉吟坐,好天好景,未省展眉则个⑦。

从前早是多成破⑧。何况经岁月⑨，相抛觯⑩。假使重相见，还得似旧时么⑪？悔恨无计那⑫，迢迢良夜⑬，自家只恁摧挫⑭。

注释

①鹤冲天：词牌名，双调八十四字，仄韵格。又名《喜迁莺》、《风光好》等。

②闲窗：闲置的窗户，因为夫妻入夜前常在窗前品茶闲聊，如今夫君离开，这入夜之窗就闲置了，成为无用之窗。漏永：计时用的滴漏永远滴答作响。

③月冷霜华堕：初冬夜晚转冷，一朵朵霜花从窗户上落下来。月冷，初冬的夜晚天气寒冷，这里用月亮指代夜晚。

④悄悄下帘幕：自己悄悄把白天卷上去的窗帘慢慢放下来，意在表现独守空房之寂寥，因为情郎不在，于是再无睡前的品茗闲话，自己一人只有早早放下帘幕。

⑤残灯火：即将熄灭的灯火，意在说明夜晚失眠，一直到灯灭油尽时，人还没有入睡。

⑥离魂乱愁肠锁：灵魂就像离开身体一样，混乱的心绪情结郁积在心中怎么也无法解开。离魂，脱离身体的灵魂，指思绪混乱。愁肠，忧伤的情绪。

⑦未省展眉则个：情郎离开后就再也没有体会到欢颜是什么。省，体会，感悟。则个，语气助词，无意义。

⑧从前早是多成破：从前和情郎就已经有过很多次分分合合的经历。早是，已经是。多成破，多次产生摩擦又多次言归

于好。

⑨何况经岁月：更何况经过了这么长的时间，指最后一次分别。

⑩相抛嚲（duǒ）：相互把双方抛弃，指别离。嚲，下垂，落下。这三句是说，此前就有过很多次分分合合的经历，更何况经过了这么长久的分别。

⑪还得似旧时么：还能像以前那样重归于好吗？旧时，指以前多次摩擦又和好的经历。

⑫悔恨无计那：十分后悔当初与情郎闹别扭以至情郎拂袖离去，导致现在无法化解两人之间的误会，情郎再也不回来。那，语尾助词，啊、呀之意。

⑬迢迢良夜：漫漫长夜如此美好。迢迢，原指路途遥远，这里指夜晚漫长。

⑭自家只恁摧挫：在这样美好的夜晚，只能任自己折磨摧残自己。摧挫，摧残，折磨。

译文

闲窗滴漏声不停，天冷霜花掉落。悄悄拉下帘幕，灯火也渐渐燃尽。再三追忆往事，思绪混乱愁肠解不开。无语沉思独坐，可惜好天好景，体会不到何谓欢乐。

从前多次产生摩擦又和好。何况又经过很长时间的别离。假使再次相见，还能和好如初么？此时悔恨却无计策，漫漫长夜，只能这样自已折磨自己。

赏析

这是一首闺怨词，写一位女子夜深人静时对情郎的思念之情以及内心的愁怨。

　　上阕融情于景，以萧瑟孤寂的景色引出人物心理，感情深沉而绵长。"闲窗漏永，月冷霜华堕"两句写出萧索冷清的夜景，反衬出人物内心的愁思和不安情绪。自己一人独坐房间，只听见滴漏的声音，窗外也是一片冷清，月色凄迷，霜花凝结，如此幽冷的环境下，人怎能不孤寂愁怨？于是女子悄悄拉下帘幕，想缓解寒冷寂寞，却又看到帘幕旁残灯一盏，于是更加觉得愁闷难捱。此情此景下，女子开始"再三追往事"，此句总领人物描写，点出愁怀难遣的原因。只因往事美好，但却无法再回去了，怀念往事更让人黯然神伤。"离魂乱愁肠锁"一句写出女主人公的复杂情绪和内心纠结，"离魂"复又"愁肠"，"乱"复又"锁"，足见女子心中愁思之浓重、之深沉。"无语沉吟坐"描绘出人物形象，接下来"好天好景"两句更进一步渲染。面对如此良辰美景，她一人无语独坐，反复沉吟，却依然是愁眉不展。上阕写景写人有所克制，并未大肆渲染，虽感情深沉但并未完全爆发。

　　下阕则开始密集抒情，以环环相扣之势写出女子的内心愁闷，足见女主人公的情绪已经到了极限，她内心隐忍已久的煎熬之苦必须爆发出来了。"从前早是多成破"一句为第一层，说明从前两人在一起时就有很多吵闹分合的事情；"何况经岁月"两句再进一层，经过了这么长时间的别离；"假使重相见，还得似旧时么"为第三层，直接点出主人公的猜测之心：即使能相聚，但这长时间的别离还能够让感情甜蜜如最初吗？这三层意思宛现步步递进之态，而又跌宕起伏，将主人公处于煎熬猜测而又相思成灾的心情淋漓尽致地表现出来。"悔恨"一句，虽然没有点出女子是为什么事悔恨，但是却点明了不管女子如何悔恨，也只能是"无计那"，"自家只恁摧挫"。到头来，无奈终归是无奈，面对漫漫长夜，只能自哀自怜，独自忍受情感的煎熬。

这首词是一首绝妙的表现人物心理的佳作，词人以白描的手法将人物内心深处的纠结和复杂情绪描述出来，坦率流畅而又深沉曲折。同时多用口语化语言，既形象贴切，又恰如其分地展现了人物的形象，是柳永词中不可多得的佳作。

斗百花

煦色韶光明媚①，轻霭低笼芳树②，池塘浅蘸烟芜③，帘幕闲垂风絮④。春困厌厌⑤，抛掷斗草工夫⑥，冷落踏青心绪⑦，终日扃朱户⑧。

远恨绵绵⑨，淑景迟迟难度⑩，年少傅粉⑪，依前醉眠何处⑫？深院无人，黄昏乍拆秋千⑬，空锁满庭花雨⑭。

注释

①煦色韶光明媚：煦色，即春色。韶光，既指阳光，亦指年华。明媚，形容二者的美好。此句一语双关，是说春天的美景和少女的芳华都正处于最佳的时候。

②轻霭低笼芳树：此句是说，散发着芬芳的草木被薄薄的雾霭轻轻笼罩。轻霭，即薄雾。

③池塘浅蘸烟芜：此句描写的是薄雾笼罩下池塘的景象。

芜，是指杂草。

④帘幕闲垂风絮：帘幕，即古人在床边挂的帘子，本作遮掩夫妻亲昵之用，既然丈夫不在，也就只能"闲垂"，任由微风吹来吹去了。风絮，意为如风中之絮般飘飘荡荡。

⑤春困厌厌：此句描写女子因丈夫不在家而显得无精打采，目睹盎然春色也是表现得意兴阑珊。厌厌，形容精神不振的样子。

⑥抛掷斗草工夫：斗草，是唐宋民间习俗，时间为每年农历五月初五。女子因没有丈夫相伴，连一年一度的斗草游戏都没有心情参加了。

⑦冷落踏青心绪：踏青，即郊游。此句和上句相同，都是说女子心情很差，无心外出游玩。

⑧终日扃朱户：户，即门。扃，是指门窗的插条。这句是说，女子整日把自己关在屋子里，任凭户外春光灿烂，自己就是没有心情去游赏。

⑨远恨绵绵：远，既指丈夫和女子的空间距离，更指丈夫和女子的心灵距离。女子对丈夫有恨，却始终难以割舍对他的眷恋，因而恨生于心，却也"绵绵"。

⑩淑景迟迟难度：淑景，意为美好的光景。美景让女子更加惆怅，易逝的短暂春光，在女子看来竟是如此漫长。

⑪年少傅粉：比喻年轻貌美的男子，此处应指女子的丈夫。傅粉，形容皮肤如涂脂抹粉一般白皙，以此指代丈夫年少俊美的容貌。

⑫依前醉眠何处：依前，像以前一样。此句是说丈夫又像从前一样，醉卧于哪个女子怀中，与她共度春夜良宵。

⑬黄昏乍拆秋千：乍，刚刚。此句是说，女子在昨天黄昏

刚刚把院子里的秋千摘了下来。

⑭空锁满庭花雨：花雨，落花如雨。女子摘下秋千，锁上院门，却锁不住自己思恋的心，也留不住丈夫的温存，只留下院内飘落满地的花瓣而已。

译文

春色明艳，却得几日可供游玩，佳丽芳龄，又有几载可堪哀叹。我凭轩而立，嗅到树丛散发的芬芳，却遗憾薄雾笼罩其上，看到池塘映射的光芒，却悲叹杂草环绕其旁。回身望去，帘幕之后，温存不再，只有风儿轻轻翻动帘幕。时近端午，女伴间的斗草游戏无法让我兴致盎然，踏青赏花，也因无人相伴而令我意兴阑珊。我终日将自己关在门户之中。

今日的你，似乎远在天边，我心有恨，而那份依恋却时时将我的心弦拨乱。在这满园春色中，孤独的我度日如年。俊美的郎君啊，良辰美景中你又于何处醉卧花间？昨日黄昏，我踱至庭院，扯断了记录着你我往日柔情的秋千。锁上院门，我又如何能将自己欺骗？那如雨珠般纷纷零落的花瓣，正如我心中无尽的愁怨。

赏析

柳永的词作中，有很多以女性为描写对象。也许是人生经历的关系，柳永对于普通下层女性的不幸遭遇充满同情，因而能够感受她们的痛苦，深刻挖掘她们的内心世界，进而用细腻的笔触，把女性特有的一些心理活动准确而委婉地表达出来。这首词就是其中一例。

本词第一句便一语双关，为全词定下了哀怨、矛盾的基调。明媚春日的景色和年轻女子的容貌，虽然很美，但也容易消逝，今日的蹉跎，定会换来明日的悔恨，但这一切，又有什么办法呢？后两句写屋外的景色，春光虽好，主人公却总觉得有少许缺憾：明媚的阳光无法驱散薄雾；杂草让明亮的池塘显得杂乱。主人公之所以这样看风景，完全是心情使然。外面的景色让人心烦，屋里的东西更是如此，床边帘幕被风吹起，原本私密的爱巢却被风儿无情讥笑，温馨不在，冷冷清清，这如何不让人感到忧伤呢？

从"春困厌厌"开始，进入了主人公心理活动的直接描写。踏青的喜悦，节日的欢快，似乎都与主人公绝缘，一句"终日扃朱户"，将主人公与外界的一切完全隔开。的确，在丈夫相弃而去的日子里，身边的一切美好，除了反衬主人公幽怨的心情，还能有什么作用呢？

"远恨绵绵"一句，准确地道出了主人公矛盾的内心世界。虽遭丈夫背弃，但她依旧对丈夫心怀眷恋，因此其恨不似烈火，而是"绵绵"。自问丈夫"醉眠何处"，除了让自己更加心烦意乱，又能有什么用处？但是人的感情在和理智的较量中往往轻易就占了上风，因而此一问，更让人深觉主人公心境之凄凉、感情之真切。

随后，主人公的思绪回到昨日黄昏。庭院、秋千、落日，这些温馨的元素，在主人公看来是如此刺眼。她摘下秋千，关闭庭院，原想眼不见，谁知心更乱。花谢如雨，飘飞还坠，流年似水，一去不回。暮色之下，主人公怅惘的背影让人伤感不已。

从结构上来说，本词上阕由景至情，下阕由情至景，结构匀称，颇具匠心。在情感表现方面，寥寥几句，便将主人公复杂的情感剖析得淋漓尽致，颇具中国传统之含蓄美。本词堪称柳词中表现女性内心世界的上乘之作。

柳腰轻

英英妙舞腰肢软①。章台柳②，昭阳燕③。锦衣冠盖④，绮堂筵会⑤，是处千金争选⑥。顾香砌、丝管初调⑦，倚轻风、佩环微颤⑧。

乍入《霓裳》促遍⑨。逞盈盈、渐催檀板⑩。慢垂霞袖⑪，急趋莲步⑫，进退奇容千变⑬。算何止，倾国倾城⑭。暂回眸，万人肠断⑮。

注释

①英英妙舞腰肢软：英英的舞姿美妙，腰肢细软。英英，一个舞伎的名字。

②章台柳：章台，汉都长安的街名，是当时青楼妓院的集中地，后世文人常用来指代青楼妓院赌场等场所。章台柳，典出自唐人传奇《柳氏传》。歌姬柳氏与士人韩翊定情，后韩翊远行，柳氏因安史之乱流落尼庵。韩翊遣人寻之，题诗曰："章台柳，章台柳，昔日青青今在否？纵使长条似旧垂，也应攀折他人手。"故人们便以"章台柳"称呼歌伎。

③昭阳燕：指赵飞燕，汉成帝的皇后，因居住昭阳宫而得名，其以掌上舞著称。词人这里以章台柳和赵飞燕来比喻英

英，旨在说明英英的歌喉优美，舞技高超。

④锦衣冠盖：这里指穿锦绣衣、戴名贵帽、乘坐名贵车的仕宦之家。锦衣，锦绣之衣，形容衣服名贵。冠盖，仕宦的冠服和车盖，这里指代仕宦。

⑤绮堂筵会：在豪华的厅堂内摆设宴席。绮堂，豪华的厅堂。

⑥是处千金争选：凡是这些去处，都是富贵人家争相邀请英英去跳舞的场合。千金争选，指富贵人家举办喜庆之事时出千两黄金争着选英英去表演舞蹈，暗指英英的舞蹈技艺高超，受到达官贵人的追捧。

⑦顾香砌、丝管初调：只看到满身香气的英英开始为丝管乐器调音。香砌，用香料堆砌起来，指英英浑身芳香四溢。初调，刚一开始调音。

⑧倚轻风、佩环微颤：就像靠着清风，英英身上的佩饰微微颤动。此句与上句写的都是英英在跳舞前的姿态。倚轻风，就像靠着清风，喻指英英体态苗条轻盈。

⑨乍入《霓裳》促遍：《霓裳》曲刚刚进入节奏急促的音乐段落的时候。乍入，刚刚进入。《霓裳》，曲名，即《霓裳羽衣曲》，又名《霓裳羽衣舞》，是唐朝大曲中的法曲精品，唐玄宗作曲。促遍，舞曲节拍急促的段落。

⑩逞盈盈、渐催檀板：英英的舞步一点点加快，迫使乐师也不得不加快拍击檀板的节拍以跟上她的节奏。逞盈盈，呈现轻盈柔美的舞蹈动作。渐催，逐渐地催促，指英英的舞蹈动作逐渐加快。檀板，檀木做成的拍板，这里指用檀板击打的节拍。

⑪慢垂霞袖：慢慢地挥舞像云霞一样美丽的衣袖，此处指英英的舞蹈动作舒缓流畅，与上句的轻盈快捷的舞蹈动作形成

对比。霞袖,像云霞一样美丽的彩色衣袖,古人的衣袖肥大,跳舞时挥动衣袖就像挥动云霞一样。

⑫急趋莲步:英英的快走小碎步。莲步,即莲花步,典出自《南史·东昏侯纪》:"凿金为莲花以贴地,令潘妃行其上,曰:'此步步生莲花也。'"后多用于特指女子妖娆的小碎步。

⑬进退奇容千变:英英的舞步在进退之间不断变换千变万化的姿势。千变,指英英的舞蹈动作变化之多,令人目不暇接。

⑭算何止,倾国倾城:她的美丽如何,仅仅用倾国倾城是形容不了的。算何止,想来如何,仅仅是。倾国倾城,指绝色美丽的女子,典出《汉书·孝武李夫人传》:"北方有佳人,绝世而独立,一顾倾人城,再顾倾人国。"

⑮暂回眸,万人肠断:英英突然转过头来对众人回眸一望,千万人都被她的美艳吸引,顿生爱慕之情。肠断,即断肠,指因爱慕而起相思。

译文

英英舞姿美妙腰肢柔软,不逊于唐朝章台柳、汉代赵飞燕。仕宦之家,豪门宴会,都争相出千金邀请英英去跳舞。看见浑身芳芬的英英初调丝管乐器,她好像是倚着轻风,身上佩戴的首饰都在微微颤动,像要随风摆动一般。

刚进入《霓裳》节奏急促的段落,英英的舞步逐渐加快,迫使乐师也加快了拍击檀板的节拍。她缓缓挥动云霞一样美丽的衣袖,快走莲花步,进退之间舞步千变万化。这样的美丽仅用倾国倾城怎能形容得了。她突然一回眸,惹得千万人销魂断肠。

赏析

这首词写一名舞伎的优美舞姿,词中提到的"英英"是红极一时的舞伎,整首词都围绕着她的舞技展开描写。

上阕写英英以舞蹈擅誉,名气很大。词人从她的腰肢之美谈起,写她"妙舞腰肢软",柔弱如细柳,轻如赵飞燕,使得一个身段婀娜多姿、体态轻盈的舞女形象跃然纸上。接下三句承上启下,写英英的舞姿吸引了无数达官贵人,他们都一掷千金,以求观看英英"妙舞"。至此词人铺垫完毕,接下"顾香砌、丝管初调"两句正面描写英英的体态。此处词人用词精妙,以"轻风"两字写出英英身姿之轻盈曼妙,再加一个"倚"字,更增添轻盈之气,可谓精妙绝伦。

下阕写英英千变万化的舞步及倾国倾城的美貌。寥寥数句,清楚地交代出舞蹈的时缓时急,英英的一招一式,看似狂草乱笔,实则极有章法,流畅自然。词人在末两句又写出新意,将英英美妙的舞姿之神韵归结于其光彩流动的眼波。"暂回眸",无笑意,无幽怨,惹"万人肠断",其美艳可见一斑。

唐诗宋词中描写歌舞伎的作品寥寥可数,此词可谓其中不可多得的佳作。词人以生动的描写将一个美艳动人、技艺高超的舞伎展现在读者面前,让人耳目一新,遐想翩翩。

锦堂春

坠髻慵梳①,愁蛾懒画②,心绪是事阑珊③。觉新来憔悴,金缕衣宽。认得这疏狂意下,向人诮譬如闲④。把芳容整顿,恁地轻孤⑤,争忍心安。

依前过了旧约,甚当初赚我,偷剪云鬟⑥。几时得归来,香阁深关。待伊要、尤云殢雨⑦,缠绣衾⑧、不与同欢。尽更深、款款问伊⑨,今后敢更无端⑩。

注释

①坠髻:发髻散落。

②愁蛾:皱眉,忧愁的样子。

③是事:凡事,事事。阑珊:原意是事物凋零或衰落,这里指情绪低落消沉。

④诮譬:说笑。

⑤孤:同"辜",辜负。

⑥偷剪云鬟:古时男女分别时,二人订立盟约,女子会剪发相赠男子。

⑦尤云殢雨:过分贪恋男欢女爱。尤,甚、过分。

⑧绣衾:绣花的被子。

⑨款款:指女子从容徐缓的样子。

⑩无端:言而无信。

译文

发髻散落懒于梳妆,愁眉不舒无心去画,无精打采,事事都懒得去做。感觉最近又憔悴了,衣带比以前又宽松了许多。此等轻浮之流,却将我视若等闲,还要说我的闲话。我打起精神,努力打消懒散的心情,整理芳容,梳洗打扮,要是为此而使得自己面黄肌瘦而辜负了大好的青春年华，又怎么会安心呢？

那个轻狂之人居然又如以前般错过了约好的归期，既然如此言而无信，那么当初又何必要骗得我剪下秀发一缕相赠？等到他回来的时候，一定要好好惩罚他，不许他进入闺房。即使他进得房，也不与他恩爱。直到夜深人静，再一条条细数他的罪行，使他知错，发誓从此再不言而无信。

赏析

这首词借女子之口，通过细腻的笔触，表现了市井妇女的精神生活，极有代表性。

词的前两句是对女主人公的外貌描写。一个"慵梳"，一个"懒画"将女主人公慵懒的姿态表现得极为形象。同时，这些细节描写也体现了女主人公低沉幽怨的情绪。"觉新来憔悴"紧接前文，写女主人公自觉身心交瘁。而"认得这疏狂意下"则交代了女主人公憔悴之由，表明女主人公是因为一个"疏狂"之士而憔悴哀怨，但是这疏狂者却"向人消譬如闲"，使女主人公愤懑不已，继而整顿妆容，打起精神，不再消沉。"恁地轻孤，争忍心安"写女主人公不再为这点小事伤怀，使自己忧伤憔悴，空空辜负大好青春。这三句不仅承接了上文，还为下文抒情表意蓄势。

"依前过了旧约，甚当初赚我，偷剪云鬟"，短短三句，将女子对男子的埋怨之意表达得恰到好处。男子不守承诺，又一次错过了相约的归期，还在当初骗得了女子的秀发一缕。想到此女子不由得愤恨难当，想着等那言而无信的人回来时要狠狠惩罚，不让他进入闺房。就算让他进了房，也不与他相欢。

然后又写二人闹到深夜,女主人公将他的言而无信数落一番,使他认错并保证不再重犯,形象地表现了女主人公的泼辣、直率性格。

倾杯乐①

皓月初圆②,暮云飘散,分明夜色如晴昼。渐消尽,醺醺残酒③。危阁迥④,凉生襟袖⑤。追旧事⑥,一饷凭阑久⑦。如何媚容艳态,抵死孤欢偶⑧?朝思暮想,自家空恁添清瘦⑨。

算到头,谁与伸剖⑩?向道我别来⑪,为伊牵系,度岁经年⑫,偷眼觑,也不忍觑花柳⑬。可惜恁、好景良宵,未曾略展双眉暂开口⑭。问甚时与你,深怜痛惜还依旧⑮。

注释

①倾杯乐:词牌名,唐教坊曲名,又名《古倾杯》、《倾杯》。

②皓月初圆:银白色的月亮刚刚变圆。初圆,指月亮刚刚出缺变圆,暗示团圆。

③渐消尽,醺醺残酒:渐消尽,逐渐消退。醺醺,喝酒微醺的样子。此句意为:醉意到现在已经逐渐地消退了。

④危阁迥:危阁,高高的楼阁。迥,远,这里指看得远。此句是说词中女子站在高高的阁楼上向远处张望,盼望能看到

心上人从远方回来。

⑤凉生襟袖：凉风从衣襟袖管处钻进身体，让人感到阵阵凉意。从这句来看，词人应是在八月中秋夜写下此词，秋夜之风分外寒凉。

⑥追旧事：追忆陈年往事。

⑦一饷凭阑久：我靠着栏杆想了很久。凭阑久，靠着栏杆想了很长时间，意在说明女子在追忆往事的时候，对与心上人相聚时发生的很细微的事情都会思考很长时间。

⑧"如何"二句：抵死，意志坚决的意思。孤欢偶，孤欢无偶，即独自一人忍受寂寞。两句是自问句，意思是为什么我这么妩媚娇艳却自甘寂寞呢？一方面说明了此女的美貌和娇艳，一方面又突出强调了她的洁身自好和与众不同。

⑨朝思暮想，自家空恁添清瘦：此句亦是这位女子的自问之句，意思是自己为什么要对心上人朝思暮想，就这么任凭自己消瘦下去呢？

⑩算到头，谁与伸剖：算到头，从头到尾细细思量回想。谁与伸剖，谁能帮我剖析。这句是说：将我与心上人的种种事情都展现出来，谁能帮助我剖析一下，告诉我应该怎样做，是不是我现在这样做错了呢？

⑪向道我别来：我的心上人和我分别的时候曾对我说："分别在所难免，可是我不久就会回来。"向，曾经，过往，指女子与心上人别离时。

⑫为伊牵系，度岁经年：此句仍是分别时那位游子对女子所说的话，大意是：因为我的心牵挂着你，所以最多离开一年的时间，我就会回来再和你相聚。度岁经年，以一年的时间为期限。

⑬偷眼觑，也不忍觑花柳：此句亦是游子对女子所说的话，是说我的心思和感情都在你身上，即使我今后忍不住偷看别人，但因为你的原因，我也绝不忍心去偷看别的青楼女子。

⑭未曾略展双眉暂开口：此句转而写女子，大意是说自从与心上人分别后，因为相思太重所以眉头都是皱着的，从来没有略微舒展一下双眉，也没有开口说一句话。

⑮问甚时与你，深怜痛惜还依旧：此句是女子对远方游子的问话，意思是：我问你，什么时候能与你相聚，像从前那样深深相爱呢？

译文

银白色的月亮刚刚变圆，暮云飘散开来，夜色明亮如晴朗的白天。渐渐消尽，残酒醺醺态。站在高楼望远方，凉风从衣襟袖管处钻进身体。追忆往事旧怨，我靠着栏杆想了很久。为什么我能以妩媚的容貌和娇艳的体态，自甘寂寞？如此朝思暮想，任凭自己就这样白白地消瘦下去。

从头到尾细细思量，谁能帮助我剖析呢？分别时你说还会再回来，因为你的心牵挂着我，就以一年时间为期限，即使今后偷眼看别人，也绝不忍心觑觎花柳女子。可惜白白辜负了这良辰美景，你离开后我再没有稍微舒展一下双眉，开口说一句话。问什么时候能与你相见，能像从前那样深深相爱。

赏析

柳词多以女性为主要描写对象，尤其以描写青楼烟花女子见长，在描述这个群体的心理活动和内心情感上，柳永可谓无人能敌。此词即是一首描写青楼妓女情感的代表作。

词以描写月色开篇,银白色的圆月高悬,暮云飘散开来,夜色清朗明亮。在这样一个月色如水的秋夜,主人公醉意刚消,便独自爬上高楼,倚着栏杆远眺。"渐消尽"两句点出她曾借酒消愁,然而酒醒了愁却未消,故登楼望远。秋夜寒凉,只觉"凉生襟袖"。此时此刻,前尘往事涌上心头,在回忆曾经的甜蜜之后,不知不觉中主人公已经站了很久。这几句呼应开篇三句,将一个孤独凄凉的女子形象展现在读者眼前。"如何媚容艳态,抵死孤欢偶"以白描的手法写出女子的心境,并点出她的身份。她自问自己为什么非得选择孤苦和凄凉呢?以至于"朝思暮想,自家空恁添清瘦"。

下阕承接上阕的愁绪而来。"算到头"即思前想后,有最终之意。"谁与伸剖"表面是寻求他人帮助,实则是无奈之语,是说无人能够帮助自己解决烦闷。接下来几句是女子回忆情郎离别时对自己说的话。这位女子对曾经相聚时刻的回忆,声声都是哀怨,句句都是怨恨,读来令人心痛。接下来"可惜恁好景良宵"两句表明了女子现在的感受,可惜了良辰美景,因为对于相思成苦的人来说,这一切都是虚设。末二句描写了女子对将来的期许和渴望,深情款款,动人心弦。

柳永词以铺叙感情见长,此词下阕即是典型代表,虽是简单陈述"相思"之情,却能一层层铺叙递进,将人物心理的各个层面都淋漓尽致地展现出来,可谓缠绵悱恻,凄楚动人。

述怀篇

鹤冲天

黄金榜上①，偶失龙头望②。明代暂遗贤③，如何向？未遂风云便④，争不恣狂荡？何须论得丧。才子词人，自是白衣卿相⑤。

烟花巷陌⑥，依约丹青屏障⑦。幸有意中人，堪寻访。且恁偎红倚翠⑧，风流事，平生畅。青春都一饷⑨。忍把浮名⑩，换了浅斟低唱！

注释

①黄金榜：即金榜，殿试揭晓的皇榜。
②龙头：状元。
③明代：廉明的朝代，这是对自己所处时代的奉承之辞。
④风云便：指人生的际遇。此处指高中进士。
⑤白衣：古时平民百姓常常穿白色的衣服，故以"白衣"指代无功名的人。
⑥烟花巷陌：歌伎居住的地方。
⑦丹青屏障：画有丹青的屏风。
⑧红、翠：此处指代歌伎。

⑨一饷：一刻，片刻。直言青春短暂。
⑩忍：忍心，狠心。浮名：功名。

译文

殿试揭晓的皇榜之上，偶然没中状元。廉明的朝代暂时将贤士遗落，从今以后我又能怎么样呢？中进士不得，仕途之路不能成行，还不如恣意放荡，随意人生。当个才子词人，虽无功名，却无异于王侯将相，何必说什么得失。

歌伎所居之处，依旧陈列摆放着描绘有丹青的屏风。幸而有意中人在此，能够随时去探寻访问。且与这些可爱喜人的歌舞女子相伴，尽享风流放浪的事情，求得平生的顺畅痛快。青春只是片刻般短暂，狠狠心不再去争功名，却换作花前月下的浅斟低唱。

赏析

这是一首早期的柳词，作于柳永第一次考进士落第之后，是一首自我嘲慰的作品，从中可以看出作者直率恣意的性格。传言宋仁宗曾因为这首词刁难柳永，在他后来应试及第后将其黜落，理由就是："且去浅斟低唱，何要浮名！"据说从那以后，柳永就自称"奉旨填词柳三

变"，日日游醉于烟柳之地，恣意放纵。

对自己的才学词人从未怀疑，所以当他落榜时只是认为这是"黄金榜上，偶失龙头望"，意思是这仅仅是一个偶然，自己只是暂时"遗贤"。可事实上，仁宗当政期间颇为自慰的就是"野无遗贤"，这不得不说是对封建官场的一个讥讽！落魄的词人该当何去何从？他选择了不入当时士大夫之眼的秦楼楚馆。可这种放荡生活真的能满足他吗？一个"忍"字很好地说明了一切。说什么"偎红倚翠"、"浅斟低唱"，其实都是无奈之举，都是牢骚之语，都是落第之后的自我安慰。他这样做，更多的是为自己赢得一种心理上的满足，而最终的结果我们知道，他还是去应试了。是啊，抛去一介浮名，说起来不难，真做起来，又谈何容易！这是时代的悲哀、文人的不幸。

看花回①

屈指劳生百岁期②，荣瘁相随③。利牵名惹逡巡过④。奈两轮玉走金飞⑤，红颜成白发⑥，极品何为⑦？

尘事常多雅会稀⑧，忍不开眉⑨。画堂歌管深深处⑩，难忘酒盏花枝⑪。醉乡风景好⑫，携手同归⑬。

注释

①看花回：词牌名，双调六十八字，前后段各六句，四平韵。此词即是"看花回"调的代表作，抒发了人生苦短，今朝有酒今朝醉的情怀。

②屈指劳生百岁期：屈指一算辛苦奔波劳累的一生不过一百年。百岁期，一百年的时间，虚指，是说人的寿命，并不是说寿命只有一百年。

③荣瘁相随：荣瘁，即荣悴，本义是指草木的繁盛和凋零，这里指人生的得意和失意。此句之意：人的一生中，得意和失意都是紧紧相随的。

④利牵名惹逡巡过：是说人的一生在争名夺利的过程中顷刻就过去了。利牵名惹，由名利而引发的争名夺利的行为。逡巡，顷刻、转瞬间，形容时间过得飞快。

⑤奈两轮玉走金飞：无奈太阳月亮升起又落下，意指人生过得飞快是无可奈何的事情。两轮，太阳和月亮，以"轮"比喻日月，既新颖别致，又生动形象。玉走，指月亮升起又落下。金飞，指太阳升起又落下。

⑥红颜成白发：指一个人从青年到老年，表达了人生苦短之意。红颜，本义指女性，这里指红润的脸色，指代人的青少年时期。白发，指代人的老年时期。

⑦极品何为：极品，这里指当时社会一人之下万人之上的高官。何为，有什么用呢。这句话的意思是：人生如此短暂，即便你争名夺利做到了仅次于皇帝的大官，但人生中最好的时光都已经匆匆而过了，要那么大的官儿又有什么用呢？

⑧尘事常多雅会稀：尘事，小事，指为生活奔波劳累的事情。雅会，高雅的聚会，这里指与友人的聚会。这句是说：人的一生要常常为生计而奔波劳累，而能够与友人谈诗论词的相聚却很稀少。

⑨忍不开眉：（既然与朋友相聚的时刻这样难得，）怎么能够忍心不尽情寻欢作乐呢？开眉，舒展眉头，指忘却烦恼尽

情欢乐。

⑩画堂歌管深深处：画堂，富丽堂皇的场所。歌管，指声乐和器乐的演奏。深深处，使人最为陶醉的地方。此句之意：富丽堂皇的场所演奏的声乐和器乐声最能使人内心深处陶醉。

⑪难忘酒盏花枝：花枝，这里指代酒席上的歌娃舞伎。此句意为：难以忘却酒席上的歌娃舞伎。

⑫醉乡风景好：酒醉之后的感受是人生最美好的风景。醉乡，指酒醉之后的精神状态，此处系比喻用法。

⑬携手同归：此句承接上句意思，是说携手一起沉醉于风景美好的醉乡之中。

译文

屈指一算人生不过劳苦一百年，得意和失意紧紧相随。在争名夺利的过程中时间顷刻就过去了。无奈日月升起又落下，红颜变成白发，极品大官又有什么用呢？

世间多是尘埃事而雅会稀少，何不舒展眉头尽情欢乐。画堂歌管最是令人陶醉之处，难以忘却美酒佳人。酒醉之后的感受是人生最好的风景，携手一起归于风景美好的醉乡吧。

赏析

这是一首抒发词人对仕宦前途感慨的作品，也表达了人生苦短、及时行乐的人生态度。

上阕叙写了词人对仕途的慨叹。词以"屈指劳生百岁期"开篇，给人一种繁华看尽、饱经沧桑的感觉。杜甫有诗句说"劳生共几何，离恨兼相仍"，不过是写出了离愁别恨的情怀，而柳永的词却将之上升到人生这个重大命题：屈指一算人生不过劳苦一百年，一切都会过去，都会转瞬即逝，人们却仍然为了生计奔波劳碌，又是为了什么呢？这句从反面迎合了古语"生年不满百，常怀千岁忧"诗意。接下一句"荣瘁相随"是说人生的得失本来就紧紧相随，仕途荣辱也是如此，得意之后必有失意，荣之后必有辱，这些都不是人力所能决定的，所以不要过于执著。这句颇有些说禅劝慰之意，与"祸福相倚"意思大致相同。"利牵名惹逡巡过"一句是说仕途中人人都被名利所牵绊，时光就在争名夺利、徘徊迷茫中兀自流逝，人生到最后什么也没有得到，只因那日月飞逝，无可奈何。"红颜"二句以反问句结束上阕，是说等到红颜衰老、头发花白之时，即便是位居高位，又有什么用呢？人生不过匆匆百年，在仕途中浮沉挣扎尤其浪费光阴，而且还要为了争名夺利而奔波辛苦，又有多大意思呢？

下阕承接上阕而来，直接陈述了词人的人生态度，即珍惜当下欢乐时光，今朝有酒今朝醉。"尘事常多"四个字总结上阕，意为所有奔波和追名逐利都不过是世俗之事罢了，唯有眼前的"雅会"欢聚才是最重要的，才是最应该珍惜的。因此面对这样的欢聚，怎么忍心不展开双眉呢？"画堂歌管深深处"二句是说宴会上的美酒和欢歌的美人都让人难以忘怀。末二句是说酒醉后别有一番境界，不如一起同归醉乡，表达了词人及时行乐的人生态度。

词中上阕所述的仕途慨叹，其实在古时文人诗词中并不少见，但他们词中所表达的人生态度却与柳永的思想格格不入。他们大都会遵循"达则兼济天下，穷则独善其身"的古训，因而在官场失意后大多会选择归隐田园山林。而柳永呈现的却是另外一种带有强烈市井气息的人生态度。柳永此类词中反映出的这种人生苦短、及时行乐的态度,给仕途失意的人们提供了一种崭新的参照和选择,这大概就是柳永这一类词的价值和新意吧。

受恩深①

雅致装庭宇②,黄花开淡泞③,细香明艳尽天与④,助秀色堪餐⑤,向晓自有真珠露⑥,刚被金钱妒⑦。拟买断秋天⑧,容易独步⑨。

粉蝶无情蜂已去⑩,要上金尊⑪,惟有诗人曾许⑫。待宴赏重阳⑬,恁时尽把芳心吐⑭。陶令轻回顾⑮,免憔悴东篱⑯,冷烟寒雨⑰。

注释

①受恩深:词牌名,本词是此调的代表作。

②雅致装庭宇:雅致,指菊花的淡雅别致。装,装饰。庭宇,庭院和楼宇。这句话是说菊花以淡雅别致装饰着庭院和楼宇。

③黄花开淡泞:黄花,菊花为黄色,故称黄花。泞,泥泞。开淡泞,菊花开花的时候雨季已经过去了,地面只是有些潮湿而已,所以说淡泞。这句话是说菊花开放在微微潮湿的大地上。

④细香明艳尽天与:细香,清香,指菊花的花香清淡、不浓烈。明艳,洁净而艳丽。尽天与,都是上天给予的。这句是

说菊花的清香和明艳是自然天生的。

⑤助秀色堪餐：此句承接上句而来，是说菊花的细香明艳助长了它的秀色。秀色堪餐，即秀色可餐，原形容妇女美貌，后也形容景物秀丽。典出西晋·陆机《日出东南隅行》："鲜肤一何润，秀色若可餐。"

⑥向晓自有真珠露：向晓，天快亮的时候。真珠露，指像珍珠一样晶莹剔透的露珠。这句是说：到了天快亮的时候，菊花的花瓣上自然就会凝结像珍珠一样晶莹剔透的露珠。

⑦刚被金钱妒：刚，刚烈，指菊花性情刚烈，此处用典，东晋陶渊明以菊花自喻，不为五斗米而折腰，所以这里词人以刚烈形容菊花。这句话的意思是说菊花的刚烈被金钱嫉妒。

⑧拟买断秋天：这句是词人虚构菊花的想法，意思是菊花打算把秋天买下来占为己有。

⑨容易独步：独步，独自占有秋天。此句承接上句而来，是说菊花打算把秋天买下来占为己有，这样的话就可以很容易地独自占有秋天了。

⑩粉蝶无情蜂已去：粉蝶无情，是说到了秋天蝴蝶都已死去，不再留恋菊花。蜂已去，是说蜜蜂也已经迁徙南方，不再飞上菊花采集蜂蜜了。此处以拟人的手法写出秋天菊花开花之冷清。

⑪要上金尊：要，让、使。金尊，黄金制成的酒杯。此句之意是：把菊花酿成菊花酒，倒进黄金制成的酒杯。

⑫惟有诗人曾许：曾许，曾经赞许。此句意思承接上句而来，大意是说菊花酒因为酒味过于清淡，所以在一般的酒宴上不是很受欢迎，只有诗人曾经称赞过菊花酒好。

⑬待宴赏重阳：等到农历九月初九重阳节登高痛饮菊花酒的时候。重阳节为农历九月初九，当日民间有登高喝菊花酒的

风俗,故称宴赏重阳。

⑭恁时尽把芳心吐:恁时,到那时。此句之意是:到了九九重阳节那天,每个人都痛饮菊花酒,只有到那个时候菊花才算真正将自己全部的芳香奉献给人们。

⑮陶令轻回顾:陶令,即陶渊明,其曾为县令,故称其为陶令。陶渊明清高孤傲,平生最爱饮酒赏菊,曾为菊花写过大量诗篇。此句之意是:陶渊明曾轻轻回过头慢慢欣赏菊花。

⑯免憔悴东篱:免,免得。东篱,指种菊花的地方,典出陶渊明《饮酒》诗:"采菊东篱下,悠然见南山。"

⑰冷烟寒雨:寒冷的烟雾和雨水。农历九月初九之时,天气有些寒冷了,故称冷烟寒雨。

译文

雅致的菊花装饰庭院和楼宇,黄花开放在微微潮湿的土地上,淡淡的清香和明艳都是上天给予的,助长了它的秀色可餐,天快亮时菊花上结满了珍珠一样的露珠。菊花的刚烈遭到金钱的妒忌。菊花打算买断秋天,这样就容易独占秋色了。

蝴蝶无情蜜蜂迁徙,菊花被酿成酒倒进了黄金酒杯,只有诗人曾经赞美过菊花酒。等到重阳节登高饮菊花酒的时候,菊花才将它全部的芳香奉献出来。陶渊明曾轻轻回过头慢慢欣赏菊花,免得它憔悴枯萎于东篱之下,遭受寒冷的烟雾和秋雨。

赏析

咏物词不是柳永的代表词作,但其也有咏物词传世,如《黄莺儿》、《受恩深》、《望远行》、《长空降瑞》、《瑞鹧鸪·天将奇艳与寒梅》、《木兰花》三首等。这些词虽不能代表柳永词作的最高水平，但风格清新雅致，展现出柳永词风的另一面，也使得厌恶柳永俗艳词的读者感到一丝清新，或许他们能够因此稍稍改变对柳词的偏见。

在写作手法上，柳永的咏物词可谓别具一格，没有一句直接描写该物，却又是处处与此物有关，并多用虚实结合的手法，从多角度描写此物，同时又以递进的手法层层歌咏此物。此词是歌咏菊花之作，通篇并非每句都是直接写菊花，却又是句句落于菊花。词中正面写了菊花的"细香明艳"和"向晓自有真珠露"，并用了陶渊明爱菊赏菊的典故加以烘托渲染；也写出了菊花初开的景色，即"雅致装庭宇，黄花开淡泞"，同时也设想了菊花在重阳节盛开的景致。此外，柳永也采用了层层递进的手法反复对菊花进行咏叹，上阕先赞美了菊花初开时的雅致，接着写菊花的美丽遭到了妒忌，进一步突出了菊花的魅力。下阕转换角度写菊花的高贵和孤傲，它不需要狂蜂乱蝶的围绕和喜爱，而是受到诗人们的赞许，进而说明菊花的清高和雅致。接着以拟人的手法写菊花在重阳之时"尽把芳心吐"，将它的心比做女儿的芳心，写它尽情地将自己的美丽倾吐给欣赏它的诗人。最后以陶渊明赏菊爱菊结尾，将对菊花的赞美推到极致，更显其高雅和脱俗。

对词中"陶令轻回顾,免憔悴东篱,冷烟寒雨"三句的解读,学术界存在分歧。学者陈永正在《学术研究》1999年第7期曾发表观点,认为:"陶渊明爱赏菊花,免使它在东篱烟雨中独自憔悴。"其理论来源于《乐章集校注》"花落烟冷,陶令也会憔悴东篱,无悠然之兴"。但学者薛瑞生先生却持另一种观点,他认为:"此三句既有倒置,又有时间变换,不然着一轻字则无法理解。意谓应及时欣赏,不要等到深秋或初冬,那时再来,即如陶令那样爱菊,也会在东篱下憔悴惆怅,感到空来了。全词都是在时间变换中写菊的,前写重阳前菊之新开,接写重阳时菊之盛开,最后才是此三句。"

此外,关于本词的写作时间,学者曾大兴认为写于柳永第一次落榜之时,期间他的仕途并不顺畅,不仅遭受了皇帝的鄙弃,也因为自身才学受到了同朝的嫉妒,意志消沉,心情落寞。所以曾大兴先生认为词中充满了"悲苦的身世之感",但其内心并未真正绝望,他仍希望能够遇到知音的欣赏,所以以词寄托心怀。这种托物言志在本词中似有似无,不是那么明显,应如学者周颐所言:"词贵有寄托,所贵者流露于不自知……身世之感,通于性灵,即性灵,即寄托,非二物相比附也。"(见《蕙风词话》)

如鱼水[①]

帝里疏散[②],数载酒萦花系[③],九陌狂游[④]。良景对珍宴恼[⑤],佳人自有风流[⑥]。劝琼瓯[⑦],绛唇启歌发清幽[⑧]。被举措,艺足才高[⑨],在处别得艳姬留[⑩]。

浮名利，拟拼休⑪，是非莫挂心头。富贵岂由人，时会高志须酬⑫。莫闲愁，共绿蚁红粉相尤⑬。向绣幄，醉倚芳姿睡⑭，算除此外何求⑮?

注释

①如鱼水：词牌名。《乐章集》注：仙吕调。

②帝里疏散：帝里，在京城中。疏散，疏放散漫，无所事事。这句是说词人虽然在京城中做官，但也是整天无所事事，游荡散漫，言下之意是说自己得不到朝廷重用，只是虚职而已。此句写出词人不得志的落寞惆怅。

③数载酒萦花系：数载，这几年。酒萦花系，被美酒围绕，美人牵系。此句之意是：在京城做官的这几年，时间都用在沉湎于酒色了。

④九陌狂游：九陌，指京城中的大街小巷。狂游，疯狂地游历。这句再次强调自己的官位清闲，整日无聊得只有在京城的街头巷陌游逛。

⑤良景对珍宴恼：良景，良辰美景。珍宴，珍馐宴席。恼，撩拨，这里有沉溺之意。王安石有《夜直》诗："春色恼人眠不得，月移花影上阑干。"此句之意是：因为闲得在京城到处游逛，被京城美好风景和丰盛的宴席撩拨，因而沉迷于美酒美色。

⑥佳人：美人，美貌的女子，这里指妓女。自有风流：天生就风流。

⑦劝：劝酒。琼瓯：琼玉做成的酒杯，这里用酒杯指代美酒。

⑧绛唇启歌发清幽：绛唇，红唇，美人的嘴唇。启歌，开口

唱歌。清幽，歌声清亮幽美。此句之意是：那劝酒的美人红唇张开，唱了一首清亮幽美的歌。美人以歌劝酒，足见其风流高雅。

⑨被举措，艺足才高：被举措，被推举到某一个位置。艺，本义是六艺，即礼、乐、射、御、书、数等六种技艺，这里应是指琴、棋、书、画、骑、射等文人雅士推崇的六种技艺。此句之意是：词人被当世之人一致推举为是一个六艺精通才高八斗的人。

⑩在处别得艳姬留：在处，所到之处。别得，特别受到。艳姬，美艳的妓女。此句之意是：由于词人六艺精通才高八斗的名声在外，所以他所到之处都会特别受到当地美艳妓女的盛情挽留。据说柳永当时以词名闻于世，他若为哪位妓女赋写赞美词，哪位妓女就会受到那些纨绔子弟的追捧。所以柳永所到之处，当地的妓女都会极力挽留。

⑪浮名利，拟拼休：浮名利，功名利禄本是浮名，表达了将名利看做身外之物的胸怀。拟拼休，打算毫不怜惜地抛弃。此句是说因为没有得到朝廷的重用，词人打算将功名利禄等身外之物统统抛弃掉。

⑫时会高志须酬：时会，时机到来的时候。高志，崇高的志向和抱负。须酬，终归会实现。此句之意：时机到来的时候，我的抱负和理想终归会实现。

⑬共绿蚁红粉相尤：绿蚁，酒表面的绿色泡沫，也用来指代美酒，白居易《问刘十九》有诗句，"绿蚁新醅酒，红泥小火炉"，其中提到的"绿蚁"就是指酒表面的绿色泡沫。红粉，美艳的女子。尤，即尤物，指容貌艳丽的女子和珍贵的物品，这里是说美酒和美人才是最宝贵的。这句话是说既然得不到朝廷的重用，我何不将美酒、美人视为知己朋友，若将美酒

和美人看做是我最宝贵的东西，那么美酒和美人也会把我看做是最宝贵的。

⑭向绣幄，醉倚芳姿睡：向，走向、进入。绣幄，锦绣做成的帏帐。芳姿，姿色美艳的女子。此句之意是：向着锦绣帏帐去，醉了就和香艳女子相拥而睡。

⑮算除此外何求：算，算来，指思前想后。除此外，除了美人和美酒之外。何求，还有什么他求呢。此句之意是：我有美人和美酒相伴，就已经心满意足了，除此之外再没有什么他求了。这是词人在官场失意之后的无奈之语，充满激愤之情。

译文

待在京城疏放散漫，这几年被美酒美人所牵系，疯狂地游历京城的大街小巷。良辰美景珍馐佳宴撩拨我，佳人天生就风流成性。她用琼玉酒杯劝酒，红唇微张歌声清亮幽美。我被推举为六艺精通才能高超之人，所到之处得到明艳妓女的挽留。

利禄浮名，打算毫不怜惜地抛弃，功过是非都不要挂在心头。富贵岂能由人决定，时机到来了自会实现抱负和理想。不要为此发闲愁，应与绿蚁小酒、红粉尤物共此生。向着锦绣帏帐去，醉了和香艳女子相拥而睡，除了这些还有什么要求？

赏析

这是一首抒发怀才不遇之感的词作，表达了词人生不逢时、无可奈何的激愤之情，同时也发出除酒色之外别无他求的感慨，表现了其醉生梦死的颓废之情。

上阕写词人在京城为官数载却无所事事的状态，词人由于闲得无聊就在京城之中没有节制地逛大街，从而被京城的美好风景和丰盛的酒席所撩拨，沉溺于酒色之中。没想到在朝堂之上未得到重用，反而在青楼妓院遇上红颜知己，被烟花女子誉为"艺足才高"，得到她们的推崇。这里词人以对比的手法写出自己的无奈，也暗指自己确实有真才实学，只是在朝廷上没有得到发挥而已。

下阕则倾诉了自己的满腹牢骚和激愤之情，表现了词人对功名利禄不屑一顾的态度，并发出除了美酒美女别无他求的感慨。其实词人这里是反语，集中反映出他因得不到朝廷重用的激愤和无奈之情。据宋人笔记所载，柳永当时为官清正廉明，很有政绩，并不是胡作非为的酒色之徒。

玉楼春

星闱上笏金章贵①，重委外台疏近侍②。百常天阁旧通班③，九岁国储新上计④。

太仓日富中邦最⑤，宣室夜思前席对⑥。归心怡悦酒肠宽⑦，不泛千钟应不醉⑧。

注释

①星闱上笏金章贵：星闱，指金銮殿，皇帝召见群臣的地方。古时人们都认为人间帝王和官员都是天上的星宿，所以将皇帝和朝臣商议国事的地方称之为星闱。闱，本义为房门，此处指代殿堂。笏，即朝笏，古时朝臣上朝时手中所执的用玉、象牙或竹片制成的狭长板子，用于指画和记事。上笏，就是把奏章置于笏板上呈献给皇帝。金章，此处指奏章。贵，指这份

奏章很贵重，即对国家的意义重大。

②重委外台疏近侍：重委，委以重任之意。外台，本义是指三司监院官带御使衔者，这里与"近侍"对应，指的是皇亲国戚和宦官以外的大臣。重委外台是说将朝中重大之事交给外台去办。疏近侍是说疏远近臣和侍臣，近臣指皇亲国戚，侍臣指的是宫中侍奉皇帝及其女眷的宦官。

③百常天阁旧通班：常，古代长度单位，八尺为一寻，倍寻为常，此处的百常是虚数，用以说明皇帝和朝臣议事厅堂的面积很大。天阁，像天一样高的阁楼，此处用以形容皇帝和朝臣议事之处房顶之高，也隐含对此厅堂的敬意。旧通班，通班本义是指大臣上朝时站立在金銮殿下的行班，此处指经常与皇帝讨论国家大事的大臣们，旧通班即元老大臣。

④九岁国储新上计：九岁国储，指后来继承皇位的宋仁宗。据《宋史·真宗本纪》载：天禧二年八月庚寅，群臣请立皇太子，真宗从之，甲辰，立皇子升王为太子。因为宋仁宗被宋真宗立为太子时整整九岁，故称其为九岁国储。新上计，上计意为皇帝的决策，新上计即皇帝的新决策，此处指真宗册立太子。古代皇帝册封太子是国家举足轻重的大事，因此柳永将册立皇太子看做是和"重委外台疏近侍"一样的英明之举，亦是皇帝的功绩。

⑤太仓日富中邦最：太仓，指朝廷储备粮食的粮仓。中邦，京城附近的区域。此句意为：朝廷储备粮食的粮仓一天比一天多，京城附近的区域是全国最为富有的地方。

⑥宣室夜思前席对：宣室，汉代未央宫的正堂，汉文帝曾在此处召见过贾谊，这里用以指代宋真宗召见柳永的宫室。夜思，宋真宗是在夜晚召见柳永的，而真宗提问柳永，他必须认

真思考后才敢应答,故称夜思。前席对,指谈话双方由于交谈甚欢,都不自觉地将座位向前移动,以靠近对方。此处用典,典出贾谊,据载,汉文帝在宣室召见贾谊,两人谈得很投机,以至于汉文帝不知不觉地把座位向前移,以便更能接近贾谊。此句意为:宋真宗像汉文帝对贾谊那样赏识柳永,其治国见解得到了宋真宗的肯定。

⑦归心怡悦酒肠宽:归心怡悦,从皇宫回来后心情非常愉悦。酒肠宽,因为心情愉悦酒量比平常大了很多。此句意为:因为得到了宋真宗的赏识,所以柳永从皇宫回来后,心情非常愉悦,酒量好像都比平常大了很多。

⑧不泛千钟应不醉:泛,满而溢出的样子。钟,同"盅",指酒杯。此句之意是:纵然喝下满满一千杯酒,也应该醉不了。

译文

我与其他大臣一起在金銮殿向皇帝呈上了一篇很重要的奏章,真宗皇帝英明神武,采纳了群臣奏议,重新把朝中重大之事交给外台去办,疏远近臣和侍臣。站在百常天阁与皇帝讨论国家大事的都是一些元老重臣,册立九岁的皇太子是皇帝的新决策。

朝廷储备粮食的粮仓一天比一天多,京城附近的区域是全国最为富有的地方。真宗皇帝像汉文帝对贾谊那样赏识我,我的治国见解得到了皇帝的肯定。从皇宫回来后,我的心情非常愉悦,酒量好像都比平常大了很多。纵然喝下满满一千杯酒,也应该醉不了。

赏析

柳永一生官场失意,他有满腹才华,却付之于青楼妓院、莺莺燕燕之间,所以在他的作品中很少有涉及国事社稷的词作。但这并不能说明柳永对国事不关注,只能说明其由于仕途屡屡失意而心灰意冷,迫使自己远离仕途和政事,所以他有"白衣卿相"之称。虽然柳永鲜有畅论国事的篇章,但在其为数不多的谈论国事的词作中却不乏优秀词篇,譬如本词。此词以精妙的语言赞颂了宋真宗的任贤纳谏和当时的国势强盛,也描写了词人得到宋真宗赏识的愉悦心情。

上阕着重描写了宋真宗采纳了词人与群臣的奏议,把朝中重大之事交给外台去办,疏远近臣和侍臣以及册立太子之事。首句以"星闱"两字点明地点,接着说明群臣在金銮殿向皇帝呈上了一篇很重要的奏章;"重委外台疏近侍"一句说明宋真宗采纳了大臣的奏议,重用当朝重臣,并疏远了近臣和侍臣。此为后两句之因,因为皇帝"疏近侍",所以这些重臣再次得到了重用,回到了议事厅,然后做出了新决策,即册立九岁的皇子为太子,也就是后来即位的宋仁宗。词人认为"重委外台疏近侍"和册立皇太子都是皇帝任贤纳谏的英明决策,亦是皇帝的功绩。

下阕主要描写了真宗时代国家富庶和词人得到真宗召见的愉悦心情。因为真宗的用人唯贤和广开言路的英明政策,所以大宋王朝国势强盛,极为富庶。此外,词人的政治抱负也得到了施展,真宗像汉文帝对贾谊那样赏识他,并与他纵论国事,如此种种,都让词人觉得内心"怡悦"。词人长久以来的压抑感顿时烟消云散,纵然喝下满满一千杯酒,也应该醉不了。词人内心的狂喜不言而喻,其爱国之情也跃然纸上。

羁旅篇

少年游

长安古道马迟迟①,高柳乱蝉嘶。夕阳岛外,秋风原上②,目断四天垂③。

归云一去无踪迹④,何处是前期⑤?狎兴生疏⑥,酒徒萧索⑦,不似少年时。

注释

①迟迟:指车马缓缓而行的样子。
②原:即长安城(今陕西西安)西南的乐游原。
③四天垂:天幕低垂,笼罩着四面八方。
④归云:归山的云彩,此处喻指作者思念之人。
⑤前期:往日的理想期待。
⑥狎兴:指游玩的兴致。狎,亲昵但不庄重。
⑦酒徒:酒友。萧索:寂寞孤清的样子。

译文

骑马行到长安古道,坐骑放慢脚步不肯前行。两旁柳树高高,蝉鸣声声,吵得人心生烦躁。夕阳西落,缓缓地将要沉入渭水中的洲岛,秋风在乐游原上吹起,举目远望,看到那低垂的天幕笼罩着四面八方。

思念的人，一去就杳无音信，毫无踪迹。往日的理想期待、恩爱欢愉，到哪里去找寻呢？先前游玩赴宴的兴致已然减少，那些往日一起喝酒作乐的酒友们好多也都四散零落，完全找不回年少时的情怀了。

赏析

本词是柳永的一首羁旅行役词，词人通过对长安古道上深秋景色的描写，来抒发自己的失志之悲和离愁别恨。该词采用白描手法，营造出一种低沉萧瑟的感伤气氛。

上阕描绘了一幅凄凉萧瑟的秋景图。古道、瘦马、枯柳、乱蝉、夕阳、旷野、秋风，这些意象组合在一起，营造出一种凄清冷落的氛围，让人产生出无限哀愁。"长安"通常喻指京城，而长安道上来来往往的车马象征着追逐功名利禄的人。一个"古"字，使人想到这种争逐自古就有，而词人在这里却用"马迟迟"三字来暗示自己对名利一事早已心灰意冷，同时也表达了一种感慨古今的沧桑之感。"乱"一字双关，既写了缭乱的蝉声，又写了由乱蝉嘶鸣引发的

纷乱复杂之情。

下阕伤今感昔，抒发老大无成的落拓之情。往事如梦，它们就像飘逝的白云一样，已经找不到任何踪迹了。自己该何去何从呢？一种孤独茫然之感油然而生。词人不禁回忆起当年和自己一起饮酒作乐的朋友和依红偎翠的生活。而如今，朋友大都已经不在了，自己也不再有当年狎妓游玩的兴致。词人以"归云"为喻，表达了希望落空，老大无成的感伤之情。

这虽是一首小令，但是词人运笔巧妙，整首词情景交融、虚实相生，具有很高的艺术价值。词人通篇采用白描手法，写出了阔大空旷之景，抒发了凄凉悲痛之情。该词语言朴素，意境高远，在内容和艺术形式上都有所突破和创新，是柳词中的精品。

迷神引

一叶扁舟轻帆卷，暂泊楚江南岸①。孤城暮角，引胡笳怨②。水茫茫，平沙雁，旋惊散③。烟敛寒林簇，画屏展④。天际遥山小，黛眉浅⑤。

旧赏轻抛⑥，到此成游宦。觉客程劳⑦，年光晚。异乡风物，忍萧索，当愁眼。帝城赊⑧，秦楼阻⑨，旅魂乱。芳草连空阔，残照满。佳人无消息，断云远。

注释

①楚江：流经楚地的长江。

②胡笳：古代北方民族乐器，乐声哀婉悲凉。
③旋：顷刻。
④画屏展：形容景色像展开的画屏一样。
⑤黛眉浅：喻指远山秀美。
⑥旧赏：指昔日的赏心乐事。
⑦劳：困顿，疲劳。
⑧帝城赊：京都远。赊，遥远。
⑨秦楼：指歌楼。

译文

一叶扁舟轻轻卷起了帆，暂时停泊在楚江南岸。傍晚时刻，孤城的古城墙上号角声声，引起那胡笳也一起哀鸣。江水茫茫，平阔沙滩上的落雁被突然惊起，顷刻间四散而飞。夜色中的云雾渐散，一簇簇寒林显露出来，就像展开的画屏一般。天的边际，远远的群山显得渺小，像是用黛色画出的浅浅蛾眉般秀美。

旧日的赏心乐事轻易抛却，现在为了仕途四处飘零。觉得四处游宦、长路遥遥让人无限疲劳，而今又一年即将结束。异乡的风景事物，那种萧瑟凄美让人难忍，只得把无限忧愁的双眸挡住。京城那么远，歌楼相隔，使我心乱如麻。芳草绵延很远，直到了那空阔的天际，落日残照洒满四方。佳人毫无消息，犹如断开的孤云飘得越来越远。

赏析

这是一首写作者晚年羁宦之苦的佳作。当时作者虽然考中了进士，但已然年老体衰，而且官职低微，回京无望，这让已近暮年的他愁苦倍增，漂泊的情怀愈发沉重，只能从对往日幸福时刻的怀想中稍得慰藉。

上阕写江上的景色。第一句交代自己的境况,不停地奔波赶路,漂泊不定。然后从听觉和视觉两个角度写自己的见闻。虽是写景,但景中蕴涵着苍凉落寞的情绪。接下来几笔白描,勾勒出一幅江水苍茫、沙平雁散、林清山小的凄凉图画,笔之所至,莫不隐含着一种凄凉孤寂的感受。

下阕写对往昔的回忆,浸透了思乡之苦。前两句直抒胸臆,然后逐层展开,点出自己一生的经历,以及由此生发的不同感受:有芳华已逝、流浪漂泊的苦楚;有他乡为客、满目苍凉的感慨;有山长水阔、归期无定的愁思。最后一句情景合一,"断云远"三字不仅实指云雾,更虚指往日美好的时光早已远去,不可复得。

这首词语言直白浅显、清醇优雅、错落有致,把深厚的感情寄于大量铺陈的意象中,真挚感人,充分抒发了作者对羁宦生涯的厌恶和对往昔快乐生活的向往,言语已尽而韵味无穷,达到了很高的艺术境界。

八声甘州

对潇潇暮雨洒江天①,一番洗清秋。渐霜风凄紧②,关河冷落③,残照当楼。是处红衰翠减④,苒苒物华休⑤。

惟有长江水，无语东流。

不忍登高临远，望故乡渺邈⑥，归思难收。叹年来踪迹，何事苦淹留⑦？想佳人、妆楼颙望⑧，误几回、天际识归舟。争知我、倚阑干处，正恁凝愁⑨？

注释

①潇潇：形容雨声急骤。

②凄紧：意谓秋风萧瑟寒冷。

③关河冷落：关山江河全变得肃杀冷落。

④是处红衰翠减：到处花朵凋零，绿叶枯萎。是处，到处。

⑤苒苒：同"冉冉"，渐渐之意。物华休：美好的景致已消逝。休，结束。

⑥渺邈：渺茫，遥远。

⑦淹留：久留。

⑧颙：抬头。

⑨恁：如此，这样。凝愁：愁思凝结难解。

译文

看着潇潇暮雨从天而降，落在江面，一番秋景被这雨水清洗得更加清冷寒凉。逼近的秋风渐渐萧瑟寒冷，关山江河全变得肃杀冷落，残照铺洒在楼上。到处是红花凋零、绿叶飘落，大好的风景正在慢慢消减。唯有长江水，依然默默无声地流向东方。

不忍心登高望远，举目远眺觉得故乡是那么渺茫遥远，迫切归家的想法无法消除。感叹多年来的行程，又为什么要苦苦滞留在异地他乡？想那佳人，此刻肯定正在豪华的高楼抬头凝视,无数次把从远方来的归船错认成情人乘坐的船。又如何知道,我倚栏之时,也是这般愁思沉沉,无法排解。

赏析

这首词是一篇羁旅之作,弥漫着一种消沉落寞、苦闷无奈的情绪。

上阕写江边秋天的景色。开头一个"对"字总领全篇。词人目力所及,一派苍凉的秋景:"霜风凄紧,关河冷落,残照当楼",这不仅是景物的叠加,更是情绪的郁积,怪不得苏东坡称赞这三句"不减唐人高处"。"是处红衰翠减,苒苒物华休"为这一句作结,然后马上写一处千古不变的事物——长江,以不变对变化,以无限对有限,有力地衬托出一股无法明言的感叹。用"无语"饰江水,当真妙笔生花。

下阕紧承上半部分,由景及情,开始思乡怀人,感情逐层深入。思乡之人爱登高望远,可羁宦千里,哪里能够望见!只是平添愁丝罢了。此时主人公的视角发生变化,由自己转到了家乡的佳人——这个时刻,她怕也正在倚楼顾盼,等待着不归的游子吧!可她等得又是如何的无奈啊,频频误认归舟,可见盼归情切,当真动人。最后视角又转回词人这里,由虚及实,似不能禁!

这首词深沉浑厚,情景交融,由景及情,层层递进,把一个羁旅游子的苍茫心事刻画得栩栩如生。

梦还京①

夜来匆匆饮散,欹枕背灯睡②。酒力全轻③,醉魂易醒,风揭帘栊④,梦断披衣重起。悄无寐⑤。

追悔当初,绣阁话别太容易⑥。日许时⑦,犹阻归计⑧。甚况味⑨,旅馆虚度残岁⑩。想娇媚⑪,那里独守鸳帏静⑫,永漏迢迢⑬,也应暗同此意。

注释

①梦还京:词牌名。《乐章集》注:大石调。

②欹枕背灯睡:欹枕,侧躺在枕头上。背灯睡,背对着灯睡。此句意为:侧躺在枕头上背对着灯光,以期望自己能早点儿入睡。

③酒力全轻:尽管喝下很多的酒,但就是无法使自己因酒醉睡去。

④风揭帘栊:帘栊,窗子上的帘子和栊木。此句引出下句,因为风吹动了窗帘和栊木,声音很大,所以吵醒了词人,因而有"梦断披衣重起"之说。

⑤悄:悄然,静悄悄。无寐:不困,没有睡意。

⑥绣阁:绣房,阁楼,女子居住的房间,这里指情人居住的地方。话别太容易:告别太容易,是说自己把这次出游想得

过于简单了,所以在与情人告别的时候,完全没有想到自己会饱尝相思之苦。

⑦日许时:许多时刻,很多时候,宋代人的习惯用语,如杨万里《过吕城闸》诗中即有"一般最后知何故,日许时间独不来"的诗句。

⑧犹阻归计:犹,还。阻,阻止,阻挡。归计,回家的计划和想法。此句意为:因为完全没有想到和情人分别后会受到相思之苦的折磨,因而在很多时候,自己还阻止自己想要回家的念头。

⑨甚况味:甚,什么。况味,境况和滋味。此句是下句的缘起,为下句而问。

⑩旅馆虚度残岁:虚度,白白度过。残岁,年终岁尾的时候。此句承接上句,两句的意思是说:年终岁尾之时无法与亲人和情人团聚,只能独自一人在旅馆中度过,那是一种什么样的境况和滋味?

⑪想娇媚:想,设想,假想。娇媚,娇嫩妩媚的女子,这里指代词人的情人。这句的意思是,设想我那在家中独守空房的心上人。以下几句都是词人对她境况和情味的设想。

⑫那里独守鸳帏静:独守,独自空守。鸳帏,绣有鸳鸯图案的帏帐。此句意为:我那娇媚的情人,在这岁末的夜晚,因为没有我的陪伴,只能孤独地守着那绣有鸳鸯图案的帏帐,静静地坐在那里。

⑬永漏迢迢:永漏,计时器。迢迢,本义指距离很远,这里指时间很长,有长夜漫漫之意。此句意为:长夜漫漫,好像计时器里的水永远也滴不完一样,有夜长寂寞之意。

译文

夜晚匆匆饮酒散场,侧躺在枕头上背对灯光而睡。就是无法借助酒力睡去,酒醉的人容易醒,风吹动了窗帘和桄木,美梦被打断,披衣重新起床。静悄悄的没有睡意。

追悔当初,在绣阁中把这告别想得太容易。许多时候,自己还阻止自己回家的计划。自己在旅馆虚度年终岁尾,是怎样的境况、滋味?设想那个娇媚的女子,独自空守着绣有鸳鸯的床边帏帐,数着计时器里永远也滴不完的水,她也和自己一样在懊悔当初话别之容易吧。

赏析

这是一首写词人年终岁尾在旅途中所思所感的羁旅词,词中追思了这次远游的全部过程,回想了当初执意与情人分别的情景,表达了对此次远游的悔恨之情。

词的上阕直接写词人在旅馆的寂寞无聊和因相思引发的难以入睡的情景,并没有借助景物烘托,虽然过于直接,但并不浅显。开篇两句"夜来匆匆饮散,欹枕背灯睡"写词人匆匆饮酒回到旅馆以求喝醉,能够快快入睡。美酒应该细细品味,而词人却如此猛饮,为求速醉,足见其心中郁结、有难解之愁。他只想买酒求醉,以求能入睡回避,但内心的愁闷能够这样回避吗?接下两句作了回答:"酒力全轻,醉魂易醒。"可见词人之前的行为都是徒劳,酒醉和入睡都无法缓解内心的愁闷。上阕几乎无一字说愁,却又处处落于愁,委婉含蓄,更加耐人寻味。

下阕写对此次远游的悔恨之情和对情人的相思之情。"悄无寐"写自己无法入睡,只因"追悔当初,绣阁话别太容易",点出内心愁闷的原因。词人追忆当初,后悔自己把这次出游想得过于简单了,所以在与情人告别的时候,完全没有想到自己会饱尝相思之苦。"日许时,犹阻归计。甚况味,旅馆虚度残岁。"此四句写自己对情人的思念之情,但并没有明写,只说自己后悔曾经多次阻止自己回家的想法,间接写相思之意。接着词人写自己现时的境况和滋味,年终岁尾无人陪伴,只能独自一人在旅馆中度过,那是一种什么样的境况和滋味?这里词人并未点出究竟是什么滋味,留给读者想象,更增加凄凉的气氛。正是因为现在的凄惨孤寂,使得词人开始遥想情人应该也在思念自己,想象她在这岁末的夜晚,因为没有自己的陪伴,只能孤独地守着那绣有鸳鸯图案的帏帐,静静地坐在那里,只觉长夜漫漫。结尾句词人设想情人一定也和自己一样后悔当初话别之容易吧,这个结尾照应了全词的开头。正是由于他们彼此心有灵犀的想念,他才"匆匆饮散",以求入梦与她相见。这样的往复回环并未使词杂乱无章,恰恰相反,更加突出表现了其感情之深沉真挚。

总而言之,这是一首情深意切的羁旅词,词人对人物内心活动的描述具体而形象,很符合人物的身份和处境,读来令人叹惋不已。

竹马子

登孤垒荒凉①,危亭旷望,静临烟渚②。对雌霓挂雨③,雄风拂槛,微收烦暑。渐觉一叶惊秋,残蝉噪晚，素商时序④。览景想前欢，指神京、非雾非烟深处。

向此成追感⑤，新愁易积，故人难聚。凭高尽日凝伫，赢得销魂无语。极目霁霭霏微⑥，暝鸦零乱，萧索江城暮。南楼画角，又送残阳去。

注释

①垒：堡垒，军事防守工事。

②烟渚：被烟雾笼罩的水中小岛。

③雌霓：古人称彩虹颜色鲜艳的为雄虹，颜色暗淡的为雌虹。又说雄称"虹"，雌称"霓"。

④素商：秋天。秋天主色调为白（因有霜），五音中属商，故称"素商"。

⑤向：面对。

⑥霁霭：雨过天晴后天空中出现的云雾。霏微：朦胧的样子。

译文

堡垒荒凉孤单，登上之后站在高亭远眺，可看到安静的水中小岛烟气缭绕。面向颜色暗淡的彩虹挂起的巨大雨幕，狂风吹摇着栏杆，酷暑的烦热略略有点减轻。渐觉秋意正慢慢被那悠然飘落的一片秋叶送来，苟延残喘的秋蝉似乎也声含悲凉，叹息秋寒萧条。看到这些秋日景色时想起了曾经的爱人，远远地指着都城方向，她就在那非烟非雾深处。

这场景使我不由得想起往日，新添的烦愁易积，故人却难再聚。站立高处整日凝视,胸中百感交集,无以言表。举目远眺,雨霁天晴,云雾迷蒙了苍穹,傍晚时分归巢的乌鸦聚集一处,萧索的江城依然暮色霭霭。只听得南楼的画角声起,又送残阳西去。

赏析

除擅写俗词外,柳永还有一部分雅词,这首词即为其一,抒发了词人的羁旅之思。

词的上阕写词人在荒垒登高所见,借景抒情,对人生的无限感慨杂然其中,既有对往事的追忆怀念,亦有对今朝的不满。词中的前面九句写实景,后三句写虚景。时间顺序是本词的主线,词人将不同时间的景物描写得淋漓尽致,同时也为抒情作了铺垫。

词的下阕主要写词人的愁苦情怀,呼应上阕。前五句写虚景,后五句写实景。寓情于景,情景交融,将作者因环境变化而不断变化的情感细腻地表现出来,笔法独到,同时也丰富了词的内涵。结尾两句,主要是对傍晚江城景色的描写,萧条凄凉之景将词人心中的无限哀思烘托出来。整首词多写景,但情也很充分,情景互现,意味深长。

满江红

暮雨初收,长川静,征帆夜落。临岛屿,蓼烟疏淡①,苇风萧索②。几许渔人飞短艇,尽载灯火归村落。遣行客③,当此念回程,伤漂泊。

桐江好,烟漠漠④。波似染,山如削。绕严陵滩畔⑤,鹭飞鱼跃。游宦区区成底事?平生况有云泉约⑥。归去来⑦,一曲仲宣吟⑧,从军乐⑨。

注释

①蓼烟:指笼罩蓼草的烟雾。

②苇风:吹拂芦苇的风。

③遣:命令、遣使。

④漠漠:密集的样子。

⑤严陵滩:地名,位于浙江桐庐县以南。

⑥云泉约:隐居的志向。云泉,隐士居住的地方。

⑦归去来:出自陶渊明《归去来兮辞》,辞官回家之意。

⑧仲宣:东汉文学家王粲,字仲宣。曾作《从军行》五首,诗中抒发了从军的艰苦以及思乡的情绪。

⑨从军乐:即《从军行》,因平仄要求,此处将"行"改为"乐"。

译文

傍晚的时候下起雨来,刚刚落帆停歇一会儿,天就黑了,船靠在江岸，水面平静。附近小岛被淡淡的薄烟笼罩，缕缕晚风吹动芦苇，萧索之意顿生。夜色降临，渔夫们划着小船驶入村子，小船上星火点点，在沉沉的夜色中闪烁。这个时候，游子更加感叹飘零之苦，羁旅之思。什么时候才可以不再流浪漂泊，返回家中尽享天伦之乐？

船儿顺水前行，桐江之上浓雾四起，烟气蒙蒙，那桐江水好似被染绿了一样，两岸山峦如削。很快船就到了严陵滩，船尾白鹭争相起落，船侧鱼虾竞起跳跃。游宦的生活充满了艰辛坎坷，可又能成就什么呢？其实早有了归隐山林的打算。不如早些归去吧，像当年的王粲一样，吟一曲《从军行》，回到故乡。

赏析

柳永在词发展的过程中，所做的一个重要贡献是创造了大量的慢词长调。《满江红》就是柳永所创的一个长调，该调通篇压仄韵，语调铿锵，非常适合表达悲壮激昂之情。柳永用《满江红》来表达自己途经桐江时所产生的厌倦游宦生涯，渴望归隐林泉的迫切之情，可谓是再合适不过了。

词的上阕以写景为主，在末尾点出伤飘零和思归的主题。从"暮雨初收"到"苇风萧索"，这几句描写了秋日桐江疏淡幽静的景色。"几许渔人飞短艇，尽载灯火归村落"，点出渔人的出现打破了傍晚桐江的宁静，"飞"描绘出渔人动作的敏捷，反映出满载而归的渔人的喜悦和归家的迫切。"遣行客，当此念回程，伤漂泊"，渔人日出而作，日落而息的安定生活和词人天涯孤旅的漂泊生活形成鲜明的对比，于是词人由写景很自然地引出了思归之情。

词的下阕，时间由傍晚推移到了第二天的清晨，词人一觉醒来看到的桐江景色美不胜收：烟雾蒙蒙，碧波荡漾，山峦如削，白鹭飞翔，鱼虾跳跃，一切都是这么的美好而和谐，这自然引发了词人对山林生活的向往。下阕用了古代的隐士严光以及陶渊明的《归去来兮辞》和王粲的《从军乐》的典故，这些典故或与归隐有关，或表达对仕宦的厌倦，词人正是借用这些典故来表达自己厌倦游宦，渴望归隐的情愫。

归朝欢

别岸扁舟三两只①。葭苇萧萧风淅淅②。沙汀宿雁破烟飞③，溪桥残月和霜白。渐渐分曙色。路遥山远多行役④。往来人，只轮双桨⑤，尽是利名客⑥。

一望乡关烟水隔。转觉归心生羽翼。愁云恨雨两牵萦，新春残腊相催逼。岁华都瞬息。浪萍风梗诚何益⑦。归去来，玉楼深处，有个人相忆。

注释

①别岸：远处的江岸。

②葭苇萧萧风淅淅：风吹动芦苇发出淅淅的声响。葭苇，即芦苇。萧萧，草木凋落的声响。淅淅，风的声响。

③破烟：冲破烟雾之意。

④行役：原指因服役或公事而奔走在外，后泛指羁旅。

⑤轮：即车轮，此处指代车马。

⑥利名客：追求名利的人。

⑦浪萍风梗：浪中的浮萍，风中的草梗。作者以此比喻宦游生活。

译文

远处的江岸有扁舟三两只。风吹动芦苇发出淅淅的声响，沙汀的宿雁冲破烟雾飞出去，残月照在溪桥上，上面的白霜更加泛白了。天逐渐亮了，远处的路上行人渐渐多了起来。来来往往的人，不管坐车还是乘船的，都是追求名利的人。

一眼望去故乡被烟水相隔遥远，突然觉得归心似箭，恨不能生出一对翅膀飞回去。愁云恨雨像丝缕一样牵萦着两地，新春和腊月催促相逼。岁月华光都瞬间停息了。浪中的浮萍和风中的草梗都有什么益处呢。来来去去，玉楼深处，有个人在想念我。

赏析

这是一首羁旅行役词，写了一个冬天的早晨，词人行走于异乡的江边，看到荒凉凄清的江景和来往的行人而引发的羁旅的苦闷和思乡之情。

词的上阕主要写冬日清晨的旅途所见。"别岸扁舟三两只。葭苇萧萧风淅淅。沙汀宿雁破烟飞，溪桥残月和霜白"，前四句写景。"三两只"，说明行人不多，暗示时间之早，而自己则属于这为数不多的早行之人中的一个，从侧面反映了旅途的艰辛。"萧萧"、"淅淅"两个象声词，写出了冬日的寒冷、萧条和肃杀。"残月"点明自己起了个大早，披星戴月赶路。这里纯用白描，将扁舟、蒹葭、芦苇、寒风、沙洲、大雁、溪桥、残月、白霜等密集的意象组合在一起,描绘出了一幅荒凉的冬日江乡晨景图。"渐渐分曙色。路遥山远多行役。往来人,只轮双桨,尽是利名客",后半部分由写景转向写人。"渐渐分曙色"承上启下,既是上文景语的终结,又引出了下面所写的行人。天色渐渐亮了,路上的行人也逐渐多了起来,他们抛家舍业,背井离乡,四处奔波,都是为了名利二字啊!"只轮双桨"用部分借代整体。这几句在对人们辛辛苦苦追逐名利的感慨中隐约含有对这种人生价值取向的怀疑。

词的下阕抒发叹恨羁旅、思念故乡和妻子之情。"一望乡关烟水隔。转觉归心生羽翼",写思乡。词人极目远望,可是故乡在哪里?只有望不到边的茫茫烟水。越是看不到故乡,思乡之情越发强烈,词人此时恨不得生出翅膀,一下子飞回故乡。"转觉"生动地写出了因为望而不见而产生的强烈的归心似箭的感觉。"愁云恨雨两牵萦,新春残腊相催逼",前一句写自己和妻子分隔两地,长期忍受着相思的煎熬。后一句写时光流逝,岁月逼人老,一年一年过去了,自己既没有成就一番事业,也没能和妻子相聚享受人伦之乐。于是,词人不禁对自己的这种游宦生活产生了怀疑。"岁华都瞬息。浪萍风梗诚何益",时光转瞬即逝,自己就像那无根的浮萍和折断的树梗一样四处飘零,这样做究竟是为了什么呢?"归去来,玉楼深处,有个人相忆",还是回家吧,家里妻子还在朝思暮想地盼着自己回去。

词自产生以来,多以女性和爱情为表现对象,描写环境也以闺阁绣房、楼阁深院为主,而柳永的羁旅行役词却将视野扩展到关河津渡、城郭村野,扩大了词的表现范围,开拓了词境,对词的发展做出了巨大的贡献。

安公子

远岸收残雨,雨残稍觉江天暮。拾翠汀洲人寂静①,立双双鸥鹭。望几点、渔灯隐映蒹葭浦。停画桡②、两两舟人语。道去程今夜,遥指前村烟树。

游宦成羁旅,短樯吟倚闲凝伫。万水千山迷远近,想乡关何处?自别后、风亭月榭孤欢聚。刚断肠、惹得离情苦。听杜宇声声③,劝人不如归去。

注释

①拾翠汀洲:古时的女子常常去河滩上捡拾翠鸟的羽毛作装饰品。

②画桡:画船。绘有图案的船只。

③杜宇:杜鹃。

译文

离家远游,恰逢大雨,待到雨停才觉察天已傍晚,故而将小船停靠在江岸。汀州之上,已然安静,捡拾翠鸟羽毛的女子已经离去,只有成双成对的鸥鹭在那里安静地休憩。时值夜晚,渔灯已然开始闪烁,在蒹葭丛中隐映可见。在画船中休息,可以听到船上人们的谈话。说到今夜去往何处,遥指前面村落烟树之处。

游宦羁旅多年,无法归家,在船上倚栏吟诗,伫立良久。

举目远眺，好似看到万水千山，想知道家乡在哪里？自从离别后，常回想往日的欢聚快乐，再想到此时此刻自己孤舟独身，又如何不叫人哀怨？离情之苦，加之不知归期，还有杜鹃哀鸣，想来越发难受，更加让人想要归去。

赏析

这首词为词人羁旅怀乡之作，表达了词人坎坷落魄之时浓浓的乡思之情，实为佳作。

词的上阕主要写景，开始两句将时间、地点、人物等交代得十分清楚。紧接着写词人所看到的少女拾翠场景，待到拾翠之人离去后，空留鸥鹭，一闹一静，对比中营造了悲凉的情调。接下来写夜晚之景。"望几点"点明时间，"停画桡"点明地点，写词人在画船中休息时，听到了船人对话，讨论晚上的去处，"遥指前村烟树"，声色并茂地描绘了船家形象，虽然用笔简单，但是却恰到好处。

"游宦成羁旅"一句承上启下，是整首词的词眼，既照应了前文的悲景，又提引了下文的悲情。接着词人便直抒胸臆，写自己孤舟生活的寂寥。"万水"所提领的两句，正好是前文"凝伫"所想。词人孤身远望，似乎看到了万水千山，故而感慨良多，引起了浓浓乡情。"乡关何处"又引领了"自别后"以下的句子。"风亭"一句中既有对往事的回忆，又有对现在的叹息，往昔美景与现今的孤独对比，令人顿生哀怨。"刚断肠、惹得离情苦"，直接表达了词人胸中的愁苦之情。相思乡愁加上归期未知，伴着杜鹃哀啼，使得词人越发难过。

整首词言简意赅，手法高超，实为词人精妙之作。

倾杯

鹜落霜洲①,雁横烟渚,分明画出秋色。暮雨乍歇②,小楫夜泊③,宿苇村山驿④。何人月下临风处,起一声羌笛。离愁万绪,闲岸草、切切蛩吟如织⑤。

为忆芳容别后⑥,水遥山远,何计凭鳞翼⑦。想绣阁深沉,争知憔悴损,天涯行客。楚峡云归⑧,高阳人散⑨,寂寞狂踪迹。望京国⑩。空目断⑪、远峰凝碧。

注释

①鹜落霜洲:鹜鸟飞下落在凝霜的小岛。鹜,水鸟,一种野鸭。霜洲,凝霜的小岛。

②暮雨乍歇:黄昏的雨刚刚停歇。乍歇,刚刚停歇。乍,刚刚。

③小楫夜泊:楫,本义木桨,这里指代小舟,即词人所乘坐的小船。泊,船靠岸。此句意为:小舟夜晚停靠在江边。

④苇村山驿:指投宿之地是荒村驿店。

⑤切切蛩吟如织:凄切的蟋蟀叫声短促而密集。切切,声音凄厉细急。蛩,蟋蟀。如织,蟋蟀"切切"的叫声像织布的声音一样,指声音急促而密集。

⑥芳容:原指女子貌美,此处指代美女。

⑦鳞翼:即鱼和大雁。古时认为鱼和大雁能传递书信。

⑧楚峡云归:楚峡,即巫峡,因在楚境内,故称楚峡。云

归,巫峡神女乘云而去,这里指自己与情人的恩爱已经消失不见了。此句用巫山云雨的典故。

⑨高阳人散:高阳,高指高丘,阳指巫山之阳。语出宋玉《高唐赋序》:"妾在巫山之阳,高丘之阻。"

⑩望京国:遥望京城。京国,京城,即汴京。

⑪空目断:向远处望去,一直望到眼睛看不到的地方。远峰凝碧:指远方的山峰连绵不断,看上去就好像凝聚着深绿的颜色。

译文

一群鸳鸟飞落在铺满白霜的小洲上,成行的大雁横空掠过被烟雾笼罩的水中小岛,这分明勾画出一幅雨后清冷的秋色图。黄昏的雨刚刚停歇,一只小船乘着夜色停靠在江边,客子们便投宿在江边的荒村驿店。不知是谁在月下临风的地方,吹响一声声羌笛,吹出无限幽怨。说不尽的离愁别绪涌上心头,闲看岸边水草,听到凄切的蟋蟀叫声短促而密集。

触景生情,想起与美人分别之后,山水迢迢,都说是鱼和雁可以传书,而我用什么办法才能把书信送到?想情人独自居住在深深的庭院,她怎么会知道我的面容是如此憔悴,我这个沦落天涯的人啊。巫峡神女乘云而去,高阳曲终人散,我一人孤独寂寞居无定所。遥望京城,一直望到眼睛看不到的地方,远处山峰连绵不绝,看上去就好像凝集着深绿的颜色。

赏析

此词作于柳永科举落第离京之后,通过对秋后自然景色的描绘，抒发了自己浪迹江湖的寂寥之感，为我们展开了一幅游子秋日行吟图。本词对景色的描写极为出彩，手法多变，是柳永词中描写秋景的佳作。

上阕侧重写景，写的是词人雨后夜泊的情景。前两句写宿鸟，对仗工整。"落"、"横"二字用得极为巧妙，将鹜鸟飞落的姿态以及雁字排列的状态写得极为生动，同时也暗示出此时已是暮秋时节。"分明画出"写暮色中江上雨后的冷清，有意点出"秋色"二字，隐含着江上行客的愁思。接下来"暮雨乍歇"三句，点出停舟的时间以及投宿之地。词人以小舟夜泊江边为背景，为行客的出场做好了铺垫。他独自站在月光下，秋风徐徐吹来，这时传来一阵悠悠的羌笛曲，吹出无限幽怨。词人以设问的语气引出此番叙述，借此抒发了羁旅之情。"离愁万绪"四字点出本篇的主题，表现了游子内心的活动，接着以蟋蟀声烘托出哀愁，引出下阕的叙述。整个上阕以层层递进的手法，细致入微地将一种深邃悠远的意境展现在读者面前。

下阕以"为忆芳容别后"一句开篇，写出分别后对情人的思念之情。无奈二人"水遥山远"，书信难通，表现出其内心的焦虑之情。"想绣阁"三句，是词人为对方的设想之辞，她深居闺房，怎能知道行客漂泊天涯的憔悴和苦处？"楚峡"句用巫山云雨的典故，暗示自己早已与旧欢分手，早已是"高阳人散"。"寂寞狂踪迹"转而写眼前的境遇，如今独自一人孤独地投宿在荒村，只能望月伤怀了。遥望京城，一直望到眼睛看不到的地方，只看到远处的崇山峻岭，只觉得山峰清苦，好似都聚结着万千愁恨。

全词上、下阕一气贯通，浑然一体，感情跌宕起伏，有力地渲染出离情别绪，艺术感染力强。

曲玉管①

陇首云飞②,江边日晚,烟波满目凭阑久③。一望关河萧索④,千里清秋,忍凝眸⑤。

杳杳神京⑥,盈盈仙子⑦,别来锦字终难偶⑧。断雁无凭⑨,冉冉飞下汀洲⑩,思悠悠。

暗想当初,有多少幽欢佳会,岂知聚散难期,翻成雨恨云愁⑪。阻追游。每登山临水,惹起平生心事,一场消黯⑫,永日无言,却下层楼⑬。

注释

①曲玉管:词牌名。原是唐教坊曲名,后用为词调之称。

②陇首云飞:山头的暮云乱飞。陇首,山头。

③烟波满目凭阑久:我久久凭栏凝望暮霭烟波。

④关河萧索:山河萧条冷清。关河,关塞河流,泛指山河。萧索,萧条冷清。

⑤忍凝眸:不忍注目。

⑥杳杳神京:遥远的京城。杳杳,遥远幽深的样子。神京,指京城。

⑦盈盈:女子轻盈袅娜的样子。

⑧别来锦字终难偶:别后至今也未见她(指"盈盈仙子"),也难把锦书捎。锦字,锦织之字,借指书信。难偶,难遇,难会。

⑨断雁无凭:鸿雁传书的说法本不足信。断雁,失群孤雁。

⑩汀洲：水中的小块陆地。

⑪岂知聚散难期，翻成雨恨云愁：谁知聚散难以预料，如今都成了无限的恨愁。

⑫每登山临水，惹起平生心事，一场消黯：每当我登山临水，便勾起平生心事，让我黯然神伤。消黯，黯然神伤，悲伤。

⑬永日无言，却下层楼：一整天闷闷无言，惆怅地走下高楼。永日，整日。

译文

山头的暮云乱飞，江边已是黄昏时分。我久久凭栏凝望暮霭烟波，一眼看到山河萧条冷清。千里江山都是凄清的秋色，怎么忍心凝神注目。

遥远的京城，轻盈袅娜的女子，想着分别以后至今也未见她，也难把锦书捎给她。鸿雁传书之说本是传说，我也从未相信，却忽见一只失群孤雁缓缓飞下，落在水中的小块陆地，使得我内心愁思悠悠。

暗自回想当初，我们曾经有过多少次甜蜜的幽会佳期。谁知道聚散难以预料，如今反而都变成了如雨一般的恨，如云一般的愁。而今阻碍了以往的追逐游荡。每当我登山临水，便勾起平生难忘的内心悲愁，让我黯然神伤，一整天都闷闷无言，惆怅地走下高楼。

赏析

这是一篇表现羁旅相思之情的佳作。柳永一生漂泊，且大部分时间都在为歌伎写词,是一位既工于羁旅词又擅长写爱情词的行家里手。这首词将羁旅和爱情结合起来,用浅白的语言营造出深远的意境,可谓雅俗共赏。该词前两阕分别写所见之景和思念之人,第三阕很好地将二者结合起来,使整首词意脉贯通,结构紧凑。

第一阕描写秋景,景中渗透着词人的羁旅感伤之情。"陇首云飞,江边日晚,烟波满目凭阑久",这句从近处着眼,化用南朝柳恽的名句"亭皋木叶下,陇首秋云飞"来点明时令。在一个秋日的黄昏,词人凭栏良久,触目所及的,是一幅肃杀的景象。山头上飘忽不定的浮云,让词人联想起自己飘零的身世,而黄昏的落日更是给人一种年华已逝、时不我待的垂暮之感,至此,词人的羁旅感伤之情便油然而生。"一望关河萧索,千里清秋,忍凝眸",前句所描绘的近景已让人如此伤怀,词人于是又极目远眺,看到的却是更为萧索的景象。一望不可千里,这里词人将写实和想象结合在一起,写景由近而远,层次更迭,虚实相映。"忍凝眸"三字移情入景,表达了词人的悲秋怀人之情。

第二阕由悲秋转入伤别。"杳杳神京,盈盈仙子,别来锦字终难偶",词人为什么"凭栏久"呢?原来他在思念那远在京城的佳人。"杳杳"写出了二人距离上的遥远,"盈盈仙子"既写出了佳人的美貌,又暗示出她青楼女子的身份。"别来锦字终难偶"反用前秦苏蕙给因罪流放的丈夫窦滔寄回文诗的典故,暗示自从和心上人分别以后,自己并没有收到对方寄来的任何书信。尽管如此,词人还是相信两人的感情是牢固的,他将这一切归咎于没有尽到传书责任的大雁。"断雁无凭,冉冉飞下汀洲,思悠悠",词人看到悠然飞下汀州的大雁便联想到了鸿雁传书,但鸿雁并没有传来心上人的消息,词人想到这里,不由得愁肠百结,于是又产生了更深的离愁别恨之感。"思悠悠"将离恨推向更深的层次,给人以绵延无尽之感,同时也很好地照应了第一阕结尾的"忍凝眸"。

　　第三阕词人开始回想往事,开始了对"思悠悠"这种情感的具体化描绘。"暗想当初,有多少幽欢佳会,岂知聚散难期,翻成雨恨云愁",词人独自凭栏,展开了对往事的回忆。他想起了往日相聚时的欢乐,越发感觉到今日离别的悲伤。那无法排遣的离愁实在是让人不堪承受啊,于是词人用"阻追游"三字来结束对往昔场景的回忆,将思绪拉回到现实当中。"每登山临水,惹起平生心事,一场消黯,永日无言,却下层楼",登山临水本来是来欣赏美景的,却无端引发了词人的心事,在一片黯然神伤中,词人什么也不想看,什么也不想说了。"阻追游"之后的几句写出了词人内心的痛苦又加深了一层。"却下层楼"呼应开头的"凭栏久",使得全词首尾贯通,浑然一体。

引驾行

　　红尘紫陌①,斜阳暮草长安道,是离人。断魂处,迢迢匹马西征。新晴。韶光明媚,轻烟淡薄和气暖②,望花村。路隐映③,摇鞭时过长亭。愁生。伤凤城仙子④,别来千里重行行。又记得、临歧泪眼,湿莲脸盈盈⑤。

　　消凝。花朝月夕⑥,最苦冷落银屏。想媚容、耿耿无眠,屈指已算回程。相萦。空万般思忆,争如归去睹倾城⑦。向绣帏、深处并枕,说如此牵情。

注释

①紫陌:指京城的道路。
②和气:清和的空气。
③隐映:指路被草木隐蔽掩映。
④凤城:据传,秦穆公有女名弄玉,能吹箫引凤,凤凰曾降落京城,遂京城又名"丹凤城"。后常以"凤城"称呼京城。
⑤莲脸:比喻女子的脸容如莲花一般红艳娇媚。
⑥花朝月夕:良辰美景。
⑦倾城:此处指心上人。

译文

通往京城的道路上红尘飞扬,落日余晖中,芳草萋萋的长安古道上,满是游子行人。让人断魂的地方,游宦的人万里迢迢西征。天初晴,风和日丽,阳光明媚,云轻烟薄,和气暖心,抬望眼见那如花的乡村。花草树木掩映着道路,挥鞭之时已过长亭。愁从心生,悲伤地怀念在京城的情人,现在已远在千里之外了。还记得送别时,两个人手握着手相互凝望,她莲花般的红艳脸庞被盈盈泪水打湿,叫人刻骨铭心。

转而念及两人分离后,每到良辰美景,她一定凄冷清苦无比,辗转难眠,也许已然将我的归期屈指算好。情意绵绵无限,二人空有万般的追思回忆,真的不如尽量早归,好与日思夜慕的情人相会。绣帐帷幕里，二人同眠共枕，我将那别离后的万般思念和千般牵挂，对她一一诉说。

赏析

本词平铺直叙却又层次分明，感情细腻，是柳永词作中的佳品，为后世在写作长调慢词时提供了很好的范本。

词的上阕主要是景物描写，开始三句为一个排句，两个四字句依托后面的三字句，描景写物。开始的两个四字句，主要描写长安古道上的风景。而下文中的"韶光明媚，轻烟淡薄"，则将明媚的天气交代清楚。"迢迢匹马西征"、"摇鞭时过长亭"将一个骑马扬鞭的游子形象引出。词人用"离人"、"匹马"、"断魂"等极富感染力的词语将自己他乡思故的游子之愁写得颇为生动。思乡之愁使词人想到了身在家中的情人。自从离别后，词人已然行程千里，羁旅途中，对二人往日美好有着千万般回忆，却对情人临别时的"泪眼，湿莲脸盈盈"刻骨铭心。"记得"这三句承接上文所写景物，同时又引领了下文抒情。"花朝"所起的五句为词人联想，写情人在离别后的苦思栩栩如生，使读者仿佛看到了一个急切盼望心上人归来的女子正在饱受着相思的煎熬。

词的下阕由现实过渡到幻想之中，词人写到二人的所有追思回忆全部为空，真的不如结束飘零早早同乡，与心上人相见。紧接着词人便想象与心上人再会时的场景，帷帐深深，二人同床共枕，词人将心中千万般的思念和牵挂对情人娓娓道来，形象地表达了词人浓浓的深情。

笛家弄①

花发西园,草薰南陌②,韶光明媚,乍晴轻暖清明后③。水嬉舟动④,禊饮宴开⑤。银塘似染⑥,金堤如绣⑦。是处王孙⑧,几多游妓,往往携纤手。遣离人⑨,对嘉景,触目伤怀,尽成感旧⑩。

别久⑪。帝城当日,兰堂夜烛⑫,百万呼卢⑬,画阁春风⑭,十千沽酒⑮。未省宴处能忘管弦,醉里不寻花柳⑯。岂知秦楼⑰,玉箫声断⑱,前事难重偶⑲。空遗恨,望仙乡⑳,一饷消凝㉑,泪沾襟袖。

注释

①笛家弄:又名《笛家弄慢》,柳永《乐章集》注:仙吕宫。

②草薰南陌:草薰,青草散发出来的香味,薰谓香气之意。南陌,南边原野上的小路。此句意为:南边原野上的小路长满了青草,散发出阵阵香气。这句与首句"花发西园"都点明时令,即此时是春季。

③乍晴轻暖清明后:乍晴轻暖,指雨过天晴刚刚暖和起来。因为春天的暖不同于夏日之暖,还不是太暖和,所以说"轻暖"。此句再次点明时令,具体说明此词的写作时间,即清明节之后、谷雨节之前的那段日子。

④水嬉舟动:水嬉,即嬉水,在水中玩耍之意。舟动,船在水面移动,这里是说闲置了一冬天的船也在春日里在水面移

动了,是冰化之意。此句之意:春天到了,冰雪融化,水温渐渐升高,人们又能在水面上划船了。

⑤禊饮宴开:禊饮,古时民俗三月初三在水岸洗涤,为了清除一冬天的污垢和脏气,接着在野外举行野餐喝酒,称之为禊饮。此句意为:禊饮之宴席已经开始了。

⑥银塘似染:池塘好像被染料染过颜色一样。这句是说春天的池塘长满了水草和荷叶,使得水面看上去一片绿色,好像被染色一样,故称似染。银塘,即池塘,称之为银塘是为了和下句的"金堤"形成对仗。

⑦金堤如绣:精美的堤坝如锦绣一样色彩艳丽。金堤,指池塘堤坝修筑得很精美。如绣,就像锦绣一样色彩艳丽。

⑧是处王孙:是处,处处。王孙,富贵人家的子孙,古时通称贵族子弟为"王孙"。此句意为:春天来了,那些贵族子弟都出来游园踏青,处处都有他们的身影。

⑨遣:遣使、使得。离人:离家在外的人,这里指词人自己。

⑩尽成感旧:尽,全部,全都是。感旧,对往事的无限怀恋。此句意为:春色美景原本会让人陶醉,但对我这个离家在外的人来说,美景会成为引发我对往事无限怀念的原因。

⑪别久。帝城当日:别久,阔别很久后。帝城,京城,因为皇帝居住在京城,故称帝城。当日,指词人在京城居住生活的那段时光。此二句意为:阔别京城很久后,想起我在那里生活的那段时日。

⑫兰堂夜烛:兰堂,华丽的厅堂,这里指当初游玩嬉乐的场所;夜烛,夜晚点的蜡烛。此句意为:夜里,华丽的厅堂上点起蜡烛,人们饮酒作乐。

⑬百万呼卢：百万，一百万钱，虚数，意为出手大方。呼卢，"呼卢喝雉"的简省，卢、雉，古时赌具有两种颜色，即黑白，卢为黑色，雉为白色，每次投五子，全部为卢即是胜，所以投注时，人们都大声呼"卢"。此句意为：在京城生活的那段日子，经常在赌馆豪赌，每一次下注都达百万钱之巨。

⑭画阁：画满彩画的房间，这里指青楼楚馆。春风：这里指与歌伎舞女在一起的感觉，有如沐春风之意。

⑮十千沽酒：十千，即万钱，说十千是为了与上句之百万对仗。沽酒，买酒。此句意为：每一次都出手大方，用上万的钱买酒饮酒作乐。

⑯未省宴处能忘管弦，醉里不寻花柳：未省，从不知道。管弦，管乐和弦乐，指代音乐歌舞。寻花柳，即寻花问柳，指狎妓。从未有哪次宴会没有歌舞伎歌唱跳舞助兴的，也从来没有哪次酒醉之后不去寻花问柳的。此处是词人对京城奢靡生活的追忆。

⑰岂知：岂知，怎么知道。秦楼：即青楼，古时对妓女居住地方的称呼。

⑱玉箫声断：玉箫，用美玉装饰的箫，此处指妓女吹的箫；声断，声音中断，声音停止。此句之意是：此地此时，再也听不到在京城时听到的妓女的箫声了，指代在京城纸醉金迷的生活已经过去了。

⑲前事难重偶：指在京城经历的事情，实指在那里奢靡的生活难以重新出现了。

⑳望仙乡：遥望京城曾经游历的地方。仙乡，此处指京城。

㉑一饷消凝：一饷，一顿饭的功夫，指时间之短。消凝，

消失和凝结，这里指变化。此句意为：在京城的奢靡生活在一瞬间都消失凝结了，幻化成此时此刻的孤单和落寞。以当时奢靡生活之短暂，反衬此时之寂寞孤独，更具悲情效果。

译文

西园的花开放了，南边小路上的草散发着香气。春天冰雪融化，水面上的船开始移动了，禊饮的宴席已经开宴了。池塘好像被染料染过颜色一样，精美的堤坝如锦绣一样色彩艳丽。处处都能看到那些王孙贵族的身影。几个游玩的妓女，来来往往都是相携纤纤玉手。使得离家在外的人，面对这春色美景，不禁触目伤怀，它们全都成为我对往事无限怀恋的诱因。

阔别很久后，想起我在京城生活的那段时日，那时候夜夜都在青楼游玩，在赌馆豪赌，一次下注就达百万之巨。在妓女的画阁如沐春风，用上万的钱与妓女们饮酒作乐。从未有哪次宴会没有歌舞伎歌唱跳舞助兴的，也从来没有哪次酒醉之后不去寻花问柳的。怎么会知道青楼里，妓女的箫声已经中断了，再也听不到了。前尘往事难以再次出现了。白白留下了恨意，遥望京城曾经游历的地方，一瞬间都消失凝结了，只剩下两行泪水沾满了衣襟袖口。

赏析

　　这是一首感情复杂的词作,表达了词人对京城奢靡生活的眷恋之情,也流露出对以往虚度美好年华的惋惜和感伤之情。词人只因仕途不顺便将时光付诸青楼妓院,这种心态与当时知识分子的追求是背道而驰的,在当时的社会这种想法也不会得到世俗的认可,他心中的烦闷可想而知。

　　上阕极写词人所处之地的美景和欢乐的场面,以外界之欢娱反衬自己内心的落寞,由写景到抒情,词人以"遣离人,对嘉景,触目伤怀,尽成感旧"四句承上启下,引出下阕对京城生活的回忆。当想起阔别很久的京城时,词人想到的不是京城的天子和官位仕途,而是奢侈骄纵、纸醉金迷的生活。那时的喧嚣和得意让今日的他难以忘怀。由此可见,柳永的小市民意识非常浓厚,即使在官场失意、远离京城后,他仍对当年的生活念念不忘。或者他更加怀念的是那一去不返的青春时光,想到青春的易逝和早期蹉跎的岁月,他不禁悲从中来,潸然泪下。

洞仙歌①

　　乘兴闲泛兰舟②,渺渺烟波东去③。淑气散幽香④,满蕙兰汀渚⑤。绿芜平畹⑥,和风轻暖,曲岸垂杨⑦,隐隐隔⑧,桃花浦⑨。芳树外,闪闪酒旗遥举⑩。

　　羁旅。渐入三吴风景⑪,水村渔市⑫。闲思更远神京⑬,抛掷幽会小欢何处⑭?不堪独倚危樯⑮,凝情西望日边⑯,繁华地归程阻。空自叹当时,言约无据⑰,伤心最苦。伫立对碧云将暮,关河远,怎奈向此时情绪⑱?

注释

①洞仙歌:词牌名,原是唐代教坊曲,后用为词牌。原用来歌咏洞府神仙,敦煌曲中有此调,但与宋人所作此词体式不同,有中调和长调两体。《乐章集》兼入"中吕"、"仙吕"、"般涉"三调,句读亦参差不一。

②乘兴闲泛兰舟:乘兴,乘着兴致,暗喻事先并无打算之意,这是词人在向红颜知己表白心意,意思是说当时出游不是计划之内的,所以才与你匆匆告别,你不要放在心上。闲泛兰舟,没有什么目的地乘船出游。泛,指在水面行船。兰舟,游船的美称。此句意为:趁着兴致,没有什么目的地泛舟水面。

③渺渺烟波东去:渺渺,水远的样子。烟波,雾气笼罩的江水。此句意为:这次出游是从京城出发向东南方向而去,坐上客船之后,顺流远望,船行之江一眼望不到头。

④淑气散幽香:淑气,指空气清新美好,这里指春天的气息。此句意为:春天的空气中散发着好似来自深远之处的香气。

⑤满蕙兰汀渚:蕙兰,即蕙和兰,皆为香草名。汀渚,指水中的小块陆地。此句意为:江上有一片片长满蕙草和兰草的小块陆地。

⑥绿光匝畹:绿光,丛生的绿草,化用白居易《东南行一百韵》的诗句:"孤城覆绿芜。"畹,平地。此句意为:丛生的绿草已经长得很高了,顺着田野看过去,就像一块平整的绿色地毯。

⑦曲岸垂杨：曲岸，弯弯曲曲的江岸。垂杨，垂柳和白杨。此句意为：弯弯曲曲的江岸长满了垂柳和白杨。

⑧隐隐隔：因为被阻隔看不清楚，但隐隐约约可见。

⑨桃花浦：种满桃花的小片陆地。

⑩芳树外，闪闪酒旗遥举：芳树，指桃花浦栽植的桃树。此二句意为：桃花浦外，远远看到酒馆的酒旗迎风飘扬。

⑪渐入三吴风景：三吴，据宋税安礼《历代地理指掌图》，称苏、常、湖三州为三吴。此句意为：乘着船顺流而下，渐渐地进入了三吴之地，两岸呈现出三吴之地特有的风光。

⑫水村渔市：三吴之地水特别多，村庄和市镇大都是四面环水，进出都是用船，故词人以"水村渔市"总结概括出三吴之地特有的风光。

⑬闲思更远神京：闲思，在三吴之地游览之余所思念的。更远，是指与当前游览的三吴之地相比，更加遥远的地方。神京，即京城。此句意为：尽管我乘船游荡在三吴之地，但游览之余我开始思念离这里很遥远的京城。

⑭抛掷幽会小欢何处：抛掷，原指将手中握的东西扔掉，这里指因在外游览而被迫放弃。幽会小欢何处，指词人与他心爱的红颜知己栖息幽会的地方。此句意为：那个因为我外出游览而被抛弃的我们幽会的地方在哪个方向呢？

⑮不堪独倚危樯：不堪，难以忍受，指处境很狼狈。危樯，高而细的桅杆，这里指代客船。此句意为：因为出门在外，所以处境难以忍受，累了只能孤独地靠在船上休息。

⑯凝情：凝神，由于词人在外游览想的都是对情人的情意，故称凝情。西望日边：向西望向太阳落山的方向。京城就

在三吴之地的西面，词人这里说望向日落的方向，其实是说望向京城。

⑰言约：口头的承诺，此处应该是指词人与心上人分别前承诺回来的日期。无据：没有根据，因为当时承诺的时候没有想到旅途中会被阻隔，所以说当时承诺的归期是没有任何根据的。

⑱怎奈向此时情绪：向，进入。此句意为：今日是我承诺回到京城的日期，但现在已经是傍晚，而我身处的三吴之地又离着京城很遥远，今天无论如何都赶不回去了，怎么这无可奈何的感觉进入了我此时的情绪啊？

译文

趁着兴致在江面泛兰舟，渺渺的烟波随风向东而去。春天的空气中散发着幽香，江上有一片片长满蕙草和兰草的小块陆地。丛生的绿草看上去就像一块平整的绿色地毯，和煦的春风暖意融融，弯弯曲曲的江岸长满了垂柳和白杨，因为被阻隔但隐隐约约可见，岸边还有开满桃花的平地。桃花浦外，远远看到酒馆的酒旗迎风飘扬。

离家在外的旅行，逐渐进入了三吴之地，两岸呈现出三吴之地特有的风光，到处都是水村渔市。游览之余我开始思念离三吴之地更加遥远的京城，那个因为我外出旅游而被抛弃的我们幽会的地方在哪个方向呢？不堪忍受独自一人倚着客船的处境，凝神向西望向太阳落山的方向，返回繁华的京城的路途被阻隔。白白自我感叹当时，口头向你承诺的归期没有任何根据，伤心最痛苦。伫立在船边看着碧云将暮，故乡的关河如此遥远，怎么这无可奈何的感觉进入了此时的情绪啊?

赏析

　　这是一首别具特色的羁旅词,其中的羁旅之愁是瞬间产生的,而不是像其他的羁旅词中的忧愁那样是早已萦绕心上的。词人在漫不经心的闲游中,心头突然涌上了浓浓的羁旅之愁,再加上黄昏将至,他对京城的思念之情愈加强烈,内心的情绪也就愈加愁苦,但归途受阻,词人万般无奈之际只好将这愁苦付诸词句了。

　　上阕写词人"乘兴闲泛兰舟"所看到的景色,表达了轻快愉悦的心情。他泛舟江上,一路悠悠远去,看到的都是生机盎然的春景。词人闻到了空气中的幽香,看到一片片的蕙兰香草,还有绿色的草地。和煦的春风吹来,"曲岸垂杨"轻轻拂动,繁盛的桃花灼灼盛开,桃花浦外,远远看到酒馆的酒旗迎风飘扬。此等美景都是词人乘兴泛舟时所见,但就在这闲游中,词人意识到自己的"羁旅"身份。他感到眼前的美景都不属于自己,羁旅之愁顿时涌上心头。热闹的"水村渔市"触动了他,词人开始想念远方的京城,想念那里的情人,却无奈"关河远"。思乡情绪涌上来,却无法回去,这样的情境怎能不使词人难过伤心?他本是"乘兴"而游,结果却"败兴"而归,复杂的感情落差惹得词人内心愁苦不已。

全词上下阕一气贯通，浑然一体，具有很强的艺术感染力，堪称佳作。

夜半乐

冻云暗淡天气①，扁舟一叶，乘兴离江渚②。渡万壑千岩，越溪深处③。怒涛渐息，樵风乍起，更闻商旅相呼。片帆高举，泛画鹢④、翩翩过南浦。

望中酒旆闪闪⑤，一簇烟村，数行霜树。残日下，渔人鸣榔归去⑥。败荷零落，衰柳掩映，岸边两两三三，浣纱游女，避行客、含羞笑相语。

到此因念，绣阁轻抛，浪萍难驻。叹后约、丁宁竟何据⑦？惨离怀、空恨岁晚归期阻。凝泪眼、杳杳神京路⑧，断鸿声远长天暮。

注释

①冻云：指在寒冷天气中冻结而成的阴云。

②江渚：江边。

③越溪：即西施浣纱的若耶溪，在今浙江绍兴。

④画鹢：在船头画有鹢鸟图形的船。鹢，水鸟名。

⑤酒旆：酒旗。

⑥鸣榔：指用木棒敲击船舷发出声音，以惊鱼入网。榔，木棒。

⑦丁宁：即叮咛。

⑧神京：京城。

译文

阴云暗淡，十分寒冷，搭乘一叶扁舟，极有兴致地离开江边。翻过千沟万壑，跨越若耶溪的深处。怒涛渐趋平息，山风突起，又听到商旅们互相呼喊。一片片的风帆高举，乘着画舫翩翩驶过南浦。

岸上酒旗飘飘，村落被一簇簇烟雾缭绕，数行树木带着霜迹。落日里，渔夫们敲着船舷归去。残败的荷花，衰枯的杨柳掩映其中，岸边三三两两的浣纱女时时过往，躲避着游客们的窥探，含羞而笑，低声细语地说着话。

船行至此勾起我的想念，真后悔当初轻易就将绣阁女子抛弃，像浮萍浪中漂泊般无根难定。叹息与女子的盟誓不可深信，一再叮咛不知是否可实现？凄惨的离别之景，空恨这岁末之时归期又受阻。满眼泪水，遥望通往京城的路，掉队孤雁渐远的哀鸣声在耳边回响，只看到苍穹辽阔，暮气沉沉。

赏析

这是一首羁旅行役词。当时词人经常在江浙一带游荡，可是心中从未消除对情人和京城的怀念，于是挥墨言情。

全词共分三个部分。前两部分绘景，分别写沿途的见闻和船上的情景，层次分明，不紧不慢。后一部分写自己的感情，情由前两部分的景自然引出，水到渠成。三部分联系紧密，天衣无缝。

上阕写冻云暗淡，小舟离岸，经山水阻隔，风浪侵袭，旅客动容，场景鲜活、热烈，此时词人还是颇有兴致的。

中阕写词人在船上看到的情景。他望见远处的酒旗、烟村、霜树，然后把目光拉回，又看到渔人归家、浣女含笑的近景。寥寥数语，把浣女的神情描绘得栩栩如生，生动可人，但是寂寥的词人对此又作何感想？

下阕，词人开始流露思乡思人的感情。面对上面提到的景色，怎不让人浮想联翩？于是词人心绪波动，恋"绣阁"，叹"浪萍"，思及后约，怅对流光，然而怎奈天长路远，归期难料，最后一句情景交融，将满腹愁思尽付长天。

戚氏

晚秋天，一霎微雨洒庭轩①。槛菊萧疏②，井梧零乱，惹残烟。凄然，望江关③，飞云黯淡夕阳闲。当时宋玉悲感④，向此临水与登山。远道迢递，行人凄楚，倦听陇水潺湲⑤。正蝉吟败叶，蛩响衰草⑥，相应喧喧。

孤馆，度日如年，风露渐变，悄悄至更阑⑦。长天净，绛河清浅⑧，皓月婵娟。思绵绵，夜永对景那堪，屈指暗想从前。未名未禄，绮陌红楼⑨，往往经岁迁延⑩。

帝里风光好⑪,当年少日,暮宴朝欢。况有狂朋怪侣,遇当歌,对酒竟留连。别来迅景如梭⑫,旧游似梦,烟水程何限⑬?念利名憔悴长萦绊⑭,追往事、空惨愁颜。漏箭移⑮,稍觉轻寒,渐鸣咽、画角数声残。对闲窗畔,停灯向晓,抱影无眠。

注释

①一霎：短促之时。

②槛菊：栏杆边的菊花。

③江关：江河关山。

④宋玉悲感：宋玉,战国时楚人,所作《九辩》中有"悲哉,秋之为气也"语。悲感,即悲秋之感。

⑤陇水：水名,在今陕西陇县境内。潺湲：水流淌的声响。

⑥蛩：蟋蟀。

⑦更阑：五更将尽,天要亮了。

⑧绛河：银河。

⑨绮陌红楼：楚馆秦楼,泛指游乐的地方。绮陌,繁华的道路。

⑩经岁：一年又一年。迁延：意谓逍遥。

⑪帝里：京都汴京。

⑫迅景：飞逝的光阴。

⑬烟水程：指船行的路程。

⑭萦绊：萦绕羁绊。

⑮漏箭：古代计时器。

译文

　　时值深秋，短促的细雨飘洒在院落庭中。栏边的秋菊已谢，天井旁的梧桐也已然凋残，被似雾的残烟笼罩。多么凄然的景象，远望江河关山，黯淡的晚霞在落日余晖里浮动。想当年，多愁善感的宋玉看到这晚秋是多么悲凉，曾经临水登山。千万里路途艰险，行路者是那么的凄惨哀楚，特别厌恶听到陇水潺潺的水声。这个时候，正在落叶中哀鸣的秋蝉和枯草中不停鸣叫的蟋蟀，此起彼伏地相互喧闹着。

　　在驿馆里形单影只，度日如年。秋风和露水都开始变得寒冷，在夜深时刻，胸中愁苦更甚。浩瀚的苍穹万里无云，清浅的银河中一轮皓月明亮。绵绵相思，长夜里对着如此的景色不堪忍受，掐指细算，回忆往昔。那时功名未就，却在歌楼妓院等游乐之所出入，一年年大好时光空耗费。

　　美景无限的京城，让我想起年少时光，每天只想着寻欢作乐。况且那时还有很多狂怪的朋友相伴，遇到对酒当歌的场景就流连忘返。然而别离后，时光如梭，那些曾经的玩乐寻欢情景就好似梦境，前方一片烟雾渺茫，什么时候才能到岸？都是那些功名利禄害得我如此憔悴，将我羁绊。追忆过去，空留下残容愁颜。滴漏的箭头轻移，寒意微微，画角的呜咽之声从远方徐徐飘来，余音袅袅。静对着窗户，把青灯熄灭等候黎明，形单影只彻夜难眠。

赏析

　　这首词是三阕长调，按时间顺序行文，将词人寄居驿馆的旅思寄托在所描绘的秋景里，表达了词人对身世的凄凉之感。

上阕写微雨初霁时的日暮之景。词人通过近景的描写,刻画出孤馆驿站的无限荒凉。一个"惹"字传神至极,意境无穷。"凄然"一句由近景写到远景,"夕阳闲"以无心的落日余晖反衬上文,反差非常强烈。"倦听"以下转写所闻,简单的一个"应"字将秋虫写得栩栩如生、跃然纸上。

词的中阕则深入一层,主要描写词人的内心状态。冷清的月光下,一个人羁旅在外,夜不能寐,如何不让人愁思万缕?这一片以虚写实,直抒胸臆,词人内心的感慨激情喷涌而出。

词的下阕主要是对往事的回忆。"帝里"六句,主要描写词人年少时无忧无虑的生活。"别来"三句,则写实景。其下的"念利名憔悴长萦绊",指出了自己沦落天涯的根源。词的最后两句是整首词的重点,"向晓"、"抱影"等词的运用,生动形象地展现了一个孤独异乡漂泊的游子形象,可谓点睛之笔。

风光篇

玉蝴蝶

渐觉芳郊明媚①,夜来膏雨②,一洒尘埃。满目浅桃深杏③,露染风裁④。银塘静⑤,鱼鳞簟展⑥;烟岫翠,龟甲屏开⑦。殷晴雷,云中鼓吹⑧,游遍蓬莱⑨。

徘徊。隼旟前后⑩,三千珠履,十二金钗⑪。雅俗熙熙⑫,下车成宴尽春台⑬。好雍容,东山妓女⑭;堪笑傲,北海尊罍⑮。且追陪⑯,凤池归去⑰,那更重来⑱!

注释

①渐觉芳郊明媚:渐觉,渐渐让人感觉到。芳郊,京郊的景色。明媚,鲜妍悦目。此句意为:京郊的景色渐渐让人感到鲜妍悦目了。

②夜来膏雨:膏雨,即春雨。古有谚语"春雨贵如油",故称春雨为膏雨。膏,油脂。此句意为:昨夜下了一场春雨。

③满目浅桃深杏:满眼都是浅色的桃花和深色的杏花。因为桃花颜色相对浅淡,故称浅桃;而杏花颜色相对深艳,因此称深杏。

④露染风裁:露水将它们染色,春风为它们裁衣。此句是

说：桃花和杏花之所以开得那么鲜艳，是因为露水给它们染上了颜色，春天的暖风给它们剪裁了造型。

⑤银塘静：银白色的水塘非常安静。银塘，水塘在阳光照耀下泛着银光，故称银塘。

⑥鱼鳞簟展：鱼鳞，形容水波的形状好像鱼鳞一样。簟展，把卷着的竹席慢慢展开。簟，坐卧用的竹席。此句之意：水面的波纹就像把卷着的竹席慢慢展开一样。

⑦烟岫翠，龟甲屏开：烟岫，指云雾缭绕的山峰。龟甲，指地面隆起的像龟背一样的丘陵。此二句意为：云雾缭绕的山峰已然翠绿，像龟背一样的丘陵就像孔雀开屏一样美丽。

⑧殷晴雷，云中鼓吹：殷晴雷，殷，象声词，震动的声音。晴雷，晴天之雷。殷晴雷，指鼓乐声如雷声一样洪亮。云中鼓吹，某些权贵出外郊游带着鼓乐队，鼓乐声从云雾缭绕的山峰传来，好像从云雾中传出一样。此句意为：权贵郊游的乐队吹起鼓乐，声音如雷，在云雾间环绕。

⑨游遍蓬莱：蓬莱，古代传说中的三仙山之一，这里比喻京郊外的山美丽得就好像蓬莱仙境一样。此句之意是：我在郊外踏遍了京城郊外最美的地方。

⑩徘徊。隼旟前后：隼旟，军队出征时举的旗帜，这里指代某位权贵出游时的车仗。此二句意为：游春时遇到某位权贵的车仗，我徘徊在车仗周围观看。

⑪三千珠履，十二金钗：珠履，缀有珠球的鞋子，古时女子经常穿这种鞋子，故用珠履指代女子。金钗，古时女子经常佩戴的头饰，此处用来指代女子。三千、十二均为虚数，极言人数之多。此二句意为：这位权贵此次春游带了许多女眷。

⑫雅俗熙熙：雅俗，风雅的文人和庸俗之辈。这句话是说

此位权贵春游时带了很多人,有附庸风雅的文人墨客,也有很多听差的庸俗之人。

⑬下车成宴尽春台:春台,指赏景的好地方,语出老子的《道德经》:"众人熙熙,如享太牢,如登春台。"此句意为:此权贵带着家眷下车摆设野餐,餐饮的场所都选择风景美好的地方。

⑭好雍容,东山妓女:雍容,雍容华贵。东山妓女,用谢安的故事,东晋谢安才高八斗,但厌恶做官,遂隐居于会稽东山,经常携带妓女游赏山水名胜。这里用谢安携妓的典故指代这位权贵带来的妓女。此二句意为:权贵带来的妓女雍容华贵,他真有东晋谢安的儒雅之风。

⑮堪笑傲,北海尊罍:堪,可以。北海,指孔融,汉献帝时孔融曾任北海相,世称孔北海。尊罍,一种酒器名,此处用以指代美酒。孔融爱饮酒,词人遂以北海尊罍指代饮酒名家。此二句之意是:陪这位权贵饮酒之人都极善饮酒,可以和汉献帝时的孔融媲美。

⑯且追陪:且,姑且。追陪,追随他做个陪客。当时柳永也在朝做官,并且以词著称于世,料想和这位权贵应该也很熟稔,所以柳永如果与这位权贵碰面,必定也会受邀,故这里说"且追陪"。

⑰凤池归去:凤池,指枢密院,一种美称。由此可推测,这位当朝权贵应为枢密院首长,即宰相,故以凤池指代这位权贵。

⑱那更重来:哪能再来呢。此句和上句是说朝中这么大的高官出来春游,恰好被自己碰上,实在是难得的机会,若放弃了与其宴饮游春的机会实在是太遗憾了。但就柳永本身性格而

言，他感兴趣的大概只有美女和美酒罢了，而不是这位权贵。此句连前两句，意为：姑且也追随他做个陪客，像他这么大的官郊游厌足回到京城了，哪能再来呢。

译文

春天来了，京郊的景色渐渐鲜妍悦目。昨夜下了一场春雨，洒湿凡尘。满眼都是浅色的桃花和深色的杏花，露水将它们染色，春风为它们裁衣。安静的银白色的水塘，水面的波纹就像把卷着的竹席慢慢展开一样，从岸边一层推一层，形成如鱼鳞一样的水上画面。云雾缭绕的山峰已然翠绿，像龟背一样的丘陵就像孔雀开屏一样美丽。权贵郊游的乐队吹起鼓乐，声音如雷，在云雾间环绕。我游遍了山间美景。

遇到权贵的车仗，我徘徊在车仗周围观看。权贵带了许多女眷和文人，他们下车摆设野餐，餐饮的场所都选择风景美好的地方。权贵带来的妓女雍容华贵，他真有东晋谢安的儒雅之风。而陪他饮酒之人都极善饮酒，可以和汉献帝时的孔融媲美。姑且也追随他做个陪客，像他这么大的官郊游厌足回到京城了，哪能再来呢！

赏析

这首词作于词人春日去京郊踏青之时，极写京城郊外之春景佳美和在郊外偶遇朝中权贵春游踏青时的排场和奢华。

上阕写京城郊外的春景。起句"渐觉芳郊明媚"写春天的温暖阳光染绿了大地，京郊的景色渐渐让人感到鲜妍悦目了。"夜来膏雨"二句写昨夜一场春雨后，洒湿凡尘，给人以清新的气息。接下来两句写桃杏争相开放，花色有浓有浅，好似雨露染色春风裁剪，一派生机盎然的景象。"银塘"二句由远及近，写近处池塘波光粼粼，波纹就像把卷着的竹席慢慢展开一样，从岸边一层推一层，形成如鱼鳞一样的水上画面。此处构思新颖，用语贴切。下句写远处的景色，写云雾缭绕的山峰已然翠绿，龟背一样的丘陵就像孔雀开屏一样美丽。末两句写遇见某位权贵，其随从吹起鼓乐，声音如雷，在云雾间环绕，令人恍如游于蓬莱仙境。

下阕描述了这位权贵出游的场面。以"徘徊"二字领起，但此处词人并不是因忧郁而"徘徊"，而是从容不迫。"隼旟前后"以后几句描述了此权贵的排场，他带了许多雍容华贵的歌伎随同。唐宋之时，朝中官员府邸及地方州府都有官妓，她们主要在官府的各种宴会中歌唱跳舞，这是当时特有的文化制度。"雅俗熙熙"两句写此权贵门下贤客众多，有风雅的文人也有粗俗的听差，他们下车摆设野餐，餐饮的场所都选择在风景美好的地方。此两句化用《道德经》之句："众人熙熙，如享太牢，如登春台。""好雍容，东山妓女"两句用了谢安的典故，与"堪笑傲，北海尊罍"两句形成工整的对仗，前者用谢安之典，后者用孔融的典故，可谓贴切而又和谐。结尾"且追陪"三句表达了词人对这位权贵的看法，他想着自己还不如跟随这位权贵做个陪客，因为像他这么大的官郊游厌足回到京城了，哪能再来呢！

全词语言生动贴切，层层递进，很好地体现了柳永描写铺叙的功力，也在一定程度上反映了当时社会的普遍心理和风俗习惯。

破阵乐

露花倒影①,烟芜蘸碧②,灵沼波暖③。金柳摇风树树,系彩舫龙舟遥岸。千步虹桥④,参差雁齿⑤,直趋水殿。绕金堤,曼衍鱼龙戏⑥,簇娇春罗绮⑦,喧天丝管⑧。霁色荣光⑨,望中似睹,蓬莱清浅。

时见。凤辇宸游⑩,鸾觞禊饮⑪,临翠水,开镐宴⑫。两两轻舠飞画楫⑬,竞夺锦标霞烂⑭。罄欢娱,歌鱼藻⑮,徘徊宛转。别有盈盈游女,各委明珠,争收翠羽,相将归远。渐觉云海沉沉,洞天日晚⑯。

注释

①露花倒影:带有露水的花朵倒映在水中。

②烟芜:烟雾笼罩的草地。蘸碧:沾染了一层绿色。

③灵沼:周文王在离宫建的池沼,后泛指水面广阔的池沼。

④千步虹桥:指的是金明池中的仙桥。

⑤参差:长短不齐的样子。雁齿:形容排列得像雁行一样。这里指仙桥的雁柱。

⑥曼衍:一种巨兽名,和貔很像。

⑦簇娇:美女佳人聚集在一起。春罗绮:春衫。

⑧喧天丝管:此处为倒装用法,即丝管喧天,指音乐声响彻云霄。

⑨霁色:雨过天晴后的美景。荣光:五色云气,古人所以

为的吉祥之兆。

⑩宸游：皇帝巡游四方。

⑪鸾觥：酒杯。

⑫镐宴：原指周武王、周公旦在镐京的宴饮，这里指代宋帝王在金明池大宴群臣。

⑬舠：刀样的小船。

⑭霞烂：灿烂如霞。

⑮鱼藻：见《诗·小雅》，内容为赞美周王的安乐生活。

⑯洞天：原意是神仙居住之地，这里指代游乐的地方。

译文

带有露水的鲜花在池中显出清晰的倒影，烟雾笼罩的草地一直绵延到绿绿的池水边，水波荡漾着暖意。两岸的垂柳上系着无数争奇斗艳的彩船，仙桥在金明池上腾起，凌驾池上，直到水上宫殿。水池边围绕着金堤，上演的百戏花样正多，演得正欢，变化多端。艺伎舞者成群，丝竹管弦的乐声响彻云霄。看着祥气彩云，使人仿佛置身蓬莱仙境。

当时，皇帝忽然驾临金明池，于翠水旁摆宴款待群臣，君臣把酒言欢，同赏龙舟竞游。双桨的龙船飞速，极力争抢那红艳似霞的锦标。朝臣们在宴会上竞颂《鱼藻》，余音不断。还有几个轻盈的游女争相将明珠赠与所慕之人，还争着用翠鸟之羽装扮自己,相互做伴愈走愈远。暮色云气笼罩苍穹,苍茫深远,凌驾于池上的亭台殿宇在一片苍茫暮色中逐渐模糊,好像神仙的洞天福地一般。

赏析

该词一改柳永以前词中的男欢女爱、离愁别恨,将笔锋对准都市繁华景象以及民间风俗人情,主要描写了北宋仁宗时期每年三月初一举行的君臣共游金明池的景象。

词开始三句写景,描写金明池之美,接着写君臣同游金明池的盛大景象,将金明池上桥梁、亭台殿宇的雄伟风姿用简洁的语言描述出来。"绕金堤"所起四句,主要是描写君臣同游时热闹非凡的盛景。词人发挥丰富的想象力,描绘了"霁色荣光,望中似睹,蓬莱清浅"之景。

"时见"两字领起下文,引出下面盛大的宴会之景。紧接着写龙舟竞标的场面。"馨欢娱"则主要写王公大臣们对君王的歌颂,是对皇帝的直接颂扬。而下面四句,词人又将笔墨用于平民,写游女,从另一个侧面体现了金明池的盛景。最后词人以"渐觉云海沉沉,洞天日晚"结尾,照应前文蓬莱一句。

通观该词,写景由早及晚,框架清晰,感情丰富,描写细腻又不乏大气。

看花回

玉城金阶舞舜干[①],朝野多欢。九衢三市风光丽[②],正万家急管繁弦[③]。凤楼临绮陌[④],嘉气非烟[⑤]。

雅俗熙熙物态妍⑥，忍负芳年⑦？笑筵歌席连昏昼⑧，任旗亭斗酒十千⑨。赏心何处好⑩？惟有尊前⑪。

注释

①玉墄金阶舞蕣干：玉墄，美玉镶嵌的台阶，墄即砌。金阶，镶嵌金子的台阶，此处用来指代皇宫。蕣干，蕣是一种多年生蔓草的名字，别称小旋花，蕣干就是指这种蔓草的枝蔓。舞蕣干是说宫廷的舞伎舞动绣满花朵的袖子跳舞，因为上面绣满了花朵，看起来就像挥舞小旋花的枝蔓一样，形容舞蹈跳得流动美丽。此句意为：皇宫朝堂上每天都有舞伎挥动绣满花朵的袖子翩翩起舞。

②九衢三市风光丽：九衢三市，指京城的大街小巷，统称京城街道。此句意为：京城大街小巷都是好风光。

③正万家急管繁弦：正万家，正是千万家。急管繁弦，乐队演奏乐器的声音热烈喧闹。此句意为：正是万家娱乐场所生意红火之时。

④凤楼临绮陌：绮陌，绮丽的街道。此句意为：华丽的高楼临近着绮丽的街道。

⑤嘉气非烟：嘉气，祥瑞之气。非烟，若烟非烟。此句是说：街道之上有一种美好的似烟非烟的祥瑞之气。

⑥雅俗：风雅之人和粗俗的人。熙熙：熙熙攘攘，人多接踵摩肩的样子。物态妍：风物景色非常美。妍，美。

⑦忍负芳年：忍，怎么忍心。负，辜负。芳年，正值美好的年华时光。此句之意是：生活在太平盛世之中，面对如此美好的风物景色，我怎么忍心辜负如此美好的时光呢？

⑧笑筵歌席连昏昼：笑筵歌席，指歌舞升平的宴饮活动。

连昏昼,夜以继日,整日整夜,昏是夜晚,昼是白天。此句之意是:为了不辜负这太平盛世和美好时光,我夜以继日地沉浸在歌舞升平的宴饮之中。

⑨任旗亭斗酒十千:任,任凭。旗亭,此处指酒楼,旗亭本是唐朝一座酒楼的名称,据说诗人王昌龄、高适、王之涣等都曾在这家酒楼喝过酒,并在墙壁上画过画写下诗,所以后人多以旗亭来指代酒楼。斗酒,一斗酒。十千,即万钱,实指酒价格高昂。此句之意是:任凭酒楼的美酒一斗万钱。

⑩赏心何处好:赏心,赏心悦目,心情欢畅。此句之意是:到什么地方能够使自己内心欢畅呢?

⑪惟有尊前:只有沉浸美酒中最让人欢畅。

译文

用金玉镶砌台阶的皇宫朝堂上每天都在歌舞升平,朝野多是一片欢声笑语。京城的九衢三市都是好风光,正是万家歌舞繁华之时。绮丽的街道边是华丽的高楼,让人感觉到一种美好的似烟非烟的祥瑞气。

风雅和粗俗的人熙熙攘攘地拥挤在一起,风物景色异常秀美,怎么忍心辜负如此美好的时光呢?整日沉浸在欢声笑语的宴席中,任凭酒楼的美酒一斗十千。到什么地方能够使自己内心欢畅呢?只有沉浸美酒中最让人欢畅。

赏析

这首词写宋代京城中繁华热闹的景象。词人生活的时代正值太平盛世,处处歌舞升平,所以词中流露出词人强烈的自豪感,此外词中也抒发了处此盛世,正当恣意享受的情怀,反映了当时人们流连美景的普遍心理。

上阕写太平盛世的繁华景象。开篇"玉城金阶舞舜干"句写皇宫朝廷的歌舞升平,歌颂了宋时崇尚文治、国泰民安的局面。"玉城"与"金阶"为对文,都是指宫廷中的台阶。"朝野多欢"承上启下,上承朝堂之欢,下引出对京城街头巷尾欢乐气氛的描述。"九衢三市风光丽"是写京城的街道齐整秀丽,也暗指京城人文风光之富庶。末句"嘉气非烟"总结上阕,写京城弥漫着一种美好的似烟非烟的祥瑞气。

下阕"雅俗熙熙物态妍"句,写京城中人熙熙攘攘,风物景色异常秀美,此句仍是承接上阕而来写京中美景。接下来"忍负芳年"则转而抒怀,以疑问的句式抒发了流连风景、及时行乐的情怀。接下来"任旗亭斗酒十千"写出饮酒时高昂的兴致。结句以"赏心何处好?惟有尊前"写出内心最为欢畅之事就是饮酒作乐。这里词人说"惟有尊前"是最为欢畅之事,意谓"尊前"超过四美,极写内心之欢畅。

全词结构完整,布局有序,是一首歌颂太平盛世的欢歌。

柳初新①

东郊向晓星杓亚②。报帝里春来也③。柳抬烟眼④,花匀露脸⑤,渐觉绿娇红姹。妆点层台芳榭⑥。运神功,丹青无价⑦。

别有尧阶试罢⑧。新郎君成行如画⑨。杏园风细⑩,桃花浪暖⑪,竞喜羽迁鳞化⑫。遍九陌相将游冶⑬。骤香尘,宝鞍骄马⑭。

注释

①柳初新:词牌名。双调八十一字,上下阕各七句五仄韵。

②东郊向晓星杓亚:东郊,京城东边的郊野。向晓,天快亮的时候。星杓,北斗星似杓柄的那部分,由玉衡、开阳、摇光三星组成。亚,按照北斗星的排列形状,其似杓柄的三星居于其他四星的下面,相对其他四星而言,此三星即为亚,其他四星为冠。北斗星这样的排列形状是春天向晓时的排列形状,此处词人以北斗星的排列形状暗示此词描写的是春日之景。

③报帝里春来也:帝里,京城,因皇帝居于此,故称帝里。此句承接上句,两句并一起的意思是:在天快亮的时候,北斗星以其排列的形状告诉京城里的人们春天来了。

④柳抬烟眼:眼,指柳树之芽叶发芽之处。此句意为:柳树在雾气弥漫中已经发芽了。

⑤花匀露脸:匀脸,本义是说女子往脸上均匀地搽抹胭脂,这里是说花朵用露水擦拭自己,好像女子匀脸一样,即花朵上面缀满露珠。

⑥妆点层台芳榭:妆点,装扮。层台,高台。榭,建筑在高台之上的凉亭之类的建筑物。此句意为:春天来了,花草树木渐渐地变绿开花,将台榭装扮得分外美丽。

⑦运神功,丹青无价:运神功,运用神奇的功力。丹青,指图画,中国古代绘画时常用的丹和青是两种颜料,故用丹青指代图画。此句之意:大自然以神奇的功力在大地上画出好似丹青画一样美好的春景,这般美好的景色是无价的。

⑧别有尧阶试罢：别有，除此之外还有。尧阶，尧是上古传说中的圣贤之王，此处词人以尧指代宋代当时的皇帝，尧阶即指宋代皇宫里朝堂的台阶。试，这里指殿试，古代科举考试，举子经过笔试考中后，皇帝还要在大殿之上对其进行面试，故称殿试。此句意为：除了春天到来这件喜事外，京城还有科举考试刚刚结束这件喜事。

⑨新郎君成行如画：新郎君，指新科进士，唐宋之时将新科进士称之为新郎君。成行，指进士们整齐地排成一行。如画，指人物俊美好似画中人。此句意为：新科进士们一行游览位于京城东郊的御花园，他们整齐地排成一行，个个俊美得好像画中人一样。

⑩杏园风细：杏园，原本是唐代御用园林的名称，这里指代宋朝的琼林苑，皇家御花园。此句意为：琼林苑内微风习习。

⑪桃花：指琼林苑内栽种的桃花。浪暖：春日微风吹动桃枝，桃枝来回颤动，看上去就如波浪一样上下翻动，又因桃花为粉红色，是暖色调，故称浪暖。

⑫竞喜羽迁鳞化：竞喜，此处是拟人写法，说琼林苑内的微风和桃花浪都竞相为有这么多人成为新进士而高兴欢喜。羽迁，原指人修道成仙，飞升天宫，这里指新进士由平民百姓成为有功名的人。鳞化，本义指鱼跃龙门而成为龙，这里亦指新进士由平民百姓一跃而成为有功名的人。此三句之意是：杏园里微风习习，桃花浪来回颤动，微风和桃浪都竞相为新进士欢喜高兴。

⑬遍九陌相将游冶：遍九陌，走遍京城里的所有街道。相将，相互结伴。游冶，游玩闲逛。此句意为：新科进士们游览

完琼林苑之后，又相互结伴在京城的大街小巷游玩闲逛。

⑭骤香尘，宝鞍骄马：骤香尘，指骑马驰骋时扬起的尘土，因新科进士骤然显贵，故称其为香尘。宝鞍骄马，指新科进士所骑的马和马所备的鞍都很宝贵。此句意为：这些进士新贵在京城中骑马驰骋，京城的街道尘土飞扬。

译文

东郊天快亮的时候北斗星排列成上四下三的形状，它们以这种排列形状告诉京城里的人们春天来了。柳树在雾气弥漫中已经发芽了，花朵用露水匀脸，渐渐觉得花草树木都变绿开花了。红花绿叶把层台芳榭装饰得分外美丽。大自然以神奇的功力在大地上画出好似丹青画一样美好的春天，这般美好的景色是无价的。

除了春天到来外，京城还有科举考试刚刚结束这件喜事。新科进士们一行游览位于京城东郊的御花园，他们整齐地排成一行，个个俊美得好像画中人一样。琼林苑内微风习习，粉红色的桃花如波浪一样来回颤动，微风和桃花浪都竞相为新进士欢喜。新进士又结伴游玩逛京城。他们骑马奔驰，街道尘土飞扬。

赏析

这首词作为新进士的游宴之词，主要抒发词人的欣喜之情。词人曾经经历了许多屈辱坎坷，也曾对功名有过不少藐视与怀疑，但最终能够在将近年老时考中进士，毕竟也是自己人生旅途中的一次成功。不管词人此时心情有多么复杂，但其中最主要的应是一种难以言说的喜悦。词人没有一开始就把这种感情直接表达出来，词的上阕主要是对春天进行赞美，其中含有词人发自内心的喜悦。如第一句所说的北斗星报春，一声"春来也"，不正像词人考中进士之后的欢呼吗？进士及第对他来说，就像是人生之春啊！春光本来是美的，在心情好的人眼里更是美得无法形容。

下阕直接写新进士们的游宴庆贺，大多是喜悦心情的直接表白。结尾两句虽然没有直接写新科进士们的得意神态，但从纵马奔驰的动作中可以看出他们的意气风发，从"香尘"、"宝鞍"等带有夸张的字眼中可以看出他们的喜悦心情。

木兰花慢

拆桐花烂熳①，乍疏雨、洗清明。正艳杏烧林，缃桃绣野，芳景如屏。倾城②，尽寻胜去③，骤雕鞍绀幰出郊坰④。风暖繁弦脆管⑤，万家竞奏新声。

盈盈⑥，斗草踏青⑦。人艳冶，递逢迎⑧。向路旁往往，遗簪堕珥⑨，珠翠纵横⑩。欢情，对佳丽地，任金罍罄竭玉山倾⑪。拚却明朝永日，画堂一枕春酲⑫。

注释

①拆桐花：桐花绽放之意。拆，绽开、裂开。桐花，即油桐树所开之花。油桐先开花后长叶，三月初即绽放紫白色的花朵，是郊野清明到来的典型标志。

②倾城：全城，表明清明踏青人数之多。

③寻胜：寻找风景优美的胜地。

④雕鞍绀幰（xiǎn）：形容车辆华丽。绀幰，天青色的车幔。郊坰：郊野。

⑤繁弦：弦乐声来回繁复弹奏。脆管：指管乐声的清脆悦耳。

⑥盈盈：指仪态美好的女子。

⑦斗草：古时清明，女子有比赛采集百草的游戏。

⑧递：一个接一个。

⑨簪：古时女子挽发的首饰。珥：耳环。

⑩珠翠纵横：指女子的装饰品珍珠和翡翠等四处散落。

⑪金罍：金子制成的酒杯。

⑫酲：醉酒。

译文

桐花绽放，烂漫异常。小雨在清明时节突如其来地降下，郊外景物被雨水冲洗得十分干净。恰逢杏花鲜艳，桃花遍开，那景色艳丽似画。全城的人都出去寻找风景胜地踏春游玩，男男女女，宝马香车，纷纷到城外去感受自然美景，享受春日游玩的情趣。风和日丽，丝管声声，清脆悦耳，家家户户都竞相奏起了新春的曲调。

仪态美好的女子，比赛采集百草的游戏，踏青玩乐。而那些娇艳妖冶、珠光宝气的市井女人们却恣意地追逐寻欢，尽享春游之乐。路旁有好多女子们遗失的簪子、耳环等首饰，珍珠和翡翠等饰品也四散零落。置身于如此美丽的景色中，满怀愉悦的人们必然把酒言欢，像那玉山倾倒一样醉卧一处。即便明天会在画堂酒醉不醒，也要喝个痛快。

赏析

这首词主要描写北宋时期都市人们清明踏青郊游的热闹场景,词人从平民的真实感受出发,描绘了一幅北宋都市的社会风情画卷。

上阕主要写踏青场景。开始六句写春日的美好景色,通过对清明小雨、杏林桃野的描写,突出了春色之诱人。词人一开始就用"桐花"说明时值清明佳节。一个"拆"字,独具匠心,把油桐花灿烂雅致的风姿写得栩栩如生,极有感染力。而接下来一个"洗"字,极写春雨过后郊外一片清新自然的景象,富有特色。为了突出春景的宜人,作者还描写了桃花、杏花等艳景,用"烧"、"绣"等字眼将烂漫的花景表达出来,使得春景色彩更为艳丽芬芳,引人入胜。自"倾城"开始,词人描写了热闹非凡的城里人踏青之情景。先总体介绍倾城出游的景象,"倾"、"尽"二字用得恰到好处,是为词人所见。接着又写到了词人所闻,万家弦乐共鸣使春意更为浓烈。

词的下阕主要写女子踏青。风和日丽,一个个珠光宝气的巾井女子欢乐地追逐嬉戏,尽享踏青之趣,其乐融融。"向路旁往往,遗簪堕珥,珠翠纵横",这三句从侧面写女子们游春之尽兴,路旁遗落的首饰累累,也照应了前文所说的"倾城"。至此,词中所渲染的浓浓欢愉之情也得到了升华,同时也表达了词人对春天，对生活的热爱之情。"欢情，对佳丽地，任金罍罄竭玉山倾"三句为作者的想象，那些被美景陶醉的人们开怀畅饮，无所顾忌，最后像玉山倾倒般醉成一团。词结尾两句是词人想象那些放纵喝酒的人们，不管明日会不会醉卧画堂，依然要喝个痛快，再次渲染了春游之兴。

这首词彰显了柳永的词风，在两宋之时广为流传。

望海潮

东南形胜①，三吴都会②，钱塘自古繁华。烟柳画桥，风帘翠幕③，参差十万人家④。云树绕堤沙。怒涛卷霜雪，天堑无涯⑤。市列珠玑⑥，户盈罗绮，竞豪奢。

重湖叠巘清嘉⑦。有三秋桂子⑧，十里荷花。羌管弄晴⑨，菱歌泛夜⑩，嬉嬉钓叟莲娃⑪。千骑拥高牙。乘醉听箫鼓，吟赏烟霞。异日图将好景⑫，归去凤池夸。

注释

①形胜：地形优越便利，也有风景优美之意。
②三吴：即吴兴、吴郡、会稽三地。
③风帘：挡风的帘子。翠幕：绿色的帷幕。
④参差：指楼阁高低不齐。
⑤天堑：天然的壕沟。这里指钱塘江地势险要，难以越过。

⑥珠玑：泛指珠宝。

⑦叠巘：指山峦重重叠叠。巘，小山。

⑧三秋：秋天的第三个月，农历九月。

⑨羌管弄晴：羌笛在晴朗的天空下吹奏。

⑩菱歌：采菱之歌。泛夜：夜里传响。

⑪莲娃：指采莲的女子。

⑫异日：某天，他日。图：描画，描绘。

译文

东南地形优越便利，风景优美，吴兴、吴郡、会稽三地均在此，钱塘之地自古都很繁华。如烟的柳树，雕画的桥梁，挡风的帘子，翠绿的帐幕，高低错落的屋舍，大概有十万人家。入云的高大树木绕着沙堤，犹如缭绕的云雾一样。涛怒浪卷的钱塘江水，似霜如雪，苍茫银白，这天堑地势险要，看不到边。珠宝玉器在市场上罗列纷繁，家家户户满是绫罗绸缎，竞相争比豪华。

西湖的里湖和外湖伴着山峦重叠，秀美极了。九月的桂花，十里的荷花。羌笛在晴朗天空下欢奏，采菱之歌在夜里传响，不管是垂钓老叟还是采莲女子，都开心极了。千名骑兵簇拥着高官，带着醉意听箫鼓齐鸣，吟咏欣赏烟霞之色。改天将这美好的景色画下，回京后向同僚们炫耀。

赏析

这首词咏吟杭州的美丽富庶，颇有赋的风格。笔势雄浑有力，跌宕起伏，把杭州美丽的景色和繁华的市井描绘得栩栩如生，也显出作者对这种生活的羡慕和憧憬。

上阕主要勾画杭州的人文地理。开篇以地理位置、悠久历史、繁华市井点题，引出所咏之物。然后从不同的角度铺陈杭州的美丽景色和人们的富裕生活："烟柳画桥"、"风帘翠幕"、"参差十万人家"三句分别描画了美丽的街巷河桥、精致的居民住宅、富庶的都市生活。紧跟着又是三句，从市内写到野外，写云树环绕着沙堤，写奔腾的钱塘江水汹涌浩荡，看不到尽头。

下阕着力写西湖的美景。"三秋桂子，十里荷花"，写西湖的自然美景；"羌管弄晴，菱歌泛夜"，写人与自然和谐共处，意境悠远，让人如闻其声。"嬉嬉钓叟莲娃"则进一步写人在美丽自然中悠然快乐的状态，简直就是一幅动人的图画。

这首词语言华美，音律和婉，风格洒脱，让人如临仙境，过目难忘。据称它传到北方后，金主完颜亮也被其描绘的美景所折服，并因此与宋朝起了兵戈之事。这虽然只是传说，但也足以显出其巨大的艺术吸引力。

倾杯乐

禁漏花深[①]，绣工日永[②]，蕙风布暖[③]。变韶景[④]、都门十二[⑤]，元宵三五[⑥]，银蟾光满[⑦]。连云复道凌飞观[⑧]，耸皇居丽[⑨]，嘉气瑞烟葱茜[⑩]。翠华宵幸[⑪]，是处层城阆苑[⑫]。

龙凤烛[⑬]，交光星汉[⑭]，对咫尺鳌山开羽扇[⑮]。会乐府两籍神仙[⑯]，梨园四部弦管[⑰]。向晓色都人未散[⑱]。盈万井，山呼鳌抃[⑲]。愿岁岁，天仗里常瞻凤辇[⑳]。

注释

①禁漏花深：禁漏，宫中计时用的漏刻，见唐陆畅《宿陕府北楼奉酬崔大夫》诗之一："人定军州禁漏传，不妨秋月城头过。"花深，花草长高了。此句意为：随着禁漏一滴滴在不断滴漏，时间一点点过去了，春天来了，花草都长高了。此处以"花深"点明时令，点出春天到了。

②绣工日永：绣工，刺绣工人，此处指太阳，是说太阳像刺绣工人一样，在大地上不断绣出各种美丽的图画。日永，指太阳在天上悬挂的时间越来越长。此句是说白天一天比一天长。

③蕙风：带有蕙花香气的春风。布暖：将温暖散布在人间。

④变韶景：变成了春天的景色。韶景，春天的景色。

⑤都门十二：都城有十二座城门，此处用以指代皇帝居住的宫城。汉唐时，旧长安城有四面墙，一面有三门，四面总共有十二座城门，李贺《李凭箜篌引》有诗句："十二门前融冷光，二十三丝动紫皇。"但北宋时已经不止十二座了，此处沿用也只是为了押韵对仗而已。

⑥元宵三五：元宵，即元宵节，农历正月十五。三五，三乘五，即十五。此句之意是：今天正是正月十五元宵节。

⑦银蟾光满：银蟾，指月亮，古时文人经常把月亮称为蟾宫，故称月亮为银蟾。光满，月圆。此句之意是：因为今日是正月十五元宵节，所以月亮分外圆润。

⑧连云复道凌飞观：连云，几乎和云层相连，极言其高。复道，指两楼之间修建的连通彼此的空中通道，此处用典，杜

牧《阿房宫赋》有诗句："复道行空，不霁何虹。"凌，跨过、越过。观，楼阁，飞观，很高的楼阁。此句之意：京城的高楼之间都架起了交通通道，它们高得几乎和天上云彩相接。极言元宵夜京城中布置之豪华奢侈。

⑨耸皇居丽：即皇居耸丽，承接上句而来，是对上句描绘之景的结语：京城高楼之间的通道修建得高耸而又华丽。

⑩嘉气瑞烟葱茜：嘉气瑞烟，元宵节京城内祭祖祀神烧了很多香，到处香烟缭绕，故称嘉气瑞烟。葱茜，草木葱郁茂密。此句意为：京城中到处都是嘉气瑞烟缭绕在茂密的树木之间，好似仙境一般。

⑪翠华宵幸：翠华，用翠羽做装饰的旗帜，多用于皇帝仪仗队中。幸，临幸，指皇帝临顾。此句意为：元宵夜皇帝也出来和百姓一起观灯赏月。

⑫是处层城阆苑：是处，此处，这里指皇帝临幸的地方。层城，即城中之城，指京城中的皇城。阆苑，神仙居住的地方，语出庾肩吾《山池应令》诗："阆苑秋光暮，水塘牧潦清。"这里指皇帝的花园。此句之意是：皇帝临幸到了皇城那个好似神仙居所一样的花园中。

⑬龙凤烛：表面装饰有龙凤花纹的蜡烛。

⑭交光星汉：星汉，天河，银河，见曹操《步出夏门行·观沧海》："日月之行，若出其中；星汉灿烂，若出其里。"这里指天空中的星月。此句意为：蜡烛发出的光亮与天空星月的光辉交相辉映。

⑮对咫尺鳌山开羽扇：这里是说皇帝已经来到了皇城中离元宵灯火晚会现场很近的地方。鳌山，宋代时元宵节会举办灯火晚会，在晚会的中心区域会将彩灯叠成山的形状，故称鳌

山;羽扇,指皇帝仪仗中的扇子,开羽扇指打开羽扇,意为皇帝已经到来。

⑯会乐府两籍神仙:会,会见,指皇帝接见。乐府,古时掌管朝廷音乐事务、管理乐伎的音乐机关。两籍,据宋赵昇《朝野类要》卷一以及孟元老《东京梦华录》卷二载,北宋时有东西两教坊,两籍即指此而言,也有说是民、官两籍的乐伎。这里用以指代两籍的乐伎。神仙,指乐伎。唐宋以后常用神女称呼妓女,故称乐伎为神仙。此句意为:皇帝会见了由乐府管理的民、官两籍乐伎。

⑰梨园四部弦管:梨园,古时对戏班的美称。四部,北宋教坊分为大曲部、法曲部、龟兹部、鼓笛部四部。此处用以指代戏班参加演出的乐伎。弦管,管乐和弦乐,其实四部已包含了所有的器乐,此处再用只是为了对仗押韵而已。此句是上句的延续,亦是说皇帝在元宵夜晚会见了参加演出的所有乐伎。

⑱向晓色都人未散:向晓色,天都快亮了。都人未散,京城里观灯赏月的人还没有散去,意在说明灯会之精彩使人不愿离开。

⑲盈万井,山呼鳌抃:盈万井,古时称呼街道为井,盈万井是指观灯赏月的人们塞满了京城所有的街道,足见人之多。山呼鳌抃,山呼,古时平民臣子见到皇帝都要三叩首,每叩一头高喊一声万岁,第三次叩头则喊万岁万万岁,称为山呼;鳌抃,即鳌戴山抃的简称,古代神话传说渤海之东有大壑,其下无底,中有五山,常随波上下漂流,上帝使十五只巨鳌戴之,五山才兀峙不动。此词化用此种说法,延伸出拥戴之意,抃是鼓掌的意思。此句意为:全京城的百姓都向皇帝叩首,高呼万岁,以表示对皇帝的拥戴。

⑳愿岁岁，天仗里常瞻凤辇：岁岁，年年，一年又一年。天仗，天子的仪仗。常瞻，经常看到；凤辇，皇帝乘坐的车子。此句意为：百姓们希望岁岁年年都能看到天子的仪仗，目睹皇帝的风采，也是表达了百姓们对皇帝的拥戴之意。

译文

禁漏一滴滴在不断滴漏，花草都长高了，太阳像刺绣工人一样，在大地上不断绣出各种美丽的图画，白天越来越长了，带有蕙花香气的春风将温暖散布在人间。都城十二座城门变成了春天的景色，今日正好是正月十五元宵节，月亮分外圆润。都城中的高楼之间都架起了几乎和天上云彩相接的通道，既高耸又华丽，京城中到处都是嘉气瑞烟缭绕在葱郁茂密的树木之间。元宵夜皇帝也出来和百姓一起观灯赏月，他临幸到了皇城那个好似神仙居所一样的花园中。

龙凤蜡烛的光亮，与天上的星月发出的光交相辉映，皇帝已经到了离皇城灯火晚会现场很近的地方。皇帝会见了乐府管理的民、官两籍乐伎，以及戏班参加演出的乐伎。天快亮了人们也没有散去。观灯的人们站满了整个街道，他们都对着皇帝高喊万岁，表示对皇帝的拥戴。但愿岁岁年年，都能看到皇帝的仪仗，目睹皇帝的风采。

赏析

这首词描写了京城元宵夜的胜景，但并未像其他词作那样极力描述京城的富庶和繁华场面，此词着重描写了皇城的盛况以及皇帝出宫与民同乐的场景，反映了宋仁宗时期社会太平的盛世之景。据传此词曾传入宫中，得到众多人的称赞，叶梦得《避暑录话》

卷下云:"永初为上元辞,有'乐府两籍神仙,梨园四部弦管'之句,传入禁中,多称之。"

上阕写宫中元宵夜的景致。开篇"禁漏花深"即点出时令,暗示春天已经来临。接下一句"绣工日永"描写了春意盎然的情景。"绣工"以拟人的手法写出春天花团锦簇的情景,而"日永"则是说白天越来越长,正是春天典型的特征。"蕙风布暖"一句写春风和煦,给人间送来温暖。上阕起首三句不过就是写春天已到人间的俗意,但词人却别开生面,以皇宫为特殊背景,层层铺叙,极为细腻,足见柳永之铺叙功力。"变韶景"承上启下,以下三句点出时值元宵佳节,"都门十二"并不是说宋时皇城的城门只有十二座,而是指代皇帝居住的皇城,即宫城。汉唐时旧长安城有四面墙,一面有三门,四面总共有十二座城门,故有"都门十二"之说,但北宋时城门已经超过十二门了。词人再用,也只是以数字押韵而已。"连云复道凌飞观"以下五句皆是描述皇帝居住的宫城之壮丽雄伟。为了庆祝元宵节,都城中的高楼之间都架起了几乎和天上云彩相接的通道,既高耸又华丽。这两句让人想起了杜牧《阿房宫赋》中的诗句:"复道行空,不霁何虹。"但此处应该不是用典,毕竟以奢侈豪华的阿房宫比喻当朝的皇城,实在是不太恰当。"嘉气"句说京城到处都是嘉气瑞烟缭绕,也暗含对国泰民安的祝福。"翠华宵幸"两句写皇帝出宫与百姓一同赏月观灯。"层城阆苑"本义是指神仙居住的地方,据汉代张衡《思玄赋》:"登阆风之层城兮,构不死而为床。"后世文人将其意义延伸,常用以指代皇帝的宫殿,如南朝庾肩吾《山池应令》诗中亦云:"阆苑秋光暮,水塘牧潦清。"

下阕继续描写皇帝元宵夜观灯的情景。"龙凤烛"意为表面装饰有龙凤花纹的蜡烛,当然是皇家物品,"交光星汉"是说蜡烛发出的光亮与星汉发出的光交相辉映,这是元宵夜的景致,也是皇家的气象。"对咫尺"句写皇帝近处观赏鳌山灯,鳌山灯是元宵节灯火晚会中心区域的彩灯,因为叠成山的形状,故称。"会乐府"二句写皇帝会见乐府管理的民、官两籍乐伎,以及戏班参加演出的乐伎。"向晓色"二句写天虽快破晓,但人们仍未散去,可见灯会之精彩纷呈,也暗示人们在元宵夜彻夜狂欢。"盈万井"两句写百姓欢腾、高呼万岁的情景,让人有亲临现场之感。末二句是祝愿之词,具有鲜明的时代特征,是应制词中常见的结尾,但也反映了百姓对国泰民安的颂扬以及对太平盛世的向往之情。

迎新春①

嶰管变青律②,帝里阳和新布③。晴景回轻煦④,庆佳节,当三五⑤。列华灯,千门万户。遍九陌⑥,罗绮香风微度⑦。十里然绛树⑧。鳌山耸⑨,喧天箫鼓。

渐天如水⑩,素月当午⑪。香径里⑫,绝缨掷果无数⑬。更阑烛影花阴下⑭,少年人,往往奇遇⑮。太平时,朝野多欢民康阜⑯。随分良聚⑰,堪对此景⑱,争忍独醒归去⑲。

注释

①迎新春：词牌名，柳永首创，本词为此调的代表作。

②嶰管变青律：嶰管，用山竹制成的笛箫之类的管乐器。青律，春天的旋律。此句意为：嶰管乐器奏出春天的旋律，柔和而动听。此句点出时令为春天。

③帝里阳和新布：帝里，指京城，因为皇帝居住于此，故称。阳和，春光和煦温暖。新布，刚刚布撒大地。此句意为：京城里温暖的春光刚刚布撒大地。

④晴景回轻煦：晴景，晴朗的天空。回，召回，回来。轻煦，和煦的春日阳光。此句意为：晴朗的天空召回了和煦的春日阳光，为拟人用法。

⑤当三五：正值正月十五元宵节。

⑥遍九陌：九陌，虚数，并非说宋都汴梁只有九条街道，而是用以指代京城所有的大街小巷。

⑦罗绮香风微度：罗绮，带有花纹的丝织品，这里指女人穿的衣服。此句之意：女子衣裙的香气微微散发出来。古时，女子是不允许在夜晚逛街游玩的，但在元宵夜这种禁令解除了，女人也可以上街赏灯游玩了，足见古时人们对元宵节的重视，反映了京城元宵夜的繁华和热闹。

⑧十里然绛树：十里，十华里，极言街道之长，古时常用十里长街形容街道之长。然，同"燃"，燃烧之意，这里是说元宵夜十里长街的树上都挂满了大红色的灯笼，看上去好像树木就要燃烧一样，变成了火红色。

⑨鳌山耸：鳌山，花灯堆砌而成的山，用花灯堆砌鳌山是宋时庆祝元宵节的风俗之一。耸，高耸。此句之意：用花灯堆

砌成的鳌山高耸壮丽。

⑩渐天如水：渐天，天空渐渐升高，因远望天和地本相接，而天在近处却很高，这样看来好像天空是从天地相接之处逐渐而高的，故称为渐天。此种说法出自六十四卦之渐卦，《易·渐》："象曰：山上有木，渐。"孔颖达疏："木生山上，因山而高，非是从下忽高，故是渐义也。"如水，像海水一样碧蓝。此句是说渐渐升高的天空晴朗。

⑪素月当午：素月，月亮，古时文人常以素月或素娥称呼月亮。本句是说此时已经为午夜时分。

⑫香径里：女人们结伴走过的小路。女人多擦脂抹粉，所以其走过的街道都充满了脂粉的香气，故称香径里。

⑬绝缨掷果无数：绝缨，战国时楚庄王宴群臣，日暮洒酣，灯烛灭。有人乘醉牵美人衣，美人绝其缨。事见刘向《说苑》。此处以绝缨指男女欢宴放浪不羁之状。掷果，相传晋时潘安貌美，行于路上，妇人辄掷果盈车，以示爱慕之意。此句意为：在元宵夜，封建礼教的男女授受不亲的禁忌也被放宽了。

⑭更阑：夜深，三更天以后。烛影花阴下：烛光照射不到的地方和花树遮掩的阴暗处。

⑮少年人，往往奇遇：奇遇，指男女之间一见钟情之事。元宵夜男女都出门赏灯观月，是少男少女幽会谈恋爱的好时机，很多少年男女在此时萌生爱意。

⑯朝野多欢民康阜：朝野，在朝廷做官的和老百姓，指官和民。康阜，安康富庶。此句意为：由于太平盛世，朝野内外欢欣鼓舞，百姓日子安康富庶。

⑰随分良聚：随分，随缘，有此缘分之意。良聚，良好的

聚会,此处指元宵夜的聚会。此句意为:我有此缘分能参加这么美好的元宵聚会。

⑱堪对此景:堪,能够。此句之意是:能够面对这样美好的景况。

⑲争忍独醒归去:争忍,怎么忍心。独醒,独自从这个美梦中醒来。此句意为:元宵夜这么美好的欢庆之夜,人人都像做美梦一般,我怎么忍心独自从这个美梦中醒来,而回到住所去呢?

译文

箫管乐器奏出春天的旋律,京城里温暖的春光刚刚布撒大地。晴朗的天空召回了和煦的春日阳光,庆祝元宵佳节,正当正月十五。陈列华丽的灯饰,千家万户都如此。走遍京城的大街小巷,女子衣裙的香粉之气微微散发出来。十里长街的树上挂满了红灯笼,将树木照成了大红色。花灯堆砌成的鳌山高耸壮丽,喧天的锣鼓声震耳欲聋。

渐渐升高的天空如海水一般碧蓝,素净的圆月高挂在天空中。女人结伴走过的小径上,绝缨、掷果之类的风流韵事不断发生。夜深了,烛光照射不到的地方和花树遮蔽的阴暗处,少年男女往往会遇到一见钟情之事。太平盛世,朝野内外欢欣鼓舞,百姓日子安康富庶。我有此缘分能参加这么美好的元宵聚会,面对如此美好的景况,怎么忍心独自从这个美梦中醒来,而回到住所去呢?

赏析

此词描写了正月十五元宵之夜京城里欢庆的场面,反映了北宋全盛时期繁华富庶的社会风貌,是一首歌颂太平盛世的词作。

上阕开头就点出时令，以乐曲的转变暗示春天已经来临。接下两句以"阳和新布"、"轻煦"再次点出此时已是初春时节。整个京城都充满着明媚而和煦的气氛，使得整首词也弥漫着和煦与温暖。"庆佳节，当三五"两句点出正当元宵佳节，之后几句描述了元宵灯节的繁华和热闹。宋代时，民间很重视元宵节，每年过节都会连放三夜花灯，从正月十五到正月十八；朝廷也会举行各种庆典，如请一些梨园弟子搭台唱戏展绝技等，还会建起鳌山彩灯。鳌山用彩灯堆砌而成，是在元宵节之前建好的，这是宋代元宵节最重要的活动。皇帝会在正月十三或十四夜晚提前赏灯，而到了元宵夜，从皇宫到平民百姓家都会点燃彩灯，举国欢庆，尽情享乐。"列华灯，千门万户"两句描写的就是当时各家各户张挂彩灯的盛况，极言彩灯之多。接下来"遍九陌"句写当夜赏灯游人之多，男男女女，香气袭人。"十里"句，是说十里长街，火树银花，与辛弃疾《青玉案》词中"东风夜放花千树"的景象十分相似。"鳌山"二句写鳌山彩灯高耸壮丽，人们都争相观看，锣鼓喧天。灯节的气氛至此推向高潮，让人有身临其境之感。

　　下阕转而写元宵之夜游人的活动。先以"渐天如水，素月当午"两句说明天色已晚，暗示游人的雅兴丝毫不减。"绝缨掷果"用了"绝缨、掷果"的典故。"绝缨"意为扯断系帽之带。据汉刘向《说苑·复恩》载：楚庄王宴群臣，日暮酒酣，灯烛灭。有人引美人之衣。美人援绝其冠缨，以告王，命上火，欲得绝缨之人。王不从，令群臣尽绝缨而上火，尽欢而罢。后三年，晋与楚战，有楚将奋死赴敌，卒胜晋军。王问之，始知即前之绝缨者。"掷果"典出南宋刘义庆《世说新语·容止》：

"潘岳妙有姿容,好神情。"刘孝标注引《语林》:"安仁至美,每行,老妪以果掷之,满车。"是说潘安长相俊美,他驾车走在街上,连老妇人也为之着迷,将水果往潘安的车里丢,以至把车都丢满了。此处用以形容男女相聚不拘形迹之状。古时女子夜晚不允许出门,只有到了元宵夜,这种禁忌才会被放宽,所以唐宋之时,元宵节也成为情人幽会的节日。"更阑"两句即描述了这样的情景,在"烛影花阴下",少年男女幽会密约,多为风流事。此时的幽静与前面的喧嚣形成对比,更添上一层浪漫主义色彩。"太平时"二句总结全词,说明太平盛世之中,朝野内外、举国百姓的安康和富庶,起到了点题的作用。末三句词人写到了自身,面对如此美好的景况,自己怎能忍心一人回家呢?

全词笔法多变,结构完整,层层铺叙而又一气呵成,将宋时都城元宵佳节的盛况展现在读者面前,使人仿佛有身临其境之感。

早梅芳[①]

海霞红[②],山烟翠[③],故都风景繁华地[④]。谯门画戟[⑤],下临万井[⑥],金碧楼台相倚[⑦]。芰荷浦溆[⑧],杨柳汀洲[⑨],映虹桥倒影[⑩],兰舟飞棹[⑪],游人聚散,一片湖光里。

汉元侯[⑪],自从破虏征蛮[⑫],峻陟枢庭贵[⑬]。筹帷厌久[⑭],盛年昼锦[⑮],归来吾乡我里[⑯]。铃斋少讼[⑰],宴馆多欢[⑱],未周星[⑲],便恐皇家图任勋贤[⑳],又作登庸计[㉑]。

注释

①早梅芳：词牌名，又名《早梅芳近》。

②海霞红：指钱塘江由杭州东流入杭州湾，汇入东海。

③山烟翠：早晨的雾笼罩着山峰，远远看上去好像雾气是山峰所生，而山上因长有绿色的树木以至于雾气看上去都像是绿色的，故称。

④故都：指杭州，五代时吴越曾建都杭州，故称。风景繁华地：指杭州城中最繁华、风景最美丽的地方，应该是在西湖附近，当是孙资政寓所所在地。

⑤谯门画戟：谯门，又名谯楼，是古时建在城门上用来远望的塔楼。画戟，戟是古代一种兵器，画戟是指绘有彩画的戟。此句一方面渲染了杭州城的繁华，另一方面也展现了杭州戒备森严之状。

⑥下临：向下看。万井：一万口井，古时制度八家共用一口井，万井是说当时杭州城人口众多，极为稠密。

⑦金碧楼台：金碧辉煌的楼台，指楼台被装饰上象征富贵的彩釉琉璃瓦等。相倚：相互倚靠，指楼台一座挨着一座。

⑧芰荷浦溆：芰荷，刚刚出水的小荷。浦溆，水边。此句意为：刚刚出水的小荷在水边飘荡。

⑨杨柳汀洲：汀、洲都是指水中的平地。杨柳汀洲是说汀和洲上长满了杨柳。

⑩映虹桥倒影：虹桥，形状像霓虹一般的拱桥。此句是说站在水边都能看到状如霓虹的拱桥倒影。想来这座拱桥应该是修建在"芰荷浦溆"和"杨柳汀洲"连接的地方，因为在荷叶漂浮的浦溆和杨柳汀洲的水边都能看到它的倒影，所以这座拱

桥极有可能横跨浦溆和汀洲。

⑪兰舟飞棹：兰舟，船的美称。棹，船桨，飞棹，是指飞快地划动船桨。此句说明船行得很快。

⑫汉元侯：汉代元侯，从词以下内容推测可知，柳永所写的极有可能是张良。张良是大汉的开国元勋，被刘邦封为留侯，说张良是"运筹帷幄之中，决胜千里之外"，与此词中所言"筹帷厌久"很符合。而相传张良封侯后并未赴任，而是归隐于武夷山。柳永的故乡是福建崇安，离武夷山很近，故词中有"归来吾乡我里"之说。

⑬破虏征蛮：虏，鞑虏的简称，指北方民族，是一种轻蔑的说法。蛮，指南方民族，亦是一种蔑称。破虏征蛮，即南征北战。

⑭峻陟枢庭贵：峻陟，登上最高之处。枢庭，国家政权的中枢。此句是说这位汉元侯南征北战之后，步步高升，已经成为地位最高的臣子。

⑮筹帷：运筹帷幄的简称，此处是说这位汉元侯精于战略战术和治理国家之道。厌久：久而生厌的意思。

⑯盛年昼锦：盛年，精力最为旺盛的年龄。昼锦，富贵还乡之意，此处不是说归故乡，而是指这位汉元侯退居田园。"昼锦"一说是从夜锦而来，《汉书·项籍传》："富贵不还故乡，如衣锦夜行。"是说富贵后不回故乡炫耀显摆，就好似穿了锦绣的衣服行走在夜里一样。昼锦，是指穿着锦绣之衣在白天行走，是炫耀之意。

⑰吾乡我里：词人自己的故乡，柳永是福建崇安人，离武夷山很近，而张良退隐之地亦是武夷山，据此可见，词中所言之汉元侯系指张良。

⑱铃斋：又称铃阁，本义是指将帅居住的地方，此处特指这位汉元侯归隐后的居所。少讼：本意是指诉讼公案很少，不需处理，此处指这位汉元侯退隐田园后就不用再操心国家大事了。

⑲宴馆多欢：宴馆，宴饮作乐的地方。此句是说归隐后，有很多宴饮作乐的地方，比之前欢乐了很多。

⑳未周星：周星，岁星，因其在天上循环一周需要十二年，故得名周星。此处是说归隐田园时间不长。

㉑便恐皇家图任勋贤：图任勋贤，图谋重新任用有功勋的贤士。这句是说享受田园生活后不久，便开始害怕朝廷又计划重新任用有功勋的贤士，再次征召自己入朝为官。

㉒又作登庸计：登庸，选拔、任用。此句承接上句意思而来，是说害怕朝廷有了图任勋贤的想法，就会又准备任用有功勋的贤士，即征召这位汉元侯回朝。

译文

西湖朝霞红，远处青山烟雾弥漫，是古都杭州最繁华的风景胜地。向上看有谯门和画戟，往下看是一万口水井。金碧辉煌的楼台一座挨着一座。刚刚出水的小荷在水边来回飘荡，水中的小陆地长满了杨树和垂柳，站在水边看到了那座状如霓虹的拱桥倒影，兰舟行得飞快，游人或聚或散，一片湖光山色。

汉元侯自从破了鞑虏征讨了蛮夷后，就登上了朝廷中枢机构的最高之处，极为显贵。他运筹帷幄太久因而生厌，于是在精力最旺盛之时退居田园，来到了我的家乡。他退居在铃斋，就不用处理那么多官司讼案了，也不用为国家大事操心了，宴饮欢乐实在多。退隐田园没有多久，他便害怕朝廷重新起用有功劳的贤士。

赏析

从词的内容可判断，本词作于杭州，应是词人写给杭州当地某位官员的。词原有标题"上孙资政"，但各个版本的《乐章集》都没有此题，直到明代陈耀文《花草粹编》辑出。学者吴熊和在《柳永与孙沔的交游及柳永卒年新证》一文中，指出这位"孙资政"指的是孙沔。至和元年（1054）二月，孙沔自枢密副使以资政殿学士出知杭州，此词应是孙沔赴任杭州后柳永投赠给他的，与前面所选《望海潮·东南形胜》一词同时写就，这已经成为定论。

上阕着力描绘了杭州城的繁华和热闹。开篇三句整体描写杭州城的周围风景，"海霞红"说的是钱塘江流入杭州湾，然后汇入东海的景象，"山烟翠"说的是杭州四面有山围绕。词人用六个字就交代出了杭州城的外围，且颜色绚丽，极具画面感。以眼前所见之景物，引出下句，点明杭州"繁华"之意。接下"谯门"三句，从壮丽威武的城关写到城中之人口稠密，再写到杭州的富庶和繁华，金碧辉煌的楼台一座挨着一座。"芰荷浦溆"三句转而写西湖边的景色，小荷漂浮，杨树和垂柳低拂，状如霓虹的拱桥倒映水中。"兰舟"三句描写了游人游西湖的情景。如此清丽秀逸的美景，怎能不让人陶醉迷恋？

下阕转写投赠之意。"汉元侯"意为汉代某一被封侯的人，从词之下文推测，词中所言系指西汉张良。张良帮刘邦打下天下之后，被封为留侯，相传他并未到任，而是飘然归隐于武夷山。此处词人以孙沔比做张良未免有逢迎之嫌，但这里不过是泛誉而已。"破虏征蛮,峻陟枢庭贵"意为南征北战后,一路高升,据吴熊和先生考证,确有其事。宋仁宗皇祐四年(1052)五月,广源州壮族首领侬智高举兵起义,先破邕州(今广西南宁),再建大南国,自称仁惠皇帝。宋仁宗遂任命孙沔为广南安抚使,与狄青一起率军剿灭侬智高。此事在宋代滕元发所著的《孙威敏征南录》一卷中有记载。因为此次军功显赫,狄青与孙沔于皇祐五年(1053)五月相继升官,孙沔被任命为枢密副使。词中这两句就是对孙沔这段经历的称颂。"筹帷"三句写孙沔对军旅生活久而生厌,因而出任杭州知州。但事实并非如此,据《宋史·孙沔传》,孙沔外放杭州是因为他抵制皇命。仁宗皇帝的嫔妃张贵妃死后,被追封为温成皇后,孙沔被命宣读封册诏文。孙沔认为这种做法不合礼制,故死不从命,请求罢官,以示坚决之意。"铃斋少讼"二句是说诉讼公案很少,其实暗示归隐后的生活清闲。"未周星"三句,是说他的归隐生活很悠闲,害怕朝廷又准备选拔重用勋贤。实际上两年后孙沔便再次被朝廷起用,由资政殿学士迁为资政殿大学士。

望远行①

长空降瑞寒风剪②,淅淅瑶花初下③。乱飘僧舍、密洒歌楼④,迤逦渐迷鸳瓦⑤。好是渔人,披得一蓑归去⑥,江上晚来堪画⑦。满长安高却旗亭酒价⑧。

幽雅⑨。乘兴最宜访戴⑩,泛小棹越溪潇洒⑪。皓鹤夺鲜、白鹇失素⑫,千里广铺寒野⑬。须信幽兰歌断⑭，彤云收尽⑮，别有瑶台琼榭⑯。放一轮明月⑰，交光清夜⑱。

注释

①望远行：词牌名，唐代教坊曲，原本只是首小令，《金奁集》入"中吕宫"。北宋演变为慢调，《乐章集》入"仙吕调"，又入"中吕调"，句读小有出入。兹以"仙吕调"一曲为准。

②长空降瑞寒风剪：降瑞，指天降瑞雪。寒风剪，是说雪花是由寒风裁剪而成的。此句意为：广阔的天空降落下瑞雪，那雪花好像由寒风裁剪而成。

③淅淅瑶花初下：淅淅，指雪花淅淅沥沥降落的声音。瑶花，指雪花，化用张九龄《立春日晨起对积雪》的诗句："忽对亭林雪，瑶华（花）处处开。"此句意为：这淅淅沥沥的雪花，是今冬的第一场雪。

④乱飘僧舍、密洒歌楼：僧舍，僧侣居住的地方，即寺庙。此句是说雪花凌乱地飘洒在寺庙之上，密密地洒落在歌楼的屋顶上。

⑤迤逦渐迷鸳瓦：迤逦，连绵不绝的样子。鸳瓦，鸳鸯瓦，即成对的瓦，中国传统屋瓦的形式为一俯一仰，形同鸳鸯依偎交合，故称鸳鸯瓦。见白居易《长恨歌》中"鸳鸯瓦冷霜华重，翡翠衾寒谁与共"句。此句意为：雪花连绵不断地飘洒，渐渐地将屋顶上的鸳鸯瓦的缝隙都填满了。

⑥披得一蓑归去：披着蓑衣摇船离去。

⑦江上晚来堪画：晚来，傍晚时分。堪画，堪称一幅画。此句意为：江上傍晚的雪景堪称一幅画。此句和以上几句皆是

化用唐朝郑谷的《雪中偶题》的诗句:"乱飘僧舍茶烟湿,密洒歌楼酒力微。江上晚来堪画处,渔人披得一蓑归。"以傍晚江面上的雪景可以入画来描写初雪后江面景色之美。

⑧满长安高却旗亭酒价:由于天降瑞雪,长安城中酒卖得非常快,但却没有涨价。

⑨幽雅:悠远雅致之意,此处用来形容雪景,天降瑞雪,到处都是白茫茫一片,清新而幽静。

⑩乘兴最宜访戴:最宜,最适宜。访戴,指雪夜访友,此典故出自《世说新语·任诞》:王子猷住在山阴,一夜大雪,他忽然想起友人戴安道,遂于雪夜去拜访戴安道,后人故以"雪夜访戴"形容夜访友人。此句意为:乘着酒兴最适宜像王子猷那样去访友。

⑪泛小棹越溪潇洒:小棹,本义是摇船的工具,这里指代小船,泛小棹即驾小船之意。越溪,本指越国美女西施浣纱的地方,此处泛指溪流。此句意为:驾小船到越溪去和友人一起潇洒。

⑫皓鹤夺鲜、白鹇失素:白鹇,其体态娴雅、外观美丽,自古就是著名的观赏鸟。素,素净,洁净之意。此二句意为:白雪比皓鹤还要洁白,比白鹇还要洁净。

⑬千里广铺寒野:千里的寒野都被茫茫白雪覆盖,极言白雪覆盖之广。

⑭须信幽兰歌断:应该相信这场大雪终究会停下来。幽兰,本义兰花,此处指代白雪。典出宋玉《风赋》:"臣援琴而鼓之,为幽兰白雪之曲。"

⑮彤云收尽:彤云即阴云,宋之问《奉和春日玩雪应制》有诗句:"北阙彤云掩曙霞,东风吹雪舞山家。"收尽,一种迷信说法,古人认为天上的云都是神仙放出来的,天晴是因为

神仙又把云收回去了，言"收尽"是说天已经彻底晴了。此句意为：天已经彻底晴朗。

⑯别有瑶台琼榭：瑶台琼榭，本义是指白玉和大理石建造出的犹如仙境的台榭，这里指被白雪覆盖的台榭。此句意为：楼台亭榭被白雪覆盖后别有一番景致，好像仙境中的瑶台琼榭一样。

⑰放一轮明月：将明月放出来，与上文"彤云收尽"类似，是说阴云散尽后明月高挂。

⑱交光清夜：指月光和雪光交相辉映，将夜晚照得异常明亮。

译文

广阔的天空降落下瑞雪，那雪花好像是由寒风裁剪而成。这场淅淅沥沥飘落的雪花，是今冬的第一场雪。雪花凌乱而细密地洒落在寺庙、歌楼的屋顶上，渐渐地将屋顶上鸳鸯瓦的缝隙都填满了。最美的是渔夫披着蓑衣摇船离去，江上傍晚的雪景堪称一幅画。整个长安城酒卖得快但价格不涨。

雪景悠远而雅致。乘着酒兴最适宜像王子猷那样去访友人，驾小船到越溪去和友人一起潇洒。白雪比皓鹤还要洁白，比白鹇还要洁净，千里寒野都被白雪覆盖。应该相信这场大雪终究会停下来，然后阴云都将被收回去。楼台亭榭被白雪覆盖后别有一番景致，好像仙境中的瑶台琼榭一样。放一轮明月出来，月光和雪光交相辉映，夜晚异常明亮。

赏析

这是一首描写雪景的词作，词中描写了长安城第一场雪后城内城外的景致，表达了词人对雪的喜爱和赞美之情。词人以雪贯穿全篇,却几乎没有一句直接写雪,但词中处处又落于雪;词人采用虚写和实写相结合的手法,从多角度来描写雪景,将一幅广袤而幽雅的瑞雪图展现在读者面前。词人以"长空降瑞"、"渔人,披得一蓑归去"、"千里广铺寒野"等句子,展现了雪景之广袤;以"乘兴最宜访戴"、"交光清夜"等句子,展现了雪景之幽雅,可谓层层递进,曲尽其妙,淋漓尽致地展现了柳永状物词的特点。

词中借鉴了诸多前人的词篇,既有栝,又有点化。栝是宋词特有的一种修辞方法,又称"栝体",是将其他的诗文和语言剪裁改写为词的形式,但不能改变其原意。本词就栝了郑谷的《雪中偶题》。如"乱飘僧舍"到"江上晚来堪画"几句,就栝了《雪中偶题》的诗句:"乱飘僧舍茶烟湿,密洒歌楼酒力微。江上晚来堪画处,渔人披得一蓑归。"此处栝了他人的诗句,却与上下文衔接得自然流畅,也没有脱离原意,词人栝的功夫可见一斑。下文的"乘兴最宜访戴"句,用了"雪夜访戴"的典故,可能词人真的有过雪夜访友的经历吧,或者只是借此抒发自己的雅兴而已,但归根结底,此典故的运用给全词增添了情致,提高了词的格调,使全词充满了优雅的气息。接下两句"皓鹤夺鲜、白鹇失素"仍暗含访戴之典,将访戴途中所见之景栝词中,手法高超,并且语意也与上下文紧密相连。柳永运用艺术手法的功力由此可见一斑,但这些手法的运用在柳词中极为少见,后人却运用得极为娴熟,如苏轼的栝,辛弃疾的用典。

关于本词,清人周济在《宋四家词选》中曾评道:"柳词总以平叙见长,或发端,或结尾,或换头,以一二语勾勒提掇,有千钧之力。"

李清照名词名句

李清照

1084—约1155,自号易安居士,生于历城(今山东济南)的一个书香门第。其父李格非是元祐后四学士之一,夫为太学士金石考据家赵明诚(宰相赵挺之之子)。崇宁元年(1102),宋徽宗任命蔡京、赵挺之为左右相,立元祐党人碑,将司马光等百二十人列为"奸党",其父李格非名列其中,李清照写诗上奏力挺父亲。大观元年(1107),赵挺之卒。蔡京以赵挺之为元祐大臣所荐为名,强加罪名于挺之,称其为元祐"奸党",故挺之死后赠官被追回。李清照夫妇因此居住青州(今山东益都)乡里十年。宣和三年(1121)赵明诚重被朝廷起用,任莱州(今山东掖县)知州,此后又自莱州移至淄州。金兵入侵后,赵明诚奔母丧南下,任江宁知府,李清照也随后南下江宁。建炎三年(1129),赵明诚卒。李清照遂离京至江浙一带,开始颠沛流离的生活。卒年约七十余。清照善诗文,能书画,尤工于词,为婉约派的杰出代表。她的词在词坛中独树一帜,有词"别是一家"之说,人称"易安体"。同其生活经历一样,其词作大体上也以南渡为界分为两个时期:前期多写悠闲生活,词风婉约俊丽;后期则多描写国破家亡的离乱生活,词风转为苍凉沉郁。她擅长用白描手法,风格雅而不涩、易而不俗。《宋史·艺文志》著录《易安居士文集》七卷,俱不传。后人有《漱玉词》辑本。

相思篇

一剪梅

红藕香残玉簟秋①。轻解罗裳②,独上兰舟③。云中谁寄锦书来④?雁字回时⑤,月满西楼。

花自飘零水自流⑥。一种相思⑦,两处闲愁。此情无计可消除,才下眉头,却上心头。

注释

①玉簟:像玉一样光洁的竹席。

②罗裳:丝绸做的衣裙。

③兰舟:原指用木兰制成的舟,后用作船的美称。一说"兰舟"特指睡眠的床榻。

④锦书:书信的美称。据唐房玄龄等《晋书·窦滔妻苏氏传》记载:前秦窦滔徙流沙,其妻苏若兰织锦作《璇玑图》诗寄给他,计八百四十字,纵横反复,皆可朗读。后人称妻子寄给丈夫的书信为锦字书,或锦字、锦书,亦泛指书信。

⑤雁字:群雁飞时常排成"一"字或"人"字,因而诗文往往以"雁字"称群飞的大雁。宋苏轼《虚飘飘》诗之二:"蜃楼百尺横沧海,雁字一行书绛霄。"

⑥飘零:飘失、零落。北周庾信《哀江南赋》:"将军一

去,大树飘零;壮士不还,寒风萧瑟。"

⑦一种:一样,同是。

译文

荷花残,花香尽,似玉般光洁的竹席,透着秋天的凉意。轻轻解下丝绸衣裙,换上轻装独自泛舟湖上。抬头仰望天空,白云舒卷处,谁会给我寄来书信?此时正是雁群成行南归的时候,皎洁清冷的月光洒满西楼。

花儿兀自飘零,流水一去不回。同是相思之苦,却牵动你我两处闲愁。这离愁该如何排解啊!刚从紧锁的眉间隐去,却又在心头不断萦绕。

赏析

这是一首别离词,是词人和丈夫分离后的相思之作。

上阕写作者怀远念归之情。开篇一句点出时令,大概在清秋时节。"红藕香残"写户外的莲藕,"玉簟秋"写室内的凉席,这两处描写都是在渲染节气。此句色彩明丽,含蓄深沉,景中含情,为全词营造出一种凄凉孤独的氛围。随后五句交代作者一天的行动。"轻解罗裳"两句,写作者满怀心事,于是泛舟湖上。"独上"二字,说明作者是独自一人。"云中"一句,直写相思之情。"雁字回时,月满西楼",情景交融,营造出一种迷离恍惚的意境,使人愁绪顿生。这两句景物描写生动优美,却又令人黯然神伤。

下阕写离愁之深。"花自飘零"一句,上承前文的景物描写,下启后文的情感抒发,写落花流水之景,寓情于景,呼应上文的"红藕香残"、"独上兰舟"两句。随后两句直抒胸臆,写相思之情。最后三句,写相思之苦无法摆脱。作者笔法高超,"眉头"与"心头"相对应,"才下"与"却上"相对应,对仗工整,妙笔生花,把相思之情的微妙变化描绘得细腻生动,感人至深。

醉花阴

薄雾浓云愁永昼①,瑞脑销金兽②。佳节又重阳③,玉枕纱厨④,半夜凉初透。

东篱把酒黄昏后⑤,有暗香盈袖⑥。莫道不销魂⑦,帘卷西风,人比黄花瘦⑧。

注释

①永昼:漫长的白天。

②瑞脑销金兽:金兽香炉中的瑞脑香料燃尽了。瑞脑,熏香名,又名龙脑,以龙脑木蒸馏而成。销,通"消",耗尽、毁灭。东汉班固《汉书·龚胜传》:"薰以香自烧,膏以明自销。"金兽,铜制的兽形香炉。古时人们常将香炉铸成各种动物形状,从动物嘴中喷出烟来。

③重阳:我国的传统节日,农历九月初九。唐杜甫《九日》诗:"重阳独酌杯中酒,抱病起登江上台。"

④玉枕:玉制的枕头。纱厨:即纱帐,用以避蚊,因似厨形,故称纱厨,亦作"纱橱"。

⑤把酒:端起酒杯喝酒。唐孟浩然《过故人庄》诗:"开

轩面场圃，把酒话桑麻。"

⑥暗香：指菊花的幽香。

⑦销魂：意谓因情所伤，魂魄离散。南朝梁江淹《别赋》："黯然销魂者，唯别而已矣。"

⑧黄花：菊花的别称。菊花秋开，秋令在金，故以黄色为正，因称黄花。菊花的花瓣细长，因而可以言其瘦。

译文

这漫长的一天，天空中不是薄薄的雾就是浓浓的云，天气阴沉，令人更加烦闷。金兽香炉中的瑞脑香料燃尽了，而满怀的别愁又该如何排解呢？时间过得真快，重阳佳节又到了，我头枕着玉枕在纱帐中难以入眠。半夜里凉气袭来，格外冰冷。

傍晚时分，在东篱下对花独酌，菊花的暗香盈满衣袖。莫说此情此景不会令人黯然神伤，当西风掀起帘子的时候，满怀离愁别绪的人实在比那秋风中的黄菊还要瘦削。

赏析

这首词写重阳佳节时作者对丈夫的思念，是一首相思之作。

上阕写别愁。起首两句写重阳佳节时的百无聊赖，连香炉也懒得管，任瑞脑香自行燃尽。"愁"字点题，奠定了全词的情感基调。随后三句写重阳节晚上作者的孤独：辗转反侧，无法入眠，这都是离愁使然。作者以乐景写哀情，以佳节衬离愁，含蓄委婉。短短五句，将一个愁绪满怀的思妇形象描绘得惟妙惟肖。

下阕写作者赏菊的情景。"东篱"两句，看似飘逸洒脱，怡然自乐，可如此美景只有一人独赏，就不免让人生愁了，这是典型的以乐景写哀情。"莫道"三句，一层紧扣一层："不销魂"突然转折，承上启下，使重阳佳节平添一股凄凉之意；结尾"人比黄花瘦"，突出离愁之深重。这三句生动传神，营造出了一个幽寂、凄迷的艺术境界。"瘦"字一语双关，兼写人和花，以无限哀愁使两者有机结合，新奇别致，含蓄凄美。

怨王孙①

帝里春晚②，重门深院。草绿阶前，暮天雁断③。楼上远信谁传④？恨绵绵⑤。

多情自是多沾惹⑥，难拼舍⑦，又是寒食也。秋千巷陌人静⑧，皎月初斜⑨，浸梨花⑩。

注释

①怨王孙：词牌名。原名《河传》，为隋代曲名，作为词牌名是晚唐词人温庭筠的首创。韦庄用本调时称为《怨王孙》，见《草前集》。

②帝里春晚：京城的春天来得很晚。帝里，帝京、京城，因皇帝居于京城而得名。

③暮天雁断：傍晚的时候，雁飞得看不见踪影。断，尽。

④远信：指寄给远方的书信。

⑤绵绵：接连不断。

⑥多情自是多沾惹：由于多情，自然是多招引愁思。沾

惹，招引。

⑦拼舍：舍弃、摒除。

⑧秋千巷陌人静：秋千无人荡，巷陌无人行，一片寂静。巷陌，街道。

⑨皎月初斜：皎洁的月亮刚刚西斜。皎，白而亮。

⑩浸梨花：指月光像水一样浸润着梨花。

译文

京城春天来得很晚，大门一重又一重，院子很深。青草蔓延到台阶前，傍晚时分，大雁飞过，不见踪影。我寄予远方的书信由谁来传递呢？恨意绵绵不断。

由于多情，自然是多招引愁思，难以摒除，转眼又到寒食。秋千无人荡，巷陌无人行，一片寂静。皎洁的月亮刚刚西斜，月光像水一样浸润着梨花。

赏析

本词为李清照婚后不久居汴京时所作。丈夫赵明诚出游，李清照作了这首词表达对丈夫的思念之情。

时至暮春，帝都繁华，上阕一开头不仅交代了时间、地点，还对下文起到了反衬作用——莺啼花开的季节，京师的大街上应是熙熙攘攘，热闹非凡，而词人却将自己深锁在重门庭院之中，其心中的寂寞、凄苦可见一斑。上阕最后两句直抒胸臆：雁过匆匆，不曾为相思的人儿把眷恋相传，心中有恨，却无奈只能任其滋长。让人不禁想起盛唐诗人王昌龄的《闺怨》："闺中少妇不知愁，春日凝妆上翠楼。忽见陌头杨柳色，悔教夫婿觅封侯。"同是少妇的李清照如今也在翠楼上,眼见庭阶前的春草绿了;天色渐晚,长空的归雁已无影无踪。

多情之人,自然是多招引愁思,绵绵不绝,难以割断。词人又何尝不明白其中道理?但是又有什么办法呢?暮春时节,伉俪本应相携踏青游赏,于秋千之上互诉衷肠,而今情郎不在,这一切都已经无从实现,空留下清冷的月光洒在静止的秋千、静幽的街巷和洁白的梨花之上。词人以虚实结合的手法描写了春夜的景象,借"梨"与"离"的谐音,委婉、曲折地表达了凄凉的情绪和愁怨的心境。

全词上阕由景入情,下阕由情入景,同时整首词严格按照时间顺序展开叙述——由春光明媚的白天,到飞雁掠过的黄昏,再到凄冷幽静的夜晚,结构严谨,颇具匠心。此外,词中景淡,情也淡,草绿石阶,让京师的春色少了几分喧嚣;雁掠夕阳,让沉闷的空气平添几声余响。

蝶恋花

暖雨晴风初破冻①,柳眼梅腮②,已觉春心动③。酒意诗情谁与共?泪融残粉花钿重。

乍试夹衫金缕缝④,山枕斜欹⑤,枕损钗头凤⑥。独抱浓愁无好梦,夜阑犹剪灯花弄⑦。

注释

①初破冻:刚刚解冻。

②柳眼:初生柳叶细长如美女的眼睛,故称"柳眼"。梅

腮:梅花瓣儿似美女的香腮,故称"梅腮"。此句可能化自唐李商隐《二月二日》诗:"花须柳眼各无赖。"

③春心:包含两层意思,即因春景触起的情感和怀春的情感。

④乍:起初,刚刚开始。金缕:金线。

⑤山枕斜欹:斜靠在高枕上。山枕,高枕。欹,依、倚,即靠的意思。宋赵长卿《荷花》词:"半敛半开,斜立斜欹,好似困娇无力。"

⑥损:毁,坏。钗头凤:即凤钗,因钗上有凤凰形,故称钗头凤。钗,古代妇女的首饰,形似叉,用金、玉、铜制成。

⑦犹:仍、仍然。灯花:灯芯燃烧时结成的花形。旧时认为灯芯结花预兆喜事临门,在此处词人希望它预兆丈夫归来。唐杜甫《独酌成诗》:"灯花何太喜,酒绿正相亲。"

译文

早春时节,风和雨暖,春意撩人,大地刚刚解冻,万物复苏,初绽的柳叶细嫩修长,恰似少女微开的媚眼;鲜艳的梅花开放,灿若少女的香腮。到处是浓浓春意,令人春心萌动。然而谁能与我共享这酒意诗情?残留的脂粉被泪水融化,插在鬓角的花形首饰亦显得沉重了。

刚刚穿上的夹衫是用金线缝制的。春光醉人也不想去观赏,只是斜靠在高枕上,以至于压坏了钗头凤。希望可以在梦中找到些许慰藉,却怎么也难以入梦,只好在深夜仍然剪弄灯花,盼望夫君早日归来。

赏析

该词大概写于靖康之乱前。赵明诚两次出仕,李清照盼夫早归而作。整首词将景物描写与人物形态相结合,将词人无限的内在感情含蓄却又生动地表现出来,称得上是众多别情词中的佳作。

词的上阕用初春美景作衬托,表达了词人的念夫之情。开始三句的"暖雨晴风"、"柳眼梅腮",描写了一幅让人"春心动"的春光图。这种欢快的笔调、轻松的节奏与后面的离愁形成鲜明的对比。接着第四句就转到了"酒意诗情谁与共"的自问上,将离愁毫不掩饰地表达出来。最后一句则以"泪融残粉花钿重",表现了词人心中无所寄托的浓厚思念。

词的下阕,以对丈夫的思念为基调并进一步深化,将念夫之深转化为盼夫之切。先写初试春装,表面好像词人意欲外出踏春,实则与上文写春色一样,仅为铺垫,借此来与斜倚高枕、凤钗压坏的慵懒神情互为反衬,从而使词人对丈夫的思念进一步加深。词的最后两句,主要写词人好梦难成,深夜仍旧难以入眠,只好剪弄灯花,也暗示了词人期待丈夫早归的心情。最后两句传神地刻画了人物的动作神态,并对人物心理进行了出神入化的描摹,功力深厚。清代贺裳在《皱水轩词筌》中称其为"入神之句"。

添字采桑子

窗前谁种芭蕉树[①]?阴满中庭[②]。阴满中庭,叶叶心心,舒卷有余情[③]。

伤心枕上三更雨[④],点滴霖霪[⑤]。点滴霖霪,愁损北人[⑥],不惯起来听。

注释

①芭蕉树：即芭蕉，多年生草本植物，叶大，成椭圆形，开白花，果实似香蕉。唐张说《戏草树》诗："戏问芭蕉叶，何愁心不开？"

②中庭：即庭中、院中。

③余：长久，这里是不尽之意。

④三更：一夜分五更，又叫五鼓、五夜。每更大约二小时，半夜子时为三更，即夜十一时至一时。《乐府诗集·晋·子夜变歌》："三更开门去，始知子夜变。"

⑤霖霪：下雨连续三日为霖，久下不停为霪，这里是指夜雨绵绵不止。

⑥愁损北人：愁坏北人。愁损，因发愁损伤身心，这里可释为"愁坏"。北人，北宋灭亡后，李清照从北方流落到南方，故自称"北人"。

译文

窗前的芭蕉树是什么人种植的呢？葱茏茂盛，为整个庭院遮满了阴凉。阴凉满满的庭院，无数舒展的芭蕉叶，卷着的芭蕉心，情意无限。

半夜三更，伤心地躺在枕头上，静听雨落，那雨淅淅沥沥下个不停。淅淅沥沥的雨，愁煞了我这北方人，干脆坐起来听那不习惯的雨打芭蕉声。

赏析

该词为李清照晚年所作。《添字采桑子》又作《添字丑奴儿》,因其调同《丑奴儿》。北宋亡后,赵明诚病故,词人为躲避金兵在江浙一带飘零客居,饱受了家破人亡之苦。这首词大概为词人在漂泊途中在某客舍有感而作,通过对所住之地江南小景的描写,词人将心中对亡夫的怀念和对遥远故土的思念之情生动地表达了出来。

词的上阕以写景为主,写白日观芭蕉。问句开头,铿锵有力,引人入胜,将所要重点描写的芭蕉一下子推到了人们眼前,艺术感强。接下来的两句,用重复的手法将庭院满芭蕉、枝繁叶茂的景色描摹得生动形象却丝毫不显繁冗。第四句和第五句则用拟人手法对芭蕉进行特写。叶舒心卷的芭蕉,蕴藉情意绵绵之意。其实这里已不仅仅是在写芭蕉,同时也是暗示词人的浓浓情意,为下文蓄势。

词的下阕以写人为主,写词人在雨夜的所感所想。第一句以"伤心"点题,接着叙述自己深夜未眠,只好卧听风雨,将其无比烦愁的心理刻画得细致入微。接着又用重复句,描写夜雨霏霏,风雨不止,词人的心情也如夜雨般低落苦恼。最后句实为妙笔,看似写词人身为北方人而对雨打芭蕉声不习惯,所以发愁,索性坐起来听,实际上是词人触物思情,由北方所没有的南方景象忆起了自己的家乡故土,还有病故的爱人。家国破裂,家人亡散,词人心中生发的对身世的感慨和生活的无奈之感在这里得到了淋漓尽致的体现。借景抒情,睹物伤怀,词人内心的无限哀怨凄苦也得到了很好的诠释。

蝶恋花

晚止昌乐馆寄姊妹①。

泪湿罗衣脂粉满②,四叠阳关③,唱到千千遍。人道山长山又断④,萧萧微雨闻孤馆⑤。

惜别伤离方寸乱⑥,忘了临行,酒盏深和浅⑦。好把音书凭过雁⑧,东莱不似蓬莱远⑨。

注释

①晚止昌乐馆寄姊妹:晚上居住在昌乐县客舍时寄给姐妹。止,居住。昌乐,县名,原名乐陵县,宋改此名,属青州府,是词人由青州赴莱州(今山东掖县)必经之地,今在山东省内。

②罗衣:质地轻软、布纹呈眼纹状的衣服,也泛指丝绸衣服。

③四叠:《阳关》原唱三叠,即在演唱时,除第一句外,其他三句均唱两遍。但北宋时的唱法,为从第一句起唱两遍,故云四叠。见苏轼《东坡志林》:"今世歌者,每句再叠而已。若通一首言之,又是四叠。"阳关:见前《凤凰台上忆吹箫·香冷金猊》注。

④人道:人们说。断:隔断、隔绝。宋苏轼《大风留金山

两日》诗:"塔上一铃独自语,明日颠风当断渡。"

⑤萧萧:此处指雨声。唐徐凝《八月望夕雨》诗:"今年八月十五夜,寒雨萧萧不可闻。"

⑥方寸乱:指心绪乱。方寸,指心,也称方寸地,这里是心绪的意思。

⑦酒盏:小酒杯。

⑧好:应该。凭:倚仗,这里是托付的意思。

⑨东莱:即莱州,时赵明诚守地。

译文

丝绸衣裳被泪水打湿,被泪水冲落的脂粉沾在上面。将《阳关曲》唱了一遍又一遍。人们说青山长长,绵延不断,而青山已将自己和姐妹隔断。客舍里那么孤寂,只听到细雨淅淅沥沥的声音。

惜别情重,方寸已乱,饮酒时也顾不上计较酒杯的深浅。应当将音信托给路过的大雁,莱州并没有蓬莱那么远。

赏析

北宋宣和三年(1121)八月,李清照自青州去往莱州,这首词为她途经昌乐客舍时所写。也有人认为这首词为李清照送别赵明诚赴莱州所写,但这种说法不足为信。

这首词主要借助对姐妹分别和词人独居客舍的描写,来表现词人同姐妹间的深情厚谊。整首词谋篇布局匠心独具,功力非同一般。上阕和下阕的前三句,均是词人对离别场景的描述,后面两句是词人对独居客舍心情的描写,两者间彼此相通,却又各有千秋。词上阕的开始三句,以描写姐妹离别时的外部表现为主：罗衣泪湿，脂粉沾衣，《阳关曲》遍遍重唱；而下阕的开始三句，则以表现姐妹分离时的心理活动为主：伤离别，心绪乱，饮酒时忘记酒杯的深与浅。这样就从内心和外表两方面，强烈地表现了词人心中的离愁别绪。再看上阕的后两句，写路途遥远，使得姐妹相见困难，接着写萧萧细雨，客舍孤单，表达词人的旅途孤苦。而下阕的后两句则将笔锋一转，寄语姐妹"东莱不似蓬莱远"，希望姐妹们多多捎来家书，使人在离愁之后感到了丝丝希冀与慰藉。纵观整首词，前后呼应，上下一致，既有对比又有衬托，有条不紊，一气呵成，令人感动之余，又对词人的高超功力深为叹服！

鹧鸪天

寒日萧萧上琐窗①，梧桐应恨夜来霜②。酒阑更喜团茶苦③，梦断偏宜瑞脑香④。

秋已尽，日犹长⑤，仲宣怀远更凄凉⑥。不如随分尊前醉⑦，莫负东篱菊蕊黄⑧。

注释

①寒日萧萧上琐窗：寒冷的日光凄清稀疏爬上了琐窗。寒日，即寒冷惨淡的日光。晚秋的霜晨，气温甚低，人们感觉不到太阳的热量，只觉得日光是寒冷惨淡的。萧萧，凄清稀疏的样子。琐窗，是一种窗棂做成连环形图案的窗户，琐即连环。

②梧桐应恨夜来霜：梧桐叶子凋落了，应该怨恨夜里的寒霜。

③酒阑更喜团茶苦：酒喝完了，更喜欢团茶的苦味。团茶，将茶叶磨碎，制成的茶饼。宋代有为进贡而特制的龙团。

④梦断偏宜瑞脑香：梦醒了，正应闻闻瑞脑的香气。梦断，即梦尽，梦醒之意。

⑤日犹长：白天还长。本来秋去冬来，白天变短，这里是因为愁苦而感到日长难熬的意思。

⑥仲宣怀远更凄凉：王粲作诗怀念远方的家乡，更加感到凄凉。仲宣怀远，仲宣，是建安七子之一王粲的字。东汉末他为避战乱逃亡荆州投奔刘表，但未得重用。心情烦闷之中曾登湖北当阳城楼，写《登楼赋》，抒发怀乡之情，其中写道："情眷眷而怀归兮，孰忧思之可任！……悲旧乡之壅隔兮，涕横坠而弗禁。"

⑦不如随分尊前醉：不如照样喝得杯前醉。随分，照样、照例。

⑧莫负东篱菊蕊黄：不要辜负菊园的菊花一片黄。

译文

寒冷的日光凄清稀疏爬上了琐窗，梧桐叶子凋落了，应该怨恨夜里的寒霜。酒喝完了，更喜欢团茶的苦味。梦醒了，正应闻闻瑞脑的香气。

秋天已到尽时，白天还很长，王粲作诗怀念远方的家乡，更加感到凄凉。不如照样喝得杯前醉，不要辜负菊园的菊花一片黄。

赏析

李清照的词以南渡为界，分为前后两期。前期多是一些闺情词，从女性的视角出发，表现少女的天真活泼和少妇的相思幽怨。南渡后，词人背井离乡，丈夫赵明诚又不幸去世，李清照俨然成了一位"孤舟嫠妇"，这对天性敏感的词人来说，是不堪承受之痛。李清照的后期词一改前期的风格，变得含蓄低沉，时见沉痛凄厉。这首词是李清照的后期作品，写词人在萧瑟的秋日中所感受到的浓重乡愁。

开篇两句写秋景，"寒日"、"霜"表明已是深秋时节，"萧萧"写出了秋景的萧条肃杀，给人一种寂寞凄清之感。太阳普照万物，给人间带来光明和温暖，而词人却在"日"前加一"寒"字，暗示了自己内心的寒冷。"恨"明写梧桐，暗则写人。白天已是如此孤寂和寒冷，那漫漫的长夜又该如何度过呢？因其难熬，所以才引发了词人的恨意，但词人却不明言自己之恨，而是将之转移到梧桐身上，用移情的手法，将内心的痛苦表达得更为深刻。"酒阑更喜团茶苦，梦断偏宜瑞脑香"，这两句写词人饮茶解酒，梦醒闻香的具体活动。现实中的愁苦无法排解，词人便寄希望于酒和梦，借酒浇愁，躲进梦境中来忘却暂时的烦恼。"苦"字明写茶之苦，暗写自己心境之苦涩，同时也说明了茶之浓，用浓茶解酒，可见自己酒醉得厉害，愁苦得厉害。"梦断偏宜瑞脑香"，写自己在梦中"一晌贪欢"之后，终归要醒来面对现实中的凄清寂寞。这里用熏香烘托冷寂的情思氛围。"更喜"、"偏宜"是强自宽慰之词。上篇虽未出现一个"愁"字，但读者却能体会到词人浓重的愁绪，这正是词人的高明之处。

"秋已尽，日犹长，仲宣怀远更凄凉"，秋尽冬来，白昼本来是开始变短了，词人却用"日犹长"来表达自己百无聊赖，时光难挨，度日如年的感受。"仲宣怀远更凄凉"借用王粲的典故来点明乡愁的题旨。王粲，字仲宣，是东汉时期的"建安七子"

之一,因汉末战乱,王粲离开家乡,避乱荆州,依附刘表,却不被重用,于是作《登楼赋》抒发自己怀才不遇,思归不得的痛苦心情。此时宋朝的半壁江山已被金人占领,李清照不得不背井离乡,忍受漂泊之苦,词人的遭遇和王粲当年的情形有相似之处。和王粲相比,词人的愁闷是有过之而无不及,一个"更"字将愁绪又加深了一层。而在"不如随分尊前醉,莫负东篱菊蕊黄"两句中,词人笔锋一转,说与其做无谓的怀乡之想,倒不如珍惜眼前的美好时光。这两句和上阕的最后两句有异曲同工之妙,都是强作宽慰之辞,以乐景写哀愁,更凸显浓重的伤感之情。

凤凰台上忆吹箫

香冷金猊①,被翻红浪②,起来慵自梳头③。任宝奁尘满④,日上帘钩。生怕离怀别苦⑤,多少事、欲说还休⑥。新来瘦,非干病酒⑦,不是悲秋。

休休!这回去也,千万遍阳关⑧,也则难留。念武陵人远⑨,烟锁秦楼⑩。惟有楼前流水,应念我、终日凝眸。凝眸处,从今又添,一段新愁。

注释

①香冷金猊:狮形香炉里的香已经冷了。金猊,猊,狻猊,即狮子,此处指狮形铜制香炉。五代蜀花蕊夫人《宫词》:"夜色楼台月数层,金猊烟穗绕觚棱。"

②被翻红浪:锦被凌乱像红色的波浪。红浪,红色锦被翻

动的样子,状似波浪,故曰"红浪"。

③慵自:自己懒得。

④宝奁:华美的梳妆匣。

⑤生怕:最怕、只怕。宋林逋《春阴》诗:"苦怜燕子寒相并,生怕梨花晚不禁。"

⑥欲说还休:欲言又止。休,停止。

⑦非干:不关。病酒:饮酒过度而致病。五代南唐冯延巳《鹊踏枝》词:"日日花前常病酒,不辞镜里朱颜瘦。"

⑧阳关:原是地名,在今甘肃敦煌市西南。这里指《阳关曲》。唐王维《送元二使安西》诗:"渭城朝雨浥轻尘,客舍青青柳色新。劝君更尽一杯酒,西出阳关无故人。"后被传唱,人称《阳关曲》或《阳关三叠》,成为当时著名的送别曲。

⑨武陵人:武陵,地名,今湖南常德市。东晋陶渊明《桃花源记》载:武陵人以捕鱼为业,沿桃花溪泛舟,不知走了多远,发现了世外桃源。南朝宋刘义庆《幽明录》载:东汉浙江人刘晨、阮肇到天台山上采药迷路,被两位仙女邀至家中,结为夫妇。后两人思家心切,离别仙女而去。后人常将这两则故事结合,称仙境为桃源,称刘、阮二人为武陵人。本词中的武陵人,是指代词人离家的丈夫。

⑩锁:封闭,这里是笼罩的意思。秦楼,本是秦穆公女儿弄玉所居的楼台,也叫凤楼、凤台。汉刘向《列仙传》载:萧史善吹箫,能招来白鹤、孔雀,秦穆公招其为女婿,并请他教女儿弄玉吹箫。数年后,弄玉吹箫如凤鸣,招来凤凰,穆公为其筑凤台。数十年后,夫妇随凤而去。本词中的秦楼,是指代词人自己居住的高楼。

译文

清晨起来，狮形铜炉中的香早已燃尽灰冷，床上红色锦被一片凌乱，百无聊赖，都懒得梳头，任由灰尘落满了镜奁，阳光照射进来高过帘钩。最怕离别的愁苦，万般愁思，本想对丈夫全部倾诉，可想到说出后会增添他的烦恼，妨碍他的行程，话到嘴边却又咽了回去。近来又消瘦了，不是由于过量饮酒而生病，也不是因为感时伤秋。

算了，算了，此次离别，纵使将《阳关曲》唱万千遍也难将他留住。夫君已经走远，轻雾笼罩我的绣楼。只有楼前流水应该明白我整日凝望的愁闷孤苦。凝眸远眺的时候，自今天起又会增添一段思念的新愁。

赏析

该词为李清照的前期作品，是描写离别之苦的名作。赵明诚与李清照在青州居住十余年后，于宋徽宗宣和三年（1121）去往莱州任太守，而李清照并没有与他同行。该词可能是此次别离之后的作品。

本词不同于多数离别诗词，不写难舍难分的送别场面，而主要写别离前和别离后的情景，离别之情层层深入。

上阕主要写离别之前。前五句极力描写词人之"懒"——平日所做之事全都无心去做，而"懒"之由便是"生怕离怀别苦"，但对离别之怕又不能对丈夫明说，担心影响丈夫的行程，只好"欲说还休"。接下来，写尽管"非干病酒，不是悲秋"，却依然"新来瘦"，其原因正是离愁。这三句环环相扣，充分展现了词人备受感情熬煎的痛苦心理。

下阕主要写别离之后。开头四句,"休休"两个字就将词人的无奈表达得淋漓尽致;"这回去也",则交代了这次分离已非首次;"千万遍阳关,也则难留",写出了词人分别之时的内心剧痛,给下文思夫之情造势。接着转而写思念。先假借典故,描写如同仙侣般的夫妇分离之后,一个千里之外远行,一个在家中独守空楼,两两对比,凸显思念之深。接着用"楼前流水"来顾影自怜,怜悯自己的"终日凝眸",此处形象地刻画了女词人念夫之时的痴态。最后一句写到,凝眸处又将添新愁,将词人心中对丈夫的绵绵思念无限加长,韵味无穷。

行香子①

草际鸣蛩②,惊落梧桐③。正人间天上愁浓。云阶月地④,关锁千重⑤。纵浮槎来⑥,浮槎去,不相逢。

星桥鹊驾⑦,经年才见⑧。想离情别恨难穷。牵牛织女⑨,莫是离中⑩。甚霎儿晴⑪,霎儿雨,霎儿风。

注释

①行香子:词牌名。据宋人程大昌《演繁露》,"行香"指的是佛教徒行道烧香,调名即来源于此,最早见于《东坡词》。平韵双调,六十六字,前段八句五平韵,后段八句三平韵。此调短句多,上下阕末尾用一字领三个三言句,音节婉转悦耳。《词谱》以晁补之词为正格,六十六字,前段八句四平韵,后段八句三平韵。另有六十四字、六十八字、六十九字诸体。

②蛩：蟋蟀，又名吟蛩。南朝宋鲍照《拟古八首》之七："秋蛩扶户吟，寒妇晨夜织。"

③梧桐：梧桐从立秋起即开始落叶，故被称为"一叶知秋"的树木。唐白居易《长恨歌》："春风桃李花开夜，秋雨梧桐叶落时。"

④云阶月地：以云为阶，以月为地，指天宫。唐杜牧《七夕》诗："云阶月地一相过，未抵经年别恨多。"

⑤关锁千重：关卡封锁，千重万重。意思是说天宫关卡很多，门禁森严。

⑥槎：同"楂"，即水中木筏。

⑦星桥鹊驾：传说每年农历七月初七晚，喜鹊在星河中搭桥，牛郎织女相会一次。此桥叫乌鹊桥，亦称星桥。唐李商隐《七夕》诗："鸾扇斜分凤幄开，星桥横过鹊飞回。"

⑧经年：每经过一年。

⑨牵牛织女：两颗星名，又是神话传说中的两个人物。牵牛星俗称牛郎星，织女星又称天孙星，两颗星隔银河相对。古代传说中织女嫁牛郎，每年农历七月初七，织女渡河与牛郎相会。

⑩莫是：莫非是。

⑪甚霎儿晴：正一会儿晴。甚，正。霎儿，刹那间，一会儿。唐孟郊《春雨后》诗："昨夜一霎雨，天意苏群物。"

译文

多么宁静的夜，蟋蟀在草丛中的鸣叫是那么清晰响亮，叫声惊落梧桐叶。不论是天上的牛郎、织女，还是世间别离的男女，都被浓浓的离愁笼罩着。放眼夜空，天宫关锁重重，门禁森严，即使乘木筏在天河往返寻找，也难相遇。

相传每年七夕之夜，银河中会有喜鹊搭桥，让牛郎、织女相会一次。难以想象那种离愁别恨是多么深重。天时而放晴，时而下雨，时而又开始刮风，难道是牛郎、织女又要别离？

赏析

该词为离情词，是李清照前期之作。与词人其他同类作品相比，该词不仅构思新颖，而且有独特美感。这首词没有寓情于景，也并不直抒胸臆，而是借助神话故事描写饱受离情别恨煎熬的人世情侣，寄托了词人对远行夫君的无限相思之情。

词的上阕写牛郎织女相会之难。开始两句描写一番动静交错的初秋景色：虫鸣惊落梧桐叶，引出七夕夜牛郎织女相会的传说，同时也将氛围营造得凄凉哀怨。接下来一句"正人间天上愁浓"，可以说是全诗的核心，将天上人间的思愁自然地联系起来。看似写天上仙人的离愁别恨，其实是写人间男女的离愁别恨。接下来的五句，十分形象地对牛郎、织女相会的情景进行了描写，使得"愁浓"更为具体：云为阶，月为地，门禁森严的天宫，即使有木筏也不能相遇。

词的下阕写牛郎织女相会之景。前三句，叙述一年才能借助鹊桥相会一次的牛郎、织女有无穷尽的"离情别恨"要相互

诉说。按常理，应当继续描写牛郎、织女互诉衷肠之情，但是词人却调转笔锋，写到天气忽而雨，忽而风，千般阻挠牛郎、织女相会。即使是凄苦的相逢，也要马上分离了。词的结尾出人意料，词人将天上人间情侣的相见之难、离别之苦刻画得淋漓尽致。

孤雁儿

世人作梅词，下笔便俗。予试作一篇，乃知前言不妄耳。

藤床纸帐朝眠起①，说不尽，无佳思②。沉香断续玉炉寒③，伴我情怀如水。笛声三弄④，梅心惊破，多少春情意。

小风疏雨萧萧地，又催下，千行泪。吹箫人去玉楼空⑤，肠断与谁同倚⑥？一枝折得，人间天上，没个人堪寄⑦。

注释

①藤床：用藤条制成的躺椅。纸帐：亦名梅花纸帐，其上为大方形帐顶，四周用细白布制成帐罩。

②无佳思：没有好心绪。思，心绪。

③续：添、加。

④三弄：指汉横吹曲《梅花落》。"弄"是指在演奏时

以同样的曲调在不同徽位上重复三次，故称"三弄"。宋赵鼎《谒金门》词："何处笛声三弄断？"

⑤吹箫人：喻指赵明诚。玉楼：楼的美称。唐李商隐《代应》诗："离鸾别凤今何在，十二玉楼空更空。"

⑥肠断：指人极度哀痛，柔肠寸断。唐李白《长相思》诗："不信妾肠断，归来看取明镜前。"

⑦"一枝折得"三句：折梅赠人，是化用一个典故。南朝宋陆凯从江南遥寄一枝梅花，给在长安的好友范晔，并作《赠范晔》诗："折梅逢驿使，寄与陇头人。江南无所有，聊赠一枝春。"堪，可，能。

译文

清晨从藤床纸帐中起来，说不尽烦闷，心绪极差。不再续添沉香，香炉逐渐变冷，也不再有香气，与我如水般的情怀相伴，度过长夜。《梅花落》的笛音从远处飘来，含苞的梅花被悠扬的笛声惊破绽放，包含着无限的春意。

轻风款款，疏雨萧萧，又催下千行热泪。夫君亡去，玉楼也空了，肝肠寸断的我能与谁相依？折断梅花一枝，从人间到天上，再也寻不到可寄梅花之人。

赏析

这首词借咏梅而追悼亡人，寄托了词人对亡夫赵明诚的沉痛思念，也体现了她寡居的无限哀伤之苦。

上阕写寡居的痛苦。"藤床纸帐朝眠起，说不尽，无佳思"，开篇两句写失去爱侣后，一个人郁郁寡欢的心情。"藤床纸帐"写出了寡居生活的朴素凄清。清早起床，词人便没有好的心情，可见晚上也没有睡好,由此可以想象得到丈夫死后,词人日夜悲戚的痛苦。"沉香断续玉炉寒,伴我情怀如水",这两句进一步渲染词人生活环境的凄凉以及心境的凄苦。"笛声三弄,梅心惊破,多少春情意",这几句由笛声引出梅花,远处传来《梅花三弄》的笛音,凄楚哀怨,连梅花都"惊心动魄",自己这个伤心之人也就更是伤感了。

下阕写悼亡。"小风疏雨萧萧地,又催下,千行泪",老天似乎能洞察人的心事,它飘起了淅淅沥沥的小雨,而这凄风苦雨的环境让人感觉更加悲切,以致词人在泪落如雨的同时呼喊出"肠断与谁同倚"!"吹箫人去玉楼空"用萧史和弄玉的典故,暗示丈夫亡故,点明悼亡的题旨。"一枝折得,人间天上,没个人堪寄",借用陆凯寄梅花给范晔的典故,把丧夫之痛写得凄苦绝望,彻及心扉,催人落泪。

这首词把寡居之苦和悼亡融于一体,用典贴切自然,语言含蓄深沉,把丧夫之痛表现得哀婉凄凉,感人肺腑。

好事近

风定落花深①,帘外拥红堆雪②。长记海棠开后③,正伤春时节。

酒阑歌罢玉尊空④,青缸暗明灭⑤。魂梦不堪幽怨⑥,更一声啼⑦。

注释

①风定落花深:风停了,落花很多。风定,风停。

②拥红堆雪：红色的花瓣聚团，白色的花瓣成堆。拥，聚，聚集。雪，形容花瓣的颜色白如雪。在这句里，"红"、"雪"，都是用花瓣的颜色指代花瓣。

③长记：即常记。

④酒阑歌罢玉尊空：酒喝尽了，歌唱完了，酒杯空了。阑，尽。罢，完。玉尊，玉制的酒具，也泛指酒具。

⑤青缸暗明灭：青白微弱的灯光忽明忽暗。青缸，即青灯，也就是油灯，因灯光青荧，青白微弱，故名。这里可作青白微弱的灯光解。

⑥魂梦不堪幽怨：意思是说睡觉的人的心经受不住深藏的怨恨，难以入梦。幽怨，深藏在心底的怨恨。

⑦啼：即啼，杜鹃（子规）啼鸣。即子规鸟，杜鹃鸟，也叫鹈。杜鹃啼叫时，正是百花凋谢、春天归去之时。

译文

风停了，落花很多。窗外红色的花瓣聚团，白色的花瓣成堆。常记起海棠花开以后，便是忧伤的春天。

酒喝尽了，歌唱完了，酒杯空了。青白微弱的灯光忽明忽暗。睡觉的人的心经受不住深藏的怨恨，难以入梦。平添了一声杜鹃的哀鸣，使人更加心绪难安。

赏析

这首词的写作时间，是前期还是后期，是南渡前还是南渡后，历来说法不一，难以确定。但从词意上，它与词人前期那些缠绵悱恻的离情词不同，与那些娇怨淡愁的闺情词更不同，它描写的景物凄败已极，抒写的心境悲痛欲绝。看来，本词作于后期且在赵明诚亡后的可能性更大一些。根据这一推测，此词抒写的就是词人幽深的伤春之感和悲切的念夫之情。上阕，写室外景色和伤春之感。起首颇具匠心，不从狂风摧花的情形写起，而从风定花落的景象入笔，运用一些极为新奇而贴切的词汇，描绘了落花的"深"、"拥"、"堆"。这种令人不忍目睹的衰败景象，更能使人想起风前繁花似锦的盛景，引动浓重的伤春心绪。果然，紧接两句，词人就直抒伤春之感，以海棠这种春时花草为例，感叹鲜花盛开之后，"正是伤春时节"。下阕，写室内景象和念夫之情。过片采取了与上阕相似的手法，从"酒阑歌罢"写起。这样，眼前空空的酒杯，忽明忽暗的青灯，就与刚刚结束的交杯换盏、欢歌笑语形成了强烈的对比，而心上人又不在人世了，词人不禁"幽怨"顿生，连梦魂也不堪忍受了。至此，词人伤春的愁感和念夫的悲情已经抒写得相当充分了。但是，擅长词尾造势的词人似乎还不满足。于是，词人又在已经十分凄苦的气氛中，添了一声杜鹃的哀鸣，使得自己的心绪情感达到了愁绝、悲绝的地步。

闺情篇

如梦令

常记溪亭日暮①,沉醉不知归路②。兴尽晚回舟,误入藕花深处③。争渡,争渡,惊起一滩鸥鹭④。

注释

①溪亭:济南名泉之一,临近大明湖。日暮:太阳将落的时候,即傍晚。

②沉醉:即大醉。唐张泌《满宫花》词:"东风惆怅欲清明,公子桥边沉醉。"北宋晏几道《阮朗归》词:"欲将沉醉换悲凉,清歌莫断肠。"

③藕花:荷花。南唐鹿虔扆《临江仙》词:"藕花相向野塘中,暗伤亡国,清露泣香红。"

④鸥鹭:鸥是鸥科水鸟的统称,嘴弯曲,背苍灰,腹白色,常见的有海鸥、银鸥等。鹭是鹭科水鸟的统称,嘴、颈皆长,常见的有白鹭、苍鹭等。

译文

时常记起在溪亭边游玩直到夕阳西下的日子,醉意正浓,已辨不清回家的路。游玩尽兴后,在傍晚时分驾舟往回赶,却误入茂密的荷花丛中。小船费力地从荷花丛里划出,哗哗的击水声连河滩上的水鸟都惊飞了。

赏析

这是一首追怀昔日郊游的小令。

起首"常记"二字总领全篇,一方面强调这件事在词人心目中的印象之深,另一方面也使词意自然过渡到对事件的叙述。"溪亭"点出当初与朋友欢宴的地点,"日暮"呼应后文的"兴尽晚回舟",写大家玩得很尽兴,暮色降临才想到回家。"沉醉"二字,突出词人携友游玩的愉快心情。"兴尽晚回舟"下接"误入",衔接巧妙,又和前文的"沉醉"相呼应,毫无斧凿之痕,可见词人已陶醉其中。随后连用两个"争渡",生动地传达出大家当时因晚而归的急切心情,于是"惊起一滩鸥鹭"。到这里,全词突然收尾,给读者留下了广阔的想象空间,韵味无穷。

这首小令情景交融,景物描写似一幅清丽山水,极富诗情画意,生活气息浓郁。全词用语通俗易懂,以白描手法写出,清新亮丽,耐人寻味。

如梦令

昨夜雨疏风骤①,浓睡不消残酒②。试问卷帘人③,却道海棠依旧。知否?知否?应是绿肥红瘦④。

注释

①疏:稀少。骤:疾速。

②浓睡：酣睡、熟睡。唐吴融《雨夜》诗："何人得浓睡，溪上钓鱼舟。"残酒：这里指残余的酒意。

③卷帘人：指侍女。当时侍女正站在窗口卷帘子，故称之为卷帘人。

④绿：绿叶。红：红花。肥、瘦：本是用来形容人的体态的，这里借用形容数量的多少。

译文

昨夜风急雨稀，我一夜沉睡，可酒意却未全消。我向正在卷帘的婢女问起：外面的海棠还好吗？婢女淡淡地回答说海棠一如往常。知道吗？知道吗？海棠树上应当是绿叶繁茂，红花稀少了。

赏析

这是词人年轻时写的一首小令，通过对女主人公早起后一个生活细节的描写，抒发了其惜花之情。

开篇两句追忆昨晚之事。昨夜小雨淅沥，但风势颇急。女主人公喝了很多酒，一觉而至天明，清晨醒时酒意还未散尽，这里并没有提示醉酒的原因。开始两句用语平淡，朴实自然。一方面为下文营造出一种凄迷的氛围，暗示了女主人

公隐秘的心理活动；另一方面引出下文。随后两句是主仆的对话，虽只有短短两句，但生动形象，把两人的心理、性情全都描绘得贴切传神，呼之欲出。一个伤春惜花，情意深婉；一个天真烂漫，毫无心事。风雨之后，叶子肥亮，但花朵凋谢。词句一方面显示了女主人公对落红的惋惜，另一方面也显示出主仆两人感受力的差异。词人用"肥"、"瘦"写叶、花，生动传神，极富美感。

这首小令虽然篇幅短小，但含蓄蕴藉，意味深长，把人物的心理刻画得栩栩如生。以对话推动词意扩展，跌宕起伏，显示出词人深厚的艺术功力。

点绛唇

蹴罢秋千①，起来慵整纤纤手②。露浓花瘦③，薄汗轻衣透。

见有人来，袜刬金钗溜④。和羞走⑤，倚门回首⑥，却把青梅嗅。

注释

①蹴罢：这里是荡完的意思。蹴，踏，此处踏的是秋千，可作"荡"解。宋郑奎妻孙氏《春词》："秋千蹴罢鬌鬖。"

②慵整：懒倦地不想整理。五代鹿虔扆《思越人》词："玉纤慵整云散。"纤纤：形容手小巧、尖细、美好的样子。《古诗十九首》："娥娥红粉妆，纤纤出素手。"

③花瘦：意思是花正含苞待放。瘦，瘦小，这里是指花尚未长成，即正含苞待放。

④袜划金钗溜：光着袜底走路，连金钗都掉了。划，光、光着。南唐后主李煜《菩萨蛮》词："袜划步香阶，手提金缕鞋。"溜，滑落，这里可作"掉"解。李煜《浣溪沙》词："佳人舞点金钗溜，酒恶时拈花蕊嗅。"

⑤和羞：意思是含羞。和，连同、伴随着，这里可作"含"解。李煜《捣练子·秋闺》词："无奈夜长人不寐，数声和月到帘栊。"

⑥倚门：靠着门。

译文

荡完秋千，下来后慵懒倦怠，不想活动一下那双纤纤细手。身上的香汗湿透了薄薄的纱衣，娇美的神态如同那晨露中含苞待放的花蕾。

忽然发现有人进来，还没来得及穿好鞋子，只穿着袜子急忙走开。头发散乱，金钗也滑落在地上，满面羞涩。刚刚到门口，却又倚门回望，假装嗅闻青梅，顺势偷看来者何人。

赏析

这也是一首李清照早期的词作，词人非常传神地表现出了青春少女的活泼、可爱和情窦初开时的害羞和好奇心理。

上阕截取了荡完秋千后的一个镜头，通过这一镜头，我们似乎可以看到词中所写到的少女荡秋千时快乐活泼的场景。"慵"写出了少女的娇憨之态。少女荡完秋千后，手因长时间用力抓着绳索而麻木了,但她却懒得管它。"露浓花瘦,薄汗轻衣透"写出了少女的娇柔可爱,其中"露浓花瘦"既指周围美丽的自然环境,又表现出了少女的香汗淋漓和苗条体态,一语双关。

下阕写少女面对客人来访时的惊慌失措和羞涩好奇的心理。"袜刬金钗溜"非常生动传神地写出了少女乍听有人来时的慌张,她匆匆忙忙地躲避,以至于连鞋都来不及穿,头上的金钗都掉下来了。后三句写出了少女的羞涩和顽皮,其实她对来客非常好奇,想看却又不敢看,但最终还是忍不住要看,于是她假借嗅青梅的动作来掩饰自己偷看的行为。

这首词纯用白描,通过动作表现人物心理,风格轻松明快,显示出词人深厚的功力。

点绛唇

寂寞深闺①,柔肠一寸愁千缕②。惜春春去,几点催花雨③。

倚遍阑干④,只是无情绪。人何处,连天芳草,望断归来路⑤。

注释

①深闺:深深的闺房。闺,内宅、内室,常常特指女子的卧室。

②愁千缕:极言愁思之多。全句是化用宋欧阳修《踏莎行》"寸寸柔肠,盈盈粉泪,楼高莫近危阑倚"的词意。

③催花雨：催落鲜花的春雨。

④倚遍阑干：靠遍栏杆。阑干，同"栏杆"。唐李白《清平调》词："解释春风无限恨，沉香亭北倚阑干。"

⑤望断：望尽。"望断归来路"，可能化自宋晏殊《蝶恋花》："昨夜西风凋碧树，独上高楼，望尽天涯路。"但"望断"比"望尽"更能充分地表达凄切之情。

译文

深深的闺房，寂寞难耐，柔肠百转，似千缕愁思纠结。珍惜春天，春天依然离去，空留下催落鲜花的春雨声。

靠遍栏杆，了无心绪。夫君他现在在什么地方呢？放眼远望，芳草萋萋，望断路的尽头，依然不见归来的身影。

赏析

这是一首闺怨词，借伤春来表达独处深闺的女主人公的忧愁及对丈夫的思念。

上阕写伤春之情。"寂寞深闺，柔肠一寸愁千缕"写出了深闺女子的寂寞和忧愁，也写出了伤春的缘由。"惜春春去，几点催花雨"为借景抒情，越是惜春，春天走得越快，更何况还有催花的无情之雨。"林花谢了春红，太匆匆，无奈朝来寒雨晚来风"则表达了词中人的无奈和伤感。

下阕写对丈夫的思念，点明闺怨的题旨。"倚遍阑干，只是无情绪"，表现出了女主人公的烦闷无聊。"人何处"这个问句，点明了遍倚斜栏的原因是自己在思念远方的良人。"连天芳草，望断归来路"以景语作结，凄凉含蓄。

减字木兰花

卖花担上,买得一枝春欲放①。泪染轻匀②,犹带彤霞晓露痕③。

怕郎猜道④,奴面不如花面好。云鬓斜簪⑤,徒要叫郎比并看⑥。

注释

①一枝春欲放:此指含苞待放的鲜花。

②泪染轻匀:泪水濡湿,轻轻匀洒,这里是露水浸染的意思。

③彤霞:红色云霞,这里指鲜花的颜色。

④猜道:怀疑说。

⑤云鬓斜簪:指将鲜花斜插在鬓发中。簪,名词作动词用,指插于发中。宋苏轼《吉祥寺赏牡丹》诗:"人老簪花不自羞,花应羞上老人头。"

⑥徒:只。比并:放在一起比较。敦煌词《苏幕遮》:"聪明儿,禀天性,莫把潘安才貌相比并。"

译文

从挑着花担的卖花人那里,买来一枝含苞欲放的鲜花。花瓣上露水点点,依然留有红霞浸染、朝露滋润的痕迹,漂亮极了。

生怕情郎看到花后,会说我人不如花。赶紧把花斜插于鬓角,就想让情郎看看,到底是花美还是人美。

赏析

该词为李清照的早期作品,写一位美丽、动人的少女买花前后的心情,形象生动,惟妙惟肖,体现了词人对美丽和爱情的深情向往。

上阕写买花。一开始就写到少女从花担上买到一枝含苞欲放的鲜花。在这里,将鲜花比做"春"是别有深意的:一来点明了时间,二来表达了作者对花的喜爱之情,也为全文营造了春意盎然的环境氛围。接下来,词人又生动形象地赞美了鲜花的美丽,从色泽和形态两方面进行渲染:色如彤霞,朝露点点浸染,恰如少女的"泪染轻匀",将清纯美丽的花描述得栩栩如生。

下阕写戴花。词人并不直接描写戴花之人,而是从少女心理和动作神态两个侧面刻画其形象,将少女的疑问与自信生动地表现出来:相信自己的美丽,又担心情郎认为"奴面不如花面好",也就有了插花入发鬓的举动,并有了让情郎"比并看"的想法,其实是希望情郎夸自己人比花娇。这些心理和动作描写,将青春少女的美貌、痴情、可爱表现得淋漓尽致,也将她的大胆求爱巧妙表达出来,写得具体真切。

这首词,看似写买花、戴花,其实是将花的美和人的美融为一体。上阕的买花,将花的美作为铺垫,来照应下阕的美人戴花，表达了人花同艳、人比花娇的感情，使整首词前后呼应，情景交融。

浣溪沙

绣面芙蓉一笑开①，斜飞宝鸭衬香腮②，眼波才动被人猜。

一面风情深有韵③，半笺娇恨寄幽怀④，月移花影约重来⑤。

注释

①绣面：指贴花如绣的脸庞。唐宋以前，妇女面额和脸颊上均贴纹饰花样。《木兰辞》中"对镜贴花黄"，即是指此。芙蓉：荷花，这里是指面庞像荷花一样美丽。

②宝鸭：鸭指鸭形头饰，前面加"宝"字，以示华丽。香腮：美丽芳香的面颊。宋陈师道《菩萨蛮》词："玉腕枕香腮，荷花藕上开。"

③一面：见一面，相遇一次。风情：指女子的气质风韵。南唐后主李煜《赐宫人庆奴》诗："风情渐老见春羞，到处消魂感旧游。"深：很。韵：美、标致。

④笺：纸，指信笺、诗笺。娇恨：即娇怒，这里是嗔怪的意思。宋孙夫人《烛影摇红》词："若见宾鸿试问，待相将彩笺寄恨。"

⑤月移花影：即明月斜，花影现的时候。这里既是指约会

的时间,又暗指了约会的环境。宋王安石《春夜》诗:"春色恼人眠不起,月移花影上阑干。"

译文

贴花如绣的容颜莞尔一笑,如绽放的荷花那般娇艳。华丽的飞鸭状头饰斜插鬓边,衬托着美丽芳香的脸颊。眼波略动就已被人猜出心思。

虽然只有一面之缘,但她的气质风韵已让人难忘。半张信笺书写幽怀,寄托了浓浓深情。待到明月斜、花影现之时,再来相约。

赏析

该词为李清照的早期作品,写一个年轻貌美的多情女子与心爱之人相会,并约好再会的故事,词中流露着对自由爱情的大胆追求。这首词节奏欢快,活泼的言词中饱含着青春的魅力和爱情的甜蜜,别具一格。

词的上阕,借助对女子外貌的描写,刻画了二人约会的情景。开头两句描写约会女子的美丽可爱,接下来写女子在约会时的风情韵致。整个上阕,以"绣面"、"香腮"将女子的美貌写得栩栩如生,而"芙蓉一笑开"、"斜飞宝鸭"、"眼波才动被人猜"等语句则将女子的灵气写得极为生动,给读者留下深刻的印象。

词的下阕,对女子写信时的具体神态进行了详细描绘,并写到相约再会。首句承前启后,既写女子的风情,又对上阕作了概括,同时也为下文致信托思、相约再会埋下伏笔。

词尾两句,描述女子致信的内容,嗔怪中满怀深情,并相约"月移花影"时再度幽会。此时,少女的浓情蜜意与美丽的花前月下之景相互交融,一幅甜蜜的爱情画卷展现在读者面前。难怪明代赵世杰在《古今女史》中对此词有"摹写娇态,曲尽如画"的评论。

浣溪沙

淡荡春光寒食天①,玉炉沉水袅残烟②,梦回山枕隐花钿③。

海燕未来人斗草④,江梅已过柳生绵⑤,黄昏疏雨湿秋千。

注释

①淡荡:形容春光融和荡漾。唐杨炯《青苔赋》:"春淡荡兮景物华。"寒食:古代以清明前一天或两天为寒食节,禁火三日,只吃冷食。相传春秋时,晋国名士介之推辅佐晋文公回国后,隐于山中。晋文公烧山逼他出来,介之推至死不出,抱树而亡。晋文公为纪念他,禁止人们在介之推死的那天生火做饭。此禁令逐渐沿袭下来,成为习俗,寒食节即由此而来。

②玉炉:香炉的美称。唐毛熙震《清平乐》词:"玉炉烟断香微。"沉水:即沉香,一种熏香。《梁书·林邑国传》:"沉木香,土人斫断,积以岁年,朽烂而心节独在,置于水中则沉,故曰沉香。"

③梦回：梦醒。隐：隐藏，此处指枕上被压出的头饰的形状。花钿：古代妇女贴在鬓颊上用以装饰的花形薄金片。唐白居易《长恨歌》："花钿委地无人收，翠翘金雀玉搔头。"

④海燕：古时，人们以为燕子生于南方，渡海而至，故称海燕。斗草：又称斗百草。古时一种游戏，一般是妇女、儿童各采异草，互相比赛，以此娱乐。唐代以前多在五月五日端午节举行，宋人诗词中多写为春日之事。唐司空图《灯花》诗之二："明朝斗草多应喜，翦得灯花自扫眉。"

⑤江梅：泛指梅花。

译文

寒食节的时候，景色融融，春意盎然。沉香在香炉里静静燃烧，袅袅地散着残烟。从梦中醒来时，高枕上还隐隐现出花钿的形状。

燕子未归，人们将斗草的游戏玩得尽兴。梅花的花期已经过了，而柳树吐露出白絮来。黄昏时下起了淅淅沥沥的小雨，将园中的秋千打湿了。

赏析

该词为李清照即景之作，是其早期作品。全文不仅对寒食节时的美好春光进行了赞美，还将词人淡淡的伤春之情寓于景中。

词的上阕，用倒叙手法对词人在室内看到的美丽春景进行描写。而下阕，则用顺叙手法描写词人看到的户外春光。整首词词中有画，画中有词。全词六句，写了六个画面，每个画面又包括了两三种景物。首句写寒食、春光；第二句写玉炉、沉水、残烟；第三句写春梦、高枕、花钿；第四句有未归燕、人斗草；第五句有已过梅、生绵柳；最后一句写黄昏、疏雨、秋千。如此多的景物包含于六句小词之中，却毫无杂乱堆砌之感，主要在于"寒食节"这一主线，将这些看似无关的景物串联起来，组成一幅美妙的春光图。而这些景物又相互映衬，彼此呼应。比如上半部分的户内景物与下半部分的户外景物，"淡荡春光"的美景与"黄昏疏雨"的愁景，动景"袅残烟"、"人斗草"与静景"隐花钿"、"柳生绵"，均相互呼应，彼此对照，使得整个春景图动静相宜，和谐统一，匠心独具，显示了词人高深的谋篇布局能力。

浣溪沙

小院闲窗春色深①，重帘未卷影沉沉②，倚楼无语理瑶琴③。

远岫出云催薄暮④，细风吹雨弄轻阴⑤，梨花欲谢恐难禁⑥。

注释

①闲窗：关闭的窗户。闲，闭藏。《太玄·闲》："闲其藏，固珍宝。"

②重：层层。唐柳宗元《登柳州城楼寄漳汀封连四州刺史》诗："岭树重遮千里目，江流曲似九回肠。"

③倚：靠着，依靠。理：弹奏。瑶琴：用美玉装饰的琴，也叫玉琴。南朝宋鲍照《拟古诗》之七："明镜尘匣中，瑶琴

生网罗。"

④远岫出云：源于陶渊明《归去来辞》："云无心以出岫，鸟倦飞而知还。"岫，山洞，山峦。陶诗中是取山洞之意，而本词是取山峦之意。南朝齐谢朓《郡都内高斋闲望答吕法曹》诗："窗中列远岫，庭际俯乔林。"薄暮：傍晚。唐杜甫《对雪》诗："乱云低薄暮。"

⑤轻阴：淡淡的日影。

⑥谢：凋落。

译文

小院里的闺房窗户紧闭，将春光关在了窗外。层层窗帘也没有卷起，投下沉沉的黑影。倚靠在楼上，沉默无声，只能轻抚玉琴寄托心绪。

远处的山峰白云飘悠，催促傍晚的来临；微风细细送来小雨点点，与淡淡的日影相互嬉戏。梨花马上就要凋零了，恐怕已无法阻止。

赏析

该词为李清照的前期作品，为抒写闺情之作。这首词借描绘暮春之景，抒发了词人惜春、伤春之情和内心的孤独。风格淡雅是该词的独特之处。淡淡的景物描写，淡淡的抒情表达，犹如写意小品，轻描淡写，不施重色。也正是这种淡淡的景，淡淡的情，让人更加难以忘情。

开头两句，不明写窗外春色，而是写孤独小院紧闭的窗户，没有卷起的窗帘，不能看到窗外的暮春之景。然而，这种不能看到的景色却胜似看到,可以使人联想到恰恰是由于残春伤人,词人才不想去卷帘观景,不忍睹物。词的第三句描写词人因为想到暮春之色而无语,转而弹琴,无声胜有声,词人正是借无语来表达伤春之怀。

下阕,词人直接描摹暮春景色,却依然保留着淡淡的韵味,最令词人伤怀的是"梨花欲谢恐难禁",乍一看,似乎感情并不强烈,深思起来却更为凝重。恰如明朝沈际飞《草堂诗余》所评:"欲谢、难禁,淡语中致语。"

浣溪沙

莫许杯深琥珀浓①,未成沉醉意先融②,疏钟已应晚来风③。

瑞脑香消魂梦断④,辟寒金小髻鬟松⑤,醒时空对烛花红⑥。

注释

①莫许:不要。琥珀浓:指酒的颜色很浓,像琥珀一样。唐李白《酬中都小吏携斗酒双鱼于逆旅见赠》诗:"鲁酒若琥珀,汶鱼紫锦鳞。"琥珀,古代松柏树脂的化石,呈褐色、红褐色或淡黄色。

②意:内心。《古诗为焦仲卿妻作》:"吾意久怀忿,汝岂得自由!"融:融化。这里指内心已经被酒融化了,即醉了。

③疏钟：断断续续的钟声。唐王维《黎拾遗昕裴秀才迪见过秋夜对雨之作》诗："寒灯坐高馆，秋雨闻疏钟。"

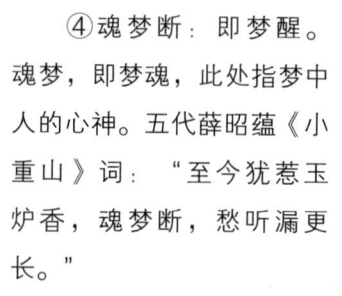

④魂梦断：即梦醒。魂梦，即梦魂，此处指梦中人的心神。五代薛昭蕴《小重山》词："至今犹惹玉炉香，魂梦断，愁听漏更长。"

⑤辟寒金：指珍贵精金制作的头钗。南朝梁任昉《述异记》载，三国时，昆明国贡魏嗽金鸟。鸟形如雀，色黄，常翱翔海上，吐金屑如粟。至冬，此鸟畏霜雪，魏帝乃起温室以处之，名曰辟寒台。故谓吐此金为辟寒金。词人运用此典，是以辟寒金指代珍贵的精金。髻鬟：古代妇女的两种发式。髻，挽在头顶或脑后的发结。鬟，环形发髻。唐董思恭《王昭君》诗："髻鬟风拂散，眉黛雪沾残。"

⑥烛花：蜡烛燃烧时的灰烬。唐杜甫《官亭夕坐戏简颜十少府》诗："不返青丝鞚，虚烧夜烛花。"

译文

不要酒杯太深，酒色像琥珀一般浓，不然人没有喝醉，心已醉了。钟声也应晚风之约，时断时续地响起。

瑞脑香已经烧尽了，人也从睡梦中醒了，插着小巧精致金钗的发髻蓬乱也全然不顾,只是默默地对着燃尽的红烛沉思。

赏析

这首闺情词为李清照的前期作品,主要描写了词人醉酒及梦醒后的情景,将少妇深深的哀怨情思表达得十分贴切。词风婉约含蓄,蕴藉深厚。这首词主要表达词人的苦闷之情,却不从正面描写,甚至没有一个字直接与愁苦情思相关。相反,词人借助对人物外部动作和心理活动的描写,侧面渲染,使得那愁思愈发显得沉重、浓厚,意味隽永。

上阕主要写饮酒。开篇即点出不要酒杯深,酒色浓,否则就会使人未醉心先醉,暗表主人公并非把酒取乐,而是借酒消愁,不料愁未消却更浓。最后一句以钟声时断时续,晚风凄凉袭人,将心醉之人的苦闷愁思渲染得愈加浓郁。

下阕写醉眠。开始两句,用已尽炉香、已断梦思、金钗发式松乱,描写了词人辗转反侧终不成寐的愁苦,揭示了其相思之深。而最后一句,"醒时空对烛花红",不仅暗含了词人愁苦之由,也进一步表达了词人无边的寂寥,使人不免会想到词人可能会朝着烛花一直"空对"下去,孤影烛花之景更加突出词人无处排解的愁苦情思。

浣溪沙

髻子伤春懒更梳,晚风庭院落梅初①,淡云来往月疏疏②。

玉鸭熏炉闲瑞脑③,朱樱斗帐掩流苏④,遗犀还解辟寒无⑤?

注释

①落梅初:梅花开始凋落。初,开始。唐柳宗元《封建论》:"天地果无初乎?吾不得而知之也。"

②疏疏:云彩遮月而使月光稀疏的样子。

③玉鸭熏炉:美玉制作的鸭形香炉。闲:闭藏,闲置。

④朱樱:用红绸或红布缝成的樱桃形的香包,是斗帐上的装饰品。斗帐:形如覆斗的小帐。《古诗为焦仲卿妻作》:"红罗复斗帐,四角垂香囊。"掩:藏匿,这里可作时隐时现解释。流苏:用五彩羽毛或丝线制成的缨穗,是系在斗帐上的装饰物。东汉张衡《东京赋》:"驸承华之蒲梢,飞流苏之骚杀。"

⑤犀:即犀牛角。五代王仁裕《开元天宝遗事》:"开元二年冬至,交趾国进犀一株,色黄似金。使者请以金盘置于殿中,温温然有暖气袭人。上问其故,使者对曰:'此辟寒犀也。'"解:能,会。东晋陶渊明《九日闲居》诗:"酒能祛百虑,菊解制颓龄。"辟:通"避"。

译文

由于感时伤春,懒得去梳理发髻。阵阵晚风从庭院中拂过,盛开的梅花也开始凋零了。淡云遮月的夜空,月影时有时无。

精美的鸭形香炉里,闲置着珍贵的瑞脑香。斗形的小帐上缀着红樱香包,五彩的穗子时隐时现,不知道早年遗留下的犀

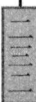

牛角"辟寒犀"还可不可以御寒?

赏析

该词为李清照的前期作品,为闺情词,抒发了词人对情人浓厚缠绵的相思之情。上阕写室外之景,下阕则写室内之物。首句就将一个因相思而懒于梳妆的少妇形象点出,接着描景写物,同时将各个景物与人联系,寓情于景,人与物、情与景相互交融。女主人公的相思之情和千般愁绪就在这些景物中淋漓尽致地表现出来。最后一句词人自问,将女主人公对心爱之人的浓浓相思之情表达得含蓄却又透彻。

小重山①

春到长门春草青②,江梅些子破③,未开匀④。碧云笼碾玉成尘⑤,留晓梦,惊破一瓯春⑥。

花影压重门⑦,疏帘铺淡月⑧,好黄昏。二年三度负东君⑨,归来也,着意过今春⑩。

注释

①小重山:词牌名,又名《小冲山》、《柳色新》、《小重山令》。唐代诗人多用本调写宫女幽怨。《词谱》以五代薛昭蕴《小重山》词为正体。通篇五十八字:上下阕四平韵;换头句比上阕起句少两个字,其余各句上下阕均同。另有五十七字、六十字两体,是变格。

②春到长门春草青：春天已到长门宫，春草青青。长门，汉代宫门，在长安城。汉武帝时，陈皇后失宠，幽居此宫。她听说司马相如擅长写赋，就送司马相如黄金百斤，求得司马相如为她作了《长门赋》，希望借此感动汉武帝。词中借陈皇后幽居长门宫的故事，暗喻词人闲居独处。"春到长门春草青"，原是五代薛昭蕴《小重山》词的首句，词人大概是认为此句情景交融，心生共鸣，因而借用在此。

③江梅些子破：梅花才绽开一点点。些子，一点儿。

④匀：均匀整齐。

⑤碧云笼碾玉成尘：将碧青色茶团，用茶笼碾成细末。碧云，形容茶团的颜色，这里指代茶团。笼，竹制的盛茶器皿。碾，滚压，研磨。玉成尘，指像玉一样的碧云茶团，碾碎成为细末状。宋人饮茶都是先碾后煮，此句即描述碾茶的过程。

⑥惊破一瓯春：惊破一杯春景。

⑦花影压重门：梅花影子叠压着层层房门。重门，层层房门。

⑧疏帘铺淡月：稀疏的帘幕上铺着淡淡的月光。

⑨二年三度负东君：二年三次辜负了大好春光。二年三度，指第一年的春天到第三年的初春，就时间而言是两年多，就逢春次数而言是三次。东君，原指太阳，因太阳是从东方升起的，故称东君，后来演变成春神。这里指美好的春光。

⑩着意过今春：极为用心地度过今年的春天。

译文

春天已到长门宫，春草青青。梅花才绽开一点点，并不均匀整齐。将碧青色茶团，用茶笼碾成细末，早梦残留，惊破一杯春景。

梅花影子叠压着层层房门，稀疏的帘幕上铺着淡淡的月光，正是黄昏。二年三次辜负了大好春光,归来时,更用心地度过今年的春天。

赏析

本词描写了美丽的春光,表达了词人渴望丈夫早日归来,共同欣赏春景的美好愿望。

上阕写词人早晨所见到的春日美景。"春到长门春草青,江梅些子破,未开匀"写早春美景,暗含了思念夫君之情。"长门"是汉武帝陈皇后失宠后居住的宫殿,词人借陈皇后的故事暗示丈夫不在身边,自己一人独居的现状。"春草青"用《楚辞·招隐士》中"王孙游兮不归,春草生兮萋萋"之句的含义,写春草已青,但丈夫还未归来。"江梅"两句,点明春天才刚刚到来,丈夫如果现在回来,还来得及和自己一起欣赏春景。"碧云笼碾玉成尘,留晓梦,惊破一瓯春",这几句写早起饮茶。"碧云"写茶的颜色,"玉"字突出了茶的名贵,由此可以看出词人生活品味的雅致。"晓梦"非常含蓄地暗示了梦中怀人之事。"惊破一瓯春"写饮茶时,惊破了杯中的春景,也就是对美好梦境的回味。"春"字一语双关,既指茶色之绿,又有春梦的意思。上阕用轻松优雅的笔调写出了词人对春日的喜爱以及对丈夫的思念。

下阕前二句描写了春日黄昏如画的美景。"花影压重门,疏帘铺淡月"这两句不愧为写景的名句,"压"字表现出花影重重地压在一层层房门上,"铺"字写出了月光均匀地铺洒在窗帘上,这两句表现出了春日黄昏的恬静、幽美。"好黄昏"这三字直言不讳地表达了词人对春景由衷的喜爱之情。"二年三度负东君,归来也,着意过今春",这三句点明盼归之意。"东君"是春天之神,这里指春天。"二年三度"指两年中过了三个春天。农历遇到闰年,会出现两个春天的现象。如此美好的春天,两年之中,已经有三次没有和丈夫一起度过了,词人对此感到非常遗憾,于是便对丈夫发出了热烈的呼唤。感情热切强烈,表达却真实自然。

这首词将写景和怀人巧妙地结合起来,写景幽静淡雅、美丽如画,抒情真挚自然,体现了李清照早期词作的风格和特点。

忆秦娥①

临高阁②,乱山平野烟光薄③。烟光薄,栖鸦归后④,暮天闻角⑤。

断香残酒情怀恶⑥,西风催衬梧桐落⑦。梧桐落,又还秋色⑧,又还寂寞。

注释

①忆秦娥:词牌名,又名《花深深》、《碧云深》、《蓬莱阁》、《双荷叶》、《玉交枝》、《子夜歌》等。作为词牌名,最早见于宋黄昇编《唐宋诸贤绝妙词选》,题李白作。因词中有"秦娥梦断秦楼月"句,故名《忆秦娥》,又名《秦楼月》。仄韵,十句,四十六字。上下阕各四句用仄韵,其中的三字句是叠韵,为上句末三字的重复。《词律》说"两结句第一字必用汉字,得去声尤妙",未必尽然。到贺铸之时将仄韵

变为平韵,实为变格。

②临高阁:登上高阁眺望。临,这里一词含双意,既有来到之意,又有居高朝低看之意。

③乱山平野烟光薄:参差的群山、平坦的原野,蒙上了昏暗的烟雾日光。

④栖鸦:指在树上筑巢栖息的乌鸦。

⑤闻角:听号角声。

⑥断香残酒情怀恶:香燃尽了,酒快喝完了,心绪仍然不好。

⑦西风催衬梧桐落:西风劲吹,吹落了梧桐叶。衬,帮衬、相帮,这里应作"催促"解。

⑧又还:还是。"又"和"还",都是表示重复之意,两词连用,是为了加重语气。

译文

登上高阁眺望远方,眼前是参差的群山、平坦的原野,却都蒙上了昏暗的烟雾日光。原野上笼罩着一层昏暗的烟雾,乌鸦刚刚回到树上栖息,黄昏中又响起了凄凉的号角声。

香燃尽了,酒快喝完了,心绪却仍然不好,萧瑟的西风劲吹,催促梧桐叶赶快凋落。梧桐叶落,四周弥漫着凄凉的秋色,还是这秋色,又将寂寞带来。

赏析

这大概是李清照后期的词作,描写了凄败的秋色,抒发了悲秋的情绪。

上阕,主要描写词人登高眺望所见的秋色。起首二句,写词人登上高阁,看到的是"乱山平野"的杂乱景象和"烟光薄"的昏暗天色。次三句,先对"烟光薄"加以重复,这既是词格的需要,又进一步对凄凉景色进行了渲染,接着写乌鸦归巢栖息之后,黄昏中又传来悲凄的号角声,在上文凄凉的画面中,又"点"上了两个悲凉的特写景物,使整个画面更加悲凄。

下阕,主要是抒写词人眺望秋色所生的悲情。首句用"断香残酒情怀恶"直抒胸臆。初看有些突然,其实,上阕已经为"情怀恶"蓄足了气势,这里不过是顺势而发,是很自然的。为了进一步烘托这种"恶"情怀,次句又写了萧萧秋风吹落了片片梧桐叶,使已经颇为悲凄的秋色,又增添了衰败的气氛。结句,词人痛心疾首地喊道:"又还秋色,又还寂寞。"原来,词人已经不止一次看到这悲凄、衰败的秋色,经历这愁苦、哀痛了。两个"又还"的呼喊,为全词的写景和抒情增加了广度和深度。细心的读者可能会发现,本词虽然对"情怀恶"抒写得这么充分,但它到底是指什么呢?词中没有明确交代。但,这也有一个好处,那就是由于它没有具体的指向,因而读者的各种愁情悲绪都可以从中获得共鸣,这又无形中扩大了此词的涵盖面和包容性。

念奴娇

萧条庭院①,又斜风细雨,重门须闭。宠柳娇花寒食近,种种恼人天气。险韵诗成②,扶头酒醒③,别是闲滋味④。征鸿过尽⑤,万千心事难寄。

楼上几日春寒,帘垂四面,玉阑干慵倚⑥。被冷香消新梦觉⑦,不许愁人不起。清露晨流,新桐初引⑧,多少游春意。日高烟敛⑨,更看今日晴未。

注释

①萧条:寂寞、冷落。汉班固《西都赋》:"原野萧条,目极四裔。"

②险韵:用生僻、难押的字作为诗的韵脚,叫险韵。宋王禹偁《谪居感事》诗:"分题宣险韵,翻势得仙棋。"

③扶头酒:使人易醉的烈性酒。宋贺铸《南乡子》词:"易醉扶头酒,难逢敌手棋。"

④闲:空闲,这里是闲得难受、百无聊赖的意思。

⑤征鸿:远飞的大雁。唐罗隐《夏州胡常侍》诗:"征鸿过尽边云阔,战国闲来塞草秋。"

⑥玉阑干:精美的栏杆,是栏杆的美称。

⑦新:刚、刚才。觉:醒,睡醒。《诗经·王风·兔爰》:"我生之后,逢此百忧,尚寐,无觉!"

⑧初:刚刚。引:生长。

⑨敛:收拢,这里是消散的意思。

译文

寂寞冷落的庭院中,斜风伴着细雨漫天飘洒,重重门户关得紧紧。柳枝摇曳斗姿,鲜花娇艳无比,都使人心生畏意。寒食节将至,但这阴雨连绵的天气却使人烦恼。险韵的诗作已经完成,喝了使人易醉的烈酒后大醉,酒醒后更加无聊。远飞的大雁都已路过这里,纵有万千思绪也难以传递。

这几日，楼上春寒犹在，厚厚的帘幕四下垂着，那精美的栏杆也懒得去倚靠。刚从睡梦中醒来，被冷香消，满怀愁思，由不得我久睡不起。清新的露珠在晨色中滴落，梧桐刚刚发出新芽，让人忍不住想出去踏青游玩。艳阳高照，烟雾消散，所思之人不得相见，不知道今天的心情会不会像这天气一样好。

赏析

这是一首写春日寂寥的闺情词。

上阕写作者触景生情。开篇三句点出周围的环境和氛围，意境寂寥、幽深。随后两句写寒食节本是游玩的好日子，却被风雨所破坏，"恼人"写天气使人懊恼，但更主要的还是情人的离去让自己生愁。作者心中烦闷，便以写险韵诗来消磨时间。但愁未减，时间又怎能消磨，索性借酒消愁，最后一句点破以上之景全由愁生。

下阕借景抒情。"楼上"三句看似与上文并无关联，其实愁绪直贯而下，而且所绘之景也互相衔接。楼上接庭院，帘垂对重门，慵倚也和细雨相应，由此可见词人构思之缜密。"被冷"二句，还是写愁，暗喻时间的流转。"不许"二字用得尤好。作者躺在床上，百无聊赖，只有离愁愈浓，在离愁的"逼迫"下，"愁人"终于起身，可见离愁之深重。从"清露晨流"到最后，词境陡变。之前词调凄苦、凄婉，之后则清丽、疏朗。最后几句情绪激昂，颇有奋发之意，哪里还有一点愁绪的影子？这首词意境丰富，变化突兀，回环顿挫，韵味十足，把闺中女子的一片春情描绘得生动传神，这正是"易安体"的特色。

怀旧篇

声声慢

寻寻觅觅，冷冷清清，凄凄惨惨戚戚①。乍暖还寒时候②，最难将息③。三杯两盏淡酒，怎敌他，晚来风急！雁过也，正伤心，却是旧时相识。

满地黄花堆积④，憔悴损，如今有谁堪摘？守着窗儿，独自怎生得黑⑤！梧桐更兼细雨⑥，到黄昏，点点滴滴，这次第⑦，怎一个愁字了得⑧！

注释

①戚戚：原是指忧惧，如《论语·述而》云："君子坦荡荡，小人常戚戚。"这里用其"忧"的一面，同"慼慼"，是悲伤、忧虑的样子。唐韦应物《送杨氏女》诗："永日方慼慼，出门复悠悠。"

②乍暖还寒时候：指气候忽热忽冷，变化不定。乍，突然，骤然。宋欧阳修《浣溪沙》词："乍雨乍晴花自落。"

③将息：休养、休息。唐王建《留别张广文》诗："千万求方好将息，杏花寒食约同行。"

④满地黄花堆积：满地堆积着凋落的菊花。菊花一般在枝

头上枯萎,不落瓣,这里指落瓣的菊花。

⑤怎生得黑:怎么挨到天黑。怎生,怎么、怎样、如何。欧阳修《瑞鹤仙·春情》词:"问因循、过了青春,怎生意稳?"得,到、及。

⑥更兼:又加上。

⑦次第:情形、光景。唐刘禹锡《寄杨八寿州》诗:"圣朝方用敢言者,次第应须旧谏臣。"

⑧了得:了结。

译文

寻寻觅觅,还是不见往昔的快乐痕迹,冷冷清清的我守着一堆回忆,愈发感觉到冷冷清清,满怀的凄凄惨惨,满怀忧郁。气候忽冷忽热的时候,最不适宜休养。喝三两杯淡酒,如何抵挡那晚来的疾风?大雁飞过的时候,正在伤心,那雁却是曾经传递书信的旧相识。

满地的菊花堆积,那么憔悴残损,如今有谁还会采摘它呢?守着窗儿,独自一个人怎么挨到天黑!梧桐叶子又加之萧萧细雨,到黄昏的时候,雨点淅淅沥沥,这种光景,如此难言,又怎么能用一个"愁"字了结?

赏析

此名篇是作者晚年所写。全词通过对秋景的描绘,渲染出一种凄凉的氛围,抒发了词人在漂泊中无限伤感的情怀。

上阕以景写情。起首三句全由叠字构成,有力地渲染出词人当时的心境:抚今追昔,倍感伤怀。"冷冷清清",先写天气之冷,"凄凄惨惨戚戚",由外到内,写主人公心中之悲。这三句叠字连用,自然妥帖，毫无做作之嫌。"乍暖还寒"二句，从外部的天气及身体的感觉来暗示词人愁苦的内心。"三杯"两句紧接上文，写作者借酒消愁，愁绪反倒更浓。"雁过也"三句，写天上飞雁，惹起了作者深切的思乡之情。

下阕写作者沉郁的心情。"憔悴"二字一语双关，"守着窗儿独自"两句，朴素直白，把自己的心事娓娓道出，返璞归真，极具感染力。"梧桐"三句，进一步烘托氛围，把梧桐、细雨、黄昏三个意象有机结合，视觉和听觉相互对应，尽显作者的无限感伤。结尾"怎一个愁字了得"总揽全文，首尾呼应，点明主旨。

临江仙①

欧阳公作《蝶恋花》②，有"深深深几许"之语，予酷爱之。用其语作"庭院深深"数阕，其声即旧《临江仙》也③。

庭院深深深几许④，云窗雾阁常扃⑤。柳梢梅萼渐分明。春归秣陵树⑥，人老建康城⑦。

感月吟风多少事⑧，如今老去无成。谁怜憔悴更凋零⑨。试灯无意思⑩，踏雪没心情。

注释

①临江仙：词牌名，又名《谢新恩》、《雁后归》、《画屏春》、《庭院深深》，原是唐代教坊曲名。起初是专门用

于咏水仙的词调,见《花间集》,后来作为一般词牌用。双调,五十四字,上下片各五句,三平韵。常见的有三体,一是六十字,如苏轼词;一是五十八字,上下片第四句较苏轼词少一字,如李煜词;还有一体也是五十八字,上下片起句较苏轼词少一字,如晏几道词。另有《临江仙引》、《临江仙慢》,九十三字,是别格。

②欧阳公:即欧阳修,字永叔,北宋著名文学家。李清照所说的《蝶恋花》词为:"庭院深深深几许?杨柳堆烟,帘幕无重数。玉勒雕鞍游冶处,楼高不见章台路。雨横风狂三月暮。门掩黄昏,无计留春住。泪眼问花花不语,乱红飞过秋千去。"

③声:指词牌。旧:从前的。

④几许:多少。唐韩愈《桃源图》诗:"当时万事皆眼见,不知几许犹流传。"

⑤云窗雾阁:云彩缭绕的窗户,雾气笼罩的楼阁,形容其高。唐韩愈《华山女》诗:"云窗雾阁事恍惚,重重翠幔深金屏。"扃:门窗上的插销,引申为关闭之意。

⑥秣陵树:即秣陵的树木,这里指代秣陵城。秣陵即现在的南京市。秣陵,战国时期楚国设置金陵邑,秦时改称秣陵,以后多次易名。这里是古名沿用。

⑦建康:即现在的南京市。此地东晋改为建康,以后又多次易名。这里同上文的"秣陵"一样,也是古名的沿用。

⑧感月吟风:即后人所说的"吟风弄月",一般指作诗填词。

⑨凋零:草木凋谢零落,这里引申为身世飘零,流落他乡。

⑩试灯:正月十五为灯节,节前张灯预赏为试灯。宋吴礼

之《喜迁莺》词:"乐事难留,佳时罕遇,依旧试灯何碍?"

译文

重叠的庭院到底多深呢?窗户和阁楼被云雾环绕,时常紧闭着。柳梢绽新绿,梅花也开始吐红,春光乍现。秣陵城春天已来临,而这里的人却在老去。

过去吟弄风月、赋诗作词的愉快时光还有多少呢,到现在人已老去却仍一无所成。消瘦憔悴的我在他乡流浪有谁会怜惜?元宵节的花灯试赏也令人全无兴致,踏雪游玩也觉得毫无心情。

赏析

南宋建炎三年(1129),李清照与赵明诚同在建康城,该词是她的伤春之作。词首虽然引用欧阳修的名句,却不落俗套,创意新奇。词人对初春美景和内心的细腻描写,体现了她对家国的深思:怀念故土乡情,痛心国破山河碎。

词的上阕,寓情于景,重在景物描写。而下阕则情景交融,重在抒情。整首词手法细腻,从不同的角度表达感情,有很强的艺术感染力。词的开篇,营造了一个静谧清幽的环境:庭院深深,楼阁云雾缭绕,房门紧闭,同时又以绿柳梢、红梅萼等

明媚春光与清幽之境相衬；接着又将大好春光与人的衰老相反衬；此外，还将过去无忧无虑吟诗作赋的美好时光和现如今的"憔悴损、他乡独零落"的境况作比较。一组组对比，视觉冲击力很强，情感上的冲击力也很大，使读者印象更为深刻。这些景物和人物间的过去和现在的对比，为下文的"老去无成"作了很好的铺垫，令人对李清照身世飘零、辗转磨难的怜惜之情油然而生。而词人国破家亡的伤痛之感和对遥远故乡的浓浓怀念，更表明了词人强烈的民族情感和家国意识，从而使"试灯无意思，踏雪没心情"一句不再局限于狭隘的自我情感，转而上升到了国家层面，这也进而提升了词的格调。词中"春归秣陵树，人老建康城"与"试灯无意思，踏雪没心情"两句前后呼应，正反相对，增加了词的美感，同时也使词的意蕴更为深长。

武陵春

风住尘香花已尽，日晚倦梳头①。物是人非事事休②，欲语泪先流。

闻说双溪春尚好③，也拟泛轻舟④。只恐双溪舴艋舟⑤，载不动，许多愁。

注释

①日晚：天晚。

②物是人非：事物依然如故，人却不似往昔了，后多用于人事变迁后对故乡的怀念。宋李元膺《茶瓶儿·悼亡》词：

"今岁重寻携手处,空物是,人非春暮。"休:完结。东晋陶渊明《归去来兮辞》:"善万物之得时,感吾生之行休。"

③双溪:交汇于浙江金华城南的东港、南港两水,称之"双溪"。唐宋时,这里是风光秀丽的游览胜地。

④拟:准备、打算。唐刘禹锡《赠东岳张炼师》诗:"云衢不要吹箫伴,只拟乘鸾独自飞。"

⑤舴艋:小船。唐张志和《渔父》词:"钓台渔父褐为裘,两两三三舴艋舟。"

译文

风已停,花儿已然凋零殆尽,但尘土中依然留有花香,天晚也懒得梳头。眼前的景物依然如故,可是人却与以往大不相同了,事事皆休,想要说些什么,未曾开口泪却先流。

据说双溪的春景尚好,也打算去那里泛舟游玩。可又怕漂浮在双溪上小小的船儿,载不动我那许多的愁思。

赏析

南宋绍兴四年(1134),即靖康之耻发生后七年、词人的丈夫逝世后六年,词人辗转流落到金华,孤苦伶仃,连夫妻两人所珍爱的文物也多半丢失。面对这样的情景,词人不禁感慨万千,于是作此词,借春景一抒自己的悲苦情怀。

开篇两句写残春触动了作者的愁思。"尘香花已尽"数字,写风势之凌厉,暗示自己处境之艰难。心中烦闷,百无聊赖,所以天已经很晚了作者还是没有心思梳头。"物是"二句写愁怨使人落泪。山河破碎,亲人离散,除了身边寥寥的几件昔日之物，一切都改变了。悲凉如许，自是令人黯然，想找人倾诉，可话未出口，已是泪水涟涟。"欲语泪先流"，这是悲极之状，心中痛到极点，欲说还休，泪流不止，由此可见作者心中悲极、痛极。

下阕笔锋陡转，由倾诉哀情转写春光之好。"春尚好"、"泛轻舟"，笔意轻松活泼，节奏明快，把词人瞬间的愉悦表现得淋漓尽致。"闻说"、"也拟"缀于句前，更让词境变得含蓄低回，充分说明作者的游玩之念只是一时兴起，并未真的从愁苦中摆脱。"轻舟"为下文作好了铺垫。"只恐"以下二句，既是对上文的补充，又是一个强烈的起伏，极言伤怀之深切。这一句匠心独运，新奇别致，足可与李煜"问君能有几多愁，恰似一江春水向东流"和秦观"便做春江都是泪，流不尽，许多愁"的句子相媲美。而且这一句还与上文的"双溪"、"轻舟"相呼应，情景交融，使意境得到了丰富和提升，堪称妙笔生花。

这首《武陵春》是作者晚年的作品，用语质朴，生动感人，词句含蓄蕴藉，内涵丰富，意境幽远深沉，是一首不可多得的佳作。尤其是最后三句"只恐双溪舴艋舟，载不动，许多愁"，更成为千古传诵的名句。

摊破浣溪沙[①]

病起萧萧两鬓华[②]，卧看残月上窗纱[③]。豆蔻连梢煎熟水[④]，莫分茶[⑤]。

枕上诗书闲处好[⑥]，门前风景雨来佳。终日向人多酝藉⑦，木犀花⑧。

注释

①摊破浣溪沙：《浣溪沙》原本是唐代教坊曲名，因西施曾在溪边浣纱，故又名《浣溪纱》或《浣沙溪》。上下阕共三个七字句，四十二字，有平仄两种体制。平韵体始于唐代韩偓词，上阕三句用韵，下阕两句用韵，过片二句多用对仗。使用仄韵体最早的是南唐李煜。《摊破浣溪沙》是《浣溪沙》的变格，上下阕增加三个字，韵位一样。此调句式整齐，朗朗上口，是婉约派和豪放派词人最为常用的词牌之一。

②病起萧萧两鬓华：大病初愈后，稀疏的两鬓已经花白。起，治愈。萧萧，耳际的头发稀疏的样子。华，花白。

③残月：将落的月亮。

④豆蔻连梢煎熟水：用豆蔻熬煮熟水饮料。豆蔻连梢，即豆蔻，是一种多年生草本植物，花瓣、种子皆可入药，性温辛，能去寒湿。煎，熬煮。熟水，宋人常喝的一种饮料。

⑤莫分茶：不要泡茶。相传茶能助湿，豆蔻能去湿寒，两者相忌，故此处言"莫分茶"。分茶，宋代流行的一种泡茶技巧、一种茶道，主要做法是用沸水冲茶，使茶乳变成图形或字迹。

⑥枕上诗书闲处好：枕上读诗书，闲静时最好。闲处，闲静的时候。

⑦终日向人多酝藉：木樨花整天陪伴着我，是那么文雅清淡。向，归趋、崇尚，这里是陪伴的意思。酝藉，这里是温雅清淡的意思。

⑧木犀花：即"木樨"，桂花。

译文

大病初愈后，稀疏的两鬓，已经花白。躺在床上，透过窗子看残月渐渐升起。因病初愈，不能喝茶，就用豆蔻熬煮熟水喝。不能泡茶。

枕上读诗书，闲静时最好。门外的风景，有雨最佳。整天陪伴着我多么含蓄温雅，是那木樨花。

赏析

这首词写词人病好后的一些生活琐事，从中我们可以看出李清照坚强乐观的生活态度。

上阕写词人病好后的休养与调理。"病起萧萧两鬓华"指词人刚刚得了一场大病，病好后消瘦了不少，头发都稀疏花白了。"病起"交代出因生病而长期卧床，此时才刚刚下床。"萧萧"、"两鬓华"点明病情之重，身体损耗之严重。"卧看残月上窗纱"写词人大病初愈后的生活状态。"卧看"一方面表明词人久病初愈，身体还很虚弱；另一方面也表现出词人悠闲、平静的心态。虽然是刚刚经历了一场大病，身体被损耗得很厉害，但是词人仿佛对此并不以为意，仍然有闲情逸致欣赏月亮慢慢地爬上纱窗。"豆蔻连梢煎熟水，莫分茶"，写病好后仍需煎药调理身体。"豆蔻"是一种可以入药的草本植物，有驱寒祛湿、和脾胃的功用。"分茶"是指烹茶、煎茶，是宋代流行的一种茶道，又称"茶百戏"。具体做法是"碾茶为末，注之以汤，以筅击拂"，这时茶盏中的汤纹水脉会变幻出山水虫鱼等种种图案。这里词人用煎药代替喝茶,是因为茶与药相忌,表现了词人平和、理智的生活态度,富有浓郁的生活气息。

下阕写词人养病期间的闲情逸致。"枕上诗书闲处好,门前风景雨来佳"写词人闲来无事,读书赏景,写出了词人积极乐观的心态。当时词人漂泊异乡、国家沦丧、丈夫病逝,自己又刚刚得了一场大病,但词人并没有因现实中的苦难而颓丧,而是采取积极向上的生活态度。词人认为,得病没有什么不好,可以有很多悠闲的时间来阅读诗书;下雨也没什么不好,雨中的景物又别有一番风味。这不禁让我们想到了苏轼的一首《定风波》:"莫听穿林打叶声,何妨吟啸且徐行。竹杖芒鞋轻胜马,谁怕?一蓑烟雨任平生。"在生活的磨难面前,李清照和苏轼可谓知音。"终日向人多酝藉,木犀花","木犀花"即桂花,这两句赞美桂花,并有以花自喻的意思。"蕴藉"形容花时是指花的清淡、雅洁;形容人时则指人知识渊博但又虚怀若谷、心胸宽广、待人温和。这两句是说还有含蓄雅致的木樨花陪伴自己左右。运用拟人手法,使得草木生情,饶有情趣,也表现了词人对木樨花的喜爱之情。

这首词用家常口语来写生活琐事,抒发闲适之情。语言朴素自然却极富理趣,耐人寻味。

南歌子①

天上星河转②,人间帘幕垂。凉生枕簟泪痕滋③,起解罗衣,聊问夜何其④?

翠贴莲蓬小⑤，金销藕叶稀⑥。旧时天气旧时衣⑦，只有情怀，不似旧家时⑧！

注释

①南歌子：词牌名，又名《南柯子》、《风蝶令》、《望秦川》、《十爱词》等。原是唐教坊曲名，作为词得名于汉代张衡《南都赋》的诗句"坐南歌兮起郑舞"。共有单调和双调两种体制。单调体由晚唐温庭筠首创，二十三字，五句三平韵。双调平韵体由五代毛熙震首创，五十二字，上下阕各四句三平韵。双调仄韵见《乐府雅词》。后来宋人以五十二字、五十三字及五十四字体变格，皆源出毛熙震词。

②星河转：指银河向西移动，到天亮时消失。

③凉生枕簟泪痕滋：枕席发凉，泪水越来越多，痕迹越来越大。滋，增长，这里是指泪水增多，泪痕增大。

④聊问夜何其：姑且问问夜已经深到什么时候了。聊，姑且。其，句末助词，表示疑问口气。

⑤翠贴莲蓬小：指罗衣上贴翠的莲蓬小巧精美。翠贴，

即贴翠,用细线缝连而不见针脚叫贴。莲蓬,莲花开过后的花托,倒圆锥形,内有果实。

⑥金销藕叶稀:指勾金的荷叶稀疏有致。金销,指以金饰物,用金箔或金绒制成衣服上的花饰。

⑦天气:此处指时令。

⑧旧家:从前。

译文

天上星河转换,日夜交替,人间帘幕低垂,枕席变凉,泪水渐多。起身解去衣裳,不知夜已何时。

罗衣上贴翠的莲蓬小巧精美,勾金的荷叶稀疏有致。从前的天气,从前的衣裳,只是情怀,再不似从前。

赏析

这是李清照后期的作品,所作年代不详,大约写于赵明诚故去之后。本词描写了词人秋夜独守空房的愁怨和对昔日美好生活的眷恋,抒发了词人怀念丈夫、思念家园的怀旧情愫。此词取材很小,不过是写词人秋夜难眠的一个生活片断;结构极简,只是按照词人秋夜难眠后所为所感的一条线索展开,没有什么起伏穿插,但它却以诉说情感的真挚细腻和语言表达得明白自然,创造了极强的艺术感染力。

上阕出景及情,写词人因秋夜凄凉而无法入睡的情形。起首两句,用"天上星河转"同"人间帘幕垂"相对照,使全词从一开始就有了一种沧桑感,为这篇感旧之作定下了基调。"星河转"是说银河向西移动,一个"转"字说明时间的流动。词人能关心到星河的移动,足见其长夜无眠。"帷幕垂"是说闺房中有帷幕遮护,但后面的人情感如何,却不可知了。此句极耐人寻味,字面上平静无涟漪,而文字背后的情感似乎又波涛汹涌,让人觉得分外沉重。"凉生枕簟泪痕滋"三句,写词人感到枕席发凉,泪水越流越多,于是起身脱衣想要就寝,但又自知夜深了,便问道:夜已深到什么时候了。这个看似平淡的小镜头,将一个极想入睡,但愁苦又使之无法入睡的词人形象,活脱脱地塑造出来了。

下阕睹物感怀,写词人由身上所穿的"旧时衣"而引起的怀旧情绪。前两句"翠贴莲蓬小,金销藕叶稀",描绘了昔日做的衣服上,贴翠莲蓬小巧精美,勾金荷叶稀疏有致,含蓄地表现了词人对过去美好生活的无限眷恋。"翠贴"、"金销"皆为倒装,说的是贴翠和销金这两种工艺,即用细线缝连而不见针脚,用金箔或金绒制成衣服上的花饰。这都是贵妇人的穿着,词人点出这些,表现其当年生活之殷实。"旧时天气旧时衣"三句,用旧时天气和旧时衣服,反衬早已失去的旧时情怀。连用三个"旧"字,并不显得重复,反而产生了强烈的对比作用。这三句词,明白如话,但包含了丰富而复杂的情感。对幸福生活的不堪回首,对心爱丈夫的深切怀念,对国破家亡的怨恨,对个人前景的担忧,尽在其中!

本词多是寻常语言,却字字句句锤炼精巧,看似平淡,然反复诵读,只觉字字悲咽,感人肺腑。

怨王孙

湖上风来波浩渺①,秋已暮②、红稀香少③。水光山色与人亲,说不尽、无穷好。

莲子已成荷叶老,清露洗、蘋花汀草④。眠沙鸥鹭不回头⑤,似也恨⑥、人归早。

注释

①浩渺:指烟波水色广阔无垠的样子。元代赵孟《送高仁卿还湖州》有诗句:"江湖浩渺足春水,凫雁灭没横秋烟。"

②秋已暮:秋天已经接近尾声,即天气已到深秋。暮,晚,将尽之意。唐代杜甫有《岁晏行》句:"岁云暮矣多北风。"

③红稀香少:指荷花渐渐稀疏凋落,芳香也跟着减少了。

④蘋花汀草:水中的花,汀上的小草。蘋,一种水草,又名田字草、四叶菜。汀草,一种长于水中小洲上的草。

⑤眠沙鸥鹭不回头:睡在沙滩上的鸥鹭头也不回。眠沙,睡在沙滩上,指鸥鹭在沙滩上栖息。

⑥似也恨:似乎也在抱怨。

译文

湖面清风徐徐,烟波水色广阔无垠。秋天已经接近尾声,水中荷花逐渐稀疏凋落,芳香也跟着减少了。水光山色好像与人非常亲近,显得美丽多情,说不尽它的无限美好。

莲子已经结成,荷叶渐渐枯黄,清洁的露水洗干净了水中的花、汀上的小草。在沙滩上栖息的鸥鹭头也不回,似乎也在抱怨人们归去得太早。

赏析

这是一首咏秋词,是李清照的早期作品,大概作于她居于汴京之时。与以往文人墨客写秋景词的悲苦风格不同，李清照这首描写秋色的词作展现出秋天之辽阔、清新和可爱，令人耳目一新。

词之上阕以"湖上风来波浩渺"开篇，让人倍觉清爽辽阔。秋日的湖面多是风平浪静，但有清风徐徐吹来，水面便呈现浩渺空濛之状，此景唯有深秋有，故云"秋已暮"。而接下来一句"红稀香少"则通过荷花凋落和花香散尽，进一步勾勒出深秋的景象。自然美景总能让人心旷神怡，深秋之景更是别有一番滋味，这里词人赞美秋景的手法可谓新颖别致，不说山水如何美，也不说人们如何喜爱湖光山色，却以拟人的手法说"水光山色与人亲"，让人感受到自然美景的亲切感。正是因为"水光山色与人亲"，所以人们愈发觉得大自然亲近，致使词人发出这样的赞叹："说不尽、无穷好。"

下阕承接上阕而来，继续描写秋景。以莲子已结成、荷叶枯黄、清露洗蘋草，再次点出此时已经是深秋时节。这样的景致一经词人描写渲染，顿时让人觉得秋意袭来。而在沙滩上栖息的鸥鹭头也不回，似乎也在抱怨人们归去得太早。此处词人将鸥鹭也拟人化、感情化了，与上文中山水拟人化似是同样的写作手法，但感情色彩却恰恰相反。上阕山水是"与人亲"，而此处鸥鹭"似也恨"，这一亲一恨，传达给读者以新颖别致之感，使全词呈现多样而丰富的姿态，侧面表达出深秋的到来。

这首词写景如画，意境悠远，词人巧妙地运用了拟人、对比等手法，将一幅辽阔、丰盈、清新、可爱的秋色图展现在读者面前，从而表达出词人无限热爱自然、无限热爱生活的美好情感。

蝶恋花

上巳召亲族①

永夜恹恹欢意少②。空梦长安③,认取长安道④。为报今年春色好,花光月影宜相照⑤。

随意杯盘虽草草⑥,酒美梅酸,恰称人怀抱⑦。醉莫插花花莫笑,可怜春似人将老。

注释

①上巳召亲族:上巳,阴历三月上旬巳日为上巳节,古人有到水边宴游消灾的习俗。魏以后,改为阴历三月初三。召,请。

②永夜恹恹欢意少:漫漫长夜,身体像患病似的,精神不振,欢乐的心情实在少。永夜,长夜。恹恹,病态,精神不振的样子。

③长安:今陕西西安市,本为汉、唐故都,后人多用做京城的代称,这里指代北宋都城汴京。

④认取:认得。

⑤花光:花的光彩。

⑥随意杯盘虽草草:任意准备的酒菜,虽然简单草率。随意,任意。杯盘,代指酒菜。草草,简单草率,不丰盛。

⑦称人怀抱:合人心意。

译文

漫漫长夜,身体像患病似的,精神不振,欢乐的心情实在少。梦见长安,还认得长安的道路。为了显示今年春天的好景,花和月相互映照,光彩宜人。

任意准备的酒菜,虽然简单草率,但酒浆醇美、梅果酸甜,正合人心意。醉了不要折花戴取,花也不要笑我,可怜这春天像人一样快要衰老了。

赏析

这是李清照晚年的词作,写于上巳节。本词描写了生活略为安定的词人,为了赏春消愁,邀请亲族聚会饮宴的情景,表达了她对故国的无限思念和对人生的无限感慨。

上阕写词人梦回汴京的情景和赏春解愁的愿望。首句"永夜恹恹欢意少"写词人整日郁郁寡欢,为全词定下了愁苦的基调。"空梦长安"二句,写词人梦中回到了汴京,并且认得汴京的街道,以一个生活中的常见事例,展现了对故国思念之切。"空"字用得极妙,点明了梦中的一切都是空的,写出了词人有国不能返、有家不能回的万千惆怅。"为报今年春色好,花光月影宜相照"二句,笔锋稍转,表现了词人想要借着美好春光,从惆怅中解脱出来,并为下阕饮宴赏春设下了伏笔。"相照"是说花和月相互映照,但前加一个"宜"字,说明花和月并未相照,反映出词人心情闲散,对此并未在意。

下阕写词人宴请亲族的情景和感时忧国的情怀。"随意杯盘虽草草"三句承上启下,说明词人并未有心好好过这个上巳节,所以宴席简单,准备草草,但酒味甘美,梅果酸甜,恰恰合人心意。似乎此时词人的愁绪已散,心境大开。结拍二句,笔锋再转,与全词开头相照应,写词人在欢宴上发出了"醉莫插花花莫笑,可怜春似人将老"的悲叹。这悲叹,既是为时光流逝人将老而叹,更是为故土难收国将危而叹。

此词通篇全用白描,以寻常言语入词,语言朴素自然,但思想内容深厚丰富,感情层层深入,词人将对国家社稷的赤子之情娓娓道来,不惊不怒,却感人至深。

诉衷情①

夜来沉醉卸妆迟②,梅萼插残枝③。酒醒熏破春睡④,梦远不成归⑤。

人悄悄⑥,月依依⑦,翠帘垂。更挼残蕊⑧,更捻余香⑨,更得些时⑩。

注释

①诉衷情:词牌名,又名《桃花水》、《画楼空》、《步花间》、《偶相逢》、《试周郎》等。本是唐代教坊曲名,后成为词牌。本为情词,后演变为一般抒情用。

②夜来沉醉卸妆迟:入夜以来大醉,迟迟没有卸妆。卸妆,也叫卸头,古代妇女卸去头上的装饰。

③梅萼插残枝:梅萼和残枝还插在头上。萼,环列在花的最外面一轮的叶状薄片,一般呈绿色,也有呈红色或其他颜色的,俗称外花被。

④酒醒熏破春睡:酒意消退,残梅的香气熏醒了春睡。熏破,熏坏,这里是熏醒的意思。

⑤梦远不成归：梦见远方的家乡，却无法回去。

⑥悄悄：寂静之声。

⑦依依：留恋难舍，不忍离去。

⑧更挼残蕊：又用手揉摩梅花的残蕊。更，又。挼，用手揉摩。

⑨更捻余香：又用手指搓弄梅花的余瓣。捻，用手指搓弄。余香，梅花余留的香味，这里指代梅花余留的花瓣。

⑩更得些时：还需要一些时间。

译文

入夜以来大醉，迟迟没有卸妆，梅萼和残枝还插在头上。酒意消退，残梅的香气熏醒了春睡。梦见远方的家乡，但是不能归去。

人寂静无声，月不忍离去，翠帘垂。用手揉摩梅花的残蕊，用手指搓弄梅花的余瓣，还需要一些时间。

赏析

这大约是李清照南渡后不久的词作。本词虽然从头到尾都写了梅花，但它只是词人用来表达情绪的一条引线，因而此词不是咏物词，而是抒情词，抒写了词人的乡愁乡情。

上阕，起首两句，即为我们塑造了一个夜来沉醉、妆尚未卸、头插残梅的懒倦女人形象。接下两句，点明了词人如此懒倦的原因。这两句是生花之笔、点题之词。词人素来是喜欢梅花的，曾作词多首吟赞梅花。但是在这里，词人却埋怨梅花的香味"熏破"了她的"春睡"，使其"梦远不成归"。词人由于梦中归乡不成，便迁怒于一向喜欢的梅花，可见乡情之深。

下阕，先描绘了一个"人悄悄，月依依，翠帘垂"的环境。这样一个夜深人静的环境，更使归梦不成的词人，愈发百无聊赖，寂寞难耐，对梅花的怨恨也就更深了。于是，在最后三句里，我们看到了词人用"挼"梅、"捻"梅这样单调、连续的动作，来消磨时光，发泄对梅花的怨恨。可是这些枯燥的动作，反倒使我们更加感到词人的寂寞难除，愁思难消了。全词写的都是小得不能再小的事情、细得不能再细的动作，然而正是由于其细小，才更利于刻画词人微妙的心理活动，开掘其乡愁之浓、乡情之深。

菩萨蛮[①]

归鸿声断残云碧[②]，背窗雪落炉烟直[③]。烛底凤钗明，钗头人胜轻[④]。

角声催晓漏[⑤]，曙色回牛斗[⑥]。春意看花难，西风留旧寒。

注释

①菩萨蛮：词牌名，原为唐教坊曲名。"菩萨蛮"本是一女弟子舞队名，据《词谱》引唐苏鹗《杜阳杂编》说："大中（唐宣宗年号，850年前后）初，女蛮国入贡，危髻金冠璎珞被体，号'菩萨蛮队'。当时倡优遂制《菩萨蛮》曲；文士亦往往声其词。"其实距此约一百年前的开元时期的《教坊记》中就已经收录了"菩萨蛮"曲名，但苏鹗解释的这个词牌名的来

源也有一定参考价值。全词共四十四字,上下片各四句,均两仄韵转两平韵。《词谱》定李白词为正体。又有《子夜歌》、《巫山一片云》、《花间意》、《花溪碧》、《城里钟》、《重叠金》、《梅花句》、《晚云烘日》等别名,回文词体又名《联环结》。

②归鸿:春天北归的大雁。宋秦观《江城子》词:"南来飞燕北归鸿,偶相逢。"声断:声尽,这里是逝去的意思。

③背窗:指身后的窗户。唐温庭筠《菩萨蛮》词:"相忆梦难成,背窗灯半明。"

④人胜:即人和胜,都是古代妇女在人日(正月初七)所戴的头饰,剪彩绢或镂刻金箔做成。胜,也称花胜、彩胜。南朝梁宗懔《荆楚岁时纪》:"人日剪彩为人,或缕金箔为人,亦戴之头鬓。又造花胜以相遗。"唐李商隐《人日即事》诗:"镂金作胜传荆俗,剪彩为人起晋风。"

⑤角:古时军用乐器,一般用于拂晓、黄昏报时。常外加彩绘,故又称画角。南朝梁简文帝《折杨柳·和湘东王》:"城高短箫发,林空画角悲。"

⑥牛斗:即牛宿(二十八宿之一),斗宿(二十八宿之一,相当于人马座的一部分)。唐王勃《滕王阁诗序》:"物华天宝,龙光射牛斗之墟;人杰地灵,徐孺下陈蕃之榻。"

译文

大雁向北归去,鸣叫声渐行渐远,空中依然留有青色的残云。窗外落雪无声,炉中烟气直上。烛光照耀下的钗头凤金光闪烁,彩绢或金箔制的花胜装饰其上,颤巍巍摇动。

拂晓的计时漏似乎为号角声所催,牛、斗二星宿在曙色中隐去。寻觅春花、欣赏春色并不容易，只因旧寒被西风留住还未离去。

赏析

该词为李清照后期词作，主要描写了词人在他乡过人日时内心的孤苦飘零、思乡无助之情。

上阕开头两句写北雁鸣声渐远，苍穹青云残存；窗外雪飘，炉中烟直。上下对比，相互呼应，将满目的寒凉凄苦之景写得极为贴切，表达了词人异乡怀故土的浓浓乡情。接下来的两句主要是通过人日的种种场景，充分加重思乡之情。

下阕开头两句主要写景："角声催晓漏"、"曙色回牛斗"，时间的流逝也说明词人由于思绪万千而辗转反侧，彻夜难眠。最后两句，主要写词人的心理活动：本欲寻春花、看春景，以解心中愁思，然而却由于西风紧，旧寒尚在，寻春之计并未实现。词人正是通过对这种寻春花之难的描述，表达了对家国破碎的思考。

菩萨蛮

风柔日薄春犹早①，夹衫乍著心情好②。睡起觉微寒，梅花鬓上残③。

故乡何处是?忘了除非醉。沉水卧时烧④,香消酒未消⑤。

注释

①风柔日薄:春风柔和,日光淡薄。
②乍著:刚刚穿上。
③梅花鬓上残:鬓上的梅花,已经残落。
④沉水卧时烧:沉香是在酒醉之后卧床睡眠时点燃的。
⑤香消酒未消:沉香已燃尽,酒意却还未消退。

译文

春风柔和,日光淡薄,还是早春的日子。刚刚穿上夹衫,心情大好。一觉醒来感觉微凉,鬓上的梅花,已经残落。

故乡在什么地方?我已经记不清了,只有在酒醉之后尚能隐约记起。沉香是在酒醉之后卧床睡眠时点燃的,香已烧尽,酒却还没有醒。

赏析

这是李清照后期的一首词作,抒写了词人对沦陷故土的浓重思念。

上阕起首两句,描写在"风柔日薄"的清晨,词人卸去冬装,换上夹衫,心情大好。该词本来是要抒写凄苦的怀乡心绪,却从"心情好"入笔,起到了反衬的作用,出手即不凡。"睡起觉微寒"两句,写词人昼寝醒后,觉得"微寒",鬓上的梅花已经残落。此时词人的心情稍有改变,为下文抒思乡之情作好了铺垫。但是，从总体上看，上阕的格调是平和的，用的是淡墨轻泼的手法。

下阕过片两句，笔锋陡转，词人自问自答："故乡何处是？忘了除非醉"，直抒强烈的思乡情愫，使全篇词意和节奏顿时宕开。这一笔，看似突兀，实则自然。上阕的"微寒"、妆残已经露出了乡情的端倪，这里不过是彻底将之展现出来罢了。这是全词的点睛之笔，用极为朴素的语言，写出了词人压抑在心底的呼喊，是对思乡之情的极力刻画。既然"忘了除非醉"，词人就想用深醉来"忘了"乡情。于是，词人燃沉香，饮烈酒，以至大醉不醒，"香消酒未消"。但是，情浓于酒，醉总有醒，酒醒之后，情将更浓，就像火山暂时沉寂，终会爆发，而且将是更猛烈地爆发一样。这一笔，表面上是"淡墨"，实际上是"重彩"，透过那袅袅香雾、昏昏睡意，我们看到的是词人那无时不有、无时不在的思乡心绪。再联系李清照的身世，就会知晓她的思乡之情也渗透着深厚的爱国主义情感，她对故乡彻骨的思念也是源于对国破家亡的愤恨。此处词人对当政者苟且偷安、不收复失地的谴责之情溢于言表。

这首小词新颖别致，运用对比、反衬等艺术手法，抒发了词人深切的思乡之情，感人至深。

咏物篇

鹧鸪天

暗淡轻黄体性柔①,情疏迹远只香留。何须浅碧深红色,自是花中第一流。

梅定妒,菊应羞,画阑开处冠中秋②。骚人可煞无情思③,何事当年不见收④?

注释

①轻黄:淡黄、微黄。

②画阑:画有花纹的栏杆。唐李贺《金铜仙人辞汉歌》诗:"画阑桂树悬秋香,三十六宫土花碧。"冠:超出众人,居位第一。宋苏轼《六月二十日夜渡海》诗:"九死南荒吾不恨,兹游奇绝冠平生。"

③骚人:屈原作《离骚》,称屈原或《楚辞》作者为骚人,也泛指诗人。唐李白《古风》诗:"正声何微茫,哀怨起骚人。"可:可是、岂是,表示疑问之词。煞:太、甚。《楚辞》中提到许多香花异草,但却没有提到桂花,因而李清照说屈原太无情思。宋陈与义《清平乐·咏桂》词"楚人未识孤妍,《离骚》遗恨千年",也有此意。

④何事:即为何。

译文

桂花色泽淡黄素雅，体性温和柔美，性情疏淡，形迹偏远，只把浓郁的芳香常留人世。不必要浅碧深红的浓艳，仅是凭那浓郁的香气和温雅的体性，桂花就堪称花中第一了。

在幽香淡雅的桂花面前，连高洁优雅的梅花也不得不心生妒意，菊花即使孤傲却也只能含羞遮面，自愧不如。在画栏旁开放的桂花，于中秋群花中以风姿居首。难道是屈原太无情思，为何当初作《离骚》时没有收入桂花？

赏析

该词为咏物词，为李清照前期作品，是对具有柔美体性和内在气质的桂花的赞美，也表达了词人对内在美的注重和不甘被埋没的心理。将梅花、菊花等名花与桂花相比，也许桂花外表并不醒目，故词人在写桂花时紧紧抓住其独特之处，使桂花卓尔不群。此外，词人还将她很少用的议论手法加入词中，对桂花进行进一步的赞美，使全词的主旨更为鲜明。

词的上阕对桂花进行正面描写。第一句写桂花颜色淡雅、体性柔美。接下来又写桂花虽然"情疏迹远"，却将醉人心肺的芬芳留在人间，品格高贵。后两句是评议：虽然桂花无"浅碧深红"的颜色，却"自是花中第一流"。有了前面对其形态品格的形象描绘，这个评价毫不突兀，恰到好处。

词的下阕，对桂花进行侧面烘托。前两句，写梅花对桂花的嫉妒，菊花在桂花面前的羞愧，并将桂花称为秋花之首。最后一句又加入议论，以质问的语气说屈原"无情思"，在写《楚辞》时没有将桂花收入。此一问，深化了词的立意，也使词中对桂花的赞美达到高潮,进而将词人心中对人才被埋没的不平表达出来,体现了词人不凡的气魄和丰富的想象力。

摊破浣溪沙

揉破黄金万点轻①,剪成碧玉叶层层②。风度精神如彦辅,太鲜明③。

梅蕊重重何俗甚④,丁香千结苦麄生⑤。熏透愁人千里梦,却无情。

注释

①揉破黄金万点轻:点点淡黄的花朵,像揉碎的金粒。揉破,揉碎。轻,淡。

②剪成碧玉叶层层:层层翠绿的叶片,像碧玉剪成。

③风度精神如彦辅,太鲜明:如彦辅一样的风度精神,在桂花身上太鲜明了。彦辅,即西晋名士乐广,字彦辅。

④梅蕊重重何俗甚:梅花的花蕊一重又一重,粗俗极了。梅蕊,梅花的花蕊。何,语气助词,无实际含义。

⑤丁香千结苦麄生:丁香花一簇簇聚结在一起,太粗拙了。千结,形容很多丁香花聚结在一起。苦,甚、很。麄,同"麤","粗"的古体字。生,后缀,有时相当于"然"、"样"。

译文

点点淡黄的花朵像揉碎的金粒,层层翠绿的叶片像碧玉剪成。好似彦辅一样的风度精神,在桂花身上极为鲜明。

　　梅花的花蕊一重又一重,粗俗极了;丁香花一簇簇聚结在一起,太粗拙了。只有桂花熏透愁人的千里梦,但却无情。

赏析

　　这是李清照的一首歌咏桂花的词。写咏物词时,很多人都会援引一些典故来增加词的内涵和厚重感,如骆宾王《灵隐寺》写桂花时言"桂子月中落",《酉阳杂俎·天咫》里用了吴刚被罚去砍月中桂树之典故,《晋书·郤诜传》中,郤诜提到自己考贤良对策考了第一名时,夸口说"桂林一枝,昆山片玉"等。而李清照这首咏物词却无一个关于桂花的典故,由此可见易安词最突出的特点,即以寻常言语入词,多用白描手法,着重抒情。在此词中,词人赞美了桂花的"形"美和"神"美,表现了自己不慕虚名、追求平淡生活的品格和厌恶粗俗、喜爱淡雅的审美观。

　　上阕正面赞美桂花。前两句用比喻的手法,赞美桂花的"形"美。"揉破黄金万点轻"是说桂花淡黄的花朵,像揉碎的黄金。以黄金比喻桂花的色彩,不仅形象,也突出桂花的可贵。但词人又做了一些变动,着一"轻"字,让人顿时联想到桂花之娇羞可爱,改得可谓精妙。这样的比喻,与《永遇乐·落日熔金》中的"落日熔金"有异曲同工之妙,其用"熔金"来比喻太阳,更显出阳光的夺目耀眼。"剪成碧玉叶层层"一句写桂花的叶子，将其比做剪成的碧玉。词人以碧形容桂叶的色彩，以玉形容它的厚度，又见出它的可贵；但也做了变动，即以"剪成碧玉"来比喻层层的树叶，既写实又形象。后两句，用拟人的手法，赞美桂花的"神"美。桂花的风度精神，像名士彦辅一样，平和淡泊，不与群芳争艳，而这种风度精神在桂花身上是太鲜明，太突出了。在词人眼里，桂花像万点黄金，其叶像层层碧玉，其风度精神如彦辅一样明朗清澄，词人对桂花的喜爱可见一斑。

下阕从侧面赞美桂花。前两句，用梅花的俗、丁香的粗，反衬桂花的高雅、小巧。赞美梅花的词作有很多，如林逋的《山园小梅》"暗香浮动月黄昏"，但李清照却说梅花"俗"，究其原因，恐怕不只是因为梅花的花蕊过于繁复吧。在李清照的《临江仙》咏梅词中，她写道："夜来清梦好，应是发南枝。"因为做的是"清梦"，梅花的清香恰与梦境和谐，所以词人觉出其"好"来。而本词是"愁人千里梦"，所以梅花的清香已经无法配合了，故言"俗甚"。同时也以对比的手法，突出表现了桂花的浓香之气。接下一句"丁香千结苦麄生"再以丁香的千结对比桂花的轻细。丁香结是指很多丁香花聚结在一起，常用于比喻愁思难解，如李商隐《代赠》之一"芭蕉不展丁香结，同向春风各自愁。"词人以丁香结来比，似乎也蕴涵有愁思的固结不解之意。"熏透愁人千里梦"两句，用反语，说桂花"无情"，实则极言桂花之香。

这首仅有八句的小词，交替使用了比喻、拟人、反衬、反语等多种表现手法，使全词形象生动，含蓄蕴藉，跌宕起伏，引人入胜。

满庭芳①

小阁藏春②,闲窗锁昼,画堂无限深幽③。篆香烧尽④,日影下帘钩。手种江梅更好,又何必临水登楼⑤。无人到,寂寥浑似⑥,何逊在扬州⑦。

从来知韵胜⑧,难堪雨藉⑨,不耐风揉⑩。更谁家横笛⑪,吹动浓愁?莫恨香消雪减⑫,须信道扫迹情留⑬。难言处,良宵淡月,疏影尚风流。

注释

①满庭芳:词牌名,得名于晚唐吴融诗句"满庭芳草易黄昏"。《词谱》以晏几道、周邦彦词为正体。均为九十五字,晏词前后片各十句四平韵;周词前片十句四平韵,后片十一句五平韵,中有换头二字用暗韵,晏词无换头二字,而是与下句合为五言句。上片起首两个四言句,前人多用对仗。另有九十三字、九十六字体。又名《锁阳台》、《潇湘夜雨》、《满庭霜》、《活桐乡》、《江南刚》、《满庭花》等。

②阁:供人游玩休息时眺望的楼房。唐白居易《江楼早秋》诗:"楼阁宜佳客,江山入好诗。"

③画堂:雕梁画栋的堂屋。唐崔颢《王家少妇》诗:"十五嫁王昌,盈盈入画堂。"深幽:即幽深,深暗幽静的意思。

④篆香:又称百刻香,一种印有篆文的熏香。宋洪刍《香谱·百刻》云:"近世尚奇者作香篆,其文准十二辰,分一百

刻,凡燃一昼夜乃已。"

⑤临水登楼:这是词中所用的两个典故。晋陶渊明辞去彭泽令,退隐田园后,作《归去来辞》云:"登东皋以舒啸,临清流而赋诗。"三国时期建安七子之一的王粲,避乱荆州,投奔刘表,未得重用,登当阳县城楼,作《登楼赋》云:"登兹楼以四望兮,聊暇日以销忧。"

⑥寂寥:寂寞、空虚。浑似:简直像。

⑦何逊:南朝梁代著名的文学家,曾任建安王兼扬州刺史萧伟的水曹行参军兼记室,作有咏梅佳篇《扬州法曹梅花盛开》(亦名《咏早梅》)。

⑧韵胜:指梅花的风韵超过其他花卉。

⑨堪:经得起,受得住。藉:践踏,欺凌,这里可释为摧残。

⑩不耐:不能忍耐。唐李白《古风五十九首》之二十八:"华鬓不耐秋,飒然成衰蓬。"揉:即搓揉,这里是蹂躏的意思。

⑪横笛:这里指正在吹奏《梅花落》曲调的横笛。南宋吴文英《高阳台·落梅》词:"南楼不怕吹横笛,恨晓风,千里关山。"

⑫雪:指梅花花瓣的颜色洁白如雪。减:减少,这里是花瓣凋落的意思。

⑬扫迹:扫尽踪迹。

译文

隐含春光的小阁楼窗口紧闭,把白日锁在了外面,使得富丽堂皇的堂屋平添了许多深幽。表面印着篆文的熏香烧完了,日光余晖已经斜照到帘钩以下。亲手栽培的江梅长势喜人,又何必仿效陶潜清流赋诗、王粲为排解愁思登高作赋的行为。有谁知晓,真的像何逊身处扬州那般寂寥,唯有以梅解忧。

与众花比,梅花从来都是神韵居首,可是雨的摧残、风的蹂躏却是梅花难以经受的。横笛奏出的《梅花落》曲声幽怨,将那深深的愁苦触动,不晓得来自哪里?别去责怪梅香飘零,梅花凋谢。应该明白,即使香消玉殒,而梅的美丽和幽香却在人世常驻。无以言表,静谧宜人的夜空下,月光清幽淡雅,梅影枝稀花疏,却风采依旧。

赏析

该词是一首借物抒情、寓情于物的咏梅词,为李清照早期作品。整首词中,词人自比梅花,看似写梅,实则写己,以梅言情,展现了自己身经苦难却依然百折不挠、洁身自爱的品格。

上阕通过写人以表达愁寂的无助心情。开始五句用景物描写来衬托人物,通过对白天和黄昏两个春景的描写,营造了一种凄清的环境。接下来的五句,用三个典故写人,从而为下阕写梅作了铺垫。

下阕看似写梅,实则写人,人梅互现。首先描写梅花和人都要受难,接着写在苦难时人和梅的品质。前三句,表面描写梅花尽管孤傲高洁,却不堪风雨蹂躏,其实是对自己空有非凡才貌却经不起人世苦难摧残的喟叹。接下来两句,词人适时地将《梅花落》笛声插入,哀怨的曲子使得词人满怀的愁苦愈浓。剩下的五句看似描写梅花,实际是词人对自身的一种暗示,暗含自己不因世事磨难而消极,反而更加高雅,富有魅力。透过这首词,读者不仅可以看到梅花的高洁淡雅,还可以感受到词人的高雅品性。

庆清朝慢

禁幄低张①,彤阑巧护②,就中独占残春③。容华淡伫④,绰约俱见天真⑤。待得群花过后,一番风露晓妆新。妖娆艳态,妒风笑月,长殢东君⑥。

东城边,南陌上⑦,正日烘池馆,竞走香轮⑧。绮筵散日,谁人可继芳尘⑨。更好明光宫殿⑩,几枝先近日边匀⑪。金樽倒⑫,拼了尽烛,不管黄昏。

注释

①禁:宫殿。宫殿门口都设警卫把守,严禁百姓进入,因此称帝王宫殿为禁。五代韦庄《宫怨》诗:"一辞同辈闭昭阳,耿耿寒宵禁漏长。"幄:帷幕。张:张开,伸展,此处是垂挂的意思。

②彤阑:红色的栏杆。彤,红色。

③就中:其中。唐白居易《五凤楼晚望》诗:"自入秋来风景好,就中最好是今朝。"

④容华:容貌。三国魏曹植《杂门》之四:"南国有佳人,容华若桃李。"淡伫:形容水色明净,这里是素淡玉立的意思。

⑤绰约:形容女子姿态柔美的样子。东汉傅毅《舞赋》:

"绰约闲靡,机迅体轻。"天真:天然,不凭借妆饰。

⑥殢:滞留。东君:原指太阳,因太阳是从东方升起的,故称东君,后来逐渐演变为春神。唐成彦雄《柳枝词》之三:"东君爱惜与先春,草泽无人处也新。"

⑦陌:市中街道。唐李白《峨眉山月歌送蜀僧晏入中京》诗:"峨眉山月还送君,风吹西到长安陌。"

⑧香轮:即香车,华美的车子。

⑨芳尘:芳香的尘土,此处指变为芳香尘土的牡丹。

⑩明光宫殿:汉代有明光宫和明光殿,此处指北宋都城汴京的宫殿。

⑪日边:太阳旁边,也常常比喻在帝王旁边,这里即是后一种用法。唐赵嘏《送裴延翰下第归觐滁州》诗:"江上诗书悬素业,日边门户倚丹梯。"

⑫金樽倒:金杯倒,形容酒尽人醉。金樽,酒具的美称。唐李白《将进酒》诗:"人生得意须尽欢,莫使金樽空对月。"

译文

宫殿中护花的帷幕低低地垂挂遮阳,美丽的春景被红色栏杆巧妙地包围着,其中占尽春光的是牡丹花。素淡的姿颜、柔美的体态浑然天成。待到群花凋零,经历了春风吹拂、春雨滋润、晨露浸染的牡丹花,一如晓妆初成的美人,给人无限清新。她那妩媚娇艳的姿态,惹得春风嫉妒,让明月绽开笑颜,令春神也不忍离去。

东城旁边,南市的街道上,那里的池塘都沐浴着温暖的阳光,路上华美的车辆熙熙攘攘,人们川流不息。当丰盛的筵席散尽时,谁能代替已然成为芳尘的牡丹花?最美的是在那明光宫苑内帝王身边还有几朵牡丹正竞芳吐艳。酒空人亦醉,蜡烛燃尽、黄昏降临也全然不顾,依旧把酒观花。

赏析

该词为李清照的前期作品,是一首赞美牡丹花的咏物词。虽然词中并未点明所咏之花,但词意表明所咏之物为牡丹花。词人与赵明诚婚后感情笃厚,赵明诚常携她赴宴游玩。这首词可能是词人作于御花园某次赏花后,词人对美好事物的喜爱以及对幸福生活的热爱之情跃然纸上。

词的上阕写景描物,直接描写花,对牡丹花所生的环境之娇贵、时令之特别进行描述,将牡丹的形态美、不与它花争春的美好品格以及它的自然魅力巧妙地表现出来。下阕记叙赏花之景,写事表情,从人们共赏鲜花的盛况写起,进而写到对好花不常开的喟叹,转笔又写御花园赏花,将更为绚丽多彩的御花园景象和游人们尽兴地把酒赏花的情景进行了仔细描摹。以上所述,多为词人写此词的本意,然而阅读中我们可有更多的人生思考。比如牡丹花"妒风笑月",难免让我们想到纷繁复杂的人际关系;"绮筵散日",牡丹化为"芳尘",使我们感叹人生苦短;"不管黄昏",游人依旧把酒观花,给我们以及时行乐的联想。当然这些联想可能非词人初衷，也未必全对，但却赋予了作品崭新的内涵和魅力。

玉楼春

红酥肯放琼苞碎①，探著南枝开遍未②。不知酝藉几多香③，但见包藏无限意④。

道人憔悴春窗底⑤，闷损阑干愁不倚⑥。要来小酌便来休⑦，未必明朝风不起⑧。

注释

①肯：恰、正。宋苏轼《赠武道士弹贺若》诗："清风终日自开篱，凉月今宵肯挂箫。"碎：绽开，裂开。

②探著：探询，探问。著，语气助词，无实际含义。未：无，没有。

③酝藉：含蓄而不显露，此处是蕴藏、包含的意思。

④意：情意、感情。唐刘禹锡《竹枝词九首》之二："花红易衰似郎意，水流无限似侬愁。"

⑤道人：得道之人，或称为僧、道士。此处是作者自称，言学道之人。

⑥损：极、煞。宋秦观《河传》词："闷损人，天不管。"

⑦酌：饮酒。唐李白《月下独酌》诗："花间一壶酒，独酌无相亲。"休：语气助词，相当于"吧"、"了"。

⑧起：兴起，这里可释为"刮起"。此句化用白居易《花

前叹》诗意："欲散重拈花细看,争知明日无风雨。"

译文

幽然初绽的梅花红润如酥,晶莹似玉,探询朝南的枝条上的花朵有没有开遍。不知道含苞待放的梅花包含着几多幽香,只见那花蕾层层叠叠,深藏情意无限,其沁人心脾的馨香令人神往。

我在窗下黯然神伤,愁梅花易谢,梅香易逝,苦闷至极,都不忍凭栏观望。如果要对花小饮就赶快来吧,良辰易逝,说不定明天就会风起花谢。

赏析

这首咏梅词不直接写梅花凌寒独自开、俏也不争春的姿态,而是赞美梅之娇美、梅之情意,表达词人的爱梅、惜梅之情,构思独特。在写法上,词人匠心独具,将赏梅者与梅花巧妙结合,由观者赞梅花娇美,又借梅花抒发观者之情。

词的上阕,看似写梅,实为描写赏梅之人。只有首句直接描绘梅花的娇美,其他几句均借观者的问话来从侧面写梅。第二句问道:南枝的梅花是否开遍?第三、四句则自问自答:问梅花不知包含了多少清幽之香?回答说梅花蕴涵了无限情意。这样描写梅花,手法新颖、独特,字里行间灵动流转,内容上也更为丰富,不但彰显了梅之外形娇美,更进一步表现了梅花内在的"香"和"意"。

词的下阕,看似写赏梅者,实则写梅。开头两句描写观梅者忧伤憔悴,愁思难抑。表面上似乎与上阕没有关联,其实观梅者的种种愁思均因梅而起:愁花易凋,叹梅易逝,因此也就有了最后一句——希望大家赶快来赏梅，不然美丽的梅花明天就可能会被狂风摧毁。这既充分表达了词人满怀爱梅、惜梅之情，也充分再现了梅花之美，故而末句一直受到后人好评。清代朱彝尊在《静志居诗话》中写到："咏物诗最难工，而梅尤不易。""李易安词'要来小酌便来休，未必明朝风不起'，皆得此花之神。"

渔家傲①

雪里已知春信至②，寒梅点缀琼枝腻③。香脸半开娇旖旎④，当庭际⑤，玉人浴出新妆洗⑥。

造化可能偏有意⑦，故教明月玲珑地⑧。共赏金尊沉绿蚁⑨，莫辞醉⑩，此花不与群花比。

注释

①渔家傲：又名《吴门柳》、《忍辱仙人》、《荆溪咏》、《游仙咏》。添字者又名《添字渔家傲》。渔家傲本是北宋年间的流行歌曲，曾有人用来作"十二月鼓子词"。作为词调始于北宋晏殊，因其词中"神仙一曲渔家傲"句，故以"渔家傲"三字做调名。有仄韵双调，六十二字。上下片各四个七字句、一个三字句，句句用韵。另有六十六字者为变体。因其句句有韵，声律婉转，所以多用于抒情，以表达苍凉之感，如范仲淹之词，堪称本调代表作品。

②春信至：春天的信息到来了。

③寒梅点缀琼枝腻：朵朵寒梅的花蕾，点缀着光润的枳

满白雪的枝头。琼枝,玉枝,因积雪而变白的树枝,词中指梅枝。腻,光滑,湿润。

④香脸半开娇旖旎:像美人香脸一样半开的梅花,娇美秀丽。香脸,也称香腮,古代指美人的脸,这里用来比喻半开状态的梅花。旖旎,柔美的样子。

⑤当庭际:在院子中间。当,在。际,中间,里边。东晋陶渊明《归园田居六首》诗之一:"开荒南亩际,守拙归园田。"

⑥玉人浴出新妆洗:像美人沐浴出来,刚刚梳洗打扮。

⑦造化:自然界的创造者,可释为天公。

⑧故教明月玲珑地:因而让明月格外清朗耀眼。玲珑,明亮的样子,此处指月色清朗。地,语气助词,无实际含义。

⑨共赏金尊沉绿蚁:共同举起酒杯饮酒。赏,把玩,这里是"举起"的意思。沉,使某种东西向下落,这里可作"饮"字讲。绿蚁,指酒。酒刚酿出时,其色绿,浮沫如蚂蚁,故称绿蚁酒,人们也常以绿蚁作为酒的代称。

⑩莫辞醉:不要怕醉。辞,躲避,这里是"怕"的意思。

译文

在寒冬雪天里就能知晓春天的信息到来了,朵朵寒梅的花蕾,点缀着光润的积满白雪的枝头。像美人香脸一样半开的梅花,娇美秀丽,在院子中间,像美人沐浴出来,刚刚梳洗打扮。

天公大概偏有此意,因而让明月格外清朗耀眼。共同举起酒杯饮酒,不要怕醉,这花与群花比起来分外地与众不同。

赏析

这是李清照前期的一首咏梅词,描写了梅花婀娜多姿的俏丽风韵,赞美了梅花傲对冰雪的高洁品格,表现了词人超凡脱俗的崇高人格。

上阕写梅景,即描写梅花的形态,主要采取了衬托和拟人的艺术手法。前两句写大雪纷飞,初开的梅花点缀在枝头,向人们报告春来的消息。"雪里"、"琼枝"惟妙惟肖地描述出梅树亭亭玉立的样子,使梅花不畏严寒的品格表现得更突出、更鲜明;"寒梅点缀"四字在写出梅花盛开的同时,有力地表现出梅花不畏严寒、迎风斗雪的精神品格,再加上梅花"传春"的品格,使词意显得活泼有致。这二句运用了倒装手法,先说在大雪纷飞中已经知道春天要来的消息,就在人们诧异之际,词人紧接着点出这消息是由琼枝上的寒梅带来的,把首句落到了实处,虚实之间,解开了人们的疑惑。"香脸半开娇旖旎"三句,以"香脸半开"、"玉人"出浴、"新妆"如洗等绝妙的比喻形容初开的梅花,展现出梅花的娇柔多姿和暗香浮动,使梅花更富有迷人魅力。

就艺术手法而言,上片先是用"雪"和"春信"、"寒"和"琼枝"相衬,后用"香脸半开"、"玉人浴出"等形容梅花新蕾的秀美、娇艳,以人拟花,以花类人,形象生动,引人入胜。

下阕写梅情,即表现赏梅的情致,主要采取了描写、抒情和议论相结合的艺术手法。"造化可能偏有意"二句写天公作美,它或许也理解我赏梅的雅兴,因而让明月格外清朗耀眼。这二句写得往复曲折,可谓妙趣横生。首先,词人本来打算表达咏梅的高雅情趣,但却没有直接表达,而是用"可能""故教"这样揣测的字眼,微微宕开一笔,写明月如何皎洁如何玲珑。这样描写似乎有些喧宾夺主,但其实是为了营造一个玲珑剔透、冰清玉洁的赏梅环境，以进一步烘托梅花的圣洁。其次，词人原本赏梅兴致很高，但又不直接倾吐这种感情，而说是"造化"的"有意"安排，以达到天遂人愿、不得不一赏为快的效果，巧妙而不着痕迹地表现了自己的赏梅情怀。再次，"造化""有意"，"明月""玲珑"等都是词人月下赏梅的所见所感，这样一来，又使人感觉到词人的存在。如此一来，词人便为我们展现了一幅月、梅、人、景、情糅合在一起的图画，充满了诗情画意。"共赏金尊沉绿蚁"三句描写人们踏着白雪，顶着明月，饮酒赏梅的情景。"莫辞醉"是词人的劝酒词，面对如此良辰美景，谁都不要推辞怕醉。此句一语双关，不仅说出赏梅之人已经微醉，也形象生动地表现出词人月下陶醉赏梅的情致。末句"此花不与群花比"是全词的点睛之笔，就行文而言，此句是上句"莫辞醉"的缘由；就抒情角度而言，本句是词人的感慨之语，表面上是赞美梅花傲对群芳的高洁品格，实际表现了词人傲立人间、笑对世俗的崇高人格，立意深远，含蓄有味，具有隽永的艺术魅力。

清平乐

年年雪里，常插梅花醉①。挼尽梅花无好意②，赢得满衣清泪③。

今年海角天涯④，萧萧两鬓生华。看取晚来风势⑤，故应难看梅花。

注释

①醉：指陶醉。唐宋之问《送赵六贞固》诗："目断南浦

云,心醉东郊柳。"

②意:情趣。南朝刘勰《文心雕龙·神思》:"登山则情满于山,观海则意溢于海。"

③赢得:获得,这里可作"落得"解。清:寒凉、冷。

④海角天涯:形容地方极为偏远。角,尽处、角落。涯,边际。海角天涯即是大海的尽头、天空的边际。白居易《春生》诗:"春生何处暗周游,海角天涯遍始休。"

⑤看取:看着。

译文

以往丈夫在时,每年都踏雪观梅,时常梅插发髻,因梅而陶醉。丈夫去后,一个人将梅花的花瓣揉尽,也没有什么意思,只落得清泪满衣。

而今四海飘零,孤苦凄凉,两鬓白发稀疏可见。看着晚上的狂风,想来梅花是看不成了。

赏析

本词为咏梅词,为词人晚期作品。词人将自己几个时期赏梅的场景进行对比,一乐一悲,对比鲜明,将自己的凄凉身世和家国之难掺杂其中,感慨良多。词中赏梅的场景大概分为早年、中年、晚年三个时期,不同时期赏梅之景相互对照,相互衬托,使得景物更为鲜活,而词人所要传达的感情也更为明确。

词的上阕写前两个时期观梅。第一句和第二句便写到当年与丈夫共赏梅景时,头插梅花,因梅而醉,其乐融融。接下来两句则是在丈夫病故后孤苦一人赏梅之景,即使将梅的花瓣揉尽也毫无意思，只落得清泪涟涟，伤心欲绝。这两个场景相互对照，乐与伤、喜与悲对比鲜明，充分体现了词人两个时期因环境和境遇的不同所导致的截然相反的赏梅之心情。

词的下阕则写词人暮年赏梅。开始写词人飘零的身世、孤苦无依的现状，紧接着又对词人的老态进行了描写，将词人凄惨之境写得具体而感人。词的末尾两句紧扣赏梅这一主题，与前文相呼应。由于"晚来风势"，可能"难看梅花"，更不用说醉梅、授梅了。此两句一语双关，用自然中的狂风摧梅，来比喻当前的国家危难：南宋王朝在金军的逼迫之下接连败退，危在旦夕，也使得人无心赏梅。至此，女词人心怀天下的博大胸怀可见一斑，强烈的民族忧患意识也表达得更为明晰。而这种借物喻人的表现手法饱含深情，婉转不失力度，既有优美的词语感染力，又毫不削减词的情感魅力，实属难得。

多丽

小楼寒，夜长帘幕低垂。恨萧萧①，无情风雨，夜来揉损琼肌②。也不似、贵妃醉脸③，也不似、孙寿愁眉④。韩令偷香⑤，徐娘傅粉⑥，莫将比拟未新奇⑦。细看取⑧，屈平陶令⑨，风韵正相宜。微风起，清芬酝藉⑩，不减酴醿⑪。

渐秋阑⑫，雪清玉瘦⑬，向人无限依依⑭。似愁凝、汉皋解佩⑮，似泪洒、纨扇题诗⑯。朗月清风，浓烟暗雨，天教憔悴度芳姿⑰。纵爱惜、不知从此，留得几多时？人情好，何须更忆，泽畔东篱⑱。

注释

①萧萧：指风雨声。

②揉损琼肌：揉搓损伤白菊那美玉一般的肌肤。

③也不似、贵妃醉脸：也不像杨贵妃娇艳的醉容。其意是说，白菊风姿淡雅，不像杨贵妃那样醉容娇艳。贵妃，唐太宗宠妃杨玉环。醉脸，即醉容，指杨贵妃脸带醉意，分外娇艳。此典故可能出自唐李浚《松窗杂录》，唐玄宗时，京师李正封咏牡丹诗中有两句云："天香夜染衣，国色朝酣酒。"唐玄宗很欣赏这两句诗，一次笑着对杨贵妃说："妆镜台前，宜饮以一紫金盏酒，则正封之诗见矣。"意思是说，杨贵妃饮酒醉后，就会像李正封诗中所说，脸庞如牡丹花那样娇艳动人了。

④也不似、孙寿愁眉：也不像孙寿愁眉的媚态。其意是说，白菊清高自重，不像孙寿那样故作媚态迷惑人。孙寿，东汉权臣梁冀之妻。愁眉，细而弯曲之眉。范晔《后汉书·梁冀传》载，梁翼妻孙寿，色美而善为娇态，作愁眉、啼妆、坠马髻、折腰步、龋齿笑，以为媚惑。

⑤韩令偷香：韩令偷情得到奇香。其意是说，白菊自有幽香，韩令偷香不能与之相比。韩令，即韩寿，晋武帝权臣贾充的属官。偷香，偷情得到奇香。此典故出自南朝宋刘义庆

《世说新语·惑溺》：韩寿姿容美妙，贾充之女爱上了他。韩寿逾墙与贾女私会，贾女从父亲那里偷来了晋武帝赏赐的外国贡香，送给韩寿。此香一经著人，则历月不歇。贾充会见诸吏时，闻到了韩寿身上的奇香之气，因而生疑，发现了韩寿与女儿的私情。为了家庭声誉，贾充只得将女儿嫁给韩寿。

⑥徐娘傅粉：徐娘抹粉。其意是说，白菊自有天然丽质，徐娘抹粉也不能与之相比。徐娘，即梁元帝妃子徐昭佩。她性淫乱，与元帝近臣暨季江私通。季江常叹曰："徐娘虽老，犹尚多情。"查唐李延寿《南史·梁元帝徐妃传》，并无徐娘傅粉的典故，而傅粉的典故可见于南朝宋刘义庆《世说新语·容止》："何平叔（何晏）美姿仪，面至白。魏明帝疑其傅粉。正夏月，与热汤饼，既噉，大汗出，以朱衣自拭，色转皎然。"因此，有人怀疑此句用典有误，错将何郎当徐娘。

⑦莫将比拟未新奇：不要将它们（指上文的韩令偷香，徐娘傅粉）比拟白菊，因为他们没有什么新奇。未，没有。

⑧细看取：细细看来。取，助词，相当于"着"、"得"，这里可作"来"解。

⑨屈平陶令：屈平即屈原，名平，战国时楚国大夫。陶令，即陶渊明，他曾当过彭泽县令，故称陶令。他们具有崇高的理想和品格。因此，词人在下文中说，他们的风韵同白菊正相当。

⑩酝藉：通"蕴藉"，宽和有涵养，这里是指花香隽永，令人回味。

⑪不减酴醾（tú mí）：不差于荼花。减，差于、少于。酴醾，即荼，一种植物，属蔷薇科，初夏开花，颜色红白，香浓姿美。

⑫渐秋阑：到秋深。

⑬雪清玉瘦：雪一样清白，玉一样坚瘦。

⑭依依：依恋不舍的样子。

⑮似愁凝、汉皋解佩：好像汉皋仙女解下佩珠赠给悦己之人，满目凝聚着惜别的愁思。汉皋，山名，又名万山，在湖北襄阳西北。佩，即佩玉，古人身上佩带的饰物。宋李昉等《太平御览》卷八百零三引《列仙传》载，郑交甫将往楚，道之汉皋台下，有二女，佩两珠，大如荆鸡卵。交甫与之言，曰："欲子之佩。"二女解与之。既行，反顾，二女不见，佩亦失矣。

⑯似泪洒、纨扇题诗：好像汉宫班婕妤在纨扇上题诗，扇面洒下了哀怨的泪水。汉成帝即位之初，宠幸班婕妤。后赵飞燕入宫，受宠娇妒。班婕妤失宠，不胜哀怨，作团扇诗《怨歌行》："新裂齐纨素，皎洁如霜雪。裁为合欢扇，团团似明月。出入君怀袖，动摇微风发。常恐秋节至，凉风夺炎热。弃捐箧笥中，恩情中道绝。"（见南朝梁萧统《昭明文选》）纨扇，细绢制成的团扇。

⑰天教憔悴度芳姿：天让白菊憔悴下去，改变芳姿。

⑱泽畔：水泽边。战国屈原《楚辞·渔父》："屈原既放，游于江潭，行吟泽畔，颜色憔悴，形容枯槁。"东篱：指种菊花的园地。晋陶潜《饮酒诗》："采菊东篱下，悠然见南山。"后以此借指菊花或种菊之地。

译文

小楼清寒，夜晚分外长，帘幕低低垂下。最恨窗外风雨声，无情的风雨，夜晚过来揉搓损伤白菊那美玉一般的肌肤。白菊风姿淡雅,清高自重,不像杨贵妃那样醉容娇艳,也不像孙寿那样故作媚态迷惑人。白菊自有幽香扑面,韩令偷香不能与之相比;白菊自有天然丽质,徐娘抹粉也不能与之相比。不要将韩令偷香、徐娘傅粉比拟白菊,因为他们没有什么新奇。细细看来,只有屈原和陶渊明的风韵才同白菊正相当。微风徐徐吹起,白菊的芬芳隽永耐久,令人回味,不差于荼花。

逐渐到了深秋,白菊变得像雪一样清白,玉一样坚瘦,对着人们露出无限的依恋不舍之意。好像汉皋仙女解下佩珠赠给悦己之人,满目凝聚着惜别的愁思,又好像汉宫班婕妤在纨扇上题诗,扇面洒下了哀怨的泪水。朗朗明月、徐徐清风,浓浓的烟雾、暗暗的风雨,上天让白菊憔悴下去,改变芳姿。纵然我再爱惜它,也不知从此能留白菊多长时间?此地人情好,何须再回忆泽畔苦吟的屈原和采菊东篱的陶潜呢!

赏析

这是李清照现存词中最长的一首,在《乐府雅词》中题有"咏白菊",是一首咏物见志的词作。它可能是词人居青州时所作,内容主要是赞美白菊的高洁风韵,抒写词人鄙视流俗、清高自好的情怀。李清照作词,一般不喜欢堆砌典故,但本词却连连用典。这些典故,用得自然、贴切,为将白菊人格化,为抒写词人情怀,增色不少。

上阕以反衬的手法咏菊,展现出其风度和雅致。前五句点染深秋环境,写秋夜风雨萧萧,阁楼层层帘幕低垂,也抵不住深秋的寒意。在这样的漫漫寒夜里,词人想起庭院的白菊,担心无情的风雨揉搓损伤白菊的琼肌玉骨。一个"恨"字表达出词人对白菊的怜爱之情。接着四句连用杨贵妃、孙寿、韩令、徐娘和屈原、陶潜六个历史人物的典故，从反、正两方面衬托白菊，说明白菊不像杨贵妃那样醉容娇艳，也不像孙寿那样故作媚态迷惑人，而贾女赠韩寿的外国贡香，以及徐娘擦的粉，更是无法与白菊的芬芳和洁白相比。"细看取"三句是上文一系列对比的结语，是说上文提到的几个人都不能与白菊相比较，细细想来，还是以屈原和陶渊明的气质品格比白菊，才最为相宜。"微风起"三句写白菊品质极高，微风徐徐吹起时，它散发出的芬芳隽永耐久，令人回味，不亚于荼花。

下阕从正面咏菊。"渐秋阑"三句写白菊面对深夜天凉，仍然清白如雪，坚瘦如玉，对人们无限情意，它好像感受到分别在即，因而在凋落之前透露出与人们的依依惜别之情。"似愁凝"四句运用两个典故，写盛开的白菊好像汉皋仙女解下佩珠赠给悦己之人，满目凝聚着惜别的愁思；又好像汉宫班姬在纨扇上题诗，扇面洒下了哀怨的泪水。此处词人以美人比喻白菊，进一步展现白菊的离情别绪，使白菊更富诱人的魅力。"朗月"三句意为经历了秋天的明月清风、浓烟夜雨的白菊，纵然"我"再爱惜，也不知能将其风姿留住多久，展现出词人对白菊的深情。"人情好"三句又一次用典，表达了词人对白菊痛惜、眷恋的真挚情感，并且点明了此地"人情好"，自己是白菊的知音，道出了词人以屈原、陶潜自喻的不凡胸襟。

关于咏物词，清代词人蒋敦复在《芬陀利室词话》曾下定义："词原于诗，虽小小咏物，亦贵得风人比兴之旨。唐、五代、北宋人词，不甚咏物，南渡诸公有之，皆有寄托。"由此可见，咏物见志是南宋词家写咏物词的主要表现手法。白菊是高风亮节的象征，屈原和陶渊明都曾写下歌咏白菊的诗篇，以展现自己高洁坦荡的品格。李清照的词中,也有很多歌咏白菊的句子,如《醉花阴》中的"莫道不消魂,帘卷西风,人比黄花瘦",用人比菊花瘦说明相思之苦,再如《鹧鸪天》中的"不如随分尊前醉,莫负东篱菊蕊黄",则是抒发思乡之情。本词通篇都在歌咏白菊,上下阕分别从侧面、正面对白菊进行歌咏,到末尾又更进一步,词人在咏菊的同时,又把自己的情感、节操升华到一个崇高而又纯洁的境界。这种拓开词境的写法,使得词作结构上首尾相呼应,词句显得婉转而又别致。

图书在版编目（CIP）数据

古代名诗·名词·名句：精编 / 孔庆东主编. —长春：吉林出版集团股份有限公司，2016.6
（品读经典 / 孔庆东主编）

ISBN 978-7-5581-1484-7

Ⅰ.①古… Ⅱ.①孔… Ⅲ.①古典诗歌－诗集－中国 Ⅳ.①I222.72

中国版本图书馆CIP数据核字（2016）第122585号

古代名诗·名词·名句（精编）

主　　编	孔庆东
总 策 划	马泳水
责任编辑	齐琳　史俊南
装帧设计	中易汇海
开　　本	880mm×1230mm　1/32
印　　张	28.5
版　　次	2018年9月第1版
印　　次	2020年9月第2次印刷
出　　版	吉林出版集团股份有限公司
电　　话	（总编办）010-63109269
	（发行部）010-67482953
印　　刷	北京欣睿虹彩印刷有限公司

ISBN 978-7-5581-1484-7　　　定　价：98.00元（全3册）
版权所有　侵权必究